NOVELAS EXEMPLARES

miguel de cervantes
NOVELAS EXEMPLARES

Tradução
Yara Camillo

MARTIN CLARET

SUMÁRIO

Prefácio — 7
Nota da tradução — 15

NOVELAS EXEMPLARES

Prólogo ao leitor — 23
Dedicatória — 27
A Ciganinha — 29
O Amante Generoso — 99
Rinconete e Cortadillo — 145
A Espanhola Inglesa — 185
O Licenciado de Vidro — 225
A Força do Sangue — 253
O Estremenho Ciumento — 271
A Ilustre Fregona — 307
As Duas Donzelas — 361
A Senhora Cornélia — 395
O Casamento Enganoso — 431
O Colóquio dos Cães — 445
Glossário — 507
Fontes Bibliográficas — 529

PREFÁCIO

A ATUALIDADE DAS NOVELAS DE CERVANTES: O EXEMPLO ATEMPORAL

Dra. Silvia Cobelo*

Querido leitor, ao ler estas novelas você entrará em outro tempo, no famoso Século de Ouro da literatura espanhola, que nos ofereceu parte do cânone ocidental. Grandes clássicos saíram das plumas de autores como Góngora, Quevedo, Calderón, Lope de Vega, e o autor destas *Novelas Exemplares,* Miguel de Cervantes.

Já definiram clássicos como livros antigos que ainda são lidos. Só que nunca da mesma maneira; os textos são acomodados aos sentidos dos novos leitores, pois a linguagem e cultura mudam em longos intervalos de tempo. Uma obra é clássica pelas qualidades intrínsecas que permanecem, mas também por ser aberta à acomodação que a mantém viva sob infinitas e variadas maneiras.

As *Exemplares* são clássicas e são lidas de formas distintas desde que foram escritas. Cada leitor as interpreta à sua maneira, e descobrirá novas leituras ao ler o livro em outros momentos da vida. Cervantes não endossa nenhuma interpretação e os críticos, possuem várias; todas nos ajudam a ler a obra com mais soltura, mas é você quem decidirá qual mais convence, ou agrada.

Escritas entre 1590 e 1612, as *Novelas Exemplares* surgem em Madri, impressas em 1613 pelo mesmo editor do *Quixote,* Juan de la Cuesta

---

* Tradutora literária (inglês e espanhol), roteirista (UCLA- USA), com Mestrado e Doutorado (FFLCH-USP) em traduções e adaptações da obra de Cervantes. Ministra cursos, palestras e oficinas e participa como pesquisadora acadêmica sênior em três grupos registrados no CNPq. Autora de capítulos em livros da área, publicados na Alemanha, USA e Brasil, além de produção original de contos, romances, crônicas e roteiros. Para mais detalhes, acesse o CV da Plataforma Lattes: http://buscatextual.cnpq.br/buscatextual/visualizacv.do?id=K4411849Y9

e foram bem recebidas. Computam-se vinte e duas edições durante o próprio século dezessete, com traduções para o francês (1614/15), inglês (1626) e italiano (1640).

A longa trajetória desta obra no Brasil inicia-se em 1921, com a publicação de *Cornelia* e *O Ciumento*. Como em outras obras estrangeiras, a história da tradução deste livro ao português começa em Portugal; neste caso, através de uma das fundadoras da literatura infanto-juvenil no país, Virgínia de Castro e Almeida. Os tradutores brasileiros entram em cena apenas em 1942, por meio de Edgard Cavalheiro, que traduz *O Casamento Enganoso* para *As Obras-primas do Conto Universal*.

Outras novelas são traduzidas, e em 1963 surge a publicação que atingiu milhares de leitores, uma coletânea com somente nove das doze novelas; e fora da ordem assinalada pela obra de Cervantes. Assinada por Darly Nicolanna Scornaienchi, professora de italiano da USP, autora de livros infantis, essa tradução se popularizou ao ser integrada como um dos títulos da coleção da editora Abril, *Os Imortais da Literatura*, em 1970 e 1983; com milhares de exemplares vendidos em bancas e por assinatura.

Na segunda metade do século passado, são os jovens leitores o público de algumas das novelas de Cervantes, que foram editadas soltas, ou dentro de coletâneas, como por exemplo O *Casamento Enganoso*, vertido pelo historiador e escritor Mustafa Yazbek para a antologia *Contos Universais*, parte da coleção *Para Gostar de Ler* publicada quase todos os anos entre 1983 e 2014.

O terceiro milênio inaugurou um longo período de celebrações cervantinas. O grande livro do escritor espanhol, *Dom Quixote*, comemorou quatrocentos anos em 2005/2015, seguido pelas *Novelas Exemplares*, festejadas em 2013.[1] As obras de Cervantes foram retraduzidas, republicadas e adaptadas como nunca haviam sido; gêneros como quadrinhos e cordel receberam suas primeiras versões das histórias e aventuras criadas pelo escritor. Em 2005 apareceu *Rinconete e Cortatillo*, traduzido pelos acadêmicos Sandra Nunes e Eduardo Fava Rubio e ilustrado por Caco Galhardo, autor de um *Dom Quixote* em quadrinhos. *A Espanhola*

---

[1] Além do quarto centenário das obras já citadas, celebrou-se *Viagem ao Parnaso* (1614); *Oito comédias e oito entremezes novos nunca antes representados* (1615); *Os trabalhos de Persiles e Sigismunda*, obra publicada postumamente em 1617; e devemos agregar também os 400 anos da morte do autor em 2017.

Inglesa foi vertida em prosa em 2008 pelo poeta cordelista Manuel Monteiro, e ilustrada por Jô Oliveira, mesmo artista que ilustrou uma das adaptações do *Quixote* em cordel; gênero para o qual são adaptadas quatro das *Novelas* por Stélio Torquato (*Licenciado Vidriera, Casamento Enganoso*) e Arievaldo Viana (*Força do Sangue, Ciumento*) em 2014. Nessa obra podemos apreciar a transformação da prosa das novelas em estrofes rimadas com sete versos, atualizando e abrasileirando as deliciosas narrativas criadas na Espanha, tanto tempo atrás.

A professora de língua e literatura espanhola (UFPR), Nylcéa Thereza de Siqueira Pedra, traduziu as doze novelas, publicadas em três volumes (2009, 2010 e 2012) e sem uma única nota, dificultando bastante sua leitura. Além disso, omitiram o importante Prólogo, modificaram a sequência das novelas e, infelizmente as duas últimas (*Casamento* e *Colóquio*) aparecem separadas e mutiladas — o final do último relato foi transferido para o anterior, portanto alterando as duas narrativas, por motivos ainda inexplicados.

Apenas em 2015 o público se viu frente à obra completa, com o Prólogo e as doze novelas, na ordem organizada por Miguel de Cervantes, através de uma tradução de Ernani Ssó, com notas e paratextos.

Ao observar as 30 edições do passado, notamos uma disparidade na recepção dos doze relatos, alguns retraduzidos e republicados várias vezes, outros muito pouco. O Prólogo aparece apenas uma única vez, antes de 2015.[2] As duas últimas novelas, entrelaçadas pelo autor, e cada vez mais consideradas por críticos como narrativa única, foram sempre separadas nas edições examinadas, excetuando a última, de Ssó.

Afirmei em 2013, durante um congresso internacional[3] que celebrava os quatrocentos anos das *Novelas Exemplares,* que os leitores brasileiros mereciam uma edição integral, com notas contextualizando historicamente o texto, não necessariamente direcionada ao público acadêmico, mas aos interessados em conhecer a originalidade e exemplaridade desta

---

[2] Ao todo, incluindo esta, são 31 edições. O resumo da frequência de aparições está em parêntesis, os títulos estão em espanhol, pois mudam bastante: *La Gitanilla* (7); *El Amante Liberal* (4); *Rinconete y Cortadillo* (9); *La Española Inglesa* (8); *El Licenciado Vidriera* (5); *La Fuerza de la Sangre* (9); *El Celoso Extremeño* (9); *La Ilustre Fregona* (6); *Las Dos Doncellas* (5); *La Señora Cornelia* (8); *El Casamiento Engañoso* (10); *El Coloquio de los Perros* (5).

[3] Refiro-me ao Congresso Internacional de Hispanistas, realizado em Buenos Aires em 2013, no qual apresentei a história das traduções da obra, "De España a Brasil: El Trayecto Editorial de las *Novelas Ejemplares*". O artigo, disponível em nossa bibliografia, apresenta toda a historiografia da obra com riqueza de detalhes, desde sua chegada ao nosso país em 1921 até 2013.

obra que continua sendo reescrita e lida em centenas de línguas, com tanta admiração. E meu desejo, que começou a se materializar com a versão de Ssó, está se realizando integralmente com esta primorosa publicação oferecida pela editora Martin Claret, a qual tenho a honra de apresentar aqui.

O aclamado texto cervantino foi magnificamente traduzido pela escritora e tradutora paulistana Yara Camillo. Formada em cinema pela FAAP, com incursões pelo teatro como autora, diretora e atriz, Camillo é também autora, com dois livros de contos publicados. Agora nos brinda, junto com sua excelente tradução, uma acolhedora Nota de Tradução.

Esta edição ameniza o abismo temporal de mais de quatro séculos oferecendo, além de um rico glossário, um número impressionante de notas de rodapé, 604 notas,[4] sendo 155 apenas para o último relato, o *Colóquio*. Essas notas são imprescindíveis para que possamos entender uma época com valores muito distantes aos atuais, sem mobilidade social, uma sociedade preconceituosa e agressiva com mulheres e minorias, facilitando a leitura, sem perturbar o agradável entretenimento que a narrativa proporciona.

A tradução de Camillo flui sem perder sua identidade, sem deixar de ser um livro do Século de Ouro espanhol. Mostrando a seriedade e excelência desta tradução, Camillo compartilha algumas das opções utilizadas por outros colegas, e disponibiliza, além das renomadas referências bibliográficas, vários links para portais e páginas sobre os temas tratados. O inédito e útil glossário, dividido em notas para cada novela, traz interessantes contextualizações históricas, com referências folclóricas, paremiológicas, mitológicas e literárias. O texto, esmeradamente tratado e revisado, é a única tradução com palavras latinas escritas em grafia correta.

Pouco sabemos sobre a vida de Miguel de Cervantes, mas está registrado que em 1568, aos 21 anos, publicou sua primeira obra, um poema louvando o nascimento da Princesa Catalina, segunda filha do rei Felipe II. Um ano depois, colaborou com quatro poemas para uma antologia, logo após a morte da rainha Isabel de Valois, a terceira esposa do rei. Mas sua carreira como escritor começa realmente aos 38 anos,

---

[4] Apenas por comparação, a outra única tradução completa das *Exemplares* (Ssó) apresenta apenas 289 notas para todo o texto cervantino e não oferece glossário.

em 1585, com a publicação da *Galateia*, um romance pastoril passado em *algum lugar* nas margens do rio Tejo.

Um fato pode ser afirmado com absoluta certeza: Cervantes esteve em intensa atividade nos últimos quinze anos de sua vida. Ao finalmente conseguir a proteção de um patrono, o conde de Lemos, atendeu academias literárias, nas quais escritores e intelectuais se reuniam para ler e debater seus respectivos trabalhos. Escreveu obras em distintos gêneros; expirando quatro dias depois de terminar o Prólogo de sua última obra, *Persiles*, publicado em 1617.[5] Ele morreu no dia 22 de abril de 1616, e foi enterrado no dia seguinte, 23 de abril; mesmo dia da morte de William Shakespeare. Na realidade, na Inglaterra era o dia 3 de maio, pois o país ainda não adotara o calendário gregoriano, provocando uma distância de dias entre as duas datas.

Como todos os clássicos, este é um livro muito estudado. Ao tentar encontrar uma chave para a possível unidade das *Exemplares*, acadêmicos procuraram estudar os títulos, os nomes,[6] mas a resposta mais convincente, no entanto, parece residir na área temática. Amor, casamento, amizade, liberdade, identidade, desejo, pecado, problemas de conhecer a verdade (sobre qualquer coisa) e o funcionamento da Divina Providência são certamente identificáveis como temas recorrentes. A questão da coerência da coleção destes contos acompanha a tão discutida exemplaridade das novelas, pois a alegada exemplaridade moral das mesmas não se cumpre. Apenas duas, o *Ciumento* e a *Espanhola Inglesa*, contêm uma afirmação conclusiva explícita sobre o propósito didático, e mesmo assim, pelo menos no caso do velho ciumento, é expresso em tom tão irônico, que é difícil levá-lo a sério. Também, o conteúdo das histórias — e não falta sexo e violência — não está, aparentemente, de acordo com a afirmação de que "os galanteios amorosos que encontrarás em algumas dessas novelas são tão puros e tão conformes ao pensamento e aos preceitos cristãos".

---

[5] Cervantes, que nasceu em Alcalá de Henares em 29 de setembro de 1547, recebeu os sacramentos no dia 18 de abril de 1616 e no dia seguinte, no 19, compôs a dedicatória ao Conde de Lemos. No dia seguinte, dia 20 de abril, escreveu o derradeiro prólogo, para *Persiles e Sigismunda*, que termina em pungente tom de despedida: "Adeus, deleitados amigos, que vou morrendo e desejando ver a todos em breve, contentes na outra vida!" (nossa tradução).

[6] Stephen Boyd (2005:20) nota alguns ecos internos, como a similaridade entre alguns nomes, vários começando com *R* (Ricardo, Ricaredo, Rodolfo), protagonistas com nomes iniciando em *Leo* (Leonisa e duas Leocadias); protagonistas com sobrenomes iniciados em *Ca* (Cárcamo, Carrizales, Carriazo, Campuzano).

Stephen Boyd (2005:1-44) é um dos críticos que pensa que Cervantes parodia a linguagem tradicional e clichê associada a asserções de exemplaridade. Nos contos exemplares tradicionais, como nas Fábulas de Esopo, a história é condicionada e subordinada à lição explicitamente declarada que ilustra.

Aconselho que leiam o divertido Prólogo, dedicado aos *amantíssimos leitores*, no qual o próprio Cervantes oferece sua biografia, cita a batalha de Lepanto que inutilizou sua mão esquerda, anuncia suas próximas aventuras literárias, e descreve sua aparência, não poupando inclusive até a falta de dentes e sua avançada velhice. Ele tinha sessenta e seis anos em uma sociedade com vida média perto dos quarenta.

Escrito em forma epistolar e endereçado, usando o pronome *tu* da segunda pessoa do singular, Cervantes converte seu prólogo em um exercício ficcional, como fizera no *Quixote*, construindo outra vez um alter ego, um *amigo*. O que temos é um retrato verbal, descrito por um autor implícito que se identifica como Miguel de Cervantes Saavedra e reproduz um hipotético retrato-elogio composto por um amigo distraído, o qual acompanharia o tal retrato alegadamente pintado pelo famoso pintor (hoje sabemos que dom Juan de Jáuregui não pintou retrato algum).[7] Teremos de nos conformar por uma declaração imaginada representando a verdade do escritor, sem relação direta com a realidade, portanto, outra construção literária do próprio Cervantes, que diferente de seus conterrâneos (Lope, Góngora ou Quevedo), tem uma imagem estritamente textual.

Cervantes deixa isso bem claro no final da primeira parte do Prólogo. Ele questiona a veracidade e a confiabilidade do retrato de seu amigo, comparando-o com as duas dúzias de testemunhos falsos e autoaduladores que ele poderia ter usado em seu lugar.

As novelas se apresentam todas como *histórias verdadeiras* e, realmente em cada uma delas existem referências históricas reais. São

---

[7] Conta Jose Luis Megias (2016:30-31), que alguns anos depois das celebrações do terceiro centenário do *Quixote*, surgiu o quinto retrato falso de Cervantes, o mais famoso de todos, por ter tido sua autenticidade defendida pelo prestigioso cervantista Francisco Rodríguez Marín. Em 1910 um artista e restaurador de quadros, José Albiol, informou a existência de um retrato pintado por Jáuregui, recém-restaurado por ele. Mas exames posteriores mostraram que a obra não poderia ser do pintor, que tinha apenas 16 anos em 1600, data inscrita na pintura, a qual também traz uma duvidosa inscrição, colocando um Dom na frente do nome do escritor. A assinatura do pintor também não corresponde, mas o quadro acabou decorando o dossel do salão de atos da Real Academia Espanhola, local que ocupa até hoje.

temas de diferentes origens, diversos registros linguísticos e estruturas narrativas que coexistem e se fundem para produzir uma obra atemporal, causando sempre perplexidade e maravilhamento ao ser lida. Assim como no *Quixote*, quase não encontramos finais trágicos e nenhuma personagem é apenas malvada ou bondosa, todas despertam empatia; trazendo uma variedade de olhares e vozes, defendendo o diálogo, inclusive celebrando a amizade e o amor, não sem pitadas de peripécias e reconhecimento de laços de parentesco inesperados. Ao final, terminamos seduzidos pelo entretenimento providenciado pelas mais variadas estruturas narrativas, continuamente renovadas a cada leitura.

E o intrigante título deste livro, *Novelas Exemplares*? Não podemos nos ater somente ao que explica o próprio autor, de que são exemplares, pois "não há nenhuma da qual não se possa tirar algum exemplo proveitoso". Depois disso, adiciona, em tom dramático, que preferia cortar sua única mão saudável a publicar novelas que pudessem induzir seus leitores a ter maus desejos ou pensamentos. Recordemos que além de censores civis, o livro também passou pela censura eclesiástica; portanto o autor poderia alegar que alguns relatos eram, sim, exemplos a serem seguidos, mas outros, evitados.[8]

Mas, acredita-se também que Cervantes se referia a exemplo a ser seguido por outros escritores, afinal, como ele mesmo proclamou, foi o primeiro a *novelar*[9] em sua língua. Até a publicação das *Novelas Exemplares*, o gênero era considerado menor na Espanha. Circulavam apenas traduções ou imitações de obras escritas principalmente na Itália, dentro da linha dos contos de Bocaccio e Bandello, cujas obras eram inclusive bastante censuradas pela própria versão expurgada da Itália de *Decameron*, proibido na Espanha em 1559 — portanto ao serem traduzidas eram bem acomodadas para a sociedade conservadora da época.

Cervantes estava ciente do ineditismo de sua coleção de novelas breves. Sua obra dialoga com várias formas de discurso oral e escrito através das aventuras de suas personagens, provindas dos mais distintos estratos sociais, inclusive aqueles à margem da sociedade, como mouriscos

---

[8] A palavra exemplo provém do latim, *exemplum*, significando duas coisas opostas, um modelo a ser seguido, imitado; mas também pode ser um exemplo de conduta a ser evitada (Autoridades).

[9] Vocábulo que deriva da palavra italiana *novella*, derivada do termo em latim *nova* (novidade, notícia), usado para uma narrativa média em termos de extensão, por oposição ao *conto* (mais breve) e ao *romance* (mais extenso) (Dicionário Literário).

e ciganos, fazendo uma representação literária da vida cotidiana dos mesmos, humanizando-os e aproximando-os do público leitor, como poucas vezes ocorrera antes. Eram histórias espanholas, não mais traduções de escritos oriundos de outras culturas, como fez questão de anunciar em seu famoso Prólogo.

Este é um livro atual. Com certeza o leitor se divertirá ao se inteirar sobre as corrupções da época e os problemas causados por rumores e boatos. Como avisam os sábios cães do *Colóquio,* falar mal é algo inato, seria algo "que herdamos dos nossos ancestrais", mas assim como as atuais notícias falsas, pode até fazer "rir a muitos, também pode acabar com alguém".

A abordagem de Cervantes à exemplaridade é original — suas histórias não existem simplesmente como ilustrações de boas e más qualidades e comportamentos. Ele reajusta e até mesmo reverte, o foco dos contos tradicionais, explorando o vício e a virtude, ou, mais precisamente, a sutil dinâmica dessa coexistência. Suas personagens são genéricas e, ao mesmo tempo, complexas e contraditórias, com reações diferentes e inesperadas, agem de modo correto por razões erradas ou erradamente pelas razões certas.

Aproveite então a saborosa prosa destas novelas, para se deliciar com toda graça e encanto das divertidas narrativas criadas na Espanha, tanto tempo atrás por um escritor chamado Miguel de Cervantes, agora nesta bela tradução para nossa língua: o doce e melodioso português brasileiro.

Vale!

BIBLIOGRAFIA:

Boyd, Stephen (Ed.). *A Companion to Cervantes's Novelas Ejemplares.* Woodbridge, UK: Tamesis, 2010.

Cobelo, Silvia. "De España a Brasil: el conturbado trayecto editorial de las Novelas Ejemplares". In: Actas XVIII Congreso de la Asociación Internacional de Hispanistas (AIH). Buenos Aires, Argentina, p. 57-65, 2016.

Megías, José Manuel Lucía. "Los Retratos de Miguel de Cervantes: De la Búsqueda del Hombre al Triunfo del Mito". IMAGO Revista de Emblemática y Cultura Visual, n°8, p. 19-35, 2016.

NOTA DA TRADUÇÃO

Quatrocentos anos nos separam da primeira edição das *Novelas Exemplares*, publicadas em 1613.

A Arte atravessa o Tempo e essa obra de Cervantes chega até nós, com todo seu engenho e lucidez.

A impressão que tive, após algumas leituras, foi a de estar diante de uma crônica do mundo daquela época, que Cervantes nos conta e oferece nessas doze novelas, cada uma compondo o mosaico, o quadro geral de um tempo retratado como só Cervantes soube.

N'*A Ciganinha* estão os ciganos, sua concepção de mundo ("...nossa vida, livre e ancha, não se sujeita a melindres nem a muitas cerimônias", como diz o velho cigano, em seu discurso), o deslumbre que despertam nas pessoas, convidando-as ao irresistível com suas danças e cantos e mistério, sendo ao mesmo tempo castigados pelo temor e desprezo que a boa gente sente pelo que desconhece.

N'*O Amante Generoso*, o eterno sofrer dos amores não correspondidos, tendo como cenário a invasão de Chipre pelos turcos em 1570, e em meio ao conflito a surpreendente atitude do amante Ricardo perante sua amada, Leonisa, e seu rival, Cornélio, atitude que foge em absoluto a qualquer padrão imaginável para a época e mesmo para os dias de hoje.

Em *Rinconete e Cortadillo*, a desigualdade, a miséria e a malandragem como inevitável resposta à opressão se traduzem nos protagonistas, malandros meninos que buscam em Sevilha a saída, ou já a entrada, num mundo de sobrevivência possível, à custa de roubos e artimanhas e ali encontram uma organização cuja estrutura é tão ou mais severa e injusta quanto a da sociedade onde nasceram e da qual tentam escapar, por uma questão de sobrevivência não apenas física, mas também da alma livre que os anima e orienta e conduz.

Cabe, aqui, um aparte: num dia de verão, no centro da cidade de São Paulo, descendo a Ladeira Porto Geral, vi Rinconete e Cortadillo caminhando à minha frente, falando numa linguagem que eu não compreendia, embora reconhecesse cada palavra. Como na *Germanía*, a gíria que tantos estudos mereceu e merece até hoje, Rinconete e Cortadillo se expressavam, livres de qualquer censura eventual, e riam. Na rua fervilhante, sob o sol do meio-dia (a hora sem sombra, a hora do sol a pino, como diz o velho cigano), parei numa esquina para atravessar a Rua 25 de Março e eles pararam ao meu lado. Olhei para os dois, me sentindo por um átimo na Sevilha do século XVI. Eles me olharam também. Ofereci-lhes minha garrafa de água mineral, mais para consumar o contato naquele incrível lapso de tempo do que para aliviar a sede de que todos padecíamos, e um deles (creio que Cortadillo, o Bom) sorriu para mim, aceitou, bebeu, passou a garrafa ao parceiro e, à minha pergunta (Tudo bem, filho?), respondeu: "Suave". Apressaram o passo e em questão de segundos eu os perdi em meio ao enxame humano.

Eu poderia dar continuidade a esta nota, traçando as pontes entre cada novela e sua atualidade, sua modernidade que acontece por meio daquelas conexões que só a Arte propicia. Poderia falar das ciganas e ciganos que diariamente percorrem o centro da cidade, *recolhendo a garrama* (assim os ciganos se referiam ao ato de roubar, usando o termo árabe para arrecadação de impostos), ou improvisando pequeninas tendas em praças e viadutos, dispondo caixotes de frutas à guisa de mesas, para ler a sorte de quem queira chegar. ("Lindinha, lindinha, das mãos de prata, mais te ama teu marido que o Rei das Alpujarras", como diz a Ciganinha.)

Poderia falar d'*O Licenciado de Vidro*, sua condição de *eterno outsider* que, de algum modo, a todos nos retrata e, seguindo pelas novelas afora, pelas novelas adentro, chegar ao magistral *Colóquio dos Cães*, no qual se confirma e se coroa o engenho de Cervantes, que conclui, pelo olhar de Berganza e Cipión, sua análise e visão de mundo, com os componentes essenciais à Arte e, sem dúvida, à sua humanidade: lucidez, acuidade, limpidez, humor, e me atrevo a dizer que esses são também componentes do amor que reside em sua compreensão do ser humano.

E falando em amor, compartilho aqui algo que me aconteceu logo no início desse trabalho, quando eu seguia um critério, até então costumeiro: deixava de lado a função de traduzir para me entregar à obra como leitora. Esperava, como sempre, que num dado momento me ocorresse um caminho, um modo, enfim, de tentar uma vez mais contestar o incontestável: *traduttore-traditore*.

Mas nas *Novelas* tudo aconteceu de modo bem diferente. Ou melhor, nada me ocorreu, a não ser o encanto pela leitura. Nenhum achado, nenhuma via de tradução... ao contrário: eu me perguntava como faria para transmitir-traduzir Cervantes ao leitor da nossa língua, como estender uma ponte, o mais neutra possível, entre um idioma e outro, entre sua escrita e o leitor, franqueando a este a passagem, propiciando ao máximo que ele conversasse com o autor e me colocando, por assim dizer, à disposição de ambos como intérprete.

(Mas ao intérprete, há que lembrá-lo de que os sinônimos nem sempre têm o mesmo sentido.)

Ao longo do trabalho, entre as várias obras de referência e consulta, eu acessava o DRAE, *Diccionario de la Real Academia Española*. Para iniciar o dicionário, escolhia uma palavra e a digitava, para abrir a tela. Digitando a palavra *amor*, certo dia, deparei-me com seu primeiro significado: "Sentimento intenso do ser humano que, partindo de sua própria insuficiência, necessita e busca o encontro e a união com outro ser." ("Sentimiento intenso del ser humano que, partiendo de su propia insuficiencia, necesita y busca el encuentro y unión con otro ser.")

Em nenhum momento nosso Houaiss ou nosso Aurélio definem assim a palavra *amor*. Nas outras definições que se seguem, no DRAE, sim, o *amor* no idioma Espanhol se encontra com o *amor* no nosso idioma. Permanece o sentido de "forte afeição por outra pessoa, nascida de laços de consanguinidade ou de relações sociais".

Mas aqui se confirma a profunda semelhança e a ainda mais profunda diferença entre o idioma Português e o Espanhol. Ou seja, uma palavra, mesmo tendo uma correspondente em outra língua nem sempre tem o mesmo sentido... E digo também no sentido de "sentir", ou seja, a maneira como um povo percebe e constrói seu pensamento, sua fala. E mesmo quando o sentido parece idêntico, muitas vezes é só um parecer. Lá no profundo, no escondido das coisas, vive a diferença essencial, preciosa.

Cabe aqui a lembrança de outra palavra: "eficaz".

No trecho abaixo, que faz parte de *As Duas Donzelas*, Cervantes recorre ao termo "eficazes" para se referir às palavras de uma personagem. Mesmo sendo a tradução imediata e o sentido correto ("que tem a virtude ou o poder de produzir, em condições normais e sem carecer de outro auxílio, determinado efeito; efetivo"), a palavra eficaz, em português, não cabe aqui. Veemente seria mais próprio. Assim, tanto quanto a definição de "Amor", o significado pode ser o mesmo, mas o sentido varia. Como se sente a alma de um povo, traduzida por um escritor maior como Cervantes? Foi essa a essência de minha busca:

"O irmão a olhava, e embora o desenvolto atrevimento de Teodósia o incitasse à vingança, as palavras tão ternas e tão veementes com que ela reconhecia a própria culpa abrandaram-lhe de tal modo o coração..."

Eis outra palavra muito chamada por Cervantes nessas novelas, geralmente para se referir às heroínas: "discreta", num sentido bem mais ligado à inteligência e à sabedoria do que à discrição, tal como a conhecemos em nossa língua.

(Mas o que se percebe, por fim, é que os sentidos se encontram: discrição é também sabedoria; e assim as Palavras vão nos contando o caminho a seguir.)

E por essas e outras vi cair por terra a ponte "o mais neutra possível" que eu queria estender ao leitor, para que ele chegasse ao autor. Impossível. Essa ponte teria o meu modo, o meu porte. Compreendi que não conseguiria, e a essa altura já nem desejava, manter a equivocada neutralidade. Queria, antes, a máxima lealdade possível. E assim iniciei a tradução da primeira novela, *A Ciganinha*. E foi então um aprendizado sem fim. Bem breve me parece a Vida, para o tanto que há a se ver. Não sei quanto à Eternidade, se realmente não terá um fim. Mas o Conhecimento, sem dúvida, não tem.

Falar das dúvidas, aflições, dos caminhos feitos e desfeitos, ao retorno sobre os próprios passos para rever certos trechos, sobre o alívio e mais que alegria quando sentia que acertava no ritmo, no sentido de uma narrativa, uma fala, ou quando a métrica de um verso traduzido coincidia com a do original... Tudo isso me parece quase dispensável. Entrego à leitora e ao leitor a tradução destas *Novelas Exemplares*, esperando que possam percorrer suas águas e aportar no mundo que Cervantes nelas nos oferece, com seu engenho (para usar uma palavra da época) e trabalho.

Escrevi, no início desta nota, que quatrocentos anos nos separam da primeira edição das *Novelas Exemplares*. Mas, não: quatrocentos anos nos aproximam, conectam e sintonizam com essa obra. A conclusão que resta é a de que o tempo não existiu, ou ao menos existiu de outro modo, para a Arte. Para a Arte de Cervantes. Para a Arte de Cervantes nas *Novelas Exemplares*.

Yara Camillo

***
UMA ÚLTIMA OBSERVAÇÃO

Esta tradução teve como base a obra "Novelas Ejemplares", da Catedra — Letras Hispánicas Volumes I e II, 26ª Edição, Madri, 2009. Editor: Harry Sieber, a quem admiro e sou grata.

Agradeço, ainda, a Lucila Camillo, Edson Biller e Lena Monteiro pelo precioso olhar que dedicaram a este trabalho; pela generosidade com que me ouviram e apoiaram, ao longo da tradução. Agradeço a Silvia Massimini e a Silvia Cobelo, pelas sugestões e comentários igualmente preciosos. E, finalmente, minha gratidão a Carolina Lima, editora, por sua ilimitada compreensão e apoio nessa trajetória.

***

miguel de cervantes NOVELAS EXEMPLARES

PRÓLOGO AO LEITOR

Quisera eu, se fosse possível, caríssimo leitor, furtar-me a escrever este prólogo, pois não me saí tão bem no que fiz para o meu *Dom Quixote*, a ponto de ter vontade de escrever outro. A culpa é de um amigo, entre os muitos que no decurso de minha vida granjeei, mais por minha natureza do que por meu talento. Esse amigo bem poderia, como é de uso e costume, gravar-me e esculpir-me na primeira página deste livro, já que o famoso Dom Juan de Jáurigui[1] daria a ele meu retrato.[2] Assim, eu poderia satisfazer minha ambição e também o desejo de algumas pessoas que gostariam de saber qual o rosto e o porte de quem se atreveu a sair a público, aos olhos do mundo, munido de tantas invenções; e sob o retrato, escreveria: "Este que aqui vedes, de rosto aquilino, cabelos castanhos, testa lisa e alta, olhos alegres e nariz curvo, embora bem-proporcionado; barbas cor de prata que há menos de vinte anos eram de ouro; bigodes grandes, boca pequena; dentes nem miúdos nem graúdos, pois tem apenas seis, em más condições e distribuição ainda pior, pois não têm correspondência uns com os outros; tem o corpo entre dois extremos, nem alto nem baixo; a pele de cor viva, mais clara do que morena; as costas um tanto encurvadas e os pés não muito ligeiros. Digo que é assim o rosto do autor de *A Galateia* e *Dom Quixote de La Mancha*, e daquele que escreveu *Viagem do Parnaso*, à imitação de César Caporal Perusino,[3] e outras obras que andam por aí, perdidas e talvez sem o nome de seu dono. Chama-se comumente Miguel de Cervantes Saavedra. Foi soldado por muitos anos e passou

---

[1] Poeta e pintor (Sevilha, 1583-Madri, 1641).

[2] Há controvérsias sobre o quadro-retrato de Cervantes, tal como o conhecemos hoje. Ver nota 7 do prefácio.

[3] Cesare Caporali de Perusa (Perugia, 1531-Castiglione, 1601), autor de *Viaggi di Parnaso* (1582), modelo literário, tal como diz Cervantes, de sua obra poética. (Sieber) [As referências completas das obras citadas no rodapé — Sieber, González, Lello, Porto etc. — estão no final deste volume.]

cinco e meio cativo, quando aprendeu a ter paciência nas adversidades. Perdeu a mão esquerda na batalha naval de Lepanto, por conta de um tiro de arcabuz. Essa ferida, embora pareça feia, é por ele considerada bela, já que a conseguiu lutando sob a bandeira vencedora do filho do raio da guerra, Carlos V — de grata memória! —, na mais memorável e altíssima ocasião que os séculos passados já viram e os séculos vindouros jamais verão." E se à memória deste amigo, de quem me queixo, não ocorressem outras coisas, além das que já falei, para dizer a meu respeito, eu mesmo inventaria duas dúzias de testemunhos que a ele entregaria, em segredo, para que assim propagasse meu nome e granjeasse crédito para o meu talento. Pois pensar que esses elogios diriam fielmente a verdade é um disparate, já que nem os louvores nem os vitupérios têm precisão ou fundamento.

Enfim, já que essa oportunidade passou, deixando-me em branco e sem retrato, forçosamente terei de recorrer à minha própria fala que, embora gaguejante, não o será para expressar verdades que, ditas de modo figurado, costumam ser entendidas. E assim volto a dizer, caro leitor, que destas novelas que te ofereço não poderás, de modo algum, fazer uma miscelânea,[4] pois elas não têm pé nem cabeça, nem entranhas ou coisa semelhante. Quero dizer que os galanteios amorosos que encontrarás em algumas dessas novelas são tão puros e tão conformes ao pensamento e aos preceitos cristãos, que não poderão levar a maus pensamentos nem o leitor mais atento nem o mais distraído.

Chamei-as de *Exemplares* e, se prestares bem atenção, verás que não há nenhuma da qual não se possa tirar algum exemplo proveitoso. Se não fosse por prolongar demais esse assunto, talvez eu te mostrasse o saboroso e puro fruto que se pode extrair de todas elas, juntas ou separadamente.

Meu propósito foi levar à praça de nossa república uma mesa de trucos,[5] onde cada um pudesse chegar para entreter-se, sem prejuízo das barras,[6] digo: sem prejuízo da alma nem do corpo, pois os exercícios honestos e agradáveis mais trazem proveito do que danos.

---

[4] No original, *pepitoria*: guisado feito com miúdos de ave e, por extensão, miscelânea, confusão.
[5] Jogo semelhante ao bilhar.
[6] Na mesa de trucos, barra de ferro em forma de arco, por onde devem passar as bolas.

Sim, pois nem sempre estamos nos templos, nem sempre ocupamos os oratórios, nem sempre cuidamos dos negócios, por mais importantes que sejam. Existem horas de recreação, para que o espírito aflito descanse.

Para isso há plantas nas alamedas, para isso se buscam as fontes, aplainam-se as encostas, cultivam-se esmeradamente os jardins. Uma coisa me atreverei a dizer-te: que se de algum modo a leitura destas novelas pudesse induzir quem as lesse a algum mau desejo ou pensamento, eu antes cortaria a mão com que as escrevi, em vez de publicá-las. Em minha idade, já não estou para brincadeiras com a outra vida; aos cinquenta e cinco anos, adianto a mão e somo mais nove, vividos antecipadamente.

A isso se aplicou meu talento, a isso me conduz minha vocação, e mais: que me dou a entender, e assim é, que sou o primeiro a novelar em língua castelhana; que as muitas novelas impressas nesta língua são todas traduzidas de línguas estrangeiras, mas estas são minhas mesmo, não imitadas nem furtadas; foram geradas por meu talento, paridas por minha pena e agora vão crescendo nos braços da prensa. Depois delas, se a vida não me abandonar, te ofereço os *Trabalhos de Persiles*,[7] livro que se atreve a competir com Heliodoro[8] e que bem pode dar errado, por conta desse atrevimento. Mas primeiro — e muito em breve — verás, ampliadas, as façanhas de Dom Quixote e as artes de Sancho Pança; e logo em seguida, as *Semanas do jardim*.[9]

Muito prometo, com tão poucas forças como as minhas. Mas quem imporá rédeas aos desejos? Somente isto quero que consideres: que se tive a ousadia de dedicar estas novelas ao grande Conde de Lemos,[10] é porque elas possuem algum mistério oculto que as engrandece.

No mais, que Deus te guarde e a mim dê paciência para receber bem o mal que falarão de mim uns quatro ou mais ardilosos e pedantes. Adeus.

---

[7] *Os Trabalhos de Persiles e Sigismunda*: última obra de Cervantes, publicada postumamente, em 1617.

[8] Romancista grego que viveu no século III d.C..

[9] "Embora Cervantes tenha mencionado aqui esta obra na qual, ao que parece, ele estava trabalhando, não se tem mais notícia dela e nunca foi encontrada entre seus pertences após a morte." (Massimini).

[10] Pedro Fernández de Castro (1575-1622), vice-rei de Nápoles, a quem Cervantes dedicou também outras obras.

DEDICATÓRIA

A DOM PEDRO FERNÁNDEZ DE CASTRO,
Conde de Lemos, de Andrade e de Villalba,
Marquês de Sarriá, Gentil-Homem da Câmara de Sua Majestade,
Vice-rei, Governador e Capitão-Geral do Reino de Nápoles,
Comendador da Encomenda da Zarza da Ordem de Alcântara

Aqueles que dedicam suas obras a algum príncipe quase sempre incorrem em dois erros. O primeiro é que no texto que chamam "dedicatória" — o qual deve ser breve e sucinto —, propositadamente, levados seja pela verdade ou pela lisonja, estendem-se por demais, recordando não só as façanhas dos pais e avós do homenageado, mas as de todos os seus parentes, amigos e benfeitores. O segundo é dizer que as entregam à sua proteção e amparo, para que as línguas maledicentes e insidiosas não se atrevam a mordê-las e lacerá-las.

Quanto a mim, para fugir desses dois inconvenientes, silencio aqui sobre as grandezas e títulos da antiga e Real Casa de Vossa Excelência, com suas infinitas virtudes, tanto naturais como adquiridas. Deixo-as para que os novos Fídias e Lísipos[1] busquem mármores e bronzes para gravá-las e esculpi-las, para que se igualem à duração dos tempos.

Tampouco suplico a Vossa Excelência que receba em sua tutela este livro, porque sei que, se ele não for bom, ainda que eu o ponha sob as asas do hipogrifo de Astolfo[2] e à sombra da clava de Hércules, não deixarão os Zoilos, nem os Cínicos, nem os Aretinos ou os Bernis[3] de

---

[1] Fídias: ilustre escultor grego da Antiguidade (500-431a.C.); Lísipo: estatuário grego.

[2] Animal fabuloso, metade cavalo e metade grifo, personagem que aparece em *Orlando Furioso*, de Ariosto, poeta italiano (1474-1533). No hipogrifo, Astolfo teria viajado aos Montes da Lua e ao Paraíso.

[3] Zoilo: crítico de Homero, do século III a.C.. Cínicos: seguidores do Cinismo: "doutrina filosófica grega fundada por Antístenes de Atenas (444-365 a.C.), que prescrevia a felicidade de uma vida simples e natural através de um completo desprezo por comodidades, riquezas, apegos, convenções sociais e pudores, utilizando de forma polêmica a vida canina como modelo ideal e exemplo prático destas virtudes." (Houaiss) Pietro Aretino: escritor italiano satírico (Arezzo, 1492 – Veneza, 1556). Francesco Berni: poeta italiano, autor de diversas composições burlescas (1496-1535).

afiar seus vitupérios, sem guardar respeito a ninguém. Suplico apenas que Vossa Excelência note que estou enviando, como quem não diz nada, doze novelas que, se não tivessem sido lavradas na oficina de meu entendimento, estariam presumidamente ao lado das de maior valor.

Tal como são, eis as novelas. Quanto a mim, sinto-me feliz por assim poder expressar o desejo que tenho de servir a Vossa Excelência como a meu verdadeiro senhor e benfeitor. Que Nosso Senhor o guarde e assim por diante.

De Madri, a catorze de julho de mil seiscentos e treze.

Criado de Vossa Excelência,
Miguel de Cervantes Saavedra

A CIGANINHA

Parece que os ciganos e as ciganas vieram ao mundo somente para ser ladrões: nascem de pais ladrões, criam-se com ladrões, estudam para ladrões e por fim tornam-se completos ladrões, em toda e qualquer circunstância. Neles, a gana de furtar e o ato do furto são incidências inseparáveis, que só acabam com a morte. Pois alguém dessa nação, uma velha cigana, que bem poderia se aposentar pela escola de Caco,[1] criou uma menina como se fosse sua neta, a quem deu o nome de Preciosa e ensinou todas as suas artimanhas de cigana, maneiras de iludir e truques para roubar. A tal Preciosa tornou-se, entre os ciganos, uma dançarina singular. Era também a mais bela e sábia, não só entre as jovens ciganas, mas entre quantas outras mais pudessem ter essa fama. Nem o sol, nem os ventos, nem todas as inclemências do céu — às quais, mais do que qualquer outro, está sujeito o povo cigano — puderam tirar o brilho de seu rosto ou deixar curtidas suas mãos. E mais: apesar da tosca criação que recebera, demonstrava ter nascido com dons bem melhores do que os das ciganas em geral, pois era extremamente educada e sensata. Contudo, era também um tanto arrojada, não de modo a demonstrar algum tipo de desonestidade, ao contrário: era espirituosa, mas tão recatada que nenhuma cigana, velha ou moça, ousava cantar músicas maliciosas ou dizer palavras rudes em sua presença. Por fim, a avó reconheceu o tesouro que sua neta representava. E, assim, a velha águia decidiu ensinar seu filhote a voar e a viver por suas próprias garras.

Preciosa sabia muitos vilancicos, coplas, seguidilhas, sarabandas[2] e outros tipos de versos, principalmente romances,[3] que cantava com graça e talento singular. Pois sua astuta avó percebeu que essas canções

---

[1] Do latim *Cacus*, Caco, ladrão mitológico. Por extensão, ladrão que rouba com destreza. (Ver Glossário)

[2] Gêneros de composições poéticas, geralmente cantadas e acompanhadas por dança.

[3] Romance: no contexto, poema de caráter épico e narrativo, ou composição de canto e poesia, com rima nos versos pares e sem rima nos versos ímpares.

e poemas, aliados à pouca idade e à extraordinária beleza da neta, poderiam ser vantajosos atrativos, incentivos para aumentar seu patrimônio. Assim, foi procurá-los — por todos os meios que pôde —, e não faltou poeta que os desse. Pois há poetas que se dão com ciganos e para eles vendem suas obras, assim como há os que as vendem para os cegos, que representam milagres[4] para ganhar a vida. Há de tudo neste mundo, mas talvez a fome leve o engenho humano a ousar coisas que não estão no mapa.

Preciosa cresceu em várias regiões de Castela. Aos quinze anos foi levada pela avó adotiva de volta à Corte e ao seu antigo rancho, nos campos de Santa Bárbara,[5] onde geralmente acampam os ciganos. A velha cigana tencionava vender sua mercadoria na Corte, onde tudo se compra e tudo se vende. Preciosa entrou em Madri pela primeira vez no dia de Santa Ana,[6] padroeira e protetora da cidade, dançando num grupo formado por oito ciganas, quatro anciãs e quatro jovens, conduzidas por um cigano, grande dançarino. Embora todas estivessem muito limpas e bem vestidas, o asseio e a graça de Preciosa foram pouco a pouco enchendo os olhos de cada um. Em meio à dança, ao som do tamborim e dos dedos que estalavam, marcando o ritmo, cresceu um rumor que louvava a beleza e graça da jovem cigana. Os meninos corriam para vê-la de perto; os homens a contemplavam. Mas, quando a ouviram cantar — pois a dança era cantada —, aí sim, ganhou novo alento a fama da ciganinha! E de comum acordo com os organizadores da festa, todos resolveram dar a ela o título e o prêmio de melhor dançarina, que Preciosa foi receber na Igreja de Santa Maria,[7] diante da imagem de Santa Ana. Depois que todas as outras ciganas dançaram, Preciosa pegou umas *sonajas*[8] e, fazendo-as soar, começou a rodopiar velozmente, descrevendo grandes círculos, enquanto entoava o seguinte romance:

---

[4] Milagre: tipo de drama medieval edificante, baseado na vida dos santos e seus milagres. (Houaiss) Na Espanha, era chamado "mistério".

[5] Campos situados ao norte da cidade, perto da Porta de Santa Bárbara.

[6] Festa celebrada em 26 de julho. Santa Ana era também padroeira e protetora de alguns ciganos que viviam nos arredores da cidade. (Sieber)

[7] Matriz do povoado. (Ver Glossário)

[8] Instrumento de percussão, feito com um ou mais pares de chapas circulares de metal (soalhas), atravessadas por um ou mais fios de arame, presos a um aro em forma de círculo ou semicírculo, ou a outro tipo de base. Quando agitadas ou percutidas, as chapas se chocam e produzem som.

— Árvore preciosíssima
que tardou em dar fruto
por anos que puderam
cobri-la de luto
e tornar os desejos
do consorte puros,
contra sua esperança
não muito seguros —,
de cujo tardar
nasceu o desgosto
que expulsou do templo
o varão mais justo:
Santa terra estéril
que por fim gerou
toda a prosperidade
que sustenta o mundo.
Casa da Moeda
onde se forjou o cunho
que a Deus deu a forma
humana que teve.
Mãe de uma filha
em quem Deus quis e pôde
mostrar maravilhas
sobre o humano curso.
Por vós e por ela
sois, Ana, o refúgio
onde buscam alívio
nossos infortúnios.
De certa maneira
tendes, não duvido,
sobre o Neto domínio
piedoso e justo.
Por comungares
no Supremo Alcázar,
mil parentes levastes
junto convosco.
Que filha e que neto
e que genro!

Tanto, que seria justo
cantardes triunfos.
Porém vós, humilde,
fostes a fonte
onde fez vossa Filha
humildes cursos;
e agora, a seu lado,
bem junto de Deus,
desfrutais das alturas
que apenas pressinto.

O cantar de Preciosa foi admirado por todos os que a ouviram. Alguns diziam:
— Deus abençoe essa menina!
Outros:
— Pena que a mocinha seja cigana! Em verdade, em verdade, bem merecia ser filha de um grande senhor!
Outros, mais grosseiros, diziam:
— Esperem até que ela cresça e acabará fazendo das suas! É certo que nela já se vai tramando uma rede de pescar corações!
Outro, mais humano, mais rude e imprevidente, ao vê-la dançar com tanta leveza, disse:
— Isso, filha, isso! Anda, meu amor, pisa essa poeira, pisa miudinho!
Ela seguia dançando, enquanto dizia:
— Vou pisar, vou pisar, miudinho, sem parar![9]
Terminados os festejos das vésperas e do Dia de Santa Ana, Preciosa sentiu-se um tanto cansada, mas em toda a Corte se falava de sua beleza, inteligência, sabedoria e talento de dançarina. Quinze dias depois Preciosa voltou a Madri, trazendo suas *sonajas* e uma nova dança, acompanhada por três jovens ciganas, todas munidas de romances e breves canções alegres, mas honradas. Pois Preciosa não permitia que suas companheiras cantassem músicas insolentes, que também ela não cantava nunca: coisa que muita gente percebeu e por isso passou a admirá-la ainda mais. Quanto à velha cigana, não se afastava, nunca, de Preciosa; vigiava-a como Argos,[10] temendo que a raptassem ou

---

[9] No original, *Y pisárelo yo atán menudó*, estribilho popular. (Ver Glossário)

[10] Argos: no contexto, gigante e príncipe argiano que segundo a mitologia grega tinha cem olhos, cinquenta dos quais permaneciam abertos, mesmo quando ele dormia. Daí a expressão "como Argos", que significa atento, vigilante. (Ver Glossário)

a levassem para longe; chamava-a de neta e Preciosa a considerava como avó.

As ciganas começaram a dançar, à sombra, na Rua de Toledo. As pessoas que seguiam o grupo logo formaram uma grande roda. Enquanto as jovens dançavam, a velha cigana pedia esmola aos presentes. E choviam moedas, *ochavos e cuartos*,[11] como granizo num tablado; pois a beleza também tem o poder de despertar a caridade adormecida.

Terminado o baile, disse Preciosa:

— Se me derem quatro *cuartos*, cantarei sozinha um romance belíssimo, que fala de quando nossa senhora, a Rainha Margarita, saiu de Valladolid, recém-parida, para ir à missa em San Llorente. É um romance famoso, composto por um poeta, entre tantos que existem, mas esse lidera o batalhão.

Mal Preciosa acabou de falar e quase todos, na roda, responderam aos brados:

— Canta, Preciosa! Eis aqui meus quatro *cuartos*!

E choviam, como granizo, tantos *cuartos* sobre Preciosa que a velha cigana mal dava conta de guardá-los. E tendo feito, pois, seu agosto e sua colheita,[12] Preciosa repicou as *sonajas*; com naturalidade e desembaraço, entoou o seguinte romance:[13]

— Saiu para a missa de parida,
a maior rainha da Europa:
rica e admirável joia,
pelo seu valor e seu nome.
Assim como atrai os olhares,

---

[11] *Ochavo*: nome popular das moedas de dois maravedis, cunhadas na Espanha desde o tempo dos reis católicos (Isabel de Castela e Fernando de Aragão) até o reinado de Isabel II; *maravedi*: no contexto, antiga moeda divisionária, de cobre, que teve curso na Espanha e em Portugal (Aurélio); *cuarto*: moeda de cobre espanhola, cujo valor era de quatro maravedis *de vellón* (liga de prata e cobre). "Quanto às moedas de real, havia quatro tipos: *de a ocho, de a cuatro, de a dos, de a uno e 'sencillo'* (de pequeno valor). O valor das moedas variava de acordo com o número de reais de cada uma. A moeda mais valiosa, depois do *real de a ocho*, não era o *escudo*, que valia dez reais; depois vinha o *escudo de ouro*..." (González)

[12] No original, *Hecho, pues, su agosto y su vendimia*... Menção a um provérbio que fala de frutos e grãos que amadurecem em agosto e são colhidos em setembro. Nesse caso, Preciosa não precisa esperar: colhe os "frutos", o dinheiro, imediatamente. (Sieber)

[13] O romance é alegórico: o príncipe Dom Felipe nasceu a 8 de abril de 1605, em Valladolid (*uma estrela*); o *Sol de Áustria* é Felipe III; a *terna Aurora* é a infanta Dona Ana, nascida em Valladolid a 22 de setembro de 1601; *Margarita* é a Rainha Margarida da Áustria, esposa de Felipe III e filha do Arquiduque Dom Carlos e de sua mulher, Dona María de Baviera. *Júpiter* é o Duque de Lerma. (Sieber) Quanto ao primeiro verso — no original, *Salió a la misa de parida* —, refere-se à primeira missa a que uma mulher assistia, depois do parto. Também chamada "missa da purificação." (DRAE)

leva também as almas
dos que miram e admiram
sua devoção e pompa.
E para mostrar que é parte
do céu em toda a Terra,
por um lado leva o Sol da Áustria
e, por outro, a terna Aurora.
Às suas costas vem uma estrela
que saiu fora de hora,
na noite daquele dia
que o céu e a Terra choram.
E se no céu há estrelas
que brilhantes veredas formam,
em outras veredas outro céu
vivas estrelas adornam.
Eis que o velho Saturno
cofia a barba e remoça;
e embora seja lento, vai ligeiro,
pois o prazer cura a gota.
O deus loquaz fala em línguas
lisonjeiras e amorosas;
e Cupido, em cifras várias,
que rubis e pérolas bordam.
Ali vai o furioso Marte
na curiosa pessoa
de mais de um galhardo jovem
a espantar-se com a própria sombra.
Junto à casa do Sol
vai Júpiter; pois não há dificuldades
para a amizade
que em prudentes obras se funda.
Vai a Lua nas faces
de uma e outra humana deusa;
Vênus casta, na beleza
das que este céu compõem.
Pequeninos Ganimedes[14]

---

[14] Príncipe troiano por quem Zeus se apaixonou e, assumindo a forma de uma águia, levou-o ao Olimpo para servir, como copeiro, aos deuses. (Lello)

cruzam, passam, vão e voltam
pelo cinto adornado
desta esfera milagrosa.
E para que tudo se admire
E tudo cause maravilha,
nada há que generosamente não chegue
ao extremo da prodigalidade.
Milão, com seus ricos tecidos,
ali vai, em curiosa visão;
as Índias, com seus diamantes
e a Arábia, com seus aromas.
Com os mal-intencionados
vai a inveja mordaz.
Vai a bondade no peito
da lealdade espanhola.
A alegria universal,
fugindo da aflição,
por ruas e praças caminha,
descomposta e quase louca.
A mil mudas bênçãos
abre o silêncio a boca
e os meninos repetem
o que os homens assim entoam:
"Fecunda videira,
cresce, sobe, abraça e toca
esse teu olmo feliz,
que por mil séculos te dê sombra,
para a tua própria glória,
para o bem e a honra de Espanha,
para arrimo da Igreja,
para assombro de Maomé."
Outra língua clama e diz:
"Vivas, oh, branca pomba,
que nos darás, como crias,
águias de duas coroas,
para afugentar dos ares
as furiosas, de rapina;
para cobrir, com suas asas,

as temerosas virtudes."
Outra, mais sábia e grave,
mais arguta e mais curiosa,
fala, vertendo alegria
pelos olhos e pela boca:
"Esta pérola que nos deste,
nácar da Áustria, singular e única,
quantas máquinas rompe!
Quantos desígnios corta!
Quanta esperança infunde!
Quantos desejos malogra!
Quantos temores aumenta!
Quantos abortos provoca!"
Nisso, chegou ao templo
do Fênix santo[15] que em Roma
foi queimado e ficou vivo,
tanto na fama como na glória.
Àquela que é a imagem da vida,
e que é do céu Senhora,
àquela que por ser humilde
as estrelas pisa agora,
à que é Mãe e também Virgem,
que é Filha e Esposa
de Deus, Margarita,
de joelhos, assim diz:
" — O que me deste, te dou,
mão sempre dadivosa;
pois à falta do teu favor,
a miséria sempre sobra.
As primícias dos meus frutos
te ofereço, Virgem formosa:
Vê, tais como são;
recebe-as, ampara e aprimora.
O pai delas te recomendo:
humano Atlante, ele se curva

---

[15] Ernani Ssó explica essa referência à "Igreja de São Lourenço, em Valladolid, onde foi batizado o futuro rei Felipe IV. São Lourenço, mártir cristão, foi queimado em Roma, em 258."

ao peso de tantos reinos
e de terras tão remotas.
Sei que o coração do Rei
nas mãos de Deus mora.
E sei que podes, com Deus,
tudo quanto quiseres, piedosa."
Terminada essa oração,
outra semelhante entoam
vozes e hinos que mostram
que está na terra a Glória.
Terminados os ofícios
com reais cerimônias,
voltou a seu lugar este céu,
esta esfera maravilhosa."

Tão logo Preciosa terminou seu romance, a ilustre plateia e o grave senado[16] que a ouviam ergueram-se numa só voz, que dizia:

— Canta de novo, Preciosita, e não te faltarão moedas em abundância!

Mais de duzentas pessoas assistiam à dança e ao canto das ciganas. Durante a apresentação, aconteceu de passar por ali um dos magistrados da cidade, que ao ver tanta gente reunida perguntou o que se passava. Responderam-lhe que estavam ali para ouvir a bela ciganinha, que cantava. O magistrado, que era curioso, escutou-a por alguns instantes. Por conta da importância de sua posição, não ficou até o final do romance. Mas, como gostou imensamente de Preciosa, mandou que um criado dissesse à velha cigana que fosse à sua casa, ao anoitecer, junto com as ciganinhas, pois queria que Dona Clara, sua esposa, as ouvisse. Assim fez o criado e a velha cigana respondeu que sim, que iria.

As ciganas terminaram suas danças, seus cantos e mudaram de lugar. Então um pajem, muito bem vestido, abordou Preciosa. Dando-lhe um papel dobrado, disse:

— Preciosita, canta o romance que aqui está escrito, pois é muito bom; e eu te darei outros, de vez em quando, para que ganhes a fama de maior cantadora de romances do mundo.

---

[16] Na época de Cervantes era costume, entre bufões e titereiros, chamar a plateia de "senado", para gracejar. (Sieber)

— Vou aprender este, com muito boa vontade — respondeu Preciosa. — Olhe, senhor, não deixe de me dar os romances, mas que sejam decentes. E se quiser que eu pague por eles, vamos combinar por dúzia: dúzia cantada, dúzia paga, pois pagar adiantado é impossível para mim.

— Se a Senhora Preciosita me pagar só o papel, já ficarei contente — disse o pajem. — E mais: se algum romance não sair bom ou decente, não entrará na conta.

— E a escolha ficará a meu encargo! — respondeu Preciosa.

Assim, foram caminhando pela rua. Alguns cavaleiros, reunidos junto à cerca de uma casa, chamaram as ciganas. Preciosa aproximou-se da cerca, que era baixa, e viu, numa sala muito bem mobiliada, vários cavaleiros em pleno entretenimento: alguns passeando, outros concentrados em diversos tipos de jogos.

— Querem me dar uns trocados, *sssenhores*? — disse Preciosa que, tal como todas as ciganas, falava ciciando: esse é um artifício delas e não um modo natural.

Ao ouvirem a voz de Preciosa e verem seu rosto, os cavaleiros que jogavam interromperam o jogo e os que passeavam interromperam o passeio. Mas tanto uns quanto os outros acorreram à cerca para vê-la, pois já tinham ouvido falar dela.

— Entrem! — disseram. — Que entrem as ciganinhas, que aqui receberão alguns trocados.

— Trocados que sairiam caros, se alguém nos beliscasse — respondeu Preciosa.

— Não! — disse um homem. — Pela minha palavra de cavaleiro, podes entrar, menina, certa de que aqui ninguém tocará sequer a vira[17] do teu sapato. Assim digo, pelo que trago no peito. — E pôs a mão sobre a insígnia de Calatrava.[18]

— Vai sozinha, se quiseres, Preciosa — disse uma das três jovens ciganas que a acompanhavam. — Pois nem penso em entrar onde há tantos homens juntos.

— Olha, Cristina — respondeu Preciosa —, é bom que evites ficar a sós com um só homem... Mas não com tantos juntos! Pois o fato de

---

[17] Tira estreita de couro que se costura entre as solas do calçado, junto às bordas destas, para reforçá-lo.

[18] Os cavaleiros de Calatrava levavam como insígnia uma cruz grega, vermelha, com flores-de-lis nas extremidades.

serem muitos nos livra do medo e do receio de que nos ofendam. Fica atenta, Cristininha, e tem certeza de uma coisa: a mulher que decide ser honrada, será até mesmo no meio de um batalhão de soldados. Na verdade é bom fugir das ocasiões, mas das secretas e não das públicas.

— Entremos, Preciosa — disse Cristina. — Pois tu sabes mais do que um sábio.

A velha cigana encorajou-as e, assim, todas entraram. Mas, tão logo Preciosa entrou, o cavaleiro da ordem de Calatrava viu o papel que ela trazia entre os seios e, aproximando-se, conseguiu pegá-lo.

— Ai, senhor, não me tome este romance, que acabaram de me dar e que ainda nem li! — disse Preciosa.

— Tu sabes ler, filha? — perguntou outro cavaleiro.

— E escrever! — respondeu a velha cigana. — Criei minha neta como se fosse filha de um letrado.

Desdobrando o papel, o cavaleiro encontrou um escudo de ouro. E disse:

— Na verdade, Preciosa, esta carta traz o pagamento incluso: toma este escudo, que veio junto com o romance.

— Já basta o poeta ter me tratado de pobre — disse Preciosa. — Se para mim é um milagre receber um escudo, milagre ainda maior é recebê-lo de um poeta. Se todos os seus romances vierem assim, então que ele transcreva todos os poemas do *Romancero general*[19] e me envie, um a um, que vou apalpá-los... E se vierem "duros", hei de recebê-los com brandura.

Os que ouviam a ciganinha muito se admiraram, tanto por sua inteligência como pela desenvoltura e graça com que falava.

— Leia, senhor — disse ela. — E leia em voz alta; assim veremos se esse poeta é tão bom quanto generoso.

E o cavaleiro assim leu:

> — Ciganinha, és tão bela,
> que podem te dar parabéns:
> pelo que de pedra tens,
> o mundo te chama "Preciosa".

---

[19] *Romancero general*: antologia de romances "artísticos" que, segundo R. Menéndez Pidal, embora "sejam os mais tardios, são, sem dúvida, hoje, os mais desfrutados e aprendidos de memória pelo público". (Sieber)

Desta verdade tenho certeza,
como em ti mesma verás:
que não se apartam, jamais,
a esquivez e a beleza.

Se como cresceste em valor
cresceres também em arrogância,
vê bem o que vais ganhando
a essa altura de tua vivência...

Que assim nasce em ti um basilisco[20]
— que mata, apenas olhando —
e um poder que, mesmo brando,
nos parece tirania.

Em meio à pobreza e às tendas,
como nasceu tal beleza
ou, como criou essa joia
o humilde Manzanares?[21]

Por isso será famoso,
como o dourado Tejo,
e por Preciosa estimado,
mais que o caudaloso Ganges.

Sabes ler a boa sorte
E a má sempre nos dás,
pois não seguem igual caminho
tua intenção e tua beleza.

Porque no grave perigo
que é te olhar ou contemplar,
tua intenção vai te desculpar
e tua beleza a morte dará.

---

[20] Serpente mitológica, de hálito pestilento e mortífero.
[21] O Rio Manzanares nasce na Serra de Guadarrama e passa por Madri. É afluente do Jarama, que é afluente do Tejo. "O Manzanares era objeto de muitas sátiras, talvez por seu pequeno caudal." (Sieber)

Dizem que são feiticeiras
todas as da tua nação;
porém mais fortes e verdadeiros
os teus feitiços serão.

Pois, por levar os despojos
de todos os que te olham,
fazes — oh, menina! — que estejam
teus feitiços nos teus olhos!

Vais além das tuas forças,
pois bailando nos fascinas
e nos matas se nos miras
e nos encantas se cantas.

De cem mil modos enfeitiças:
se falas, calas, cantas, olhas,
se te aproximas ou te afastas,
o fogo do amor atiças.

Sobre o mais isento peito
tens o mando e o domínio;
disso é testemunha meu peito,
do teu poder bem satisfeito.

Preciosa joia de amor:
isso humildemente escreve
aquele que por ti morre e vive,
pobre, ainda que humilde amador.

— Em "pobre" termina o último verso — disse Preciosa. — Mau sinal! Os apaixonados nunca devem contar que são pobres, pois parece-me, a princípio, que a pobreza é inimiga do amor.
— Quem te ensinou isso, mocinha? — disse alguém.
— Quem haveria de me ensinar? — respondeu Preciosa. — Não tenho minha alma no corpo? Não tenho já quinze anos? Não sou maneta, nem coxa, nem estropiada de entendimento. A inteligência das ciganas se guia por outro norte, que não o de toda gente, e vai sempre

além da idade. Não existe cigano néscio nem cigana lerda. Já que, para se sustentar nessa vida, os ciganos têm de ser argutos, astutos e embusteiros, aprimoram a inteligência a cada passo e não a deixam criar mofo, não, de jeito nenhum! Vossas mercês estão vendo essas moças, minhas companheiras, tão quietas que parecem bobas, meus senhores? Pois metam-lhes um dedo na boca para ver se elas têm siso[22] e verão o que acontece! Entre nós, qualquer menina de doze anos sabe o mesmo que uma moça de vinte e cinco, pois as ciganas têm por mestres e preceptores o Diabo e os costumes, que lhes ensinam, em uma hora, o que haveriam de aprender em um ano.

Assim dizendo, a ciganinha encantava os ouvintes. Os que estavam jogando e até os que não estavam deram-lhe dinheiro, num total de trinta reais, que a velha cigana recolheu numa *hucha*.[23] E mais rica e mais alegre, como num dia de Páscoa, reuniu suas ovelhas e foi à casa do magistrado, depois de prometer que voltaria num outro dia, com seu rebanho, para alegrar aqueles tão generosos senhores.

A Senhora Dona Clara, esposa do magistrado, já tinha sido avisada de que as ciganinhas iriam à sua casa. Alegre e ansiosa, esperava por elas, ao lado de suas filhas e criadas, das filhas da vizinha e de outras senhoras. Ali estavam todas, reunidas, para conhecer Preciosa. As ciganas chegaram e entre elas resplandecia Preciosa, como a luz de uma tocha que se destacasse entre outras luzes menores. E assim, todas as mulheres correram para ela: umas a abraçavam, outras a observavam, outras a abençoavam, outras a louvavam.

— Estes, sim, podemos dizer que são cabelos de ouro! Estes, sim, são olhos de esmeraldas! — dizia Dona Clara.

Outra senhora, sua vizinha, examinava Preciosa por inteiro, esquadrinhando seus membros e articulações. Deslumbrada com uma covinha que Preciosa tinha no queixo, disse:

— Ai, essa covinha... Que nela vão se deter os olhos de quem te mirar, ciganinha!

Ao ouvir isso, um criado particular[24] de Dona Clara, que ali se encontrava, com sua longa barba e seus muitos anos de idade, disse:

---

[22] No original, *cordales*, que são os molares do siso, do juízo. (Ver Glossário)
[23] Cofre. (Ver Glossário)
[24] No original, *escudero de brazo*: criado que serve às senhoras, acompanhando-as quando saem de casa e também servindo-as como camareiro. (Sieber)

— Vossa mercê chama isso de "covinha", minha senhora? Então, ou eu pouco entendo de covas, ou isso não é uma cova e sim uma sepultura de vivos desejos! Por Deus, tão linda é essa ciganinha que, mesmo se fosse feita de prata, ou de açúcar, não poderia ser melhor! Sabes ler a sorte, menina?

— De três ou quatro maneiras — respondeu Preciosa.

— E ainda mais isso? — disse Dona Clara. — Então peço, pela vida do magistrado, meu marido, que leias minha sorte, menina de ouro, menina de prata, menina de pérolas, menina de rubi[25] e menina do céu, que é o máximo que posso dizer.

— Mostrem, mostrem a palma da mão à menina, para que ela trace uma cruz — disse a velha cigana. — E verão quantas coisas ela dirá, pois é mais sábia do que um doutor em *melecina*![26]

A esposa do magistrado levou a mão ao bolso e, percebendo que não tinha sequer uma moedinha, pediu um *cuarto* de real às criadas. Mas ninguém tinha, nem mesmo sua vizinha. Diante disso, Preciosa falou:

— Todas as cruzes, sendo cruzes, são boas. Mas as de prata ou de ouro são melhores. E saibam vossas mercês que traçar uma cruz na palma da mão, com uma moeda de cobre, é coisa que prejudica a boa sorte, ao menos a minha. Por isso, costumo traçar a primeira cruz com um escudo de ouro, ou então com uma moeda de oito reais ou, ao menos, de quatro reais. Pois sou como os sacristãos, que se alegram quando a esmola é boa.

— Por tua vida, menina! — disse a senhora vizinha. — Que dom e que graça tens! — Voltando-se para o criado, disse: — Senhor Contreras, teríeis à mão quatro reais? Dai-me, que eu os devolverei quando o doutor, meu marido, chegar.

— Sim, tenho — respondeu Contreras. — Mas deixei-os como garantia do pagamento de um jantar, ontem à noite, que me custou vinte e dois maravedis. Se me derem essa quantia, irei buscá-los, voando.

— Entre todas nós, não temos sequer um *cuarto* de real — disse Dona Clara. — E me pedis vinte e dois maravedis? Ora, Contreras, sempre fostes impertinente.

Uma criada, entre as presentes, percebendo a mesquinhez geral, disse a Preciosa:

---

[25] No original, *niña de carbuncos*. (Ver Glossário)
[26] Medicina.

— Menina, há algum problema em fazer a cruz com um dedal de prata?

— Ao contrário — respondeu Preciosa. — As melhores cruzes do mundo são feitas com dedais de prata, desde que sejam muitos.

— Um eu tenho — replicou a criada. — Se for suficiente, aqui está, com a condição de que leias também a minha sorte.

— Tantas sortes, por um só dedal? — disse a velha cigana. — Acaba logo com isso, minha neta, pois já está anoitecendo.

Tomando o dedal e também a mão da senhora do magistrado, Preciosa disse:

— Lindinha, lindinha,
das mãos de prata,
mais te ama teu marido
que o Rei das Alpujarras.[27]

És uma pomba singela,
mas às vezes és feroz
como leoa de Orán,[28]
ou como tigre de Ocaña.[29]

Mas, num zás-trás, num triz,
tua raiva passa
e ficas como um alfenim,[30]
ou uma ovelhinha mansa.

Brigas muito e comes pouco;
andas um tanto ciumenta,
pois travesso é o magistrado
e quer de ti largar mão.

---

[27] Alpujarras: profundos vales, ao sul de Sierra Nevada, famosos pela revolta dos mouros (1568-71) que ali se refugiaram, depois da conquista de Granada (1492). Após essa revolta, quando Aben Humeya, de nome cristão Fernando de Córdoba y Válor, proclamou-se Rei das Alpujarras, a população mourisca foi expulsa da região, por ordem de Felipe II.

[28] Oran ou Orã: cidade na costa mediterrânea da Argélia, cujo nome advém do termo berbere *wahran*, que significa "leões".

[29] Aqui a ciganinha diz *tigre de Ocaña* (cidade entre Madri e Toledo) em vez de *tigre de Hircânia*, região da antiga Pérsia (hoje Irã), ao sul e ao sudeste do Mar Cáspio (que também se chamava Mar Hircânio), célebre por seus tigres durante a Antiguidade clássica. (Lello)

[30] No original, *alfiñique* (alfeñique): massa de açúcar muito branca e consistente, cortada em barras finas e retorcidas. Figurativamente: pessoa de compleição delicada. Ou ainda: pessoa melindrosa, afetada.

Te amou, quando eras donzela,
um homem de belo talhe;
malditos sejam aqueles
que os prazeres destroem.

Se acaso fosses freira,
no convento mandarias,
pois tens muito de abadessa,
mais do que precisarias.

Não queria te dizer...
mas, pouco importa, vá lá:
viúva ficarás. E uma vez mais
— e mais duas — te casarás.

Não chores, minha senhora,
pois nem sempre nós, ciganas,
dizemos o Evangelho;[31]
não chores, senhora, para!

Para remediar o dano
dessa ameaça de viuvez,
bastará que morras antes
que teu senhor magistrado.

Herdarás, muito em breve,
muitos bens, em abundância;
terás um filho clérigo,
mas não vejo de qual igreja...

De Toledo, não será.
Terás uma filha branca e loura
que, se for religiosa,
também prelada será.

---

[31] Do grego *euangélion*, que significa "boa-nova", pelo latim *evangeliu*. (Aurélio)

Se teu esposo não morrer
dentro de quatro semanas,
haverás de vê-lo corregedor
de Burgos ou Salamanca.

Tens um lunar,[32] que lindo!
Ai, Jesus, que lua clara!
Como um sol que lá nos confins
escuros vales aclara!

Para vê-lo, mais que dois cegos
Deram mais de quatro moedas.
Agora, sim, estás rindo!
Ai, que bem-vinda essa graça!

Toma cuidado com as quedas,
principalmente as de costas,
que são sempre perigosas
para as mais ilustres damas.

Mais coisas tenho a dizer-te;
se na sexta me esperares, ouvirás:
pois que são coisas boas
e algumas outras são más.

 Assim Preciosa terminou a leitura da mão de Dona Clara e assim acendeu, em todas as mulheres presentes, o desejo de conhecer sua própria sorte. E foi isso que pediram a Preciosa (que adiou o encontro para a sexta-feira seguinte), prometendo-lhe que teriam reais de prata para o traçado das cruzes.
 Nisso chegou o magistrado, a quem contaram maravilhas sobre a ciganinha. Depois de fazê-la dançar um pouco, junto com as outras ciganas, o magistrado acatou como verdadeiros e bem justificados os elogios feitos a Preciosa. Levou a mão ao bolso, como se quisesse dar-lhe algo; mas, depois de remexer, sacudir e tatear o bolso muitas vezes, retirou a mão vazia, dizendo:

---

[32] Lunar: pequena mancha congênita ou sinal, em forma de meia-lua, na pele (de pessoas) ou no pelo (de animais). (Houaiss)

— Por Deus, que não tenho dinheiro! Dai vós, Dona Clara, dai um real a Preciosita, que depois vos pagarei.

— Que bom seria, senhor, se eu tivesse! Mas aí é que está! Não conseguimos juntar, entre todas nós, sequer um *cuarto* para fazer o sinal da cruz... E queres que tenhamos um real inteiro?

— Pois dai a ela uma das vossas *valonas*[33] ou qualquer outra coisinha, que Preciosa voltará a nos ver, num outro dia, e então lhe daremos um presente melhor.

Ao que Dona Clara respondeu:

— Pois nada quero dar a Preciosa, agora. Assim, ela virá outra vez.

— Ao contrário — disse Preciosa —, se nada me derem, nunca mais voltarei aqui. Ou melhor, voltarei, sim, para servir a tão nobres senhores, mas já sabendo que nada me darão e, assim, me pouparei da fadiga de esperar alguma coisa. Vossa mercê deve praticar o suborno, senhor magistrado. Pratique e terá mais dinheiro. Não invente novos costumes, ou morrerá de fome. Olhe, Senhora Dona Clara: ouvi dizer, por aí (e mesmo sendo jovem, sei que esses ditos não são bons), que se deve extrair dinheiro dos ofícios, para pagar as condenações das residências[34] e também para aspirar a outros cargos.

— Assim dizem e agem os desalmados — replicou o magistrado. — Mas o juiz que fizer uma boa prestação de contas não sofrerá pena alguma. E se tiver exercido bem seu trabalho, terá mérito suficiente para conseguir outro cargo.

— Vossa mercê fala como um santo, senhor magistrado — respondeu Preciosa. — Continue assim e cortaremos suas roupas para fazer relíquias.

— Sabes muito, Preciosa — disse o magistrado. — Espera, que darei um jeito de te apresentar às Suas Majestades, pois és peça rara, digna de reis.[35]

— Pois haverão de me querer para bobo da corte. E, como não sirvo para isso, tudo estará perdido — respondeu Preciosa. — Se me quisessem por

---

[33] Peça de vestir, adorno: grande gola, caída sobre os ombros.
[34] "Prestação de contas que faz o governador, corregedor ou administrador, ao deixar o cargo, perante um juiz nomeado especificamente para esse trabalho. E porque deve estar presente e prestar contas nesses dias, chama-se a isso de residência." (Sieber) (Ver Glossário)
[35] No original, *pieza de reyes*: trata-se de um elogio a respeito de algo ou alguém. Mas pode também ser pejorativo, quando se quer designar alguém como "pícaro", impostor ou trapaceiro. É assim que Preciosa interpreta essa expressão, quando responde ao magistrado. (Sieber)

conta da minha inteligência, ainda me levariam... Embora, em alguns palácios, os bobos prosperem mais do que os sábios. Mas estou bem, assim, sendo cigana e pobre. E que minha sorte vá por onde o céu quiser.

— Ei, menina — disse a velha cigana —, chega de falar, pois já falaste muito e sabes bem mais do que te ensinei. Não sejas tão arguta, pois assim ficarás em evidência. Fala daquilo que tua idade permite e não te metas em temas tão elevados, pois toda altura traz, em si, uma ameaça de queda.

— Essas ciganas têm o diabo no corpo! — disse o magistrado.

As ciganas se despediram. Já estavam de saída, quando a criada do dedal disse a Preciosa:

— Lê minha sorte ou devolve meu dedal, pois sem ele não posso trabalhar.

— Senhora criada — respondeu Preciosa —, faça de conta que já li sua sorte. E trate de arranjar outro dedal. Ou, então, não faça bainhas desfiadas até sexta-feira, quando voltarei para lhe dizer mais venturas e aventuras do que as que existem nos livros de cavalaria.

As ciganas saíram e juntaram-se às camponesas que à hora da Ave-Maria deixam Madri para voltar a suas aldeias. São muitas as que voltam, sempre acompanhadas das ciganas que, assim, se sentem seguras. (Pois a velha cigana vivia em constante sobressalto, temendo que raptassem sua Preciosa.)

Sucedeu que certa manhã, quando ambas voltavam a Madri, com as outras ciganinhas, para "recolher contribuições",[36] encontraram, num pequeno vale, a cerca de quinhentos passos da entrada da cidade, um elegante rapaz em ricos trajes de viagem. Sua espada e a adaga resplandeciam, por assim dizer, como puro ouro. Seu chapéu era adornado com uma fita de seda e plumas de diversas cores. As ciganas o observaram com insistência, admiradas com a presença daquele rapaz, tão belo, àquela hora, naquele lugar, sozinho e a pé. Aproximando-se, ele disse à velha cigana:

— Por vossa vida, amiga, eu vos peço, e também a Preciosa, que me deis o prazer de ouvir, em particular, duas palavras que tenho a dizer e que serão de vosso proveito.

---

[36] No original, *coger la garrama*. O termo *garrama* vem do árabe e significa "tributo, contribuição" (que os muçulmanos pagavam aos seus príncipes).(Sieber) Na gíria, *garramar* significa "furtar, roubar, usando de astúcia e dissimulação".

— Que venham em boa hora, desde que não nos atrasem nem nos desviem do nosso caminho — respondeu a velha cigana, que chamou Preciosa e, junto com ela, afastou-se das outras cerca de vinte passos.

E assim, em pé, tal como os três estavam, o rapaz disse:

— Estou de tal maneira rendido à inteligência e à beleza de Preciosa que, depois de me esforçar ao máximo para não chegar a esse ponto, por fim acabei ainda mais vencido e mais impossibilitado de evitar o que sinto. Eu, minhas senhoras (sempre haverei de tratar ambas assim, caso o céu favoreça minha pretensão), sou cavaleiro, como demonstra este traje. — E, afastando a capa,[37] mostrou, estampada na altura do peito, uma das mais respeitáveis insígnias que há na Espanha. — Sou filho de Fulano — cujo nome, por uma questão de respeito, aqui não será mencionado — e estou sob sua tutela e proteção. Por ser filho único, terei, no futuro, um patrimônio razoável. Meu pai encontra-se aqui em Madri, na Corte, à espera de uma resposta do rei sobre um cargo que pretende ocupar; e tem muitas esperanças, quase certeza, de que vai consegui-lo. E por ser da importância e nobreza que já mencionei, tal como deveis estar deduzindo, senhoras, com tudo isso, quisera eu ser um grande senhor para elevar à minha altura a humildade de Preciosa, fazendo dela minha igual e minha esposa. Não a quero para enganá-la, de modo algum, pois na sinceridade do amor que tenho por ela não poderia caber qualquer tipo de engodo. Quero apenas servi-la, do modo que ela preferir: sua vontade será a minha. Para Preciosa, será de cera minha alma, onde ela poderá imprimir o que quiser. Mas para que isso seja conservado e guardado, já não será como se impresso em cera e sim esculpido em mármore, cuja dureza resiste à passagem do tempo. Acreditai nessa verdade, senhoras, e minha esperança não esmaecerá jamais. Caso contrário, vossa dúvida me deixará, sempre, temeroso. Este é meu nome. — E o disse. — O nome do meu pai, já falei. A casa onde ele vive fica em tal rua e tem tais características. Podeis conseguir informações dos vizinhos e até dos que não são vizinhos, pois a importância e o nome do meu pai, e também o meu, não são assim tão desconhecidos nos pátios do palácio ou em toda a Corte. Trago comigo cem escudos de ouro, como prova e sinal do que pretendo vos dar. Pois quem dá sua alma não se negará a dar seus bens.

---

[37] No original, *herreruelo*: tipo de capa curta, com gola e sem capuz.

Enquanto o cavaleiro assim dizia, Preciosa o observava atentamente. Não lhe pareciam nada maus seus argumentos nem seu porte. Voltando-se para a velha cigana, ela disse:

— Perdoa-me, avó, se tomo a liberdade de responder a esse tão enamorado senhor.

— Responde o que quiseres, minha neta — disse a velha cigana. — Pois sei que para tudo tens entendimento.

E Preciosa disse:

— Eu, senhor cavaleiro, embora seja uma cigana pobre e humildemente nascida, tenho cá dentro uma certa alminha fantástica, que a grandes coisas me conduz. A mim não movem as promessas nem vencem as dádivas, não me dobra a submissão nem me espanta a cortesia dos apaixonados. Embora tenha quinze anos (que, pelas contas da minha avó, devo completar no dia de São Miguel), já sou velha nos pensamentos e compreendo além do que minha idade promete, mais por um dom natural do que por experiência. Mas, seja por isso ou por aquilo, sei que os arroubos de amor nos recém-apaixonados são como ímpetos insanos que fazem a vontade sair dos eixos e, atropelando os obstáculos, atirar-se desatinadamente sobre o que deseja e, pensando dar com a glória dos seus olhos, dá com o inferno dos seus pesadelos. Se realiza o desejo, míngua-o com a posse da coisa desejada. E, talvez, ao abrir os olhos do entendimento, descubra que muito se aborrece com aquilo que antes adorava. Esse temor engendra em mim tamanha cautela que chego a descrer de todas as palavras e a duvidar de muitas obras. Tenho somente uma joia, que prezo mais do que a vida: minha honra, minha virgindade. E não vou vendê-la a preço de promessas ou dádivas, pois se eu a pusesse à venda, é porque poderia ser comprada e, portanto, já bem pouco valeria. Nem me haverão de levá-la os artifícios e as lábias; prefiro ir com ela para a sepultura, e talvez para o céu, a colocá-la em perigo, exposta ao manuseio e às investidas de quimeras ou fantasias sonhadas. A virgindade é uma flor que, se possível, não deveria se deixar ofender, nem mesmo em pensamento. A rosa, uma vez tirada da roseira, com que brevidade e facilidade murcha! Um toca essa rosa, outro aspira seu perfume, outro a despetala e, por fim, entre mãos rústicas, ela se desfaz. Se viestes a mim somente por conta dessa joia, senhor, não havereis de levá-la, senão atada pelos laços do matrimônio; pois se a virgindade deve se curvar, que seja a esse santo jugo. E isso não seria perdê-la, mas empenhá-la num trato que grandes benefícios promete. Se quiserdes ser meu esposo, serei vossa. Mas, antes, há muitas condições e averiguações a considerar. Primeiro tenho de confirmar se sois, de fato, quem dizeis ser. Se isso for mesmo verdade, tereis de deixar vossa casa paterna e trocá-la pelos nossos acampamentos. Adotando o traje de cigano, tereis de passar dois anos em nossas escolas. Nesse tempo, conhecerei vosso modo de ser e vós, o meu. No final desse prazo, caso estejais satisfeito comigo e eu convosco, a vós me entregarei como esposa. Mas, até lá, serei como uma irmã, em nosso convívio. E humildemente haverei de vos servir. Deveis também considerar que, ao longo desse noviciado, talvez possais recuperar vossa visão, que por ora está perdida ou, ao menos, turva. E quem sabe vereis, então, que será conveniente fugir do que agora perseguis com tanto afinco. E quando a liberdade perdida é recuperada, com um bom arrependimento toda culpa é perdoada. Está em vossa mão decidir se quereis ser soldado da nossa milícia, sob essas condições, pois, se faltardes com uma só delas, não havereis de tocar sequer um dedo da minha.

Pasmo com os argumentos de Preciosa, o rapaz sentia-se como que sob o efeito de algum encantamento. Com os olhos fixos no chão, parecia pensar sobre o que deveria responder. Diante disso, Preciosa voltou a falar:

— Mas este não é caso que se resolva em tão poucos momentos, como os que esta ocasião nos oferece. Voltai à cidade, senhor, e pensai, sem pressa, sobre o que mais vos convier. Podeis me encontrar neste mesmo local, todos os dias de feira que quiserdes, na ida ou na volta de Madri.

O fidalgo respondeu:

— Quando o céu determinou que eu te amasse, minha Preciosa, decidi que faria tudo o que tua vontade me pedisse, embora jamais imaginasse que me pedirias o que agora pedes. Mas se é do teu gosto que o meu ao teu se ajuste e acomode, considera-me desde já um cigano e faz comigo todas as experiências que bem quiseres, pois sempre me encontrarás assim, do mesmo jeito que estás me vendo agora. E diz-me lá quando queres que eu mude de traje. Eu bem gostaria que fosse logo, pois, por ocasião da minha ida a Flandres,[38] mentirei aos meus pais e

---

[38] Referência às Guerras de Flandres (1567-1659). "Embora a tradição literária na Espanha e em outros países afirme que todos os recrutas vinham 'da zona rural', alguns documentos esclarecem que vinham, em grande parte, das grandes cidades... Cada comandante teria uma lista de nomes de nobres que deveriam servir como soldados comuns em seu batalhão". (Sieber)

levarei dinheiro suficiente para passar alguns dias. Demorarei no máximo oito, para preparar minha partida. Saberei enganar os que forem comigo, para que tudo saia de acordo com o meu plano. E se é que já posso me atrever a te pedir e suplicar alguma coisa, Preciosa, peço que, se não fores hoje a Madri, onde poderás obter informações a respeito da minha condição e da de meus pais, não voltes lá. Pois não quero que alguma oportunidade, entre as muitas que existem em Madri, me roube a boa sorte que tanto está me custando.

— Isso não, galante senhor! — respondeu Preciosa. — Saibas que a liberdade sempre andará comigo a velas soltas, sem que a sufoque ou turve o peso do ciúme. E entendas que não exercerei a liberdade de maneira tão desregrada. Isso, para que vejas, de longe, que minha honestidade anda ao lado da minha desenvoltura. E o primeiro ponto aonde quero chegar é o da confiança que deves ter em mim. E olha que os amantes que logo de início falam em ciúme, ou são tolos ou são presunçosos.

— Tens o Satanás no peito, menina — disse a essa altura a velha cigana. — Olha que dizes coisas que um estudante de Salamanca não diria! Tu sabes de amor, de ciúme, de confiança! O que é isso, que me põe louca, que me faz te ouvir como se fosses uma pessoa possuída, que fala latim sem saber?![39]

— Chega, avó — respondeu Preciosa. — E saiba que todas essas coisas que digo são miudezas, são brincadeiras, se comparadas às muitas outras, bem mais sérias, que trago no peito.

Tudo o que Preciosa dizia, toda a sabedoria que demonstrava, só fazia aumentar o fogo que ardia no peito do enamorado cavaleiro. Por fim, combinaram um encontro para dali a oito dias, naquele mesmo local, aonde ele voltaria para dar notícias sobre os preparativos de sua partida. E elas, a essa altura, já teriam tido tempo de averiguar se ele dissera a verdade. Pegando uma pequena bolsa de brocado, o cavaleiro entregou-a à velha cigana, dizendo que ali havia cem escudos de ouro. Mas Preciosa não queria, de modo algum, que a avó aceitasse o presente.

— Cala-te, menina — disse a velha cigana. — Pois este senhor, entregando-nos suas armas, acaba de nos dar a maior prova da sua rendição. E o ato de dar, em qualquer circunstância, sempre foi indício de um

---

[39] As pessoas "possuídas" falavam em línguas que desconheciam, como o latim, por exemplo.

coração generoso. Lembra aquele provérbio que diz: "Ao céu rogando e com o martelo dando"?[40] E mais: não quero que por minha causa as ciganas percam a fama de ambiciosas e aproveitadoras, adquirida ao longo de muitos séculos. Queres então que eu despreze cem escudos de puro ouro, Preciosa? Cem escudos que posso costurar entre as pregas de uma saia que não vale dois reais e ali mantê-los, como quem tivesse um título de posse perpétua sobre toda a erva da Estremadura?! E se um dos nossos filhos, netos ou parentes, cair por desgraça nas mãos da Justiça, haverá socorro maior do que fazer chegar aos ouvidos do juiz e do escrivão a existência desses escudos e a possibilidade de que cheguem aos seus bolsos? Três vezes, por três delitos diferentes, quase fui posta no *asno* para ser açoitada: de uma me livrou um jarro de prata, de outra um colar de pérolas e, da outra, trezentos e vinte reais,[41] que troquei em moedinhas de *cuartos* de real, dando ainda vinte reais pela troca. Olha, menina, temos um ofício muito perigoso, cheio de percalços e ocasiões difíceis. E não há recursos que mais rápido nos amparem e socorram como as armas invencíveis do grande Filipe:[42] não se pode ir além do seu *plus ultra*.[43] Por um dobrão[44] de duas caras mostra-se alegre a cara triste do procurador e de todos os ministros da morte, que caem como harpias sobre nós, pobres ciganas. E como apreciam nos atacar e esfolar, muito mais do que a um salteador de estradas! Por mais maltrapilhas e andrajosas que nos vejam, não acreditam, jamais, que somos pobres. Ao contrário: dizem que somos como os coletes dos *gabachos*[45] de Belmonte: rasgados, sujos e cheios de dobrões.

— Por sua vida, avó, não fale mais nada! Já chega de tantas alegações para ficar com o dinheiro; desse jeito, a senhora acabará esgotando as leis dos imperadores. Fique com os escudos, faça deles bom proveito. E tomara Deus que consiga escondê-los num lugar onde jamais tornem

---

[40] No original, *Al cielo rogando y con el mazo dando*. (Ver Glossário)

[41] No original, *cuarenta reales de a ocho*: antigas moedas de prata, valendo oito reais (de *plata vieja*) cada uma.

[42] A velha cigana refere-se a Filipe II, Rei da Espanha, na época.

[43] *Plus ultra*: expressão latina (que significa mais além), além do limite. Ver Glossário.

[44] "Duas caras" refere-se ao busto dos reis católicos, Isabel de Castela e Fernando de Aragão, cada qual estampado numa face das moedas (dobrões).

[45] A palavra *gabacho* era usada na Espanha como termo pejorativo para designar os franceses que chegavam ao país, aos quais, como tantas vezes ocorre com relação aos vizinhos estrangeiros, eram atribuídos muitos defeitos. (Sieber) (Ver Glossário)

a ver a luz do sol; e que nem haja necessidade disso. Olhe, precisamos dar alguma coisa às nossas companheiras, que há muito nos esperam e já devem estar aborrecidas.

— Elas vão ver essas moedas tanto quanto estão vendo o Turco[46] agora — replicou a velha cigana. — Mas esse bom senhor verá se lhe resta uma moeda de prata ou alguns *cuartos* para repartir entre elas, que com pouco ficarão contentes.

— Tenho, sim — disse o rapaz, tirando da algibeira três moedas de prata de oito reais, que repartiu entre as ciganinhas que, por sua vez, ficaram mais alegres e satisfeitas do que ficaria um diretor de teatro que, ao competir com outro, fosse aclamado pelas ruas aos gritos de: "Bravo! Bravo!"

Por fim combinaram, como já se disse, um encontro para dali a oito dias. Ficou acertado também que o rapaz, quando se tornasse cigano, seria chamado de Andrés Caballero, pois havia, no grupo, outros ciganos com esse sobrenome.

Andrés — pois assim o chamaremos, daqui por diante — não ousou abraçar Preciosa. Com um olhar, entregou-lhe a alma e, já sem ela, por assim dizer, afastou-se das ciganas e entrou em Madri. Felicíssimas, elas fizeram o mesmo. Preciosa, um tanto impressionada — mais por complacência do que por amor — com a corajosa disposição de Andrés, já queria tirar informações, para confirmar se o rapaz era mesmo quem dissera ser. Entrou em Madri e, depois de caminhar um pouco pelas ruas, encontrou o pajem poeta que lhe dera as coplas e o escudo.

Ao vê-la, ele se aproximou, dizendo:

— Seja bem-vinda, Preciosa. Por acaso leste as coplas que te dei, outro dia?

— Antes que te responda, quero que me digas uma verdade, jurando pela vida de quem mais amas.

— Juro — respondeu o pajem. — Não me nego, de modo algum, a dizer a verdade, ainda que me custe a vida.

— Pois quero que me digas — disse Preciosa — se porventura és poeta.

— Se eu fosse poeta, seria, inevitavelmente, por ventura — respondeu o pajem. — Deves saber, Preciosa, que bem poucos merecem o nome

---

[46] Turco: referência ao "inimigo onipresente da Espanha", como diz Ernani Ssó em sua tradução das *Novelas Exemplares*.

de poeta. E, assim, não sou senão um amante da poesia. Mas devo deixar claro que não peço nem procuro versos alheios; os que te dei são meus, tal como estes que te dou agora. Nem por isso sou poeta. E nem permita Deus que eu seja.

— Ser poeta é tão ruim assim? — replicou Preciosa.

— Não é ruim — disse o pajem. — Mas não acho muito bom ser, unicamente, poeta. Há que se ter a poesia como uma joia preciosíssima, cujo dono não a carrega consigo diariamente nem a exibe o tempo inteiro, para todo mundo, a não ser quando convenha e faça sentido mostrá-la. A poesia é uma belíssima donzela, pura, honesta, sábia, arguta, solitária, que se encerra nos limites da mais alta sabedoria. A poesia se entretém com as fontes, se consola com os campos, se espairece com as árvores, se alegra com as flores e, finalmente, deleita e ensina a todos que dela se aproximam.

— No entanto, ouvi dizer que é paupérrima e tem algo de mendiga — respondeu Preciosa.

— Ao contrário — disse o pajem. — Pois não há poeta que não seja rico, já que todos vivem contentes com sua situação: filosofia que poucos compreendem. Mas o que te levou a me fazer essa pergunta, Preciosa?

— É que, por pensar que todos, ou quase todos, os poetas são pobres, fiquei surpresa com aquele escudo de ouro que me destes, envolto nos vossos versos — respondeu Preciosa. — Mas agora que sei que não sois poeta e sim um amante da poesia, penso que é possível que fôsseis rico… Mas, também, duvido, por conta dessa parte que vos toca de fazer coplas e que haverá de consumir todos os bens que acaso tiverdes. Pois dizem que não existe poeta que saiba conservar os bens que possui ou granjear os que não tem.

— Eu não sou desses — replicou o pajem. — Faço versos e não sou rico nem pobre. E sem sofrer nem regatear, como fazem os genoveses, bem posso dar um escudo ou dois a quem bem entender. Recebe, preciosa pérola, este segundo papel e este segundo escudo nele envolto, sem que precises cogitar se sou poeta ou não. Quero somente que penses e acredites que quem agora te dá isto gostaria de ter a riqueza de Midas para te dar.

O pajem entregou um papel a Preciosa que, tateando-o, percebeu o escudo e disse:

— Este papel há de viver por muitos anos, pois traz consigo duas almas: uma, a do escudo e outra, a dos versos, que sempre vêm cheios de *almas e corações*. Mas saiba, senhor pajem, que não quero tantas almas comigo. E pode ter certeza de que, se não retirar uma, receberá a outra de volta. Eu o estimo como poeta e não como um perdulário. E, assim, teremos uma amizade duradoura, que bem pode passar sem um escudo, por mais que nos faça falta, mas não sem um poema!

— Pois se assim queres, Preciosa, que eu forçosamente seja pobre — replicou o pajem —, não desprezes a alma que te dei neste papel e devolve-me o escudo que, só pelo fato de ter sido tocado pela tua mão, guardarei como relíquia, por toda a minha vida.

Preciosa entregou-lhe o escudo e ficou com o papel, mas não quis ler o poema ali, na rua. O pajem despediu-se e partiu, contentíssimo, julgando ter conquistado Preciosa, já que ela o havia tratado com tanta amabilidade.

Concentrada em procurar a casa do pai de Andrés e não querendo parar em nenhum local para dançar, Preciosa logo chegou à rua que, por sinal, conhecia muito bem. Caminhou até o meio da rua e, erguendo os olhos, viu as sacadas de ferro dourado, tal como tinham lhe indicado. Numa das sacadas, viu um cavaleiro de cerca de cinquenta anos, de aparência austera e respeitável, usando um traje com uma cruz vermelha na altura do peito. Ao ver a ciganinha, ele disse:

— Vinde, meninas, que aqui recebereis esmolas.

Ao ouvi-lo, três outros cavaleiros acorreram à sacada, entre eles o enamorado Andrés, que ao ver Preciosa perdeu a cor e quase perdeu também os sentidos, tamanho foi seu sobressalto. Todas as ciganinhas subiram, exceto a mais velha, que permaneceu no piso térreo da casa para informar-se, com os criados, se era mesmo verdade o que Andrés havia dito.

Quando as ciganinhas entraram na sala, o velho cavaleiro estava dizendo aos outros:

— Aquela deve ser, sem dúvida, a formosa ciganinha que, segundo dizem, tem andado por Madri.

— É ela — respondeu Andrés —, sem dúvida, a mais perfeita criatura que já vi.

— Assim dizem — falou Preciosa, que ouviu tudo enquanto entrava. — Mas, na verdade, metade dessa afirmação é falsa. Bonita, acho que sou. Mas perfeita, como dizem, não, nem em pensamento!

— Pela vida de Dom Juanico, meu filho! — disse o velho cavaleiro. — És ainda mais perfeita do que dizem, linda cigana!

— E quem é Dom Juanico, seu filho? — perguntou Preciosa.

— Esse rapaz que está ao vosso lado — respondeu o cavaleiro.

— Pois pensei que vossa mercê estivesse jurando por um menino de dois anos! — disse Preciosa. — Ah, esse Dom Juanico, que joia de rapaz! A mim parece que já poderia ter se casado. E a julgar por essas rugas, essas linhas que tem na testa, dentro de três anos, no máximo, estará mesmo casado e bem feliz. Isso, se até lá não se perder nem mudar de ideia.

— Já basta! — disse um dos presentes. — O que sabe a ciganinha sobre linhas?

Enquanto isso, as três jovens ciganas que acompanhavam Preciosa retiraram-se para um canto da sala e começaram a cochichar, mantendo-se muito próximas, para não serem ouvidas. Disse Cristina:

— Meninas, aquele é o cavaleiro que nos deu três moedas de oito reais hoje cedo.

— É verdade — responderam as outras. — Mas se o cavaleiro nada disser, nada diremos também, pois talvez ele queira manter segredo.

Enquanto as três ciganinhas conversavam, Preciosa respondeu ao cavaleiro que a havia questionado:

— O que vejo com os olhos, com o dedo adivinho: o que sei do Senhor Dom Juanico, sem linhas, é que se apaixona com facilidade, é impetuoso, precipitado e dado a prometer grandes coisas, que parecem impossíveis. Deus queira que não seja também um tantinho mentiroso, pois isso seria ainda pior. Muito em breve ele fará uma viagem para bem longe daqui. Mas uma coisa pensa o cavalo e outra o homem que o encilha. O homem põe e Deus dispõe. E, assim, talvez Dom Juanico pense em ir a Óñez, mas acabe em Gamboa.[47]

Dom Juan assim respondeu:

— Com efeito, ciganinha, acertaste em muitas coisas sobre minha natureza. Mas isso de ser mentiroso está bem longe da verdade, pois me orgulho de dizê-la em todas as ocasiões. Quanto à minha longa viagem, também acertaste, pois, sem dúvida, se Deus permitir, dentro de quatro ou cinco dias partirei para Flandres. E ainda que tu me ameaces,

---

[47] No original, *quizá pensará que va a Óñez y dará en Gamboa*: referência à guerra entre dois clãs, Óñez e Gamboa, que assolou o País Basco por muito tempo. Expressão que significa "evitar um perigo para cair em outro". (Ver Glossário)

dizendo que vou errar o caminho, espero que nenhuma desgraça me impeça de lá chegar.

— Cala-te, jovem senhor — respondeu Preciosa. — Encomenda-te a Deus, que tudo correrá bem. E saibas que nada sei do que digo. Como falo muito e desmedidamente, não seria de se estranhar se eu acertasse em alguma coisa. E eu bem gostaria de acertar, convencendo o senhor a não partir, a sossegar o peito e aqui ficar, na companhia dos pais, para dar-lhes uma boa velhice. Pois não concordo com essas idas e vindas de Flandres, ainda mais quando se trata de rapazes tão jovens, assim como o senhor. Espera até que cresças um pouco mais, para que possas arcar com os trabalhos da guerra. Ainda mais porque já tens uma grande guerra na tua casa: intensos combates amorosos te assaltam o peito. Sossega, sossega, apressadinho; presta atenção ao que fazes, antes que te cases. E dá-nos uma esmolinha, por Deus e por quem tu és: pois em verdade creio que és bem-nascido. E se além disso fores sincero, cantarei vitória por ter acertado em tudo que disse.

— Pois repito, menina — respondeu Dom Juan, que em breve seria Andrés Caballero —, que estás certa em tudo, menos no temor de que eu não seja lá muito sincero: nisso estás enganada, sem dúvida. Se eu der minha palavra no campo, tratarei de cumpri-la também na cidade e onde mais for preciso, sem que me peçam, pois quem tem o vício da mentira não pode se orgulhar de ser um cavaleiro. Meu pai te dará esmola, por Deus e por mim, pois hoje de manhã dei tudo quanto possuía a umas damas que, sendo tão cativantes quanto formosas, me deixaram sem nada.

Ao ouvir isso, Cristina, com a mesma reserva de antes, disse às outras ciganas:

— Ai, meninas, que me matem se ele não estiver falando das três moedas de oito reais que nos deu hoje cedo!

— Não — disse outra cigana. — Pois ele falou em damas, coisa que nós não somos. E se é tão sincero quanto diz, não mentiria sobre isso.

— Não se deve considerar mentira tão grave aquela que, sem prejuízo de ninguém, resulta em proveito e crédito para quem a diz. Mas, pelo que vejo, não vão nos dar nada e nem nos mandar dançar.

Foi então que a velha cigana subiu até a sala:

— Minha neta, acaba com isso, pois já é tarde. Temos muito a fazer e mais ainda a dizer.

— O que há, minha avó? — perguntou Preciosa. — Há filho ou filha?

— Filho. E muito lindo! — respondeu a velha cigana. — Vem, Preciosa, e ouvirás verdadeiras maravilhas.

— Deus permita que não morra durante o sobreparto! — disse Preciosa.

— Tudo ficará muito bem — disse a velha cigana. — Ainda mais porque foi um bom parto e a criança é uma riqueza!

— Alguma senhora acabou de parir? — perguntou o pai de Andrés Caballero.

— Sim, senhor — respondeu a velha cigana. — Mas foi um parto tão secreto, do qual ninguém ficou sabendo, senão Preciosa, eu e outra pessoa, que não podemos dizer quem é.

— E nem nós queremos saber — disse um dos presentes. — Mas pobre daquela que nas vossas línguas deposita seu segredo e na vossa ajuda empenha sua honra.

— Nem todas somos más — respondeu Preciosa. — Talvez haja, entre nós, uma cigana que se considere discreta e honesta, tanto quanto o homem mais distinto desta sala. Agora vamos embora, minha avó, pois aqui ninguém nos dá valor. A verdade é que não somos ladras, nem pedimos nada a ninguém!

— Não vos aborreceis, Preciosa — disse o pai de Andrés. — Acredito que, ao menos de vós, não seja possível presumir qualquer coisa de ruim, pois vossas boas feições afiançam e tornam dignas de crédito vossas boas obras. Peço, por vossa vida, Preciosita, que danceis um pouco para nós, com vossas companheiras. Pois tenho aqui um dobrão de ouro de duas caras, embora nenhuma delas, mesmo sendo as efígies de um rei e de uma rainha, seja como a vossa.

Tão logo ouviu isso, a velha cigana disse:

— Vamos arregaçar as saias, meninas, e dar alegria a esses senhores.

Preciosa pegou as *sonajas* e todas começaram a girar, numa sequência de ricos e variados movimentos, dançando com tanta graça e desenvoltura que seus pés arrastavam o olhar de todos os que assistiam, especialmente o de Andrés, que seguia os pés de Preciosa como se ali estivesse o centro de sua felicidade. Mas a sorte de Andrés mudou de tal maneira que se converteu em inferno: aconteceu que, em meio à dança, o papel que o pajem tinha dado a Preciosa caiu ao chão. Um homem, que não via as ciganas com bons olhos, pegou o papel e, abrindo-o prontamente, disse:

— Ora! Aqui temos um pequeno soneto! Que cesse a dança e que todos me ouçam, pois, a julgar pelo primeiro verso, o poema não é nada mau.

Preciosa afligiu-se, por não saber o que vinha escrito no papel. Implorou ao homem que o devolvesse, que não lesse o poema. Mas sua insistência era como um par de esporas a acirrar em Andrés o desejo de ouvir o poema que, por fim, o cavaleiro leu em voz alta. E era assim:

> Quando Preciosa seu pequeno pandeiro toca
> e esse doce som fere os ares vãos,
> são pérolas o que vertem suas mãos,
> são flores o que lança sua boca.
>
> Com a alma suspensa e a razão louca,
> restam os doces atos sobre-humanos
> que, sendo claros, honestos e puros,
> fazem com que sua fama o mais alto céu alcance.
>
> Pendentes do menor dos seus cabelos,
> mil almas ela carrega.
> E tem aos pés, rendidas de amor,
> tanto uma quanto a outra seta.[48]
>
> Com seus belos sóis, tanto cega quanto ilumina
> e por eles mantém seu império amor.
> E suspeita-se que ainda exista
> mais grandezas em seu ser.

— Por Deus! — disse o homem que leu o soneto. — Tem talento o poeta que o escreveu!

— Não foi um poeta, senhor, mas um formoso pajem — disse Preciosa. — Um homem de bem.

(Pensai bem no que dissestes, Preciosa, e no que ainda ireis dizer: pois essas palavras não são elogios ao pajem e sim lanças que transpassam o coração de Andrés, que as ouve. Quereis vê-lo, menina? Pois voltai os

---

[48] São as setas de Cupido: a de ouro acende o amor e a de chumbo o repele. (Ovídio, em *Metamorfoses*)

olhos para Andrés e o vereis, desmaiado naquela cadeira, com um suor de morte. Não penseis, donzela, que Andrés vos ama de brincadeira; o menor de vossos descuidos bem poderá assustá-lo e feri-lo. Tratai de ir logo até ele para dizer-lhe algumas palavras ao ouvido, de modo que cheguem direto ao coração e o façam voltar a si. Ah, começais a trazer sonetos em vosso louvor todos os dias, e vereis o que acontece com ele!)

E tudo se passou assim mesmo, como já se disse: ao ouvir o soneto, Andrés foi assaltado por mil conjeturas, carregadas de ciúme. Não chegou a desmaiar, mas perdeu a cor de tal maneira que seu pai perguntou:

— O que tens, Dom Juan? Estás tão pálido que até parece que vais desmaiar.

— Esperem! — disse a essa altura Preciosa. — Deixem-me falar umas certas palavras ao ouvido de Dom Juan e verão que ele não há de desmaiar. — Aproximando-se de Andrés, disse, quase sem mover os lábios: — Bela vocação para cigano! Como podereis suportar o tormento do véu[49] se não podeis com o de um papel? — E afastou-se, depois de traçar meia dúzia de cruzes sobre o coração de Andrés, que passou a respirar um pouco melhor, dando a entender que as palavras de Preciosa tinham lhe feito bem.

Por fim, deram o dobrão de duas caras a Preciosa, que avisou às companheiras que pretendia trocá-lo e repartir com todas elas, generosamente. O pai de Andrés pediu a Preciosa que deixasse, por escrito, as palavras que tinha dito a Dom Juan, pois queria aprendê-las, para quando fosse necessário. Preciosa respondeu que assim faria, de muito bom grado. Mas queria deixar claro que aquelas palavras, embora parecessem brincadeira, tinham um dom especial para prevenir os males do coração e as perturbações da mente. As palavras eram:

> Cabecinha, cabecinha,
> Presta atenção, não vaciles,
> mantém tuas bases firmes
> na paciência bendita.
> Solicita
> a bonita
> confiancita.

---

[49] No original, *tormento de toca*, que consistia em obrigar o réu a engolir grande quantidade de água através de um tecido fino como um véu, que era introduzido em sua boca, até a garganta.

E aos pensamentos ruins
não te inclines.
Desse modo, verás coisas
que parecem milagrosas,
com Deus por diante
e São Cristóvão gigante.

— Se alguém disser metade dessas palavras e traçar seis cruzes sobre o coração de uma pessoa mentalmente perturbada — disse Preciosa —, ela ficará curada, saudável como uma maçã.[50]

Ao ouvir a benzedura e o embuste, a velha cigana pasmou-se. Mais ainda pasmou-se Andrés, percebendo que tudo aquilo não passava de invenção da arguta inteligência de Preciosa que, para não atormentá-lo ainda mais, deixou que os cavaleiros ficassem com o soneto. Pois Preciosa já sabia, sem que ninguém a tivesse ensinado, o que era provocar ciúme, sustos e sobressaltos de amor aos amantes rendidos.

As ciganas se despediram. E Preciosa, já de saída, disse a Dom Juan:
— Senhor, qualquer dia desta semana será favorável a viagens. E nenhum será nefasto. Apressa-te em partir o mais rápido possível, pois uma vida plena, livre e prazerosa te aguarda, caso queiras te acomodar a ela.
— Não me parece tão livre assim a vida de um soldado, que muito mais tem de submissão do que de liberdade — respondeu Dom Juan. — Mas verei como fazer...
— Vereis bem mais do que podeis imaginar — respondeu Preciosa.
— Ide com Deus e voltai com Ele, como bem merece a vossa pessoa.

Andrés contentou-se com essas palavras. E as ciganas se foram, contentíssimas. Trocaram o dobrão, repartindo-o igualmente entre todas, embora a velha cigana, guardiã, sempre levasse uma parte e meia do total que conseguiam juntar, não só por ter mais idade, mas também por ser a agulha da bússola pela qual se guiavam as jovens ciganas no vasto mar de suas danças, seus talentos e, também, de seus embustes.

Por fim chegou o dia em que Andrés Caballero apareceu, ao amanhecer, no mesmo local onde Preciosa o vira pela primeira vez. Montava uma mula de aluguel e nenhum criado o acompanhava. Ali encontrou Preciosa e a avó, que o reconheceram e receberam com muita alegria.

---

[50] No original, *quedará como una manzana*, expressão que significa "saudável", "são".

Andrés pediu a ambas que o guiassem até o acampamento dos ciganos antes que o dia clareasse de vez e assim descobrissem o seu rastro, caso fossem procurá-lo. Elas, que por precaução tinham vindo sozinhas, tomaram um atalho e, assim, os três logo chegaram às tendas.

Andrés entrou numa delas, a maior do acampamento. Cerca de dez ou doze ciganos, todos jovens, saudáveis e de bela aparência, acorreram para vê-lo. A velha cigana já havia anunciado a chegada de um novo companheiro e nem precisara pedir segredo, pois, como já se disse, os ciganos sabem guardá-lo com sagacidade e rigor nunca vistos. Logo repararam na mula e um dos ciganos disse:

— Podemos vender essa mula em Toledo, na quinta-feira.[51]

— Nada disso — respondeu Andrés. — Pois não há mula de aluguel que não seja conhecida de todos os cavalariços que trafegam pela Espanha.

— Por Deus, Senhor Andrés! — disse um dos ciganos. — Ainda que essa mula tivesse mais sinais do que aqueles que haverão de preceder o dia do Juízo Final, nós aqui vamos transformá-la de tal maneira que ninguém, nem a mãe que a pariu nem o dono que a criou, poderá reconhecê-la.

— Mesmo assim — respondeu Andrés —, é bom seguir e acatar minha opinião. Essa mula deve ser morta e enterrada onde ninguém possa descobri-la.

— Que grande pecado! — disse outro cigano. — Então vamos tirar a vida de uma criatura inocente? Em vez de falar assim, meu bom Andrés, faça uma coisa: olhe bem para esta mula, agora, de modo que fique bem estampada, inteira, com todas as características, em sua memória. Depois, deixem-me levar a mula. E se daqui a duas horas André a reconhecer, podem me açoitar e lavar minhas feridas com banha fervente, como fazem com os negros fujões.

— De modo algum consentirei que a mula fique viva, por mais que me garantam sua transformação — disse Andrés. — Se não a cobrirmos de terra, ficarei eu a descoberto: este é o meu temor. E se fizerem questão do lucro que a venda da mula traria, saibam que não vim a essa confraria tão desprevenido, a ponto de não poder pagar, logo de início, mais do que valem quatro mulas.

— Pois se assim quer o Senhor Andrés Caballero — disse outro cigano —, que morra a inocente. Deus sabe o quanto isso me pesa,

---

[51] Segundo o Conde de Tendillo, o dia de feira livre em Toledo era terça-feira. (Sieber)

tanto pela sua pouca idade, pois ainda não encerrou seu ciclo de vida, coisa rara entre mulas de aluguel, mas também porque deve ser boa de marcha, já que não tem crostas de feridas nos flancos nem chagas provocadas por esporas.

Adiaram a morte da mula para a noite e, ao longo do que restava do dia, deram início às cerimônias de iniciação de Andrés entre os ciganos. Desocuparam uma das melhores tendas do acampamento e a enfeitaram com ramos de flores e junco. Fizeram com que Andrés se sentasse num tronco de sobreiro, puseram-lhe nas mãos um martelo e uma tenaz. E ao som dos violões, que dois ciganos tocavam, fizeram-no dar duas cambalhotas. Em seguida desnudaram-lhe um braço, para adorná-lo com uma fita de seda, nova, que apertaram brandamente, dando-lhe duas voltas com um garrote.

Preciosa, e muitas outras ciganas, velhas e moças, a tudo assistiam. As velhas olhavam Andrés com admiração; as moças, com amor: pois a elegância e a disposição de Andrés eram tais, que até os ciganos se afeiçoaram imensamente a ele.

Concluídas, pois, as referidas cerimônias, um velho cigano tomou Preciosa pela mão e, parando diante de Andrés, disse:

— Essa jovem, flor e nata da beleza, entre todas as ciganas que conhecemos e que vivem na Espanha, nós agora te entregamos, seja como esposa, seja como amiga, pois quanto a isso poderás fazer o que for mais do teu gosto, já que nossa vida, livre e ancha, não se sujeita a melindres nem a muitas cerimônias. Olha bem para ela e vê se te agrada, ou se tem alguma coisa que te aborrece. Se tiver, escolhe entre as outras donzelas a que mais gostares, pois te daremos aquela que escolheres. Mas saibas que, depois de escolher uma, não poderás deixá-la por outra. Não deverás importunar nem manter ligações com outras mulheres, casadas ou donzelas. Aqui nós cumprimos, inviolavelmente, a lei da amizade: ninguém cobiça o amor que é do outro. Vivemos livres da amarga pestilência do ciúme. Entre nós, embora haja muitos incestos, não existe adultério. Mas se ocorrer, com nossa esposa, ou se alguma amiga praticar algum tipo de velhacaria, não iremos à justiça para pedir castigo. Somos nós os juízes e verdugos das nossas esposas ou amigas: simplesmente as matamos e enterramos nas montanhas e desertos, como se fossem animais nocivos. Não há parentes que as vinguem nem pais que nos cobrem sua morte. Com esse temor e medo, elas procuram ser puras. E nós, como eu já disse, vivemos tranquilos. A maior parte do que temos é comum a todos, exceto a mulher ou a amiga, pois queremos que cada uma pertença a quem lhe couber por destino. Entre nós, o divórcio acontece tanto por conta da velhice como da morte. Aquele que assim quiser pode deixar sua esposa velha, caso seja moço, e escolher outra, mais de acordo com sua idade. Com essas e outras leis e estatutos, nós nos mantemos e vivemos contentes; somos senhores dos campos, das terras cultivadas, dos bosques, das montanhas, das fontes e dos rios. As montanhas nos oferecem lenha; as árvores, frutas; as vinhas, uvas; as hortas, hortaliças; as fontes, água; os rios, peixes e, as terras alheias, caça. Sombra, os rochedos; ar fresco, as fendas nas montanhas; casas, as grutas. Para nós, as inclemências do céu são brisa; refrigério, a neve; banho, a chuva; música, os trovões; e tochas, os relâmpagos. Para nós, o solo duro é colchão de suaves plumas. E a pele curtida dos nossos corpos nos serve de armadura impenetrável, que nos protege. Os grilhões não impedem nossa agilidade, nem os barrancos a detêm, nem os muros são para ela obstáculo. Não há corda que possa sujeitar nosso ânimo, nem garrucha que o arrefeça, nem véu que o sufoque, nem potro que o dome.[52] Quando nos convém, não fazemos diferença entre o *sim* e o *não*: sempre nos orgulhamos de ser antes mártires do que réus confessos. Para nós são criadas as bestas de carga, nos campos, e cortadas as bolsas, nas cidades. Não existe águia, ou qualquer outra ave de rapina, que mais velozmente se atire a uma presa do que nós, quando nos interessa. E, finalmente, temos muitas habilidades que bons desfechos prometem, pois, na prisão, cantamos; no suplício, silenciamos; de dia trabalhamos e à noite furtamos, ou, melhor dizendo: cuidamos para que ninguém se descuide de vigiar suas posses. Não nos aflige o temor de perder a honra e tampouco perdemos o sono, na ambição de aprimorá-la; não tomamos partido, não publicamos editais, não madrugamos para fazer memoriais, nem para seguir homens ricos e poderosos, nem para solicitar favores. Estimamos essas tendas, esses acampamentos móveis,

---

[52] No original, *a nuestro ánimo no le tuercen cordeles*. As expressões *apretar los cordeles e apretar las clavijas* (apertar as cordas, os cordões, as cravelhas), que significam "exigir de alguém, com severidade, que cumpra seu dever", têm sua origem num método de tortura criado pelos gregos para fazer com que um suspeito confessasse sua culpa. *O tormento do potro*, praticado pela Inquisição espanhola, consistia em pôr o réu deitado sobre uma prancha, passando-lhe cordas ao redor de várias partes do corpo e das extremidades. Essas cordas eram controladas pelo carrasco, que as apertava por meio de manivelas dispostas nas laterais do aparelho. *O tormento da garrucha* consistia em atar as mãos do réu às costas e erguê-lo por meio de uma polia, para depois soltá-lo com violência, causando assim o deslocamento dos membros superiores do corpo. Para *tormento do véu*, ver nota 49.

como se fossem palácios suntuosos, de teto dourado; estimamos como quadros e paisagens de Flandres a visão que nos dá a Natureza, nesses altos penhascos e picos nevados, nos prados que para nós se estendem, nos espessos bosques que surgem diante dos nossos olhos a cada passo. Somos astrólogos rústicos, pois, como quase sempre dormimos a céu aberto, a qualquer momento sabemos as horas, sejam do dia, sejam da noite. Sabemos como a aurora cerca e varre as estrelas do céu; e como desponta, com sua companheira, a alvorada, alegrando o ar, refrescando a água e umedecendo a terra. E logo depois vem o sol, *dourando cumes* (como disse outro poeta) *e eriçando montanhas*. Não temos medo de acabar congelados com sua ausência, quando nos toca de soslaio com seus raios, nem de nos queimar quando através deles nos toca, a pino. Encaramos igualmente o sol e o gelo, a carestia e a fartura. Enfim, vivemos por conta das nossas artes e manhas, sem nos ater ao antigo refrão que diz: "Igreja, ou mar, ou casa real". Temos o que queremos, pois nos contentamos com o que temos. Tudo isso eu vos disse, generoso mancebo, para que não ignoreis a vida à qual viestes, nem o pacto que havereis de professar, do qual acabo de vos dar um leve esboço. Com o passar do tempo, ireis descobrindo muitas, infinitas coisas mais, nesse pacto. Coisas não menos dignas de consideração do que essas que acabastes de ouvir.

Com isso, calou-se o eloquente e velho cigano. E então o novo disse que muito se alegrava por conhecer tão louváveis estatutos e que pensava em ingressar naquela Ordem que tanto senso comum e tanto senso político possuía. Apenas lamentava não ter vindo antes para tomar conhecimento daquela vida tão feliz. A partir daquele momento, renunciava à sua condição de cavaleiro e à vanglória de sua ilustre linhagem, para submeter-se inteiramente ao jugo ou, melhor dizendo, às leis dos ciganos que, satisfazendo nele o desejo de servi-los, ofereciam a mais alta recompensa, entregando-lhe a divina Preciosa, por quem seria capaz de deixar coroas e impérios, os quais só desejaria se fosse para servi-la.

Preciosa então respondeu:

— Já que esses senhores legisladores decidiram, pelas suas leis, que sou tua e, como tal, a ti me entregaram, eu decidi, segundo a lei da minha própria vontade, que é a mais forte de todas, que não quero ser tua senão com as condições que nós dois já combinamos, antes que aqui chegasses. Terás de viver por dois anos na companhia de todos nós, antes que desfrutes da minha. Isso, para que não te arrependas da tua precipitação e para que eu não me sinta enganada por agir apressadamente. Condições rompem leis: conheces as minhas; se quiseres respeitá-las, talvez eu chegue a ser tua e tu chegues a ser meu. Se não quiseres, bem, tua mula ainda não foi morta; teus trajes estão inteiros; do teu dinheiro não falta uma só moeda; e não faz nem um dia que te ausentaste de casa. Podes usar o resto do dia de hoje para pensar sobre o que mais te convém. Esses senhores bem podem te entregar meu corpo, mas não minha alma, que é livre, nasceu livre e há de ser livre enquanto eu quiser.[53] Se ficas, muito te estimo; se partes, menos não te considero, pois penso que os ímpetos amorosos correm a rédeas soltas, até que encontrem a razão ou o desengano. E eu não queria que fosses, para mim, como o caçador que ao alcançar a lebre que persegue, a aprisiona e deixa de lado para correr atrás de outra que lhe escapa. Há olhares equivocados que, à primeira vista, gostam tanto do latão quanto do ouro; mas logo percebem a diferença que existe entre o que é puro e o que é falso. Essa beleza que dizes ser minha, que te parece brilhar mais do que o sol e valer mais do que o ouro... E se, de perto, te parecer sombra? E se, tocada, te parecer um artifício? Dois anos te dou, de prazo, para que possas avaliar e refletir sobre o que será bom escolher e o que será justo desejar. Imagina se comprasses uma prenda da qual não pudesses te desfazer, a não ser com a morte... Então, é bom que haja tempo, e muito, para que possas vê-la e revê-la, observando os defeitos e virtudes que possui. Quanto a mim, não me guio pelo bárbaro e insolente direito a que esses meus parentes se arrogam, que é o de abandonar suas mulheres, ou castigá-las quando lhes dá na veneta. E como não penso em fazer coisas que mereçam castigo, não quero ter por companheiro alguém que possa se livrar de mim quando bem entender.

— Tens razão, oh, Preciosa! — disse Andrés. — Se quiseres que eu acalme teus temores e acabe com tuas suspeitas, jurando que cumprirei à risca as ordens que me deres, vê que tipo de juramento desejas que eu faça, ou que outra garantia posso te dar, pois estou disposto a tudo.

— Para que lhe seja dada a liberdade, um prisioneiro faz juramentos e promessas que raramente cumpre, quando a consegue — disse Preciosa. — Penso que assim acontece com o amante que, para conseguir o que deseja, promete as asas de Mercúrio e os raios de Júpiter, tal

---

[53] Do discurso de Marcela em *Dom Quixote*: *Yo nací libre y para poder vivir libre escogi la soledad de los campos* ("Eu nasci livre e para poder viver livre escolhi a solidão dos campos"). (Sieber)

como prometeu a mim certo poeta, que jurava pela lagoa Estígia.[54] Não quero juramentos, Senhor Andrés, nem promessas. Só quero que tudo aconteça em função desse aprendizado; e, se me ofenderes, eu mesma cuidarei de me defender.

— Que assim seja — respondeu Andrés. — Só peço uma coisa a esses senhores, meus companheiros: que não me forcem a furtar qualquer coisa, pelo período de um mês. Pois creio que não conseguirei ser ladrão sem antes receber muitas lições.

— Calma, filho, que aqui te ensinaremos, de modo que chegarás a ser águia no ofício — disse o velho cigano. — E, quando aprenderes, gostarás tanto que não saberás viver sem ele. Verás como é simples sair do acampamento de mãos vazias, pela manhã, e voltar à noite, carregado!

— Já vi alguns voltarem açoitados — disse Andrés.

— Não se pescam trutas et cetera...[55] — replicou o velho. — Todas as coisas desta vida estão sujeitas a diversos perigos e, as ações do ladrão, às galés, aos açoites e à forca. Mas não é porque um navio enfrenta uma tempestade ou naufraga que os outros vão deixar de navegar. Que bom seria se, pelo fato de a guerra devorar homens e cavalos, não mais existissem soldados! Ainda mais que, entre nós, quando alguém é açoitado pela justiça, é como se recebesse, nas costas, uma insígnia mais valiosa do que aquelas que se trazem no peito. O segredo está em não se deixar abater na flor da idade, nem depois dos primeiros delitos. Para nós, pouco ou nada significa levar açoites nas costas ou remar nas galés. Andrés, filho, descansa agora no ninho, sob nossas asas, que na hora certa te levaremos a voar por lugares de onde não voltarás sem uma presa. E então, será como eu já disse: terás gosto por isso e haverás de lamber os dedos depois de cada furto.

— Pois para compensar — disse Andrés — o que eu poderia furtar nesse tempo que me será dado de licença, quero repartir duzentos escudos de ouro entre todos desse acampamento.

Mal Andrés terminou de falar, muitos ciganos se precipitaram em sua direção e, erguendo-o nos braços, acima dos ombros, cantaram: "Viva! Viva o grande Andrés!". E acrescentaram: "Viva! Viva Preciosa, sua amada prenda!".

---

[54] Menção ao Estige, rio que rodeava sete vezes os Infernos, segundo a mitologia grega. (Ver Glossário)

[55] Referência a um antigo provérbio: "Não se pescam trutas sem molhar as calças." (Ver Glossário)

As ciganas fizeram o mesmo com Preciosa, não sem a inveja de Cristina e de outras ciganinhas que ali estavam. Pois a inveja tanto se aloja em acampamentos de bárbaros e choças de pastores como em palácios de príncipes. E se existe uma coisa que nos aborrece é ver um vizinho, que não parece ter mais mérito do que nós, prosperar.

Depois, todos comeram lautamente. O dinheiro prometido por Andrés foi partilhado com equidade e justiça. Os elogios a Andrés foram renovados e a beleza de Preciosa, elevada aos céus.

A noite chegou. Com um golpe no cangote, mataram a mula de Andrés e a enterraram. Assim, Andrés ficou seguro de que não seria descoberto, ao menos não por causa da mula. Com ela enterraram também os acessórios, como sela, rédeas e cilha, à maneira dos hindus, que são enterrados com seus pertences mais preciosos.

Por tudo o que tinha visto e ouvido sobre a engenhosidade dos ciganos, Andrés estava admirado, mas decidido a manter e cumprir seu plano, sem acatar os costumes deles ou, ao menos, evitando-os o mais que pudesse. À custa de seu dinheiro, tencionava livrar-se da obrigação de obedecê-los nas coisas injustas que lhe ordenassem. No dia seguinte, Andrés pediu aos ciganos que mudassem o acampamento para um local distante de Madri, pois temia ser reconhecido, se continuasse ali. Disseram-lhe que já haviam decidido seguir para as montanhas de Toledo, de onde partiriam para "recolher contribuições" em toda a região circunvizinha.

Assim, levantaram acampamento e deram a Andrés, como montaria, uma jumenta. Ele, porém, recusou. Preferiu seguir a pé, servindo de lacaio a Preciosa que, montando outra jumenta, estava contentíssima por ver como havia conquistado seu belo e valente escudeiro, que se sentia do mesmo modo por ter, junto a si, aquela a quem elegera senhora de sua vontade.

Oh, que poderosa força tem este ser a quem chamam doce deus da amargura — título dado por nossa ociosidade e nosso descuido —; com que eficácia nos domina e com que falta de respeito nos trata! Andrés é cavaleiro, moço de muito bom entendimento, criado na corte por quase toda a vida, com todos os privilégios de seus ricos pais! E desde ontem mudou de tal maneira que enganou os criados e os amigos. Frustrando as esperanças que os pais nele depositavam, abandonou o caminho de Flandres — onde poderia exercitar sua bravura e acrescentar maior honra à sua linhagem —, para prostrar-se diante de uma jovem e tornar-se seu lacaio; uma jovem que, embora belíssima, é afinal uma cigana: privilégio da beleza que, contra o curso natural das coisas, arrasta pelos cabelos a mais livre das vontades, para subjugá-la, jogando-a a seus pés.

Quatro dias depois chegaram a um povoado a duas léguas de Toledo, onde armaram o acampamento. Mas, antes, deram algumas peças de prata ao alcaide local, como garantia de que nada roubariam enquanto ali estivessem. Então, todas as ciganas velhas e algumas jovens, e também os ciganos, espalharam-se por todos os cantos ou, ao menos, pelos povoados distantes quatro ou cinco léguas daquele onde estavam assentados. Andrés foi com eles, para receber sua primeira lição de ladrão. Mas embora lhe dessem muitas, naquela incursão nenhuma lhe serviu. Ao contrário: devido à sua boa índole, sofria terrivelmente a cada furto que seus mestres praticavam. E, certa vez, comovido com as lágrimas das vítimas, indenizou-as, com seu dinheiro, pelos furtos que seus companheiros tinham praticado. Com isso, os ciganos se desesperavam, dizendo a Andrés que essa atitude transgredia os estatutos e as regras que proibiam a entrada da compaixão em seus corações. Pois, se fossem compassivos, teriam que deixar de ser ladrões, coisa que não podiam aceitar de modo algum.

Diante disso, Andrés falou que queria roubar por si mesmo, sem a companhia de ninguém, pois era suficientemente rápido para fugir do perigo e, para atacar, não lhe faltava coragem. Assim, queria que o prêmio ou o castigo pelo que furtasse fosse somente seu.

Os ciganos tentaram dissuadi-lo desse propósito, dizendo que em certas ocasiões seria necessário ter companhia, tanto para atacar como para se defender; e que uma pessoa sozinha não conseguiria, mesmo, roubar muita coisa. Porém, por mais que insistissem, Andrés quis ser um ladrão solitário, isolado dos outros, pois tencionava comprar, com seu dinheiro, alguma coisa que, depois, diria ter furtado. Desse modo, poderia aliviar o peso de sua consciência.

Usando desse estratagema, em menos de um mês trouxe mais ganhos para os ciganos do que quatro dos ladrões mais traquejados do grupo, fato que muito alegrou Preciosa, por ver em seu terno pretendente um belo e desenvolto ladrão. Mesmo assim, temia uma desgraça; não queria vê-lo sofrer qualquer tipo de humilhação, nem por todo o tesouro de Veneza. Mas, devido aos muitos préstimos e presentes que recebia de seu Andrés, esforçava-se para demonstrar alegria e boa disposição.

Os ciganos passaram pouco mais de um mês nos arredores de Toledo, onde fizeram seu agosto, embora fosse setembro;[56] depois, foram para Estremadura, terra fecunda e quente. Andrés mantinha, com Preciosa, francos, discretos e intensos colóquios. E ela, pouco a pouco, ia se encantando com a inteligência e boa índole de seu amado. Também ele sentia crescer seu amor — se é que poderia ser ainda maior —, em virtude da sinceridade, inteligência e beleza de sua Preciosa. Aonde quer que fossem, Andrés ganhava prêmios; todos apostavam nele, nas competições de corrida e saltos. Andrés saltava melhor do que qualquer um, jogava *bolos*[57] e bola extraordinariamente bem, lançava o dardo com muita força e singular destreza. Por fim, em pouco tempo sua fama voou por toda a Estremadura. Em toda parte falava-se da coragem e disposição do cigano Andrés Caballero, de seus dons e habilidades. Junto com sua fama, corria a da beleza da ciganinha. E não havia lugar, cidade ou aldeia que não os chamasse para alegrar as festas religiosas ou outras comemorações particulares. Assim o acampamento enriquecia, próspero e feliz. E os namorados, em êxtase só de se olhar.

Pois sucedeu que, estando acampados entre alguns carvalhos, um tanto afastados da estrada, certa noite, já quase madrugada, os ciganos ouviram os cães latindo com insistência, mais do que o costume. Alguns ciganos — e também Andrés — saíram das tendas, a fim de averiguar por que estavam latindo. Viram então um homem de branco, que se defendia de dois cães que lhe mordiam a perna. Aproximando-se, os ciganos afastaram os animais.

— Homem, quem diabos vos traz aqui a essa hora e tão longe da estrada? — perguntou um cigano. — Acaso viestes furtar? Se foi por isso, chegastes ao lugar certo.

— Não vim para furtar — respondeu o ferido. — Nem sei se me afastei ou não do caminho, embora saiba que estou mesmo sem rumo. Mas podeis me dizer, senhores, se há por aqui uma estalagem onde eu possa me abrigar por essa noite e me curar dos ferimentos que vossos cães me causaram?

— Não há local nem estalagem para onde possamos vos encaminhar — respondeu Andrés. — Mas, para curar os ferimentos e descansar

---

[56] Quando uma pessoa faz um bom negócio, lucrando fácil e rapidamente, ou aproveitando uma ocasião propícia, diz-se que ela *fez seu agosto*, mês da maturação de vários tipos de grãos e frutas. (Como já indicado na nota 12.)
[57] Antiga modalidade de boliche.

por essa noite, não vos faltará acomodação em nossas tendas. Vinde conosco, pois, embora ciganos, somos capazes de compaixão.

— Que Deus a tenha convosco — respondeu o homem. — Levai-me aonde quiserdes, pois a dor desta perna muito me fatiga.

Andrés aproximou-se, junto com outro cigano caridoso. Pois, mesmo entre os demônios, há alguns piores do que outros. E entre muitos homens maus costuma haver algum bom. Amparando o homem, ambos o levaram.

Era uma noite clara, de luar, de maneira que os ciganos puderam ver que o homem era jovem, de belo rosto e porte. Vestia-se inteiramente de branco e usava uma camisa rústica, atravessada às costas e cingida no peito, como um saco de viagem.

Chegaram à entrada da tenda de Andrés e, com presteza, acenderam fogo e luz. Logo chegou a avó de Preciosa para curar o ferido, de quem já haviam lhe falado. Pegou alguns pelos dos cães e fritou-os em azeite. Depois de lavar com vinho os dois ferimentos resultantes das mordidas, na perna esquerda do rapaz, depositou sobre eles os pelos com azeite e, por cima, um pouco de alecrim verde, mascado. Enfaixou muito bem a perna, com panos limpos, benzeu as feridas e disse:

— Dorme, amigo; com a ajuda de Deus, isso não será nada.

Preciosa estava presente enquanto tratavam do ferido, a quem ela olhava com insistência e vice-versa. Tanto que Andrés notou a atenção com que o rapaz a fitava, mas supôs que isso se devesse à beleza de Preciosa, que sempre arrastava, atrás de si, os olhares de todos. Enfim, depois de cuidarem do rapaz, deixaram-no sozinho, num leito de feno seco. No momento, não queriam questioná-lo sobre seu caminho ou sobre qualquer outra coisa.

Assim que se afastaram do rapaz, Preciosa chamou Andrés de lado e disse:

— Lembras de quando dancei na tua casa com minhas companheiras e deixei cair um papel que, acredito, te fez passar um mau bocado?

— Sim, eu me lembro — respondeu Andrés. — Era um soneto escrito em teu louvor, e nada mau.

— Pois saibas, Andrés — replicou Preciosa —, que quem escreveu o soneto foi aquele rapaz ferido, que deixamos na tenda. E não estou enganada, de modo algum, pois ele falou comigo em Madri por duas ou três vezes e ainda me deu um romance muito bonito. Parece que estava trabalhando por lá, como pajem, mas não como um simples criado e sim como favorito de algum príncipe. Em verdade te digo, Andrés, que aquele rapaz é inteligente, sensato e, sobretudo, honesto. Tanto que nem imagino como ele veio parar aqui, vestido daquele jeito.

— O que podes imaginar, Preciosa? Nada, senão que a mesma força que me fez cigano levou aquele rapaz a se vestir como um moleiro, todo de branco, e vir à tua procura — respondeu Andrés. — Ah, Preciosa, Preciosa, estou vendo que queres te gabar de ter mais do que um homem rendido de amores! Se assim for, acaba comigo primeiro e logo matarás esse outro! Não queiras sacrificar-nos, juntos, no altar dos teus artifícios, para não dizer da tua beleza.

— Valha-me Deus! Como andas frágil, Andrés! Tuas esperanças e tua confiança em mim pendem de um sutil fio de cabelo, pois com tanta facilidade penetrou tua alma a dura espada do ciúme! Diz-me, Andrés: se houvesse mesmo algum artifício ou mentira, não achas que eu saberia calar e encobrir a identidade daquele rapaz? Por acaso sou tão estúpida, a ponto de te dar ocasião de duvidar da minha honestidade e boas intenções? Por tua vida, Andrés, cala-te! E, amanhã, procura tirar do peito essa perturbação, tenta descobrir a que veio e para onde vai. Talvez estejas enganado na tua suspeita, tanto quanto sei que não me enganei no que acabo de te dizer. E para tua maior satisfação (pois já decidi que quero te deixar satisfeito), seja lá qual for o motivo da vinda desse rapaz, sejam quais forem suas intenções, trata de despedi-lo e de fazer com que vá logo embora. E como todos os ciganos do nosso grupo te obedecem, nenhum deles dará acolhida ao rapaz contra a tua vontade. Enquanto isso, tens minha palavra de que não sairei da minha tenda e não deixarei que ele me veja, nem ele nem qualquer outro que tu não queiras que me veja. Sabes, Andrés, não me pesa tanto saber que tens ciúme, mas me pesará muito saber que não tens senso!

— Se te pareço louco, Preciosa — respondeu Andrés —, saibas que qualquer outra reação será pouco ou nada para te demonstrar até onde vai e o quanto me abate a amarga e dura suspeita do ciúme. Mesmo assim, farei o que me ordenas. E, se possível, descobrirei o que aquele senhor poeta e pajem deseja, para onde vai e o que procura. Pois pode ser que por um fio, que ele distraidamente deixe à mostra, eu consiga desvendar todo o novelo com o qual, temo, ele veio me enredar.

— Pelo que vejo — disse Preciosa —, o ciúme jamais deixa o entendimento livre, para que possa julgar as coisas como são. Os ciumentos sempre olham tudo através de lentes de aumento que fazem as coisas pequenas, grandes; os anões, gigantes; as suspeitas, verdades. Pela tua vida e a minha, Andrés, peço que ajas nesse caso, e em tudo o mais que fizer parte dos nossos acordos, com sensatez e inteligência. Sei que, se assim fizeres, reconhecerás que sou extremamente honesta, recatada e sincera.

Com isso, Preciosa despediu-se de Andrés, que ficou à espera do amanhecer para tomar a confissão do ferido. Com a alma carregada de perturbações e mil pensamentos contraditórios, não conseguia acreditar em outra coisa, senão que aquele pajem viera até ali atraído pela beleza de Preciosa. Pois o ladrão pensa que todos são como ele. Por outro lado, a explicação que Preciosa lhe dera parecia ter tanta força que o impelia a viver tranquilo, entregando sua sorte às bondosas mãos da ciganinha.

O dia chegou e Andrés foi visitar o ferido. Perguntou-lhe como se chamava, para onde ia e por que estivera caminhando tão tarde da noite e tão longe da estrada. Mas, antes, perguntou-lhe como estava e se a dor das mordidas já havia passado. O rapaz disse que estava melhor e não sentia dor, de modo que já podia partir. Ao responder seu nome e para onde ia, disse apenas que se chamava Alonso Hurtado e que estava a caminho de Nossa Senhora da Penha de França,[58] para tratar de um certo negócio. Que, para chegar logo, resolvera caminhar à noite. Que havia se perdido na noite anterior e por acaso fora parar naquele acampamento, onde os cães de guarda o tinham deixado do jeito que Andrés já sabia.

A Andrés não pareceu legítima, mas muito falsa, essa declaração. De novo as suspeitas voltaram a fazer-lhe cócegas na alma. Por isso, disse:

— Irmão, se eu fosse juiz e caísseis na minha jurisdição, por conta de algum delito que me levasse a fazer as perguntas que vos fiz, certamente me veria obrigado, diante das vossas respostas, a vos interrogar com maior severidade. Não quero saber quem sois, qual o vosso nome ou para onde estais indo. Mas se acreditais que convém mentir nessa viagem, então vos aconselho a mentir com mais veracidade. Dizeis estar a caminho de Penha de França e, no entanto, já a deixastes para trás, à vossa direita, a cerca de trinta léguas daqui. Caminhais à noite para chegar mais depressa e, no entanto, saístes da estrada, seguindo

---

[58] Serra entre Salamanca e Ciudad Rodrigo onde, por volta de 1490, foi encontrada uma imagem de Nossa Senhora. No local, foi erguida uma igreja e fundado um convento de freis dominicanos (Covarrubias). Juan de Mariana estipulou a data que a imagem foi encontrada em 1409. (Sieber)

por bosques e florestas de carvalhos, onde quase não há trilhas, quanto mais caminhos! Amigo, levantai, aprendei a mentir e ide embora em paz. Mas podeis me dizer uma verdade, em troca deste bom conselho que vos dou? (Direis, sim, pois sabeis mentir tão mal.) Dizei-me: porventura sois aquele a quem vi muitas vezes, na Corte, meio pajem, meio cavaleiro, que tinha fama de ser bom poeta; que escreveu um romance e um soneto para uma ciganinha que há pouco tempo esteve em Madri, onde ficou bem conhecida, pela sua singular beleza? Dizei-me, e prometo, pela minha honra de cavaleiro cigano, guardar segredo se assim vos convier. Vede que me negar a verdade, negar ser quem eu digo que sois, não vos levará a lugar algum, pois esse vosso rosto, que vejo agora, é o mesmo que vi em Madri. Sem dúvida, a fama da vossa inteligência muitas vezes me levou a vos considerar um homem singular e célebre. Por isso guardei vossa imagem na memória, pela qual agora vos reconheço, ainda que vestindo um traje diferente daquele em que vos vi, então. Mas não vos aflijais. Animai-vos! Pensai que chegastes, não a uma vila de ladrões e sim a um abrigo capaz de vos proteger e defender contra o mundo inteiro. Olhai: estou pensando numa coisa; e se for mesmo como eu imagino, sabei que topastes com vossa boa sorte, ao me encontrar. O que penso é que viestes procurar Preciosa, a bela ciganinha a quem dedicastes vossos versos e por quem estais apaixonado. E sabei que não vos considero menos por isso, ao contrário: considero mais, muito mais. Embora eu seja cigano, sei, por experiência própria, até onde se estende a poderosa força do amor e as transformações que provoca naqueles que caem em seu poder e jugo. Se assim é, e creio, sem dúvida, que seja, sabei que a ciganinha está aqui.

— Sim, está, pois eu a vi ontem à noite — disse o ferido, deixando Andrés mortificado, sentindo que suas suspeitas se confirmavam. — Ontem à noite eu a vi — tornou a dizer o rapaz. — Mas não me atrevi a contar-lhe quem eu era, pois isso não me convinha.

— Então, como eu disse, sois mesmo aquele poeta.

— Sou — respondeu o rapaz. — Isso não posso, nem quero, negar. Talvez, onde pensei me perder, tenha vindo me encontrar... Se é que existe fidelidade nos bosques e boa acolhida nas montanhas.

— Existe, sem dúvida — respondeu Andrés. — E nós, os ciganos, sabemos guardar segredo, mais do que qualquer pessoa no mundo. Com base nessa confiança, senhor, podeis abrir vosso peito para mim; e achareis no meu o que vereis, sem falsidade alguma. A ciganinha é minha parenta e posso fazer dela o que quiser. Se a quiserdes como esposa, isso será de grande gosto para mim e para toda a nossa família. E se a quiserdes como amiga, não ficaremos melindrados, desde que tenhais dinheiro, pois a cobiça não sai, jamais, dos nossos acampamentos.

— Tenho dinheiro — respondeu o rapaz. — Nas mangas desta camisa, que trago bem presa ao corpo, há quatrocentos escudos de ouro.

Esse foi outro susto mortal para Andrés, que deduziu que se o homem trazia tanto dinheiro, era certamente para conquistar ou comprar sua amada.

— É uma boa quantia — disse, com a voz alterada. — Nada mais tendes a fazer, senão revelar quem sois e pôr mãos à obra, pois a jovem, que nada tem de boba, verá o quanto será bom, para ela, ser vossa.

— Ai, amigo! — disse a essa altura o rapaz. — Sabei que o que me fez mudar de traje não foi a força do amor, como dissestes, nem o desejo por Preciosa, pois em Madri há jovens que podem e sabem roubar corações e abater almas, tão bem ou melhor do que as mais lindas ciganas, embora eu reconheça que a beleza da vossa parenta supera, de longe, a de todas que já vi. O que me levou a usar este traje, a viajar a pé e ser atacado pelos cães não foi o amor e sim uma desgraça.

Conforme o rapaz falava, Andrés ia recobrando o ânimo perdido. Parecia-lhe, agora, que as coisas caminhavam rumo a um paradeiro diferente do que tinha imaginado. Desejoso de sair daquela confusão, voltou a incentivar o rapaz a confiar nele e se abrir.

E, assim, o rapaz continuou:

— Eu estava em Madri, na casa de um nobre, a quem servia não como a um senhor, mas como a um parente. Esse nobre tinha um filho, que era seu único herdeiro e que, não só pelo laço de parentesco, mas também por sermos ambos da mesma idade e de igual condição, me tratava com familiaridade e grande apreço. Sucedeu que esse cavaleiro se apaixonou por uma donzela de importante família, a quem de boníssima vontade escolheria como esposa, caso não tivesse, como bom filho que era, se submetido à vontade dos pais, que pretendiam casá-lo com uma pessoa de posição ainda mais elevada. Mesmo assim, cortejava essa donzela, longe dos olhos de todos os que pudessem, com a língua, tornar públicos seus desejos. Somente meus olhos eram testemunhas das suas intenções. Certa noite (que a desgraça deve ter escolhido, para o caso que agora vou contar), enquanto ambos passávamos pela rua onde mora essa donzela, vimos dois homens de belo porte, segundo nos pareceu, encostados à sua porta. Meu parente quis saber quem eram eles. Porém, mal começou a se aproximar, quando os dois, empunhando rapidamente suas espadas e escudos, avançaram para nós, que fizemos o mesmo e, com as mesmas armas, atacamos. Pouco durou a luta, pois não durou muito a vida dos nossos adversários, que a perderam por conta de duas estocadas certeiras, guiadas pelo ciúme do meu parente e pela cobertura que dei a ele, caso raro e poucas vezes visto. Triunfando, pois, sobre o que não queríamos, voltamos para casa. Juntamos todo o dinheiro que podíamos e, secretamente, fomos a São Jerônimo[59] a fim de esperar pelo amanhecer, quando o fato seria descoberto e as pessoas fariam conjeturas sobre os possíveis assassinos. Ali ficamos sabendo que ninguém desconfiava de nós. Prudentes, os religiosos nos aconselharam a voltar para casa, para que nossa ausência não despertasse suspeitas. Estávamos determinados a seguir seus conselhos. Mas então fomos avisados de que os senhores juízes da Corte haviam aprisionado os pais da moça, e também ela, em sua própria casa. A criadagem foi interrogada; uma camareira da donzela contou que meu parente costumava passear com sua senhora. Com essa pista, resolveram nos procurar. E como não nos encontraram, mas deram com vários indícios da nossa fuga, ficou então confirmado, em toda a Corte, que éramos nós os assassinos daqueles dois cavaleiros, que pertenciam à nobreza e eram muito, muito importantes. Passamos quinze dias escondidos no mosteiro. Por fim, a conselho do conde, meu parente, e também dos religiosos, meu companheiro, usando um hábito de frade, partiu para a região de Aragão, na companhia de outro frade. Tencionava seguir de lá para a Itália e depois para Flandres, a fim de esperar pelo desdobramento daquele caso. Quanto a mim, quis dividir nossos bens e apartar nosso destino, para evitar que o acaso nos levasse a uma mesma derrota. Assim, segui por outro caminho, diferente do dele. Vestindo um hábito de noviço, parti a pé, na companhia de outro frade, que me deixou em Talavera. De lá para cá, vim caminhando sozinho, evitando as estradas principais, até que ontem à noite cheguei a esse bosque de carvalhos, onde me sucedeu o que já sabeis. E se perguntei pelo caminho de Penha de França, foi apenas para responder qualquer coisa à pergunta que me fizestes, pois na verdade nem imagino onde seja Penha de França; sei apenas que fica acima de Salamanca.

---

[59] Igreja e mosteiro onde os religiosos acolhiam foragidos da justiça.

— É verdade — respondeu Andrés. — E já a deixastes para trás, à direita, a quase vinte léguas daqui.[60] Se tivésseis seguido para lá, veríeis como é reto e direto o caminho.

— O único caminho que eu pensava seguir era o de Sevilha — replicou o rapaz —, pois lá vive um cavaleiro genovês, grande amigo do conde, meu parente, que costuma enviar a Gênova grandes quantidades de prata. Minha intenção é conseguir que ele me arranje um lugar entre os carregadores, como se eu fosse mesmo um deles. Com essa estratégia, certamente conseguirei chegar a Cartagena e de lá seguir para a Itália, de onde, muito em breve, chegarão duas galeras para transportar a prata. Essa é minha história, amigo: vê se não posso dizer que ela nasceu mais da pura desgraça do que de amores frustrados. Mas se esses senhores ciganos quisessem me levar, em sua companhia, até Sevilha, se é que vão para lá, eu pagaria muito bem. Pois sei que estaria mais seguro na companhia dos ciganos do que na desse temor que levo comigo.

— Levarão, sim — respondeu Andrés. — Se não no nosso grupo, pois até agora não sei se iremos a Andaluzia, ireis com outro que, imagino, encontraremos dentro de dois dias. E dando a eles uma parte do que levais, facilitareis para que vos protejam de outros transtornos maiores.

Deixando-o sozinho, Andrés foi contar aos ciganos o que o rapaz havia dito e o que pretendia, com o oferecimento de uma boa paga e recompensa. Todos concordaram em que ele ficasse no acampamento. Somente Preciosa discordou. Quanto à sua avó, disse que não podia chegar a Sevilha, nem mesmo aos arredores, porque alguns anos atrás tinha pregado uma peça num fabricante de gorros chamado Triguillos,[61] muito conhecido naquela cidade. A velha cigana fizera com que ele se metesse até o pescoço, totalmente nu, num enorme pote de barro cheio de água, usando na cabeça uma coroa de cipreste, e ali ficasse, à espera de que soasse a meia-noite, para então sair do pote e começar a cavar em certo ponto de sua casa, onde — segundo ela o fizera crer — encontraria um grande tesouro.

Disse a velha cigana que quando o bom homem ouviu tocar a matina,[62] saiu do pote com tanta pressa, com medo de perder a hora, que foi ao

---

[60] André não está muito certo da geografia, pois acaba de dizer "vinte léguas" e, antes, disse "cerca de trinta léguas". (Sieber)
[61] Triguillos realmente existia e "ainda exercia seu ofício, por volta de agosto de 1599". (Sieber)
[62] Na liturgia católica, cânticos da primeira parte do Ofício Divino, entoados geralmente entre a meia-noite e o nascer do sol. (Houaiss)

chão, arrastando consigo o pote, que se quebrou. Machucou-se todo, por conta do tombo e dos cacos, e ali ficou, nadando na água derramada e dizendo, aos berros, que estava se afogando.

Sua mulher e os vizinhos acudiram, trazendo lanternas, e o encontraram ofegante, gesticulando como se nadasse, arrastando a barriga no chão, agitando braços e pernas e gritando: "Socorro, senhores, que vou me afogar!" O medo o dominava de tal maneira que ele pensava estar se afogando de verdade. Ergueram o homem, livrando-o daquele perigo. Quando voltou a si, Triguillos contou sobre a peça que a cigana lhe havia pregado. Mesmo assim, cavou fundo no local indicado, embora todos lhe dissessem que se tratava de um embuste. Se o deixassem cavar o quanto queria e se um vizinho não o impedisse, dizendo que a escavação já estava quase atingindo os alicerces de sua casa, Triguillos teria continuado, até que ambas as casas viessem abaixo.

— O caso correu por toda a cidade. Até as crianças apontavam Triguillos na rua, comentando sua credulidade e a peça que lhe preguei.

Assim contou a velha cigana, para justificar sua recusa em ir a Sevilha. Os ciganos, que já sabiam, por Andrés Caballero, que o rapaz trazia uma grande soma em dinheiro, de bom grado o acolheram em sua companhia, oferecendo-se para protegê-lo e escondê-lo por quanto tempo ele quisesse. Decidindo mudar de rota, seguiram à esquerda, para entrar em La Mancha e no Reino de Múrcia.

Chamaram o rapaz e lhe contaram o que pensavam fazer por ele, que agradeceu, dando cem escudos de ouro para que fossem repartidos entre todos. Com essa dádiva, os ciganos ficaram mais suaves do que martas. Somente Preciosa não se alegrou muito com a permanência de Dom Sancho (pois assim o rapaz disse que se chamava). Mas os ciganos mudaram seu nome para Clemente e assim passaram a chamá-lo, daquele momento em diante. Também Andrés ficou um tanto frustrado e não muito satisfeito com a permanência de Clemente, que tão facilmente havia desistido de seu propósito anterior. Mas, Clemente, como se lesse seus pensamentos, disse-lhe, entre outras coisas, que se alegrava por ir ao Reino de Múrcia, que ficava próximo a Cartagena, de onde — se lá aportassem galeras, e ele achava que sim — poderia facilmente alcançar a Itália. Por fim, para ter Clemente ao alcance dos olhos, para observar suas ações e esquadrinhar seus pensamentos, Andrés convidou-o a ser seu companheiro de viagem: uma demonstração de camaradagem que Clemente recebeu como um grande favor. Andavam sempre juntos, gastavam muito, esbanjavam escudos, corriam, saltavam, dançavam e lançavam o dardo melhor do que qualquer cigano. Eram muito queridos pelas ciganas e extremamente respeitados pelos ciganos.

Deixaram, pois, a Estremadura e entraram em La Mancha. Pouco a pouco, foram caminhando em direção ao Reino de Múrcia. Em todos os povoados e locais por onde passavam havia jogos de bola, competições de esgrima, de corrida, de saltos, de lançamento de dardo e outras provas de força, habilidade e presteza, das quais Andrés e Clemente sempre saíam vencedores, embora só se falasse de Andrés. Em todo esse tempo, que foi mais de um mês e meio, Clemente não teve nem procurou oportunidade de falar com Preciosa. Até que um dia, quando Andrés e ela estavam juntos, Clemente entrou na conversa, pois ambos o chamaram. E Preciosa lhe disse:

— Eu te reconheci, Clemente, desde que vieste ao nosso acampamento pela primeira vez. Lembrei-me dos versos que me deste em Madri, mas nada quis dizer, pois não sabia com que intenção vinhas até nós. Quando soube da tua desgraça, minha alma ficou aflita, mas meu coração, sobressaltado, acalmou-se quando pensei que se havia Dom Juans, no mundo, que assumiam o nome de Andrés, podia haver também Dom Sanchos que mudassem de nome. Estou te falando dessa maneira porque Andrés me disse que te contou quem ele é e com que intenção tornou-se cigano. — Isso era verdade, pois Andrés tinha contado sua história a Clemente, para poder compartilhar com ele seus pensamentos. — E não penses que o fato de Andrés te conhecer foi, para ti, de pouco proveito. Da minha parte, e pelo que falei de ti a Andrés, facilitei a acolhida e a permissão para que permanecesses em nossa companhia. E queira Deus que te suceda todo o bem que vieres a desejar. Quanto a esse meu bom desejo, quero que me pagues assim: não recriminando Andrés pela humildade do seu propósito, nem tentando convencê-lo de que está errado em insistir nessa situação. Pois embora eu acredite que a vontade de Andrés esteja fortemente presa à minha, ainda assim me desgostaria muito vê-lo dar mostras, por mínimas que fossem, de algum arrependimento.

A isso respondeu Clemente:

— Não penses, caríssima Preciosa, que Dom Juan foi muito rápido e esperto em descobrir quem eu era. Eu o reconheci antes; e os olhos dele me revelaram suas intenções. Primeiro, eu disse quem era e adivinhei, nele, essa vontade prisioneira de que falas. E Dom Juan, dando-me o crédito que era mesmo natural que me desse, confiou-me seu segredo. Ele próprio é testemunha do quanto louvei sua determinação e seu digno modo de agir. Pois não sou — oh, Preciosa! — de tão curto entendimento, a ponto de não perceber até onde se estende a força da beleza! E a tua, que ultrapassa os mais extremos limites, é motivo suficiente para graves erros, se é que devem ser chamados "erros" os atos cometidos em nome de tão grande causa. Agradeço, senhora, o que disseste a meu favor. Penso em te pagar com o desejo de que esses enredos amorosos cheguem a um final feliz. Que desfrutes do teu Andrés; e que Andrés desfrute da sua Preciosa, conforme a vontade e satisfação dos seus pais. E que dessa formosa união vejamos, neste mundo, os mais belos rebentos que a bem-intencionada Natureza pode criar. É isso que te desejo, Preciosa. É isso que sempre direi ao teu Andrés, e não algo que possa desviá-lo dos seus firmes pensamentos.

Clemente falava de modo tão afetuoso, que Andrés ficou em dúvida: estaria ele falando como um homem apaixonado ou como um homem sensato? Pois a maligna enfermidade do ciúme é tão suscetível, e de tal maneira, que o amante se ressente e se desespera até mesmo quando minúsculos grãos de poeira, visíveis apenas se iluminados por réstias de sol, tocam o objeto do seu amor. Mas, apesar disso, Andrés não teve seu ciúme confirmado, preferindo fiar-se mais na bondade de Preciosa do que em sua própria sorte. Pois os apaixonados sempre se consideram infelizes, enquanto não alcançam o que desejam. Enfim, Andrés e Clemente eram bons camaradas e grandes amigos, condição garantida pelas boas intenções de Clemente e pela honestidade e prudência de Preciosa, que nunca dava motivos para que Andrés ficasse enciumado.

Tinha Clemente suas habilidades de poeta — já comprovadas nos versos que dera a Preciosa — e Andrés se ressentia um pouco disso. Mas ambos gostavam de música. E certa noite em que estavam acampados num vale, a quatro léguas de Múrcia, Andrés — sentado aos pés de um sobreiro — e Clemente — aos pés de um carvalho — entretinham-se tocando violão. Convidados pelo silêncio da noite, cantaram esses versos que Andrés principiou e Clemente respondeu:

> ANDRÉS
> Vê, Clemente, o estrelado véu
> com que essa noite fria
> compete com o dia,

com belas luzes adornando o céu;
e nessa semelhança,
se tanto teu divino talento alcança,
aquele rosto figura
onde vive a extrema formosura.

CLEMENTE
Onde vive a extrema formosura
e onde Preciosa,
honestidade formosa,
na extrema bondade se apura,
num tema cabe,
e não há talento humano que possa louvá-la
sem falar do que é divino,
alto, raro, profundo e peregrino.

ANDRÉS
Alto, raro, profundo e peregrino,
estilo jamais usado,
ao céu elevado,
por ser doce ao mundo e sem igual caminho,
teu nome — oh, ciganinha! —
causando assombro, espanto e maravilha,
cuja fama eu bem quisera
que chegasse à oitava esfera.[63]

CLEMENTE
Que chegasse à oitava esfera
seria oportuno e justo,
causando aos céus deleite,
quando o som desse nome lá se ouvisse,
e na Terra causasse,
por onde esse doce nome ressoasse,

---

[63] Em *A Divina Comédia*, seguindo as teorias de Ptolomeu, Dante situa a Terra, imóvel, no centro do Universo. Ao redor, em órbitas concêntricas, os céus da Lua, de Mercúrio, de Vênus, do Sol, de Marte, de Júpiter, de Saturno, a Oitava Esfera (das Estrelas Fixas), a Nona Esfera ou "Primeiro Móvel" e, finalmente, o Empíreo, que é imóvel. Esses astros estão organizados segundo a hierarquia dos anjos. (Ver Glossário)

música nos ouvidos,
paz nas almas, glória nos sentidos.

ANDRÉS
Paz nas almas, glória nos sentidos,
sentimos quando canta
a sereia, que encanta
e faz adormecer os mais prevenidos;
assim é minha Preciosa:
o que de menos tem é ser formosa;
doce presente meu,
coroa da graça, honra do brio.

CLEMENTE
Coroa da graça, honra do brio,
és, bela cigana,
frescor da manhã,
brando zéfiro no ardente estio;
raio com que o Amor cego
converte em fogo o peito mais frio;
força que assim te faz,
que brandamente mata e satisfaz.

Ao que parecia, o prisioneiro e o homem livre tão cedo não cessariam de cantar, se a voz de Preciosa, que as de ambos ouvia, não lhes soasse às costas. Calaram-se e, imóveis, maravilhados e atentos, a ouviram. Então Preciosa (não sei se de improviso, ou se alguém, em alguma ocasião, compusera aqueles versos para ela), com extrema graça, e como se aqueles versos tivessem sido escritos para responder aos de Andrés e Clemente, assim cantou:

Nessa empresa amorosa
em que o amor entretenho,
por maior ventura tenho
mais ser honesta que formosa.

Mesmo a planta mais humilde,
quando se põe a crescer,

por graça ou por natureza
aos céus se elevará.

Nesse meu humilde cobre,
sendo a honestidade seu esmalte,
não há bom desejo que falte
nem riqueza que não sobre.

Não me aflijo quando alguém
não me quer ou não me estima,
pois penso que eu mesma fabrico
minha sorte e minha sina.

Que eu faça o que em mim existe,
que para ser boa me encaminhe,
e que o céu faça e determine,
depois, o que bem quiser.

Quero ver se a beleza
tem tal prerrogativa,
que me eleve tão acima,
que aspire a maior alteza.

Se as almas são iguais,
poderá a de um lavrador
igualar-se, em valor,
às que são imperiais.

Da minha alma, o que sinto
me eleva ao grau maior,
porque majestade e amor
não ocupam o mesmo assento.

Assim Preciosa terminou seu canto; Andrés e Clemente levantaram-se para acolhê-la. Fluiu entre os três uma agradável conversa, na qual Preciosa demonstrou sua sabedoria, honestidade e argúcia, de tal maneira que para Clemente justificaram-se as intenções de Andrés, coisa que até então não tinha acontecido, pois Clemente havia imputado a arrojada determinação de Andrés mais à juventude do que à sensatez.

Pela manhã os ciganos ergueram acampamento e foram se alojar num local pertencente à jurisdição de Múrcia, a três léguas de distância da cidade, onde sucedeu a Andrés uma desgraça que o pôs a ponto de perder a vida. Aconteceu que depois de entregar, naquele local, alguns copos e peças de prata como fiança, tal como era o costume, Preciosa e sua avó, Cristina e mais duas ciganinhas, bem como Clemente e Andrés hospedaram-se na estalagem de uma viúva rica, que tinha uma filha de dezessete ou dezoito anos, mais desenvolta que bonita, que por sinal se chamava Juana Carducha[64] e que depois de ver as ciganas e os ciganos dançando, foi tomada pelo diabo: apaixonou-se por Andrés tão ardentemente que decidiu declarar-se e tomá-lo como marido, caso ele a quisesse, ainda que isso desgostasse toda a sua família. Procurando uma ocasião, Juana acabou por encontrá-la num estábulo, onde Andrés havia entrado para tratar de dois burricos. Aproximou-se dele e apressadamente, para não ser descoberta, disse:

— Andrés (pois já sabia seu nome), sou donzela e rica. Minha mãe não tem outros filhos além de mim. Ela é dona dessa estalagem e também possui muitos vinhedos e mais duas casas. Gostei de ti. Se me quiseres como esposa, serei tua. Responde, rápido! Se és esperto, fica e verás que vida boa teremos.

Admirado com a determinação da Carducha, Andrés respondeu, com a rapidez que ela pedia:

— Senhora donzela, já sou comprometido. Nós, ciganos, nos casamos somente com ciganas. Mas que Deus te abençoe pela graça que quiseste me conceder e da qual não sou digno.

Por um triz a Carducha não caiu morta, diante da severa resposta de Andrés, a quem teria replicado, se não fosse por algumas ciganas que entraram no estábulo naquele momento. Saiu às pressas, envergonhada. De bom grado se vingaria, se pudesse. Andrés, prudentemente, resolveu partir, evitando assim aquela ocasião que o diabo lhe oferecia: pois tinha lido, nos olhos da Carducha, que ela bem seria capaz de se entregar aos seus desejos, mesmo sem os laços do matrimônio. E não querendo ficar sozinho para enfrentar aquela enrascada, propôs a todos os ciganos que partissem dali naquela noite. Eles, que sempre o obedeciam, logo começaram a se preparar. E partiram, naquela mesma tarde, depois de reaver os bens que tinham dado como fiança.

---

[64] É provável que o apelido *Carducha* venha de "cardo" (flor silvestre com muitos espinhos, símbolo de um ser esquivo e agreste, que não se presta a ser acariciado). Por extensão, "pessoa arisca, rude, feia". (DeAgostini)

A Carducha, vendo que Andrés, ao partir, levaria junto a metade de sua alma, e que não lhe restava tempo para exigir o cumprimento de seus desejos, resolveu forçá-lo a ficar, já que por bem não conseguiria. E assim, com a malícia, sagacidade e dissimulação inspiradas por seu mau propósito, pôs na bagagem de Andrés alguns belos colares de coral, dois medalhões de prata e mais uns brincos que lhe pertenciam. Os ciganos mal haviam deixado a estalagem quando a Carducha começou a gritar, acusando-os de terem roubado suas joias. Aos seus gritos acudiram representantes da justiça e toda a gente do povoado.

Interrompendo a marcha, os ciganos juraram que nada haviam furtado e que, portanto, mostrariam toda a bagagem que carregavam e também as provisões do acampamento. A velha cigana muito se afligiu com isso, receando que naquela averiguação fossem descobertas as joias de Preciosa e os trajes de Andrés, que ela guardava com muito cuidado e reserva. Mas a boa Carducha resolveu tudo rapidamente: enquanto os oficiais abriam o segundo fardo levado pelos ciganos, disse-lhes que perguntassem pela bagagem do cigano que dançava tão bem, pois tinha-o visto entrar em seus aposentos por duas vezes. Portanto, era bem possível que ele tivesse levado suas joias. Compreendendo que era a ele que a Carducha se referia, Andrés riu e disse:

— Senhora donzela, essa é toda a minha bagagem e esse é o meu burro. Se achardes, nela ou nele, as joias das quais destes falta, pagarei por elas sete vezes[65] mais do que valem, além de me submeter ao castigo que a lei reserva aos ladrões.

Apressando-se a descarregar o burro, os oficiais de justiça logo encontraram as joias furtadas, deixando Andrés tão espantado, tão estático e sem voz que mais parecia uma estátua de pedra maciça.

— Bem que eu suspeitava! — disse a Carducha, àquela altura. — Vede com que bela cara se disfarça um grande ladrão!

O alcaide, que estava presente, proferiu mil insultos contra Andrés e todos os ciganos, chamando-os de ladrões notórios e salteadores de estradas. Andrés mantinha-se calado, absorto, pensativo; ainda não havia se dado conta da traição da Carducha. Nisso, aproximou-se dele um insolente soldado, que era sobrinho do alcaide, e disse:

— Vede como ficou o ciganinho, podre de tanto roubar! Aposto que fará melindres e negará o furto, apesar de ter sido pego em flagrante!

---

[65] No original, *yo pagaré con las setenas*: significa pagar sete vezes uma pena, uma multa ou, no caso, sete vezes o valor das joias. Figurativamente, *pagar con las setenas* passou a significar "sofrer um castigo muito mais severo do que exigiria a falta cometida". (Sieber)

Bem fazem os que mandam todos eles para as galés! Pois esse velhaco estaria muito melhor assim, servindo a Sua Majestade, do que andando de um lado a outro, dançando e furtando nas estalagens e montanhas! Juro, pela minha condição de soldado, que estou para lhe dar uma bofetada que o jogará aos meus pés.

E assim dizendo, sem mais nem menos, ergueu a mão e deu tamanho bofetão em Andrés que o despertou do seu torpor, fazendo com que se lembrasse de que não era Andrés Caballero e sim Dom Juan e cavaleiro! Atirando-se sobre o soldado com grande presteza e com uma fúria ainda maior, arrancou-lhe a espada da bainha e embainhou-a em seu corpo, fazendo-o cair por terra, já morto.

Aí o povo começou a gritar. Aí o alcaide, tio do soldado, desesperou-se. Aí Preciosa desmaiou e Andrés, ao vê-la sem sentidos, ficou atordoado. Aí todos se armaram, para perseguir o homicida. Cresceu a confusão, cresceu a gritaria. Andrés, ocupado em acudir Preciosa, descuidou-se de sua própria defesa. E quis a sorte que Clemente não participasse desse fato desastroso, pois já havia deixado o povoado, levando sua bagagem. Por fim, tanto investiram contra Andrés que o dominaram e o prenderam com duas pesadas correntes. Bem que o alcaide queria enforcá-lo, e logo, caso tivesse poder para tanto. Mas teria de enviá-lo a Múrcia, que era sua jurisdição. Somente no dia seguinte o levaram. Mas, no dia em que ali ficou, Andrés sofreu muitos suplícios e insultos do indignado alcaide, de seus oficiais, de toda a gente do lugar. O alcaide prendeu quantos ciganos e ciganas conseguiu; só não prendeu todos porque a maioria fugiu, entre eles Clemente, que temia ser detido e descoberto.

Por fim, levando um relatório resumido sobre o caso, além de um bando de ciganos, o alcaide e seus oficiais entraram em Múrcia, seguidos por outro bando de gente armada. Entre os prisioneiros estavam Preciosa e o pobre Andrés, acorrentado a uma bigorna, com algemas e *pé de amigo*.[66] A cidade inteira acorreu para ver os prisioneiros, pois

---

[66] Laço ou corda que prende uma das patas traseiras de um animal cavalar ou muar, impedindo-o de movimentar-se e de escoicear. (Houaiss) No contexto, "era uma argola colocada em torno do pescoço do réu, da qual partiam duas barras de ferro que lhe chegavam à cintura, em cujas extremidades eram presas as algemas, fechadas com um pesado cadeado, de modo que o réu não podia levar as mãos à boca nem baixar a cabeça para alcançar as mãos". (Sieber) Segundo o *Diccionario de la lengua española* (DRAE), *piedeamigo ou guardamigo* era um objeto em forma de forquilha, disposto sob o queixo dos réus açoitados ou expostos à vergonha pública, para impedi-los de baixar a cabeça e ocultar o rosto.

já se tinha notícia da morte do soldado. Mas Preciosa estava tão bela, naquele dia, que todos os que a olhavam a abençoavam. E a notícia de sua beleza chegou aos ouvidos da esposa do corregedor que, bastante curiosa para conhecê-la, fez com que seu marido ordenasse que aquela ciganinha, ao contrário de todos os outros ciganos, não fosse para a prisão.Puseram Andrés num estreito calabouço, onde a escuridão e a falta da luz de Preciosa o abateram de tal maneira que ele pensou que sairia dali direto para a sepultura. Preciosa foi levada, junto com a avó, à presença da corregedora que, ao vê-la, disse:

— Têm razão os que te chamam de formosa. — Puxando-a para si, abraçou-a ternamente. E não se cansava de olhar para ela. Então perguntou à avó que idade tinha aquela menina.

— Quinze anos e dois meses, mais ou menos — respondeu a velha cigana.

—Teria essa idade, hoje, minha pobre Costanza. Ai, amigas, que essa menina fez reviver minha desventura! — disse a corregedora.

Preciosa tomou-lhe as mãos e, beijando-as muitas vezes, banhava-as com suas lágrimas, enquanto dizia:

— Minha senhora, o cigano que está preso não tem culpa, pois foi provocado: chamaram-no de ladrão e isso ele não é; deram-lhe um bofetão naquele rosto que bem revela a bondade de seu caráter. Peço, por Deus e por quem sois, senhora: protegei-o da justiça! E que o senhor corregedor não tenha pressa em dar a ele o castigo com que as leis o ameaçam. E se de algum modo minha beleza vos agradou, senhora, peço-vos que reverta esse agrado em favor do prisioneiro, pois o fim da vida dele será o fim da minha. Ele há de ser meu esposo, mas, devido a justos e verdadeiros impedimentos, até agora não conseguimos nos casar. Se for necessário pagar para conseguir o perdão da parte ofendida, venderemos em praça pública tudo o que possuímos em nosso acampamento e pagaremos até mais do que nos pedirem. Minha senhora, se sabeis o que é o amor, se em algum momento o tivestes, ou se agora tendes amor por vosso esposo, tende também compaixão de mim que amo, terna e sinceramente, ao meu.

Preciosa nem por um instante soltou as mãos da corregedora, nem deixou de olhá-la atentamente enquanto falava, derramando amargas e piedosas lágrimas em abundância. Também a corregedora mantinha as mãos de Preciosa entre as suas, olhando-a do mesmo modo, com a mesma intensidade e não poucas lágrimas. Nisso entrou o corregedor, que ao ver sua mulher e Preciosa tão chorosas e tão unidas, ficou admirado, não só pelo pranto, mas pela formosura de Preciosa. Perguntou qual era o motivo de tanta emoção. Como resposta, Preciosa soltou as mãos da corregedora e atirou-se aos pés do corregedor, dizendo:

— Misericórdia, senhor, misericórdia! Se meu esposo morrer, eu morro também! Ele não tem culpa, mas, se tiver, que seja dada a mim a pena! E se isso for impossível, que ao menos seja adiado o julgamento, enquanto procuramos todos os meios possíveis para sua salvação. Pois bem pode acontecer que aquele que não pecou por maldade receba do céu a graça da liberdade.

Mais admirado ainda ficou o corregedor ao ouvir os sábios argumentos da ciganinha, a quem teria acompanhado em suas lágrimas; só não o fez para não dar sinais de fraqueza.

Enquanto tudo isso se passava, a velha cigana pensava sobre muitas, variadas e grandes coisas. Por fim, depois de toda essa abstração e muitas considerações, disse:

— Esperem-me, vossas mercês, senhores meus, e farei com que esse pranto se converta em riso, embora à custa de minha vida. — E saiu, apressada, deixando todos confusos com suas palavras. Enquanto isso, Preciosa nem por um instante parou de chorar nem de pedir que o julgamento de seu esposo fosse adiado, pois tencionava avisar o pai dele para que intercedesse no caso. A velha cigana voltou, com um pequeno cofre debaixo do braço. Pediu ao corregedor e à esposa que entrassem com ela num aposento, pois tinha coisas importantes a dizer, mas em particular. O corregedor, acreditando que ela quisesse revelar alguns furtos praticados pelos ciganos, para assim ganhar sua complacência no julgamento do prisioneiro, retirou-se para seus aposentos, acompanhado pela esposa e pela velha cigana que, ajoelhando-se diante de ambos, disse:

— Senhores, se as boas notícias que trago para vós não merecerem, como recompensa, o perdão para um grave pecado que cometi, aqui estou para receber o castigo que quiserdes me dar. Mas, antes que eu confesse, dizei-me se conhecem essas joias.

E mostrando o pequenino cofre onde estavam as joias de Preciosa, depositou-o nas mãos do corregedor que, abrindo-o, deparou com aquelas joias infantis, mas não atinou com o que poderiam significar. Também a corregedora observou as joias, mas tampouco se deu conta. Apenas disse:

— Esses adornos pertencem a uma pequena criatura.

— É verdade — disse a cigana. — E neste papel dobrado está escrito o nome da criatura à qual pertencem.

Abrindo rapidamente o papel, o corregedor leu:

> *A menina se chamava Dona Costanza de Azevedo y de Meneses; sua mãe, Dona Guiomar de Meneses e, seu pai, Dom Fernando de Azevedo, cavaleiro da Ordem de Calatrava. Eu a raptei no dia da Ascensão do Senhor, às oito da manhã do ano de mil quinhentos e noventa e cinco. A menina usava os brincos que neste cofre estão guardados.*

Tão logo ouviu os dizeres anotados no papel, a corregedora reconheceu os brincos, levou-os à boca e, beijando-os incessantemente, caiu desmaiada. Antes de perguntar à cigana por sua filha, o corregedor acudiu a esposa que, voltando a si, disse:

— Bondosa mulher, antes anjo do que cigana, onde está a dona, digo, a criatura a quem pertenciam essas joias?

— Onde, senhora? — respondeu a cigana. — Aqui mesmo, nesta casa! A dona dessas joias é aquela ciganinha que levou a senhora às lágrimas e que é, sem dúvida, vossa filha, pois eu a roubei da vossa casa em Madri, no dia e na hora anotados nesse papel.

Ao ouvir isso, a transtornada senhora descalçou os sapatos[67] e correu em direção à sala onde havia deixado Preciosa. Encontrou-a ainda chorando, rodeada de camareiras e criadas. Precipitou-se em sua direção e, apressadamente, sem uma palavra, desabotoou-lhe a roupa para ver se tinha, sob o seio esquerdo, uma pequena marca de nascença, em forma de lunar branco... E encontrou-a, já maior, pois havia crescido com o passar do tempo. Em seguida, com igual celeridade, tirou-lhe um sapato, pondo à mostra um pé cor de neve e marfim, muito bem torneado, e ali encontrou o que procurava: os dois últimos dedos do pé direito eram ligados, entre si, por um filete de pele... que ela jamais quisera cortar, quando a filha era menina, para não fazê-la sofrer.

O seio, os dedos, os brincos, a data do rapto, a confissão da cigana, o sobressalto e a alegria que ela e o corregedor tinham sentido ao ver

---

[67] No original, *chapines*, plural de *chapín*, calçado feminino de sola grossa, feita de madeira, cortiça etc., usado para aumentar a estatura das mulheres. (Houaiss) Segundo Corominas, o nome é derivado da onomatopeia *chap*, imitativa do ruído que faziam as pessoas que usavam esse calçado.

a menina verdadeiramente confirmaram, na alma da corregedora, que Preciosa era mesmo sua filha. E assim, tomando-a nos braços, voltou com ela para junto do corregedor e da velha cigana.

Preciosa estava confusa, pois não entendia o motivo de tanta comoção. E mais confusa ficou quando a mulher, ainda mantendo-a nos braços, começou a cobri-la de beijos. Por fim, Dona Guiomar chegou, com sua preciosa carga, à presença do marido:

— Recebei, senhor, vossa filha Costanza, pois esta é ela, sem dúvida — disse, passando Preciosa de seus braços para os dele. — Disso não duvideis, senhor, de modo algum, pois vi o sinal no seio esquerdo e os dois dedos unidos. E mais: minha alma está me dizendo isso, desde o primeiro instante em que pus os olhos nela.

— Não duvido, pois a mesma sensação que passou por vossa alma passou pela minha — respondeu o corregedor, tomando Preciosa nos braços. — E mais: como poderiam suceder tantas coincidências assim, juntas, se não por milagre?

Curiosos, os criados da casa perguntavam-se o que estaria acontecendo e acertavam bem longe do alvo; pois quem, entre eles, poderia imaginar que a ciganinha era filha de seus senhores?

O corregedor disse à mulher, à filha e à velha cigana que aquele caso deveria ficar em segredo, até que ele mesmo o revelasse. Também disse à velha cigana que a perdoava pelo mal que lhe causara ao roubar sua alma, pois o fato de tê-la devolvido, compensando assim o erro, era muito mais relevante. Apenas lamentava que a velha cigana, conhecendo a origem nobre de Preciosa, a tivesse prometido em casamento a um cigano, que ainda por cima era ladrão e assassino.

— Ai, meu senhor! — disse então Preciosa. — Ele não é cigano nem ladrão, embora seja um matador. Mas matou quem quis desonrá-lo; quanto a isso, nada pôde fazer, senão mostrar quem era... E matar.

— Como não é cigano, minha filha? — disse Dona Guiomar.

Então a velha cigana contou, em breves palavras, a história de Andrés Caballero — filho de Dom Francisco de Cárcamo, cavaleiro da Ordem de Santiago —, que na verdade chamava-se Dom Juan de Cárcamo,[68] também cavaleiro dessa Ordem, cujos trajes ela havia guardado, na ocasião em que ele os trocara pelos de cigano. Contou também sobre o

---

[68] Juan de Cárcamo teria realmente existido. (Ver Glossário)

acordo firmado entre Preciosa e Dom Juan: que ambos convivessem por dois anos, como experiência, antes de decidirem se queriam mesmo se casar ou não. Ressaltou a honestidade dos dois e a boa índole de Dom Juan.

O corregedor e sua esposa ficaram tão admirados com esse relato quanto com o reencontro com a filha. Então o corregedor ordenou à velha cigana que buscasse os trajes de Dom Juan. Ela assim fez e voltou, junto com outro cigano, que os trouxe.

Nesse ínterim, os pais de Preciosa fizeram mil perguntas, que ela respondeu com tanta sabedoria e graça que, mesmo se ambos não a houvessem reconhecido como filha, teriam se encantado com ela. Perguntaram-lhe se tinha alguma afeição por Dom Juan. Preciosa respondeu que não tinha mais do que devia, por gratidão, ao homem que por ela quisera se sujeitar a ser cigano. Mas disse também que essa gratidão não se estenderia além do que os senhores seus pais quisessem.

— Cala-te, filha Preciosa — disse seu pai. — Quero mesmo que mantenhas este nome, Preciosa, como lembrança do teu desaparecimento e retorno. Eu, como teu pai, me encarregarei de te colocar numa posição que não desminta quem és.

Ao ouvir isso, Preciosa suspirou. Sua mãe, que era sensata e observadora, compreendendo que ela suspirava de paixão por Dom Juan, disse ao marido:

— Senhor, já que Dom Juan de Cárcamo é um homem tão importante e ama tanto nossa filha, não seria nada mal se a déssemos a ele como esposa.

— Ainda hoje a encontramos e já quereis perdê-la? — respondeu o corregedor. — Vamos desfrutá-la por algum tempo, pois quando se casar já não será nossa, mas do marido.

— Tendes razão, senhor — a corregedora respondeu. — Mas, então, dai ordens para que libertem Dom Juan, que deve estar em algum calabouço.

— Está, sim — disse Preciosa. — Pois a um ladrão, assassino e sobretudo cigano não dariam melhores acomodações.

— Quero vê-lo, sob pretexto de tomar-lhe a confissão — respondeu o corregedor. — E uma vez mais recomendo, senhora, que ninguém deve saber desse caso, até que eu queira revelá-lo.

O corregedor abraçou Preciosa e então saiu para ir à prisão. Entrou no calabouço onde estava Dom Juan e não permitiu que ninguém o acompanhasse. Encontrou-o com os pés presos num cepo e as mãos algemadas. Ainda não haviam lhe tirado o *pé de amigo*. O local era escuro, mas o corregedor ordenou que abrissem uma espécie de claraboia, no teto, por onde entrou um pouco de luz, ainda que muito fraca.

— Que tal essas belas acomodações? — disse o corregedor, tão logo conseguiu enxergar Dom Juan. — Ah, se eu pudesse prender assim todos os ciganos da Espanha, para acabar com eles num só dia, de um só golpe, como Nero queria fazer com Roma! Sabei, meu caro e honrado ladrão, que sou o corregedor desta cidade e vim para perguntar se, cá entre nós, é verdade que uma ciganinha que veio convosco, naquele bando, é vossa esposa.

Ao ouvir isso, Andrés pensou que o corregedor estivesse apaixonado por Preciosa; pois o ciúme se compõe de corpos sutis, que entram em outros corpos sem rompê-los, separá-los ou dividi-los. Mas, apesar disso, respondeu:

— Se ela disse que sou seu esposo, essa é a pura verdade. E se disse que não sou, também é verdade, pois Preciosa não mente, jamais.

— Ela é tão sincera assim? — disse o corregedor. — Isso não é pouco, para uma cigana. Mas vejamos, rapaz: a ciganinha disse que é vossa esposa, mas que ainda não vos entregou a mão. E como ficou sabendo que havereis de morrer por ela, aliás, por vossa própria culpa, pediu-me que antes da vossa morte eu a torne vossa esposa, pois quer ter a honra de ser viúva de um ladrão tão grande como vós.

— Então faça vossa mercê, senhor corregedor, tal como suplicou Preciosa. Depois de desposá-la, de bom grado irei para a outra vida, pois partirei desta pertencendo a ela.

— Deveis amá-la muito! — disse o corregedor.

— Tanto, que tudo quanto eu dissesse sobre isso seria nada — respondeu o prisioneiro. — Mas para encerrar o caso, senhor corregedor, saiba que só matei aquele homem porque ele quis me desonrar. Eu adoro aquela cigana. Morrerei feliz, se contar com sua graça. E sei que para nós não faltará a graça de Deus, pois ambos respeitamos sinceramente, e à risca, a promessa que fizemos um ao outro.

— Pois nesta noite mandarei alguém aqui, para vos buscar — disse o corregedor. — Desposareis Preciosita em minha casa. E amanhã, ao meio-dia, estareis na forca. Assim, terei cumprido a exigência da justiça e o desejo de ambos.

Andrés agradeceu e o corregedor voltou para casa, onde conversou com a esposa sobre o que havia se passado com Juan e também sobre outras coisas que tencionava fazer.

Durante a ausência do corregedor, Preciosa contou toda a sua vida à corregedora, sua mãe, dizendo que sempre acreditara ser cigana e neta daquela velha mulher; mas, também, sempre se valorizara bem mais do que se esperaria de uma cigana. A mãe perguntou, então, se ela amava Dom Juan de Cárcamo. E pediu-lhe que respondesse a verdade. Baixando os olhos, Preciosa respondeu timidamente que, como cigana, sabia que teria um destino melhor se desposasse um cavaleiro de alguma ordem religiosa, tão nobre como Dom Juan de Cárcamo. E que por ter comprovado sua boa índole e sua honestidade, chegara a olhá-lo com afeição. Mas, enfim, tal como já havia dito, não desejava nada, senão seguir a vontade dos pais.

A noite chegou. Eram quase dez horas quando tiraram Andrés do cárcere, já sem as algemas e o *pé de amigo*, mas ainda com uma grande corrente em torno do corpo inteiro, desde os pés. Assim chegou Andrés à casa do corregedor, sem que ninguém o visse, exceto aqueles que o conduziam. Silenciosa e discretamente, fizeram-no entrar num aposento e ali o deixaram, sozinho. Pouco depois chegou um clérigo dizendo que deveria se confessar, pois morreria no dia seguinte.

— De muito boa vontade me confessarei. Mas por que não deixam que eu me case, primeiro? — disse Andrés. — O fato é que, se deixarem, será certamente porque um tálamo bem ruim me espera.

Dona Guiomar, que estava a par de tudo, disse ao marido que eram demasiados os sustos que ele estava pregando em Dom Juan; e que os moderasse um pouco, pois Dom Juan poderia até perder a vida por conta disso. O conselho pareceu bom ao corregedor, que entrou no aposento e, chamando o clérigo, disse-lhe que aquele cigano deveria desposar Preciosa, a cigana, antes de se confessar. Em seguida disse a Andrés que se encomendasse, de todo coração, a Deus, que muitas vezes derrama sua misericórdia no momento em que mais faltam esperanças.

Assim, Andrés entrou numa sala onde estavam somente Dona Guiomar, o corregedor, Preciosa e dois criados da casa.

Ao ver Dom Juan envolto e imobilizado por aquela enorme corrente, com o rosto pálido e os olhos que demonstravam o quanto havia chorado, Preciosa levou a mão ao coração e apoiou-se no braço da mãe que, amparando-a, disse:

— Volta a ti, menina, pois tudo que estás vendo agora haverá de resultar em teu favor e proveito.

Preciosa, que ignorava o que realmente acontecia, estava inconsolável. A velha cigana estava atordoada. E os outros, hesitantes, aguardavam o desfecho da situação.

— Senhor vigário, eis o cigano e a cigana que vossa mercê haverá de casar — disse o corregedor.

— Sem os prévios procedimentos exigidos por essa situação, não poderei fazer o casamento. Onde foram feitos os proclamas? Onde está a ordem do meu superior, para que se realize a cerimônia?

— Foi um descuido da minha parte — respondeu o corregedor. — Mas farei com que o arcebispo dê a ordem.

— Pois enquanto eu não recebê-la... que esses senhores me perdoem. — E sem mais nada dizer, para não provocar uma cena, o vigário saiu, deixando todos confusos.

— Ele agiu muito bem — disse àquela altura o corregedor. — Talvez essa seja uma intercessão da Providência divina, para que o suplício de Andrés seja adiado. Pois, se ele vai mesmo desposar Preciosa, será preciso providenciar, antes, os proclamas. E assim daremos tempo ao Tempo, que costuma oferecer uma doce saída para muitas e amargas dificuldades. Contudo, eu gostaria de perguntar uma coisa a Andrés: se a sorte dispusesse os fatos de maneira que sem esses sustos e sobressaltos ele viesse a se tornar esposo de Preciosa... ficaria feliz como Andrés Caballero ou como Dom Juan de Cárcamo?

Ao ouvir seu verdadeiro nome, Andrés disse:

— Então minha amada não quis manter-se nos limites do silêncio e revelou quem sou. Mas ainda que essa boa sorte me fizesse imperador do mundo, tenho tanta estima por Preciosa que por ela abriria mão dos meus desejos e não ousaria querer outro bem, senão o do céu.

— Pois por conta dessa boa intenção que demonstrastes, Senhor Dom Juan de Cárcamo, no momento propício farei com que Preciosa seja vossa legítima consorte. E agora vos dou e entrego, em confiança, a joia mais preciosa da minha casa, da minha vida, da minha alma. E tratai de estimá-la bem como dissestes, pois é por isso que vos entrego Dona Costanza de Meneses, minha única filha que, se convosco se iguala no amor, também nada vos deve em questão de linhagem.

Andrés ficou perplexo com essa demonstração de afeto. Em poucas palavras, Dona Guiomar contou-lhe sobre o desaparecimento e o reencontro com a filha, com base nas exatas informações que a velha cigana lhe dera sobre o rapto. Com isso, Dom Juan ficou ainda mais perplexo e encantado; mas ficou, sobretudo, feliz. Abraçou os sogros, chamou-os de seus pais e senhores. E então beijou a mão de Preciosa que, em lágrimas, pedia a dele.

Assim foi revelado o segredo. E a novidade se espalhou, com a saída dos criados que tudo haviam presenciado. Quando o alcaide, tio do morto, soube da notícia, viu perdidos os caminhos de sua vingança, pois não teria como executar o rigor da justiça sobre o genro do corregedor.

Dom Juan vestiu os trajes de viagem que a velha cigana havia trazido. A prisão transformou-se em liberdade e as correntes de ferro em correntes de ouro. A tristeza dos ciganos presos transformou-se em alegria, pois todos foram soltos sob fiança, no dia seguinte. Ao tio do morto foram prometidos dois mil ducados, para que desistisse da vingança e perdoasse Dom Juan, que mandou buscar seu camarada Clemente, de quem não se esquecera. Mas ninguém o encontrou nem descobriu seu paradeiro, até que, quatro dias depois, chegaram notícias de que Clemente embarcara numa das duas galeras de Gênova que tinham aportado em Cartagena; e já havia zarpado.

O corregedor disse a Dom Juan que tinha notícias, de fonte garantida, de que seu pai, Dom Francisco de Cárcamo, fora nomeado corregedor da cidade de Cárcamo, e que seria bom esperar que ele chegasse, para que as bodas se realizassem com sua bênção e consentimento. Dom Juan disse que não queria contestar suas ordens, mas que, acima de tudo, queria desposar Preciosa.

O arcebispo concedeu uma autorização para que o casamento se realizasse depois de apenas um proclama. A cidade, onde o corregedor era muito benquisto, festejou o dia do casamento com muitas luzes, corridas de touros e bebidas. A velha cigana ficou em casa, pois não queria se afastar de sua neta Preciosa.

As notícias sobre o caso e o casamento da ciganinha chegaram à Corte. Assim, Dom Francisco soube que o cigano era o seu filho e que Preciosa era a ciganinha — a quem ele já tinha visto —, cuja beleza levou-o a desculpar a leviandade de Dom Juan, a quem considerava perdido, pois sabia, também, que este não tinha ido a Flandres. Além do mais, achava muito bom que seu filho desposasse a filha de um tão rico e grande cavaleiro como Dom Fernando de Azevedo. Dom Francisco apressou-se a partir, para chegar rápido e encontrar seus filhos. Vinte dias depois, já estava em Múrcia. Com sua chegada, a alegria geral se renovou, as bodas se realizaram, as vidas foram narradas. E os poetas da cidade — pois há alguns, e muito bons — encarregaram-se de celebrar esse caso raro, assim como a beleza sem igual da ciganinha. E de tal maneira escreveu o famoso Licenciado Pozo,[69] que em seus versos haverá de perdurar a fama de Preciosa, enquanto durarem os séculos.

Estava me esquecendo de dizer que a enamorada filha da estalajadeira revelou à justiça que a acusação que fizera a Andrés, o cigano, sobre o furto das joias, era falsa. Confessou assim seu amor e sua culpa, mas não foi castigada, porque na alegria do encontro dos recém-casados enterrou-se a vingança e ressurgiu a clemência.

---

[69] O Licenciado Pozo realmente existiu e chamava-se Francisco Del Pozo.

O AMANTE GENEROSO

— Oh, tristes ruínas da desventurada Nicósia,[1] onde ainda mal secou o sangue dos vossos valorosos e desafortunados defensores! Sois desprovidas de sentimentos; mas, se os tivésseis, agora, nessa solidão em que nos encontramos, poderíamos lamentar, juntos, nossas desgraças. E talvez o ato de compartilhá-las aliviasse nosso tormento. Quem sabe tendes esperança, oh, recém-destruídas torres, de erguer-vos ainda uma vez, mesmo que não o seja para uma defesa tão justa como na ocasião em que fostes derrubadas! Mas eu, pobre de mim, nenhum bem poderei esperar nesta miserável condição em que me encontro, nem mesmo se voltasse ao estado em que me achava, antes deste em que agora me vejo! Tal é minha desventura, que na liberdade não tive sorte e no cativeiro não a tenho nem espero.

Assim falava um prisioneiro cristão que, da encosta de uma montanha, contemplava as muralhas destruídas da já perdida Nicósia. E assim conversava com elas, comparando suas misérias, como se pudessem entendê-lo: condição própria dos aflitos que, levados pela imaginação, fazem e dizem coisas alheias à razão e à sensatez.

Nisso, de um dos quatro toldos ou tendas da companhia que ali estava acampada saiu um jovem turco, muito saudável e de boa disposição que, aproximando-se do cristão, disse:

— Eu poderia apostar, amigo Ricardo, que teus persistentes pensamentos te trouxeram a estas paragens.

— Trouxeram, sim — respondeu Ricardo, pois era esse o nome do prisioneiro. — Mas de que adianta, se aonde quer que eu vá não encontro trégua nem descanso, ao contrário: essas ruínas que daqui vejo só fizeram aumentar meu sofrimento.

---

[1] Os turcos invadiram a ilha de Chipre em julho de 1570. Em setembro, a capital, Nicósia, se rendeu. Mas a notícia da vitória turca só chegou a Madri em 19 de dezembro desse mesmo ano. O pequeno porto de Famagusta, defendido pelos venezianos, caiu somente em agosto do ano seguinte. (Sieber)

— Falas das ruínas de Nicósia — disse o turco.

— Pois de quais ruínas querias que eu falasse, se por aqui não há outras que se ofereçam aos olhos?

— Se começares com essas considerações, terás mesmo de chorar — replicou o turco. — Pois quem agora vê ou contempla aqueles que há cerca de dois anos chegaram a esta bela e célebre Ilha de Chipre, que oferecia tanta tranquilidade e sossego, com seus moradores nela desfrutando de tudo que a felicidade humana pode conceder aos homens, e que estão hoje desterrados ou nela vivendo como prisioneiros e miseráveis, como poderá deixar de condoer-se da sua tragédia e desventura? Mas deixemos dessas coisas que não têm remédio e vejamos as tuas, pois quero saber se elas têm. Assim, em retribuição à boa vontade que demonstrei contigo, e em consideração ao fato de sermos ambos da mesma pátria e de termos passado nossa infância juntos, peço que me digas qual o motivo da tua demasiada tristeza. Embora a prisão já seja motivo suficiente para entristecer o coração mais alegre do mundo, imagino que tuas desgraças venham de muito antes. Pois os espíritos nobres, como o teu, não costumam render-se aos infortúnios comuns; tanto que, diante deles, dão mostras de extraordinários sentimentos. Acredito nisso porque sei que não és tão pobre que não possas pagar o quanto pedirem pelo teu resgate. Tampouco estás nas torres do Mar Negro,[2] como prisioneiro de alta importância, que só muito tarde, ou jamais, alcança a desejada liberdade. Então, se a má sorte não te roubou a esperança de liberdade e mesmo assim te vejo vencido, dando miseráveis mostras da tua desventura, só posso imaginar que teu sofrimento proceda de outra causa, que não a liberdade que perdeste; causa esta que, suplico, me contes, pois te ofereço tudo o que posso e tudo o que valho. Talvez tenha sido para te servir que a sorte me desviou do meu caminho, levando-me a vestir este hábito, que detesto. Já sabes, Ricardo, que meu amo é o cádi[3] desta cidade, cargo que equivale ao de um bispo. Sabes também o quanto ele é poderoso e o quanto me considera. Além do mais, não ignoras meu ardente desejo de não morrer nessa condição que

---

[2] Torres do Mar Negro: "A primeira visão que tivemos de Constantinopla se chama 'Iedícula', as Sete Torres, que são sete torres muito fortes, muito juntas e bem construídas. Contam que estavam cheias de dinheiro. Entrei numa delas e não vi outra coisa a não ser feno. Lá se mata a maior parte do gado consumido na cidade. De lá a carne é distribuída entre os açougues, que são tantos quanto as casas, em Burgos". (Laguna apud Sieber)

[3] Do árabe, *qadi*: juiz, entre os muçulmanos. (Aurélio)

parece ser a minha; pois, quando não mais aguentar, terei de confessar, publicamente e aos brados, minha fé em Jesus Cristo, da qual me separou minha pouca idade e meu escasso entendimento. E embora eu saiba que tal confissão haverá de me custar a vida, de bom grado perderei a do corpo, a troco de não perder a da alma. De tudo que te disse, quero que penses e consideres que minha amizade poderá ser de algum proveito para ti. E assim como o médico precisa ouvir o relato do enfermo, também preciso que me contes sobre tua desventura, para que eu possa descobrir o remédio ou o alívio para ela. Garanto que guardarei o que me disseres no mais recôndito silêncio.

Ricardo manteve-se calado, ao longo de todos esses argumentos. Então, movido por eles e também pela necessidade, respondeu:

— Oh, amigo Mahamut! — pois assim se chamava o turco. — Se tal como adivinhaste minha desventura, descobrisses também o remédio certo para curá-la, eu de bom grado veria a perda da minha liberdade e não trocaria minha desgraça pela maior ventura que se pudesse imaginar. No entanto, minha desgraça é tamanha que qualquer pessoa bem poderá imaginar sua origem; mas não há, neste mundo, quem se atreva a encontrar, não digo um remédio, mas ao menos algum alívio para mim. E para que creias nessa verdade, vou contá-la da maneira mais resumida que puder. Mas antes de entrar no confuso labirinto dos meus males, quero que me digas por que o Paxá Hazán, meu amo, mandou que se armassem esses toldos e essas tendas aqui, antes da sua entrada em Nicósia, para onde foi nomeado vice-rei, ou paxá,[4] que é como os turcos chamam os vice-reis.

— Vou explicar em poucas palavras — respondeu Mahamut. — Assim saberás que é costume, entre os turcos, que aqueles que são nomeados vice-reis de alguma província não entrarão na cidade onde seu antecessor habitou, até que este saia, deixando-o livre para proceder à residência.[5] E enquanto o novo paxá trata disso, o antigo permanece acampado, esperando o resultado dessa avaliação, que é feita sem que ele possa intervir ou valer-se de subornos e amizades, a menos que já o tenha feito antes. Uma vez realizada a residência, aquele que deixa o cargo recebe um pergaminho fechado e selado, com o qual se apresenta à

---

[4] Título dos governadores de províncias do império otomano. Entre os turcos, título elevado, que correspondia a "Excelência" no Ocidente. (Aurélio)

[5] Ver nota 34 da novela "A Ciganinha".

Porta do Grão-Senhor (que seria como se apresentar na Corte), perante o Grande Conselho do Turco. O pergaminho é lido pelo paxá-vizir e por outros quatro paxás menores (que seriam como o presidente do Conselho Real e seus assistentes). Então, dependendo do relatório da residência, ele é premiado ou castigado. Se for considerado culpado, pagará um resgate em dinheiro, evitando assim o castigo. Se não for considerado culpado e não receber prêmio algum (como geralmente acontece), conseguirá, com dádivas e presentes, o cargo que mais desejar, pois ali os cargos e ofícios não são dados por merecimento e sim por dinheiro: tudo se vende e tudo se compra. Os provedores de cargos roubam e esfolam os que para eles são nomeados; desse ofício comprado saem os recursos para a compra de outro, que maiores ganhos promete. Tudo acontece assim como digo; todo esse império é violento, e parecia que não ia durar muito, mas, pelo que vejo, e parece ser verdade, nossos pecados o sustentam nos ombros, quero dizer, os daqueles que descaradamente e a rédeas soltas ofendem a Deus, tal como eu faço: tomara que Ele, por ser quem é, se lembre de mim! Bem, por conta do que acabo de dizer, teu amo, o Paxá Hazán, está aqui acampado há quatro dias. E se o vice-rei de Nicósia ainda não saiu, como devia, é porque esteve muito doente. Mas agora está melhor e sairá, hoje ou amanhã, sem dúvida alguma. E vai se alojar numa tenda que tu não viste, pois foi montada do outro lado desta encosta. Teu amo logo entrará na cidade: é essa a resposta à pergunta que me fizeste.

— Escuta, pois — disse Ricardo —, mas não sei se poderei cumprir o que eu disse antes, ou seja: que num breve relato te contaria minha desventura, que é tão longa e imensurável que não se pode medir em palavras. Mesmo assim, farei o que puder e o que o tempo permitir. Mas, antes, perguntarei se conheces, na nossa cidade de Trápani,[6] uma donzela que tinha fama de ser a mais formosa de toda a Sicília; uma donzela que as mais curiosas línguas e as mais raras inteligências consideravam como a mais perfeita beleza que já existiu no passado, que existe no presente e que, espera-se, existirá nos tempos que estão por vir. Uma donzela a quem os poetas cantavam: que seus cabelos eram ouro; que seus olhos eram dois sóis resplandecentes; suas faces, rosas cor de púrpura; seus dentes, pérolas; seus lábios, rubis; seu pescoço, alabastro;

---

[6] Antiga Drépano, cidade e porto da Sicília, Itália.

e cada parte do seu ser, com o todo, e o todo com cada parte, resultavam numa absoluta e maravilhosa harmonia, espargindo naturalidade sobre toda uma suavidade de cores, tão pura e perfeita que a inveja jamais pôde encontrar nela algum defeito. Como é possível, Mahamut, que ainda não me tenhas dito quem é e como se chama essa donzela? Creio, sem dúvida, que não me ouviste, ou então que, quando vivias em Trápani, estavas fora do teu juízo.

— Na verdade, Ricardo, se essa donzela a quem pintaste com tal extrema beleza não for Leonisa, a filha de Rodolfo Florencio, então não sei quem será — respondeu Mahamut. — Pois somente essa tem a fama que dizes.

— É essa mesmo, oh, Mahamut! — respondeu Ricardo. — É essa, amigo, a causa principal de todo o meu bem e toda a minha desventura. É por ela, e não pela liberdade perdida, que meus olhos verteram, vertem e verterão lágrimas sem conta; é por ela que meus suspiros inflamam o ar, perto e longe; por ela minhas palavras enfastiam o céu que as escuta e os ouvidos que as ouvem. Foi por ela que me tomaste por louco ou, ao menos, por um homem de pouco valor e ainda mais pobre de espírito. É essa Leonisa, leoa para mim e mansa ovelha para outro, que me deixa nesse estado miserável. Saibas que desde minha mais tenra idade ou, ao menos, desde que passei a fazer uso da razão, não somente a amei, mas também a venerei e servi com total dedicação, como se não houvesse, na terra ou no céu, outra divindade a quem servir e adorar. Seus pais e parentes sabiam dos meus desejos e nunca se mostraram aborrecidos por isso, pois consideravam minhas intenções honestas e virtuosas. Sei que muitas vezes falaram disso a Leonisa, encorajando nela a vontade de me receber como esposo. Porém ela, que só tinha olhos para Cornélio (o filho de Ascânio Rótulo, que tu bem conheces: um belo e elegante rapaz, de mãos macias e cabelos cacheados, de voz melíflua e doces palavras, enfim, todo feito de âmbar e alfenim,[7] muito bem guarnecido de belos trajes e adornos de brocado), não quis voltá-los para o meu rosto, não tão delicado quanto o de Cornélio; não quis sequer agradecer meus muitos e constantes préstimos, pagando minha boa vontade com demonstrações de desdém e aversão. E a tal extremo chegou meu amor que eu de bom grado preferia que ela me destruísse com seu desdém e ingratidão, a vê-la concedendo favores, ainda que honestos, a Cornélio.

---

[7] Ver nota 30 da novela "A ciganinha".

À angústia causada pelo desdém e pela aversão, somou-se a maior e mais cruel fúria do ciúme. Imagina, pois, o estado da minha alma, atacada por dois flagelos tão mortais! Os pais de Leonisa fingiam ignorar os favores que ela prestava a Cornélio. Acreditavam, como era natural que acreditassem, que o rapaz, atraído pela incomparável beleza de Leonisa, a escolheria como esposa. E, com isso, ganhariam um genro mais rico do que eu. E assim seria, se assim fosse; mas o fato é que, e digo isso sem arrogância, ele não tinha uma posição melhor do que a minha, nem pensamentos mais elevados, nem era, reconhecidamente, mais valoroso do que eu. Sucedeu que, durante esse período, fiquei sabendo que num certo dia do mês de maio, e isso foi há um ano, três dias e cinco horas, Leonisa e Cornélio, acompanhados dos respectivos pais, iam festejar, com todos os seus parentes e criados, no jardim de Ascânio, que fica próximo ao píer, no caminho das Salinas.

— Eu sei — disse Mahamut. — Estive lá por mais de quatro dias, com a graça de Deus, e me diverti um bocado, em mais de quatro ocasiões. Mas continua, Ricardo.

— Eu soube dessa festa — replicou Ricardo. — E no mesmo instante uma fúria, uma raiva e um ciúme infernal me habitaram a alma, com tamanha intensidade e rigor que me roubaram o juízo, como bem verás pelo que fiz logo em seguida: fui até o jardim onde me informaram que eles estavam e lá encontrei muita gente se divertindo. Leonisa e Cornélio estavam sentados sob uma nogueira, embora não muito próximos. Não sei como se sentiram ao me ver. Sei apenas que me senti de tal modo, com a visão daqueles dois, que não enxerguei mais nada; fiquei como estátua, sem voz nem movimento. Mas não tardou muito para que aquele desgosto despertasse a raiva; e a raiva despertasse o sangue do coração; e o sangue, a fúria; e a fúria, as mãos e a língua. Porém, as mãos se contiveram, em respeito (devido, me parece) ao belo rosto que eu tinha à minha frente. Mas a língua rompeu o silêncio com estas palavras: "Bem deves estar feliz, oh, inimiga mortal da minha paz, por teres, com tamanha calma, diante dos olhos, a causa que fará com que os meus vivam em perpétuo e doloroso pranto. Aproxima-te, malvada, aproxima-te um pouco mais e enreda tua hera nesse inútil tronco que te busca; penteia ou anela os cabelos desse teu novo Ganimedes,[8] que indolentemente te corteja; entrega-te de vez aos viçosos anos desse

---

[8] Ver nota 14 da novela "A Ciganinha".

moço a quem contemplas, para que eu, perdendo a esperança de te conquistar, acabe com essa vida que me desgosta. Acaso pensas, soberba e insensata donzela, que somente contigo haverão de se romper e falhar as leis e os foros que ocorrem, neste mundo, em casos como esse? Quero dizer: pensas que este moço, orgulhoso por sua riqueza, soberbo por sua galhardia, inexperiente por sua pouca idade, presunçoso por sua linhagem, há de querer, ou poder, manter-se firme nos seus amores, ou estimar o inestimável, ou ter o conhecimento próprio dos maduros e experientes anos? Se pensas, não o penses, pois o que o mundo faz de melhor é repetir suas ações sempre do mesmo modo, para que assim ninguém se engane, senão por sua própria ignorância. Na pouca idade está a inconstância; nos ricos, a soberba; nos arrogantes, a vaidade; nos muito belos, o desdém; e naqueles que tudo isso possuem, a estupidez, que é mãe de todo mau acontecimento. E tu, oh, rapaz, que tão facilmente pensas levar o prêmio, bem mais merecido por meus bons desejos do que pelos teus, que nada valem! Por que não te ergues desse pedestal florido onde estás, por que não vens arrancar minha alma, que tanto abomina a tua? Tu me ofendes, não pelo que fazes, mas por não saberes valorizar o bem que a sorte te concede. Vê-se claramente que pouco valorizas esse bem, já que nem te moves para defendê-lo, para não correres o risco de descompor teu alinhado traje de belo moço. Se Aquiles tivesse uma índole tão sossegada como a tua, Ulisses certamente não levaria adiante seu desígnio, ainda que Aquiles lhe acenasse com armas resplandecentes e alfanjes[9] bem afiados. Vai, vai te entreter com as aias da tua mãe. E lá, entre elas, trata de cuidar dos teus cabelos e das tuas mãos, que mais servem para fiar a macia seda do que para empunhar a rígida espada".

"Ao longo de todos esses argumentos, Cornélio não se levantou do lugar onde o encontrei sentado, ao contrário: manteve-se quieto, imóvel, olhando-me como se estivesse sob efeito de um encantamento. E como eu disse, aos brados, tudo isso que acabas de ouvir, as pessoas que passeavam pelo horto, ali por perto, foram se aproximando e, assim, puseram-se a escutar outros impropérios que eu dizia a Cornélio que, criando coragem com a chegada daquela gente — pois todos os convidados, ou a maioria, eram seus parentes, criados ou amigos muito próximos —, fez menção de levantar-se. Mas, antes que se pusesse em pé, empunhei minha espada e investi, não somente contra ele, mas contra todos os

---

[9] Sabre de lâmina curta e larga, com o fio no lado convexo da curva. (Aurélio)

que ali estavam. Leonisa, mal viu reluzir minha espada, foi acometida por um fulminante desmaio, o que só fez aumentar minha coragem e despeito. Não sei dizer se os muitos que me atacaram estavam apenas tentando se defender, como quem se defende de um louco furioso, ou se foi minha boa sorte e presteza, ou então o céu — que me reservava maiores males —, mas o fato é que feri sete ou oito dos que encontrei ao alcance dos meus golpes. A Cornélio valeu sua boa presteza: pois foi tamanha a que pôs nos pés, ao fugir, que me escapou das mãos. E nesse tão manifesto perigo em que me vi, cercado pelos inimigos que procuravam vingar-se, a sorte veio em meu socorro. Mas melhor seria ter perdido ali a vida do que, recuperando-a por tão imprevisto caminho, vir a perdê-la mil vezes, a cada momento: pois aconteceu que, de repente, apareceu no jardim uma grande quantidade de turcos, provenientes de duas galeotas de corsários de Bizerta,[10] que tinham desembarcado numa pequena enseada próxima dali, sem que os sentinelas das torres, na praia, os percebessem e sem que os batedores e vigias da costa os descobrissem. Ao vê-los, meus adversários me deixaram sozinho e rapidamente trataram de se esconder. Entre os que permaneceram no jardim, os turcos só conseguiram capturar três e também Leonisa, que ainda estava desmaiada. A mim derrotaram com quatro grandes e horrendas feridas, já previamente vingadas por mim, que antes feri, com outras quatro, os quatro turcos que deixei sem vida, caídos no chão. Os turcos fizeram esse assalto com sua costumeira presteza. Não muito satisfeitos com o resultado, embarcaram, lançaram-se ao mar e, navegando a todo pano, num breve espaço de tempo chegaram a Fabiana.[11] Fizeram a contagem para saber quem faltava. E ao verem que os mortos eram quatro soldados — daqueles a quem chamam *leventes*,[12] dos melhores e mais respeitados que traziam, quiseram vingar-se em mim. E, assim, o comandante[13] mandou que baixassem a antena[14] da embarcação capitânia para me enforcar.

---

[10] Cidade situada na costa norte da Tunísia, entre o Mediterrâneo e o Lago de Bizerta.

[11] Ilha de Favignana, a maior das Ilhas Égades (Égadi), localizada próxima à costa oeste da Sicília. (Sieber)

[12] *Levente*: do Turco, *lāwandī*, corruptela de *levantino*, significando "guerreiro". Soldado e marinheiro turco. (DRAE)

[13] No original, *arráez*, do árabe-hispânico *arráyis*, que vem do árabe clássico *al-rais*: chefe.

[14] No original, *entena* (termo náutico): verga, oblíqua ao mastro, da qual pende a vela latina (de formato triangular) em algumas embarcações.

"A tudo isso assistia Leonisa, que já havia voltado a si e, vendo-se em poder dos corsários, derramava copiosas lágrimas. Retorcendo suas delicadas mãos, sem dizer palavra, mantinha-se atenta para ver se entendia a conversa dos turcos. Mas um, entre os cristãos que remavam, apontou para mim e disse-lhe, em italiano, que o comandante estava mandando enforcar aquele cristão que, para defendê-la, havia matado quatro dos melhores soldados das galeotas. Pela primeira vez, Leonisa, depois de ouvir e compreender, mostrou-se piedosa comigo: pediu ao prisioneiro que dissesse aos turcos que não me enforcassem, pois, se assim fizessem, perderiam um grande resgate. Suplicava-lhes, então, que voltassem a Trápani, onde alguém logo me resgataria. Esse foi o primeiro e também o último ato de caridade de Leonisa por mim, e tudo para piorar ainda mais meu sofrimento. Ouvindo o que o prisioneiro dizia, os turcos nele acreditaram; assim, a cólera transformou-se em interesse. No dia seguinte, pela manhã, içando a bandeira da paz, voltaram a Trápani. Passei aquela noite com uma dor que bem podes imaginar, não tanto pelos meus ferimentos, mas por pensar no perigo que minha cruel inimiga corria entre aqueles bárbaros. "Chegando à cidade, uma das galeotas entrou no porto e a outra permaneceu mais ao largo. Logo o porto e a ribeira ficaram lotados de cristãos. À distância, o belo Cornélio observava o que acontecia. Logo um dos meus criados acorreu à galeota para tratar do meu resgate. Eu então disse a ele que não tratasse, em absoluto, da minha libertação e sim da de Leonisa. E que desse, por ela, tudo quanto valessem meus bens. Ordenei, ainda, que voltasse à terra e dissesse aos pais de Leonisa que o deixassem tratar da liberdade da filha e que não se preocupassem com ela. Isso feito, o comandante principal, um renegado grego chamado Yzuf, pediu seis mil escudos por Leonisa e quatro mil por mim, acrescentando que não entregaria um de nós sem o outro. Eu soube, depois, que ele pediu essa grande soma[15] porque estava apaixonado por Leonisa e não queria entregá-la em troca do resgate, nem dá-la ao comandante da outra galeota, com quem teria de repartir, meio a meio, tudo o que apreendessem. Assim, tencionava entregar-me pelo valor de quatro mil escudos e mais mil em dinheiro, que somariam cinco mil, para ficar com Leonisa pelos outros cinco. Foi esse o motivo pelo qual avaliou nós dois em dez mil escudos.

---

[15] Grande soma, realmente, pois segundo Sieber o resgate de Cervantes custou quinhentos escudos.

Os pais de Leonisa, fiados na promessa que eu lhes fizera, através do meu criado, nada ofereceram por ela. Cornélio tampouco abriu a boca a favor de Leonisa. E assim, depois de muita discussão, meu criado prometeu que daria cinco mil escudos por Leonisa e três mil por mim.

"Yzuf aceitou esse trato, pressionado pelos argumentos do outro comandante, seu companheiro, e dos seus soldados. Mas como meu criado não tinha tanto dinheiro em mãos, pediu três dias de prazo para juntá-lo. Sua intenção era vender minhas propriedades, bem abaixo do que valiam, para pagar o resgate. Yzuf muito se alegrou com isso, pois tencionava encontrar, nesse prazo, uma oportunidade para impedir que o trato se consumasse. Decidiu voltar para a Ilha de Fabiana, prometendo que regressaria dentro de três dias para receber o dinheiro. Mas a ingrata sorte, não cansada de me maltratar, fez com que um sentinela dos turcos, de guarda no ponto mais alto da ilha, que avançava mar adentro, avistasse seis velas latinas e deduzisse — como de fato era verdade — que ou se tratava da esquadra de Malta ou de algumas embarcações da esquadra da Sicília. Desceu correndo para dar a notícia; e todos os turcos que estavam em terra — alguns cozinhando, outros cuidando das suas roupas — rapidamente embarcaram. Zarpando com uma presteza jamais vista, dando à água os remos e ao vento ao velas, voltando as proas na direção da Berbéria,[16] em menos de duas horas perderam as galeras de vista. E, assim, protegidos pela ilha e pela noite que não tardaria a cair, recuperaram-se do susto que tinham levado. Deixarei à tua boa consideração, oh, amigo Mahamut, imaginar como estava meu ânimo naquela viagem, tão contrária ao que eu esperava! E pior fiquei quando, no dia seguinte, as galeotas chegaram à Ilha de Pantanaleia[17] por volta de meio-dia e os turcos saltaram à terra para juntar provisões, 'fazer lenha e carne', como costumam dizer. E pior ainda fiquei quando os dois comandantes saltaram à terra e começaram a dividir a pilhagem. Cada ação que faziam era, para mim, uma morte prolongada. Chegou o momento de dividir as presas que éramos Leonisa e eu. Então Yzuf, para ficar com ela, deu a Fetala (pois assim se chamava o comandante da outra galeota) seis cristãos: dois rapazes belíssimos, da Córsega, e quatro remadores, sendo eu um deles. Com isso, Fetala

---

[16] Designação dada pelos europeus a terras da região do norte da África: Marrocos, Argélia, Tunísia.

[17] Pantelária: ilha italiana, situada entre a Sicília e a Tunísia.

ficou satisfeito. Mesmo presenciando tudo, em nenhum momento consegui entender o que diziam. Embora soubesse o que estavam fazendo, jamais compreenderia como fora feita aquela partilha, se Fetala não tivesse se aproximado de mim para dizer, em italiano: 'Já és meu, cristão. A mim foste dado por dois mil escudos de ouro. Se quiseres a liberdade, terás de me dar quatro mil. Se não, morrerás aqui'. Perguntei se a moça cristã também lhe pertencia. Respondeu-me que não, que Yzuf ficara com ela, com a intenção de torná-la moura e desposá-la. Isso era verdade, pois um dos prisioneiros remadores, que entendia bem a língua dos turcos, tinha ouvido Yzuf e Fetala tratando desse assunto. Eu então disse ao meu amo que se ele desse um jeito de ficar com a cristã, eu lhe pagaria, somente pelo resgate dela, dez mil escudos de ouro. Respondeu-me que isso não seria possível, mas que faria com que Yzuf soubesse da grande soma que ele poderia dar pela cristã. E talvez Yzuf, levado pelo interesse, mudasse de ideia e lhe entregasse Leonisa, em troca desse valor. Assim ele fez e em seguida mandou que todos os da sua galeota embarcassem rapidamente, pois era de Trípoli da Berbéria e para lá queria ir. Quanto a Yzuf, decidiu ir a Bizerta. E todos embarcaram, com a mesma pressa de quando avistavam alguma galera que deviam temer ou alguma embarcação que podiam roubar. Mas apressaram-se também porque acharam que o tempo estava mudando e que havia ameaça de tempestade. Leonisa estava em terra, mas não num local onde eu pudesse vê-la. Porém, no momento de embarcar, chegamos juntos ao cais. O novo amo de Leonisa — e também seu mais novo pretendente — levava-a pela mão. Ao pisar a escada que ligava a galeota à terra, ela voltou os olhos para mim. E os meus, que não se afastavam dela, fitaram-na com tão terno sentimento e dor que, sem que eu soubesse como, uma nuvem os cobriu, roubando-me a visão. E assim, sem ela e sem qualquer outro sentido, caí. Disseram-me depois que o mesmo se deu com Leonisa, a quem viram cair da escada ao mar; e que Yzuf, atirando-se à água logo em seguida, recolheu-a nos seus braços. Contaram-me tudo isso quando eu já estava na galeota do meu amo, para onde tinham me levado sem que eu percebesse. Mas quando voltei do meu desmaio e me vi sozinho na galeota, e vi também que a outra galeota se afastava, seguindo outra rota, levando a metade da minha alma ou, melhor dizendo, minha alma inteira, meu coração tornou a entristecer-se e eu tornei a maldizer minha sorte, chamando a morte em altos brados. Eram tão amargas minhas palavras que meu amo, farto de me ouvir, me ameaçou com um grande bastão, dizendo que se eu não me calasse ele me espancaria. Reprimi as lágrimas, contive os suspiros, acreditando que, devido à pressão à qual eu os submetia, eles acabariam por explodir dentro de mim, abrindo assim uma porta para a alma que tanto desejava abandonar este miserável corpo. Mas o destino, não contente por ter me colocado em tão perigosa situação, resolveu acabar com tudo, roubando-me todas as esperanças de alívio. E aconteceu que, num instante, caiu a já prevista tempestade. E o vento, que desde o meio-dia soprava em cheio contra a proa, tornou-se tão intenso que foi preciso virar a popa a seu favor e deixá-lo levar a embarcação por onde quisesse.

"O comandante tencionava contornar[18] a ilha e nela encontrar abrigo, pelo lado norte. Mas aconteceu justamente o contrário: o vento soprou com tanta fúria que perdemos tudo o que tínhamos navegado em dois dias. Tanto que, em pouco mais de catorze horas, nos vimos a seis ou sete milhas da mesma ilha de onde havíamos partido. Certamente íamos nos chocar contra ela, mas não na praia e sim nos altos rochedos que se descortinavam aos nossos olhos, ameaçando nossas vidas com inevitável morte. Vimos, ao nosso lado, a outra galeota da nossa conserva,[19] onde estava Leonisa, com todos os turcos e remadores prisioneiros esforçando-se ao máximo para desviar a embarcação e evitar o choque com os rochedos. O mesmo fizeram todos os homens da nossa galeota, ao que parece com mais vigor e mais vantagem que os da outra, que exaustos pelo trabalho, vencidos pelo furor do vento e da tormenta, soltaram os remos e, diante de nossos olhos, abandonaram-se de vez, deixando-se ir de encontro aos rochedos, onde a embarcação bateu com tamanha violência que se desfez em pedaços. Era quase noite. E foi tamanha a gritaria dos que naufragavam e tamanho o pavor daqueles que, na nossa galeota, temiam naufragar, que ninguém cumpria nem entendia as ordens do nosso comandante. Os homens cuidavam apenas de não largar os remos, sabendo que não havia outra saída senão voltar de novo a proa para o vento e lançar as duas âncoras ao mar, para assim adiar, por algum tempo, a morte que já tinham como certa. Embora o medo de morrer fosse igual para todos, para mim era bem ao contrário: pois,

---

[18] No original, *despuntar* (despontar): termo náutico que significa dobrar um cabo ou uma ponta de terra. (Sieber)

[19] Navegar de conserva: quando duas ou mais embarcações navegam juntas, para que possam ajudar-se ou defender-se em situações extremas.

com a enganosa esperança de encontrar, no outro mundo, aquela que tinha acabado de partir deste, cada momento que a galeota tardava em afundar ou em chocar-se contra os rochedos era, para mim, um século de dolorosa morte. As imensas ondas, que passavam por cima da minha cabeça e da embarcação, me punham atento para ver se elas traziam o corpo da pobre Leonisa.

"Oh, Mahamut! Não quero me deter agora para contar, em detalhes, os sobressaltos, os temores, as aflições, os pensamentos e tudo o que passei e sofri naquela longa e amarga noite, pois não quero deixar de cumprir a promessa que te fiz, de narrar em breves palavras minha desventura. Basta dizer que foram tantos e tais que, se a morte me chegasse naquele momento, bem pouco trabalho teria para tirar-me a vida.

"Veio o dia, prenunciando uma tormenta ainda mais forte do que a da véspera. Descobrimos que a galeota havia feito uma grande curva, desviando-se bastante dos rochedos e aproximando-se de uma ponta da ilha. Na contingência de dobrar aquela ponta, todos nós, turcos e cristãos, com nova esperança e novas forças, conseguimos dobrá-la depois de seis horas e saímos num mar mais manso e mais calmo, onde pudemos remar com bem maior facilidade. Abrigados pela ilha, os turcos puderam descer à terra para ver se encontravam restos da outra galeota, que na noite anterior havia se chocado contra os rochedos. Mas o céu não queria, ainda, conceder-me o alívio que eu esperava, que era o de ter nos meus braços o corpo de Leonisa que, mesmo morto e despedaçado, eu bem gostaria de ver, para acabar com aquele sonho absurdo que minha estrela da sorte me impusera: o de juntar-me a ele, a ela, como minhas boas intenções mereciam. Assim, pedi a um renegado, que queria desembarcar, que procurasse o corpo de Leonisa, que averiguasse se o mar o lançara à praia. Mas, como eu já disse, tudo isso o céu me negou, porque naquele mesmo instante o vento tornou a se enfurecer, de tal maneira que o amparo da ilha já de nada serviria. Diante disso, Fetala não quis lutar contra a adversidade, que tanto o perseguia. E, assim, mandou prender o traquete[20] ao mastro içar um pouco as velas; voltou a proa para o mar e a popa para o vento. E assumindo, ele próprio, o comando do timão, deixou que a galeota ganhasse o mar aberto, certo de que nenhum obstáculo estorvaria sua rota. Na coxia,[21] os

---
[20] Traquete: vela maior do mastro da proa.
[21] Coxia: linha central que vai da proa à popa, na coberta de uma embarcação.

remadores mantinham um ritmo regular. Todos os homens estavam sentados nos bancos e balestreiros,[22] de modo que não se via ninguém, na galeota, exceto o comitre[23] que, para sua maior segurança, pediu que o amarrassem fortemente ao estanterol.[24] A embarcação se movia com tal rapidez que, após três dias e três noites, depois de passar por Trápani, Milazzo e Palermo, embocou no Farol de Messina, para maravilha e espanto de todos nós, seus ocupantes, e também daqueles que, em terra, nos observavam.

"Enfim, para não ser prolixo nem contar em detalhes como foi aquela terrível tormenta, digo apenas que, cansados, famintos e exauridos depois de percorrer tão longo trecho — que foi quase como contornar toda a Ilha da Sicília —, chegamos a Trípoli da Berbéria onde meu amo, antes de acertar as contas dos despojos com seus homens, para dar a cada um o que lhe cabia e reservar um quinto ao rei, como é o costume, sentiu uma dor tão forte no flanco que em três dias foi parar no inferno. Logo o vice-rei de Trípoli apossou-se de todos os seus bens, assim como o alcaide dos mortos, que lá representa o Grão-Turco que, tal como sabes, herda os bens de todos aqueles que, ao morrer, não deixam herdeiros. Pois esses dois tomaram todos os bens de Fetala, meu amo. E eu então coube àquele que era vice-rei de Trípoli e que, quinze dias mais tarde, foi nomeado vice-rei de Chipre. Com ele vim para cá, sem nenhuma intenção de ser resgatado, embora ele já tenha me dito, muitas vezes, que devo pagar meu resgate, pois, tal como lhe contaram os homens de Fetala, sou um homem importante. Mas nunca o atendi nesse pedido, ao contrário: respondi que aqueles que lhe disseram maravilhas sobre minhas posses estavam enganados. E se quiseres que eu te diga tudo o que me vai no pensamento, Mahamut, saibas que não quero voltar a qualquer parte onde, de algum modo, possa ter algum consolo. E quero que, somando-se à minha vida de prisioneiro, os pensamentos e lembranças da morte de Leonisa, que nunca me abandonam, sejam motivo para que eu não tenha, jamais, prazer algum. E se é verdade que os sofrimentos contínuos forçosamente se acabam ou então acabam

---

[22] No original *ballestera(s)*, abertura no flanco da embarcação, que permitia que dali se atirasse nos inimigos.

[23] Homem que nas galés vigiava e comandava o trabalho dos remos e outras manobras; tinha poder para castigar os remadores e prisioneiros.

[24] Coluna disposta entre a popa e a coxia (sobre a qual se firmava o toldo), de onde o capitão podia observar tudo o que se passava.

com quem os padece, os meus não poderão deixar de fazê-lo, pois penso dar-lhes rédea solta, para que em poucos dias ponham fim à miserável vida que, tão contra a minha vontade, mantenho.

"Oh, irmão Mahamut, esta é minha triste história. Esta é a causa dos meus suspiros e das minhas lágrimas. Agora, vê e considera se és suficientemente capaz de arrancá-los do recanto mais profundo da minha alma para engendrá-los na aridez do meu lastimado peito. Leonisa morreu e com ela minha esperança que, apesar de sustentada apenas por um fio de cabelo, enquanto Leonisa vivia, ainda assim... ainda assim..."

E com esse "ainda assim" a voz de Ricardo falhou, por conta da aflição em que se encontrava, de modo que ele não pôde falar sequer uma palavra a mais nem conter as lágrimas que, tal como se costuma dizer, corriam como incessantes filetes por seu rosto, com tal abundância que chegaram a umedecer o solo. Mahamut acompanhou-o nas lágrimas. Mas, passado o paroxismo causado pela renovada lembrança do amargo episódio, Mahamut quis consolar Ricardo com os melhores argumentos que conseguiu. Ricardo, porém, o interrompeu, dizendo:

— O que tens a fazer, amigo, é aconselhar-me sobre como devo agir para cair em desgraça aos olhos do meu amo e de todos aqueles de quem eu me aproximar, para que tanto ele quanto os outros tenham tanta aversão por mim, que passem a me maltratar e perseguir. Assim, acrescentando uma dor à outra e um castigo ao outro, logo alcançarei o que desejo, que é o fim da minha vida.

— Dizem que aquilo que se sabe sentir se sabe dizer. Agora sei que isso é verdade, embora o sentimento às vezes emudeça a língua — disse Mahamut. — Mas seja lá como for, Ricardo, quer tuas palavras expressem com precisão ou excedam tua dor, sempre terás em mim um verdadeiro amigo, seja para ajudar, seja para dar conselhos. Pois embora minha pouca idade e o desatino que cometi ao vestir este hábito te digam que não deves te fiar em nenhuma dessas duas coisas que te ofereço, tentarei dissipar essa suspeita e desmentir essa opinião. E mesmo que não queiras ser por mim aconselhado ou favorecido, nem por isso deixarei de fazer o que for melhor para ti, assim como se costuma fazer com um enfermo, não lhe dando o que ele pede, mas sim o que lhe convém. Não há, em toda esta cidade, quem possa ou valha mais que o cádi,[25] meu amo. Nem mesmo teu amo, que aqui chegou como

---

[25] No original, *cadí*: para turcos e mouros, juiz que atuava nos processos de natureza civil. (DRAE)

vice-rei,[26] tem tanto poder. E assim sendo, posso dizer que sou aquele que mais tem poder na cidade, pois consigo, do meu patrão, tudo o que quero. Digo isso porque eu bem poderia planejar, com meu amo, um modo para que te tornasses escravo dele. E assim, quando estivermos juntos, o tempo nos dirá o que fazer: dirá a ti como consolar-te, caso queiras e possas ter algum consolo; e dirá a mim como sair desta vida para outra melhor; ou, ao menos, para algum lugar onde me sinta mais seguro, quando deixá-la.

— Agradeço a amizade que me ofereces, Mahamut, embora tenha certeza de que, mesmo fazendo de tudo, não conseguirás nada que resulte em meu benefício — respondeu Ricardo. — Mas deixemos disso, por ora, e voltemos às tendas porque, pelo que vejo, muita gente está saindo da cidade. Trata-se, sem dúvida, do antigo vice-rei que vem para acampar e ceder lugar ao meu amo, para que ele entre na cidade, a fim de proceder à residência.

— É verdade — disse Mahamut. — Então, vem assistir às cerimônias entre os dois paxás, Ricardo. Sei que gostarás de vê-las.

— Vamos, em boa hora — disse Ricardo. — Talvez eu precise da tua ajuda, caso o guardião dos prisioneiros do meu amo tenha percebido minha ausência. Ele é um renegado corso, de caráter não muito piedoso.

Assim, encerraram a conversa e chegaram ao acampamento no instante em que o antigo paxá se aproximava e o novo saía para recebê-lo à porta de uma tenda.

O Paxá Ali, pois assim se chamava aquele que deixava o governo, vinha acompanhado por todos os janízaros[27] — que têm guardado Nicósia desde a vitória dos turcos —, que seriam em torno de quinhentos. Vinham em duas alas ou filas, uns com escopetas e outros com alfanjes à mostra. Chegaram à porta de Hazán, o novo paxá, e rodearam-no. Então o Paxá Ali, inclinando-se, fez uma reverência a Hazán que, inclinando-se um pouco menos, saudou-o. Em seguida Ali entrou na tenda[28] de Hazán que, por sua vez, foi conduzido pelos turcos até um magnífico cavalo, ricamente adornado. Fizeram-no montar e

---

[26] No original, *visorrey*: aquele que está numa província, representando, como ministro supremo, a pessoa do rei. (Sieber)

[27] No original, *jenízaro*: soldado de infantaria, especialmente da Guarda Imperial turca, frequentemente recrutado entre filhos de cristãos. (DRAE) (Ver Glossário)

[28] No original, *pabellón*: tenda de campanha em forma de cone.

então o conduziram numa marcha ao redor do acampamento, enquanto bradavam, em sua língua natal:

— Viva, viva o Sultão Solimão[29] e o Paxá Hazán, seu representante!

Assim fizeram e repetiram muitas vezes, num crescente de vozes e gritos, e logo o levaram de volta à tenda onde havia ficado o Paxá Ali, junto com o cádi. Hazán juntou-se a ambos e, na tenda fechada, os três conversaram por cerca de uma hora.

Mahamut explicou a Ricardo que estavam tratando do que seria conveniente fazer na cidade, acerca das obras iniciadas por Ali. Depois de algum tempo, o cádi surgiu à porta da tenda e, erguendo a voz, anunciou em turco, árabe e grego que todos aqueles que quisessem entrar para pedir justiça, ou qualquer outra coisa, contra o Paxá Ali, poderiam fazê-lo livremente. E que ali estava o Paxá Hazán, enviado pelo Grão-Senhor como vice-rei de Chipre, que a todos trataria com senso de razão e justiça. Com essa permissão, os janízaros deixaram livre a entrada da tenda, abrindo espaço para quem quisesse passar. Mahamut deu um jeito de entrar com Ricardo que, por ser escravo de Hazán, não foi impedido.

Gregos, cristãos e também alguns turcos entraram para pedir justiça, mas os assuntos eram de tão pouca importância que o cádi despachou a maioria, sem sequer anotar a queixa, sem processos, demandas ou contestações; pois todas as causas — exceto as de ordem matrimonial — podem ser rapidamente resolvidas, mais com base no discernimento de um bom homem do que em alguma lei. E entre aqueles bárbaros — se é que são mesmo bárbaros —, o cádi é o juiz competente de todas as causas, que abrevia ao máximo e num instante dá a sentença, da qual não há como apelar em outro tribunal.

Nesse ínterim entrou um *chauz*[30] — que é como um aguazil —, e disse que havia um judeu, junto à entrada da tenda, que trazia uma belíssima cristã para vender. O cádi ordenou que o fizesse entrar. O *chauz* saiu e logo voltou, com um venerável judeu, que trazia pela mão uma mulher em trajes berberes. Estava tão bem vestida e composta que nem a mais rica moura de Fez ou do Marrocos — que em questão de

---

[29] Solimán, "O Magnífico", ou "O Grande" (1494-1566), "sucedeu a seu pai, Selim I, e levou o império turco ao auge do seu poderio". (Sieber)

[30] *Chauz*: porteiro de salas de tribunais, representante ou aguazil de um juiz, entre os árabes; executava sentença e mandados, chamava a juízo, citava as partes e por vezes agia também como carrasco. Aguazil: oficial inferior de justiça, às ordens de um juiz ou tribunal ou juiz ordinário de primeira instância. (Houaiss)

adornos levam vantagem sobre todas as africanas, até mesmo sobre as de Argel, com suas muitas pérolas — poderiam estar assim tão belas. Trazia o rosto coberto por um tafetá carmesim; nos tornozelos, que estavam à mostra, viam-se dois *carcajes* — pois assim se chamam as pulseiras e tornozeleiras, em árabe — que, ao que parecia, eram de puro ouro. Nos braços, visíveis sob a blusa de fino cendal, trazia mais pulseiras de ouro, incrustadas com muitas pérolas. Em resumo, com respeito ao traje, a jovem estava rica e elegantemente adornada.

Admirados com essa primeira visão da jovem, o cádi e os dois paxás, antes de dizerem qualquer coisa ou fazerem qualquer pergunta, ordenaram ao judeu que tirasse o véu da cristã. Assim ele fez, revelando um rosto que deslumbrou os olhos e alegrou o coração dos presentes, tal como o sol que, surgindo por entre pesadas nuvens, depois de tanta escuridão, se oferece aos olhos daqueles que o desejam: tal era a beleza da prisioneira cristã, tal era seu brio, sua galhardia. Porém, quem mais se impressionou com a maravilhosa luz ali revelada foi o desventurado Ricardo, que a conhecia mais do que qualquer outra pessoa no mundo, pois aquela era sua amada, sua cruel Leonisa, por quem havia chorado tantas vezes, com tantas lágrimas, por julgá-la morta. Diante da inesperada visão da singular beleza da cristã, caiu traspassado e rendido o coração de Ali. Com a mesma intensidade e com a mesma ferida quedou-se o coração de Hazán. Tampouco ficou isento da amorosa chaga o coração do cádi que, mais encantado do que todos, não conseguia desviar os olhos dos de Leonisa, tão belos. E para enaltecer as poderosas forças do amor, há que se saber que naquele exato momento nasceu, no coração de cada um dos três, uma firme esperança — ou assim lhes parecia — de conquistar e possuir Leonisa. Assim, sem querer saber quando, onde ou como Leonisa fora parar nas mãos do judeu, perguntaram-lhe por quanto queria vendê-la.

O ambicioso judeu disse que queria quatro mil *doblas*,[31] que vêm a ser dois mil escudos. Mal havia declarado o preço quando o Paxá Ali disse que sim, que pagaria; e propôs que fossem logo à sua tenda para contar o dinheiro. Mas o Paxá Hazán, decidido a não abrir mão de Leonisa, ainda que para isso arriscasse a própria vida, disse:

— Também eu darei por ela as quatro mil *doblas* que o judeu está pedindo; mas não daria, nem me oporia ao que Ali falou, se não me

---

[31] Moeda castelhana de ouro, cunhada na Idade Média, de quilate, peso e valor variáveis.

sentisse obrigado a isso, por um motivo com o qual ele mesmo concordará: é que essa gentil escrava não pertence a nenhum de nós e sim, e somente, ao Grão-Senhor. Portanto, vou comprá-la em nome dele. Vejamos, agora, quem terá o atrevimento de tirá-la de mim.

— Eu terei — replicou Ali —, pois a estou comprando para o mesmo fim. Mais cabe a mim fazer esse presente ao Grão-Senhor. E com a vantagem de que logo poderei levá-la a Constantinopla, granjeando assim a boa vontade do Grão-Senhor. Pois, como bem vês, Hazán, fiquei sem nenhum cargo e, portanto, preciso buscar meios de obter algum. Já tu estarás seguro por três anos, pois começas hoje a governar e a mandar neste riquíssimo reino de Chipre. Por esses motivos, e por ter sido eu o primeiro a se oferecer para pagar o preço da prisioneira, é mais do que justo que a deixes para mim, oh, Hazán!

— Mais grato ficará o Grão-Senhor a mim, por tê-la descoberto e enviado para ele, sem que me haja movido qualquer interesse — respondeu Hazán. — E quanto a levá-la, prepararei uma galeota tripulada apenas pela minha chusma[32] e pelos meus escravos.

Esses argumentos irritaram Ali que, erguendo-se, empunhou o alfanje e disse:

— Já que minha única intenção é levar esta cristã como presente ao Grão-Senhor e tendo sido eu o primeiro a querer comprá-la, é justo e razoável que a deixes para mim, oh, Hazán! Se não concordas, este alfanje que empunho defenderá meu direito e castigará teu atrevimento.

O cádi, atento a tudo — não menos abrasado do que os outros dois —, temeroso de ficar sem a cristã, pensava em como apagar o fogo que se acendera e, ao mesmo tempo, ficar com a prisioneira, sem despertar suspeitas sobre sua perversa intenção. Assim, erguendo-se e interpondo-se entre ambos os paxás, que já estavam em pé, disse:

— Acalma-te, Hazán. E tu, Ali, aquieta-te. Pois aqui estou e saberei conciliar vossas diferenças, de maneira que ambos possais realizar vossos propósitos e que o Grão-Senhor seja servido, tal como desejais.

Prontamente, os dois acataram as palavras do cádi. Ainda que ele lhes desse uma ordem mais difícil de cumprir, obedeceriam do mesmo modo, pois grande é o respeito que os dessa danada seita têm pelos mais velhos. O cádi, então, prosseguiu:

---

[32] Conjunto de remadores.

— Pelo que dizes, Ali, queres dar essa cristã ao Grão-Senhor. E Hazán diz o mesmo. Tu alegas que a cristã deve ser tua, já que foste o primeiro a se oferecer para pagar por ela. Hazán te contradiz. E embora ele não saiba expressar o motivo que o levou a isso, creio que seja igual ao teu: a intenção, que certamente nasceu ao mesmo tempo que a tua, de comprar a escrava para o mesmo fim. Apenas levaste a vantagem de falar primeiro. Mas isso, com tudo e por tudo, não há de frustrar a boa intenção de Hazán. Assim, parece-me por bem firmarmos um acordo, da seguinte forma: que a escrava seja de ambos e que o Grão-Senhor, para quem foi comprada, faça dela o uso que quiser. Para tanto, pagarás duas mil doblas, Hazán; e Ali, outras duas mil, sendo que a prisioneira ficará em meu poder e eu a enviarei, em nome de ambos, a Constantinopla. E para que eu também receba algum reconhecimento, ao menos por presenciar esse momento, ofereço-me para enviar a prisioneira, às minhas custas, com a autoridade e lisura devidas ao destinatário. Escreverei ao Grão-Genhor sobre tudo o que aqui se passou e sobre a boa vontade de ambos em servi-lo.

Os dois turcos enamorados não souberam, não puderam nem quiseram contradizê-lo. Embora percebessem que, por aquele caminho, não conseguiriam o que desejavam, tiveram de acatar a opinião do cádi. Mas cada um criou e formou, lá no íntimo, uma esperança, ainda que vaga, de realizar seus ardentes desejos. Hazán, que ficaria em Chipre como vice-rei, pensou em cumular o cádi de tantos presentes até que ele, vencido e grato, lhe entregasse a prisioneira. Ali pensou em fazer algo que lhe desse a garantia de conseguir o que tanto desejava. E cada um, na certeza de realizar seu intuito, aceitou facilmente a proposta do cádi. Assim, com o consentimento e a boa vontade de ambos, a cristã lhe foi entregue. Em seguida, Ali e Hazán pagaram, ao judeu, duas mil *doblas* cada um. Disse o judeu que não entregaria a prisioneira com os trajes que estava usando, pois estes valiam mais duas mil *doblas*. E isso era verdade, pois nos cabelos de Leonisa, em parte soltos nas costas e em parte presos com laços, na testa, viam-se algumas fileiras de pérolas, que com extrema graça entrelaçavam-se aos fios. As pulseiras e tornozeleiras eram igualmente adornadas com grandes pérolas. O vestido, tipicamente mouro, era uma *almalafa*[33] de cetim verde, toda bordada e

---

[33] Traje mouro que cobria do ombro aos pés.

com muitos fitilhos de ouro. Enfim, a todos pareceu que o judeu pediu um preço baixo pelos trajes. E o cádi, para não parecer menos generoso do que os dois paxás, disse que ele mesmo pagaria, para que a cristã se apresentasse ao Grão-Senhor vestida daquela maneira, com o que os dois rivais concordaram prontamente, cada qual acreditando que tudo acabaria caindo em seu próprio poder.

Falta agora dizer o que sentiu Ricardo ao ver sua alma sendo leiloada. Os pensamentos que naquele instante lhe ocorreram, os temores que o sobressaltaram, ao ver que encontrara sua amada apenas para perdê-la ainda mais... Não saberia dizer se estava adormecido ou desperto, por não acreditar em seus olhos, pois parecia-lhe impossível ver, tão inesperadamente, diante deles, aquela que, pelo que pensava, tinha-os fechado para sempre. Aproximando-se de seu amigo Mahamut, perguntou:

— Não a conheces, amigo?

— Não a conheço — disse Mahamut.

— Pois saibas que é Leonisa — replicou Ricardo.

— Mas o que estás dizendo, Ricardo?

— Isso mesmo que ouviste.

— Pois cala — disse Mahamut. — E não contes a ninguém quem ela é. Tua sorte está se tornando boa e promissora, pois a prisioneira ficará em poder do meu amo.

— O que te parece? — disse Ricardo. — Devo deixar que ela me veja?

— Não, para que não a deixes sobressaltada nem te sobressaltes, nem venhas a dar mostras de que a conheces, ou de que a viste, pois isso poderia prejudicar meu plano.

— Farei como me dizes — respondeu Ricardo. E, assim, começou a evitar que seus olhos encontrassem os de Leonisa que, entretanto, mantinha os seus cravados no chão, derramando algumas lágrimas.

Aproximando-se, o cádi tomou Leonisa pela mão e levou-a até Mahamut, a quem ordenou que a conduzisse à cidade e a entregasse à sua esposa, Halima, com a recomendação de que a tratasse como escrava do Grão-Senhor. Assim fez Mahamut, afastando-se de Ricardo, que seguiu sua estrela com os olhos, até que as muralhas de Nicósia a encobriram, como uma nuvem. Aproximando-se do judeu, Ricardo perguntou-lhe onde havia comprado aquela prisioneira cristã, ou de que modo ela caíra em seu poder. O judeu respondeu que a havia comprado na Ilha de Pantanaleia, de uns turcos que lá haviam naufragado. Ia dizer algo mais, porém vieram chamá-lo, por ordem dos paxás, que queriam justamente perguntar-lhe o que Ricardo tanto desejava saber. Por isso o judeu despediu-se dele.

No caminho entre o acampamento e a cidade Mahamut teve chance de perguntar a Leonisa, em italiano, de onde ela era. Leonisa respondeu que era de Trápani. Então Mahamut perguntou se ela conhecia, naquela cidade, um rico e nobre cavaleiro chamado Ricardo. Ao ouvir esse nome, Leonisa, com um profundo suspiro, respondeu:

— Sim, para a minha desgraça, eu o conheço.

— Como assim, para vossa desgraça? — perguntou Mahamut.

E Leonisa disse:

— Porque ele me conheceu para sua própria desgraça e para minha desventura.

— E porventura conhecestes também, na mesma cidade, outro cavaleiro de bom parecer, filho de pais muito ricos, sendo ele muito valente, generoso e sensato, chamado Cornélio?

— Sim — respondeu Leonisa. — E posso dizer que conhecê-lo me trouxe ainda mais desgraça do que conhecer Ricardo. Mas quem sois vós, senhor, que a ambos conheceis e por eles me perguntais?

— Sou natural de Palermo — disse Mahamut. — E por conta de vários incidentes estou nesses trajes, tão diferentes dos que eu costumava usar. Conheço os dois cavaleiros porque há poucos dias ambos estiveram em meu poder. Cornélio foi feito prisioneiro por alguns mouros de Trípoli da Berbéria, que o venderam a um turco que o trouxe a esta ilha, junto com suas mercadorias; pois é mercador de Rodes e confiou a Cornélio todos os seus bens.

— Que ele saberá guardar muito bem — disse Leonisa. — Pois é isso que faz com suas próprias posses. Mas conta-me, senhor, como ou com quem Ricardo chegou a esta ilha?

— Veio com um pirata que o fez prisioneiro quando estava num jardim, na costa de Trápani — respondeu Mahamut. — Disse-me que, junto com ele, foi também aprisionada uma donzela, cujo nome não quis, jamais, me contar. Ricardo esteve aqui por alguns dias, com seu amo, que ia visitar o túmulo de Maomé, que fica na cidade de Medina. Mas, na hora de partir, Ricardo sentiu-se tão indisposto e doente que seu amo o deixou comigo, por termos ambos nascido na mesma terra, para que eu o curasse e cuidasse dele até seu regresso. Disse também que, se não voltasse, me avisaria quando chegasse a Constantinopla, para onde eu então deveria enviar Ricardo. Mas o céu dispôs as coisas de outra maneira, pois o desventurado Ricardo, mesmo sem sofrer qualquer tipo de acidente, viu os incidentes da sua vida chegarem ao fim em poucos dias. Chamava sempre por uma tal Leonisa, a quem, segundo me disse, amava mais do que à própria vida e à própria alma. Disse também que Leonisa morrera afogada, pois estava numa galeota que naufragara na Ilha de Pantanaleia. Ricardo tanto chorou e lamentou essa morte até que por fim chegou a perder a vida. Pois o fato é que não percebi nenhum tipo de enfermidade no seu corpo, mas sinais de muito sofrimento na sua alma.

— Dizei-me, senhor — pediu Leonisa —, nas conversas que tivestes com esse outro moço que mencionaste (e imagino que foram muitas, por serem ambos da mesma pátria), alguma vez ele falou sobre essa tal Leonisa e sobre como Ricardo e ela foram feitos prisioneiros?

— Falou, sim — respondeu Mahamut. — Perguntou-me se havia aportado, nesta ilha, uma cristã com esse nome, com tais e tais características. Disse que ficaria feliz se conseguisse encontrá-la e resgatá-la, se é que seu amo já havia se desiludido e descoberto que ela não era tão rica quanto ele pensava. Talvez até a desprezasse, pelo fato de já tê-la possuído. E se o resgate não passasse de trezentos ou quatrocentos escudos, ele, Cornélio, pagaria de muito bom grado, pois há algum tempo tivera, por ela, alguma afeição.

— Bem pouca, certamente, já que não passava de quatrocentos escudos — disse Leonisa. — Mais generoso é Ricardo, além de mais valente e cortês. Que Deus perdoe a quem foi a causa da sua morte: eu. Pois sou a desventurada por quem ele chorou, por julgar que estivesse morta. Sabe Deus o quanto eu me alegraria se Ricardo estivesse vivo, porque assim eu poderia retribuir seu sentimento, para que ele visse que sinto por sua desgraça o mesmo que ele sentiu e demonstrou pela minha. Sou, senhor, como já disse, a mal-amada de Cornélio e a bem pranteada de Ricardo. Por muitas e distintas circunstâncias, cheguei a este miserável estado em que me encontro. E a despeito do perigo, consegui manter, com a graça do céu, a integridade da minha honra, com a qual vivo contente na minha miséria. Agora não sei onde estou, nem quem é meu dono e nem para onde me levarão meus adversos caminhos. Por isso vos peço, senhor, em nome do que tendes de sangue cristão, que me aconselheis nas minhas adversidades que, por serem tantas, muito me ensinaram. Mas a cada momento me sobrevêm outras, e tamanhas, que nem sei como haverei de lidar com elas.

Mahamut respondeu que faria tudo o que pudesse para servi-la, aconselhando-a e ajudando-a, com sua inteligência e suas forças. Contou-lhe sobre a desavença entre os dois paxás, por causa dela, que agora estava em poder do cádi, seu amo, que pretendia levá-la a Constantinopla, como presente para o Sultão Selim.[34] Mas, antes que isso acontecesse, ele, Mahamut, tinha esperanças de que o verdadeiro Deus — em quem acreditava, apesar de ser um mau cristão — haveria de dispor as coisas de outra maneira. Aconselhava-a a manter boas relações com Halima, mulher do cádi, seu amo, em cujo poder ficaria até que a enviassem a Constantinopla. Colocou-a a par da situação de Halima e também de outras coisas que poderiam beneficiá-la, até que a deixou em sua nova casa, aos cuidados de Halima, a quem deu o recado do cádi.

Ao ver Leonisa, tão bela e tão ricamente vestida, a moura Halima recebeu-a muito bem. Mahamut voltou ao acampamento, para contar a Ricardo o que havia se passado com Leonisa. Ao encontrá-lo, contou tudo, em detalhes. E ao falar sobre o sentimento demonstrado por Leonisa, quando ele lhe dissera que Ricardo tinha morrido, Mahamut quase chorou. Contou também sobre a mentira que tinha inventado a respeito do cativeiro de Cornélio, para ver como Leonisa reagiria. Contou sobre o descaso e a aspereza com que ela havia se referido a Cornélio. E tudo isso foi como um emplastro[35] eficaz para o aflito coração de Ricardo, que disse a Mahamut:

— Estou me lembrando, amigo Mahamut, de uma história que meu pai me contou. Tu sabes o quanto ele era devotado ao Imperador Carlos V — que, tal como ouviste falar, muito o estimava —, a quem sempre serviu, em honrosos postos, na guerra. Pois meu pai me contou que quando o imperador atacou a Tunísia e tomou La Goleta,[36] estava com ele no acampamento, na sua tenda, quando lhe trouxeram de presente uma jovem moura de singular beleza. No momento em que a apresentaram ao imperador, alguns raios de sol, que se filtravam através de certos pontos da tenda, incidiram nos cabelos da moura que,

---

[34] Sultão Selim, ou Salim II, filho de Solimão. Foi sultão de 1566 (após a morte de seu pai) a 1574 e iniciou a conquista de Chipre em 1571. Mas foi vencido na batalha naval de Lepanto, da qual Cervantes participou, ocasião em que perdeu o movimento da mão esquerda com um tiro de arcabuz, como ele próprio conta no prólogo da presente obra.

[35] No original, *píctima*: emplastro ou cataplasma de açafrão que se põe sobre o coração, cujo efeito esperado é uma sensação de desafogo, alívio, alegria.

[36] Porto de Túnis, capital da Tunísia. (Ver Glossário)

por serem dourados, com eles competiam... Isso era uma novidade, tratando-se de mouras, que sempre se gabam dos seus cabelos negros. Contou também que naquela ocasião encontravam-se na tenda, entre muitos outros, dois cavaleiros espanhóis: um andaluz e um catalão, ambos poetas e sábios.[37] Ao ver a moura, o andaluz, admirado, começou a dizer uns versos, que eles chamam de coplas, com umas consonâncias ou consonantes bem difíceis. Interrompendo-se no quinto verso, não finalizou nem a copla nem a frase, por não atinar, assim, de improviso, com as rimas necessárias à conclusão. Mas o outro cavaleiro, que estava ao seu lado e tinha ouvido os versos, ao vê-lo assim, desconcertado, deu continuidade ao poema, como se lhe roubasse dos lábios a outra metade da copla, terminando-o com as mesmas rimas. Foi isso que me veio à memória, quando vi entrar na tenda do paxá a belíssima Leonisa, capaz de ofuscar não só os raios de sol, se por eles fosse tocada, mas o céu inteiro, com todas as estrelas.

— Já chega — disse Mahamut. — Para com isso, amigo Ricardo, pois a cada momento que passa temo que, de tanto te excederes nos louvores à tua bela Leonisa, deixes de parecer um cristão para parecer um pagão. Diz, se quiseres, esses versos, ou coplas, ou seja lá como for que os chamas, que depois falaremos de outras coisas mais prazerosas e talvez de maior proveito para nós.

— De acordo — disse Ricardo. — Mas te aviso, uma vez mais, que cinco versos foram ditos por um cavaleiro e os outros cinco por outro, todos de improviso. E os versos são estes:

> Como quando o sol assoma
> e baixa sobre a montanha
> e de súbito nos toma;
> e sua visão nos doma
> e nossa visão entretém;
> como purpúreo rubi
> que não permite corrosão,
> tal é o teu rosto, Aja,
> dura lança de Maomé
> que rasga meu coração.

---

[37] Alguns leitores acreditam que esta seja uma referência a Garcilaso de La Vega e Juan Boscán. (Sieber)

— Como soam bem ao ouvido — disse Mahamut. — Melhor ainda me soa e me parece que tens o dom de dizer versos, Ricardo; pois dizê-los ou fazê-los são coisas que exigem um estado de alma lúcido, desapaixonado.

— Pode-se também cantar hinos, chorar endechas... E tudo isso é dizer versos — respondeu Ricardo. — Mas, deixando esse assunto de lado, conta-me o que pensas fazer por nós. Não entendi o que os dois paxás trataram na tenda. Mas, enquanto foste levar Leonisa, um renegado veneziano, que pertence ao meu amo e entende muito bem a língua dos turcos, me explicou. Então, o que temos a fazer, antes de qualquer coisa, é encontrar um modo de impedir que ela vá parar nas mãos do Grão-Senhor.

— Em primeiro lugar é preciso que passes a pertencer ao meu amo — respondeu Mahamut. — Depois disso, pensaremos sobre o que fazer e o que mais nos convier.

Naquele momento, o guardião dos prisioneiros cristãos de Hazán aproximou-se para levar Ricardo. O cádi voltou à cidade com Hazán, que em poucos dias procedeu à residência de Ali, dando-a por encerrada e selada, para que ele pudesse ir a Constantinopla. Ali logo partiu, depois de muito recomendar ao cádi que não tardasse a enviar a prisioneira e escrevesse ao Grão-Senhor, de modo a beneficiá-lo em suas pretensões. O cádi assim prometeu, com traiçoeiras intenções no coração, que pulsava pela prisioneira. Tendo Ali partido cheio de falsas esperanças, e tendo ficado Hazán pendente dessas mesmas esperanças, Mahamut deu um jeito para que Ricardo passasse a pertencer ao seu amo. Passavam-se os dias e o desejo de ver Leonisa tanto afligia Ricardo que ele não tinha sequer um momento de sossego. Passou a chamar-se Mário, para que seu verdadeiro nome não chegasse aos ouvidos de Leonisa antes que pudesse vê-la, o que era muito difícil, pois os mouros são extremamente ciumentos; escondem de todos os homens o rosto de suas mulheres, embora não vejam mal em mostrá-lo aos cristãos, talvez porque não os considerem inteiramente homens, já que são escravos. Sucedeu, pois, que um dia a Senhora Halima viu seu escravo Mário. E tanto o olhou e contemplou que ele ficou gravado em seu coração e em sua memória. Pouco feliz, talvez, com os frouxos abraços de seu velho marido, facilmente deu lugar a um mau desejo, e com igual facilidade compartilhou-o com Leonisa, a quem já estimava muito, devido às suas maneiras agradáveis e ao seu comportamento discreto. Tratava-a com muito respeito, já que Leonisa era um presente para o Grão-Senhor. Contou-lhe que o velho cádi havia trazido para casa um prisioneiro cristão de belo porte e aparência; que nunca, em toda a sua vida, pusera os olhos num homem mais lindo do que aquele; que diziam que ele era *chilibí*, que significa cavaleiro, e que vinha da mesma terra que Mahamut, um renegado que também pertencia ao cádi. E, por fim, que não sabia como declarar seu desejo ao cristão, pois temia que ele a desprezasse. Leonisa perguntou-lhe pelo nome do prisioneiro e Halima respondeu que se chamava Mário.

— Se fosse mesmo um cavaleiro e viesse de onde dizem que vem, eu o conheceria. Mas não há ninguém, em Trápani, com esse nome — replicou Leonisa. — Mas, senhora, deixa que eu o veja e converse com ele. E então direi quem é esse homem e o que se pode dele esperar.

— Assim será — disse Halima. — Na sexta-feira, enquanto o cádi estiver na mesquita, fazendo as salás,[38] eu o farei entrar aqui em casa, onde poderás falar com ele a sós. E se achares por bem dar-lhe a entender meu desejo, faz do melhor modo que puderes.

Assim falou Halima a Leonisa. E nem duas horas haviam se passado, quando o cádi chamou Mahamut e Mário. E com não menos veemência do que Halima — que tinha aberto seu coração a Leonisa —, o velho e apaixonado cádi abriu o seu aos dois escravos, pedindo-lhes que o aconselhassem sobre o que fazer para desfrutar da cristã e cumprir seu dever com o Grão-Senhor, a quem ela pertencia. Disse-lhes que preferia morrer mil vezes a entregá-la ao sultão. Com tal arrebatamento o ardoroso mouro confessava sua paixão, diretamente de seu coração para o de seus dois escravos, que pensavam justamente o contrário do que ele estava pensando. Ficou decidido entre os três que Mário, por ser da mesma terra que a cristã, embora tivesse dito que não a conhecia, tomasse a iniciativa de procurá-la para anunciar as intenções do cádi que, se assim não conseguisse convencê-la, poderia recorrer à força, já que ela estava em seu poder. Depois disso, diriam que ela havia morrido e, assim, o cádi ficaria livre da obrigação de enviá-la a Constantinopla.

Contentíssimo com o conselho de seus escravos, e já antecipando sua alegria, o cádi ofereceu a liberdade a Mahamut e prometeu que, quando seus dias findassem, deixaria para ele metade de seus bens. Também

---

[38] Designação genérica das orações públicas dos muçulmanos. [Há cinco salás diárias.] (Houaiss) Também significa reverência, veneração, cumprimento.

prometeu a Mário que, caso conseguisse se sair bem, teria a liberdade e o dinheiro suficiente para voltar à sua terra como homem rico, feliz e honrado. Se o cádi foi generoso em suas promessas, pródigos foram os seus escravos ao oferecer-lhe também a lua, além de Leonisa, desde que ele lhes desse a oportunidade de falar com ela.

— Pois darei essa oportunidade a Mário quando ele quiser — respondeu o cádi. — Farei com que Halima vá à casa dos seus pais, que são gregos cristãos, por alguns dias. Com ela ausente, darei ordens ao porteiro para que deixe Mário entrar na casa quantas vezes ele desejar. E direi a Leonisa que poderá conversar com seu conterrâneo sempre que tiver vontade.

Assim começou a voltar a sorte de Ricardo, com o vento soprando a seu favor, sem que seus próprios amos imaginassem o que estavam fazendo.

Firmado, pois, entre os três esse plano, Halima foi a primeira a colocá-lo em prática, bem assim pelo fato de ser mulher, que por natureza se atira facilmente a tudo que seja de seu gosto. Naquele mesmo dia, o cádi disse a Halima que podia ir à casa de seus pais quando quisesse, e por lá ficar por quantos dias desejasse. Mas Halima, animada com as esperanças que Leonisa lhe dera, não iria nem à casa de seus pais e nem mesmo ao suposto paraíso de Maomé. Assim, respondeu ao cádi que, por enquanto, não tinha vontade, que o avisaria quando tivesse, mas levaria em sua companhia a prisioneira cristã.

— Isso não — replicou o cádi. — A prenda do Grão-Senhor não deve ser vista por ninguém, nem deve conversar com outros cristãos. Pois sabei que, uma vez em poder do Grão-Senhor, ela será trancada no harém e convertida em turca, queira ou não queira.

— Se ela estiver em minha companhia — replicou Halima —, pouco importa que seja na casa dos meus pais ou que fale com eles, pois mais falo eu, e nem por isso deixo de ser uma boa turca. De mais a mais, penso em ficar na casa deles no máximo por quatro ou cinco dias, pois o amor que tenho por vós não permite que eu me ausente por muito tempo.

O cádi não quis contestar, para não dar à esposa ocasião de suspeitar de suas intenções.

Na sexta-feira ele foi à mesquita, onde deveria permanecer por quase quatro horas. Tão logo o viu afastar-se dos umbrais da casa, Halima mandou chamar Mário. Mas o porteiro do pátio, um cristão corso, não o deixou passar, enquanto não recebeu ordens diretas de Halima para fazê-lo. Assim, Mário entrou, confuso e trêmulo, como se fosse lutar com um exército de inimigos.

Leonisa estava do mesmo modo e com o mesmo traje de quando entrara na tenda do paxá, sentada aos pés de uma grande escada de mármore que dava acesso aos corredores. Tinha a cabeça pousada na palma da mão direita e o braço apoiado nos joelhos. Olhava no sentido oposto ao da porta por onde Mário entrou, de maneira que, embora ele caminhasse em sua direção, ela não o via. Logo ao entrar, Ricardo percorreu toda a casa com os olhos e nada percebeu, senão um calmo e absoluto silêncio, até que seu olhar se deteve em Leonisa. Num só instante, vieram à mente do enamorado Ricardo pensamentos que o arrebataram e alegraram. Sentia-se a vinte passos, ou talvez um pouco mais, de sua felicidade e alegria. Sentia-se cativo, por sua sorte estar em poder alheio. Com tudo isso se revolvendo em seu íntimo, Ricardo se movia lentamente, com temor e sobressalto, alegre e triste, temeroso e valente; já ia se aproximando do ponto onde estava o centro de sua felicidade, quando Leonisa de súbito voltou o rosto, pondo os olhos nos de Mário, que a observavam atentamente. Quando os olhos de ambos se encontraram, cada um demonstrou, de modo bem diferente, o que sentia na alma. Ricardo estacou, incapaz de avançar mais um passo sequer. Leonisa — que, devido ao relato de Mahamut, acreditava que Ricardo estivesse morto — reagiu com temor e espanto ao vê-lo assim, inesperadamente, e vivo. Sem desviar os olhos dos de Ricardo, e sem lhe voltar as costas, recuou quatro ou cinco degraus e, pegando uma pequena cruz que trazia entre os seios, beijou-a repetidamente e benzeu-se infinitas vezes, como se estivesse diante de um fantasma ou de alguma coisa do outro mundo.

Recobrando-se de seu encantamento, Ricardo compreendeu a verdadeira causa do temor de Leonisa. E disse:

— Lamento, oh, formosa Leonisa, que não seja verdadeira a notícia que Mahamut te deu a respeito da minha morte, pois com ela eu me livraria dos temores que agora devo considerar, caso ainda pretendas continuar me tratando com a mesma inclemência que sempre tiveste para comigo. Acalma-te, senhora, e desce até aqui. Se ousares fazer o que jamais fizeste, que é aproximar-te de mim, vem e verás que não sou uma aparição. Sou Ricardo, Leonisa. Ricardo, aquele que será tão feliz quanto tu quiseres que seja.

Leonisa levou o dedo aos lábios e Ricardo entendeu que aquele era um sinal para que se calasse ou falasse mais baixo. Recobrando um pouco de ânimo, foi se aproximando dela, até uma distância que lhe permitia ouvir seus argumentos:

— Fala baixo, Mário... Parece-me que é assim que te chamas agora. E trata de não falar de outro assunto além do que vou tratar contigo. Saibas que se tivéssemos sido ouvidos por alguém, agora há pouco, talvez nunca mais pudéssemos nos ver. Acredito que Halima, nossa ama, esteja nos escutando. Ela me disse que te adora. E me designou como intercessora do seu desejo. Se quiseres corresponder a esse desejo, saibas que terás mais proveito no corpo do que na alma. E se não quiseres, deverás fingir que queres. Faz isso, ao menos porque estou te pedindo e também porque assim merecem os declarados desejos de uma mulher.

— Jamais pensei, nem pude imaginar, formosa Leonisa, que me fosse impossível cumprir um pedido teu — disse Ricardo. — Mas o que me pedes agora prova o quanto eu estava enganado. Porventura a vontade é tão desprovida de peso, a ponto de se deixar mover e levar para onde queiram levá-la? E será que ficaria bem, a um homem honrado e verdadeiro, fingir sobre coisas de tamanho peso? Se te parece possível ou necessário fazer uma dessas coisas, faz o que achares melhor, pois és senhora da minha vontade. Mas já sei que também nisso me enganas, pois jamais conheceste minha vontade e, portanto, não sabes o que fazer com ela. Porém, para que não digas que te desobedeci na primeira coisa que me mandaste fazer, abrirei mão do meu devido direito de ser quem sou e satisfarei teu desejo e o de Halima, fingidamente, como dizes, se é que poderei granjear, com isso, o privilégio de ver-te. Portanto, finge, inventa as respostas que quiseres que, da minha parte, firmo e confirmo, com minha fingida vontade. E como paga pelo que estou fazendo por ti (e que é o máximo, na minha opinião, que poderei fazer), ainda que uma vez mais eu te dê minha alma, que tantas vezes já dei, peço que em poucas palavras me digas como escapaste das mãos dos corsários e como foste parar nas do judeu que te vendeu.

— O relato das minhas desventuras pede mais do que poucas palavras. Mas, mesmo assim, quero te dar alguma satisfação. Saibas, portanto, que no dia seguinte ao que nos separamos, a galeota comandada por Yzuf, tocada por um forte vento, voltou à Ilha de Pantanaleia, onde avistamos a galeota na qual tu estavas. Mas a nossa, inevitavelmente, investia contra os rochedos. Então Yzuf, meu amo, vendo tão próximo o seu fim, rapidamente esvaziou dois barris que estavam cheios de água, tampou-os muito bem, atou-os um ao outro, com cordas, e pôs-me entre eles. Depois despiu-se e, erguendo nos braços outro barril, amarrou-se a ele com uma corda, cuja ponta prendeu aos meus dois barris. Corajosamente, atirou-se ao mar; queria me levar com ele, mas, como não tive coragem de me atirar, um turco me empurrou, jogando-me logo atrás de Yzuf. Perdi os sentidos e quando voltei a mim, já estava em terra, em poder de dois turcos que, mantendo-me de bruços, faziam-me expelir a grande quantidade de água que tinha bebido. Abri os olhos, atônita e assustada; vi Yzuf junto a mim, com a cabeça feita em pedaços. Soube, depois, que ao chegar à terra ele tinha batido com a cabeça nas rochas e, assim, terminou sua vida. Os turcos também me disseram que, puxando a corda, conseguiram me levar para a terra, quase afogada. Somente oito pessoas escaparam com vida daquela desventurada galeota.

"Ficamos na ilha por oito dias. Os turcos me respeitavam como se eu fosse irmã deles, ou até mais do que isso. Escondemo-nos numa gruta, pois os turcos temiam ser descobertos e aprisionados por uma força de cristãos, que estava na ilha. Sustentavam-se com o pão ázimo molhado[39] que tinham trazido na galeota e que o mar lançava à praia, onde iam buscá-lo, à noite. Para meu grande mal, quis a sorte que a força dos cristãos estivesse sem comandante, morto alguns dias antes. Essa força, segundo um jovem cristão — que ao descer à praia para colher conchas foi aprisionado pelos turcos —, contava apenas com vinte soldados. Oito dias depois chegou àquela costa uma embarcação de mouros, que eles chamam de *karamuzal*.[40] Ao vê-la, os turcos saíram do esconderijo, fazendo largos gestos na direção da embarcação, que estava bem próxima da terra. Tanto, que seus ocupantes perceberam que eram turcos os homens que os chamavam. Os turcos então contaram suas desgraças e os mouros os receberam na sua embarcação, na qual vinha um judeu, riquíssimo mercador. Toda a mercadoria transportada na embarcação, ou quase toda, pertencia ao judeu: barreganas, alquicéis[41] e outras coisas que se costumam levar da Berbéria ao Levante. Os turcos embarcaram

---

[39] No original, *bizcocho mojado*: pão sem fermento ou levedura, preparado especialmente para a provisão das forças navais.

[40] Embarcação, usada pelos mouros, que geralmente servia para transportar provisões. (Covarrubias)

[41] No original, *barragán*, do árabe *barrakan*: tecido de lã, resistente à chuva, ou agasalho feito com esse tecido; *alquicel*, do árabe *al-kisa*: traje mouro em forma de capa ou manto.

nesse *karamuzal*, rumo a Trípoli; durante a viagem, me venderam ao judeu por duas mil *doblas*, um preço excessivo, mas a paixão dele por mim tornou-o generoso.

"Deixando, pois, os turcos em Trípoli, a embarcação retomou sua viagem e o judeu passou a me solicitar, descaradamente. Eu então rechacei seus torpes desejos. Vendo-se sem esperança de realizá-los, ele resolveu desfazer-se de mim na primeira ocasião que surgisse. E ao saber que os dois paxás, Ali e Hazán, estavam nesta ilha, onde poderia vender sua mercadoria tão bem como em Xío[42] — onde planejara vendê-la —, veio até aqui com a intenção de vender-me a um dos paxás. Por isso me vestiu dessa maneira que estás vendo, para despertar nos dois o desejo de comprar-me. Mas fiquei sabendo que quem me comprou foi o cádi, para me levar, como presente, ao Grão-Turco, o que me deixa não pouco temerosa. Aqui também fiquei sabendo da tua falsa morte, Ricardo. E o que posso dizer, caso acredites, é que essa notícia muito me pesou na alma. E tive mais inveja do que pena de ti, não por te querer mal — pois, se não sou amorosa, tampouco sou ingrata ou mal-agradecida —, mas por crer que tinhas posto um fim à tragédia da tua vida."

—Até que não falaste mal, senhora, mas a morte teria me privado desse bem que é te rever — respondeu Ricardo. — Pois estimo este momento de glória, da felicidade que é te olhar, senhora, mais do que qualquer outra ventura (até mesmo a da vida eterna) que eu pudesse desejar, tanto na vida como na morte. O desejo do cádi, meu amo (em cujo poder vim parar, por conta de não menos percalços do que os vários que sofreste), por ti é o mesmo de Halima por mim. Ele me designou como intérprete dos seus pensamentos. Aceitei o encargo, não para satisfazê-lo, mas porque assim teria a vantagem de falar contigo. Vê, pois, Leonisa, a que ponto nos trouxe nossa desgraça: a ti coube ser mediadora de algo que, bem sabes, me é impossível atender. E, a mim, ser também mediador de algo que jamais imaginei; e para que isso não se realize, sou capaz de dar minha vida, que agora estimo tanto quanto a imensa ventura de te encontrar.

— Não sei o que dizer, Ricardo, nem como sair do labirinto onde, tal como dizes, nossa triste sorte nos levou — replicou Leonisa. — Só sei dizer que precisamos usar, neste caso, recursos que nada têm a ver

---

[42] Chios: ilha grega, localizada no Mar Egeu.

com nosso caráter: a falsidade, o embuste. Portanto, da tua parte direi a Halima algumas palavras que mais servirão para entretê-la do que para desanimá-la. E, de mim, tu poderás dizer ao cádi o que achares mais conveniente para mantê-lo iludido e proteger minha honra, que agora deposito nas tuas mãos. E saibas que eu a mantenho, verdadeiramente, em toda a sua integridade, embora os caminhos que trilhei e as desventuras que sofri possam te fazer duvidar. Será fácil nos falarmos e nisso terei imenso prazer, desde que jamais faças qualquer menção às tuas já declaradas intenções. No momento em que assim fizeres, desistirei de ver-te, pois não quero que penses que meu valor é de tão baixo quilate, a tal ponto que o cativeiro possa fazer, com ele, o que a liberdade não pôde. Com a graça do céu, tenho que ser como o ouro que, quanto mais acrisolado, mais puro e mais limpo se torna. Contenta-te por eu ter dito que o fato de ver-te não me causará fastio, como geralmente acontecia. Pois quero que saibas, Ricardo, que sempre me pareceste uma pessoa desagradável e arrogante, que se julgava melhor do que na verdade era. Confesso também que estava enganada; e se eu agora fizesse uma experiência, talvez a verdade me surgisse diante dos olhos, mostrando que errei. E assim, esclarecida, talvez eu conseguisse, por ser mais justa, ser mais humana. Vai com Deus. Temo que Halima tenha nos escutado; ela entende um pouco da linguagem cristã, ou ao menos daquela costumeira mescla de línguas com a qual todos nos entendemos.

— Falaste muito bem, senhora — respondeu Ricardo. — E agradeço, infinitamente, a desilusão que me deste, que estimo tanto quanto o favor que me fazes, deixando que eu te veja. Tal como dizes, talvez a experiência te mostre o quanto sou sincero e humilde nas minhas intenções, especialmente para adorar-te. E mesmo que não pusesses qualquer limite à minha maneira de tratar-te, esta seria tão honesta que não poderias desejar nada melhor. Quanto a entreter o cádi, fica tranquila; e podes fazer o mesmo com Halima. E vê se entende, senhora, que ao te ver nasceu em mim tamanha esperança que tenho certeza de que em breve alcançaremos a liberdade que tanto desejamos. Então, fica com Deus, que em outra ocasião te contarei sobre os caminhos pelos quais a sorte me trouxe a essa situação, depois que de ti me separei ou, melhor dizendo, me separaram.

Com isso, despediram-se, ficando Leonisa feliz e satisfeita com a conduta simples e clara de Ricardo que, por sua vez, ficou felicíssimo por não ouvir, da boca de Leonisa, nenhuma palavra áspera.

Fechada em seus aposentos, Halima rezava a Maomé para que Leonisa lhe trouxesse boas notícias sobre o caso do qual a havia encarregado. Na mesquita, o cádi compensava os desejos da esposa com os seus, mantendo-se atento e ansioso pela resposta que esperava ouvir do escravo a quem encarregara de falar com Leonisa. E, para tanto, contaria com o apoio de Mahamut, embora Halima estivesse em casa.

Leonisa estimulou em Halima o torpe desejo e o amor, dando-lhe muitas esperanças de que Mário faria tudo o que ela lhe pedisse. Porém, seria preciso esperar que se passassem duas segundas-feiras, antes que se realizasse o que ele, muito mais que ela, desejava. E se Mário pedia esse prazo, era porque estava rezando e suplicando a Deus que lhe desse a liberdade. Halima ficou satisfeita com essa desculpa e com as notícias sobre seu querido Mário, a quem pretendia dar a liberdade antes mesmo que se findasse o prazo das orações, já que ele correspondia ao seu desejo. Assim, pediu a Leonisa que pedisse a Mário para desistir daquele prazo e abreviar o tempo de espera, já que ela, Halima, estava disposta a oferecer-lhe o quanto o cádi pedisse por seu resgate.

Ricardo, antes de falar com seu amo, aconselhou-se com Mahamut sobre o que deveria dizer. Concordaram, ambos, que não deveriam dar qualquer esperança ao cádi, mas aconselhá-lo a levar Leonisa a Constantinopla o mais rápido que pudesse. E, assim, durante a viagem, por bem ou por mal, ele poderia realizar seu desejo. Quanto ao inconveniente que daí poderia surgir, com relação ao Grão-Senhor, seria bom comprar outra escrava e, durante a viagem, encontrar um modo de simular ou fazer com que Leonisa caísse doente. E, numa noite, lançariam ao mar a cristã comprada, dizendo tratar-se de Leonisa, a escrava do Grão--Senhor, que havia morrido. Podiam fazer isso, e fariam, de modo que a verdade jamais fosse descoberta, para que o cádi se isentasse de qualquer culpa com relação ao Grão-Senhor e ao cumprimento de seus desejos, para os quais haveriam de encontrar, depois, um modo conveniente e proveitoso de realizá-los. Estava tão cego o mísero e velho cádi que, se lhe dissessem mais mil disparates desse tipo, desde que se referissem à realização de suas esperanças, em todos ele acreditaria, ainda mais porque lhe parecia que tudo o que lhe diziam estava muito bem encaminhado e prometia um próspero desfecho. E assim seria, caso a intenção de seus dois conselheiros não fosse a de tomar o comando de seu baixel e dar-lhe a morte, como paga por seus loucos pensamentos. Mas havia, para o cádi, outra dificuldade, que lhe parecia a maior, entre todas que poderiam surgir naquela circunstância: sabia que sua mulher, Halima, não o deixaria ir a Constantinopla se não a levasse também. Contudo, o cádi logo encontrou uma solução, dizendo aos escravos que, em vez da cristã que iam comprar, Halima — de quem há muito desejava se livrar, mais do que da própria morte — serviria para morrer no lugar de Leonisa.

Mahamut e Ricardo concordaram com esse pensamento, com a mesma facilidade com que o cádi o engendrou. Firmado esse trato, naquele mesmo dia o cádi falou a Halima sobre a viagem que pensava fazer a Constantinopla, para levar a cristã ao Grão-Senhor, de quem esperava a generosidade de nomeá-lo grão-cádi do Cairo ou de Constantinopla. Halima, acreditando que o cádi deixaria Ricardo na casa, disse que aprovava inteiramente sua decisão. Mas, quando o cádi declarou que pretendia levar Ricardo e também Mahamut na viagem, ela mudou de opinião e tentou dissuadi-lo de fazer o que antes lhe havia aconselhado. Por fim, disse que não o deixaria partir, de modo algum, a menos que a levasse junto. O cádi de bom grado concordou, já que tencionava livrar-se em breve daquela que era, para ele, tão pesada carga.

Entretanto, o Paxá Hazán não se cansava de pedir ao cádi que lhe entregasse a escrava, pela qual oferecia muito, muito ouro. Aliás, já havia lhe dado Ricardo (cujo resgate avaliava em dois mil escudos) de graça. Tramava e ansiava por essa entrega, com o mesmo afã com que o cádi planejava anunciar a morte da escrava, quando prestasse contas ao Grão-Turco. Todas essas dádivas e promessas só serviram para aumentar, no cádi, a ânsia de abreviar sua partida. Assim, movido por seu desejo, pelas inconveniências de Hazán, além das de Halima — que também acalentava vãs esperanças, ao vento —, em vinte dias preparou um bergantim[43] de quinze bancos, equipando-o com *bagarinos*[44] mouros e alguns cristãos gregos. Levou para a embarcação toda a sua riqueza. Tampouco Halima deixou qualquer coisa de valor em casa. E pediu ao marido que a deixasse levar seus pais, para que conhecessem Constantinopla. A intenção de Halima era a mesma de Mahamut: que ele e Ricardo tomassem o comando do bergantim no decorrer da

---

[43] Embarcação de baixo calado, de dez a doze remos, e bancos com um homem em cada um. (Sieber) No caso, o bergantim do cádi tem quinze bancos.

[44] No original, *buenas boyas*: termo derivado do italiano *bonavoglia* ou *buona voglia*: remadores livres e pagos por seu trabalho, ao contrário dos escravos e dos condenados às galés (galeotes).

viagem. Mas Halima não quis revelar seu pensamento a ambos, antes de embarcar; isso porque desejava ir para uma terra de cristãos, voltar ao que já fora anteriormente e casar-se com Ricardo. Pois acreditava que, possuindo tantas riquezas e voltando a ser cristã, certamente conseguiria que ele a tomasse como esposa.

Nesse ínterim, Ricardo voltou a falar com Leonisa e revelou tudo o que tencionava fazer. Leonisa contou-lhe então sobre o plano de Halima, que o havia compartilhado com ela. Recomendando-se, mutuamente, que guardassem segredo, e recomendando-se também a Deus, ambos aguardaram o dia da partida. E quando esse dia chegou, Hazán, seguido por todos os seus soldados, acompanhou-os até a praia e não os deixou, até que levantaram as velas e partiram. Hazán manteve os olhos fixos no bergantim, até perdê-lo de vista. Parecia que o ar exalado pelos suspiros do enamorado mouro impelia com mais força as velas que se afastavam, levando embora sua alma. Mas como aquele a quem o amor não dava sossego, havia tanto tempo, pensando no que poderia fazer para não morrer à mercê de seus desejos, tratou logo de pôr em prática o plano que — depois de muita reflexão e firme determinação — tinha concebido: e, assim, num baixel de dezessete bancos, que já deixara pronto para zarpar, em outro porto, fez embarcar cinquenta soldados, todos amigos e conhecidos, aos quais fizera muitas promessas e dera muitos presentes, tornando-os seus devedores. Ordenou-lhes então que partissem e tomassem o bergantim do cádi e suas riquezas, passando a fio de espada todos os que nele se encontravam, com exceção de Leonisa, a prisioneira, pois desejava-a como a um despojo, o mais precioso entre todas as riquezas que o bergantim levava. Ordenou-lhes também que o afundassem, de modo que não restassem indícios do ataque. A cobiça pelo saque deu asas aos pés e vigor ao coração dos soldados, embora bem soubessem da pouca resistência que haveriam de encontrar naqueles que iam no bergantim, já que estavam desarmados e não suspeitavam de que algo assim pudesse acontecer.

Fazia já dois dias que o bergantim navegava; dois dias que, ao cádi, pareciam dois séculos. Pois, logo no primeiro dia, quisera pôr em prática sua resolução. Seus escravos, porém, recomendaram que antes seria conveniente fazer de conta que Leonisa adoecesse; assim, sua morte pareceria verdadeira, mas só depois de alguns dias de enfermidade. O cádi queria apenas dizer que Leonisa morrera de repente, para acabar de uma vez com tudo aquilo, livrar-se de sua mulher e aplacar o fogo que trazia nas entranhas e que aos poucos o consumia. Mas, por fim, aceitou a opinião dos dois escravos.

A essa altura, Halima já havia revelado seu plano a Mahamut e a Ricardo, que ficaram de colocá-lo em prática assim que deixassem para trás as cruzes de Alexandria[45] ou a entrada dos castelos de Anatólia.[46] Mas tanto o cádi os apressava que se dispuseram a executar seu plano na primeira oportunidade que surgisse. Por fim, ao cabo de seis dias de navegação, o cádi decidiu que a simulação da enfermidade de Leonisa já era suficiente. E muito importunou seus escravos, para que no dia seguinte acabassem com Halima e a atirassem ao mar, amortalhada, como se fosse ela a escrava destinada ao Grão-Senhor.

Quando amanheceu o dia em que, de acordo com o plano que haviam traçado, Mahamut e Ricardo realizariam seu intento ou perderiam a vida, avistaram uma embarcação que vinha a toda velocidade no encalço do bergantim. Todos temeram tratar-se de corsários cristãos, dos quais nem mouros nem cristãos poderiam esperar qualquer coisa de bom. Pois, nesse caso, os mouros seriam feitos prisioneiros; e os cristãos, ainda que ganhassem a liberdade, acabariam espoliados e roubados. Mahamut e Ricardo bem que se contentariam com a própria liberdade e com a de Leonisa. Mesmo assim, temiam a insolência dos corsários, pois aqueles que se entregam a esse tipo de ofício, a despeito da nação a que pertençam ou da lei que obedeçam, não deixam de ter um espírito cruel e um caráter insolente.

Todos, no bergantim, prepararam-se para a defesa, sem poupar esforços e sem largar os remos. Mas poucas horas bastaram para que a embarcação se aproximasse ainda mais do bergantim, até que, em menos de duas horas, chegou à distância de um tiro de canhão. Diante disso, todos soltaram os remos, baixaram as velas, pegaram as armas e ficaram à espera, embora o cádi dissesse que não temessem, pois aquela embarcação era turca e não lhes causaria dano algum. Logo mandou hastear uma pequena bandeira branca, da paz, no mastro da popa, para ser vista pelos que — já cegos e ambiciosos — agora investiam furiosamente contra o bergantim quase indefeso. Nisso, Mahamut voltou-se na direção do poente e, avistando uma galeota — aparentemente, de

---

[45] Refere-se a Troia, na entrada do Estreito dos Dardanelos, e não à cidade egípcia. (Sieber)
[46] Ásia Menor, hoje região da Turquia.

vinte bancos — que se aproximava, avisou o cádi. Alguns cristãos que remavam disseram que naquela embarcação vinham cristãos. Tudo isso só serviu para redobrar a confusão e o medo de todos que, atônitos, não sabiam o que fazer, temendo e esperando que sucedesse o que Deus quisesse.

Parece-me que àquela altura o cádi, num estado de profunda confusão, acreditava que encontraria, em Nicósia, a plena realização de seus desejos. Mas logo foi arrancado desse estado pela primeira embarcação que, sem respeitar a bandeira da paz, nem sua própria religião, investiu contra o bergantim com tanta fúria que por pouco não o afundou de uma vez. O cádi logo reconheceu aqueles que o atacavam: eram soldados de Nicósia. Não tardando a adivinhar do que se tratava, deu-se por perdido e morto. E, se não fosse porque os soldados se empenhassem mais em roubar do que em matar, ninguém teria sobrevivido. Mas no auge do ataque, quando os soldados estavam mais empenhados na luta e mais concentrados em saquear, um turco avisou, em altos brados:

— Às armas, soldados, que uma embarcação de cristãos está nos atacando.

E era verdade, pois a embarcação, avistada do bergantim do cádi, com insígnias e bandeiras cristãs, investiu com toda a fúria contra a embarcação de Hazán. Pouco antes da abordagem, um homem que estava na proa perguntou, em turco, a quem pertencia aquela embarcação. Responderam-lhe que pertencia ao Paxá Hazán, vice-rei de Chipre.

— Mas como, sendo vós muçulmanos, podeis atacar e roubar esse bergantim que, segundo sabemos, leva o cádi de Nicósia? — replicou o turco.

Responderam-lhe que de nada sabiam; apenas tinham recebido ordens de atacar e tomar o bergantim. E como soldados do Paxá Hazán, obedientes que eram, tinham cumprido o que ele mandara.

Satisfeito por saber o que queria, o capitão dessa segunda embarcação, tripulada por cristãos, desistiu de atacar a embarcação de Hazán, para concentrar-se na do cádi. No primeiro ataque, matou mais de dez turcos e abordou o bergantim com grande vigor e presteza. Mas tão logo o capitão e seus homens puseram os pés no interior da embarcação, o cádi percebeu que aquele que o atacava não era um cristão e sim o Paxá Ali que, apaixonado por Leonisa, e com a mesma intenção de Hazán, estivera esperando por ele para atacá-lo. E para não ser reconhecido e encobrir ainda mais seu delito, trazia seus soldados vestidos como cristãos. O cádi, compreendendo as intenções dos dois enamorados e traidores, denunciou, em altos brados, a maldade de ambos:

— O que é isso, Paxá Ali, traidor? Como é possível que, sendo tu *mosolimán* (que quer dizer turco), me ataques assim, como se fosses cristão? E quanto a vós, traidores, soldados de Hazán, que demônio vos levou a cometer tão grande insulto? Como, para cumprir o apetite lascivo daquele que vos enviou, podeis ir contra vosso verdadeiro senhor?

Diante dessas palavras, todos baixaram as armas. Uns e outros se olharam e se reconheceram, pois todos tinham sido soldados de um mesmo capitão e lutado sob a mesma bandeira. Confusos com as palavras do cádi e com o malefício que poderiam causar a si próprios, sentiram o ânimo arrefecendo e os alfanjes perdendo o fio... Somente Ali, fechando os olhos e os ouvidos a tudo, avançou contra o cádi, dando-lhe tamanha cutilada na cabeça que, se não estivesse bem protegida por um grosso turbante, com mais de cem voltas de tecido, sem dúvida teria se partido ao meio. Mesmo assim, Ali conseguiu derrubar o cádi entre os bancos do bergantim.

— Oh, cruel renegado, inimigo do meu profeta! — exclamou o cádi, ao cair. — Será possível que ninguém castigue tua crueldade e tua grande insolência? Como, maldito, ousaste erguer as mãos e as armas contra o teu cádi e um ministro de Maomé?

Essas palavras reforçaram as anteriores. Ouvindo-as, os soldados de Hazán, movidos pelo temor de que os soldados de Ali lhes roubassem as presas, que já consideravam como suas, resolveram arriscar tudo. E um começando, e outros seguindo atrás, todos atacaram os soldados de Ali com tamanha presteza, fúria e brio que os surpreenderam. E em pouco tempo — embora os soldados de Ali fossem muitos — reduziram-nos a um pequeno número. Mas os que restaram, recobrando-se do espanto, vingaram seus companheiros, deixando apenas quatro homens de Hazán com vida e, mesmo assim, gravemente feridos.

Ricardo e Mahamut, que a tudo assistiam, de quando em quando punham a cabeça para fora da escotilha da cabine de popa, para ver em que resultaria aquela grande confusão de homens e armas se chocando. Ao ver quase todos os turcos mortos — e os vivos feridos gravemente —, Ricardo percebeu o quanto seria fácil acabar com todos eles. Chamou Mahamut e também os dois sobrinhos de Halima, que ela trouxera para que ajudassem na tomada do bergantim. O pai de Halima juntou-se a eles e, assim, todos juntos, recolheram os alfanjes dos mortos e saltaram para o convés gritando: "Liberdade, liberdade!". Com o auxílio dos *bagarinos*, dos cristãos e dos gregos, facilmente e sem se ferir, degolaram todos. Depois passaram à galeota de Ali, que estava indefesa, renderam a tripulação e tomaram posse de toda a carga. O Paxá Ali foi um dos primeiros a morrer no segundo confronto, pois um turco, para vingar o cádi, matou-o a cutiladas. Por recomendação de Ricardo, todos levaram as coisas de valor do bergantim do cádi e do baixel de Hazán para a galeota de Ali, que era maior e mais adequada para transportar qualquer carga ou empreender qualquer viagem. E seus remadores, por serem cristãos, por estarem felizes pela liberdade conquistada e também pelas muitas coisas que Ricardo repartiu com eles, ofereceram-se para levar a embarcação a Trápani e até mesmo ao fim do mundo, se ele assim quisesse.

Mahamut e Ricardo, contentíssimos com todos esses acontecimentos, foram até a moura Halima para dizer-lhe que, se ela quisesse voltar a Chipre, poderia fazê-lo em seu próprio bergantim. Eles mesmos se encarregariam de supri-lo com bons remadores e deixariam que ela levasse metade das riquezas que havia trazido. Mas Halima, que em meio a tanta calamidade ainda não perdera o carinho e a paixão que sentia por Ricardo, disse que queria ir com eles para uma terra de cristãos, o que muito alegrou seus pais.

O cádi recuperou os sentidos; Ricardo e Mahamut cuidaram dele o melhor possível, dentro das circunstâncias. Então lhe disseram que escolhesse uma, entre duas alternativas: deixar-se levar a terras cristãs ou voltar a Nicósia em seu próprio bergantim. O cádi respondeu que, já que o destino o havia levado àquele ponto, agradecia a ambos a liberdade que lhe ofereciam, mas preferia ir a Constantinopla para queixar-se ao Grão-Senhor sobre a afronta que tinha recebido de Hazán e Ali. Porém, ao saber que Halima o abandonava para voltar a ser cristã, ficou a ponto de perder o juízo. Em suma, prepararam para o cádi o mesmo bergantim em que ele viera, provendo-o de todas as coisas necessárias à viagem, e ainda lhe deram alguns dos cequins[47] que havia trazido. Assim, o cádi despediu-se de todos; estava agora decidido a voltar a Nicósia. Mas antes de partir pediu a Leonisa que o abraçasse, pois essa mercê, esse favor, seriam suficientes para fazê-lo esquecer seu infortúnio.

---

[47] Cequim: do árabe *sikki*, antiga moeda de ouro italiana.

Todos suplicaram a Leonisa que fizesse esse favor a quem tanto a amava, pois isso em nada prejudicaria o decoro de sua honestidade. Leonisa consentiu e então o cádi pediu a ela que lhe tocasse a cabeça com as mãos, para que ele assim tivesse esperanças de curar sua ferida. Leonisa o atendeu em tudo o que pediu. Depois disso — e também depois de afundarem a embarcação de Hazán — todos se prepararam para partir, favorecidos por um vento fresco que soprava, como se convidasse as velas a que a ele se entregassem. Em poucas horas, perderam de vista a embarcação do cádi, que com lágrimas nos olhos via como os ventos levavam embora todos os seus bens, seu prazer, sua mulher e sua alma.

Com pensamentos bem diferentes dos do cádi navegavam Ricardo e Mahamut. E assim, sem querer pisar a terra em parte alguma, passaram ao largo de Alexandria, sem se deter e sem amainar[48] as velas. E sem necessidade de usar os remos, chegaram à célebre Ilha de Corfu, onde se abasteceram de água. Em seguida, sem mais se deter, passaram pelos infames Montes Acroceráunios.[49] No segundo dia de viagem avistaram ao longe Pachino, promontório da fertilíssima Trinácria.[50] Diante dessa visão, e da célebre Ilha de Malta, voaram: pois era assim, "voando", que navegava a venturosa embarcação.

Enfim, depois de passarem por essa ilha, dali a quatro dias avistaram a de Lampedusa e, logo depois, a ilha onde tinham se perdido. Ao vê-la, Leonisa estremeceu, pois recordou o perigo que lá havia passado. No dia seguinte, avistaram a amada e desejada pátria. A alegria voltou aos corações e os espíritos regozijaram-se com essa que é uma das maiores venturas que se pode ter na vida: chegar são e salvo à pátria, depois de um longo cativeiro. Só mesmo a vitória sobre os inimigos pode a ela se comparar.

Encontraram, na galeota, uma caixa cheia de bandeirolas e flâmulas de seda, de diversas cores. Ricardo mandou que enfeitassem a galeota com elas. Foi talvez pouco depois do amanhecer que chegaram a menos de uma légua da cidade. Revezando-se no manejo dos remos, erguendo de quando em quando as vozes, em alegres exclamações e gritos, iam se aproximando do porto. Por sua vez, todos os habitantes da cidade, ao

---

[48] Expressão marítima que significa recolher, no todo ou em parte, as velas.
[49] Montes chamados desta forma devido à sua altura. E são "infames" porque assim os chamou Horácio, em sua *Ode III*. (Ver Glossário)
[50] No original, *Paquino*: promontório da Ilha de Sicília. Trinácria: antigo nome da Sicília. A embarcação navega em direção ao sudoeste, pois Malta se situa a sudoeste da Sicília (Sieber).

verem aquela embarcação tão enfeitada, que aos poucos se aproximava, acorreram ao porto e à praia, formando uma verdadeira multidão.

Nesse ínterim, Ricardo havia pedido e suplicado a Leonisa que se enfeitasse e vestisse do mesmo modo que estava quando entrara na tenda dos paxás, pois queria fazer uma brincadeira com os pais dela. Leonisa assim fez. E acrescentando graça à graciosidade, pérolas às pérolas e beleza à beleza — que a alegria costuma tornar mais intensa —, vestiu-se de modo que mais uma vez causou admiração e deslumbre. Ricardo também se vestiu à maneira turca, assim como Mahamut e todos os cristãos que remavam, pois os trajes dos turcos mortos eram suficientes para todos.

Aportaram por volta de oito horas de uma manhã serena e clara, que parecia observar atentamente aquela alegre chegada. Antes de entrar no porto, Ricardo mandou disparar as armas da galeota: um canhão de coxia e dois falconetes;[51] a cidade respondeu com outros disparos.

Alvoroçados, os habitantes da cidade esperavam pela chegada daquela bizarra[52] embarcação. Mas, quando a viram de perto, julgaram tratar-se de uma embarcação turca, devido aos turbantes brancos usados pelos homens que pareciam mouros. Temerosos, suspeitando de uma cilada, todos os que pertenciam a algum tipo de milícia apressaram-se a tomar suas armas e correr até o porto; e os que estavam a cavalo espalharam-se ao longo da praia.[53] Essa movimentação foi recebida com grande alegria por aqueles que pouco a pouco foram chegando, até que entraram no porto e, no ponto mais raso, lançaram a prancha. Todos os remadores largaram os remos ao mesmo tempo e, como num cortejo, desceram à terra, beijando-a muitas vezes, com lágrimas de alegria, num claro sinal de que eram cristãos que tinham fugido com aquela embarcação. No final do cortejo vinham o pai e a mãe de Halima, além de seus dois sobrinhos. Todos, como já se disse, vestiam-se à maneira turca. Por último, fechando o cortejo, vinha a bela Leonisa, com o rosto coberto

---

[51] No original, *cañón de crujía*: nos navios de guerra, canhão disposto entre o piso do convés e os dois mastros maiores; *falconete*: antiga peça de artilharia, longa e de baixo calibre, semelhante ao *falcón* (antigo canhão, usado entre os séculos XV e XVIII), mas de menor calibre. (Sieber)

[52] *Bizarro*, no contexto, significa "multicolorido". (Sieber)

[53] Enquanto os turcos atacavam Nicósia, em 1570, todos os seus habitantes, de todas as condições sociais, dormiam em suas casas. Por isso, ao verem Ricardo e os seus aproximando-se do porto, todos correram a pegar em armas para defender a cidade, se preciso fosse. (Sieber)

por um tafetá carmesim, tendo a um lado Ricardo e a outro Mahamut, num espetáculo que encantou o olhar da multidão que os observava.

    Chegando à terra, os três prostraram-se e beijaram-na, tal como os outros. Nisso, aproximou-se o capitão e governador da cidade, que logo compreendeu que eram eles os principais, entre os recém-chegados. Não tardou a reconhecer Ricardo e, com os braços abertos, numa demonstração de intensa alegria, correu para abraçá-lo. Atrás do governador vinham Cornélio e seu pai, bem como os pais de Leonisa, acompanhados por todos os parentes. Vinham também os pais de Ricardo, completando assim o grupo das pessoas mais importantes da cidade. Ricardo abraçou o governador e retribuiu todas as saudações que recebeu. Em seguida tomou a mão de Cornélio que, tão logo o reconheceu e se viu seguro por ele, perdeu a cor e quase começou a tremer de medo. Então Ricardo, tomando também a mão de Leonisa, disse:

— Por cortesia eu vos peço, senhores, que antes de entrarmos na cidade e na igreja, para agradecer devidamente a Nosso Senhor pelas imensas graças que nos concedeu, em nossa desgraça, escutai algumas palavras que tenho a dizer.

    O governador respondeu que dissesse o que bem desejasse, pois todos o ouviriam com prazer e em silêncio. Logo, todos os nobres o rodearam, e Ricardo, erguendo a voz, assim falou:

— Bem deveis recordar, senhores, a desgraça que há alguns meses me sucedeu, no jardim das Salinas, com a perda de Leonisa. Tampouco terá se apagado da vossa memória o quanto me empenhei para conseguir sua liberdade. Pois, esquecendo-me do meu próprio resgate, ofereci, pelo de Leonisa, todos os meus bens. Essa minha atitude, embora pareça generosidade, não pode nem deve resultar em elogios à minha pessoa, pois tudo o que ofereci foi pelo resgate da minha alma. Para contar o que depois nos aconteceu será preciso mais tempo, em outra ocasião e conjuntura, e uma voz não tão embargada quanto a minha. Por ora, basta dizer que depois de vários e estranhos acontecimentos, depois de mil vezes perdidas as esperanças de encontrar algum alívio para os nossos infortúnios, o piedoso céu, sem mérito algum da nossa parte, devolveu-nos à nossa amada pátria, tão cheios de alegria quanto de riquezas. E não me vem dessa alegria, nem dessas riquezas, nem da liberdade alcançada, a emoção incomparável que agora sinto, mas sim da emoção que, imagino, esteja sentindo essa minha doce inimiga (tanto na paz quanto na guerra), não apenas por ver-se livre, mas por rever também o retrato da sua alma: Cornélio. E me alegro, ainda, pela alegria daqueles que foram meus companheiros na miséria. Embora as desventuras e os tristes acontecimentos costumem influir no caráter e aniquilar os mais valorosos ânimos, não foi isso que aconteceu com esta que é o algoz das minhas boas esperanças. Pois, com maior coragem e integridade do que normalmente seria de se esperar, ela suportou o naufrágio das suas desventuras e a inoportuna insistência com que lhe declarei minhas tão ardorosas quanto sinceras intenções. E daí se deduz que as pessoas podem mudar até o céu, mas não os hábitos, se acaso neles se assentaram. Quero concluir tudo isso que acabo de dizer, lembrando que ofereci todos os meus bens pelo resgate de Leonisa e que, ao declarar-lhe minhas intenções, dei a ela minha alma. Fiz planos para conseguir sua liberdade e por ela arrisquei a vida, mais do que pela minha própria. Com relação a todas essas coisas, que para uma pessoa mais grata poderiam representar o peso de uma dívida, em algum momento, não quero que seja assim. Quero que pese apenas o que vou fazer agora.

Assim dizendo, ergueu a mão e, num gesto de puro respeito, tirou o véu que cobria o rosto de Leonisa. E foi como se afastasse uma nuvem que acaso estivesse encobrindo a formosa claridade do sol. E prosseguiu:

— Vê, oh, Cornélio, que te entrego a joia que deves estimar acima de tudo o que é digno de estima. E vê, bela Leonisa, que ora te dou aquele que sempre tiveste na memória. Agora, sim, quero que minha atitude seja considerada como generosidade. Em comparação a isso, o oferecimento de todos os meus bens, minha vida e minha honra não é nada. Recebe-a, oh, venturoso mancebo, recebe-a! E se tens capacidade para perceber seu imensurável valor, então podes considerar-te o homem mais venturoso da Terra. Além de Leonisa, vou te dar também tudo quanto me couber das riquezas que o céu nos deu; e creio que serão mais de trinta mil escudos. Tudo isso poderás desfrutar com liberdade, tranquilidade e descanso. E reza ao céu para que assim seja, por longos e felizes anos. Quanto a mim, desventurado, já que ficarei sem Leonisa, de bom grado ficarei pobre, pois a quem falta Leonisa, a vida sobra.

Então Ricardo calou-se, como se sua língua estivesse travada. Mas logo em seguida, antes que alguém falasse, ele o fez:

— Valha-me Deus! Como os trabalhos difíceis perturbam o entendimento! Eu, senhores, com meu desejo de fazer o bem, não me dei conta do que disse, pois não é possível ser generoso com o que não nos pertence. Que direito tenho eu sobre Leonisa, para entregá-la a outro?

Ou: como posso oferecer aquela que está tão longe de ser minha? Leonisa é dona de si mesma, de tal modo que, se lhe faltassem os pais (que vivam felizes por muitos anos), não haveria mais ninguém que pudesse se opor à sua vontade. E se as obrigações que, sendo honesta como é, Leonisa certamente pensa que me deve, puderem servir de empecilho à sua vontade, desde já quero apagá-las, cancelá-las e extingui-las de uma vez. Portanto, retiro o que eu mesmo disse. Nada darei a Cornélio, pois não posso fazer isso. Confirmo apenas o oferecimento dos meus bens a Leonisa. E não quero outra recompensa, senão que ela considere verdadeiras as minhas sinceras intenções; que acredite que estas nunca se dirigiram nem se voltaram para outro ponto, senão o da sua incomparável honestidade, seu grande valor e sua infinita beleza.

Ricardo calou-se. E Leonisa respondeu desta maneira:
— Se pensas, oh, Ricardo, que concedi alguns favores a Cornélio, no tempo em que andavas apaixonado e morto de ciúme de mim, pensa também que o fiz de maneira tão honesta quanto guiada pela vontade e ordem dos meus pais que, desejosos de que ele se tornasse meu esposo, permitiam que eu os fizesse. Se isso te satisfaz, também te satisfará o que a experiência te mostrou, a meu respeito, no que toca à minha honestidade e recato. Digo isso para que saibas, Ricardo, que sempre fui minha, que nunca me sujeitei a ninguém senão a meus pais, a quem agora suplico humildemente que me deem permissão e liberdade para dispor daquilo que tua imensa coragem e generosidade me deram.

Os pais de Leonisa responderam que sim, que lhe davam permissão, pois confiavam em seu bom senso, sabendo que ela o usaria de modo que sempre resultasse em sua honra e em seu benefício.

— Pois com essa permissão — prosseguiu a sensata Leonisa —, creio que ninguém levará a mal minha desenvoltura nem me tomará por mal-agradecida. E assim, oh, valente Ricardo, minha vontade, que até o momento era reservada, confusa e cheia de dúvidas, declara-se a teu favor. Pois saibam os homens que nem todas as mulheres são ingratas. Sou tua, Ricardo. E tua serei até a morte... Se é que já não conheces alguém melhor, que te mova a negar a mão de esposo que agora te peço.

Diante dessas palavras, Ricardo, como que fora de si, não soube nem pôde responder a Leonisa. Caindo de joelhos diante dela, tomou-lhe firmemente as mãos, beijando-as muitas vezes, banhando-as em ternas e amorosas lágrimas...Lágrimas que Cornélio também derramou, mas por desgosto; que os pais de Leonisa também derramaram, por alegria; e que todas as pessoas presentes derramaram, por admiração e contentamento. Estava também presente o bispo, ou arcebispo, da cidade que, abençoando Ricardo e Leonisa, levou-os ao templo e, dispensando as exigências do tempo,[54] celebrou ali mesmo o casamento. A alegria espalhou-se por toda a cidade, como mostraram, naquela noite, as muitas e festivas luzes dispostas nas casas e calçadas. Por muitos dias ocorreram jogos e comemorações promovidas pelos familiares de Ricardo e de Leonisa. Mahamut e Halima reconciliaram-se com a Igreja. E Halima, impossibilitada de cumprir seu desejo, que era tornar-se esposa de Ricardo, contentou-se em desposar Mahamut. Com sua generosidade e com a parte que lhe coube dos despojos, Ricardo deu aos pais e aos sobrinhos de Halima o suficiente para que vivessem bem. Todos, enfim, ficaram felizes, livres e satisfeitos. A fama de Ricardo, ultrapassando os limites da Sicília, chegou a todos os cantos da Itália e a muitos outros lugares, tornando-o conhecido como o amante generoso, fama que perdura até hoje, através dos muitos filhos que ele teve com Leonisa, que foi um exemplo raro de discrição, honestidade, recato e beleza.

---

[54] Referência aos proclamas, que devem ser anunciados com antecedência para que o casamento se realize.

RINCONETE E CORTADILLO

Na Estalagem do Molinillo,[1] situada nos confins dos famosos campos de Alcúdia, no caminho de Castela a Andaluzia, num dia quente de verão, encontraram-se por acaso dois rapazes que aparentavam catorze, quinze anos, mas nem um nem outro tinha mais do que dezessete. Tinham beleza e graça, mas estavam bem maltrapilhos, em seus trajes rotos e surrados. Capa, não possuíam. Os calções eram de tecido rústico e a própria pele lhes servia de meias que, a bem da verdade, combinavam com os sapatos: um calçava alpargatas já muito desgastadas; o outro, estropiados sapatos de luxo que, já quase sem solas, mais lhe serviam de castigo do que de calçado. Um deles trazia na cabeça um gorro verde, de caçador.[2] Outro, um chapéu raso, sem fita, de aba larga e caída. Um trazia às costas, bem cingida ao peito, uma trouxa improvisada com uma camisa cor de camurça, tendo uma das mangas bem repuxada, servindo-lhe de alça. O outro vinha de mãos vazias e sem alforjes, embora trouxesse um grande volume junto ao peito que, tal como se verificou depois, era uma gola do tipo chamado valona,[3] tão suja que parecia engomada em sebo; e tão rota e desfiada que mais parecia um trapo. Nessa gola o jovem guardava um baralho de formato oval, pois as quinas das cartas, de tanto uso e manuseio, tinham se desgastado. E para que durassem mais, tinham sido recortadas naquele formato. Os dois jovens, queimados de sol, estavam com as mãos não muito limpas e as unhas muito sujas. Um trazia uma meia espada e o outro, uma faca de cabo amarelo, do tipo usado nos matadouros.

---

[1] No original, *Venta Del Molinillo* (Estalagem do Pequeno Moinho), situada no caminho entre León e Sevilha (passando por Toledo e Córdoba).

[2] No original, *montera de cazador*: peça para agasalhar a cabeça, geralmente de pano, em vários feitios, que variam de acordo com cada província. *Montera*, que é também o barrete usado pelo toureiro, vem de "montês".

[3] Gola grande, que caía sobre as costas, ombros e peito. O nome "valona" refere-se a Valônia, região da Bélgica.

Os dois saíram para fazer a sesta no vestíbulo ou alpendre que geralmente existe à entrada das estalagens. Sentaram-se frente a frente e, então, o que parecia mais velho perguntou ao mais novo:

— De que terra vem vossa mercê, senhor gentil-homem? E para onde vai?

— De minha terra, senhor cavaleiro, não sei; e tampouco sei para onde vou — respondeu o outro.

— Pois não me parece que vossa mercê tenha vindo do céu, pois lá não é lugar de se morar — disse o mais velho. — Forçosamente, é preciso seguir adiante.

— De fato — respondeu o outro. — Mas acontece que eu disse a verdade, pois minha terra não é minha, já que tenho, lá, apenas um pai que não me vê como filho e uma madrasta que me trata como enteado. Ando por aí, ao acaso. Mas bem que eu mudaria de caminho, se encontrasse quem me desse o necessário para suportar essa vida miserável.

— E tem vossa mercê algum ofício? — perguntou o mais velho.

— Não conheço outro ofício senão o de correr como uma lebre, saltar como um gamo e usar a tesoura com muita fineza — respondeu o mais jovem.

— Tudo isso é muito bom, muito útil e proveitoso — disse o mais velho. — Pois com certeza algum sacristão haverá de lhe dar as oferendas de Todos os Santos,[4] para que por ocasião da Quinta-Feira Santa vossa mercê recorte grandes flores de papel para enfeitar os altares.

— Não é essa a especialidade do meu corte — respondeu o mais jovem. — Acontece que meu pai, que pela graça do céu é alfaiate e calceiro, me ensinou a cortar *antiparas* que, tal como vossa mercê deve saber, são peças de vestir que vão dos joelhos até parte dos pés, mais conhecidas como polainas. Pois sou capaz de cortá-las tão bem que até poderia ser um mestre, não fosse pela falta de sorte que me mantém assim, degredado.

— Aos bons acontece tudo isso e um pouco mais — respondeu o mais velho. — Sempre ouvi dizer que as melhores habilidades são as mais desprezadas. Mas vossa mercê ainda tem idade para consertar seu

---

[4] As oferendas de Todos os Santos eram pão e vinho. E como no dia seguinte, Finados, rezavam-se muitas missas em intenção dos falecidos, as oferendas eram fartas. Vale lembrar que o Dia de Todos os Santos era e é em 1º de novembro, véspera de Finados. E a Quinta-Feira Santa, que antecede o Domingo de Páscoa, é em abril.

destino. E se não me engano e se não me falham os olhos, vossa mercê deve ter outras habilidades secretas, que não quer revelar.

— Tenho, sim — respondeu o mais jovem. — Mas, tal como vossa mercê bem percebeu, não quero levá-las a público.

Ao que o mais velho replicou:

— Pois posso dizer que sou a discrição em pessoa. E para convencer vossa mercê a abrir seu peito e confiar em mim, quero primeiro abrir o meu... Pois imagino que exista algum mistério por trás desse acaso que nos uniu aqui, neste lugar. E penso que devemos nos tornar amigos de verdade, desde hoje até o último dia da nossa vida. Eu, meu nobre senhor, sou natural de Fuenfrida,[5] lugar conhecido e famoso pelos ilustres passageiros que continuamente passam por lá. Meu nome é Pedro del Rincón; meu pai é homem de valor, pois é ministro da Santa Cruzada. Quero dizer que é buleiro,[6] ou *buldeiro*, como diz o povo. Acompanhei-o por algum tempo no seu ofício, que aprendi muito bem, de modo que me tornei o melhor entre os melhores buleiros. Mas chegou o dia em que me tornei mais interessado no dinheiro que vinha das bulas do que nelas próprias... Assim, peguei um saco de viagem e quando dei por mim lá estávamos, eu e ele, em Madri, onde, graças às comodidades que essa cidade geralmente oferece, em poucos dias esvaziei as entranhas do meu saco de viagem, deixando-o mais cheio de dobras do que lenço de recém-casado. Nisso, veio no meu encalço o homem responsável pelo dinheiro que eu levara. Fui preso e tratado sem muita piedade. Mas os juízes, devido à minha pouca idade, contentaram-se em me prender a uma aldrava, onde me açoitaram e depois me condenaram a um desterro de quatro anos, longe da Corte. Fui paciente, encolhi os ombros, aguentei a sentença e os açoites e então parti, para cumprir meu desterro. Saí tão apressado que nem tive tempo de procurar uma montaria. Juntei meus ricos pertences o melhor que pude, escolhendo os que me pareciam mais necessários, entre eles essas cartas de baralho, com as quais venho ganhando a vida, em todas as estalagens e hospedarias que existem, de Madri até aqui. — Nesse momento, mostrou o baralho que trazia na valona, tal como já se disse. — Costumo jogar *vinte e um* com

---

[5] Referência ao porto de Fuenfría, localizado a três léguas de Segóvia, na Serra de Guadarrama, segundo Villuga. (Sieber)

[6] Encarregado de distribuir e/ou anunciar as bulas e recolher as esmolas dadas pelos fiéis. (DRAE)

essas cartas que, embora pareçam tão reles e desgastadas aos olhos de vossa mercê, são de uma virtude maravilhosa com quem sabe entendê-las e cortá-las, bem onde estiver o ás... E se vossa mercê conhece bem esse jogo, bem pode entender a vantagem daquele que sabe, com certeza, que o ás será sua primeira carta, que poderá então lhe servir como um ponto ou onze pontos. Com essa vantagem, e depois de feitas as apostas, é certo que o dinheiro permanece na casa, ou seja, fica onde está... Além disso, aprendi com o cozinheiro de um diplomata certos truques para o jogo da *quínola*[7] e do *parar*,[8] também conhecido como *andaboba*. E assim como vossa mercê pode se considerar um mestre no corte das suas polainas, também eu posso me considerar um mestre na ciência vilhanesca.[9] Com isso, posso caminhar na certeza de que não morrerei de fome, pois mesmo nos ranchos mais pobres sempre haverá quem queira jogar um pouco, para passar o tempo. E podemos, nós dois, fazer agora mesmo uma experiência: vamos armar a rede para ver se pegamos algum passarinho, entre esses arrieiros que estão por aqui. Ou seja: vamos fingir que estamos jogando *vinte e um*, muito a sério. E se alguém quiser ser o terceiro jogador... será o primeiro a perder seu dinheirinho.

— Muito bem! — disse o outro. — Estou muito grato a vossa mercê pela mercê que me fez, prestando contas de sua vida, pelo que me sinto obrigado a nada lhe ocultar da minha, que vou resumir em breves palavras: nasci num lugar piedoso, situado entre Salamanca e Medina do Campo.[10] Meu pai, que é alfaiate, ensinou-me seu ofício. Aprendi a usar a tesoura e, unindo essa habilidade à minha inteligência, comecei a cortar bolsas. Entediado com a vida tacanha do povoado e com o desafeto da minha madrasta, resolvi partir. Deixei meu povoado e fui a Toledo para praticar meu ofício, no qual tenho feito maravilhas. Pois não há relicário fino nem algibeira tão escondidos que meus dedos não alcancem e minhas tesouras não cortem, ainda que sejam vigiados com

---

[7] Jogo de baralho cujo lance principal é a *quínola*, que consiste em reunir quatro cartas de um mesmo naipe. Quando mais de um jogador consegue a *quínola*, ganha aquele que fizer mais pontos, de acordo com o valor das cartas.
[8] Jogo de baralho em que se tira uma carta para o(s) jogador(es) e outra para a banca. Ganha quem primeiro fizer par com as cartas que vão sendo tiradas do monte. No caso de empate, ganha a banca.
[9] O baralho teria sido inventado por Vilhán, homem de origem desconhecida. (Sieber)
[10] Esse "lugar piedoso" seria Mollorido, local da residência episcopal de Salamanca. (Sieber)

olhos de Argos.[11] Nos quatro meses que passei naquela cidade, jamais fui encurralado, nem surpreendido, nem perseguido pela polícia, nem delatado por algum alcaguete. É verdade que uns oito dias atrás um olheiro da justiça comentou sobre essa minha habilidade com o corregedor que, admirador das minhas boas qualidades, quis me conhecer. Mas eu que, por ser humilde, evito o convívio com pessoas tão importantes, preferi não vê-lo. E, assim, parti da cidade com tanta pressa que não tive tempo de arranjar um cavalo, nem dinheiro e nem um coche ou, ao menos, uma carroça.

— Vamos esquecer tudo isso — disse Rincón. — Agora que já nos conhecemos, não temos motivos para grandeza ou orgulho. Confessemos, francamente, que não tínhamos dinheiro e nem sequer um par de sapatos.

— Que assim seja — respondeu Diego Cortado, pois assim se apresentou o mais jovem. — E para que nossa amizade, tal como disse vossa mercê, Senhor Rincón, seja perpétua, vamos começá-la com santas e louváveis cerimônias.

Levantando-se, Diego Cortado abraçou Rincón, que retribuiu o gesto, terna e estreitamente. Em seguida, os dois começaram a jogar *vinte e um*, com o baralho já mencionado, livres de qualquer preocupação, mas não da sujeira das cartas e da malícia, de modo que depois de algumas rodadas, Cortado já sabia muito bem como tirar um ás do baralho, tal como Rincón, seu mestre.

Nisso, um arrieiro que saiu da estalagem para o alpendre, a fim de respirar ar fresco, pediu para participar do jogo. Diego Cortado e Rincón o acolheram com muito boa vontade e, em menos de meia hora, levaram-lhe doze reais e vinte e dois maravedis... O que, para ele, foi como levar doze golpes de lança e vinte e duas mil ofensas. Acreditando que ambos, por serem muito jovens, não saberiam se defender, o arrieiro tentou tirar-lhes o dinheiro. Mas um sacou sua meia espada e, o outro, a faca de cabo amarelo... Com isso, deram-lhe tanto trabalho que, se não fosse por seus companheiros, que saíram para ajudá-lo, o arrieiro teria passado bem mal, sem dúvida alguma.

Naquele momento, passou casualmente pela estrada um grupo de cavaleiros viajantes que pretendiam fazer a sesta na Estalagem do Alcaide, situada a meia légua de distância. Ao verem a briga do arrieiro

---

[11] Ver nota 10 da novela "A Ciganinha".

com os dois jovens, tentaram apaziguá-los. E disseram aos dois que, caso estivessem a caminho de Sevilha, poderiam acompanhá-los.

— É para lá mesmo que vamos — disse Rincón. — E serviremos vossas mercês em tudo o que nos mandarem.

Sem mais demora, saltaram à frente das mulas e lá se foram, com os viajantes, deixando para trás o arrieiro ofendido e furioso... E a dona da estalagem bastante admirada com a fineza dos malandros, pois estivera ouvindo a conversa de ambos, sem que eles percebessem. E quando contou ao arrieiro que usavam um baralho marcado, este, exasperado, só faltou arrancar a barba... Queria ir atrás dos dois, até a Estalagem do Alcaide, para reaver seu dinheiro. Sentia-se profundamente ofendido e achava absurdo que um homenzarrão como ele pudesse ter sido enganado por dois malandros tão jovens. Seus companheiros o detiveram e o aconselharam a não ir, ao menos para não tornar pública sua inabilidade e estupidez. Enfim, deram-lhe tantos motivos que, se não serviram de consolo, ao menos o convenceram a ficar.

Enquanto isso, Cortado e Rincón tanto se empenharam em servir aos viajantes, que pelo resto do caminho foram levados na garupa. E embora surgissem oportunidades de remexer as bagagens de seus circunstanciais patrões, nem Cortado nem Rincón delas se aproveitaram, pois não queriam perder aquela boa e propícia ocasião de viajar a Sevilha, aonde tanto desejavam chegar.

Mas quando entraram na cidade, à hora da Ave-Maria, pela Porta da Aduana[12] — onde é preciso registrar e pagar uma taxa sobre as mercadorias transportadas —, Cortado não pôde resistir à tentação de cortar a bagagem que um viajante francês trazia à garupa de sua montaria. E, assim, usando a faca de cabo amarelo, provocou tão grande e profundo corte na bagagem que deixou à mostra suas entranhas, de onde surrupiou duas boas camisas, um relógio de sol e um caderno de anotações: coisas que, mais tarde, quando observadas de perto, não o agradaram muito, nem a Rincón. Ambos pensaram, então, que já que o francês levava aquela bagagem na garupa, devia ter mais coisas ali guardadas, além daquelas "preciosidades" que pesavam tão pouco. Até cogitaram em voltar para fazer uma nova tentativa, mas desistiram, imaginando que

---

[12] Também conhecida como "Postigo del Carbón", antes chamado "Los Azacanes". Mais tarde, foi construída uma grande e nova Aduana, concluída em 1587.

àquela altura o homem já teria dado pela falta dos pertences e certamente posto em segurança o resto de suas coisas.

Os dois se despediram (mas isso foi antes do roubo) daqueles que até ali os haviam sustentado. No dia seguinte, venderam as camisas numa tenda[13] localizada além do Arenal[14] e assim conseguiram fazer vinte reais. Depois, foram conhecer a cidade; ficaram admirados com a magnificência e suntuosidade de sua maior igreja e o intenso movimento de pessoas no rio, pois era tempo de carregamento da frota e havia ali seis galeras, cuja visão fez com que ambos suspirassem e também temessem o dia em que suas culpas acabariam por levá-los a morar nas galés por toda a vida. Depois, puseram-se a observar os muitos rapazes que por ali passavam, carregando grandes cestos. Perguntaram a um deles sobre aquele ofício, se era muito trabalhoso e quanto rendia.

Respondeu um rapaz asturiano, a quem fizeram a pergunta, que o ofício não exigia muito esforço nem pagamento de impostos. E que às vezes conseguia lucrar cinco ou seis reais num só dia, com os quais comia e bebia como um rei, livre de patrão a quem prestar contas e na certeza de poder comer quando bem quisesse e a qualquer hora, pois alimentos não faltavam em hora alguma, nem mesmo na menor bodega da cidade.

Não pareceu nada má, aos dois amigos, a resposta do asturiano. Tampouco se desagradaram do trabalho, que — oferecendo a vantagem de entrar e sair livremente das casas — vinha a calhar para que ambos pudessem exercer seu verdadeiro ofício, com toda proteção e segurança. Logo resolveram comprar todo o material necessário àquele trabalho, para o qual não precisavam de prática nem de exame. Perguntaram ao asturiano o que deveriam comprar e ele respondeu: dois pequenos sacos de pano, limpos ou novos. E, para cada um, três cestos de palha, dois grandes e um pequeno, para carregar a carne, o pescado e as frutas. Quanto ao pão, carregava-se no saco de pano. O jovem asturiano levou-os até o local onde se vendiam esses materiais. Com o dinheiro da venda da bagagem roubada do francês, ambos compraram todo o necessário e, em duas horas, experimentando o melhor jeito de manejar os cestos e os sacos de pano, Rincón e Cortado graduaram-se naquele novo ofício.

---

[13] No original, *malbaratillo* (também *baratillo*): ponto situado no Arenal, onde eram vendidas roupas baratas e vários tipos de bugigangas. (Ver Glossário)

[14] Arenal (Areal): esplanada entre as muralhas da cidade e a margem esquerda do Guadalquivir, entre a Porta de Triana e a Torre del Oro. A Porta do Arenal era uma das várias entradas da cidade, ao longo de seus muros.

Seu guia avisou-os sobre os lugares aonde deveriam ir, para trabalhar: pela manhã, ao Açougue e à Praça de São Salvador;[15] nos dias de pesca, à Peixaria e à Costanilla;[16] às tardes, ao rio; às quintas-feiras, à Feira.

Os dois memorizaram bem a lição. E no dia seguinte lá se foram, bem cedo, à Praça de São Salvador. Tão logo chegaram, foram rodeados por outros carregadores que, diante dos cestos e sacos novos em folha, deduziram que ambos eram novatos no lugar. Fizeram mil perguntas, às quais Rincón e Cortadillo responderam com muita discrição e cortesia. Nisso, aproximaram-se um rapaz, que parecia estudante, e um soldado; ambos ficaram impressionados com a limpeza dos cestos dos dois novatos. O rapaz com jeito de estudante chamou Cortado e, o soldado, Rincón.

— Louvado seja Deus — disseram ambos.

— Que para o bem se inicie esse ofício que vossa mercê ora me estreia, meu senhor — disse Rincón.

— Não será má essa estreia, pois estou fazendo compras, estou apaixonado e hoje vou oferecer um banquete a umas amigas da minha amada — respondeu o soldado.

— Então compre à vontade, meu senhor, que tenho ânimo e forças para carregar esta praça inteira. E se quiser que eu o ajude a cozinhar, saiba que o farei de muito bom grado.

Alegrando-se com a graça e as boas maneiras de Rincón, o soldado disse que poderia tirá-lo daquele ofício miserável, caso ele quisesse servi-lo como criado. Rincón respondeu que aquele era seu primeiro dia de trabalho como carregador e que, portanto, não queria abandoná-lo tão depressa, não sem antes conhecer suas vantagens e desvantagens. Mas prometeu ao soldado que quando se cansasse daquele ofício tornar-se-ia seu criado, pois preferia servir a ele do que a um cônego.

O soldado riu e arrumou-lhe uma boa carga. Depois, mostrou-lhe onde ficava a casa de sua amada, para que Rincón aprendesse o caminho. Assim, na próxima vez que contratasse seus serviços, não teria de acompanhá-lo até lá. Rincón prometeu-lhe fidelidade e bom trato; depois de receber três *cuartos*[17] do soldado, voltou correndo à praça, para

---

[15] Havia duas praças junto à Igreja de São Salvador: a Praça do Pão (ao norte) e a Praça de São Salvador (ao sul). (Sieber)

[16] Costanilla: ladeira estreita e curta. Segundo Sieber, citando Rodríguez Marín, La Costanilla aqui citada "ficava próxima à Igreja de São Isidro, hoje chamada São Isidoro, e que em 1572 tinha quinze casas".

[17] Ver nota 11 da novela "A Ciganinha".

não perder outras oportunidades. Pois também isso o jovem asturiano havia ensinado a ele e Cortadillo: que quando levassem peixes miúdos — como *albures*,[18] sardinhas ou *acedías*[19] —, bem poderiam separar alguns para fazer a prova,[20] o que daria para o gasto daquele dia. Mas isso deveria ser feito com muita astúcia e cuidado, para que não perdessem a confiança do freguês, que era o que mais importava naquele ofício.

Rincón voltou à praça o mais rápido que pôde, mas Cortado também já estava de volta e, aproximando-se, perguntou-lhe como tinha se saído. Abrindo a mão, Rincón mostrou-lhe as três moedas que havia recebido. Então Cortado, levando a mão ao peito, retirou uma pequenina bolsa, que algum dia servira para carregar âmbar, e parecia bem recheada:

— Aquele ilustre estudante me pagou com essa bolsa e mais dois *cuartos*. Mas fica com ela, Rincón, pelo que possa acontecer.

Tão logo Cortado acabou de entregar a bolsa discretamente ao amigo, o estudante se aproximou, transpirando muito e profundamente perturbado. Ao ver Cortado, perguntou-lhe se acaso não tinha visto uma pequenina bolsa, com tais e tais características, contendo quinze escudos de ouro, seis reais e uns tantos maravedis em *cuartos* e *ochavos*.[21] Tendo dado falta da bolsa, queria saber se Cortado a havia pegado, enquanto o acompanhava às compras. Cortado, com incrível dissimulação, sem em nada mudar nem se alterar, respondeu:

— Só posso dizer que essa bolsa não deve estar perdida... a menos que vossa mercê não a tenha guardado bem.

— É isso mesmo, ai de mim! — respondeu o estudante. — Sem dúvida devo tê-la guardado mal, pois me foi furtada!

— Também acho — disse Cortado —, mas para tudo existe remédio, menos para a morte. O que vossa mercê deve fazer, em primeiro lugar, é ter paciência e esperança, pois não há nada como um dia depois do outro. E as coisas, do mesmo jeito que nos são dadas, nos são tomadas. Talvez, com o passar do tempo, a pessoa que furtou acabe se arrependendo e até devolvendo a bolsa a vossa mercê, ainda mais recheada do que já estava.

---

[18] *Albur*: o mesmo que *mújol*, peixe semelhante à tainha. (Ver Glossário)
[19] Peixe semelhante ao linguado.
[20] A pessoa encarregada de servir comida e bebida aos reis e aos grandes senhores era obrigada a *hacerles la salva*, ou seja, a provar de ambas, para assegurar que não estavam envenenadas.
[21] Ver nota 11 da novela "A Ciganinha".

— Não seria preciso tanto — respondeu o estudante.

Cortado continuou:

— E ainda mais que hoje existem essas cartas paulinas[22] e essa boa diligência, que é mãe da boa ventura. Mas, para dizer a verdade, eu não queria ser a pessoa que levou a tal bolsa, pois seria como ter cometido um incesto, ou um sacrilégio... Isso, se vossa mercê pertencesse a alguma Ordem religiosa.

— Um sacrilégio, sem dúvida! — disse o angustiado estudante. — Pois embora eu não seja um clérigo, sou sacristão de umas monjas. A bolsa continha o terço da renda de uma capelania, que um sacerdote, meu amigo, me encarregou de cobrar; é dinheiro sagrado e bendito.

— Pois quem furtou que se dane — disse Rincón, entrando na conversa. — Eu é que não queria estar no lugar dessa pessoa, pois no dia do Juízo Final todos terão de prestar contas. E aí é que serão elas! E então saberemos quem foi que se atreveu a tomar, furtar e menoscabar a renda da tal capelania. Mas diga-me, senhor sacristão, por sua vida, quanto isso rende por ano?

— Rende a puta que me pariu! Tenho lá disposição para pensar em rendas, agora? — respondeu o sacristão, tomado pela cólera. — Se souber alguma coisa sobre o roubo, diga, irmão. Caso contrário, fique com Deus, pois preciso espalhar essa notícia.

— Nada má essa providência — disse Cortado. — Mas que vossa mercê não se esqueça de nenhuma característica da bolsa nem da quantia exata que há dentro dela. Pois se vossa mercê errar, por uma moedinha que seja, nunca mais conseguirá recuperá-la, pode ter certeza.

— Quanto a isso, não há o que temer — respondeu o sacristão. — Pois tenho aquela bolsa na memória, mais do que os toques dos sinos. Não errarei no menor detalhe. — E tirou do bolso um lenço rendado, com o qual limpou o suor que lhe escorria do rosto, como que de um alambique.

Mal viu o lenço, Cortado de tal modo encantou-se com ele que já o considerou como seu. O sacristão se afastou, mas Cortado tratou de segui-lo. Alcançou-o nas Gradas[23] e, puxando-o para um canto, começou a dizer-lhe uma porção de disparates — à moda do que chamam

---

[22] Carta ou bula de excomunhão expedida nos tribunais pontifícios, com o objetivo de descobrir algo que supostamente teria sido roubado ou oculto, com más intenções. (Ver Glossário)

[23] Escada da Catedral de Sevilha. (Ver Glossário)

bernardices[24] — sobre o furto da bolsa e a possibilidade de encontrá-la, dando-lhe boas esperanças, mas sem concluir jamais os argumentos, de tal forma que o pobre sacristão o escutava, aturdido. E como não conseguia entender o que Cortado dizia, pedia-lhe que repetisse cada argumento duas ou três vezes.

Fitando-o atentamente, Cortado não tirava os olhos dos seus. O sacristão fitava-o da mesma maneira, como se estivesse sob o efeito de algum encantamento, o que propiciou a Cortado a chance de concluir sua obra: sutilmente, furtou o lenço do bolso do sacristão e, já se despedindo, disse-lhe que o encontrasse à tarde, naquele mesmo local. Pois desconfiava que um rapaz — que era do mesmo tamanho que ele, que exercia o mesmo ofício e era um tanto malandrinho — tinha furtado a bolsa. E prometeu que iria saber a verdade, dentro de poucos ou muitos dias.

Essa promessa deu um pouco de alento ao sacristão, que se despediu de Cortado que, por sua vez, foi ao encontro de Rincón, que a tudo havia assistido, a meia distância. Um pouco além, outro carregador também observava tudo, inclusive o modo como Cortado entregava o lenço a Rincón. E aproximando-se de ambos, perguntou:

— Digam-me, caros senhores, vossas mercês vêm por bem ou por mal?

— Não entendemos o que vossa mercê quer dizer, caro senhor — respondeu Rincón.

— Como não, senhores múrcios?[25] — replicou o rapaz.

— Não somos de Tebas nem de Múrcia — disse Cortado. — Se vossa mercê quer alguma coisa, diga logo. Se não, vá com Deus!

— Não entendem o que quero dizer? — disse o rapaz. — Pois já lhes darei a entender e a beber, numa colher de prata.[26] Quero saber, senhores, se vosssas mercês são ladrões. Mas por que estou perguntando, se já sei que são? Agora, me digam: por que não foram à aduana do Senhor Monipódio?[27]

— Paga-se imposto para roubar, nesta terra, meu caro senhor? — disse Rincón.

---

[24] Fanfarronada: "São argumentos que nem atam nem desatam e que nada significam. Quem os diz, pretende, com sua dissimulação, enganar aquele que o ouve." (Sieber)

[25] Na gíria, "ladrões". (Ver Glossário)

[26] A colher de prata era símbolo de prosperidade. No contexto, o jovem asturiano quer dizer que vai explicar claramente.

[27] *Monipodio* (alteração de "monopólio") significa "convênio de pessoas que se associam e confabulam para fins ilícitos". (DRAE)

— Mesmo que não se pague, ao menos é preciso apresentar-se perante o Senhor Monipódio, que é pai, mestre e protetor dos ladrões. Portanto, eu os aconselho a virem comigo, para prestar-lhe obediência. E não se atrevam a furtar sem a permissão dele, pois isso lhes custará muito caro.

— Pensei que furtar fosse um ofício liberal, sem obrigações de impostos e taxas. E que se tivesse algum custo, seus fiadores seriam a própria garganta e as costas de quem se arrisca — disse Cortado. — Mas já que é assim, já que todo lugar tem seus costumes, vamos respeitar os desta cidade, que por ser a mais importante do mundo, terá também os mais apropriados costumes. Portanto, pode vossa mercê nos levar até esse cavaleiro de quem nos falou. E olhe que, pelo que ouvi dizer, já estou imaginando que seja pessoa muito qualificada, generosa e de grande habilidade no seu ofício.

— Qualificado, hábil e competente! — respondeu o rapaz. — Tanto, que nesses quatro anos em que tem sido nosso pai e chefe, apenas quatro de nós padeceram no *finibusterrae*, uns trinta foram *envesados* e sessenta e dois foram para as *gurapas*.[28]

— Na verdade, entendemos tanto dessas palavras quanto de voar, senhor — disse Rincón.

— Vamos andando, que no caminho explicarei o significado dessas e de outras palavras que os senhores devem aprender de cor e salteado — replicou o jovem asturiano.

E assim, no decorrer da conversa (que não foi curta, já que o caminho era longo), foi mencionando e esclarecendo outros termos, que eles chamam *germanescos* ou *da germanía*.[29]

— Vossa mercê porventura é ladrão? — perguntou Rincón.

— Sim — respondeu o rapaz —, para servir a Deus e às pessoas de bem, embora não seja dos mais experientes, pois ainda estou no ano de noviciado.

— Que haja ladrões no mundo para servir a Deus e às pessoas de bem... Isso é novidade para mim — disse Cortado.

— Senhor, eu não me meto em *tologias*[30] — respondeu o rapaz. — O que sei é que cada um pode louvar a Deus, no seu ofício, e ainda mais com o método de Monipódio, que organiza muito bem seus afilhados.

---

[28] *Finibusterrae*: forca; *envesados*: açoitados; *gurapas*: galés, galeras. (Ver Glossário)
[29] Jargão, gíria dos malandros e rufiões.
[30] Teologias.

— Sem dúvida deve ser um método bom e santo, já que faz com que os ladrões sirvam a Deus — disse Rincón.

— É tão bom e santo — replicou o rapaz — que nem sei se ainda resta alguma coisa para ser aprimorada na nossa arte. Por ordem de Monipódio, devemos separar uma parte de tudo que roubarmos para dar como esmola, ou pagar o azeite para a lâmpada de uma imagem muito venerada que fica na cidade. De fato, temos recebido grandes benefícios por essa boa ação... Pois há alguns dias deram três *ânsias* a um *quatreiro* que *murciou* dois *roznos*. E mesmo estando fraco, padecendo de febre quartã, sofreu os tormentos sem cantar, como se tudo não passasse de nada. E nós, seus colegas de ofício, achamos que isso se deu por conta da boa devoção que ele tinha, pois suas forças não eram suficientes para sofrer sequer o *primeiro desconcerto* do carrasco. E como já sei que os senhores vão me perguntar o significado de algumas dessas palavras que acabei de dizer, vou logo explicando que *quatreiro* é ladrão de quadrúpedes; *ânsia* é o tormento do véu; *roznos*, com perdão da má palavra, são *asnos*; *primeiro desconcerto* são os primeiros apertos que o verdugo dá às cordas, na tortura. E tem mais: costumamos rezar o terço durante a semana. Muitos de nós não roubamos às sextas-feiras, nem conversamos, aos sábados, com qualquer mulher que se chame Maria.

— Tudo isso me parece uma preciosidade — disse Cortado. — Mas conte-me: há outros tipos de penitência ou de restituição, além desses que vossa mercê falou?

— Quanto à restituição, não há conversa — respondeu o rapaz. — Pois isso é impossível, inclusive porque o produto do roubo é dividido em muitas partes; cada oficiante e cada contraente leva a sua... E assim, nós, os ladrões, os primeiros a roubar, nada podemos restituir; mesmo porque ninguém nos manda fazer essa diligência, simplesmente porque nunca nos confessamos. Tampouco tomamos conhecimento de cartas de excomunhão, pois nunca estamos presentes quando essas cartas são lidas e anunciadas a todos, já que costumamos ir à igreja somente nos dias de jubileu,[31] pela boa oportunidade de ganho que a presença de tanta gente propicia.

---

[31] Entre os cristãos católicos, indulgência plenária, solene e universal, concedida pelo papa a intervalos regulares e, por vezes, em ocasiões de aniversários e fatos religiosos importantes. Em espanhol, também significa entrada e saída frequente de muitas pessoas numa casa ou em outro local: no caso, na igreja. (Houaiss e DRAE)

— E, apesar de tudo, dizem esses senhores que essa vida é boa e santa? — perguntou Cortadillo.

— Mas o que há de mal em tudo isso? — replicou o rapaz. — Pior é ser herege, ou renegado, ou matar o pai e a mãe, ou ser *solomico*...

— Vossa mercê quer dizer *sodomita* — disse Rincón.

— Foi o que eu disse — respondeu o rapaz.

— Todas essas coisas são muito ruins — disse Cortado. — Mas já que nosso destino quer nos ver nessa confraria, que vossa mercê apresse o passo, pois estou morto de vontade de conhecer o Senhor Monipódio, de quem tantas virtudes se contam.

— Seu desejo logo será realizado, pois daqui mesmo já podemos avistar a casa dele — disse o rapaz. — Vossas mercês me esperem junto à porta, enquanto entro para saber se o Senhor Monipódio está desocupado, pois ele costuma atender a esta hora.

— Que seja uma boa hora — disse Rincón.

Adiantando-se um pouco, o rapaz entrou numa casa, não de muito boa, mas de muito má aparência. Rincón e Cortado ficaram esperando junto à porta. O rapaz logo retornou para chamá-los. Os dois entraram e então seu guia mandou que esperassem num pequeno pátio ladrilhado, que de tão limpo e polido parecia verter o mais puro carmim.[32] De um lado havia um banco de três pés e, de outro, um cântaro com a boca lascada, tendo por cima um pequenino jarro, não menos desgastado do que o cântaro. Havia também uma esteira de palha e, no centro, um vaso de manjericão, que em Sevilha é chamado *maceta*.

Os dois jovens observavam atentamente os móveis e objetos da casa, enquanto esperavam pelo Senhor Monipódio. E, como este demorasse, Rincón atreveu-se a entrar numa das duas salas baixas que havia no pátio. Ali viu uma grande arca, sem tampa ou qualquer outra cobertura, e três esteiras de palha espalhadas pelo chão. Numa parede, duas espadas de esgrima e dois escudos de cortiça pendiam de quatro pregos. Na parede em frente, uma imagem de Nossa Senhora, dessas bem mal impressas. Um pouco abaixo, pendia um cesto de palha e, incrustada na parede, uma bacia branca. Rincón deduziu que o cesto servia de cofre para esmolas, e a bacia, de pia de água benta... E era verdade.

---

[32] Em espanhol, *carmín* também significa roseiral silvestre, cujas flores são dessa cor.

Nisso, chegaram à casa dois jovens de cerca de vinte anos que, pelos trajes, pareciam estudantes. Pouco depois, chegaram dois jovens carregadores e um cego. Sem trocar uma palavra, começaram a passear pelo pátio. Não tardou muito para que chegassem dois homens velhos usando trajes negros, como de luto, e óculos que lhes emprestavam um ar grave, digno e respeitável. Cada um deles trazia nas mãos um rosário, cujas contas produziam sons, quando manipuladas. Depois deles chegou uma velha mulher — trajando várias e longas saias, umas sobre as outras — que, sem nada dizer, foi até a sala e, molhando os dedos na água benta, ajoelhou-se diante da imagem com intensa devoção. Depois de beijar o chão por muitas vezes e erguer os braços e olhos para o céu outras tantas (o que levou um bom tempo), a velha mulher ergueu-se, deixou uma esmola no cesto e saiu para o pátio, juntando-se aos outros. Resumindo, em pouco tempo reuniram-se no pátio cerca de catorze pessoas de diversos ofícios e trajes. Entre os últimos que chegaram, havia dois bravos e bizarros rapazes de longos bigodes, chapéus de aba larga, golas à moda valona, meias de cor, que se avolumavam sob as ligas mal colocadas. Portavam espadas além da marca[33] e, em vez de punhal, cada um trazia uma pequena pistola e um escudo pendente da cintura. Logo que entraram, olharam de esguelha para Rincón e Cortado, demonstrando que não os conheciam e que estranhavam a presença de ambos ali. Aproximando-se, perguntaram se pertenciam à confraria. Rincón respondeu que sim e que estavam à disposição para servi-los.

Chegou então o momento em que o Senhor Monipódio, tão esperado quanto prezado por toda aquela virtuosa companhia, desceu ao pátio. Parecia ter entre quarenta e cinco e quarenta e seis anos, era alto de corpo, moreno de rosto, tinha uma densa barba negra, sobrancelhas espessas, bem unidas, e os olhos fundos. Usava uma camisa entreaberta, por onde se revelava um bosque: tão densos eram os pelos que lhe cobriam o peito. Trajava uma capa de baeta que lhe chegava quase até os pés, calçados nuns sapatos desprovidos de calcanhar, semelhantes a chinelos. Cobriam-lhe as pernas umas calças largas e longas,[34] de linho rústico, que chegavam até os tornozelos. Seu chapéu era de copa alta e aba larga, tal como o da maioria dos bandidos. Trazia uma tira de couro a tiracolo,

---

[33] Espadas proibidas, maiores do que as permitidas por lei.
[34] No original, *zaragüelles*: calças largas, com pregas, que fazem parte do típico traje valenciano e murciano. Na linguagem coloquial também significa calças largas e malfeitas.

atravessada sobre o peito, da qual pendia uma espada larga e curta, como as de Perrillo.[35] Tinha mãos curtas, peludas. Os dedos, gordos. As unhas, longas e deformadas. As pernas não estavam à mostra, mas os pés eram descomunais, largos e deformados por grandes joanetes. Com efeito, ele parecia o bárbaro mais rude e disforme desse mundo. Vinha acompanhado pelo rapaz que havia conduzido Rincón e Cortado até ali e que, puxando ambos pela mão, apresentou-os, dizendo:

— São esses os bons rapazes de quem falei, meu Senhor Monipódio; se vossa mercê examinar os dois, verá que são dignos de entrar na nossa congregação.

— Farei isso com muito prazer — respondeu Monipódio.

Esqueci-me de dizer que, assim que Monipódio desceu ao pátio, todos os que o aguardavam fizeram uma profunda e prolongada reverência, exceto os dois bravos que, meio com desdém,[36] como se diz entre eles, tiraram o chapéu e logo retomaram seu passeio, por um lado do pátio. Do outro lado passeava Monipódio, que perguntou aos novatos sobre o ofício que exercem, a terra de onde vinham e quem eram seus pais.

— O ofício já está dito, pois aqui estamos, perante vossa mercê — respondeu Rincón. — Quanto à pátria, não me parece muito importante revelar e tampouco o nome dos meus pais; essa informação não é necessária, já que não estamos aqui para receber um hábito honroso.[37]

— Tem toda razão, meu filho — respondeu Monipódio. — É mais do que certo preservar essas informações; pois se a sorte não correr como deve, não ficaria bem que um escrivão registrasse, no livro de entradas: "Fulano, filho de Fulano, natural de tal lugar, foi enforcado ou açoitado nesta data", ou algo semelhante que, no mínimo, soa mal aos nossos bons ouvidos. De modo que torno a dizer que é um procedimento bem proveitoso calar o nome da pátria, dos pais e também mudar o próprio nome, embora não deva existir, entre nós, qualquer tipo de segredo. E agora, finalmente, quero saber o nome dos dois.

Rincón disse como se chamava e Cortado também.

---

[35] *Perrillo*: Um espadeiro mourisco, que tinha esse apelido, adotou-o também como marca para suas espadas, cuja fama atravessou os tempos. (Sieber)

[36] No original, *a medio magate*: referência à expressão *medio mogate*, que é uma cobertura vitrificada, porém grosseira ou malfeita, que os fabricantes de utensílios de barro aplicam aos produtos. Por extensão, significa algo malfeito, ou feito com descaso.(Sieber)

[37] Para entrar em alguma ordem de cavaleiros, era preciso informar a filiação, como prova de que se tinha o "sangue limpo", sem parentesco com ciganos, judeus e mouros. (Ernani Ssó)

— Pois daqui por diante quero, e é da minha vontade, que Rincón se chame *Rinconete* — disse Monipódio. — E Cortado, *Cortadillo*. Esses nomes combinam perfeitamente com a vossa idade e com nossas leis, segundo as quais é necessário saber o nome dos pais dos nossos confrades, pois temos o costume de, todos os anos, mandar rezar algumas missas pela alma dos nossos mortos e benfeitores, sendo que o *estupendo*[38] é descontado de uma parte do que roubamos. Dizem que essas missas, devidamente rezadas e pagas, convertem-se em *naufrágio*[39] para essas almas e em graças para os nossos benfeitores, que são: o procurador que nos defende; o aguazil que nos avisa; o verdugo que de nós se compadece; aquele que ao ver um de nós fugindo pela rua, seguido pelos gritos de "pega ladrão, pega ladrão!", entra no meio da multidão e diz: "Deixem esse coitado, que tão farta desgraça carrega! Deixem que se vá e que o castigue seu pecado!" Também são nossas benfeitoras aquelas mulheres que com o suor do seu trabalho nos socorrem, tanto no cárcere quanto nas galés. E além delas, nossos pais, que nos trazem ao mundo, bem como o escrivão que, se estiver de boa veia, não verá delito que mereça culpa, nem culpa que mereça uma grande pena. Graças a toda essa gente, celebramos a cada ano o *adversário*[40] da nossa irmandade, com a maior *popa* e *soledade*.[41]

— Com certeza tudo isso é obra digna da altíssima e profundíssima inteligência que, segundo ouvimos dizer, vossa mercê possui! — disse Rinconete, já confirmado em seu novo nome. — Mas nossos pais estão vivos; e se tornarmos a vê-los, ainda nesta vida, logo comunicaremos a esta felicíssima e intercessora confraria, para que pelas suas almas seja feito esse *naufrágio* ou *tormenta*, ou esse *adversário* de que vossa mercê falou, com a *pompa* e *solenidade* de costume, se é que não será melhor fazer com *popa e soledade*, como também disse vossa mercê no seu discurso.

— Assim será e que eu me dane se não for — replicou Monipódio.
— E chamando o rapaz que havia servido de guia para Rinconete e Cortadillo, disse: — Ganchuelo, vem cá. Os vigias já estão a postos?

---

[38] Monipodio quer dizer *estipêndio*: pagamento que o fiel faz ao sacerdote, para que reze uma missa em determinada intenção.

[39] A intenção é dizer sufrágio: no contexto, "rogo, por meio de oração ou obra pia, pela alma de [um] morto". (Houaiss)

[40] Aniversário.

[41] Pompa e solenidade.

— Sim — respondeu o guia, pois seu nome era Ganchuelo. — Temos três sentinelas. Não há perigo de alguém nos pegar de surpresa.

— Então — disse Monipódio —, voltando ao nosso assunto, filhos, gostaria de saber o que sabeis fazer, para que eu vos possa dar o ofício e as tarefas de acordo com vossas vocações e habilidades.

— Eu — respondeu Rinconete — conheço uns poucos floreios e truques de baralho; entendo bem o *retén*; tenho bons olhos para o *humillo*, sei jogar bem o *solo*, cortar bem o monte, em quatro e em oito; não me escapam o *raspadillo*, a *verrugueta* e o *comillo*; sinto-me em casa com a *boca de lobo* e me atreveria a fazer um *tercio de chanza* melhor do que um *tercio* de Nápoles; e a dar um *astillazo* ao mais esperto dos jogadores, melhor do que dois reais emprestados.[42]

— Já é um começo... — disse Monipódio — Mas esses truques são como velhas flores de alfazema: já conhecidos por todos, e tão usados, que não há jogador principiante que não os saiba. Só servem mesmo para enganar os muito, muito bobos, que se deixam levar por qualquer coisa. Mas o tempo vai passar e então veremos... Vamos acrescentar meia dúzia de lições a esses fundamentos e, assim, espero em Deus que havereis de ficar famoso nesse ofício, quem sabe até chegar a mestre.

— Tudo será para servir a vossa mercê e aos senhores confrades — respondeu Rinconete.

— E vós, Cortadillo, o que sabeis fazer? — perguntou Monipódio.

— Eu — respondeu Cortadillo — sei aquele truque que se chama *mete dois e tira cinco*;[43] sei dar conta de uma algibeira com muita precisão e destreza.

— E o que mais sabeis? — disse Monipódio.

— Nada mais, senhor, por meus grandes pecados — respondeu Cortadillo.

— Não vos aflijais, filho — disse Monipódio —, pois chegastes a um porto, a uma escola onde não vos anegareis e de onde saireis muito bem preparados para tudo o que mais vos convier. E quanto ao ânimo, filhos, como estais?

— Como podemos estar, senão muito bem? — respondeu Rinconete — Temos ânimo para cumprir qualquer tarefa que precise de nossa arte e de nosso ofício.

---

[42] Referências a vários truques de baralho, para enganar outros jogadores. (Ver Glossário)
[43] Meter dois dedos na algibeira alheia para roubar moedas.

— Muito bem — replicou Monipódio —, mas eu gostaria que tivésseis também ânimo para sofrer, se preciso fosse, meia dúzia de *ânsias* sem abrir o bico e sem dizer palavra.

— Já sabemos o que quer dizer *ânsia*, Senhor Monipódio — respondeu Cortadillo. — E para tudo isso temos ânimo. Pois não somos tão ignorantes a ponto de não saber que a goela paga pelo que diz a língua. E grande graça concede o céu ao homem destemido, por assim dizer, que deixa a cargo da sua língua o poder de decidir sobre sua vida ou sua morte. Como se um *não* tivesse mais letras do que um *sim*!

— Chega! Não precisa mais! — exclamou Monipódio. — Só por essas vossas palavras já estou convencido, obrigado, decidido e forçado a vos considerar, desde já, como confrades veteranos e dispensados do primeiro ano de noviciado, que é obrigatório.

— Tenho a mesma opinião — disse um dos bravos.

Todos os que haviam escutado a conversa concordaram, a uma só voz. E pediram a Monipódio que desde já concedesse e permitisse aos dois novatos gozar das imunidades da confraria, pois a agradável presença e a boa conversa de Rinconete e Cortadillo mereciam tudo.

Monipódio respondeu que, para alegria geral, a partir daquele momento as concedia. E recomendava aos dois que dessem muito valor a essa graça, que consistia na dispensa de pagar à confraria parte do primeiro furto que fizessem e também na dispensa de cumprir pequenas tarefas, ao longo daquele ano, tais como levar dinheiro de contribuintes a algum irmão veterano, fosse no cárcere ou em sua casa. Podiam, também, tomar vinho puro e fazer banquetes quando, como e onde quisessem, sem pedir licença ao chefe da confraria; podiam ainda participar, desde já, da divisão dos roubos dos irmãos veteranos, tal como qualquer um deles. Havia ainda outras vantagens, muito bem explicadas por Monipódio, com palavras bem comedidas, que ambos receberam com muita gratidão.

Nisso, um rapaz entrou correndo, no pátio. Muito assustado, disse:

— O aguazil dos vagabundos está vindo para cá, mas sem a tropa.

— Que ninguém se aflija — disse Monipódio. — Pois é um amigo e nunca vem aqui para nos prejudicar. Sosseguem, que sairei para falar com ele.

Todos se acalmaram, pois já estavam um tanto sobressaltados. Monipódio foi até a porta, onde conversou por alguns momentos com o aguazil e logo tornou a entrar.

— Quem ficou encarregado da Praça de São Salvador, hoje? — perguntou.

— Eu — disse o guia.

— E por que não me contou sobre uma pequena bolsa de âmbar que lá foi perdida, contendo uns quinze escudos de ouro e uns tantos reais e não sei quantos maravedis?

— É verdade que hoje deram falta dessa bolsa, por lá. Mas não a roubei e nem imagino quem pode ter feito isso.

— Não admito qualquer tipo de trapaça! — disse Monipódio. — A bolsa tem de aparecer, a pedido do aguazil, que é nosso amigo e nos presta mil favores por ano!

O rapaz tornou a dizer que nada sabia sobre a bolsa. Monipódio começou a se enfurecer, de tal maneira que seus olhos pareciam lançar chispas.

— Que ninguém se atreva a quebrar, por mínima que seja, qualquer regra da nossa Ordem, pois isso lhe custará a vida! Quero ver essa bolsa agora mesmo! E se alguém escondeu esse roubo, para não pagar os direitos da Confraria, ou se já gastou alguma parte do que a bolsa continha, eu mesmo completarei o que falta, tirando do meu próprio bolso, pois de qualquer modo o aguazil terá de ir embora satisfeito.

O rapaz tornou a jurar e a se lamentar, dizendo que não havia roubado a bolsa, que nem sequer a tinha visto. Mas isso só serviu para acirrar a fúria de Monipódio e fazer com que toda a confraria se alvoroçasse por ver abalados seus estatutos e sua boa organização.

Diante de tanto discórdia e alvoroço, Rinconete achou por bem tranquilizar e dar uma alegria ao seu chefe, que estava prestes a explodir de raiva. Aconselhou-se com seu amigo Cortadillo e, como ambos chegassem a um acordo, pegou a bolsa que era do sacristão e disse:

— Vamos acabar com essa questão, meus senhores. Aqui está a bolsa, com seu conteúdo intocado, que o aguazil veio reclamar. Foi meu amigo Cortadillo quem a furtou hoje, juntamente com um lenço que pertencia ao mesmo dono e veio de brinde.

Pegando o lenço, Cortadillo mostrou-o a todos. Ao vê-lo, Monipódio disse:

— Cortadillo, *o Bom*! Que daqui por diante seja este o seu título e apelido! Pode ficar com o lenço, que eu ficarei com a alegria por esse bom serviço prestado! Que o aguazil leve a bolsa para o sacristão, que é seu parente. E convém cumprir aquele refrão que diz: "Se deres uma coxa a quem te deu a galinha inteira, não terás feito muito." Pois aquele bom aguazil sabe dissimular mais em um só dia do que todos nós costumamos, ou podemos, em cem!

De comum acordo, todos aprovaram a fidalguia dos dois novatos, bem como a sentença e opinião do chefe, que saiu para entregar a bolsa ao oficial. Assim, Cortadillo ganhou o título de *Bom*, como se fosse Dom Alonso Pérez de Guzmán, *o Bom*, que atirou sua faca sobre os muros de Tarifa para que degolassem seu único filho.[44]

Quando Monipódio voltou, veio acompanhado por duas moças muito maquiadas, com os lábios bem corados e o peito coberto de alvaiade, usando mantos de *anascote*,[45] muito desenvoltas e atrevidas: claros sinais de que vinham do prostíbulo, tal como Rinconete e Cortadillo deduziram ao vê-las. E não estavam enganados. Ambas entraram e, de braços abertos, uma se dirigiu a Chiquiznaque e outra a Maniferro, pois estes eram os nomes dos dois bravos. Maniferro assim se chamava por ter uma mão de ferro no lugar da que lhe fora cortada, por ordem da justiça. Cada um dos bravos abraçou sua dama com grande regozijo, perguntando-lhes se traziam algo para molhar a garganta.

— Mas como poderia faltar uma coisa dessas, meu malandro? — respondeu uma delas, chamada Gananciosa.[46] — Daqui a pouco chegará Silbatillo, teu criado,[47] com uma cesta cheia de coisas mandadas por Deus.

De fato, assim aconteceu, pois logo em seguida entrou no pátio um rapaz trazendo uma grande cesta, coberta por um lençol.

Todos se alegraram com a chegada de Silbato. Monipódio mandou que buscassem uma esteira de palha num dos aposentos e a estendessem no meio do pátio. Depois, mandou que todos se sentassem ao redor da esteira, pois, agora que sua cólera havia passado, era momento de tratar de outros assuntos. Nisso, a velha que estivera rezando diante da imagem disse:

---

[44] Referência a Alonso Pérez de Guzmán, El Bueno, nobre e guerreiro, que perdeu seu filho durante o cerco a Tarifa, em Cádiz. (Ver Glossário)

[45] Tecido usado para confecção dos hábitos de várias ordens religiosas. Segundo Rodriguez Marín, havia uma ordem, em Sevilha, para que as mulheres dos prostíbulos usassem mantos negros, desse tecido, quando saíssem às ruas. (Sieber)

[46] *Ganância*, em espanhol, significa lucro, ganho. Para nós, em português, tem também esse sentido, embora o principal seja o da ambição.

[47] No original, *trainel*: criado que serve ao rufião e/ou à prostituta. (Sieber) Seu nome, ou apelido, *Silbatillo*, é diminutivo de *silbato*, que significa "apito".

— Monipódio, filho, não estou para festas; faz dois dias que venho sofrendo umas vertigens e umas perturbações que me deixam a ponto de enlouquecer. Além disso, antes do meio-dia devo cumprir minhas devoções e acender minhas velinhas a Nossa Senhora das Águas[48] e ao Santo Crucifixo de Santo Agostinho,[49] coisa que eu não deixaria de fazer por nada, nem se caísse uma tempestade de vento e neve. Vim aqui porque ontem à noite Renegado e Centopiés[50] levaram à minha casa uma cesta um pouco maior do que esta, cheia de roupas brancas. E juro por Deus e pela minha alma que as roupas vinham com cinza[51] e tudo, que os pobrezinhos não devem ter tido tempo de tirar. Estavam suando em bicas quando chegaram. Senti tanta pena ao vê-los daquele jeito, ofegantes, com o rosto lavado de suor, parecendo dois menininhos! Disseram-me que estavam atrás de um criador de gado, que tinha pesado alguns carneiros no açougue, para ver se conseguiam roubar uma bolsa enorme cheia de reais que ele carregava. Confiantes na integridade do meu caráter, não chegaram a retirar nem a contar as peças de roupa que havia na cesta. E assim, que Deus atenda meus bons desejos e nos livre a todos das mãos da justiça, pois sequer toquei a cesta, que está tão inteira como quando foi feita.

— Acredito em tudo isso, senhora minha mãe — respondeu Monipódio. — Que a cesta fique onde está. Irei até lá ao anoitecer, para ver o que contém. E darei a cada um a parte que lhe couber, bem e fielmente, como é meu costume.

— Que seja como ordenastes — respondeu a velha. — E como já está ficando tarde, dai-me um traguinho, se tiverdes, para consolar esse estômago tão fraco e carente de um golinho, como sempre.

— Pois logo bebereis, minha mãe! — disse Escalanta, pois assim se chamava a companheira da Gananciosa. Afastando o pano que cobria a cesta, deixou à vista um odre que comportava bem uns vinte e cinco litros de vinho; e também outra vasilha, revestida de cortiça, na qual cabiam dois litros ou mais. Escalanta encheu-a de vinho e entregou-a à devotíssima velha que, tomando-a com ambas as mãos, soprou a espuma e disse:

---

[48] A imagem de Nossa Senhora das Águas ficava na Igreja Paroquial de São Salvador. A santa era boa intercessora "para alcançar, de Deus, a graça da chuva em época de seca." (Sieber)

[49] Esse crucifixo era às vezes tirado da Igreja de Santo Agostinho e levado a outra, para que as pessoas o venerassem, pedindo ou agradecendo por alguma graça recebida.

[50] Centopeia.

[51] Cinza resultante da barrela, método usado para alvejar tecidos.

— É muito vinho, Escalanta, minha filha, mas Deus me dará forças para beber tudo. — Aproximando os lábios, passou a bebida da vasilha para o estômago, de um só fôlego, sem sequer respirar. Por fim, disse: — Este vinho vem de Guadalcanal,[52] e ainda tem um vago gosto de gesso, o senhorzinho... Deus a console, minha filha, assim como me consolaste, embora eu tema que esse vinho me faça mal, pois ainda não comi nada hoje.

— Não fará mal, minha mãe — respondeu Monipódio —, porque esse vinho tem três anos.

— Assim espero, com a graça da Virgem — respondeu a velha. E acrescentou: — Vede, meninas, se por acaso tendes aí algum trocado, para eu comprar minhas velinhas, pois saí com tanta pressa e aflição para trazer essa notícia sobre a cesta de roupas brancas, que esqueci minha bolsa em casa.

— Eu tenho, Senhora Pipota (pois era este o nome da boa velha) — disse Gananciosa. — Aqui estão dois *cuartos*. Compre uma velinha para mim e acenda-a na devoção de São Miguel. E se puder comprar duas, acenda a outra para São Brás. Esses dois são meus santos protetores. Queria que acendesse outra para Santa Luzia, por quem também tenho devoção, já que ela é protetora dos olhos, mas não tenho mais trocados; virá o dia em que terei o bastante para cumprir minha devoção com todos.

— E farás muito bem, filha. Mas vê lá se não estás sendo miserável. Pois é muito importante que uma pessoa acenda suas velas antes de morrer, em vez de esperar que os herdeiros ou o testamenteiro façam isso por ela.

— Falou muito bem a mãe Pipota — disse Escalanta. Levando a mão à bolsa, deu-lhe outro *cuarto*, recomendando que acendesse mais duas velinhas aos santos que lhe parecessem mais eficientes e agradecidos.

Com isso a velha Pipota partiu, dizendo:

— Alegrai-vos, filhos, agora que tendes tempo. Pois um dia virá a velhice e nela chorareis os momentos perdidos na mocidade, como eu hoje choro. Encomendai-me a Deus nas vossas orações, pois vou fazer o mesmo por mim e por vós. Que Ele nos livre e nos conserve em nosso perigoso ofício, sem sustos com a Justiça. — E se foi.

Depois da saída da velha Pipota, todos se sentaram ao redor da esteira. Gananciosa estendeu o lençol, improvisando uma toalha.

---

[52] Local famoso por seus vinhos, especialmente pelo vinho branco.

O primeiro alimento que tirou da cesta foi um grande maço de rabanetes, seguido por quase duas dúzias de laranjas e limões e, logo depois, uma grande caçarola cheia de bacalhau frito. Em seguida, tirou meio queijo de Flandres, uma porção de excelentes azeitonas, um prato de camarões e uma grande quantidade de caranguejos temperados com alcaparras cozidas em molho picante (para estimular a sede), além de três alvíssimas fogaças de Gandul.[53] Havia cerca de catorze comensais naquele almoço e todos pegaram suas facas de cabo amarelo, exceto Rinconete, que pegou sua meia espada. Aos dois velhos de baeta e ao guia coube servir o vinho, na vasilha revestida de cortiça.

Mal haviam começado a devorar as laranjas, quando fortes golpes na porta deixaram todos em sobressalto. Monipódio ordenou que se acalmassem; entrando na sala de teto baixo, tomou um escudo, levou a mão à espada e caminhou até a porta. Num tom de voz alto e ameaçador, perguntou:

— Quem está aí?

De fora, responderam:

— Ninguém, Senhor Monipódio... Sou eu, Tagarete; estou de sentinela nesta manhã. Vim avisar que Juliana, a Cariharta,[54] está chegando, toda desgrenhada e chorosa; deve ter lhe acontecido alguma desgraça.

Nisso chegou, soluçando, a tal moça. Percebendo sua presença, Monipódio abriu a porta e ordenou a Tagarete que voltasse a seu posto e que dali por diante anunciasse lá o que fosse, mas com mais calma e menos barulho. O rapaz disse que assim faria. Então a Cariharta, moça do mesmo feitio e ofício das outras, entrou. Vinha descabelada, com o rosto marcado de golpes. Tão logo entrou no pátio, caiu desmaiada. Gananciosa e Escalanta apressaram-se em socorrê-la e, abrindo-lhe os botões da roupa, na altura do peito, descobriram marcas de espancamento, já arroxeadas. Jogaram-lhe água no rosto e ela voltou a si, bradando em alta voz:

— Que a justiça de Deus e do rei caia sobre aquele ladrão descarado, aquele covarde trapaceiro, aquele patife cheio de piolhos! E pensar que o salvei da forca em tantas ocasiões, muito mais numerosas do que os pelos que ele tem na barba! Ah, pobre de mim! Vejam por quem perdi, por quem gastei minha mocidade e a flor dos meus melhores anos... Por um velhaco desalmado, facínora e incorrigível!

---

[53] Os pães de Gandul eram os de melhor qualidade que se podia encontrar em Sevilha.
[54] Cara redonda, cara de lua cheia.

— Calma, Cariharta, pois aqui estou para fazer justiça! — disse Monipódio. — Conta-nos sua desgraça, pois vejo que estás mais interessada em contá-la do que em vingá-la. Diz o que aconteceu com teu protetor.[55] Se foi alguma coisa grave, e se quiseres vingança, tudo o que tens a fazer é dar com a língua nos dentes.

— Meu protetor? Que protetor? — replicou Juliana. — Mais protegida estaria eu no inferno do que com aquele que é leão entre as ovelhas e cordeiro entre os homens. Com ele haveria eu de comer pão em mesas cobertas por finos mantéis, com ele haveria eu de me deitar em um? Antes ter meu corpo destroçado por chacais, que me deixariam justamente como estou agora! — Erguendo as saias até os joelhos, e depois um pouco mais acima, mostrou as pernas cheias de hematomas. — Assim me deixou aquele ingrato do Repolido,[56] justo ele, que me deve mais do que à mãe que o pariu! — continuou. — E sabei por que ele fez isso? Ora! Acaso dei a ele motivos para tanto? Decerto que não! Aconteceu que ele estava jogando e perdendo... E então mandou Cabrillas, seu criado, me pedir trinta reais. Mas só lhe mandei vinte e quatro, que ganhei com tanto trabalho e esforço que rogo ao céu que por conta disso me dê um desconto nos meus pecados. Mas Repolido achou que furtei uma parte desse dinheiro que, lá na sua imaginação, ele achava que eu devia ter. E como paga pela minha cortesia e boa ação, hoje de manhã me levou até o campo, atrás da Huerta del Rey[57] e lá, entre as oliveiras, me desnudou. E tirando o cinturão, sem nem mesmo recolher a fivela (ah, que entre grilhões e ferros eu o veja!), me deu tamanha surra que quase me matou. Da veracidade dessa história são boas testemunhas essas marcas que estais vendo.

Aqui voltou a erguer a voz, aqui voltou a pedir justiça, prometida uma vez mais por Monipódio e todos os bravos que ali se encontravam.

Tomando-lhe a mão, num gesto de consolo, Gananciosa disse que de bom grado daria o que possuísse de mais precioso, em troca de uma briga assim entre ela e seu bem-amado.

— Pois quero que saibas, irmã Cariharta, se é que já não sabes, que só se castiga a quem bem se ama — disse Gananciosa. — E se esses

---

[55] No original, *con tu respecto*: na gíria, *tu respecto* significa "teu companheiro". Referência ao *rufião*, homem que vive à custa de uma prostituta a quem protege ou simula proteger.

[56] Janota, almofadinha, afetado.

[57] Local situado nos arredores de Sevilha.

velhacos nos batem, açoitam e humilham, é porque nos adoram. Se assim não fosse... Confessa-me uma verdade, jurando por tua vida: depois de te surrar e ferir, Repolido não te fez alguma carícia?

— Alguma? — respondeu a chorona. — Repolido me fez cem mil carícias e teria dado um dedo da própria mão para que eu fosse com ele para a sua pousada. Tive até a impressão de que as lágrimas quase lhe saltavam dos olhos, depois daquela surra.

— Não duvido! — replicou Gananciosa. — Ele bem choraria de remorso ao ver o estado em que te deixou, Cariharta. Homens desse tipo, nesses casos, ficam livres da culpa quando se arrependem. E podes apostar, irmã, que ele virá te buscar hoje mesmo, antes de irmos embora. E te pedirá perdão pelo que aconteceu, rendido como um cordeiro.

— Na verdade — respondeu Monipódio —, esse covarde não entrará por essa porta, se não cumprir antes uma penitência pelo delito que cometeu. Como pôde ter a ousadia de pôr as mãos no rosto e no corpo de Cariharta, que pode perfeitamente competir em limpeza e ganância com a própria Gananciosa, que aqui está e que já nem sei como elogiar mais?

— Ai, Senhor Monipódio! — disse, a essa altura, Juliana. — Que vossa mercê não fale mal daquele maldito! Pois, por pior que seja Repolido, eu o amo mais que ao meu próprio coração! E as palavras que minha amiga Gananciosa disse a favor dele trouxeram-me a alma de volta ao meu corpo. Tanto, que estou prestes a ir procurá-lo.

— Se queres um conselho, isso não farás — disse Gananciosa. — Pois ele vai ficar cheio de si, vai te fazer desaforos, vai te tratar com desdém, como se fosses um corpo sem vida. Calma, irmã, que ele logo chegará arrependido, como já te disse. E, se não vier, escreveremos umas coplas[58] para ele amargar.

— Sim, isso mesmo! — disse Cariharta. — Tenho mil coisas para escrever a ele.

— Se for preciso, eu serei o secretário — disse Monipódio. — Embora nada tenha de poeta, um homem, quando se arvora a escrever, consegue fazer duas mil coplas assim, com a maior facilidade.[59] E se as coplas não saírem a contento, tenho um amigo barbeiro, grande poeta, que bem

---

[58] Poesia popular espanhola, com estâncias curtas e métrica variável, geralmente cantada com acompanhamento de música improvisada. (Aurélio)
[59] No original, *en daca los pajes* (por dá cá aquela palha): coisa que se consegue fazer sem esforço e com brevidade. Em português, essa expressão significa coisa de pouca importância.

pode nos ajudar, até nos encher as medidas. E agora vamos acabar o que já começamos no almoço, que depois tudo se ajeitará.

Juliana ficou muito contente por obedecer ao chefe; todos voltaram ao seu *gaudeamus*[60] e logo se depararam com o fundo da cesta e com o fundo do odre, coberto pela borra do vinho. Os velhos beberam *sine fine*.[61] Os moços, fartamente. As senhoras, à vontade. Depois, os velhos pediram licença para partir, o que Monipódio logo concedeu, recomendando que dessem notícias sobre tudo o que lhes parecesse útil e conveniente à comunidade. Os velhos responderam que sim, que ficariam bem atentos; e se foram.

Rinconete, com seu caráter curioso, depois de pedir licença e perdão a Monipódio, perguntou-lhe de que servia à confraria contar com dois personagens tão idosos, tão sisudos e bem-apessoados. Monipódio, com seu jargão e maneira de falar, respondeu que eles eram olheiros.[62] Sua função era andar durante o dia, por toda a cidade, para ver as casas nas quais seria possível entrar para, durante a noite, fazer algum assalto. Também seguiam aqueles que recolhiam dinheiro da Contratação, ou Casa da Moeda, para ver onde o levavam e o guardavam. Quando descobriam, verificavam a espessura das paredes do local e marcavam o ponto mais conveniente para fazer *guzpátaros* — que são buracos — e assim facilitar a entrada. Em resumo, disse que os dois eram de tanta ou de maior utilidade quanto todos os outros membros da irmandade. E que ficavam com um quinto dos roubos que intermediavam, tal como ocorria com Sua Majestade, que ficava com a quinta parte de todos os tesouros encontrados por seus súditos. E que, apesar disso, eram homens sinceros e muito honrados, de boa vida e boa fama, tementes a Deus e à sua consciência, pois assistiam à missa diariamente com singular devoção.

— E alguns desses homens são tão comedidos, principalmente esses dois que acabaram de sair, que se contentam com muito menos do que, segundo nossas leis, a eles caberia. Há outros dois que são carregadores. E como às vezes trabalham em mudanças, conhecem as entradas e saídas de todas as casas da cidade; sabem quais podem nos ser proveitosas e quais não.

---

[60] Do latim, *gaudeāmus*: alegremo-nos. Festa, comemoração, com fartura de comes e bebes. (DRAE)

[61] Do latim, *sem fim*. No contexto, *sem parar*.

[62] No original, *abispones*. (Ver Glossário)

— Tudo isso me parece uma preciosidade — disse Rinconete. — Também eu gostaria de ser de alguma utilidade para esta tão famosa confraria.

— O céu sempre favorece os bons desejos — disse Monipódio.

Estavam nessa conversa, quando alguém bateu à porta. Monipódio foi averiguar e, ao perguntar quem era, recebeu a seguinte resposta:

— Abra vossa mercê, Senhor Monipódio! Sou eu, Repolido!

Ao ouvir aquela voz, Cariharta ergueu a sua aos céus, dizendo:

— Que vossa mercê não abra, Senhor Monipódio! Não abra a porta para esse marinheiro de Tarpeia,[63] esse tigre de Ocaña![64]

Nem por isso Monipódio deixou de atender Repolido. Então Cariharta levantou-se correndo e entrou na sala dos escudos. Fechando a porta, disse, aos brados:

— Tirem da minha frente esse monstro mal-encarado, esse verdugo de inocentes, esse terror das pombas caseiras![65]

Maniferro e Chiquiznaque seguravam Repolido, que a todo custo queria entrar na sala onde estava Cariharta. Como não o deixavam fazê-lo, ele dizia, do lado de fora:

— Já chega, minha desgostosa querida! Peço-te, por tua vida, que te acalmes, pois em breve serás uma mulher casada.

— Casada, eu, malvado? — respondeu Cariharta. — Vejam em que tecla ele foi tocar! Bem querias que fosse contigo, mas prefiro mil vezes ser mulher de um cadáver do que tua!

— Eh, boba! — replicou Repolido. — Vamos acabar com isso, pois já é tarde. E não te gabes muito por me ver tão manso e rendido! Pois juro, em nome do Criador, que se me subir a cólera como me subiu lá no campanário, a recaída será pior do que a queda! Agora humilha-te, vamos todos nos humilhar, e não dar de comer ao demônio!

— Pois eu bem que daria um banquete ao demônio, para que te levasse a um lugar onde nunca mais meus olhos te vissem — disse a Cariharta.

---

[63] No original, *marinero de Tarpeya*: referência aos primeiros versos de um romance (poema) de autor anônimo. (Ver Glossário)

[64] *Tigre de Ocaña* (Ocaña, cidade entre Madri e Toledo) em vez de *tigre de Hircânia*, região da antiga Pérsia (hoje Irã), ao sul e ao sudeste do Mar Cáspio — que também se chamava Mar Hircânio —, célebre por seus tigres e pela rudeza de seus habitantes. (Lello)

[65] No original, *palomas duendas*: literalmente, pombas domésticas, caseiras. Na *germanía*, refere-se às prostitutas. Ainda na gíria, *paloma* também significa lençol, roupas de cama.

— Eu não falei? — disse Repolido. — Já entendi, por Deus, senhora![66] Olha que daqui a pouco vou jogar tudo por terra e aí seja o que Deus quiser!

Nisso, Monipódio interveio:

— Não permito exageros na minha presença! A Cariharta vai sair, não por ameaças, mas por amor a mim e tudo ficará bem. Pois as brigas entre aqueles que se amam são causa de grande alegria, no momento de fazer as pazes. Ah, Juliana! Ah, menina! Ah, minha Cariharta! Vem aqui fora, faz isso por mim, que farei com que Repolido te peça perdão de joelhos.

— Se Repolido fizer isso — disse Escalanta —, todas nós ficaremos ao seu lado e pediremos a Juliana que saia da sala e venha cá.

— Se for para pedir perdão e depois ser humilhado, não me renderei perante esse exército de pícaros e desvalidos — disse Repolido. — Mas se for para dar esse gosto a Cariharta, não só cairei de joelhos, como também serei capaz de cravar um prego no meio da testa, em sua honra.

Chiquiznaque e Maniferro riram, o que muito aborreceu Repolido que, julgando que riam às suas custas, reagiu com intensa cólera:

— Qualquer um que rir ou tiver vontade de rir ao ver Cariharta contra mim, ou eu contra ela; qualquer um que rir ou pensar rir do que nós dois já dissemos e ainda vamos dizer um ao outro, saiba que está e sempre estará muito enganado!

Chiquiznaque e Maniferro entreolharam-se. Pareciam tão furiosos que Monipódio percebeu que a situação acabaria mal, se ele não interviesse. Assim, pondo-se entre os três, disse:

— Parem com isso, cavalheiros; que cessem aqui as palavras pesadas, que se desfaçam entre os dentes. Pois as que já foram ditas não bastam para motivar uma briga, nem devem ser levadas a mal.

— Estamos certos de que para nós não foi nem será dita qualquer provocação — respondeu Chiquiznaque. — Mas se imaginássemos que estavam dizendo algo contra nós, saiba vossa mercê que tínhamos bem à mão o pandeiro certo para repicar.

— Nós também temos pandeiro, Senhor Chizquinaque — replicou Repolido. — E também, se for preciso, saberemos tocar os guizos. Eu já

---

[66] No original, *señora trinquete*: expressão a ser entendida no mesmo contexto de *palomas duendas*. *Trinquete*, na *germanía*, é *cama de cordeles*, uma referência ao tormento das cordas. E, por ser uma palavra semelhante a *triquete* (rangido, estalido leve), é também uma analogia ao tormento que a mulher suporta, por vezes, em seu leito de mancebia.

disse que quem folga se engana. E quem pensar diferente que me siga, que com menos de um palmo de espada provarei o que digo e tenho dito. — E assim dizendo, já estava prestes a sair pela porta afora.

Cariharta, que tudo escutava, ao sentir que Repolido, furioso, ia mesmo partir, abriu a porta da sala onde estava, dizendo:

— Segurem esse homem, não o deixem ir, ou acabará fazendo das suas! Não veem que está furioso e que em questão de valentia é como um Judas Macarelo?[67] Volta aqui, valentão do mundo e dos meus olhos!

— E barrando-lhe o caminho, agarrou-o fortemente pela capa. Com a ajuda de Monipódio, conseguiu detê-lo.

Sem saber como reagir, se deveriam enfurecer-se ou não, Chiquiznaque e Maniferro ficaram quietos, esperando pelo que Repolido faria. Este, ouvindo os pedidos da Cariharta e de Monipódio, voltou-se, dizendo:

— Um amigo não deve jamais ofender ou zombar de outro, ainda mais quando o outro está irritado.

— Aqui não há nenhum amigo que queira ofender ou zombar de outro — respondeu Maniferro. — E já que é assim, vamos nos dar as mãos, pois somos todos amigos.

— Todos falaram como bons amigos — disse Monipódio. — E como amigos devem se cumprimentar.

Todos assim fizeram, imediatamente. Escalanta, tirando um *chapín*,[68] começou a percuti-lo como se fosse um pandeiro. Gananciosa pegou uma vassoura nova, de palma, que encontrou ao acaso e, arranhando-a, produziu um som que, embora rouco e áspero, combinava com o do *chapín*. Monipódio quebrou um prato de barro e com ele fez duas *tarreñas*[69] que, postas entre os dedos e repicadas com grande presteza, faziam contraponto com o *chapín* e a vassoura.

Rinconete e Cortadillo espantaram-se com aquela nova serventia para a vassoura, coisa que jamais tinham visto. Maniferro, percebendo o que sentiam, disse-lhes:

— Estão admirados com a vassoura? Fazem muito bem, pois ainda não inventaram neste mundo uma música mais andante, mais alegre

---

[67] Referência a Judas *Macabeu*, patriota judeu. (Ver Glossário)
[68] Tipo de calçado. (Ver nota 67 da novela "A Ciganinha")
[69] Cacos de telha ou de barro cozido que, colocados entre os dedos e percutidos entre si, produzem um som semelhante ao das castanholas.

e mais barata do que esta. Sabem que ouvi dizer, outro dia, que nem o Negrofeo, que roubou Arauz do inferno; nem Marión, que montou o dorso de um golfinho e saiu do mar como se cavalgasse uma mula alugada; nem aquele outro grande músico,[70] que fez uma cidade de cem portas e cem postigos... Nenhum deles inventou um gênero melhor de música, tão fácil de aprender, tão simples de tocar, tão sem cravelhas, trastos e cordas, e tão sem precisão de afinar. Dizem que ela foi inventada por um rapaz desta cidade, que se gaba de ser um Heitor[71] na Música.

— Eu bem que acredito nisso! — respondeu Rinconete. — Mas vamos ouvir o que nossos músicos querem cantar. Parece que a Gananciosa deu sinal de que vai começar.

De fato, Monipódio havia pedido a Gananciosa que cantasse algumas conhecidas seguidilhas. Mas quem primeiro cantou foi Escalanta, com voz aguda e dramática:

>Por um rufião sevilhano em traje valão,
>Tenho em chamas todo o meu coração.

E Gananciosa continuou:

>Por um moreninho de verde,
>Qual fogosa não se perde?

E logo foi a vez de Monipódio, que acelerando o ritmo de suas castanholas de barro, disse:

>Brigam os amantes e faz-se a paz;
>Se a raiva é grande, o prazer é mais.

Cariharta não quis desfrutar seu prazer em silêncio; pegando outro *chapín*, entrou na dança e acompanhou as outras moças:

>Basta, furioso, não me açoites mais;
>Pois se bem pensares, é em teu corpo que dás.

---

[70] Negrofeo: Orfeu; Arauz: Eurídice; Marión: Arião. O grande músico é provavelmente Anfião. (Ver Glossário)

[71] Na *Ilíada*, príncipe e herói troiano, morto por Aquiles.

— Que se cante sem muitos floreios — disse àquela altura Repolido. — E não se toque em histórias passadas, que não há motivos para tanto. Que o passado fique no passado, que se tome outra vereda. E basta.

A cantoria teria ido mais longe, não fossem umas insistentes batidas à porta. E, assim, Monipódio saiu para ver quem chegava: era o sentinela, que vinha avisar que no fim da rua tinha assomado o oficial da Justiça, acompanhado por Tordillo e Cernícalo, que eram oficiais neutros, "não comprometidos" com a confraria. Ao ouvir isso, todos se alvoroçaram. Cariharta e Escalanta calçaram rápido os *chapines*, com os pés trocados. Gananciosa deixou de lado a vassoura e Monipódio, as castanholas de barro. E assim cessou a música, dando lugar a um silêncio inquieto. Chiquiznaque emudeceu, Repolido pasmou-se, Maniferro ficou imóvel. E todos, cada qual por sua vez, trataram de desaparecer, galgando lajes e telhados, para dali alcançar a rua. Jamais um tiro inesperado de arcabuz ou um trovão repentino conseguiu espantar assim um bando de pombas distraídas, tal como agora acontecia com a notícia da vinda do oficial da Justiça, causando espanto e alvoroço a toda aquela boa gente e sua singular confraria. Os dois novatos, Rinconete e Cortadillo, não sabiam o que fazer. Ficaram quietos, para ver no que daria aquela inesperada tormenta, que resultou apenas na volta da sentinela, para avisar que o oficial havia passado ao largo, sem dar mostras nem sinal de qualquer suspeita.

E enquanto ele assim dizia a Monipódio, um jovem cavalheiro aproximou-se da porta, vestido de maneira muito simples, com "roupas de bairro", como se costuma dizer. Monipódio entrou junto com ele, mandou que chamassem Chiquiznaque, Maniferro e Repolido e disse aos demais que ficassem onde estavam. Como Rinconete e Cortadillo continuavam no pátio, puderam ouvir a conversa de Monipódio com o recém-chegado cavalheiro, que indagou por que o trabalho que lhe havia encomendado fora tão mal feito. Monipódio respondeu que ainda não sabia o que fora feito... Mas que ali estava o oficial encarregado do negócio, que poderia lhe prestar contas muito bem.

Nisso, Chiquiznaque aproximou-se e Monipódio perguntou se havia cumprido a tarefa — uma cutilada de catorze pontos — que lhe fora encomendada.

— Qual? — disse Chiquiznaque. — Aquela do mercador da encruzilhada?

— Essa mesma — disse o cavalheiro.

— O que aconteceu — disse Chiquiznaque — foi que esperei pelo homem, ontem à noite, na porta de sua casa, e ele veio antes da hora das orações. Então cheguei bem perto dele, cravei os olhos no seu rosto, que era tão pequeno, que seria impossível caber ali um corte de catorze pontos. E, assim, me vi impossibilitado de cumprir o prometido e de fazer o que estava escrito na minha *destruição*...

— Vossa mercê quer dizer *instrução* — disse o cavalheiro — e não *destruição*.

— Foi isso que eu quis dizer — respondeu Chiquiznaque. — Vendo que num rosto daquele tamanho e com tão pouca quantidade de carne não caberiam os catorze pontos encomendados, e para que minha ida até lá não fosse em vão, dei a cutilada num lacaio do mercador. E posso assegurar que o corte foi muito além dos catorze pontos.

— Mais queria eu que vossa mercê tivesse dado um corte de sete ao amo do que um de catorze ao criado — disse o cavaleiro. — Enfim, a meu ver o nosso trato não foi cumprido, mas não importa. Pouca falta me farão os trinta ducados que paguei como sinal. Assim sendo, beijo as mãos de vossas mercês. — E tirando o chapéu, virou-se para sair.

Segurando-o pela capa de mescla que usava, Monipódio disse:

— Pare, vossa mercê, e trate de cumprir com sua palavra, já que nós cumprimos com a nossa, com muita honra e competência; falta a quantia de vinte ducados e vossa mercê não vai sair daqui sem pagar, em dinheiro ou coisa que o valha.

— Então vossa mercê chama de palavra cumprida... — replicou o cavalheiro — o fato de dar no criado o golpe que devia ser dado no amo?

— O senhor não é bom de contas! — disse Chiquiznaque. — E até parece que não se lembra daquele provérbio que diz "quem quer bem a Beltrão, quer bem a seu cão".

— E o que tem a ver esse provérbio com o caso? — replicou o cavalheiro.

— Tem que é o mesmo que dizer "quem quer mal a Beltrão, quer mal a seu cão" — prosseguiu Chiquiznaque. — No caso, Beltrão é o mercador. Vossa mercê o quer mal. O criado é o cão de Beltrão, de modo que dando ao cão se dá a Beltrão e a dívida fica liquidada e devidamente executada. Por isso, vossa mercê nada mais tem a fazer senão pagar logo o que nos deve, sem direito a apelação.

— Sim! Isso eu posso jurar — acrescentou Monipódio. — Chiquiznaque, amigo, até parece que suas palavras foram tiradas da minha boca. Quanto a vossa mercê, meu caro senhor, não deve se meter em picuinhas com seus servidores e amigos. Antes, aceite meu conselho e pague logo pelo trabalho feito. E se quiser que o amo leve outra facada, na devida quantidade de pontos que seu rosto comporte, pode dar isso por certo e fazer de conta que já estão curando o ferimento.

— Nesse caso — respondeu o cavalheiro —, de muito bom grado pagarei esta conta e também a outra, por inteiro.

— Pois pode vossa mercê ter certeza disso, tanto quanto tem de ser cristão — disse Monipódio. — Chiquiznaque dará a facada com tal maestria que a marca do corte parecerá de nascença.

— Pois se assim está combinado e prometido, receba esta corrente como garantia dos vinte ducados que devo e pelos quarenta que ora ofereço, pela próxima cutilada — respondeu o cavalheiro. — Esta corrente vale mil reais e talvez não baste para arrematar tudo, pois imagino que serão necessários mais de catorze pontos para curar a próxima cutilada. — Tirando do pescoço uma corrente de pequenos elos, entregou-a a Monipódio que, pela cor e pelo peso, concluiu que não era falsificada. Então, recebeu-a com grande contentamento e cortesia, pois era extremamente bem-educado. A tarefa coube a Chiquiznaque, que prometeu executá-la naquela noite. O cavalheiro se foi, muito satisfeito. Em seguida, Monipódio chamou os ausentes e apreensivos membros da confraria, que logo saíram do esconderijo. E assim, na presença de todos, Monipódio pegou um caderno de anotações que trazia no capuz da capa e entregou-o a Rinconete para que o lesse, já que ele próprio não sabia ler. Abrindo-o, Rinconete viu que a primeira página dizia:

LISTA DE FACADAS PARA ESTA SEMANA

A primeira, ao mercador da encruzilhada: vale cinquenta escudos. Já foram recebidos trinta, como sinal. Executor: Chiquiznaque.

— Acho que não há outra, filho — disse Monipódio. — Siga adiante e leia onde diz: *Rol de surras.*

Rinconete virou a página, viu que na próxima estava escrito:

ROL DE SURRAS

E mais abaixo:

Ao taberneiro da Praça da Alfalfa, doze pauladas das mais caras, valendo um escudo cada uma. Foram pagas oito, como sinal. Prazo: seis dias. Executor: Maniferro.

— Bem que se podia tirar essa tarefa do rol — disse Maniferro —, pois hoje à noite darei conta dela.
— Mais alguma, filho? — disse Monipódio.
— Sim, mais uma — respondeu Rinconete —, que diz assim:

Ao alfaiate corcunda que leva o mau nome de Silguero,[72] seis pauladas das mais caras, a pedido da dama que deixou como pagamento uma gargantilha. Executor: o Desmochado.[73]

— Muito me admira que essa tarefa ainda não tenha sido cumprida. — disse Monipódio. — Com certeza o Desmochado deve andar indisposto, pois já se passaram dois dias além do prazo e ele ainda não fez nada.
— Ontem encontrei o Desmochado, que me contou que o Corcovado[74] andou sumido porque estava doente — disse Maniferro. — Por isso ainda não pôde cumprir a tarefa.
— Acredito — disse Monipódio. — Pois considero o Desmochado tão bom no seu ofício que, se não fosse por esse motivo, já teria dado conta dessa tarefa e muito mais. E então, mocinho, alguma coisa mais?
— Não, senhor — respondeu Rinconete.
— Pois passai adiante — disse Monipódio. — E olhai onde diz: *Rol de ofensas comuns.*
Rinconete obedeceu e, em outra página, encontrou:
Rol de ofensas comuns, a saber: garrafadas,[75] unturas de miera[76], insultos, difamação, colocação de tabuletas e xingamentos como "herege", "corno"; matracas, sustos, simulação de tumultos e facadas, publicação de libelos etc.

— E o que diz, mais abaixo? — perguntou Monipódio.
Rinconete respondeu:

---

[72] Pintassilgo.
[73] Mocho.
[74] Corcunda.
[75] No original, *redomazos*: golpe dado com uma *redoma* (recipiente de vidro bojudo, que vai se estreitando até a boca), propositadamente para manchar ou sujar a vítima com seu conteúdo.
[76] *Miera*: azeite espesso, amargo e de coloração escura, obtido através da destilação do zimbro. Empregado em medicina como sudorífico e depurativo. Os pastores também o usam para curar sarna de gado. (DRAE)

— Diz: *untura de miera na casa...*

— Não tendes que ler o endereço, pois sei onde fica essa casa — disse Monipódio. — Sou eu o *tuáutem*[77] e executor dessa ninharia, pela qual já foram pagos quatro escudos de sinal, de um total de oito.

— É verdade; tudo está escrito aqui — disse Rinconete. — E, mais abaixo, *colocação de tabuleta de corno*.

— Tampouco precisais ler sobre a casa, nem onde fica — disse Monipódio. — Basta cometer a ofensa, mas sem anunciá-la publicamente, pois isso pesa demais na consciência. Ah, eu bem preferiria colocar cem tabuletas de "corno" e outros tantos sambenitos, desde que me pagassem pelo meu trabalho, a ter de dizer uma só vez, ainda que fosse àquela que me pariu.

— O executor — disse Rinconete — é Narigueta.

— Isso já foi cumprido e pago — disse Monipódio. — Vede se não há mais, pois, se não me falha a memória, deve haver aí um susto de vinte escudos; já foi paga a metade e a execução ficou por conta de toda a comunidade. Temos esse mês inteiro de prazo e a tarefa será cumprida ao pé da letra, sem que falte um nadinha sequer, e será uma das melhores coisas que já sucederam nesta cidade, em todos os tempos. Dai-me cá esse caderno, mancebo, pois sei que não há nada mais. Sei também que o movimento anda muito fraco, para o nosso ofício. Mas depois dessa fase virá outra e teremos muito mais a fazer do que imaginamos, pois não se move uma folha neste mundo, se Deus não quiser. E nós é que não vamos forçar ninguém a se vingar de ninguém, pois cada um, em sua causa, costuma se valer da própria valentia e não vai querer pagar por um trabalho que ele mesmo pode fazer com as próprias mãos.

— É verdade — disse a essa altura Repolido. — Mas veja vossa mercê, Senhor Monipódio, o que nos ordena e nos manda, pois já vai se fazendo tarde e o calor vai aumentando.

— O que todos devem fazer é voltar a seus postos — respondeu Monipódio. — E que ninguém se mude até domingo, quando nos reuniremos aqui, de novo, para repartir tudo o que cair nas nossas mãos, sem que ninguém fique no prejuízo. A Rinconete e a Cortadillo será dado como distrito, até domingo, o trecho da Torre del Oro,[78] ao sul da cidade,

---

[77] Pessoa indispensável, essencial para a realização de algum fim. (Ver Glossário)
[78] Torre de atalaia, situada à margem esquerda do Rio Guadalquivir, que fazia parte do sistema de fortificação e defesa do Alcázar de Sevilha (palácio fortificado, de origem moura). O nome Torre del Oro faz referência ao brilho dourado que sua sombra projetava nas águas do rio. Impedia o acesso ao Arenal, devido a uma via de comunicação com a Torre de la Plata, que fazia parte das muralhas de Sevilha, que defendiam o Alcázar.

até o postigo do Alcázar, onde poderão trabalhar, confortavelmente sentados, com seus truques e floreios... Pois já vi outros, bem menos hábeis do que eles, fazerem mais de vinte reais por dia, em dinheiro miúdo, além do graúdo, com um só baralho, e isso com quatro cartas a menos. Ganchoso ensinará aos dois onde fica esse distrito, e mesmo que eles se estendam até San Sebastián e Santelmo,[79] pouco importa, embora, por justiça, ninguém deva invadir o território de ninguém.

Rinconete e Cortadillo beijaram as mãos de Monipódio, em sinal de gratidão pelo privilégio que estavam recebendo. Dispuseram-se a praticar seu ofício bem e fielmente, com total diligência e recato.

Foi então que Monipódio, tirando do capuz um papel dobrado, contendo a lista dos membros da confraria, entregou-o a Rinconete para que ali escrevesse seu nome e o de Cortadillo. Mas, como não havia tinteiro à mão, disse-lhe que o levasse consigo e que na primeira botica que encontrasse arranjasse tinta para escrever o seguinte:

"Rinconete e Cortadillo: confrades. Noviciado: nenhum. Rinconete: truques de baralho. Cortadillo: furtos." E que anotasse também o dia, mês e ano, sem mencionar o nome dos pais de cada um nem a terra natal.

Nisso, entrou um dos velhos olheiros e disse:

— Venho avisar a vossas mercês que agora mesmo encontrei, nas Gradas, o Lobillo, de Málaga. Ele me contou que tem aprimorado sua arte de tal maneira que mesmo com um baralho limpo é capaz de ganhar dinheiro do próprio Satanás. E que, por não estar apresentável, não virá hoje para registrar sua presença e prestar a costumeira obediência, mas que no domingo estará aqui sem falta.

— Sempre achei que Lobillo seria único na sua arte, pois tem as melhores e mais habilidosas mãos que se podem desejar nesse trabalho — disse Monipódio. — Pois um homem, para ser bom profissional, tanto precisa de boas ferramentas para praticar seu ofício como de boa inteligência para aprender.

— Também encontrei, numa estalagem da Rua de Tintores,[80] o Judeu vestido de padre — disse o velho. — Ele foi pousar lá porque soube de dois *peruleros*[81] que estão morando naquela estalagem. E queria ver se conseguia jogar com eles, ainda que fosse por pouca quantia... Mas dali

---

[79] Paróquias de Sevilha.
[80] Rua dos Tingidores.
[81] Pessoas que vinham do Peru para a Espanha, especialmente as que traziam muito dinheiro. Um *perulero* "é aquele que chegou rico "das Índias" do Peru". (Sieber)

pode vir muito mais. O Judeu também disse que não faltará à reunião no domingo, quando virá prestar contas.

— Esse Judeu também é grande e tem vasto conhecimento — disse Monipódio. — Mas faz dias que não o vejo e isso não é nada bom para ele. Se não se emendar, vou acabar com a alegria dele, pois esse velhaco não tem mais prestígio para usar batina do que o Turco nem sabe mais latim do que minha mãe. Mais alguma novidade?

— Não — disse o velho. — Não que eu saiba.

— Então, que seja — disse Monipódio. — Recebam vossas mercês essa miséria. — E repartiu, entre todos, cerca de quarenta reais. — E que ninguém falte no domingo, quando tudo o que for roubado até lá será justamente repartido.

Todos agradeceram. Repolido e Cariharta tornaram a se abraçar, assim como Escalanta e Maniferro, Gananciosa e Chiquiznaque. E combinaram de se encontrar naquela noite, depois do trabalho, na casa da Pipota. Monipódio disse que também iria até lá, para averiguar o caso da cesta de roupas brancas. E que logo haveria de cumprir a untura de *miera*, para então riscar essa encomenda da lista. Abraçou Rinconete e Cortadillo, deu-lhes sua bênção e dispensou-os, recomendando que jamais tivessem um local fixo para dormir ou ficar, pois assim convinha à boa saúde de todos. Ganchoso acompanhou-os até seus postos, recomendando que não faltassem no domingo, pois, pelo que sabia, Monipódio pretendia dar-lhes uma lição sobre assuntos referentes à arte de ambos. Depois partiu, deixando os dois companheiros muito admirados com tudo que tinham visto.

Rinconete, embora muito jovem, tinha bom gênio e boa inteligência. Como havia acompanhado seu pai no trabalho das bulas, sabia como falar e se expressar bem. E pensando no linguajar de Monipódio e dos demais de sua companhia e comunidade, sentia vontade de rir, ainda mais quando diziam *per modo de naufrágio* em vez de *per modum sufragii*;[82] ou tirar um *estupendo* em vez de um *estipêndio* de tudo o que era roubado; ou quando a Cariharta tinha chamado Repolido de marinheiro de Tarpeia e tigre de *Ocaña*, em vez de *Hircânia*. Mas achara especialmente engraçado Cariharta dizer que o céu lhe daria um desconto ao cobrar seus pecados, por conta do trabalho que tivera para ganhar os vinte e

---

[82] "A modo de naufrágio" em vez de "a modo de sufrágio".

quatro reais para dar a Repolido... E outros mil disparates, semelhantes ou piores do que esse. Sobretudo, admirava-se da certeza e confiança de todos os membros da confraria, que acreditavam que iriam para o céu, se não falhassem no cumprimento de suas devoções... Justo eles, que cometiam tantos furtos, homicídios e ofensas a Deus. E ria-se também da Pipota, aquela boa velhota, que deixava em casa uma cesta roubada para acender velas aos pés dos santos, acreditando que assim iria para o céu, de sapato e tudo. Não se admirava menos da obediência e do respeito que todos devotavam a Monipódio, um homem bárbaro, rude e desalmado. Pensava em tudo o que tinha lido no caderno de anotações de Monipódio e nas tarefas em que todos se ocupavam. Por fim, pensava exageradamente na tão precária justiça daquela célebre cidade de Sevilha, onde viviam, quase à vista de todos, pessoas tão perniciosas e tão contrárias à própria natureza. Assim, pensou em propor ao seu companheiro que não levassem muito tempo naquela vida tão perdida e tão ruim, tão cheia de sobressaltos, tão livre e dissoluta. Mas, apesar disso, devido à sua pouca idade e experiência, continuou naquela vida por mais alguns meses, nos quais sucederam coisas que pediriam uma narrativa mais longa. Assim, deixemos para uma próxima ocasião o relato de sua vida e suas façanhas — e as de seu mestre Monipódio —, bem como de outros fatos referentes aos membros daquela infame academia, pois todos serão de grande relevância e poderão servir de exemplo e aviso a quem ler.

A ESPANHOLA INGLESA

Entre os despojos que os ingleses levaram da cidade de Cádiz, um cavaleiro inglês chamado Clotaldo, capitão de uma esquadra de navios, levou a Londres uma menina de mais ou menos sete anos de idade. E o fez à revelia e sem o conhecimento do Conde de Leste[1] que, com grande diligência, mandou que procurassem a menina e a devolvessem aos pais, que tinham ido até ele para se queixarem da falta da filha e pedir-lhe — já que ele se contentava em tomar os bens e deixar livres as pessoas — que não os deixasse tão desvalidos a ponto de, além de pobres, ficarem também sem a menina, que era a luz de seus olhos e a mais bela criatura de toda a cidade.

O conde mandou um aviso a todos os membros de sua armada: quem estivesse com a menina deveria devolvê-la, sob pena de perder a própria vida. Mas nem penas nem temores foram suficientes para que Clotaldo obedecesse, pois era ele quem mantinha a menina escondida em sua embarcação. O fato era que estava encantado, embora de maneira cristã, pela incomparável beleza de Isabel: assim se chamava a menina. Por fim, os pais, tristes e inconsoláveis, acabaram sem a filha. E Clotaldo, feliz a mais não poder, chegou a Londres e entregou a bela menina, riquíssimo despojo, à sua mulher.

Quis a boa sorte que todas as pessoas da casa de Clotaldo fossem secretamente católicas, embora em público se declarassem seguidores da opinião de sua rainha. Clotaldo tinha um filho chamado Ricaredo, de doze anos de idade, que a exemplo de seus pais amava e temia a Deus, dedicando-se inteiramente aos ensinamentos da fé católica.

---

[1] Segundo Sieber, trata-se do Conde de Essex e não de Leicester. Já outros autores, identificando Leste com Leicester, acreditam que Cervantes refere-se ao ataque a Cádiz em 1587 que, embora levado a cabo por Drake, tinha Leicester como comandante-em-chefe do exército inglês. Outros afirmam que Cervantes se refere ao ataque de 1596 a Cádiz, sustentando que ele confundiu Leicester com Essex (que comandou o ataque) e por isso escreveu "Leste".

Catalina, mulher de Clotaldo, nobre, cristã e prudente senhora, afeiçoou-se de tal modo a Isabel que a criava, mimava e educava como se fosse sua filha. A menina tinha uma índole tão boa, que aprendia com facilidade tudo que lhe era ensinado. Com o tempo e os mimos, começou a se esquecer do que seus pais verdadeiros lhe haviam feito... Mas não a ponto de deixar de recordá-los e de suspirar por eles, muitas e muitas vezes. E embora fosse aprendendo o idioma inglês, não perdia seu conhecimento de espanhol, pois Clotaldo tinha o cuidado de trazer secretamente, à casa, alguns espanhóis para conversarem com ela. Assim, como já se disse, ela falava inglês como se tivesse nascido em Londres, mas sem esquecer sua própria língua.

Depois de ensinarem a Isabel tudo o que se referia a costura e outras habilidades manuais que pode e deve saber uma donzela bem-nascida, ensinaram-na a ler e escrever bem mais do que medianamente. Mas no que Isabel realmente se destacou foi em tocar todos os instrumentos musicais adequados a uma mulher, coisa que fazia com perfeição, além de possuir uma voz que era um presente do céu, tão bela que encantava enquanto cantava.

Todas essas graças, adquiridas e acrescidas ao seu dom natural, pouco a pouco foram acendendo o peito de Ricaredo, a quem Isabel estimava e servia, pois ele era filho de seu senhor. A princípio o amor revelou-se, a Ricaredo, no modo como ele se agradava e se comprazia diante da incomparável beleza de Isabel, ou como considerava suas infinitas virtudes e graças, amando-a como se ela fosse sua irmã, sem que seus desejos ultrapassassem os limites da honra e da virtude. Mas à medida que Isabel — que já tinha doze anos quando Ricaredo começou a se apaixonar — foi crescendo, aquela simpatia inicial, aquele primeiro olhar que se comprazia e se agradava ao contemplá-la converteu-se num ardorosíssimo desejo de possuí-la e desfrutá-la. Não que aspirasse a isso por outros meios que não o de se tornar seu esposo; pois da incomparável honestidade de Isabela — assim Ricaredo e seus pais a chamavam — não se podia esperar outra coisa. Nem ele mesmo esperava, embora pudesse, pois seu caráter nobre e sua afeição por Isabela não permitiam que qualquer mau pensamento se arraigasse em sua alma. Mil vezes Ricaredo decidiu manifestar sua vontade perante os pais. E mil vezes conteve sua decisão, pois sabia que fora prometido como esposo a uma donzela escocesa, nobre e muito rica, além de secretamente cristã, tal como sua família. E claro que seus pais não haveriam de querer dar a uma escrava — se é que podia chamar assim a Isabela — o que já tinham se comprometido a dar a uma senhora. Assim, confuso e pensativo, sem saber que caminho seguir para realizar seu bom desejo, levava a vida de tal maneira que chegou a ponto de quase perdê-la. Mas como lhe parecesse uma grande covardia deixar-se morrer sem sequer tentar encontrar algum tipo de remédio para o seu sofrimento, armou-se de coragem e forças para declarar-se a Isabela.

As pessoas da casa andavam tristes e preocupadas com a enfermidade de Ricaredo, que era tão querido por todos e também pelos pais, que a ele dedicavam um amor extremado, não só porque não tinham outro filho, mas também porque Ricaredo bem o merecia, devido às suas muitas virtudes, sua grande coragem e inteligência. Os médicos não conseguiam descobrir a causa de sua enfermidade. E quanto a Ricaredo, não ousava nem queria revelá-la. Mas por fim decidiu acabar com a difícil situação em que se encontrava. E certo dia, ao ver Isabela entrar sozinha no quarto para servi-lo, disse-lhe numa voz frágil e um tanto embargada:

— Formosa Isabela, tua coragem, tuas muitas virtudes e tua imensa beleza me puseram nesse estado em que me vês. Se não quiseres que eu morra em meio aos maiores sofrimentos imagináveis, responde com teu desejo ao meu bom desejo, que não é outro se não o de receber-te como esposa, sem que meus pais saibam. Pois temo que eles, por não saberem o que eu sei que mereces, haverão de me negar o bem que tanto me importa. Se me deres tua palavra de que serás minha, também eu te darei, desde já, como cristão e católico verdadeiro, minha palavra de que serei teu. E embora não chegue a desfrutar de ti, como de fato não chegarei, enquanto não receber a bênção da Igreja e dos meus pais, só o fato de saber que és minha, com toda certeza, já me dará saúde e me manterá alegre e feliz, até que chegue o momento que tanto desejo.

Enquanto Ricaredo falava, Isabela o ouvia de olhos baixos, demonstrando que sua integridade se igualava à sua beleza, assim como seu recato à sua grande sabedoria. Quando Ricaredo se calou, ela, com integridade, beleza e sabedoria respondeu desta maneira:

— Senhor Ricaredo, depois que o rigor ou a clemência do Céu (não sei a qual desses extremos devo atribuir o fato) quis que eu fosse tirada dos meus pais e entregue aos vossos, sendo grata pelos infinitos benefícios que de ambos recebi, decidi que minha vontade jamais haveria de contrariar a deles. Por isso devo ver, não como boa, mas como má sorte, esse inestimável bem que me quereis fazer. Se com a ciência de vossos pais eu fosse tão venturosa a ponto de vos merecer, desde já me disponho a acatar a vontade deles. E se isso demorar a acontecer (ou mesmo que não aconteça), faço votos que vossos anseios se acalmem por saber que os meus serão eternos e puros em vos desejar todo bem que o céu vos possa dar.

Assim Isabela concluiu seus sinceros e sábios argumentos. Assim Ricaredo recuperou a saúde. E assim reviveram as esperanças de seus pais, que ao longo de sua enfermidade quase haviam morrido.

Ambos se despediram amavelmente: ele, com lágrimas nos olhos; ela, com admiração na alma, por ver a de Ricaredo tão rendida a seu amor. Ricaredo, que segundo seus pais havia se levantado do leito por puro milagre, não quis ocultar suas intenções por mais tempo. E assim, certo dia, revelou-as à mãe, numa longa explanação, que concluiu dizendo que, se não o deixassem desposar Isabela, se lhe negassem a realização de seu desejo, seria o mesmo que matá-lo. Com tais palavras e com tal ardor exaltou Ricaredo as virtudes de Isabela, que à sua mãe pareceu que seria Isabela quem ficaria em desvantagem se o tomasse como esposo. Por fim, deu esperanças ao filho, prometendo-lhe que conversaria com o marido, para que ele aceitasse, com muito gosto, o que ela já havia aceito. E assim foi: repetindo ao marido os mesmos argumentos que ouvira do filho, convenceu-o facilmente a querer o que o filho tanto desejava. E já imaginava as desculpas que dariam para cancelar o casamento, praticamente firmado, com a donzela escocesa.

Àquela altura, Isabela tinha catorze anos e Ricaredo, vinte. Mas, a despeito dessa tenra e florida idade, a excessiva discrição e prudência de ambos faziam com que parecessem anciões. Dentro de quatro dias, os pais de Ricaredo veriam o filho entregar-se ao santo jugo do matrimônio. Sentiam-se felicíssimos por terem agido com lucidez e prudência, por estarem dispostos a receber, como filha, aquela que era sua prisioneira, cujas virtudes, para eles, eram um dote muito mais valioso do que a vasta fortuna que a donzela escocesa poderia oferecer.

Os trajes para a cerimônia já estavam prontos. Os parentes e amigos já tinham sido convidados. Faltava apenas avisar a rainha, pois nenhum casamento entre pessoas de sangue nobre pode se realizar sem o seu consentimento. Mas, como não duvidavam de que conseguiriam a licença, demoraram a pedi-la.

Digo, pois, que assim estavam as coisas, quatro dias antes das bodas, quando um ministro da rainha levou um recado a Clotaldo, turvando-lhe toda a felicidade: Sua Majestade ordenava que no dia seguinte, pela manhã, levassem à sua presença a espanhola de Cádiz, que ele mantinha prisioneira. Clotaldo respondeu que de muito bom grado cumpriria a ordem de Sua Majestade. Foi-se embora o ministro, deixando todos perturbados, com o coração cheio de sobressaltos e medo.

— Ai! — dizia a Senhora Catalina. — Se a rainha souber que criei essa menina como católica! E se daí deduzir que todos nesta casa somos cristãos católicos...! Pois se a rainha perguntar a Isabela sobre o que aprendeu nesses oito anos em que foi nossa prisioneira, como poderá a coitadinha responder, de um modo que não nos condene, por mais prudente que seja?

Ao ouvi-la, Isabela disse:

— Que esse temor não vos aflija, minha senhora! Pois confio que o céu, em sua divina misericórdia, no momento crucial haverá de me soprar as palavras que, longe de vos condenar, resultarão em vosso proveito.

Ricaredo tremia, como se tivesse um mau pressentimento. Clotaldo tentava encontrar um modo de aplacar seu forte temor, mas não o encontrava, a não ser na grande confiança que tinha em Deus e na prudência de Isabela, a quem muito recomendou que evitasse, de todas as formas possíveis, condená-los como católicos. Pois apesar de estarem preparados espiritualmente para receber o martírio, a carne, fraca, recusava esse amargo caminho.

Por uma e muitas vezes Isabela recomendou que ficassem tranquilos, que por sua causa jamais sucederia o que tanto temiam e suspeitavam. Pois, embora ela ainda não soubesse como iria responder às perguntas que acaso lhe fizessem a respeito desse assunto, tinha uma forte e vívida esperança de que suas respostas — tal como já havia dito — acabariam por beneficiá-los.

Durante aquela noite, conversaram sobre muitas coisas, principalmente sobre uma hipótese: se a rainha soubesse que eram católicos, não teria enviado um recado tão gentil... E daí era possível deduzir que a rainha queria apenas conhecer Isabela, cujas habilidades e beleza sem igual já teriam chegado aos seus ouvidos, tal como aos de todos os habitantes da cidade. Mas sentiam-se culpados por não tê-la apresentado antes à rainha. De comum acordo, acharam que seria uma boa desculpa dizer que a haviam escolhido para esposa de Ricaredo desde o primeiro momento em que a tiveram em seu poder. Mas também nesse ponto se sentiam culpados por terem decidido aquele casamento sem a permissão da rainha, embora essa culpa não lhes parecesse digna de grande castigo.

Com isso, se consolaram. E decidiram que Isabela não se apresentaria humildemente vestida, como uma prisioneira, mas sim como esposa — como de fato já era — de um homem ilustre como Ricaredo. Assim decididos, no dia seguinte vestiram Isabela à maneira espanhola, com uma longa saia de cetim verde, vazado, com fino forro cor de ouro. De cada orifício da seda pendiam pequenas correntes de pérolas. O traje inteiro era bordado com riquíssimas pérolas. No pescoço e na cintura, Isabela trazia diamantes. Portava também um leque, à moda das nobres senhoras espanholas. Seus próprios cabelos, que eram volumosos, louros e longos, trançados e adornados com diamantes e pérolas, serviam-lhe de toucado. Foi assim, ricamente vestida, com sua elegância natural e incomparável beleza, que Isabela compareceu a Londres naquele dia, numa bela carruagem, arrebatando em sua passagem as almas e os olhares de todos que a contemplavam. Iam com ela, na carruagem, Clotaldo, a esposa e Ricaredo. Muitos parentes ilustres os seguiam a cavalo. Clotaldo quis prestar toda essa honra à sua prisioneira, para persuadir a rainha a tratá-la como esposa de seu filho.

Por fim, chegaram ao palácio e a uma grande sala, onde a rainha já se encontrava e onde entrou Isabela, causando a mais forte impressão de beleza que se pode imaginar. O cortejo que a acompanhava se deteve e Isabela avançou dois passos. Assim, sozinha, parecia uma estrela ou exalação que se movesse pela região do fogo, em noite calma e serena; ou um raio de sol que ao despontar do dia surgisse entre as montanhas. Isabela se assemelhava a tudo isso e ainda a um cometa, prenunciando que mais de uma alma, entre as que ali estavam, haveriam de por ela incendiar-se; almas que o Amor abrasou com os raios dos formosos sóis de Isabela, que cheia de humildade e cortesia ajoelhou-se diante da rainha e disse, em inglês:

— Que Vossa Majestade estenda as mãos para esta serva, que de hoje em diante mais se sentirá senhora e honrada pela ventura de chegar a conhecer vossa grandeza.

Sem uma palavra, a rainha olhou-a longamente. E pareceu-lhe — tal como depois comentou com sua camareira — que estava diante de um céu estrelado, cujas estrelas eram as muitas pérolas e diamantes que Isabela trazia em seu traje; e que seu belo rosto e seus olhos eram como o sol e a lua; e que ela inteira era como uma nova maravilha, um fenômeno de formosura. As damas que acompanhavam a rainha queriam ser todas olhos, para não perder um só detalhe de tudo que viam em Isabela. Uma exaltou a vivacidade de seus olhos; outra, a cor do rosto; outra, sua elegância natural; outra, a doçura de sua fala. E por fim houve uma que, de pura inveja, disse:

— É bela essa espanhola, mas seu traje não me agrada.

Recuperando-se em parte de sua perplexidade, a rainha, fazendo com que Isabela se erguesse, disse:

— Falai-me em espanhol,[2] donzela, pois aprecio e entendo bem essa língua. — Voltando-se para Clotaldo, disse: — Muito me ofendestes ao ocultar, por tantos anos, esse tesouro. Mas sendo ele tal como é, compreendo que fostes movido pela cobiça. Tendes, portanto, o dever de restituí-lo a mim, posto que esse tesouro me pertence por direito.

— O que Vossa Majestade diz é a pura verdade — respondeu Clotaldo. — Se posso chamar de culpa o fato de tê-lo guardado, para que chegasse à perfeição digna de mostrar-se ao olhar de Vossa Majestade, então, sim, confesso minha culpa. E agora que esse tesouro atingiu tal perfeição, pensei em aprimorá-lo pedindo licença a Vossa Majestade para que Isabela se case com meu filho Ricaredo; e dar-vos, em ambos, Alta Majestade, tudo quanto vos posso dar.

— Até o nome dela me agrada — disse a rainha. — Só lhe faltava mesmo chamar-se Isabela, "a Espanhola", para que sua perfeição nada me deixasse a desejar. Mas não me esqueço, Clotaldo, que prometestes Isabela a vosso filho sem minha licença.

— Sim, é verdade, senhora — respondeu Clotaldo. — Mas agi assim por acreditar que os muitos e importantes serviços prestados por mim e pelos meus ancestrais a esta Coroa receberiam de Vossa Majestade outras graças até mais complexas do que essa licença... Ainda mais que meu filho ainda não se casou.

— E nem se casará com Isabela enquanto não provar, por si mesmo, que a merece — disse a rainha. — Com isso quero dizer que ele não deve valer-se dos vossos serviços ou dos de vossos antepassados. Ele,

---

[2] Segundo uma carta do embaixador na corte inglesa (1564), a rainha [Isabel] falava vários idiomas, mas não o castelhano. (Sieber) Em outro trecho dessa novela é dito que a rainha não falava espanhol.

por si próprio, deve se dispor a me servir e a merecer esta preciosidade, a quem já estimo como se fosse minha filha.

Ao ouvir essa última palavra da rainha, Isabela voltou a cair de joelhos enquanto dizia, em castelhano:

— As desgraças que tais compensações trazem, sereníssima senhora, devem ser consideradas como ventura e não como infortúnios. Pois Vossa Majestade me chamou de *filha*... Diante disso, que males poderei temer? E que benefícios não poderei esperar?

Isabela falava com tanta graça e desenvoltura que a rainha se afeiçoou ainda mais a ela. Deu ordens para que Isabela ficasse a seu serviço e entregou-a aos cuidados de uma senhora, sua principal camareira, para que esta a orientasse sobre a vida na corte.

Ricaredo, para quem ficar sem Isabela significava perder a própria vida, esteve a ponto de perder o juízo. Assim, trêmulo e desesperado, caiu de joelhos diante da rainha, dizendo:

— Para que eu sirva a Vossa Majestade, não é preciso me estimular com outros prêmios além daqueles que meus pais e meus antepassados receberam, por terem servido a seus monarcas. Mas se Vossa Majestade preferir que eu agora seja movido por outros desejos e pretensões, então gostaria de saber de que modo e com que tipo de trabalho poderei cumprir com a obrigação da qual Vossa Majestade está me encarregando.

— Há dois navios prestes a partir em corso,[3] sob as ordens do Barão de Lansac, a quem nomeei comandante-geral da expedição. Nomeio a vós comandante de um dos navios, Ricaredo, pois o sangue que corre em vossas veias haverá de compensar vossa pouca idade. Vede bem a mercê que ora vos faço, pois vos dou ocasião de, em conformidade com quem sois, e servindo a vossa rainha, provar o valor da vossa inteligência e da vossa pessoa, para alcançar o mais alto prêmio que, a meu ver, podeis desejar. Enquanto isso, eu mesma serei a guardiã de Isabela, embora ela já tenha nos dados provas de que sua maior guardiã será sua honestidade. Ide com Deus; e se estiverdes enamorado, tal como imagino, poderei esperar de vós as maiores façanhas. Feliz seria o rei guerreiro que tivesse em seu exército dez mil soldados enamorados,

---

[3] Corso: caça a navios mercantes inimigos [e também a navios piratas], efetuado por navio armado por particular, com a devida autorização de um governo beligerante. (Aurélio) Esses navios corsários praticavam o que seria um tipo de pirataria, com a permissão ou o patrocínio do Estado.

cada qual esperando que o prêmio pela vitória fossem os braços de sua amada. Levantai, agora, Ricaredo; e vede se tendes ou quereis dizer algo a Isabela, pois vossa partida será amanhã.

Ricaredo beijou as mãos da Rainha, demonstrando seu apreço pela mercê recebida. Então ajoelhou-se diante de Isabela; queria dizer-lhe alguma coisa, mas não pôde, pois sentiu um nó na garganta, que lhe atou a língua. Lágrimas acorreram-lhe aos olhos e ele bem que tentou dissimulá-las o mais que pôde. Mas nada disso passou despercebido à rainha, que disse:

— Não vos envergonheis desse pranto, Ricaredo, nem vos menosprezeis por dar, neste momento importante, tão ternas provas do que trazeis no coração, pois uma coisa é a luta contra os inimigos e outra é a despedida de uma pessoa amada. Isabela, abraçai Ricaredo e dai a ele vossa bênção, que bem o merecem seus sentimentos.

Isabela, atônita e comovida diante da humildade e do sofrimento de Ricaredo, a quem já amava como esposo, não compreendeu a ordem da rainha. Sem pensar, começou a verter lágrimas; e assim fazia, de tal maneira, que seu rosto permanecia estático, imóvel, tão sereno que mais parecia uma estátua de alabastro a chorar. O afeto dos dois amantes, tão ternos e enamorados, levou às lágrimas a maior parte das pessoas presentes. Ricaredo, sem mais uma palavra e sem nada dizer a Isabela, curvou-se em reverência diante da rainha, assim como Clotaldo e todo o cortejo. Em seguida, todos deixaram o salão, tomados pela compaixão, pelo desgosto e pelas lágrimas.

Isabela ali permaneceu, como uma órfã que acabasse de enterrar os pais, temendo que sua nova senhora a obrigasse a abandonar os hábitos que aprendera com a anterior. Enfim, ali ficou. Dois dias mais tarde, Ricaredo partiu para o mar, atormentado por dois pensamentos que, entre muitos outros, o deixavam fora de si: o primeiro era a certeza de que deveria realizar grandes feitos, que o tornassem merecedor de Isabela. O segundo era a certeza de que não poderia realizar feito algum, pois sua formação católica proibia-o de desembainhar a espada contra os católicos, seus pares. Por outro lado, se não a desembainhasse ganharia fama de cristão ou seria tachado de covarde. Tudo isso representava um risco de morte e um obstáculo às suas aspirações. Por fim, decidiu submeter seus anseios de enamorado à sua condição de católico. E com todo o seu coração, pediu ao céu que lhe desse ocasiões nas quais, agindo com coragem, pudesse cumprir também com seu dever de cristão, de modo a satisfazer a rainha e contemplar Isabela.

Por seis dias navegaram os dois navios, com vento favorável, seguindo a rota das Ilhas Terceiras,[4] onde nunca faltam naves portuguesas das Índias Orientais ou naves vindas das Índias Ocidentais. No final do sexto dia, um vento fortíssimo — que no Mar Mediterrâneo se chama *Meio-Dia* e que no Atlântico tem outro nome — golpeou o costado dos navios com tamanha violência e por tanto tempo que não lhes restou alternativa senão desviar das ilhas e seguir na direção da Espanha. Perto da costa espanhola, na entrada do Estreito de Gibraltar, avistaram três navios: um, enorme e imponente, e dois pequenos.

Ricaredo conduziu seu navio para perto do outro navio da expedição, para perguntar ao comandante-geral se ele tencionava atacar aquelas três embarcações. Mas, antes mesmo de alcançá-lo, viu subir, no alto da gávea da embarcação, uma bandeira negra. Aproximando-se um pouco mais, ouviu o som grave de clarins e trombetas, um claro sinal de que o comandante, ou outra pessoa importante da tripulação, tinha morrido. Foi assim, nesse clima de sobressalto, que Ricaredo e seus homens conseguiram falar com os tripulantes da nau capitânia, coisa que não tinham feito desde o início da viagem. Em altas vozes, os homens da nau capitânia disseram que o comandante-geral tinha morrido de uma apoplexia, na noite anterior, e que Ricaredo deveria assumir o comando total da expedição. Todos se entristeceram, menos Ricaredo, que se alegrou, não pela perda do comandante, mas porque agora estava livre para comandar os dois navios, pois esta fora a ordem da rainha: que, na falta do comandante-geral, ele assumisse seu lugar. Ricaredo apressou-se a passar para a nau capitânia, onde encontrou alguns marinheiros que choravam pelo comandante morto e outros que se alegravam com a chegada do comandante vivo. Mas tanto uns quanto os outros juraram obediência a Ricaredo, aclamando-o como comandante-geral, numa breve cerimônia, pois não pensavam em outra coisa senão nas três embarcações que tinham avistado... Duas das quais, afastando-se da maior, avançavam na direção dos dois navios da expedição.

Ricaredo e seus homens não tardaram em reconhecer duas galeras turcas, devido às meias-luas estampadas nas bandeiras... Coisa que muito agradou a Ricaredo, pois, se o céu assim permitisse, conquistaria uma presa considerável, sem ofender nenhum católico. As duas galeras turcas se aproximaram dos navios ingleses, que não traziam insígnias da Inglaterra e sim da Espanha, a fim de enganar quem se aproximasse;

---

[4] Arquipélago dos Açores.

e também para não serem tomados por navios de corsários. Julgando tratar-se de navios provenientes das Índias, os turcos aproximaram-se aos poucos, crentes de que poderiam abordá-los e vencê-los sem dificuldades. Propositadamente, Ricaredo deixou que chegassem bem perto, até que os teve ao alcance de sua artilharia. E deu a ordem de fogo com tamanha precisão que com cinco tiros atingiu o centro de uma galera, que se partiu ao meio. Logo a embarcação adernou e começou a afundar irremediavelmente. A segunda galera, diante desse grave acontecimento, apressou-se a rebocar a primeira, conduzindo-a para junto do costado do navio maior. Mas Ricaredo, que tinha seus navios prontos para o ataque, manobrando velozmente, avançando e recuando como se fossem movidos a remos, mandou recarregar a artilharia e seguiu as galeras até o navio maior, disparando sobre elas uma intensa carga de tiros. Assim que chegaram ao navio maior, os tripulantes da galera partida a abandonaram, tentando desesperadamente abordar o navio para ali se refugiar. Ricaredo, ao ver que a segunda galera se empenhava em salvar a primeira — que já estava prestes a soçobrar —, atacou-a ferozmente com seus dois navios e, impedindo-a de manobrar e de usar os remos, encurralou-a. Mesmo assim, os turcos tentavam abordar o navio maior, já não para se defender, mas para salvar sua vida, ao menos por enquanto. Havia prisioneiros cristãos nas galeras. Estes, rompendo os grilhões que os prendiam, misturaram-se aos turcos que tentavam escalar o costado do navio maior, expostos assim aos tiros dos arcabuzes que os homens de Ricaredo disparavam incessantemente. Ricaredo deu ordens para que ninguém atirasse nos cristãos, apenas nos turcos. Assim, quase todos os turcos foram mortos. E os que conseguiram entrar no navio maior foram estraçalhados pelos cristãos que, misturando-se a eles, tomaram-lhes as armas. Pois quando os valentes caem, sua força se soma à fraqueza dos que se levantam. De modo que os cristãos, animados com a certeza de que os navios ingleses eram espanhóis, lutaram magnificamente por sua liberdade. Por fim, depois de matar quase todos os turcos, alguns espanhóis, subindo na amurada do navio, chamaram aos brados seus supostos patrícios, para que também subissem, a fim de comemorar aquela grande vitória.

Ricaredo perguntou-lhes, em espanhol, que navio era aquele. Responderam-lhe que vinha da Índia Portuguesa, carregado de especiarias e de muitas pérolas e diamantes, que somavam mais de um milhão em ouro. E que fora parar ali devido a uma tormenta, inteiramente arruinado e sem artilharia (que fora jogada ao mar pela tripulação doente, quase morta de fome e sede). Disseram ainda que as duas galeras pertenciam ao pirata Arnaute Mami,[5] a quem o navio maior tinha se rendido no dia anterior, sem nem mesmo tentar se defender. E pelo que tinham ouvido falar, o pirata tencionava rebocá-lo até o Rio Larache, que ficava bem próximo dali, pois aquela enorme e preciosa carga não caberia nas outras duas embarcações.

Se os cristãos pensavam que aqueles dois navios eram espanhóis, respondeu Ricaredo, estavam muito enganados, pois ambos pertenciam à rainha da Inglaterra. Essa notícia deu muito que pensar e temer a todos os que a ouviram e que, naturalmente, julgaram ter fugido de uma armadilha para cair em outra. Porém, Ricaredo disse-lhes que não temessem, que estivessem certos de sua liberdade, desde que não pensassem em se defender.

— E nem poderíamos — respondeu um espanhol. — Pois, como já dissemos, este navio não tem artilharia e nós não temos armas. Assim, só nos resta recorrer à gentileza e generosidade do vosso comandante. Pois será justo que quem nos libertou do terrível cativeiro dos turcos leve adiante essa imensa mercê e esse benefício, que certamente o tornará famoso em todos os lugares (que serão infinitos) aonde chegar a notícia dessa memorável vitória e da sua generosidade, pela qual mais esperamos do que tememos.

A Ricaredo não pareceu nada mau o argumento do espanhol. Reunindo sua tripulação, perguntou como poderia enviar todos os cristãos à Espanha sem correr riscos; e se o fato de serem tão numerosos poderia incentivá-los a uma rebelião. Alguns tripulantes opinaram que o melhor seria embarcar os cristãos, um a um, num dos navios da expedição, e matá-los à medida que fossem entrando, até que dessem cabo de todos. Assim, poderiam levar o grande navio a Londres, sem temor e sem preocupação.

Ricaredo respondeu:

— Deus nos concedeu uma imensa graça, oferecendo-nos toda essa riqueza. Portanto, não quero agir com ingratidão ou crueldade. Nem é justo resolver com a espada o que se pode resolver com a inteligência.

---

[5] Seria Arnaute Mami o nome do renegado albanês que comandava as três galeras turcas que em 1575 atacaram a galera *Sol*, na qual se encontrava Cervantes (Sieber). Mas, segundo Astrana Marín, tratava-se de Dali Mami, "renegado grego que tinha uma galera de 22 bancos, com a qual saía em corso, junto com outras embarcações, sob as ordens de um comandante-geral e líder dos corsários".

Assim, na minha opinião, nenhum cristão católico deve morrer... Não porque eu os estime, mas porque estimo a mim mesmo. E também porque eu não gostaria que a façanha de hoje nos desse, a mim e a todos vós, meus companheiros, a fama de cruéis, mesclada à fama de valentes. Pois valentia e crueldade jamais combinaram bem. O que podemos fazer é passar toda a artilharia de um desses navios para o grande navio português, deixando-lhe como armas apenas os mantimentos. E sem permitir que o navio se distancie de nossa gente, nós o levaremos à Inglaterra enquanto os espanhóis irão para a Espanha.

Ninguém ousou discordar da proposta de Ricaredo. Uns passaram a considerá-lo corajoso, magnânimo, possuidor de grande inteligência. Outros, secretamente, julgaram-no mais católico do que devia. Decidido, Ricaredo passou para o navio português acompanhado por cinquenta arcabuzeiros, todos em estado de alerta, prontos para carregar e disparar. Quase trezentas pessoas, que tinham conseguido escapar das galeras, estavam no navio, cujos registro e documentos Ricaredo logo pediu para ver. Mas o mesmo espanhol que lhe falara anteriormente explicou que o pirata dos baixéis tinha se apoderado dos documentos e com eles havia afundado.

Ricaredo, sem mais demora, manejando o torno e posicionando seu segundo baixel junto ao grande navio português, com admirável presteza e à força de fortíssimos cabrestantes, comandou a transposição da artilharia do pequeno baixel para o navio maior. Depois de uma breve preleção aos cristãos, ordenou que passassem para o baixel vago, onde encontrariam uma grande provisão de mantimentos suficientes para mais de um mês e para muitas pessoas, mais do que na verdade havia. À medida que os homens embarcavam, Ricaredo dava, a cada um, quatro escudos espanhóis, de ouro, que havia mandado trazer de seu navio. Essa quantia serviria para suprir em parte suas necessidades quando chegassem à terra, que estava tão próxima, tanto que dali era possível avistar as altas montanhas de Ábila e Calpe.[6] Todos demonstraram infinita gratidão pela mercê que Ricaredo lhes concedia. O último a embarcar foi o homem que antes já havia lhe falado, em nome de todos, e que assim disse:

— Para mim seria uma ventura ainda maior, valoroso cavalheiro, se me conduzisses em tua companhia até a Inglaterra, em vez de me

---

[6] Ábila: cidade e montanha da África, situada em frente ao Monte Calpe (da Europa). Ambos formavam, antigamente, as célebres "Colunas de Hércules", hoje Estreito de Gibraltar (Sieber.)

enviares à Espanha. Pois embora a Espanha seja minha pátria, de onde parti há seis dias, lá nada encontrarei senão tristeza e saudades. Pois saiba, senhor, que há cerca de quinze anos, quando Cádiz caiu,[7] perdi uma filha, que provavelmente foi levada à Inglaterra pelos ingleses. E perdi, com ela, o descanso da minha velhice e a luz dos meus olhos que, depois que deixaram de vê-la, nunca mais viram nada que me desse alguma alegria. O terrível desgosto causado pela perda dessa filha e das minhas terras me deixou de tal modo que nunca mais pude exercer o comércio, trabalho que me levava a me considerar como o mais rico mercador da cidade. E isso era verdade, pois além do meu crédito, que ultrapassava centenas de milhares de escudos, os bens que eu possuía em casa somavam mais de cinquenta mil ducados. Perdi tudo, mas esse tudo nada seria para mim, se não tivesse perdido também minha filha. Como se já não bastasse a desgraça geral e minha desgraça particular, passei por tantas necessidades que, não podendo mais resistir, minha mulher (aquela infeliz que está ali, sentada) e eu resolvemos ir para as Índias, refúgio comum de ilustres falidos. Embarcamos num navio de aviso,[8] seis dias atrás. Logo na saída de Cádiz, topamos com esses dois baixéis piratas, e nos fizeram prisioneiros. E assim renovou-se nossa desgraça e confirmou-se nossa desventura, que bem pior seria se os piratas não tivessem tomado aquele navio português, que bem os entreteve, até que aconteceu o que senhor já sabe.

Ricaredo perguntou como se chamava sua filha.

— Isabel — respondeu o homem.

Assim se confirmou a suspeita de Ricaredo: o homem que agora lhe falava era pai de sua querida Isabela. Ricaredo nada lhe disse sobre ela, mas afirmou que de bom grado o levaria, junto com sua esposa, a Londres, onde talvez conseguissem as informações que desejavam. Logo os fez passar à sua nau capitânia; e designou um bom número de marinheiros e guardas para o navio português.

Naquela noite alçaram velas, apressados em deixar rapidamente a costa espanhola para trás, por conta do navio que levava os prisioneiros libertos, entre os quais havia cerca de vinte turcos, também libertados

---

[7] Essas referências cronológicas de Cervantes parecem indicar que o rapto de Isabel ocorreu em 1587. Mas, segundo Amezúa, Francis Drake "não chegou a desembarcar na cidade, limitando-se a queimar alguns navios espanhóis fundeados na baía". Assim, os estragos aos quais se refere o pai de Isabel devem ter ocorrido em 1596 ou 1598. (Sieber)

[8] Navio pequeno e veloz que levava documentos, ordens do rei etc.

por Ricaredo (cuja intenção era demonstrar que agia assim mais por seu caráter generoso e bom do que por amor aos católicos), que pediu aos espanhóis que na primeira ocasião propícia dessem total liberdade aos turcos, que também se mostraram agradecidos.

O vento, que a princípio soprava forte e favorável, começou a se tornar ameno, tanto que provocou grande temor entre os ingleses, que agora censuravam Ricaredo e sua generosidade, dizendo-lhe que os prisioneiros libertos poderiam alertar a Espanha sobre tudo o que havia acontecido. E se acaso houvesse galeões de guerra no porto espanhol, estes poderiam vir para atacá-los, aprisioná-los e, assim, pôr tudo a perder. Ricaredo bem reconhecia que eles tinham razão. Porém, venceu-os com bons argumentos e assim conseguiu tranquilizá-los. Mas o que realmente acalmou a todos foi o vento, que voltou a soprar. E com todas as velas infladas, sem necessidade de recolhê-las nem de manejá-las, avistaram Londres depois de nove dias. E lá desembarcaram, vitoriosos, depois de trinta dias de viagem. Devido à morte do comandante-geral da expedição, Ricaredo não queria entrar no porto dando mostras de alegria. E, assim, mesclou essas demonstrações com as de tristeza: ora soavam os clarins, em regozijo, ora soavam as roucas cornetas. Ora umas soavam como alegres toques de tambores e armas em plena luta, às quais os pífaros respondiam com toques de lamento e tristeza. De uma gávea pendia, invertida, uma bandeira pontilhada de meias-luas. De outra, um longo estandarte de tafetá negro, cujas pontas roçavam a água. Assim, dando sinais tão radicalmente distintos, Ricaredo entrou no Rio de Londres com seu navio, pois o navio português, grande demais para adentrar aquelas águas, permaneceu mais ao largo, no mar.

Esses sinais tão contraditórios mantinham em suspenso o povo que se aglomerava na margem. As insígnias do navio menor logo foram reconhecidas, pela multidão, como a nau capitânia do Barão de Lansac.[9] Mas ninguém conseguia entender como o segundo navio teria sido trocado por aquele outro, tão imponente, que permanecia no mar. Porém as pessoas logo esqueceram a dúvida, quando o valoroso Ricaredo saltou do bote para a terra, ostentando todas as armas, ricas e resplandecentes. A pé, sem esperar outro cortejo além da imensa multidão que o acompanhava, Ricaredo seguiu na direção do palácio onde a rainha, num terraço, aguardava notícias sobre os navios.

---

[9] Havia, na corte de Isabel, um "Monsieur Lansac", que se encarregava de vários assuntos do governo. (Sieber)

Na companhia da rainha estavam outras damas e também Isabela, vestida à maneira inglesa, que lhe caía tão bem como a castelhana. Um mensageiro já havia informado a rainha sobre Ricaredo, antes mesmo que ele chegasse. A menção de seu nome sobressaltou Isabela, que a partir daquele instante temeu e esperou pelos bons e maus acontecimentos que adviriam, com sua chegada.

Ricaredo era um cavaleiro alto e bem-proporcionado. Trajando armadura completa, com peitoral, couraça, gorjal,[10] guarda-braço e tonelete;[11] e ostentando armas milanesas de onze vistas, causava forte impressão em quem quer que o olhasse. Na cabeça, em vez de elmo, usava um chapéu de aba larga, de cor semelhante à dos leões, adornado com uma grande variedade de plumas, no estilo valão.[12] Trazia uma espada longa, pendente de rico boldrié[13] e usava calças à maneira suíça. Admirados com seus trajes, adornos e seu andar elegante, alguns o compararam a Marte, deus das batalhas. Outros, encantados com a beleza de seu rosto, o compararam a Vênus que, para provocar Marte, assim teria se disfarçado.

Enfim, chegou Ricaredo perante a rainha e, caindo de joelhos, disse:
— Alta Majestade, à força de vossa ventura e da realização dos meus anseios, já que o comandante-geral Lansac morreu de uma apoplexia, e tendo eu assumido o lugar dele (graças à vossa generosidade, minha senhora), quis a sorte que eu me deparasse com duas galeras turcas que levavam a reboque aquele grande navio que daqui podemos avistar. Ataquei-as, com a ajuda dos vossos soldados, que lutaram como sempre, pondo a pique os baixéis dos piratas. Em vosso real nome, Majestade, libertei os cristãos que escaparam ao jugo dos turcos, acomodei-os num dos nossos navios e enviei-os à Espanha. Trouxe comigo apenas um homem e uma mulher, espanhóis, que por vontade própria quiseram vir até aqui para conhecer vossa grandeza. Aquele navio vinha da Índia Portuguesa e, por conta de uma tormenta, caiu em poder dos turcos, que sem grandes dificuldades ou, melhor dizendo, sem dificuldade alguma conseguiram rendê-lo. Segundo me contaram alguns portugueses da tripulação, o valor das especiarias, pérolas e diamantes que aquele navio carrega passa de um milhão, em ouro. Não toquei naquela carga;

---

[10] Nas armaduras, parte que protegia o pescoço.
[11] Nas armaduras, parte que ia da cintura aos joelhos.
[12] Relativo à Valônia, região da Bélgica.
[13] Correia a tiracolo, à qual se prende uma espada ou outra arma.

tampouco os turcos a tocaram, pois estava sob a proteção do céu e eu assim a preservei para Vossa Majestade, que me dando uma única joia me deixará em dívida de outros dez navios como aquele. A joia a que me refiro é aquela que já me foi prometida por Vossa Majestade: minha amada Isabela. Com ela, hei de me sentir rico e recompensado, não apenas por esse serviço que prestei a Vossa Majestade, mas por muitos outros que ainda pretendo prestar, para pagar ao menos uma parte desse quase infinito bem que Vossa Majestade ora me oferece, através dessa joia.

— Levantai-vos, Ricaredo — respondeu a rainha. — E sabei que se eu tivesse de estipular um preço por Isabela, com base na estima que tenho por ela, não poderíeis me pagar nem com a carga daquele navio nem com toda a riqueza que ainda resta nas Índias. Eu vos dou Isabela porque assim prometi e porque ela é digna de vós e porque sois digno dela. Vosso valor, por si só, a merece. Se guardastes as joias daquele navio para mim, guardei essa joia para vós. E embora possa parecer que não faço nada de mais ao devolver o que é vosso, sei que vos presto uma imensa mercê em fazê-lo: pois quem compra uma joia desejada e apreciada com toda a força de sua alma verá que ela vale tanto quanto a própria alma e que não existe, na Terra, um preço que possa estimá-la. Isabela é vossa. Ali está ela. Podeis tomá-la inteiramente como vossa, quando bem quiserdes, e creio que ela haverá de vos receber de muito bom grado e saberá corresponder ao afeto que lhe ofereceis. Um afeto que chamarei de amizade e não de favor ou mercê, pois isso somente eu posso conceder. Agora, ide descansar, Ricaredo; e vinde me ver amanhã, pois quero ouvir sobre vossas façanhas com mais detalhes. E trazei-me aqueles dois que, segundo dissestes, querem me conhecer, por livre e espontânea vontade, pois quero agradecer-lhes.

Em agradecimento às muitas mercês recebidas, Ricaredo beijou as mãos da rainha, que se afastou em direção à outra sala. As damas que ali permaneceram rodearam Ricaredo. Uma delas, a Senhora Tansi, que muito se afeiçoara a Isabela e que era considerada a mais sábia, desenvolta e espirituosa de todas, disse:

— Mas o que é isso, Senhor Ricaredo... Que armas são essas? Pensáveis, por ventura, que tivésseis vindo para enfrentar vossos inimigos? Pois, em verdade, aqui somos todas vossas amigas, exceto pela Senhora Isabela que, por ser espanhola, obrigatoriamente não vos vê com bons olhos.

— Se ela se lembrar de mim, certamente me olhará com um pouco de boa vontade, Senhora Tansi — disse Ricaredo. — E sei que assim será, pois não pode caber em seu grande valor, entendimento e rara formosura a fealdade de ser mal-agradecida.

A isso respondeu Isabela:

— Senhor Ricaredo, se hei de ser vossa, podeis desde já exigir de mim tudo que bem quiserdes. Assim, sereis compensado pelos louvores que me fizestes e pelas mercês que tencionais me fazer.

Essas e outras sinceras palavras trocou Ricaredo com Isabela e com as damas, entre as quais havia uma donzela de bem pouca idade, que nada mais fez senão observar Ricaredo, o tempo inteiro, enquanto ele ali permanecia: levantava-lhe os toneletes para ver o que havia por baixo; tateava sua espada e, com infantil simplicidade, brincava com a armadura, como se esta fosse um espelho, chegando mesmo a mirar-se nela, bem de perto. Quando Ricaredo saiu, ela voltou-se para as outras damas e disse:

— Senhoras, penso que a guerra deve ser uma coisa belíssima, pois mesmo entre mulheres os homens de armadura são de muito bom parecer.

— E com que eles se parecem? — perguntou a Senhora Tansi. — Se não sabes, basta olhar para Ricaredo, que parece o próprio sol descido à terra, caminhando assim pelas ruas.

Todas riram das palavras da pequena donzela e da disparatada comparação da Senhora Tansi.

Não faltou quem tomasse por impertinência o fato de Ricaredo entrar no palácio armado daquela maneira. Mas outros tomaram sua defesa, alegando que, como soldado, tinha todo o direito de agir assim, para mostrar seus belos trajes e sua galhardia.

Ricaredo foi recebido afetuosamente por seus pais, amigos, parentes e conhecidos. Naquela noite, sua vitória foi festejada e aclamada em toda a Londres.

Os pais de Isabela encontravam-se na casa de Clotaldo, a quem Ricaredo já havia revelado quem eram, mas pedira que nada lhes dissesse sobre Isabela, até que ele mesmo o fizesse. Esse pedido foi feito à Senhora Catalina, sua mãe, bem como a todos os criados da casa.

Naquela mesma noite, com muitos baixéis e barcos, à vista de muita gente, foram iniciados os trabalhos para descarregar o grande navio. Mais de oito dias se passaram, até que a imensa quantidade de pimenta e de outros riquíssimos bens, que em seu imenso ventre se encontravam, fosse descarregada.

No dia seguinte, Ricaredo dirigiu-se ao palácio, levando consigo os pais de Isabela, vestidos à maneira inglesa. Disse-lhes que a rainha queria vê-los. Os três chegaram ao palácio onde a rainha, na companhia de suas damas, esperava por Ricaredo. Com a intenção de lisonjeá-lo e favorecê-lo, mantinha Isabela a seu lado, trajando o mesmo vestido que usara no dia em que fora ao palácio pela primeira vez; e estava tão magnificamente formosa quanto naquela ocasião.

Os pais de Isabela ficaram encantados e perplexos, por verem tanta galhardia e beleza numa só pessoa. Mantinham os olhos sobre Isabela, mas não a reconheciam, embora seus corações, pressentindo a felicidade ali, tão próxima, se agitassem, não com um sobressalto de tristeza, mas com um quê de alegria que ambos não conseguiam entender. A rainha não permitiu que Ricaredo se ajoelhasse diante dela; ao contrário: ordenou que ele se levantasse e convidou-o a sentar-se num pequeno banco que ali fora posto, especialmente para ele. Tratava-se de uma concessão inusitada, para a altiva condição da rainha. Diante desse fato, alguém comentou:

— Hoje Ricaredo não está sentado sobre o banco que lhe deram e sim sobre a pimenta que trouxe.

— Assim se prova o que geralmente se diz: que dádivas quebram rochedos[14] — respondeu outro. — Pois as que Ricaredo trouxe abrandaram o duro coração da nossa rainha.

Outro acorreu e disse:

— Agora, que ele está em tão alta posição, muitos tentarão derrubá-lo.

De fato, por conta daquela nova honra que Ricaredo recebia da rainha, a inveja encontrou ocasião para nascer no coração de muitos, entre aqueles que o observavam. Pois toda mercê concedida por um príncipe, a um de seus favoritos, atravessa como lança o coração do invejoso.

A rainha quis saber, em detalhes, como fora a batalha de Ricaredo contra os baixéis dos piratas. Ele a narrou novamente, atribuindo a vitória a Deus e aos braços valorosos dos soldados que o acompanhavam, elogiando todos e mencionando os feitos heroicos de alguns que, mais do que outros, tinham se destacado. Com isso, praticamente

---

[14] "Dádivas quebrantan peñas..." Provérbio que significa que o impossível às vezes torna-se viável com um obséquio feito em momento propício.

obrigava a rainha a conceder mercês a todos; e mais ainda aos que ele especialmente havia citado. Por fim, depois de contar sobre a liberdade que concedera a turcos e cristãos, em nome de Sua Majestade, disse:

— A mulher e o homem, que ali estão, são aqueles de quem falei, ontem, à Vossa Majestade. — E apontou os pais de Isabela. — Desejando conhecer vossa grandeza, ambos me pediram, encarecidamente, que os trouxesse comigo. Eles são de Cádiz. Pelo que me contaram, e também pelo que neles pude observar, sei que são nobres e de valor.

A rainha ordenou ao casal que se aproximasse.

Erguendo os olhos, Isabela fitou o homem e a mulher que se diziam espanhóis — e ainda por cima, de Cádiz —, desejosa de saber se porventura conheciam seus pais. Tão logo o olhar de Isabela encontrou o de sua mãe — que de súbito parou, para fitá-la com mais atenção —, confusas imagens vieram-lhe à memória, dando-lhe a impressão de que já tinha visto aquela mulher, em algum outro tempo. Igualmente confuso estava seu pai, que não se atrevia a crer na verdade que tinha diante dos olhos.

Ricaredo estava absolutamente atento às emoções e aos movimentos daquelas três titubeantes e perplexas almas, tão confusas ante o fato de se conhecerem, ou não. À rainha não passou despercebido o desconcerto do casal nem o desassossego de Isabela, que transpirava e seguidamente levava a mão aos cabelos para ajeitá-los.

Isabela só desejava que aquela mulher, que ela imaginava ser sua mãe, começasse a falar: assim, talvez seus ouvidos esclarecessem a dúvida na qual seus olhos a haviam lançado. A rainha disse a Isabela que perguntasse, em espanhol, àquele homem e àquela mulher por que razão tinham recusado a liberdade que Ricaredo lhes concedera, já que esse é o bem mais amado, não só pelas pessoas dotadas de razão, mas também pelos animais, que dela carecem.

Assim fez Isabela, dirigindo-se à sua mãe que, sem responder uma palavra, avançou aos tropeços em direção a ela e, sem pensar em respeito, em temores ou no protocolo da corte, ergueu a mão para tocar-lhe a orelha direita e ali encontrar a negra mancha de nascença, que acabou por confirmar a suspeita. Compreendendo claramente que Isabela era sua filha, abraçou-a enquanto exclamava em alta voz:

— Oh, filha do meu coração! Oh, caríssima preciosidade de minha alma! — E sem poder continuar, caiu sem sentidos nos braços de Isabela.

O pai, igualmente terno, porém mais reservado, não demonstrou sua emoção com palavras, mas com serenas lágrimas que lhe banharam o venerável rosto e a barba. Encostando o rosto ao de sua mãe, Isabela fitou o pai de tal maneira que lhe deu a entender a alegria e o desgosto que simultaneamente ocupavam sua alma, por vê-los ali. Admirada com tal acontecimento, a rainha disse a Ricaredo:

— Parece-me, Ricaredo, que vossa inteligência e vosso bom senso planejaram este encontro, mas não posso dizer que foi um acerto, pois sabemos que uma súbita alegria pode matar, tanto quanto uma súbita tristeza.

Assim dizendo, a rainha voltou-se para Isabela e separou-a de sua mãe que, depois ter o rosto molhado com água, voltou a si. Recuperando em parte seu controle, caiu de joelhos perante a rainha, dizendo:

— Perdoai meu atrevimento, Majestade. Mas não creio que tenha sido muito perder os sentidos por conta da alegria de reencontrar esta amada preciosidade.

Tomando Isabela como intérprete, para fazer-se entendida pela mulher, a rainha deu-lhe razão. E foi assim, tal como aqui se conta, que Isabela reconheceu seus pais e foi por eles reconhecida. A rainha ordenou, então, que ambos permanecessem no palácio, para que pudessem ver, conversar e desfrutar da companhia da filha com tranquilidade. Isso muito alegrou Ricaredo, que tornou a pedir à rainha que cumprisse sua palavra: que lhe desse Isabela, se julgasse que ele a merecia. Caso contrário, suplicava-lhe que não tardasse a designá-lo para outros trabalhos, que o tornassem digno de alcançar o que desejava.

Bem sabia a rainha que Ricaredo estava orgulhoso de si mesmo e de seu grande valor. Não seria necessário submetê-lo a novas provas para confirmar esse fato. Assim, disse-lhe que dentro de quatro dias entregaria Isabela em suas mãos, concedendo aos dois todas as honras possíveis.

Com isso, Ricaredo despediu-se, felicíssimo com a expectativa e a certeza de que logo teria Isabela, sem nenhum risco de perdê-la, pois a perda é o último entre os desejos de quem ama.

Correu o tempo, não com a rapidez que Ricaredo desejava: pois para quem vive com esperanças de promessas que virão, o tempo não voa, ao contrário: anda com os pés da própria preguiça. Mas, enfim, chegou o dia... Não o dia em que Ricaredo tencionava pôr um fim a seus desejos, mas sim descobrir em Isabela novos encantos, que o levassem a amá-la ainda mais, caso isso fosse possível. Porém, nesse breve tempo em que Ricaredo julgava que o barco de sua boa sorte corria, com vento favorável, até o desejado porto, a má sorte ergueu em seu mar tamanha tormenta, que por mil vezes quase o fez naufragar.

Ocorreu que a mais velha camareira da rainha, que tinha Isabela a seus cuidados, tinha também um filho de vinte e dois anos: o Conde Arnesto. Por conta de sua posição privilegiada, de seu sangue nobre e do grande prestígio de sua mãe junto à rainha, o Conde Arnesto era excessivamente arrogante, altivo e confiado. Pois Arnesto apaixonou-se ardentemente por Isabela, de tal modo que sentia a alma abrasar-se diante de seu simples olhar. Durante a ausência de Ricaredo, o conde bem que dera a Isabela claros indícios de seu desejo, jamais por ela correspondido. Mas se a rejeição e o desdém, logo no início das paixões, fazem com que os enamorados desistam de suas intenções, em Arnesto os muitos e evidentes sinais de rejeição de Isabela causaram justamente o efeito contrário. Seu próprio ciúme o abrasava e a honestidade de Isabela o incandescia. Ao ver que Ricaredo era merecedor de Isabela — segundo a opinião da rainha, que em muito pouco tempo haveria de entregá-la a ele como mulher —, Arnesto pensou em suicídio. Mas antes de ceder a tão infame remédio, falou com sua mãe. Queria que ela pedisse à rainha que lhe desse Isabela como esposa. Caso contrário, era mais do que certo que a morte estava batendo à porta de sua vida. A camareira ficou impressionada com as palavras do filho. E como conhecia muito bem seu caráter impetuoso e a tenacidade com que os desejos dominavam-lhe a alma, temeu que essa paixão resultasse num trágico desfecho. Por tudo isso e também por sua condição de mãe, a quem é natural desejar e buscar o bem dos filhos, a camareira prometeu ao Conde Arnesto que falaria com a rainha, não com a esperança de conseguir o impossível rompimento de sua palavra, mas ao menos para não se desenganar, antes de uma última tentativa para remediar a situação.

E naquela manhã em que, por ordem da rainha, Isabela estava tão ricamente vestida (a ponto de minha pena não ousar descrevê-la), usando um colar de pérolas (as melhores, entre as que estavam no navio português, avaliadas em vinte mil ducados), posto em seu pescoço pela própria rainha, e um anel com um só diamante (avaliado em seis mil ducados), que a rainha também pusera em seu dedo, e estando as damas em total alvoroço, por conta dos festejos do casamento que em breve ocorreria, entrou na sala a camareira mais velha e, ajoelhando-se diante da rainha, suplicou-lhe que adiasse por dois dias o casamento de Isabela. Disse ainda que se Sua Majestade lhe concedesse apenas essa graça, dar-se-ia por satisfeita e paga por todas as outras, que merecia e esperava, pelos serviços que já lhe prestara.

Primeiro a rainha quis saber por que a camareira lhe fazia, com tanto afinco, um pedido que era justamente contrário à palavra que ela dera a Ricaredo. Mas a camareira disse que só responderia a essa pergunta depois que a rainha lhe concedesse o favor. A rainha, então, cedeu, pois muito desejava conhecer a causa daquele pedido. Assim, depois de conseguir o que por ora queria, a camareira contou à rainha sobre a paixão de seu filho por Isabela e sobre o quanto temia que, se não lhe dessem Isabela por esposa, ele cometesse suicídio ou provocasse algum escândalo. Disse ainda que só estava pedindo aqueles dois dias de prorrogação para que Sua Majestade pensasse num modo conveniente de resolver o problema de seu filho.

A rainha respondeu que, não fosse por sua palavra real, já empenhada, encontraria logo uma saída para aquela situação tão intrincada. Mas não a quebraria e nem frustraria, por nada no mundo, as esperanças de Ricaredo.

A camareira levou essa resposta ao filho que, incapaz de pensar, ardendo de paixão e ciúme, armou-se o melhor que pôde e, montando um forte e imponente cavalo, dirigiu-se à casa de Clotaldo onde, em altos brados, ordenou a Ricaredo que assomasse à janela. Ricaredo, àquela altura já em belos trajes de noivo, pronto para ir ao palácio com o cortejo que tal ocasião exigia, ouviu os gritos e, ao saber quem os proferia, e por que motivo ali estava, assomou à janela, um tanto apreensivo.

Ao vê-lo, Arnesto disse:

— Ricaredo, ouve bem o que tenho a dizer: a rainha, minha senhora, ordenou que a servisses e realizasses façanhas que te fizessem merecedor da inigualável Isabela. Tu foste e voltaste com as embarcações carregadas de riquezas, com as quais pensas ter comprado e merecido Isabela. E se a rainha, minha senhora, te prometeu Isabela, foi por acreditar que ninguém na corte poderá servi-la melhor nem, mesmo tendo melhor título, merecê-la mais do que tu, Ricaredo. Mas talvez a rainha esteja enganada. E assim, chegando a esta conclusão que tenho como absolutamente verdadeira e comprovada, digo que além de não teres realizado qualquer façanha que te leve a merecer Isabela, nada do que ainda fizeres te elevará a ponto de merecer tamanho bem. E já que não a mereces, se acaso quiseres me contradizer, desafio-te para um duelo, até a morte.

O conde calou-se. E Ricaredo assim respondeu:

— Eu não poderia, de modo algum, aceitar esse desafio, senhor conde, pois reconheço que nem eu, nem qualquer outro homem que viva neste mundo merece Isabela. Concordando, pois, com o que me dizeis, repito que não me cabe aceitar esse desafio, mas aceito-o, como resposta ao vosso atrevimento.

Assim dizendo, Ricaredo afastou-se da janela e pediu que lhe trouxessem suas armas o mais depressa possível. Os parentes e outras pessoas do cortejo, que tinham vindo para acompanhá-lo ao palácio, ficaram alvoroçados. Entre as muitas pessoas que tinham visto o Conde Arnesto armado e ouvido seus brados, ao desafiar Ricaredo, não faltou quem fosse contar à rainha, que ordenou ao capitão de sua guarda que prendesse o conde. O capitão partiu com tanta pressa que chegou a tempo de ver Ricaredo saindo de casa, montando um belo cavalo e empunhando as mesmas armas com que tinha se apresentado no palácio, ao chegar de viagem.

Ao avistar o capitão, o conde logo deduziu o motivo de sua vinda e, decidido a não se deixar prender, ergueu a voz contra Ricaredo, dizendo:

— Já vês, Ricaredo, que não poderemos lutar. Mas se tiveres vontade de me castigar, tu me procurarás; e pela vontade que tenho de te castigar, também te buscarei. E como os que se procuram facilmente se acham, deixemos para depois a execução dos nossos desejos.

— De acordo — respondeu Ricaredo.

Nisso se aproximou o capitão, acompanhado da guarda; e em nome de Sua Majestade, deu voz de prisão ao conde. O conde respondeu que sim, que se deixaria levar, desde que o conduzissem à presença da rainha. O capitão concordou e escoltou-o, com sua guarda, até o palácio onde a rainha aguardava, já informada por sua camareira sobre a grande paixão do conde por Isabela. Com lágrimas nos olhos, a camareira havia suplicado à rainha que perdoasse o conde que, por ser jovem e apaixonado, estava sujeito a grandes equívocos.

Arnesto foi levado até a rainha que, recusando-se a conversar com ele, mandou que lhe tirassem a espada e o aprisionassem numa torre.

Todas essas coisas atormentavam o coração de Isabela e de seus pais, que tão rápido viam turvar-se o mar de sua tranquilidade. A camareira aconselhou a rainha a enviar Isabela à Espanha, a fim de prevenir possíveis conflitos entre sua família e a de Ricaredo, que poderiam resultar em consequências desastrosas. Acrescentou que Isabela era católica e fervorosa cristã. Tanto que ela própria havia tentado, em vão, demovê-la de seus católicos preceitos. A rainha respondeu que por isso mesmo estimava Isabela ainda mais: por ela saber preservar a doutrina que aprendera com seus pais; e que nem pensava em enviá-la à Espanha, pois apreciava por demais sua encantadora presença, suas graças e virtudes. E que, sem dúvida, se não naquele dia, em algum outro haveria de entregá-la como esposa a Ricaredo, tal como havia prometido. A camareira ficou tão desconsolada com essa resolução da rainha, que nada respondeu. Mas continuou a pensar como antes: que se Isabela continuasse ali não haveria meio de abrandar a irredutível posição de Arnesto, nem de convencê-lo a reconsiderar e fazer as pazes com Ricaredo. Por isso resolveu cometer uma das maiores crueldades que uma mulher nobre, como de fato o era, poderia imaginar: matar Isabela, envenenando-a. Tal como a maioria das mulheres, agiu com presteza e determinação: naquela mesma tarde, envenenou Isabela com uma conserva que lhe deu, insistindo para que a ingerisse, alegando ser um bom remédio contra as aflições do coração.

Isabela obedeceu; pouco depois, sua língua começou a inchar, assim como a garganta; seus lábios se tornaram escuros e sua voz, rouca; os olhos se turvaram e o ar lhe faltou no peito: claros sinais de que ela havia sido envenenada. As damas correram a contar à rainha o que se passava, afirmando que só mesmo a camareira poderia ter cometido aquele mal. Não foi preciso muito, para que a rainha acreditasse e, assim, apressou-se a ver Isabela, que já estava quase morta.

A rainha mandou chamar, às pressas, os médicos da corte. E como eles demorassem a chegar, mandou que dessem a Isabela uma boa quantidade de pó de unicórnio,[15] juntamente com muitos outros antídotos, do tipo que os grandes príncipes costumam ter, para prevenir-se em situações semelhantes.

Os médicos chegaram, aumentaram a dosagem dos remédios e pediram à rainha que interrogasse a camareira para que ela dissesse que tipo de veneno tinha dado a Isabela, pois já não duvidavam de sua culpa. A camareira falou e, com essa notícia, os médicos aplicaram tantos e tão eficazes remédios, que com eles e com a ajuda de Deus Isabela ficou viva, ou ao menos com esperança de viver.

---

[15] "Tenha sempre, quem puder, um pedaço de genuíno unicórnio, pendente de uma correntinha de ouro, na bebida..." Pois acreditava-se que o unicórnio denunciaria a existência, ou não, de veneno na bebida. (Sieber)

A rainha mandou prender a camareira num minúsculo aposento do palácio, com a intenção de dar-lhe o castigo merecido por seu delito. Mas a camareira se justificava, dizendo que matando Isabela oferecia aos céus um sacrifício, eliminando da terra uma católica e, com ela, a possibilidade de novas pendências para seu filho.

Ao saber dessas tristes notícias, Ricaredo ficou a ponto de perder o juízo: lamentava-se sem parar e chegava a dizer coisas sem sentido. Por fim, Isabela não perdeu a vida, mas em contrapartida a Natureza a fez perder as sobrancelhas, as pestanas e os cabelos. Com o rosto inchado, a pele escamada e sem viço, os olhos continuamente lacrimejando, Isabela ficou tão feia que, se antes parecia um prodígio de beleza, agora parecia um monstro de feiura. Quem a conhecia pensava que melhor teria sido morrer envenenada do que ficar reduzida àquele estado.

Apesar de tudo, Ricaredo pediu à rainha que lhe entregasse Isabela, suplicando que o deixasse levá-la para casa, pois seu amor por ela transcendia o corpo e chegava à alma. E se Isabela havia perdido sua beleza, certamente não perdera suas infinitas virtudes.

— É verdade — disse a rainha. — Podeis levá-la, Ricaredo, na certeza de que levais uma riquíssima joia encerrada numa caixa tosca de madeira. Quisera eu dá-la a vós tal como a mim a entregastes e Deus sabe disso. Perdoai-me, pois não será possível! Talvez o castigo que pretendo dar àquela que cometeu esse crime satisfaça em parte o vosso desejo de vingança.

Ricaredo falou longamente à rainha, desculpando a camareira e suplicando que a perdoasse, pois as desculpas que ela dera eram suficientes para perdoar insultos ainda piores.

Por fim, Isabela e seus pais foram entregues a Ricaredo, que os levou para sua casa, ou melhor, para a casa de seus pais. Às belas pérolas e aos diamantes a rainha acrescentou outras joias e outros trajes que revelavam seu imenso amor por Isabela, que nos dois meses que se seguiram continuou muito feia, sem indícios de poder recuperar a beleza. Mas no final desse período a pele escamada começou a cair, revelando sua delicada tez.

A essa altura os pais de Ricaredo, certos de que Isabela jamais voltaria a ser como antes, decidiram mandar chamar a donzela escocesa, que antes de Isabela fora a ele prometida. E assim agiram, sem que Ricaredo soubesse, apostando que a beleza presente da nova esposa o faria esquecer a beleza perdida de Isabela, a quem pensavam enviar à

Espanha, junto com seus pais, dando-lhes muitas riquezas e bens que os compensassem pelas perdas passadas. Nem um mês e meio havia se passado quando, sem que Ricaredo soubesse, a nova pretendente chegou, acompanhada por um cortejo à altura de sua posição. Era tão formosa que, depois da antiga beleza de Isabela, não havia outra que a ela se comparasse, em toda a Londres. Ao deparar-se, inesperadamente, com a donzela escocesa, Ricaredo sobressaltou-se; e temeu que o choque causado por sua vinda acabasse de vez com a vida de Isabela. Então, para amainar esse temor, foi ao leito de Isabela, que estava em companhia de seus pais. E diante dos três, disse:

— Isabela de minha alma: meus pais, movidos pelo grande amor que têm por mim, e ainda não bem inteirados do imenso amor que tenho por ti, trouxeram a esta casa uma donzela escocesa, que me foi prometida antes que eu conhecesse teu imenso valor. Creio que agiram assim para que a grande beleza dessa donzela apague de minha alma a tua, que nela trago estampada. Eu, Isabela, te amei desde o primeiro momento, com outro amor além daquele que tem seu fim e paradeiro no cumprimento do prazer sensual. Se tua beleza física me cativou os sentidos, tuas infinitas virtudes me aprisionaram a alma, de tal modo que, se quando eras formosa te amei, agora que és feia, te adoro. E para confirmar esta verdade, dá-me tua mão. Isabela ofereceu-lhe a mão direita, à qual ele juntou a sua e prosseguiu: — Pela fé católica que meus pais cristãos me ensinaram e que em meu coração professo, creio e tenho (e se isso não for o bastante, então juro pela fé que guarda o Sumo Pontífice romano), e pelo verdadeiro Deus que nos ouve, prometo ser teu esposo, oh, Isabela, metade de minha alma! E o serei, desde já, se quiseres me elevar à altura de te pertencer.[16]

Isabela ficou perplexa com as palavras de Ricaredo. E seus pais, atônitos, pasmados. Sem palavras, Isabela não conseguiu fazer outra coisa senão beijar muitas vezes a mão de Ricaredo e dizer, com a voz embargada pelas lágrimas, que o aceitava como esposo e que a ele se entregava como escrava. Ricaredo beijou-lhe o feio rosto, coisa que jamais se atrevera a fazer quando era belo.

Os pais de Isabela celebraram com muitas e ternas lágrimas esse anúncio de casamento. Ricaredo disse-lhes, então, que pretendia adiar

---

[16] "Essa promessa de casamento era aceita pela Igreja, antes do Concílio de Trento." (Ernani Ssó)

o casamento com a jovem escocesa, a quem logo conheceriam, pois já se encontrava na casa. Disse-lhes ainda que quando Clotaldo quisesse enviá-los à Espanha, junto com Isabela, não se recusassem a ir. Que fossem e o aguardassem em Cádiz ou em Sevilha, por dois anos. Deu-lhes sua palavra de que iria encontrá-los, dentro desse prazo, caso o céu lhe concedesse viver até lá. Se esses dois anos transcorressem sem que ele lá chegasse, seria porque algum grave impedimento, ou certamente a morte, teria atravessado seu caminho.

Isabela respondeu que o esperaria, não apenas por dois anos, mas por todos os anos de sua vida, até que recebesse notícias de que ele já não vivia, porque esse momento seria, para ela, o mesmo que morrer. Essas ternas palavras provocaram novas lágrimas em todos. Ricaredo saiu do quarto com a intenção de dizer a seus pais que não se casaria com a jovem escocesa, nem daria a ela sua mão, sem antes ir a Roma para se confessar e apaziguar sua consciência. Foi isso que disse aos pais e aos parentes que tinham vindo com Clisterna, pois assim se chamava a jovem escocesa. E como todos eram católicos, acreditaram facilmente em suas palavras. De bom grado Clisterna aceitou ficar na casa do sogro até que Ricaredo voltasse, no prazo, por ele estipulado, de um ano.

Com esse trato firmado, Clotaldo contou a Ricaredo que pretendia enviar Isabela e seus pais à Espanha, caso a rainha permitisse. Talvez os ares da pátria apressassem a volta da saúde de Isabela, que ela já começava a recobrar. Para não demonstrar suas intenções, Ricaredo concordou, quase com indiferença, dizendo ao pai que agisse como lhe parecesse melhor. Suplicou apenas que não tirasse de Isabela nenhum dos presentes que a rainha lhe dera. Clotaldo assim prometeu e naquele mesmo dia foi pedir a permissão da rainha, tanto para que Ricaredo se casasse com Clisterna, como para enviar Isabela e seus pais à Espanha. A rainha aprovou, de bom grado, os planos de Clotaldo. E naquele mesmo dia, sem consultar seus conselheiros nem levar a camareira a julgamento, dispensou-a de seu posto e condenou-a a pagar dez mil escudos de ouro a Isabela. Quanto ao Conde Arnesto, condenou-o a seis anos de desterro, pelo desafio que fizera a Ricaredo. Nem quatro dias se passaram e já Arnesto estava de partida para cumprir sua pena de desterro; estava também disponível o dinheiro para pagar a soma estipulada pela rainha, que mandou chamar um rico mercador francês que morava em Londres — mas tinha representantes na França, Itália e Espanha — e entregou-lhe os dez mil escudos, pedindo que os convertesse em títulos de crédito, que deveriam ser entregues ao pai de Isabela em Sevilha ou em qualquer outro local da Espanha. O mercador, depois de descontar a quantia referente ao seu trabalho e ao seu lucro, garantiu à rainha que faria chegar os títulos a Sevilha, por meio de outro mercador francês, seu representante, do seguinte modo: escreveria a Paris para que, lá, outro representante seu redigisse os títulos, a fim de que fossem consideradas as datas firmadas na França e não na Inglaterra; isso, por conta da proibição de transações legais entre os dois reinos. Para tanto, bastaria levar um título de crédito por ele assinado, sem data e com suas credenciais, para que o mercador de Sevilha — que a essa altura já teria sido informado da transação pelo mercador de Paris — entregasse o dinheiro prontamente. Enfim, a rainha recebeu do mercador todas as garantias possíveis, a ponto de não duvidar de que tudo correria a contento. Mas, ainda não de todo satisfeita, mandou chamar o comandante de uma embarcação de Flandres, que no dia seguinte deveria partir para a França, apenas para conseguir uma licença de partida, em algum porto daquele país. Assim, a embarcação flamenga entraria na Espanha como se tivesse partido da França e não da Inglaterra.[17] Pediu-lhe também, encarecidamente, que levasse Isabela e seus pais, que os tratasse muito bem e os fizesse desembarcar, em segurança, no primeiro porto espanhol a que chegasse.

O comandante, que desejava agradar a rainha, disse que assim faria, que deixaria Isabela e seus pais em Lisboa,[18] Cádiz ou Sevilha. Depois de tomar todas as providências recomendadas pelo mercador, a rainha mandou dizer a Clotaldo que não tirasse de Isabela nenhum dos presentes que ela lhe dera, nem as joias, nem os vestidos. No dia seguinte, Isabela e seus pais foram se despedir da rainha, que os recebeu afetuosamente. Entregou-lhes também o título de crédito do mercador e muitos outros presentes, tanto em dinheiro como em provisões para a viagem. Isabela mostrou-se tão grata à rainha, que esta se viu na obrigação de lhe conceder ainda mais — e sempre — favores. Depois Isabela despediu-se das damas que, agora que ela estava feia, não queriam vê-la partir; estavam finalmente livres da inveja que tinham dela e contentes por desfrutar de sua inteligência e de suas virtudes.

---

[17] Pois a Inglaterra e a Espanha estavam continuamente em guerra. (Ernani Ssó)
[18] Portugal foi parte da Espanha entre 1580 e 1640. (Ernani Ssó)

A rainha abraçou Isabela e seus pais; depois de desejar-lhes boa sorte e entregá-los aos cuidados do comandante da embarcação flamenga, pediu a Isabela que lhe mandasse notícias de sua chegada à Espanha, bem como de sua saúde, pelo mercador francês. Assim a rainha despediu-se dos três, que partiram naquela mesma tarde, não sem provocar lágrimas em Clotaldo, Catalina e em todos os criados da casa, que tanto estimavam Isabela. Ricaredo não participou da despedida; para não demonstrar seus ternos sentimentos, pediu a alguns amigos que o levassem a uma caçada. A Senhora Catalina deu muitos presentes a Isabela, junto com muitos abraços, lágrimas em abundância e insistentes pedidos para que sempre lhe escrevesse. Os agradecimentos de Isabela e seus pais não foram menos intensos, de sorte que, mesmo chorando, os deixaram satisfeitos.

Naquela noite, a embarcação partiu; ventos favoráveis a levaram até a França, onde foram tomadas todas as providências necessárias para sua chegada à Espanha. Trinta dias depois, a embarcação entrou na barra de Cádiz, onde Isabela e seus pais desembarcaram. Reconhecidos pela população da cidade, foram recebidos com muita alegria. Todos se congratularam com os pais de Isabela, felicitando-os por terem encontrado a filha e também por terem conseguido se livrar dos mouros (fato já conhecido, graças aos prisioneiros que Ricaredo generosamente libertara) e dos ingleses.

Por esse tempo, Isabela começava a dar mostras de recuperar sua antiga formosura. Permaneceram em Cádiz por pouco mais de um mês, recuperando-se do cansaço da viagem. Depois partiram para Sevilha, para trocar o título de crédito, recebido do mercador francês, pelos dez mil escudos que valia. Conseguiram encontrar o representante do mercador dois dias depois da chegada a Sevilha. Entregaram-lhe o documento dado pelo mercador francês que vivia em Londres e ele o reconheceu como autêntico, mas disse que não poderia dar-lhes o dinheiro enquanto não recebesse os documentos de Paris e a ordem de pagamento. Mas esperava que esses papéis chegassem a qualquer momento.

Os pais de Isabela alugaram uma casa majestosa, em frente a Santa Paula,[19] pois tinham uma sobrinha que era freira naquele santo convento, dona de belíssima e rara voz. Assim fizeram, para ficar perto da

---

[19] Convento de Santa Paula, de freiras da Ordem de São Jerônimo, situado ao norte da cidade.

freira e também porque Isabela dissera a Ricaredo que, se ele viesse procurá-la, poderia encontrá-la em Sevilha. E que sua prima, freira em Santa Paula, haveria de lhe contar o local onde ela estaria. E que ele não teria dificuldades para encontrar sua prima: bastaria perguntar pela freira cuja voz era a mais bela de todo o convento, coisa impossível de esquecer.

Mais quarenta dias se passaram, antes que chegassem os documentos de Paris. Dois dias mais tarde, o mercador francês entregou os dez mil ducados a Isabela, que por sua vez entregou-os aos pais. Assim, juntando esse dinheiro ao que resultou da venda de algumas das muitas joias de Isabela, seu pai retomou as atividades no comércio, para admiração daqueles que sabiam de suas grandes perdas. Enfim, em poucos meses o mercador se restabeleceu, recuperando todo o crédito perdido. E Isabela voltou a ser bonita como antes, de tal modo que, quando se falava em formosura, todos aclamavam a espanhola inglesa: pois assim ela era conhecida, na cidade, tanto por esse apelido como por sua incomparável beleza. Isabela e seus pais escreveram à rainha da Inglaterra, contando sobre a chegada à Espanha e expressando profunda gratidão por todos os favores que dela haviam recebido. Entregaram as cartas ao mercador francês de Sevilha, para que ele as encaminhasse à rainha. Escreveram também a Clotaldo e à Senhora Catalina; Isabela chamou ambos de *meus pais*; e seus pais verdadeiros, de *senhores*. Da rainha, não receberam resposta. Mas de Clotaldo e Catalina, sim; ambos escreveram, congratulando-se com eles por terem chegado sãos e salvos à Espanha. Deram também notícias de Ricaredo: que um dia após os três terem partido para a Espanha, também ele partira, mas para a França, dizendo que de lá iria a outros lugares, onde pudesse apaziguar sua consciência. A essa notícia acrescentavam muitas palavras de afeto e muitos oferecimentos para auxiliá-los no que fosse preciso. A essa carta Isabela e seus pais responderam com outra, não menos plena de cortesia, afeto e gratidão.

Isabela logo imaginou que Ricaredo deixara a Inglaterra para procurá-la na Espanha. Com o alento dessa esperança, sentia-se a pessoa mais feliz do mundo e procurava viver de maneira que, quando Ricaredo chegasse a Sevilha, ouvisse falar de suas virtudes antes mesmo de encontrá-la. Quase nunca saía de casa, a não ser para ir ao convento; não tinha outras graças, senão as que lá recebia. Ao longo das sextas-feiras da Quaresma, diante do oratório, em sua casa, voltava o pensamento para a Via Sacra e, nas sete sextas-feiras seguintes, ao Espírito Santo. Não foi, jamais, até o rio, nem a Triana;[20] não participou dos festejos populares de São Sebastião no Campo de Tablada[21] e na Porta de Jerez, que reuniam um número incalculável de pessoas. Enfim, não conheceu nenhuma festa popular, nem qualquer outra, em toda a Sevilha. Dedicava-se inteiramente ao seu recolhimento, às orações e aos bons desejos, enquanto esperava por Ricaredo. Esse retraimento provocava e acirrava os desejos, não só dos galãs do bairro, mas de todos aqueles que a tinham visto ao menos uma vez. À noite, na rua onde Isabela morava, soavam canções em sua homenagem. E, durante o dia, era intenso o movimento de seus pretendentes. Entre esse recolhimento de Isabela e a ânsia de muitos por vê-la, lucraram as *terceiras*: alcoviteiras, que em troca de dinheiro prometiam ser as primeiras a interceder junto a Isabela para conseguir seus favores. Alguns quiseram, ainda, recorrer a feitiços, que nada significam, senão embuste e disparates. Rodeada por tudo isso, Isabela mantinha-se como uma rocha em meio ao mar: os ventos e as ondas podem tocá-la, mas não movê-la.

Já havia se passado um ano e meio, dos dois prometidos por Ricaredo, quando a esperança começou a fatigar, com maior intensidade do que antes, o coração de Isabela. E quando já lhe parecia que seu esposo estava prestes a chegar, quando já o imaginava ao alcance de seus olhos, para perguntar-lhe por que havia demorado tanto, a ponto de poder ouvir-lhe as desculpas e perdoá-lo e abraçá-lo como se abraçasse a metade de sua própria alma, que até então lhe faltara, recebeu uma carta de Londres, da Senhora Catalina, com data de cinquenta dias atrás. A carta estava escrita em inglês, mas Isabela leu-a em espanhol. E seu teor era este:

"Filha de minha alma, sei que bem conheceste Guillarte, criado de Ricaredo. Guillarte o acompanhou na viagem — da qual já te falei, em outra carta — à França e a outras paragens, no dia seguinte ao da tua partida. Pois esse mesmo Guillarte, após dezesseis meses de ausência, durante os quais não recebemos notícias de Ricaredo, chegou ontem à nossa casa com a notícia de que o Conde Arnesto matou-o à traição, na França. Imagina, filha, como eu, meu marido e a esposa de Ricaredo nos sentimos ao ouvir essa triste nova, que já não deixa dúvidas sobre

---

[20] Cidade situada à margem ocidental do Guadalquivir.
[21] Provavelmente era próximo ao Canal de Alfonso XIII, na outra margem do Rio Guadalquivir, junto à ilha do mesmo nome, hoje desaparecida. (Sieber)

nossa desventura. Assim, Clotaldo e eu te rogamos uma vez mais, filha de minha alma, que com toda sinceridade recomendes a Deus a de Ricaredo, que bem merece essa graça pelo tanto que te amou, como bem o sabes. Pede também a Nosso Senhor que nos dê paciência e uma boa morte, assim como nós a Ele pediremos que te dê, e também aos teus pais, muitos anos de vida."

Pela caligrafia e pela assinatura, Isabela não teve como duvidar da morte de seu esposo. Conhecia Guillarte muito bem; sabia que ele era sincero e que não tinha motivos para mentir sobre a morte de Ricaredo. Tampouco a Senhora Catalina, mãe de Ricaredo, havia mentido, pois não teria por que lhe dar uma notícia tão triste, se não fosse verdadeira. Por fim, nenhuma reflexão, ou qualquer outra conjetura, pôde fazê-la duvidar da veracidade da notícia de sua desventura.

Depois de ler a carta, sem derramar uma lágrima, sem dar mostras de sofrimento, com o semblante sereno e o coração, ao que parecia, calmo, Isabela levantou-se do estrado onde estava sentada e dirigiu-se ao oratório. Caindo de joelhos diante de um crucifixo, decidiu ser freira, o que era perfeitamente possível, já que se considerava viúva. Para melhor consolar a filha, em sua amargura, os pais de Isabela dissimularam, discretamente, a dor que aquela triste notícia lhes causava. Isabela, quase se comprazendo com a própria dor, acalentando a santa e cristã resolução que havia tomado, passou a consolar seus pais e revelou-lhes seu intento. Mas ambos a aconselharam a não dar ainda aquele passo; não antes que se completassem os dois anos do prazo prometido por Ricaredo. Assim, seria confirmada a veracidade de sua morte e ela poderia, com mais segurança, mudar de vida. Isabela acatou o conselho. Passou os seis meses e meio que faltavam para completar o prazo preparando-se para a vida religiosa e para sua entrada no convento, tendo escolhido o de Santa Paula, onde já se encontrava sua prima.

O prazo esgotou-se e, assim, chegou o dia em que Isabela vestiria o hábito. A notícia correu por toda a cidade. As pessoas que conheciam Isabela, e também as que conheciam apenas sua fama, queriam vê-la. E todas se aglomeraram no pequeno espaço que separava o convento da casa de Isabela. Seus pais convidaram os amigos — que por sua vez convidaram outros — para acompanhar Isabela que teve, assim, o mais belo cortejo já visto, em ocasiões semelhantes, em toda a Sevilha. Estavam presentes o administrador, o vigário-geral e o provedor da igreja, além de todas as senhoras e senhores nobres e respeitáveis da cidade: tal era o desejo de todos, de admirar o sol da beleza de Isabela, que por tantos meses mantivera-os eclipsados. É costume que uma donzela, ao escolher o hábito, apresente-se no convento muito bem vestida e composta, como quem ostenta, naquele momento, o que resta de sua nobre condição, e dela se despoja. Por isso Isabela quis vestir-se da maneira mais rica e elegante possível. Escolheu o mesmo vestido que usara ao conhecer a rainha da Inglaterra e que, tal como já se disse, era belíssimo e vistoso; trazia, assim, à luz, joias de imenso valor: pérolas e o famoso diamante, que adornavam-lhe o pescoço e a cintura. Com todos esses adornos, com sua graça e elegância natural, Isabela fez nascer, em todos os que a contemplavam, o desejo de louvar a Deus, por ela, por sua beleza. Saiu de casa a pé, pois estava tão perto do convento que não precisaria de coches ou carruagens para chegar. Mas havia tanta gente ali aglomerada que as pessoas do cortejo se arrependeram por não ter utilizado um coche, pois não lhes davam espaço para chegar ao convento. Entre a multidão, uns bendiziam os pais de Isabela; outros agradeciam aos céus que de tanta formosura a haviam dotado. Alguns se erguiam na ponta dos pés para ver Isabela. E quando conseguiam, corriam até mais adiante, para vê-la novamente. Mas um homem, sobretudo, empenhava-se demais em vê-la, de tal maneira que chamou a atenção de muita gente. Ele vestia um hábito de cativo libertado, com uma insígnia da Santíssima Trindade no peito, sinal de que seu resgate fora pago pela esmola dos religiosos dessa ordem.[22] Pois esse cativo, no momento em que Isabela pôs os pés na entrada do convento — onde a madre superiora e as freiras a aguardavam, segurando uma cruz, tal como era o costume —, disse aos brados:

— Espera, Isabela, espera, pois não podes ser religiosa! Não enquanto eu viver!

Isabela e seus pais voltaram-se na direção da voz, a tempo de ver o cativo abrindo caminho entre a multidão. E, enquanto andava, caiu-lhe da cabeça um gorro azul, arredondado, revelando uma confusa e ondulada cabeleira cor de ouro, em total desalinho, e um rosto muito branco e corado, cor de neve e de carmim, cujos traços levaram todos a tomá-lo por um estrangeiro. Aos tropeços, o homem chegou até Isabela e tomando-lhe a mão, disse:

---

[22] Referência à Ordem da Santíssima Trindade e da Redenção de Cativos, fundada na França no século XII e reformada no século XVI. (DRAE) Esses padres pagavam o resgate de cativos com esmolas recebidas e doações.

— Tu me reconheces, Isabela? Vê, sou Ricaredo, teu esposo.
— Reconheço, sim — disse ela. — A menos que sejas um fantasma que veio turvar minha paz.

Observando o homem com atenção, os pais de Isabela o tocaram e por fim reconheceram, naquele cativo, Ricaredo, que com lágrimas nos olhos ajoelhou-se diante de Isabela, suplicando-lhe que não se deixasse confundir, por vê-lo naqueles trajes e naquela triste situação. Que isso não a impedisse de cumprir a promessa que tinham feito um ao outro. Isabela, apesar da forte impressão, ainda vívida em sua memória, causada pela carta da mãe de Ricaredo e pela notícia de sua morte, preferiu acreditar em seus olhos e na verdade que tinha diante de si. Assim, abraçando o cativo, disse:

— Sois, sem dúvida, meu senhor, a única pessoa que pode me impedir de realizar meu propósito cristão. Sois, sem dúvida, meu senhor, a metade de minha alma, por serdes meu verdadeiro esposo. Trago vossa imagem gravada em minha memória e guardada em minha alma. A notícia de vossa morte, sobre a qual me escreveu aquela que é minha senhora e vossa mãe, se não me roubou a vida, me levou a escolher a vida religiosa, para a qual eu queria, naquele momento, entrar. Mas se Deus, com tão justo impedimento, demonstra querer outra coisa, então não podemos — nem convém, de minha parte — contestar esse desígnio. Então vinde, senhor, à casa de meus pais, que é vossa, que ali me entregarei a vós, de acordo com os preceitos de nossa santa fé católica.

Todos, incluindo o administrador, o vigário-geral e o provedor, ouviram atentamente, admirados e perplexos; e logo quiseram saber que história era aquela, quem era aquele estrangeiro e de qual casamento estavam falando. O pai de Isabela, depois de responder a todas as perguntas, disse que aquela história pedia outro lugar e algum tempo para ser narrada. Por isso, pedia a todos que quisessem conhecê-la que fizessem meia volta e fossem até sua casa, tão perto dali, onde poderiam ouvi-la e, assim, satisfazer a curiosidade e se admirarem com sua grandeza e singularidade. Naquele momento, um dos presentes ergueu a voz, dizendo:

— Senhores, eu conheço esse mancebo: é um grande corsário inglês, que há pouco mais de dois anos tomou dos piratas de Argel um navio português que vinha das Índias. É ele, sem dúvida. Foi esse homem quem me deu a liberdade e também algum dinheiro para vir à Espanha. E não fez isso apenas por mim, mas por outros trezentos prisioneiros.

Essas palavras causaram alvoroço entre a multidão, avivando o desejo geral de conhecer tão intrincados fatos. Por fim, as pessoas mais importantes da cidade, entre elas o administrador e os dois senhores eclesiásticos, seguiram Isabela até sua casa, deixando para trás as freiras tristes, confusas e chorosas por perderem sua formosa companheira. Chegando à sua casa, Isabela convidou os senhores que a acompanhavam a sentar-se numa grande sala. Ricaredo, embora quisesse contar a história, achou melhor confiá-la à voz e à inteligência de Isabela, já que ele não dominava por completo a língua castelhana.

Todos fizeram silêncio, concentrados de corpo e alma nas palavras de Isabela, que deu início ao relato — que aqui resumo —, contando tudo o que lhe acontecera, desde o dia em que fora levada de Cádiz, por Clotaldo, até o dia de seu retorno à Espanha. Contou também sobre a batalha de Ricaredo contra os turcos; a generosidade com que ele havia tratado os cristãos; a promessa que ambos haviam feito, de se tornarem marido e mulher; o prazo de dois anos estipulado por Ricaredo e a notícia de sua morte, que lhe parecera tão verdadeira a ponto de levá-la a escolher a carreira religiosa, tal como todos já sabiam. Elogiou a generosidade da rainha, a fé cristã de Ricaredo e de seus pais. Por fim, pediu a Ricaredo que contasse tudo o que lhe havia sucedido, desde sua partida de Londres até o presente momento, em que se apresentava com trajes de cativo libertado por caridade.

— De fato — disse Ricaredo. — E vou resumir, em breves palavras, as imensas dificuldades por que passei. Parti de Londres para me furtar ao matrimônio, para mim impossível, com Clisterna, a donzela escocesa católica que meus pais queriam que eu desposasse, como Isabela já contou. Parti na companhia de Guillarte, meu criado que, tal como minha mãe escreveu a Isabela, foi quem levou a Londres a notícia de minha morte. Atravessando a França cheguei a Roma, onde minha alma se alegrou e minha fé se fortaleceu. Beijei os pés do Sumo Pontífice, confessei meus pecados com o confessor-mor, que deles me absolveu. Então recebi os documentos comprobatórios da minha confissão, da minha penitência e da minha submissão à nossa Universal e Santa Madre Igreja. Depois visitei muitos locais, tão sagrados quanto incontáveis, daquela santa cidade. Dos dois mil escudos de ouro que trazia comigo, converti mil e seiscentos num título de crédito que um representante enviou a um tal Roqui, mercador florentino. Com os quatrocentos que me restaram, parti para Gênova onde, segundo fui informado, havia duas galeras prestes a zarpar com destino à Espanha, que era justamente para onde eu queria vir. Cheguei com Guillarte, meu criado, a um lugar chamado Aquapendente,[23] que fica no caminho de Roma a Florença e é o último sob a jurisdição do papa. Lá chegando, apeei em frente a uma hospedaria ou pousada, onde encontrei o Conde Arnesto, meu inimigo mortal, acompanhado por quatro criados. Disfarçado e sem se dar a conhecer, pelo visto pretendia ir a Roma, mais por curiosidade do que por fé católica. Julguei, sem sombra de dúvida, que ele não tinha me reconhecido. Fechei-me, com meu criado, num aposento, muito atento e decidido a mudar de pousada, tão logo a noite caísse. Mas não o fiz, pois a atitude despreocupada do conde e seus criados confirmou minha impressão de que eles realmente não tinham me reconhecido. Jantei no meu aposento, fechei a porta, deixei minha espada ao alcance da mão, encomendei-me a Deus e não quis me deitar. Meu criado dormiu; quanto a mim, acomodei-me numa cadeira e ali fiquei, meio adormecido. Porém, pouco depois da meia-noite, quatro pistoletes me despertaram, para então me fazer dormir o sono eterno. Soube, depois, que o conde e seus criados tinham me alvejado e, tomando-me por morto, tendo os cavalos já selados e prontos, partiram, não sem antes recomendar ao estalajadeiro que cuidasse do meu funeral, já que eu era um homem importante.

"Soube, depois, através do estalajadeiro, que meu criado acordou com o som dos tiros; morto de medo, pulou por uma janela que dava para o pátio, gritando: Ai de mim, que mataram meu senhor! E deixou para trás a estalagem, tão apavorado, que provavelmente não parou até chegar a Londres, pois foi ele quem levou a notícia da minha morte. Os que estavam na estalagem me encontraram, com quatro balas no corpo e muitas outras marcas de chumbo, mas nenhum ferimento foi mortal. Pedi para me confessar e receber todos os sacramentos, como cristão católico. Atenderam ao meu pedido e cuidaram de mim. Levei dois meses para me recuperar e me sentir pronto para seguir viagem. Ao fim desse tempo, fui a Gênova, onde não encontrei outro meio de transporte, senão duas pequenas embarcações[24] que fretei, junto com dois nobres espanhóis. Uma delas seguiria à frente, para reconhecer e

---

[23] Cidade italiana, província de Roma e território de Orvieto, que contava com 1401 habitantes no ano de 1656. Seu nome se deve a uma grande cascata que lá existia. (Sieber)

[24] No original, *faluga (faluca)*: "pequena embarcação, de somente seis remos".

nos indicar a rota. E na outra iríamos nós. Com esse plano, embarcamos, sempre costeando, para não nos perdermos. Assim, chegamos a uma paragem que chamam de Três Marias,[25] que fica na costa francesa. Nossa primeira embarcação seguia à frente quando, de súbito, surgiram de uma enseada duas galeotas turcas, que nos atacaram. Tentamos nos defender, mas, quando íamos atacá-las, uma delas nos interceptou a rota por mar e a outra nos cortou o caminho para a terra. Assim, caímos prisioneiros. Fizeram-nos entrar numa galeota, onde nos deixaram completamente nus. Saquearam nossas pequenas embarcações, mas não as afundaram; deixaram-nas seguir em direção à terra, dizendo que serviriam para trazer-lhes mais *galima*: assim os turcos chamam os despojos que tiram dos cristãos. Bem se pode acreditar se eu disser que sofria o cativeiro em minha alma; sofria, sobretudo, pela perda dos documentos que trouxera de Roma, numa caixa de metal, juntamente com o título dos mil e seiscentos ducados. Mas quis a boa sorte que a caixa chegasse às mãos de um escravo cristão, espanhol, que guardou-a. Se essa caixa tivesse caído em poder dos turcos, eles logo iriam averiguar sua procedência e pediriam no mínimo esse valor, pelo meu resgate.

"Fomos levados para Argel, onde descobri que os padres da Ordem da Santíssima Trindade estavam resgatando prisioneiros. Conversei com eles, contei quem eu era; e embora fosse estrangeiro, os padres, movidos por seu senso de caridade, me resgataram do seguinte modo: deram por mim trezentos ducados, em dois pagamentos: um inicial, de cem ducados, e outro de duzentos, que seria pago quando voltasse a embarcação da esmola para resgatar um padre daquela mesma ordem, que ficara em Argel como refém e garantia de quatro mil ducados, pois, para resgatar mais prisioneiros, havia se comprometido a pagar mais do que tinha. A caridade desses padres vai além de toda misericórdia e generosidade, pois eles dão sua liberdade em troca da liberdade alheia; tornam-se cativos para resgatar os cativos. Quanto a mim, além da ventura de recuperar minha liberdade, recuperei a caixa com meus documentos de Roma e o título de crédito. Mostrei-o ao abençoado padre que me resgatou e ofereci a ele quinhentos ducados a mais, além do custo do meu resgate, para ajudá-lo em seu trabalho. A embarcação que trazia o dinheiro dos

---

[25] Porto das Três Marias, perto de Marselha onde, segundo alguns críticos, deu-se a captura de Cervantes, em setembro de 1575, por piratas argelinos... Já outros críticos afirmam, segundo fortes evidências, que a captura ocorreu na costa catalã. (Sieber)

padres demorou quase um ano para chegar. E se eu agora contasse o que me aconteceu, nesse período, já seria outra história. Direi somente que fui reconhecido por um dos vinte turcos que libertei, juntamente com os cristãos aos quais já me referi. Esse turco mostrou-se tão grato e agiu com tanta honradez que não revelou minha identidade a ninguém. Pois se os outros turcos soubessem que eu tinha afundado suas duas galeras e me apossado do grande navio português que viera das Índias, certamente me matariam ou me dariam de presente ao Grão-Senhor e, assim, eu perderia para sempre minha liberdade. Por fim, consegui vir para a Espanha, na companhia do padre que me libertou e de mais cinquenta prisioneiros cristãos por ele resgatados. Entramos juntos em Valência, numa grande procissão.[26] Depois, cada um ficou livre para seguir para onde quisesse, com as insígnias da sua liberdade, que são esses hábitos que usamos. Cheguei hoje a esta cidade, tão desejoso de ver minha esposa Isabela que, sem pensar em mais nada, procurei me informar sobre este convento, onde certamente teria notícias dela. O que aconteceu em seguida, todos já sabem. Só me falta agora mostrar esses documentos, para que seja comprovada minha história que tem tanto de milagrosa quanto de verdadeira."

Assim dizendo, tirou de uma caixa de metal os documentos dos quais havia falado e entregou-os ao provedor que, junto com o administrador, observou-os, não encontrando neles qualquer coisa que pudesse pôr em dúvida seu relato. E como a confirmar essa verdade, quiseram os céus que o mercador florentino, cujo nome constava do título de mil e seiscentos ducados, estivesse presente. O mercador pediu para ver o documento, que imediatamente reconheceu como autêntico e logo o aceitou, pois já fazia muitos meses que fora informado sobre aquele título. Tudo isso acrescentou ainda mais admiração à admiração geral e ainda mais espanto ao espanto geral. Ricaredo disse que de novo desejava oferecer à igreja os quinhentos ducados que havia prometido. O administrador abraçou-o; depois abraçou Isabela e seus pais, colocando-se gentilmente à disposição de todos. Os dois senhores eclesiásticos fizeram o mesmo. E pediram à Isabela que narrasse aquela história por escrito, para que o arcebispo, superior de ambos, a lesse. Isabela prometeu que assim faria.

---

[26] "Parte das cerimônias de desembarque dos escravos que tinha, entre outras funções, a de acerto de contas com a Inquisição." (Ernani Ssó)

O profundo silêncio que todos tinham mantido até o momento, para que pudessem ouvir atentamente aquela história singular, foi rompido por exclamações que louvavam a Deus e suas grandes maravilhas. Desde o mais humilde, entre os presentes, até o mais nobre, todos, sem exceção, expressaram votos de felicidade a Ricaredo, a Isabela e seus pais. Depois, deixaram-nos na companhia do administrador, a quem os quatro pediram que lhes desse a honra da sua presença no casamento, que deveria se realizar dali a oito dias... Convite que ele aceitou com muita alegria e, na data marcada, compareceu à cerimônia, acompanhado das pessoas mais importantes da cidade.

E foi assim, entre tantas idas e vindas, que os pais de Isabela recuperaram seus bens e sua filha que, favorecida pelos céus e por suas muitas virtudes, a despeito de tantas dificuldades, conseguiu encontrar um marido bom como Ricaredo, em cuja companhia deve estar vivendo até hoje, numa propriedade que alugaram em frente ao Convento de Santa Paula e que depois compraram dos herdeiros de um fidalgo burgalês chamado Hernando de Cifuentes.[27]

Esta novela poderia nos ensinar a força da virtude e da beleza, que são tão unidas, mas também cada uma, por si só, é capaz de cativar até mesmo os inimigos. Poderia ainda nos mostrar como o Céu sabe extrair, de nossas grandes adversidades, grandes benefícios para nós.

---

[27] "A casa principal, que fica em frente a esse convento [Santa Paula], foi celebrizada pelo imortal Cervantes em sua novela "A espanhola inglesa". Mas trata-se de uma fábula. A casa pertenceu aos Marqueses de Castromonte (Baezas e Mendonzas)." (Sieber)

O LICENCIADO DE VIDRO[1]

Dois cavaleiros, estudantes, passeavam à margem do Rio Tormes quando viram um menino de cerca de onze anos, vestido como um camponês, dormindo à sombra de uma árvore. Ordenaram a um criado que o despertasse. Quando o menino acordou, perguntaram-lhe de onde era e por que motivo estava ali, sozinho, dormindo. O menino respondeu que tinha se esquecido do nome de sua terra e que ia à cidade de Salamanca para procurar um amo a quem pudesse servir, em troca de poder estudar. Perguntaram-lhe se sabia ler; ele respondeu que sim e que também sabia escrever.

— Então, não é por falta de memória que esqueceste o nome da tua pátria — disse um dos cavaleiros.

— Seja lá por que for, ninguém saberá o nome dela nem dos meus pais, até que eu possa honrar a ela e a eles — respondeu o menino.

— E de que modo pretendes honrá-los? — perguntou o outro cavaleiro.

— Tornando-me famoso com meus estudos — respondeu o menino.
— Pois ouvi dizer que dos homens estudiosos se fazem os bispos.

Essa resposta motivou os dois cavaleiros a acolhê-lo e levá-lo consigo e assim fizeram, dando-lhe o estudo que se costuma dar aos criados na Universidade de Salamanca. O menino disse que se chamava Tomás Rodaja e daí seus amos deduziram, pelo nome e pelas roupas que usava, que devia ser filho de algum camponês pobre. Em poucos dias deram-lhe trajes negros. E em poucas semanas Tomás demonstrou possuir rara inteligência, servindo a seus amos com tanta lealdade, zelo e eficácia que, embora se dedicasse muito aos estudos, parecia que não se ocupava de outra coisa, senão de servi-los. E como o bom serviço do servo desperta no senhor a vontade de tratá-lo bem, Tomás deixou

---

[1] No original, *Vidriera*: vidraça.

de ser criado para ser companheiro de seus amos. Enfim, nos oito anos que esteve com eles tornou-se tão famoso na universidade, por sua inteligência e notáveis habilidades, que era estimado e querido por pessoas dos mais diversos tipos. Dedicou-se especialmente ao estudo das leis, mas destacava-se sobretudo na área de Humanidade. Chegava a causar espanto com sua memória prodigiosa, ilustrando-a de tal modo com seu bom entendimento, que era tão famoso por ele quanto por ela.

Mas chegou o tempo em que seus amos concluíram os estudos e regressaram à terra natal, que era uma das melhores cidades da Andaluzia, levando Tomás, que esteve com eles por alguns dias. Mas, ansioso para voltar aos estudos e a Salamanca — que acirra, como que por encanto, em todos os que apreciaram seu aprazível viver, a vontade de retornar —, pediu aos seus amos licença para regressar. Ambos, corteses e generosos, assim concederam, dando-lhe condições e uma quantia suficiente para sustentar-se por três anos.

Demonstrando toda a sua gratidão nas palavras com as quais se despediu dos dois, Tomás saiu de Málaga — pois essa era a pátria de seus senhores — e, ao descer pela costa de Zambra, a caminho de Antequera, encontrou um fidalgo a cavalo, em trajes de viagem de cores vivas, acompanhado por dois criados, também a cavalo. Conversando com o fidalgo, soube que seguia para o mesmo destino que ele. Fizeram camaradagem, falaram de diversos assuntos e em bem pouco tempo Tomás deu mostras de sua rara inteligência. O cavaleiro, por sua vez, demonstrou sua galhardia e vivência na corte; disse que era capitão de infantaria, em nome de Sua Majestade, e que seu alferes estava na região de Salamanca, recrutando homens para a companhia. Louvou a vida da soldadesca; pintou com vivas cores a beleza da cidade de Nápoles, as diversões de Palermo, a fartura de Milão, as festas da Lombardia, as esplêndidas refeições servidas nas estalagens. Falou com doçura e detalhadamente sobre o *aconcha, patrón; pasa acá, manigoldo; venga la mararela, li pollastri, e li macarroni*.[2] Elevou aos céus a vida livre do soldado e a liberdade que se respira na Itália. Mas nada disse sobre o frio que sofrem as sentinelas, o perigo dos ataques, o terror das batalhas, a fome nos cercos, a ruína das minas e outras coisas desse tipo, que alguns tomam como ocasionais pesos da vida de soldado, quando na verdade são a principal dificuldade. Em resumo, disse tantas coisas e tão bem

---

[2] "Te avia, chefe", "vem cá, malandro", "que venham as porpetas, o frango e o macarrão". (Ver Glossário)

ditas, que a prudência de nosso Tomás Rodaja começou a titubear e, sua vontade, a inclinar-se ao sentido daquela vida tão próxima da morte.

O capitão, que se chamava Dom Diego de Valdívia, contentíssimo com a grata presença, inteligência e desenvoltura de Tomás, pediu-lhe que o acompanhasse à Itália, caso tivesse curiosidade de conhecê-la. Para tanto, oferecia-lhe um lugar à sua mesa e, se necessário, também sua bandeira, pois seu alferes[3] em breve deixaria a companhia.

Não foi preciso insistir muito para que Tomás aceitasse o convite, depois de fazer para si mesmo, num instante, um breve discurso sobre como seria bom conhecer a Itália e Flandres e diversas outras terras e países, pois as longas peregrinações tornam os homens mais sábios. E para tanto ele gastaria três ou quatro anos que, somados à sua pouca idade, não seriam tantos a ponto de impedi-lo de retomar os estudos. E para que tudo acontecesse de acordo com seu gosto, Tomás disse ao capitão que ficaria feliz de acompanhá-lo à Itália, desde que não precisasse sentar praça, nem como alferes nem como soldado, nem obrigar-se a seguir sua bandeira. O capitão respondeu que não seria preciso alistar-se e que receberia a mesma proteção e o mesmo pagamento que os outros soldados da companhia. E poderia pedir licença sempre que quisesse, que ele lhe daria.

— Isso iria contra a minha consciência e a do senhor capitão — disse Tomás. — Assim, prefiro ir livre a ir engajado.

— Uma consciência assim, escrupulosa, está mais para um religioso do que para um soldado — disse Dom Diego. — Mas seja como quiseres, pois já somos amigos.

Naquela noite, chegaram a Antequera e em poucos dias e longas jornadas se avizinharam do local onde estava a companhia, já formada e iniciando a marcha para Cartagena, alojando-se nos lugares mais plausíveis, junto com outras quatro companhias. Ali Tomás notou a autoridade dos comissários, a insolência de alguns capitães, a insistência e as instâncias dos responsáveis pelo alojamento das companhias, as artimanhas e as contas dos que faziam os pagamentos, as queixas dos habitantes dos povoados, as negociações sobre os boletos[4] dos soldados, o desacato dos recrutas, as discussões com os hospedeiros, o costume de

---

[3] O alferes exercia a função de porta-bandeira da companhia. (Ver Glossário)

[4] No original, *boleta*: cédula que os militares recebiam, ao entrar num povoado ou cidade, indicando a casa onde deveriam se alojar. Acontecia de civis comprarem os boletos, para evitar que soldados ocupassem determinada casa ou local.

pedir mais animais de carga e equipamentos do que era preciso e, por fim, a necessidade quase inevitável de fazer tudo aquilo que observava e que tão mal lhe parecia.[5]

Tomás vestiu-se de cores vivas,[6] renunciando definitivamente aos hábitos de estudante, sem olhar para trás, como se costuma dizer. Reduziu os muitos livros que tinha a um exemplar de *Horas de Nossa Senhora* e a um *Garcilaso* sem notas e comentários,[7] que levava na algibeira.

Chegaram a Cartagena mais rápido do que esperavam, pois a vida nos alojamentos é ancha e variável; e a cada dia surgem coisas novas e agradáveis.

Ali embarcaram em quatro galeras de Nápoles e também ali Tomás Rodaja observou a estranha vida que se levava naquelas casas marítimas onde, na maior parte do tempo, os percevejos maltratam, os galeotes roubam, os marinheiros se enfastiam, os ratos destroem e o movimento das ondas fatiga. Assustaram-no as grandes borrascas e tormentas, sobretudo no Golfo de León, onde ocorreram duas: uma jogou-os na Córsega e outra levou-os a Toulon, na França. Por fim, tresnoitados, encharcados e com olheiras, chegaram à formosa, belíssima cidade de Gênova; desembarcando no protegido Mandrache,[8] o capitão, depois de visitar uma igreja, foi com seus camaradas a uma estalagem, onde jogaram no esquecimento todas as borrascas passadas, por conta da presente alegria e festa.

Ali conheceram a suavidade do Treviano, o valor do Montefrascón, a força do Asperino, a generosidade dos dois gregos, Candia e Soma, a grandeza do das Cinco Viñas, a agradável doçura da Senhora Guarnacha, a rusticidade da Chéntola, sem que entre todos esses senhores ousasse aparecer a baixeza do Romanesco.[9] E tendo o estalajadeiro feito o inventário de tantos e tão diferentes vinhos, ofereceu-se para ali fazer aparecer, real e verdadeiramente, sem qualquer truque ou falsificação,

---

[5] Referência ao comportamento insolente e abusivo dos soldados, que muitas vezes tratavam com violência seus hospedeiros e com descaso os móveis e objetos dos locais onde eram recebidos.

[6] No original, *Había vestido Tomás de papagayo*: referência às cores vivas do papagaio, em contraponto com os trajes escuros dos estudantes. Viajantes e soldados usavam trajes coloridos.

[7] Referência às primeiras edições de Garcilaso de La Vega (Veneza, 1553; Madri, 1570), sem notas e sem a carta dirigida a Boscán, ambos célebres poetas espanhóis. (Sieber) (Ver Glossário)

[8] Mandrache (do italiano, *mandraccio*): designa a parte sudeste do porto de Gênova. Na época, era um termo genérico para designar uma parte bem abrigada de um porto. (Damonte)

[9] Todos esses nomes referem-se a vinhos da região de Trebia (Treviano), de Montefiascone (Montefrascón), de Capri ou Nápoles (Asperino), da Ilha de Cândia, de Monte Vesúvio (Soma), de Gênova (Cinco Viñas), de San Luchito (Guarnacha), de Centola de Nápoles (Chéntola) e de Roma (Romanesco). (Sieber)

os vinhos de Madrigal, de Coca, de Alaejos e o da Imperial e mais que Real Cidade,[10] recâmara do deus do riso. Ofereceu também vinhos de Esquivias, Alanís, Cazalla, Guadalcanal e Membrilla, sem se esquecer dos de Rivadávia e Descargamaría.[11] Por fim, o estalajadeiro nomeou outros vinhos e lhes deu mais do que o próprio Baco poderia ter em suas adegas.

O bom Tomás também ficou admirado com os louros cabelos das genovesas, com a gentileza e galhardia dos homens, com a incrível beleza da cidade, que parece ter as casas incrustadas naquelas rochas, como diamantes em ouro. No dia seguinte, desembarcaram todas as companhias que deveriam ir ao Piemonte, mas Tomás não quis fazer essa viagem. Preferiu seguir, por terra, em direção a Roma e Nápoles, como realmente fez, ficando de voltar pela grande Veneza, e por Loreto, a Milão e ao Piemonte, onde Dom Diego de Valdívia disse que o encontraria, caso já não os tivessem levado a Flandres,[12] segundo se dizia.

Dois dias mais tarde, Tomás despediu-se do capitão e dali a cinco chegou a Florença, tendo primeiro conhecido Luca, cidade pequena mas muito aprazível onde, melhor do que em outras partes da Itália, os espanhóis são bem vistos e bem recebidos.

Agradou-se por demais de Florença, tanto pela boa localização como pela limpeza, edifícios suntuosos, rio de águas refrescantes e ruas aprazíveis. Ficou na cidade por quatro dias e logo partiu para Roma, rainha das cidades e senhora do mundo. Visitou seus templos, adorou suas relíquias e admirou sua grandeza. E assim como pelas unhas do leão é possível conhecer sua grandeza e ferocidade, assim ele compreendeu Roma por seus mármores despedaçados, por suas meias e inteiras estátuas, pelas ruínas de seus arcos e por suas termas destruídas, por seus magníficos pórticos e grandes anfiteatros, por seu famoso e santo rio, cujas águas sempre se espalham pelas margens, beatificando-as com as infinitas relíquias de corpos de mártires que nelas tiveram sepultura;

---

[10] Referência a Ciudad Real, Espanha.

[11] Esquivias, Alanís, Cazalla, Guadalcanal, Membrilla, Rivadávia e Descargamaría: locais da Espanha onde se faziam bons vinhos.

[12] Referência ao chamado "caminho espanhol": rota que as companhias militares seguiam, desde as possessões espanholas na Itália até os Países Baixos. Era uma via essencial à comunicação e ao abastecimento das tropas espanholas, em seu objetivo de dominar a revolta. (Parker) Ernani Ssó, em sua tradução das *Novelas exemplares*, aponta que "para o homem renascentista, a 'viagem à Itália', que Tomás Rodaja começa aqui, era uma parte inescapável de sua educação".

por suas pontes, que parecem mirar-se mutuamente, e por suas ruas, que somente com seu nome demonstram autoridade sobre todas as de outras cidades do mundo: a Via Ápia, a Flamínia, a Júlia e outras desse jaez. Pois não lhe causava menos admiração a divisão de suas colinas dentro dela própria: a de Célio, a do Quirinal e a do Vaticano, juntamente com outras quatro,[13] cujos nomes manifestam a grandeza e majestade romanas. Notou também a autoridade do Colégio dos Cardeais, a majestade do Sumo Pontífice, a afluência e variedade de pessoas e nações. A tudo observou, notou e apreciou devida e justamente. E tendo feito a jornada das sete igrejas[14] e se confessado com um penitencieiro, e beijado o pé de Sua Santidade, cheio de ágnus-deis e contas de rosário, decidiu ir a Nápoles; e por ser tempo de mudança de estação, mau e danoso para todos os que entram ou saem de Roma por terra, foi a Nápoles por mar, onde à admiração que tinha sentido por Roma acrescentou-se a que sentiu ao ver Nápoles, que lhe pareceu, e também a todos os que a conheceram, a melhor cidade da Europa, ou já do mundo inteiro.

Dali seguiu para a Sicília, conheceu Palermo e depois Messina. De Palermo, apreciou a localização e a beleza; de Messina, o porto; e a fartura de toda a ilha, que justa e verdadeiramente é chamada o celeiro da Itália. Voltou a Nápoles e a Roma, de onde seguiu para Nossa Senhora de Loreto; e ali, em seu santo templo, não viu paredes nem muralhas, pois todas estavam cobertas de muletas, mortalhas, correntes, grilhões, algemas, cabeleiras, bustos de cera, pinturas e retábulos que testemunhavam as inumeráveis graças que muitos haviam recebido da mão de Deus, por intercessão de sua divina Mãe, cuja sacrossanta imagem quis engrandecer e autorizar, com aquela multidão de milagres, recompensando assim a devoção daqueles que com dosséis semelhantes adornam as paredes de sua casa. Viu o próprio aposento e local onde foi transmitida a mais alta mensagem, da mais alta importância, que viram, mas não entenderam, todos os céus e todos os anjos e todos os habitantes das moradas sempiternas.[15]

---

[13] São sete as principais colinas sobre as quais Roma foi fundada Roma: Aventino, Capitólio, Célio, Esquilino, Palatino, Quirinal e Viminal.

[14] Referência às sete igrejas de peregrinação de Roma: São João de Latrão, São Pedro, São Paulo Extramuros, Santa Maria Magiore, São Lourenço Extramuros, São Sebastião Extramuros e Basílica de Santa Cruz de Jerusalém.

[15] Referência à casa da Sagrada Família, em Nazaré (onde Maria teria recebido a visita do Anjo da Anunciação), que milagrosamente, segundo a tradição de fé e devoção católicas, teria sido transportada daquela cidade para a região de Loretto, na Itália.

Dali, embarcando em Ancona, foi para Veneza, cidade que, se Colombo não tivesse nascido, não teria semelhante no mundo: graças aos Céus e ao grande Hernando Cortés, que conquistou a grande cidade do México para que a grande Veneza tivesse, de algum modo, quem a ela se opusesse. As ruas dessas duas famosas cidades se parecem, pois são todas de água:[16] a da Europa, admiração do mundo antigo; a da América, espanto do mundo novo. Pareceu a Tomás que sua riqueza era infinita; seu governo, prudente; seu sítio, inexpugnável; sua fartura, muita; suas cercanias, alegres; enfim, toda ela — em si e em cada parte — digna da fama de seu valor, que por todos os cantos do mundo se estende, dando ensejo de se acreditar ainda mais nessa verdade a edificação de seu famoso arsenal, que é o lugar onde são fabricadas as galeras, além de um sem-número de outras embarcações.

Pouco menos do que os de Calipso foram os prazeres e passatempos que nosso curioso encontrou em Veneza, pois quase o fizeram esquecer seu propósito principal. Mas, depois de um mês de estada, seguindo por Ferrara, Parma e Placência, voltou a Milão, oficina de Vulcano,[17] ojeriza do reino de França, cidade, enfim, da qual se diz que pode dizer num momento e fazer no outro, tornando-a magnífica sua grandeza e a de seu templo e sua maravilhosa fartura de todas as coisas necessárias à vida humana. Dali foi para Asti e chegou a tempo, pois no dia seguinte a companhia marcharia para Flandres.

Foi muito bem recebido por seu amigo, o capitão; e em sua companhia, como seu camarada, passou por Flandres e chegou a Amberes, cidade que não o encantou menos do que as que tinha visto na Itália. Conheceu Gante e Bruxelas e viu que todo o país se dispunha a tomar armas para sair em campanha no verão seguinte.

E tendo cumprido o desejo que o moveu a ver o que tinha visto, resolveu regressar à Espanha e a Salamanca, a fim de concluir seus estudos. E tão logo resolveu, pôs mãos à obra, para grandíssimo pesar de seu camarada, que no momento da despedida pediu-lhe que mandasse notícias sobre sua saúde, sua chegada e outros acontecimentos. Tomás prometeu que assim faria e, pela França, voltou à Espanha, sem ter visto Paris, onde havia conflito armado.[18] Por fim, chegou a Salamanca, onde

---

[16] Hernán Cortés, conquistador do México, descreve as "ruas de água" de Tenochtitlán, capital do Império asteca.

[17] Vulcano: deus do fogo e do metal, na mitologia romana. Milão era famosa por sua produção de armas.

[18] "Referência provável à rebelião dos huguenotes, em Paris." (Ernani Ssó)

foi bem recebido pelos amigos; e com o apoio que lhe deram prosseguiu com os estudos, até se graduar como licenciado em leis.

Sucedeu que por esse tempo chegou à cidade uma dama muito vivida e traquejada. Logo acorreram ao chamado e à arapuca todos os pássaros do lugar, sem restar sequer um estudante que não a visitasse. Contaram a Tomás que aquela dama dizia ter estado na Itália e em Flandres. E para ver se a conhecia, ele foi visitá-la; e dessa visita e desse encontro aconteceu que a dama se apaixonou por Tomás que, ignorando esse fato, não mais queria entrar na casa dela, a menos que, levado por outros, fosse forçado a tanto. Por fim, ela revelou a Tomás seu desejo e ofereceu-lhe todos os seus bens. Mas Tomás, interessado mais em seus livros do que em outros passatempos, não correspondia, de modo algum, aos sentimentos da senhora que, sentindo-se desprezada e, a seu ver, rejeitada, percebendo que por meios normais e comuns não conseguiria vencer a rocha que era a vontade de Tomás, resolveu buscar outros meios, que lhe pareceram mais eficazes e suficientes para a realização de seus desejos. Assim, aconselhada por uma mourisca, deu a Tomás, num marmelo toledano, um desses chamados feitiços, crente que estava lhe dando algo que o obrigaria a amá-la; como se houvesse, no mundo, ervas, encantamentos ou palavras suficientes para forçar o livre-arbítrio! Portanto, esses indivíduos que dão bebidas ou comidas amatórias chamam-se *venéficos*, pois não fazem outra coisa senão dar veneno a quem as toma, tal como tem mostrado a experiência, em muitas e diversas ocasiões.

Tão mal caiu o marmelo a Tomás que ele imediatamente começou a agitar-se, como se tivesse epilepsia. Ficou fora de si por muitas horas, ao fim das quais voltou, atarantado; com voz entrecortada e meio gago, disse que um marmelo que havia comido o matara; e contou quem o tinha dado. A Justiça, informada do caso, foi buscar a malfeitora que, ao ver seu plano malogrado, já havia se posto a salvo, e nunca mais apareceu.

Tomás ficou de cama por seis meses, tempo em que emagreceu e secou a ponto de, como se costuma dizer, ficar pele e osso, demonstrando estar perturbado em todos os sentidos. E embora lhe dessem os remédios possíveis, sanaram-lhe apenas a enfermidade do corpo, mas não a da mente, pois ficou são, mas louco da mais estranha loucura de todas de que, até então, se tinha notícia. Pensava, o desditado, que era todo feito de vidro. E por conta desse pensamento, dava gritos terríveis quando alguém se aproximava, pedindo e suplicando, com palavras e argumentos bem arrazoados, que não chegasse mais perto, para que ele não se quebrasse, pois real e verdadeiramente ele não era como os outros homens: era todo de vidro, da cabeça aos pés.

Para livrá-lo dessa estranha ilusão, muitos, sem atender a seus gritos e súplicas, precipitavam-se sobre ele para abraçá-lo, dizendo-lhe que visse e notasse bem como não se quebrava. Mas o resultado disso era que o pobre se jogava ao chão, dando mil gritos, e logo o tomava um desfalecimento do qual só despertava depois de quatro horas; e então reafirmava as declarações e súplicas para que não voltassem a se aproximar. Pedia que lhe falassem de longe e lhe perguntassem o que quisessem, pois a tudo responderia com maior entendimento, por ser homem de vidro e não de carne; e que o vidro, por ser de matéria sutil e delicada, permitia que a alma trabalhasse através dele com mais presteza e eficácia do que pela matéria do corpo, pesada e terrestre.

Alguns quiseram testar se era verdade o que dizia e, assim, fizeram muitas e difíceis perguntas, às quais ele respondeu espontaneamente, com grande agudeza de espírito, coisa que causou admiração aos maiores letrados da universidade e aos professores de Medicina e Filosofia, por verem que num indivíduo onde se encerrava tão extraordinária loucura, como o fato de pensar que era de vidro, se encerrasse tão grande entendimento para responder a qualquer pergunta com propriedade e agudeza.

Tomás pediu que lhe dessem alguma capa com a qual pudesse proteger aquele copo quebradiço que era seu corpo, para que, ao vestir algum traje mais justo, não se quebrasse. Assim, deram-lhe uma roupa parda e uma camisa bem larga, que ele vestiu com muito cuidado, cingindo a cintura com uma corda de algodão. Não quis calçar sapatos de modo algum e a forma que encontrou para que lhe dessem de comer, sem qualquer tipo de proximidade, foi ordenar que na ponta de uma vara pusessem uma caixa daquelas de guardar urinol, na qual punham algumas frutas próprias da estação. Carne ou peixe, não queria; não bebia senão em fontes ou rios, e somente usando as mãos; nas ruas, andava bem pelo meio delas, de olho nos telhados, temeroso de que alguma telha caísse sobre ele e o quebrasse. No verão, dormia no campo, a céu aberto; no inverno, metia-se em alguma estalagem, afundando-se na palha do celeiro até a garganta, dizendo que aquela era a cama mais adequada e segura que os homens de vidro poderiam ter. Quando trovejava, tremia como um azougado;[19] saía para o campo e não entrava em nenhum povoado enquanto a tempestade não passasse.

Seus amigos o mantiveram encerrado por muito tempo; mas vendo que sua desgraça continuava igual, resolveram condescender ao que ele pedia: que o deixassem andar livremente. Deixaram-no e ele saiu pela cidade, causando admiração e pena a todos os que o conheciam.

Os meninos logo o rodearam. Mas ele os detinha com uma vara, rogando que lhe falassem à distância, para que não se quebrasse, pois, por ser um homem de vidro, era muito delicado e quebradiço. Os meninos, que são os tipos mais travessos do mundo, a despeito de suas súplicas e gritos, começaram a atirar-lhe trapos e até pedras, para ver se ele era mesmo de vidro, como dizia. Mas ele gritava tanto e lamentava-se de tal modo que movia os homens a repreender e castigar o meninos, para que não o molestassem. Mas num dia em que o fatigaram excessivamente, ele se voltou para os meninos, dizendo:

— O que quereis de mim, meninos, insistentes como moscas, sujos como percevejos, atrevidos como pulgas? Sou, porventura, o Monte Testaccio,[20] de Roma, para que me atireis tantos cacos e telhas?

Muitos o seguiam, sempre, para ouvi-lo advertir e responder a todos. Os meninos, então, acharam por bem e melhor escutá-lo em vez de agredi-lo. Certa vez, passando o licenciado por uma loja de roupas de Salamanca, uma vendedora lhe disse:

— Na minha alma pesa sua desgraça, senhor licenciado, mas o que farei, se não posso chorar?

Voltando-se, muito circunspecto, ele respondeu:

— *Filiae Hierusalem, plorate super vos et super filios vestros.*[21]

O marido da vendedora, entendendo a malícia da resposta, disse:

— Irmão Licenciado Vidriera — pois assim ele dizia chamar-se —, mais tens de velhaco do que de louco.

— Isso não me importa um vintém, desde que eu nada tenha de néscio.

---

[19] No contexto, vítima de doença causada pela absorção dos vapores de azougue (mercúrio) pelo organismo, o que causa tremores e convulsões.

[20] Um dos cinco montes artificiais de Roma, formado por restos e cacos de ânforas, telhas e tijolos.

[21] "Filhas de Jerusalém, não choreis por mim, mas por vós e por vossos filhos." Assim teria dito Jesus, a caminho do Calvário, às mulheres que o acompanhavam e choravam, compadecidas de seu sofrimento (Evangelho de Lucas, XXIII, 28). O licenciado refere-se aos filhos "ilegítimos" da vendedora, que não são de seu marido.

Passando certo dia por uma casa de meretrício, viu junto à porta duas de suas muitas moradoras e disse que eram montarias do exército de Satanás, alojadas na pensão do inferno.

Perguntou-lhe alguém que conselho ou consolo daria a um amigo seu que estava muito triste porque a mulher tinha ido embora com outro.

A isso, ele respondeu:

— Diz-lhe que dê graças a Deus por ter permitido que levassem de sua casa um inimigo seu.

— Então ele não deve procurá-la?

— De jeito nenhum! — replicou Vidriera. — Pois encontrá-la seria um verdadeiro e perpétuo testemunho da sua desonra.

— Se é assim, o que devo fazer para ter paz com minha mulher?

Respondeu-lhe:

— Dá-lhe o que for necessário; deixa que ela mande em todos, na tua casa, mas não permitas que mande em ti.

Disse-lhe um menino:

— Senhor Licenciado Vidriera, quero fugir da casa do meu pai, porque ele me açoita muitas vezes.

E Vidriera respondeu:

— Olha, menino, os açoites que os pais dão nos filhos são honra; e os do verdugo, afrontas.

Estando o licenciado à porta de uma igreja, viu entrar um camponês daqueles que sempre se dizem, com orgulho, cristãos-velhos.[22] Atrás, vinha um que não estava em tão boa situação como o primeiro. Então o licenciado disse, aos gritos, ao camponês:

— Domingo, esperai que passe o Sábado.[23]

Sobre os professores da escola dizia que eram felizes, já que sempre trabalhavam com anjos; porém, mais felizes seriam se os anjinhos não fossem endiabrados. Alguém lhe perguntou o que pensava das alcoviteiras. Respondeu que alcoviteiras não eram as que moravam longe e sim as vizinhas mais próximas.

As notícias de sua loucura, de suas respostas e ditos, estenderam-se por toda a Castela e chegaram até um príncipe ou senhor que estava na Corte e desejou conhecê-lo. Assim, encarregou um cavaleiro seu amigo, que estava em Salamanca, de enviar a ele o Licenciado Vidriera. E esse cavaleiro, ao encontrá-lo, certo dia, disse:

---

[22] Cristão que não foi judeu nem tem antepassados judeus. (Houaiss)

[23] "O segundo camponês, claro, era judeu, convertido fazia pouco tempo. Piada típica da época." (Ssó)

— Saiba o Senhor Licenciado Vidriera que um grande senhor da Corte quer vê-lo e que fui enviado para levá-lo até lá.

A isso, ele respondeu:

— Queira vossa mercê desculpar-me perante esse senhor, mas não sou bom para palácios, pois tenho vergonha e não sei adular ninguém.

Apesar disso, o cavaleiro enviou-o à Corte. E para levá-lo, usaram deste artifício: puseram-no numa montaria, num grande cesto de palha, do tipo apropriado para se carregar vidro. Do outro lado da sela puseram um cesto idêntico, carregado com pedras — a fim de equilibrar o peso — e também com alguns vidros acomodados entre a palha, para dar a entender, ao licenciado, que o transportavam como um copo de vidro.

Era noite quando o licenciado chegou a Valladolid. Tiraram-no do cesto na casa do senhor que tinha mandado buscá-lo e que o recebeu muito bem, dizendo:

— Seja muito bem-vindo, Senhor Licenciado Vidriera. Como foi sua viagem? Como está de saúde?

A isso ele respondeu:

— Não é mau que se acabe um caminho, desde que não seja aquele que leva à forca. De saúde ando equilibrado, porque meu cérebro e meu pulso estão em acordo.

No dia seguinte, ao ver muitas alcândoras com nebris e açores[24] e outras aves de volataria, disse que a caça de altanaria era digna de príncipes e de grandes senhores, mas que notassem que nesse tipo de caça o prazer superava o proveito numa proporção de dois mil para um. Disse que a caça à lebre era muito agradável, ainda mais quando se caçava com galgos emprestados.

O cavaleiro gostou de sua loucura e deixou-o sair pela cidade, sob a guarda e o amparo de um homem que cuidava para que os meninos não lhe fizessem mal, dos quais e de toda a Corte o licenciado ficou conhecido em seis dias. E a cada passo, em cada rua e em qualquer esquina, respondia a todas as perguntas que lhe faziam. Entre estas, indagou um estudante se era poeta, pois parecia-lhe que tinha talento para tudo.

A isso ele respondeu:

— Até agora não fui tão néscio nem tão venturoso.

---

[24] Nebris e açores: espécies de falcão; alcândoras: varas onde se mantêm pousados os falcões; volataria: arte ou técnica de caça com falcões e outras aves de rapina; altanaria: alta volataria, caçada feita com aves de rapina adestradas que voam muito alto e então caem sobre a presa.

— Não entendo por que néscio ou por que venturoso — disse o estudante.

E Vidriera respondeu:

— Não fui néscio o bastante para dar num mau poeta nem tive a ventura de merecer ser um bom.

Perguntou-lhe outro estudante sobre como considerava os poetas. Respondeu que tinha muita consideração pela ciência mas, pelos poetas, nenhuma.[25] Perguntaram-lhe por que dizia isso. Respondeu que entre os inumeráveis poetas que existiam, eram tão poucos os bons que quase não faziam número. Então, como quase não havia poetas, não os considerava. Mas admirava e reverenciava a ciência da poesia, que encerrava em si todas as demais ciências: pois de todas ela se serve, de todas se adorna e burila e traz à luz suas maravilhosas obras, com as quais supre o mundo de proveito, de deleite e de encanto.

E acrescentou:

— Bem sei em que se deve estimar um bom poeta, pois me recordo daqueles versos de Ovídio, que dizem:

> *Cum ducum fuerant olim Regnumque poeta:*
> *Premiaque antiqui magna tulere chori.*
> *Sanctaque maiestas, et erat venerabile nome*
> *Vatibus; et large sape dabantur opes.*[26]

— Tampouco me esqueço da alta qualidade dos poetas, pois Platão os chama de intérpretes dos deuses. E deles diz Ovídio:

> *Est Deus in nobis, agitante calescimus illo.*[27]

— E diz ainda:

> *At sacri vates, et Divum cura vocamur.*[28]

---

[25] Ernani Ssó lembra que "a poesia considerada como ciência remonta à *Poética* de Aristóteles".

[26] "Outrora, os poetas eram caros aos deuses e aos reis e seus cantos recebiam ricas recompensas; seu nome era ligado a uma majestade religiosa, uma veneração, e muitas vezes lhes trazia grandes riquezas." (Ovídio, A arte de amar, III, 405-8)

[27] "Há um Deus em nós; por ele levados, nos avivamos." (Ovídio, Fasti, VI, 5)

[28] "Mas nós, os poetas, fomos chamados de adivinhos e queridos dos deuses." (Ovídio, *Amores*, III, v. 17)

— Isso se diz dos bons poetas; dos maus, dos fanfarrões, o que se há de dizer, senão que são a estupidez e arrogância do mundo?

E disse mais:

— O que é ver um desses poetas ineptos quando quer declamar um soneto a outros que o rodeiam e assim pede a palavra: "Vossas mercês escutem um sonetilho que fiz em algum momento da noite passada e embora nada valha, tem um quê de bonito". Então retorce os lábios, ergue as sobrancelhas em arco, tateia e remexe os bolsos, e dentre outros mil papéis sujos e meio rotos, com outros mil sonetos, tira o que quer declamar e por fim o faz, em tom melífluo e açucarado. E se acaso os ouvintes não o aplaudem, seja por sarcasmo ou por ignorância, ele diz: "Ou vossas mercês não entenderam o soneto, ou eu não soube declamar corretamente. Portanto, será bom que eu o recite outra vez e que vossas mercês prestem mais atenção, pois em verdade, mas em verdade mesmo, digo que é isso que o soneto merece". E torna a declamar o poema, tal como na primeira vez, mas acrescido de novos gestos e novas pausas. E o que é vê-los censurando-se mutuamente? O que direi de como ladram os filhotes de cães e os modernos para os grandes, antigos e veneráveis cães? E o que dizer dos que murmuram contra alguns ilustres e excelentes sujeitos, nos quais resplandece a verdadeira luz da poesia que, se tomada como alívio e distração das suas muitas e graves ocupações, mostram a divindade de seus talentos e a nobreza de seus conceitos, a despeito e apesar do circunspecto ignorante, que julga o que não conhece e se irrita com o que não entende, e daquele que quer que se estime e tenha em apreço a estupidez que se senta sob dosséis e a ignorância que se arvora aos lugares de grande honra?

Certo dia lhe perguntaram por que motivo os poetas, em sua maioria, eram pobres. Respondeu que assim eram porque queriam, pois estava em suas mãos serem ricos, isso se soubessem aproveitar a ocasião que por vezes lhes vinha às mãos através de suas damas, pois todas eram ricas ao extremo, já que tinham cabelos de ouro, fronte de prata polida, olhos de verdes esmeraldas, dentes de marfim, lábios de coral e garganta de cristal transparente; e o que choravam eram pérolas líquidas. E mais: no solo que seus pés pisavam, por mais dura e estéril terra que fosse, no mesmo instante brotavam jasmins e rosas; e seu alento era puro âmbar, almíscar e algália; e todas essas coisas eram sinais e mostras de sua grande riqueza. Estas e outras coisas dizia o licenciado sobre os maus poetas; dos bons, sempre falou bem, elevando-os às alturas, para além da lua.

Certo dia, viu na calçada de São Francisco umas figuras mal pintadas e disse que os bons pintores imitavam — mas os maus vomitavam — a Natureza.

Em outro dia, aproximou-se com imenso cuidado, para não se quebrar, da loja de um livreiro:

— Este ofício muito me contentaria, se não fosse por uma falha que tem — disse-lhe.

O livreiro perguntou-lhe de que falha se tratava. E o licenciado respondeu:

— Os melindres com que agem quando compram os direitos de um livro e o deboche com que zombam de um autor quando ele imprime um livro às suas próprias custas; pois em vez de mil e quinhentos, imprimem três mil exemplares. E quando o autor pensa que estão vendendo os seus exemplares, estão é despachando os outros.

Aconteceu que nesse mesmo dia passaram pela praça seis homens açoitados. Quando o pregoeiro anunciou: "Ao primeiro, por ladrão!", disse o licenciado, aos brados, aos que estavam diante dele:

— Afastai-vos, irmãos, que essa conta não comece por algum de vós!

E quando o pregoeiro anunciou: "Ao traseiro...", disse o licenciado:

— Aquele ali deve ser o fiador dos rapazes.[29]

Um rapaz lhe disse:

— Irmão Vidriera, amanhã vão açoitar uma alcoviteira.

Respondeu-lhe:

— Se dissesses que vão açoitar um alcoviteiro, eu pensaria que iriam açoitar um coche.[30]

Estava por ali um desses tipos que carregam liteiras, que perguntou:

— E de nós, licenciado, nada tens a dizer?

— Nada — respondeu Vidriera —, senão que cada um de vós conhece mais pecados do que um confessor, mas com esta diferença: o confessor os ouve, para guardá-los em segredo; e vós, para apregoá-los pelas tabernas.

Ao ouvir isso, um moço de mulas (pois todo tipo de gente o ouvia constantemente) disse-lhe:

---

[29] Fiador, além do sentido que conhecemos em português, significava também, na linguagem coloquial, "o traseiro dos meninos que, sofrendo o castigo, pagavam pelas travessuras ou picardias que cometiam."(DRAE) Também o termo "traseiro" tem duplo sentido, de modo que o condenado bem poderia ser um sodomita.

[30] O termo coche pode se referir ao veículo onde poderiam ocorrer encontros amorosos, armados pelas alcoviteiras.

— De nós, Senhor Redoma,³¹ pouco ou nada há que dizer, porque somos gente de bem e necessária à república.

A isso respondeu Vidriera:

— A honra do amo se revela na do criado. A partir disso, olha a quem serves e verás quão honrado és. Vós, moços de mulas, sois da pior canalha que existe na Terra. Certa vez, num tempo em que eu não era de vidro, fiz uma viagem numa mula de aluguel tão ruim que nela contei cento e vinte e um defeitos, todos capitais e inimigos do gênero humano. Todos os moços de mulas têm lá sua ponta de rufião, sua ponta de ladrão e um quê de bufão e trapaceiro. Se seus amos (pois assim chamam os moços aos que levam nas suas mulas) são fáceis de levar, fazem mais trapaças com eles do que todas as que já foram feitas nesta cidade nos tempos passados. Se os amos são estrangeiros, roubam-nos. Se são estudantes, maldizem-nos; se são religiosos, renegam-nos; e se são soldados, temem-nos. Estes, tal como os marinheiros e carreteiros e arrieiros, têm um modo de viver extraordinário, só deles: o carreteiro passa a maior parte da vida num espaço de um metro e meio, onde bem pouco sobra entre o jugo das mulas e a frente da carroça; canta durante metade do tempo e na outra metade vai blasfemando e dizendo: "Vão pra lá!". E faz com que se acomodem na parte de trás da carroça.³² E se acaso tiver de tirar uma roda de algum atoleiro, mais se ajudará com duas pragas do que com três mulas. Os marinheiros são gente pagã, rude, que não conhece outro linguajar senão o que se usa nos navios; na bonança, são diligentes e na borrasca, preguiçosos. Em meio a uma tormenta, muitos mandam e poucos obedecem; seu Deus é sua embarcação e sua comida; seu passatempo é ver os passageiros mareados. Os arrieiros são gente que se divorciou dos lençóis e se casou com os baixeiros.³³ São tão diligentes e pressurosos, que a troco de não perder a viagem, perderão a alma; sua música é a do morteiro; seu tempero, a fome; suas matinas, os próprios pensamentos; e sua missa é não ouvir missa alguma.

---

³¹ *Senhor Redoma*: Senhor Astuto. "... chamamos 'redomado' o homem cauteloso e astuto, muito versado em sagacidade..." (Sieber)

³² No original, *Háganse a zaga*: modo como os carreteiros ordenavam às pessoas que se acomodassem na parte de trás da carroça. (Sieber)

³³ Espécie de manta que se coloca sob os arreios das montarias, para proteger-lhes o lombo. O baixeiro servia também como colchão e/ou coberta para os arrieiros, em suas paradas para descansar ou dormir.

Enquanto assim falava, o licenciado estava à porta de um boticário e, voltando-se para ele, disse:

— Vossa mercê teria um ofício saudável, se não fosse tão inimigo dos seus candeeiros.

— De que modo sou inimigo dos meus candeeiros? — perguntou o boticário.

E respondeu Vidriera:

— Digo isso porque vossa mercê supre a falta de qualquer tipo de azeite com o do candeeiro que estiver mais à mão. E esse ofício ainda tem outra coisa capaz de acabar com a reputação do médico mais honesto do mundo.

Perguntaram-lhe por que e ele respondeu que havia boticários que, para não dizer que faltava, em sua botica, algum componente de uma receita médica, substituía-o por outros que, a seu ver, teriam a mesma virtude e qualidade, mas não era assim. Com isso, o remédio mal composto funcionava ao contrário do que deveria, se fosse bem feito.

Perguntou-lhe então o boticário sua opinião sobre os médicos. E ele assim respondeu:

— *Honora medicum propter necessitatem, etenim creavit eum Altissimus. A Deo enim est omnis medela, et a rege accipiet donationem. Disciplina medici exaltavit caput illius, et in conspectu magnatum collaudabitur. Altissimus de terra creavit medicinam, et vir prudens non aborrebit illam.*[34] Assim diz o Eclesiastes sobre a medicina e os bons médicos. E dos maus pode-se dizer tudo ao contrário, pois não há gente mais nociva à sociedade do que eles. O juiz bem pode distorcer ou dilatar a justiça; o advogado, em função do seu próprio interesse, defender nossa injusta demanda; o mercador, extorquir nossos bens; enfim, todas as pessoas com quem tratamos, movidas por alguma necessidade, podem nos causar algum dano; mas tirar nossa vida, sem temer qualquer castigo, ninguém pode... Apenas os médicos podem nos matar, e nos matam sem temor e facilmente, sem desembainhar outra espada senão a de uma receita. E não há como descobrir seus delitos, pois logo os metem embaixo da terra. Lembro-me que, quando era homem de carne — e não de vidro, como agora sou —, soube de um homem doente que dispensou um desses

---

[34] "Honra o médico porque ele é necessário; porque o Altíssimo é quem o criou. Porque toda a medicina vem de Deus e receberá donativos do rei. A ciência do médico exaltará sua cabeça, e será louvado na presença dos grandes. O Altíssimo é quem produziu da terra os medicamentos, e o homem prudente não terá repugnância por eles." (Eclesiastes, XXXVIII, 1-4.)

médicos de segunda classe para tratar-se com outro. E aconteceu que esse primeiro médico, ao passar pela botica que aviava as receitas do segundo, perguntou ao boticário como estava o doente que ele havia deixado de tratar, e se o segundo médico lhe receitara algum purgante. O boticário respondeu que tinha aviado a receita de um purgante que o doente haveria de tomar no dia seguinte. O médico pediu que lhe mostrasse a receita e viu que no final dela estava escrito: *Sumat dilúculo*.[35] E então disse: "Concordo com tudo o que diz essa receita, menos esse *dilúculo*, por ser demasiadamente úmido."

Por essas e outras coisas que dizia, sobre todos os ofícios, as pessoas o seguiam, sem lhe fazer mal e sem deixá-lo sossegar. Mas, apesar disso, ele não conseguiria se defender dos meninos, se o seu guardião não o protegesse. Alguém lhe perguntou o que deveria fazer para não invejar ninguém. Respondeu-lhe:

— Dorme: pois durante o tempo que dormires serás igual a quem invejas.

Outro perguntou que providência deveria tomar para sair-se bem num cargo comissionado que havia dois anos vinha pleiteando.

Disse-lhe o licenciado:

— Parte a cavalo, no encalço do responsável por esse cargo; acompanha-o até a saída da cidade e, assim, sairás bem com ele.[36]

Certa vez passou por acaso, diante dele, um juiz de comissão, a caminho de resolver uma causa criminal, levando consigo muita gente e dois aguazis. Perguntou quem era aquele homem; responderam-lhe e ele comentou:

— Aposto que aquele juiz leva víboras no peito, pistolas na cintura e raios nas mãos, para destruir tudo que seu cargo puder alcançar. Lembro-me de que tive um amigo que, ao julgar um caso criminal, deu uma sentença tão exorbitante, que excedia em muitos quilates a culpa dos delinquentes. Perguntei-lhe por que havia dado aquela sentença tão cruel e cometido tão notória injustiça. Respondeu-me que pensava em atender a apelação, deixando assim um campo aberto aos senhores do Conselho, para que mostrassem sua misericórdia ao moderar e pôr aquela sua severa sentença no devido ponto e na devida proporção. Respondi-lhe

---

[35] "Tomar ao amanhecer"; *sumat*: tomar; *diluculum*: amanhecer. Mas trata-se de um jogo de palavras sobre os efeitos do purgante: dilu-culo. *Diluo*: lavar; *culo*: traseiro. (Sieber)

[36] No original, *saldrás con ella*. Jogo de palavras entre *salir con ella* (sair-se bem) e simplesmente "sair da cidade" (com alguém).

que melhor seria ter dado a sentença de maneira a poupá-los daquele trabalho, e assim o teriam na conta de um juiz justo e competente.

Na roda das muitas pessoas que, tal como já se disse, sempre o estavam ouvindo, havia um conhecido seu, em trajes de advogado,[37] a quem alguém chamou de *senhor licenciado*. E sabendo Vidriera que aquele a quem chamaram licenciado não tinha nem mesmo o título de bacharel, disse-lhe:

— Tomai cuidado, compadre, que se os frades da remissão de cativos derem com esse título, bem poderão vos levar como um "bem vago".[38]

A isso, respondeu o amigo:

— Tratemo-nos bem, Senhor Vidriera, pois já sabeis que sou homem de altas e profundas letras.

Respondeu Vidriera:

— Já sei que sois um Tântalo das letras, pois as altas vos escapam e as profundas, não alcançais.

Certa vez, estando diante do estabelecimento de um alfaiate e vendo-o ocioso, sem nada fazer, disse:

— Sem dúvida, senhor mestre, estais a caminho da salvação.

— Como vês isso?

— Como? — respondeu Vidriera. — Vejo que se não tiverdes o que fazer, não tereis ocasião de mentir. — E acrescentou: — Infeliz do alfaiate que não mente costura em dias de festa e feriados; coisa maravilhosa é que entre quase todos os desse ofício mal podemos encontrar um que faça um traje justo, em contrapartida a tantos que os fazem pecadores.[39]

Dos sapateiros, dizia que, segundo eles mesmos, jamais faziam sapatos ruins: pois se quem os calçava dissesse que estavam estreitos e apertados, respondiam-lhe que assim deveriam ser, pois é próprio dos elegantes usarem sapatos justos; e que depois de duas horas de uso os sapatos ficariam mais folgados do que alpargatas. E se quem os calçava dissesse que estavam folgados, respondiam-lhe que assim deveriam ser, por conta da gota.

---

[37] No original, *en hábito de letrado*: vestido de preto, com toga longa e capa.
[38] No original, *bienes mostrencos*: "Que não têm dono conhecido e por isso pertencem ao príncipe". Cervantes se refere às ordens religiosas que por vezes recebiam esses bens como donativos, usados então no pagamento do resgate de cativos.
[39] No sentido de "fora de linha", errados.

Um rapaz muito arguto, que era escrevente num fórum de província, bombardeava-o frequentemente com perguntas e demandas; também lhe trazia notícias sobre o que se passava na cidade, pois sobre tudo o licenciado comentava e a tudo respondia. Esse rapaz lhe disse, certa vez:

— Vidriera, na noite passada morreu, no cárcere, um homem de negócios que estava condenado à forca.

A isso o licenciado respondeu:

— Bem fez ele de apressar a morte, antes que o verdugo se encarregasse do caso.

Ao passar pela calçada da Rua São Francisco, viu alguns genoveses conversando, em roda. Um deles chamou-o, dizendo:

— Senhor Vidriera, venha cá nos contar um conto.

— Não quero, para que não o mandem para Gênova.[40]

Certa vez encontrou uma comerciante que fazia andar, à sua frente, uma filha sua, muito feia, mas portando muitas joias, adornos e pérolas. Então, disse à mãe:

— Fizeste bem em cobri-la de pedras, para que possa passear.

Dos pasteleiros, disse que havia muitos anos que faziam jogo duplo,[41] pois vendiam o pastel de dois maravedis por quatro; o de quatro, por oito; e o de oito por meio real; assim decidiam e assim faziam, impunemente.

Dos titereiros falava muito mal: que eram vagabundos e tratavam com indecência as coisas divinas, pois, com as figuras que exibiam em suas apresentações, convertiam a devoção em riso, e acontecia que enfiavam todos (ou quase todos) os personagens do Velho e do Novo Testamento num mesmo saco e sobre ele se sentavam para comer e beber nas bodegas e tavernas. Em resumo, dizia que se admirava de ver que quem tinha poder de impor um perpétuo silêncio a suas funções, ou desterrá-los do reino, nada fazia.

Aconteceu que certa vez um comediante, vestido como um príncipe, passou por onde estava o licenciado que, ao vê-lo, disse:

— Lembro-me de ter visto esse aí sair do teatro com o rosto todo empoado e vestindo uma samarra pelo avesso. E apesar de tudo, quando dá um passo fora do palco, jura de pés juntos que é um fidalgo.

---

[40] No original, *cuéntenos un cuento. No quiero, para que no me lo paséis a Génova*. Segundo Sieber, Cervantes faz um jogo entre "contar" e "cuento": contar: narrar; cuento: no contexto, muito dinheiro (milhão). Cervantes estaria se referindo ao fato de os genoveses mandarem dinheiro da Espanha para Gênova.

[41] No original, *a la dobladilla*: antigo jogo de cartas que consistia principalmente em dobrar a aposta a cada rodada, com risco de perder tudo.

— Pode bem ser — respondeu alguém. — Pois existem muitos comediantes bem-nascidos e fidalgos.

— É bem possível — replicou Vidriera. — Mas o que a farsa menos necessita é de pessoas bem-nascidas; de galãs, sim, de gente elegante e de línguas expeditas. Também posso dizer, deles, que ganham o pão com o suor do rosto, com árduo, insuportável trabalho, constantemente decorando papéis, como perpétuos ciganos, de lugar em lugar, de estalagem em estalagem, desvelando-se para contentar os outros, porque no prazer alheio consiste seu próprio bem. E tem mais: com seu ofício não enganam ninguém, pois vão mostrando sua mercadoria em praça pública, à vista de todos, exposta ao julgamento geral. O trabalho dos diretores dessas companhias é incrível e, seu zelo, extraordinário, e precisam ganhar muito para que no final do ano não acabem tão endividados, a ponto de serem obrigados a fazer acordos com os credores. Com tudo isso, são necessários à república, tal como são as flores, as alamedas, os locais de recreação e tal como são as coisas que honestamente divertem.

Dizia que um amigo seu era de opinião de que aquele que servia a uma atriz servia, na verdade, a muitas outras damas ao mesmo tempo, fosse uma rainha, uma ninfa, uma deusa, uma fregona, uma pastora; e muitas vezes acontecia de servir, através dela, a um pajem e a um lacaio, pois todas essas e mais outras personagens uma atriz costuma fazer.

Alguém lhe perguntou quem tinha sido o ser mais feliz do mundo. Respondeu que Nemo, pois *Nemo novit patrem*,[42] *Nemo sine crimine vivit*,[43] *Nemo sua sorte contentus*;[44] *Nemo ascendit in coelum*.[45]

Dos esgrimistas, disse certa vez que eram mestres de uma ciência ou arte que não sabiam exercer quando necessário e que tinham algo de presunçosos, pois queriam reduzir a provas matemáticas, que são infalíveis, os movimentos e pensamentos coléricos de seus adversários. Pelos que tingiam a barba, tinha particular aversão. Certa vez, viu dois homens discutindo; um deles era português e, cofiando a barba, que trazia muito bem tingida, disse ao castelhano:

— Por essa barba que tenho no rosto...

Vidriera então interferiu:

---

[42] Do Evangelho Segundo Mateus, XI, 27: "E ninguém conhece o pai (senão o filho)."
[43] Ninguém vive sem culpa.
[44] Ninguém está contente com sua sorte.
[45] Do Evangelho Segundo João, III,13: "E ninguém subiu ao céu."

— Olha bem, homem, não digas "tenho no rosto" e sim "tinjo no rosto".[46]

Outro tinha a barba jaspeada e de muitas cores, por culpa da tinta ruim que havia usado; a ele disse Vidriera que sua barba tinha cor de lixo e esterco. A outro que, por haver se descuidado, trazia a barba crescida, metade branca e metade negra, disse que procurasse não insistir nem discutir com ninguém, pois corria o risco de que o acusassem de mentir "por metade da barba".[47]

Certa vez, contou que uma donzela recatada e de bom entendimento, para cumprir a vontade dos pais, aceitou casar-se com um velho de cabelos todos brancos, que na véspera do casamento não foi ao Rio Jordão, como dizem as velhas, mas ao frasco de tintura, remoçando de tal modo sua barba que, quando se deitou, ela era de neve; e quando se levantou, ela era de piche. Chegou a hora da cerimônia e a donzela bem reconheceu, pela pinta e pela tinta, a figura do velho, mas disse a seus pais que lhe dessem por esposo aquele mesmo que tinham lhe apresentado, pois não queria outro. Os pais responderam que aquele que tinha diante de si era o mesmo que haviam lhe apresentado e dado por esposo. Ela replicou que não, pois poderia provar que o homem que os pais tinham lhe dado por esposo era um senhor respeitável, de barba e cabelos brancos. E como aquele ali não os tinha, não era o mesmo, então aquilo era um engano. Assim, a moça bateu o pé; o velho ficou envergonhado e confuso; e acabou-se o casamento.

Pelas aias, sentia a mesma ojeriza que pelos tingidos. Dizia maravilhas de sua *perma-foy*,[48] da mortalha de suas toucas,[49] de seus muitos melindres, de seus escrúpulos e de sua extraordinária avareza. Aborreciam-no suas fraquezas de estômago, suas vertigens, seu modo de falar, mais cheio de minúcias do que suas toucas e, finalmente, sua inutilidade e seus bordados de crivo.

Alguém lhe disse:

— Mas o que é isso, senhor licenciado? Já vos ouvi falar mal de muitos ofícios, mas nunca dissestes nada dos escrivães, mesmo havendo tanto a dizer.

---

[46] No original: *naon digáis teño, sino tiño. Teño*: tenho; *tiño*: tinjo.
[47] Expressão que significa "mentir descaradamente".
[48] Da expressão francesa *par ma foi*: por minha fé.
[49] No contexto, concavidade que existe ou que se faz numa coisa para que outra se encaixe nela. (DRAE) Seria, portanto, o espaço, na touca, para que se encaixe a cabeça.

A isso, ele respondeu:

— Mesmo sendo de vidro, não sou tão frágil a ponto de me deixar levar pela corrente do vulgo, que geralmente é enganado. Parece-me que a gramática dos murmuradores e o *lá-lá-lá* dos que cantam são os escrivães. Pois assim como não se pode chegar a outras ciências senão pela porta da gramática, e como o músico primeiro murmura para depois cantar, assim os maledicentes começam a mostrar a crueldade de suas línguas, falando mal dos escrivães e aguazis e outros representantes da justiça; mas se não fosse pelo ofício de escrivão, a verdade andaria pelo mundo encoberta, perseguida e maltratada. Assim diz o Eclesiastes: *In manu Dei potestas hominis est, et super faciem scribe imponet honorem.*[50] O escrivão é pessoa pública; sem o trabalho dele, o juiz não pode exercer comodamente o seu.

"Os escrivães devem ser livres e não escravos, nem filhos de escravos; legítimos e não bastardos, nem nascidos de qualquer má linhagem. Juram, secretamente, fidelidade; juram que não farão escrituras ilícitas. Juram que nem amizade nem inimizade, nem proveito e nem dano podem impedi-los de trabalhar com boa e cristã consciência. Pois se esse ofício requer tantas altas qualidades, por que haveremos de pensar que dos mais de vinte mil escrivães que há na Espanha o diabo levará a colheita, como se fossem cepas do seu vinhedo? Não quero crer nisso, nem é bom que alguém creia; pois, finalmente, digo que os escrivães eram as pessoas mais necessárias que existiam nas repúblicas bem organizadas, e que se levavam demasiados direitos, também cometiam demasiados erros, e desses dois extremos podia resultar um meio que os levasse a um eixo, a cuidar do que de fato deviam."

Dos aguazis, disse que não era à toa que tinham alguns inimigos, já que seu ofício era o de nos prender ou tirar nossos bens de nossa casa ou nos manter na sua, sob vigilância, ou comer às nossas custas. Criticava a negligência e ignorância dos procuradores e solicitadores, comparando-os aos médicos que, sare ou não sare o enfermo, cobram seu pagamento; o mesmo se dava com os procuradores e solicitadores, conseguissem ou não ganhar a causa em que auxiliavam.

Uma pessoa lhe perguntou qual era a melhor terra. Respondeu que era a cultivável e fecunda.

---

[50] "Na mão de Deus está o poder do homem; e sobre a face do escriba Ele põe sua honra"(Eclesiastes, X, 5).

Disse outra:

— Não pergunto isso, mas sim qual é o melhor lugar: Valladolid ou Madri?

E ele respondeu:

— De Madri, os extremos. De Valladolid, o entremeio.

— Não entendo — replicou quem havia perguntado.

E ele disse:

— De Madri, o céu e o solo. De Valladolid, o que está entre os dois.[51]

Vidriera ouviu um homem dizer a outro que assim que sua mulher entrara em Valladolid, ficara muito doente, devido ao clima: a terra a havia provado.

— Melhor que a engula de vez — disse Vidriera. — Isso, se acaso for ciumenta.

Dos músicos e dos mensageiros que andavam a pé, dizia que tinham a esperança e a sorte limitadas, porque para estes bastava que chegassem a ser mensageiros a cavalo; e para aqueles bastava que chegassem a ser músicos do rei. Das damas que chamam *cortesãs* dizia que todas, ou sua maioria, tinham mais de corteses do que de sãs.

Estando certo dia numa igreja, viu que traziam um velho para ser enterrado, uma criança para ser batizada e uma mulher para velar,[52] todos ao mesmo tempo. Então disse que os templos era campos de batalha onde os velhos acabam, as crianças vencem e as mulheres triunfam.

Certa vez, uma vespa picava-lhe o pescoço e ele não ousava espantá-la, para não se quebrar, mas se queixava. Perguntou-lhe alguém como podia sentir a picada daquela vespa, se o seu corpo era de vidro. Respondeu que a vespa devia ser muito maledicente e que as línguas e os ferrões dos maledicentes eram capazes de destruir corpos de bronze, quanto mais de vidro!

Passou por acaso um religioso muito gordo pelo local onde ele estava; e disse um de seus ouvintes:

— Tão [h]ético[53] é o padre, que nem pode se mover.

Vidriera zangou-se e disse:

---

[51] Alusão, segundo Sieber, "ao solo lamacento e à forte neblina que lá havia".

[52] No contexto, velar: rezar diante do altar do Santíssimo, quando este está exposto. Ou talvez menção a "velación": cerimônia em que os cônjuges, cobertos com um véu, assistiam à missa realizada imediatamente após a cerimônia de casamento.

[53] Jogo de palavras entre ético e héctico (tísico).

— Que ninguém se esqueça do que diz o Espírito Santo: *Nolite tangere christos meos*.⁵⁴

E tornando-se mais colérico, disse que se mirassem nele e veriam que entre muitos santos que de poucos anos para cá a Igreja havia canonizado e posto na lista dos bem-aventurados, nenhum se chama O Capitão Dom Fulano de Tal, nem O Secretário Dom Tal de Dom Tales, nem conde, nem marquês ou duque de tal lugar, mas sim Frei Diego, Frei Jacinto, Frei Raimundo, todos freis e religiosos; pois as religiões são os Aranjuezes⁵⁵ do céu, cujos frutos geralmente são postos à mesa de Deus.

Dizia que a língua dos maledicentes era como as penas da águia, que corroem e desgastam todas as de outras aves que acaso forem postas junto delas. Dos gariteiros e dos jogadores dizia maravilhas: que os gariteiros eram notórios prevaricadores porque, tirando a porcentagem de quem ia ganhando, desejavam que perdesse e passasse o baralho adiante, para que o adversário então ganhasse e ele pudesse assim cobrar sua comissão. Elogiava muito a paciência de um jogador, que passava noites inteiras jogando e perdendo, e apesar de ser de natureza colérica e endiabrada, para evitar que seu adversário abandonasse o jogo mantinha a boca fechada e sofria mais do que um mártir de Barrabás. Elogiava também a consciência de alguns honrados gariteiros que nem em pensamento consentiam que em sua casa se jogasse outra coisa além de *polla* e *cientos*.⁵⁶ Assim, a fogo lento, sem temor e sem fama de mal-intencionados, conseguiam ganhar, no final do mês, mais dinheiro de comissão do que aqueles que permitiam os jogos de *estocada*, *siete y llevar* e *pinta en la del punto*.⁵⁷

Em resumo, ele dizia tais coisas que, se não fosse pelos fortes gritos que dava quando o tocavam ou dele se aproximavam, pelo traje que usava, pelos poucos alimentos que comia, pelo modo como bebia, pelo

---

⁵⁴ "Não toqueis os meus ungidos..." (Primeiro Livro dos Paralipômenos, XVI, 22)

⁵⁵ Aranjuez: pequena e bela cidade, no município homônimo na Espanha, situada ao sul de Madri, na confluência dos Rios Tejo e Jarama, famosa por seu Palácio Real, seus vastos pomares, jardins e fontes.

⁵⁶ *Polla*: em alguns jogos de baralho, quantia que o perdedor põe à disposição da mesa, para que seja disputada na mão ou nas mãos seguintes; *cientos*: jogo de baralho geralmente disputado entre dois jogadores, ganhando quem primeiro fizer cem pontos.

⁵⁷ Sobre *estocada*, Sieber fala de "um jogo divertido, que outros chamam de estocada". Sendo a estocada um golpe rápido, deduz-se que eram jogos de rodadas rápidas, de *tudo ou nada*, talvez; *siete y llevar*: terceira mão do jogo, na qual se ganhava sete vezes o valor apostado; *pinta*: sinal que as cartas têm nas extremidades, pelo qual se conhece o naipe, antes que se veja a carta por inteiro. (Autoridades)

fato de não querer dormir em qualquer lugar senão a céu aberto no verão e na palha dos celeiros no inverno, como já se disse, dando assim claros sinais de sua loucura, ninguém poderia crer que ele não fosse um dos homens mais sensatos do mundo.

Dois anos ou um pouco mais durou essa enfermidade, porque um religioso da Ordem de São Jerônimo — que tinha singular talento e ciência para fazer com que os mudos compreendessem e, em certo sentido, falassem,[58] e também para curar loucos —, movido por um sentimento de caridade, tomou para si o encargo de curar Vidriera e curou; fez com que sarasse e recuperasse o juízo, a compreensão e a razão de antes. Logo que o viu são, vestiu-o como advogado e o fez voltar à Corte onde, dando tantas mostras de sensatez como havia dado de loucura, poderia exercer seu ofício e com ele ganhar fama.

Assim fez; e chamando-se Licenciado Rueda, e não Rodaja, voltou à Corte onde, logo ao chegar, foi reconhecido pelos meninos, que por vê-lo num traje tão diferente do que costumava usar, não ousaram gritar com ele nem fazer perguntas. Mas seguiam-no e diziam uns aos outros:

— Este não é o louco Vidriera? Certamente é! E já está curado! Mas tanto se pode ser louco bem vestido quanto mal vestido. Então, vamos perguntar-lhe alguma coisa e acabar com essa confusão.

Tudo isso o licenciado ouvia e se calava, sentindo-se mais confuso e constrangido do que quando tinha perdido o juízo.

A notícia correu dos meninos para os homens. E antes que o licenciado chegasse ao Pátio dos Conselhos Reais, viu-se seguido por mais de duzentas pessoas de todo tipo. Com esse séquito, maior do que teria um catedrático, chegou ao pátio, onde acabaram por rodeá-lo todos os que ali estavam. E ele, vendo-se cercado por aquela turba, ergueu a voz para dizer:

— Senhores, sou o Licenciado Vidriera, mas não aquele que eu costumava ser: agora sou o Licenciado Rueda. Fatos e desgraças que acontecem no mundo, por permissão do céu, me roubaram o juízo, que a misericórdia de Deus me devolveu. Pelas coisas que dizem que eu disse, quando louco, bem podeis imaginar as que direi e farei, agora que estou são. Sou graduado em leis por Salamanca onde, muito pobre,

---

[58] Esse homem teria realmente existido e seria um seguidor do Frei Pedro Ponce de León (1520-1584), criador de uma escola e de um método de aprendizado para crianças surdas. (Sieber)

estudei e me formei em segundo lugar e daí se pode deduzir que minha graduação se deu mais por virtude do que por favor. Aqui cheguei, a esse grande mar que é a Corte, para advogar e ganhar a vida; mas, se não me deixais fazer isso, terei vindo para vogar e granjear a morte. Por amor a Deus, não façais com que o ato de seguir-me seja perseguir-me; e que o sustento que consegui, quando louco, perca-se agora que estou são. O que costumáveis perguntar-me nas praças, podeis perguntar-me agora, na minha casa, e vereis que aquilo que eu respondia bem, segundo dizem, de improviso, responderei melhor agora que posso pensar.

Todos o ouviram e alguns se afastaram. O licenciado voltou à sua pousada com um séquito um pouco menor.

Saiu no dia seguinte e o mesmo aconteceu; fez outro sermão e de nada serviu. Perdia muito e não ganhava coisa alguma. E vendo que ia morrer de fome, decidiu deixar a Corte e voltar a Flandres, onde tencionava valer-se da força de seus braços, já que não podia valer-se da de sua inteligência.

E levando a efeito seu plano, disse, ao deixar a Corte:

— Oh, Corte, que aumentas as esperanças dos atrevidos pretendentes e reduzes as dos inseguros virtuosos; que sustentas demasiadamente os desavergonhados trapaceiros e matas de fome os tímidos sábios!

Assim disse e partiu para Flandres, onde acabou de eternizar, pelas armas, na companhia de seu bom amigo, o Capitão Valdívia, a vida que havia começado a eternizar pelas letras, deixando, ao morrer, a fama de prudente e valentíssimo soldado.

A FORÇA DO SANGUE

Numa dessas cálidas noites de verão, voltavam de um passeio ao rio um velho fidalgo com sua mulher, um filho pequeno, uma filha de dezesseis anos e uma criada. A noite era clara; as horas, onze; o caminho, solitário; e os passos, lentos, para que a família não pagasse com o cansaço as alegrias desfrutadas no rio ou à sua margem, em Toledo.

Com a tranquilidade prometida pela eficaz justiça e pela boa gente daquela cidade, caminhava o bom fidalgo, com sua honrada família, longe de pensar que pudesse suceder-lhes algum desastre. Mas, como a maioria das desgraças que advêm são inesperadas, contra todo o seu pensamento sucedeu uma que rompeu a alegria, dando-lhes razão para chorar por muitos anos.

Teria cerca de vinte e dois anos um cavaleiro daquela cidade a quem a riqueza, a linhagem ilustre, a inclinação para a falta de virtude, a liberdade desmedida e as companhias libertinas levavam a fazer e ousar coisas que desmentiam sua nobreza e davam-lhe fama de insolente.

Pois esse cavaleiro — cujo nome encobriremos, por uma questão de respeito, chamando-o por ora de Rodolfo —, juntamente com quatro amigos, todos jovens, todos alegres e todos insolentes, descia pela mesma encosta que o fidalgo subia.

Encontraram-se os dois esquadrões: o das ovelhas e o dos lobos. Com torpe desenvoltura, Rodolfo e seus camaradas, com o rosto coberto, olharam para o da mãe, o da filha e o da criada. Afligiu-se o velho fidalgo, advertindo-os e repreendendo-os pelo atrevimento, ao que eles responderam com trejeitos e zombarias e então se foram, sem mais abusos. Mas a extrema beleza do rosto que Rodolfo tinha visto, e que era o de Leocádia — pois assim vamos chamar a filha do fidalgo —, começou a imprimir-se de tal maneira em sua memória que dominou sua vontade, despertando nele o desejo de possuí-la, apesar de todos os inconvenientes que daí pudessem advir. Num instante, comunicou seu pensamento aos camaradas que, para contentá-lo, no instante seguinte resolveram voltar e raptar a moça. Pois os ricos, quando se arvoram a libertinos, sempre acham quem louve seus desaforos e qualifique de bons seus maus desejos. Assim, o nascimento do mau propósito, o comunicado, a aprovação, a decisão de raptar Leocádia e o ato de raptá-la... tudo aconteceu quase ao mesmo tempo.

Cobriram o rosto com um lenço e, desembainhando as espadas, voltaram; sem dificuldade, alcançaram aqueles que ainda não tinham acabado de agradecer a Deus por livrá-los das mãos dos atrevidos.

Rodolfo arremeteu contra Leocádia e, tomando-a nos braços, tratou de fugir com ela, que não teve forças para defender-se; o susto tirou-lhe a voz para queixar-se e também a luz dos olhos, pois, desmaiada e sem sentidos, não viu quem a levava nem para onde a levava. Seu pai protestou, sua mãe gritou, seu irmãozinho chorou, a criada arranhou o rosto em desespero; mas nem os protestos foram ouvidos, nem os gritos escutados, nem o pranto despertou compaixão, nem o desespero serviu para alguma coisa, pois tudo foi encoberto pela solidão do lugar, pelo profundo silêncio da noite, pelo cruel coração dos malfeitores.

Por fim, uns se foram, alegres, e outros ficaram, tristes. Rodolfo chegou à sua casa sem qualquer dificuldade, enquanto os pais de Leocádia chegaram à sua, desolados, aflitos, desesperados: cegos, sem os olhos da filha, que eram a luz dos seus; sozinhos, pois Leocádia era sua doce e agradável companhia; confusos, por não saberem se seria bom informar aquela desgraça à justiça, pois temiam ser, eles mesmos, o principal instrumento para tornar pública sua desonra.

Por serem fidalgos pobres, viam-se necessitados de ajuda. Não sabiam de quem se queixar, a não ser de sua triste sorte. Entretanto, Rodolfo, sagaz e astuto, tinha já Leocádia em sua casa e em seu quarto. Embora percebesse que ela estava desmaiada, tinha coberto seus olhos com um lenço enquanto a carregava, para que ela não visse as ruas por onde a havia conduzido, nem a casa ou o quarto onde agora se encontravam, longe da vista de todos, pois ele tinha aposentos com entrada independente, na casa do pai — que ainda vivia —, dos quais possuía as chaves, além das chaves de toda a habitação (inadvertência de pais que querem manter os filhos isolados em casa). Antes que Leocádia voltasse do desmaio, Rodolfo havia cumprido seu desejo: pois os ímpetos lascivos da mocidade poucas vezes, ou nenhuma, consideram conveniências e requisitos que mais os incitem e engrandeçam. Cego da luz do entendimento, às escuras roubou a joia maior de Leocádia; e como a maioria dos pecados da sensualidade não vai além do término de seu cometimento, quis Rodolfo que Leocádia logo desaparecesse dali; chegou mesmo a pensar em levá-la para a rua, assim, desmaiada como estava. E enquanto tratava de fazê-lo, percebeu que ela voltava a si, dizendo:

— Onde estou, pobre de mim? Que escuridão é essa, que trevas me rodeiam? Estou no limbo da minha inocência ou no inferno das minhas culpas? Jesus! Quem me toca? Estou na cama? Estou ferida? Mãe e senhora minha... me escutas? Pai querido... me ouves? Ai, desgraçada de mim, que bem percebo que meus pais não me ouvem e que meus inimigos me tocam! Venturosa seria eu se essa escuridão durasse para sempre, sem que meus olhos voltassem a ver a luz do mundo, e se esse lugar onde agora estou, fosse qual fosse, servisse de sepultura à minha honra, pois é melhor a desonra que se ignora do que a honra sujeita à opinião alheia. Agora me lembro (quem me dera jamais lembrasse!) que ainda há pouco andava na companhia dos meus pais; lembro que me raptaram; penso e vejo que não é bom que as pessoas me vejam. Oh, tu (quem quer que sejas), que aqui estás, comigo — e nisso tomou as mãos de Rodolfo —, se é que tua alma admite algum tipo de súplica, te suplico: já que triunfaste sobre minha reputação, que triunfes também sobre minha vida! Tira-a de mim agora mesmo, pois não deve tê-la quem não tem honra! Olha que o rigor da crueldade que usaste para me ofender será amenizado pela piedade que usarás para me matar e, assim, virás a ser cruel e piedoso, a um só tempo!

As palavras de Leocádia confundiram Rodolfo que, sendo moço pouco experiente, não sabia o que falar ou fazer. Seu silêncio espantava ainda mais Leocádia que, tateando, procurava saber se quem estava com ela era fantasma ou sombra. Mas, ao tocar aquele corpo, lembrava-se da força com que ele a tirara de seus pais e então caía na realidade de sua desgraça. Com esse pensamento, retomou os argumentos — interrompidos por seus muitos soluços e suspiros —, dizendo:

— Atrevido mancebo (pois, a julgar pelos teus atos, deves ter pouca idade), te perdoo a ofensa que me fizeste, desde que me prometas e jures que, tal como a encobriste com essa escuridão, haverás de encobri-la com teu perpétuo silêncio e que nada dirás a ninguém. Por essa tão grande afronta, te peço uma pequena compensação que, para mim, será a maior que saberei pedir e que tu quererás me dar. Lembra que nunca vi teu rosto nem quero ver, pois, embora eu vá recordar essa agressão, não quero recordar meu agressor nem guardar na memória a imagem do autor do meu sofrer. De mim para o céu serão as minhas queixas; não quero que sejam ouvidas pelo mundo, que não julga as coisas pelos fatos, mas conforme lhe convém. Nem sei como estou te dizendo essas verdades, que de modo geral fundamentam-se na experiência de muitos casos e no decurso de muitos anos, sendo que os meus não chegam a dezessete, e daí concluo que a dor tanto ata quanto desata a língua do aflito, que às vezes exagera seu mal, para que nele creiam, e às vezes cala, para que não o socorram. De qualquer maneira, seja me calando, seja falando, creio que haverei de te convencer a acreditar em mim ou a me socorrer; pois tua recusa em acreditar será ignorância e tua recusa em me socorrer tornará impossível qualquer alívio. Não quero me matar, pois pouco te custará me dar o alívio, que é este: olha, não esperes nem creias que a passagem do tempo amenizará a justa fúria que tenho contra ti, nem queiras aumentar os agravos; quanto menos desfrutares de mim, tendo já me desfrutado, menos se inflamarão teus maus desejos. Faz de conta que me ofendeste por mera casualidade, sem chance de qualquer reflexão. E eu farei de conta que não nasci neste mundo ou que, se nasci, foi para ser desventurada. Leva-me logo à rua, ou ao menos até a igreja matriz, pois de lá saberei voltar para minha casa. Mas deves também jurar que não me seguirás, nem tentarás saber onde fica minha casa, nem me perguntarás o nome de meus pais, nem o meu, nem o de meus parentes que, por serem tão ricos quanto nobres, não quero que sejam também infelizes por minha causa. Responde-me a isso; e se temes que eu possa reconhecer tua voz, faço-te saber que, afora com meu pai e com meu confessor, jamais falei com homem algum na minha vida, e bem poucos ouvi falar, a ponto de poder distingui-los pelo som da voz.

A resposta de Rodolfo às sábias palavras da magoada Leocádia não foi outra senão abraçá-la, demonstrando que queria tornar a confirmar, nele, o prazer e nela, a desonra. Percebendo isso, Leocádia, com mais forças do que sua pouca idade prometia, defendeu-se com os pés, as mãos, os dentes e a língua, dizendo:

— Quem quer que sejas, homem traiçoeiro e desalmado, faz de conta que os despojos que de mim levaste são os que pudeste tomar de um tronco ou de uma coluna inerte, cuja vitória e triunfo haverão de redundar em tua desonra e menosprezo. Mas isso que agora pretendes, não conseguirás senão com minha morte. Desmaiada, me pisaste e aniquilaste. Mas agora, que tenho ânimo, antes poderás me matar que me vencer. Pois se eu agora, desperta, sem resistência, concedesse em tão abominável desejo, poderias pensar que meu desmaio foi fingido, quando ousaste me destruir.

Enfim, Leocádia resistiu de maneira tão corajosa e obstinada que as forças e os desejos de Rodolfo arrefeceram; pois a insolência que tinha usado com Leocádia não tivera outro princípio senão o de um ímpeto lascivo, do qual jamais nasce o verdadeiro amor, que permanece, em vez do ímpeto que, ao passar, deixa, senão o arrependimento, ao menos uma fraca vontade de repetir-se. Sem ânimo, pois, e cansado, Rodolfo, sem uma palavra, deixou Leocádia em sua cama, em sua casa e, trancando o aposento, foi procurar seus amigos, para com eles se aconselhar sobre o que deveria fazer.

Sentindo que estava sozinha e trancada, Leocádia levantou-se da cama e andou por todo o aposento, tateando as paredes para ver se encontrava uma porta por onde sair ou uma janela por onde se atirar. Encontrou a porta, mas bem trancada, e também uma janela, que conseguiu abrir, por onde entrou o resplendor da lua, tão claro que Leocádia pôde distinguir as cores de uns damascos[1] que adornavam o aposento.

Viu que a cama era dourada e tão ricamente composta que mais parecia o leito de um príncipe do que de um cavaleiro particular. Contou as cadeiras e as escrivaninhas; memorizou o local da porta e, embora notasse algumas molduras na parede, não conseguiu ver as pinturas que continham. A janela era grande, guarnecida e protegida por uma pesada grade, dando vista para um jardim também protegido por altos muros: obstáculos que fizeram Leocádia desistir de saltar para a rua. Pelo que viu e reparou sobre o amplo espaço e os ricos adornos daquele aposento, Leocádia compreendeu que o dono devia ser, não simplesmente, mas notavelmente nobre e rico. Numa escrivaninha junto à janela, Leocádia viu um crucifixo pequeno, todo feito em prata, que pegou e guardou na manga do vestido, não por devoção ou por furto, mas sim levada por um sábio propósito seu. Depois fechou a janela, tal como estava antes, e voltou ao leito, esperando para ver que fim teria o mau princípio de sua desgraça.

Nem meia hora, a seu ver, havia se passado, quando percebeu que a porta do quarto se abriu e uma pessoa se aproximou; sem uma palavra, vendou-lhe os olhos com um lenço, tomou-a pelo braço, levou-a para

---

[1] Tecido grosso de seda ou lã, com desenhos formados, em alto-relevo, pelo próprio tecido, originário da cidade de Damasco, Síria.

fora do aposento e tornou a fechar a porta. Essa pessoa era Rodolfo que, embora tivesse saído para procurar seus amigos, não quis encontrá-los, por parecer-lhe que não ficava bem ter testemunhas do que havia se passado com aquela donzela. Antes resolveu dizer a eles que, arrependido do malfeito e tocado pelas lágrimas da moça, a havia deixado no meio do caminho. Tomada essa decisão, voltou rápido, para deixar Leocádia junto à matriz — tal como ela havia pedido —, antes que amanhecesse e a luz do dia o impedisse de levá-la, obrigando-o a mantê-la em seu aposento até o próximo anoitecer; e nesse espaço de tempo, não queria voltar a usar a força nem dar à moça a chance de conhecê-lo.

Levou-a, pois, até a praça que chamam de Ayuntamiento[2] e ali, alterando a voz e falando numa língua meio portuguesa e meio castelhana, disse-lhe que podia voltar para casa em total segurança, pois ninguém a seguiria. E antes que ela pudesse tirar o lenço, ele já havia se posto num local onde não poderia ser visto.

Leocádia ficou sozinha, tirou a venda e reconheceu o lugar onde estava. Olhou para todos os lados, não viu ninguém, mas, temendo que pudessem segui-la à distância, detinha-se a cada passo que dava em direção à sua casa, que não ficava muito longe dali. Para despistar seus perseguidores, caso houvesse, entrou numa casa que encontrou aberta e só depois foi até a sua, onde encontrou seus pais que, atônitos, ainda não tinham se trocado nem pensado em descansar.

Ao vê-la, correram para ela de braços abertos, recebendo-a com lágrimas nos olhos. Leocádia, sobressaltada e aflita, pediu aos pais que se retirassem com ela para um canto; e eles assim fizeram. Então, em breves palavras, contou-lhes sobre a tragédia que lhe acontecera, com todos os detalhes e com total ausência de informações sobre o malfeitor e ladrão de sua honra. Disse-lhes o que tinha visto no teatro onde fora representada a tragédia de sua desventura: a janela, o jardim, a grade, as escrivaninhas, a cama, os damascos; por fim, mostrou-lhes o crucifixo que havia trazido, à vista do qual seus pais renovaram as lágrimas, fizeram súplicas, pediram vingança, evocaram milagrosos castigos. Leocádia disse também que não desejava conhecer seu agressor, mas que se os pais achassem justo fazê-lo, poderiam encontrá-lo por meio do crucifixo, pedindo aos sacristãos que anunciassem, nos púlpitos de todas as paróquias da cidade, que aquele que o tivesse perdido o encontraria

---

[2] No contexto, local da administração de um povoado, cidade ou vila.

em poder de um religioso por eles indicado. Assim, ao descobrir o dono da imagem, descobririam também a casa onde morava e, portanto, a pessoa de seu inimigo.

A isso replicou o pai:

— Bem terias dito, filha, se a costumeira malícia não se opusesse ao teu sábio discurso, pois claro que hoje mesmo darão pela falta dessa imagem, no aposento do qual falaste, cujo dono terá certeza de que foi levada pela pessoa que lá esteve com ele. E a notícia de que o crucifixo estará em poder de algum religioso servirá antes para revelar quem o entregou ao tal religioso do que o nome do dono que o perdeu. Pois pode ser que algum terceiro, instruído pelo verdadeiro dono, apresente-se para receber a imagem. Assim sendo, ficaremos mais confusos do que informados, ainda que possamos usar do mesmo artifício de que suspeitamos, entregando o crucifixo ao religioso através de outra pessoa. O que deves fazer, filha, é guardá-lo e recomendar-te a Ele que, por ser testemunha da tua desgraça, fará com que algum juiz interceda por ti, com justiça. E lembra, filha, que mais ferem alguns gramas de pública desonra do que uma arroba de secreta infâmia. E se puderes viver honrada e com Deus, em público, que o segredo da tua desonra não te pese: a verdadeira desonra está no pecado e a verdadeira honra na virtude. Pode-se ofender a Deus com o que é dito, desejado ou feito. Mas tu, nem em palavras, nem em pensamento, nem em obras O ofendeste. Assim, considera-te honrada, tal como eu te considero; e jamais olharei para ti de outro modo, senão como teu verdadeiro pai.

Com essas prudentes palavras, o pai de Leocádia consolou-a. E o mesmo fez sua mãe, tornando a abraçá-la. Ela gemeu e voltou a chorar, resignando-se a baixar a cabeça — como se costuma dizer — e a viver reclusa, sob o amparo dos pais, vestindo-se de maneira tão recatada quanto humilde.

Entretanto, Rodolfo, ao voltar para casa, deu pela falta do crucifixo e cogitou sobre quem o teria levado, mas não chegou a conclusão alguma e, sendo rico, não se importou com o fato. Tampouco seus pais lhe pediram a imagem quando, ao partir para a Itália, três dias depois, entregou o aposento, e tudo o que nele havia, aos cuidados de uma camareira de sua mãe.

Fazia tempo que Rodolfo havia decidido ir à Itália. Seu pai, que já estivera lá, o incentivava, dizendo que não eram cavaleiros aqueles que o eram somente em sua pátria; que era preciso sê-lo, também, em pátrias alheias. Por essas e outras razões Rodolfo se dispôs a cumprir a vontade de seu pai, que lhe deu vultosos títulos de crédito para Barcelona, Gênova, Roma e Nápoles. E Rodolfo logo partiu, com dois de seus camaradas, ávido por conhecer o que tinha ouvido alguns soldados contarem sobre a fartura das pousadas da Itália e da França e sobre a liberdade que os espanhóis desfrutavam, nos alojamentos. Soava-lhe bem aquele *eco ti buoni polastri, picioni, presunto et salcicie,*[3] bem como outras palavras dessa natureza, que os soldados recordam quando vêm daquelas paragens a estas, passando pela escassez e falta de comodidade das pensões e estalagens da Espanha. Enfim, ele partiu, com tão poucas lembranças sobre o que havia sucedido com Leocádia, que era como se isso jamais tivesse acontecido.

Enquanto isso, Leocádia passava a vida na casa dos pais, o mais reclusa possível, sem se deixar ver por quem quer que fosse, temerosa de que alguém pudesse ler sua desgraça em seu rosto. Mas, alguns meses depois, viu que forçosamente teria de fazer o que, até ali, de bom grado fizera. Viu que lhe convinha viver reclusa e escondida, pois estava grávida, fato que fez com que as lágrimas, por algum tempo esquecidas, voltassem aos seus olhos; e os suspiros e as queixas começaram de novo a ferir os ventos, apesar da discrição de sua boa mãe, que a consolava. Voou o tempo e chegou o momento do parto, de tal modo mantido em segredo que não ousaram confiar nem mesmo numa parteira. A própria mãe de Leocádia, assenhoreando-se desse ofício, deu à luz do mundo um dos mais belos meninos que se pode imaginar. Com a mesma discrição e segredo com que havia nascido, foi levado a uma aldeia, onde viveu por quatro anos, ao fim dos quais seu avô levou-o de volta para casa, como se fosse um sobrinho, e era ali que agora crescia, se não ricamente, ao menos muito virtuosamente.

O menino — a quem deram o nome de Luís, por assim chamar-se seu avô — era belo de rosto, de caráter dócil, inteligência sutil; e em todas as ações que naquela tenra idade podia fazer, demonstrava ter sido engendrado por um nobre pai. E de tal maneira sua graça, beleza e inteligência encantaram os avós que estes passaram a considerar como ventura a desventura da filha que lhes dera tal neto. Choviam sobre ele milhares de bênçãos, quando andava pela rua: uns bendiziam

---

[3] Em italiano: Ecco li buoni pollastri, piccioni, prosciutto e salciccie: "Aqui estão os bons frangos, pombos, presunto e salsichas."

sua beleza; outros, a mãe que o havia parido; esses, o pai que o engendrara; aqueles, a quem tão bem o criava. Com o elogio daqueles que o conheciam e não conheciam, o menino chegou à idade de sete anos já sabendo ler em latim, em língua vernácula[4] e escrever com letra muito bem formada, pois a intenção de seus avós era torná-lo virtuoso e sábio, já que não podiam fazê-lo rico. Como se a sabedoria e a virtude não fossem riquezas sobre as quais não têm jurisdição os ladrões nem a assim chamada fortuna!

Sucedeu, pois, que no dia em que foi levar um recado de sua avó a uma parenta, o menino passou por uma rua onde acontecia uma corrida de cavaleiros. Pôs-se a olhar e, procurando um local de onde pudesse enxergar melhor, passou de um lado a outro da rua, mas não a tempo de evitar que um cavalo o atropelasse, pois não foi possível, para o dono do animal, interromper-lhe o ímpeto com que cavalgava. O cavalo passou por cima do menino, deixando-o como morto, estendido no solo, vertendo muito sangue por um ferimento na cabeça. Tão logo isso aconteceu, um velho cavaleiro que assistia à corrida saltou de seu cavalo com uma rapidez jamais vista e foi até o menino; tirou-o dos braços de um homem que já o tinha nos seus e, sem se importar com seus cabelos brancos nem com sua autoridade, que era muita, dirigiu-se a passos largos para sua casa, ordenando aos criados que o deixassem e corressem a buscar um cirurgião[5] que curasse o menino. Muitos cavaleiros o seguiram, compadecidos da desgraça de tão formoso menino, pois logo correu a notícia de que o atropelado era Luisico, "sobrinho de tal cavaleiro", diziam, mencionando o nome de seu avô. Essa notícia correu de boca em boca, até que chegou aos ouvidos dos avós e de sua não revelada mãe que, depois de se certificarem bem do caso, saíram como loucos, desatinados, à procura de seu querido. Como o cavaleiro que o havia levado era muito importante e conhecido, encontraram muitas pessoas que lhes indicaram sua casa, à qual chegaram a tempo de saber que o menino já estava sob os cuidados do cirurgião.

O cavaleiro e sua mulher, donos da casa, pediram ao casal, que tomaram por pais do menino, que não chorassem nem erguessem a voz

---

[4] No original, *romance*: língua derivada do latim, como o espanhol, o castelhano, o português, o italiano e outras.

[5] Os cirurgiões praticavam pequenas cirurgias, além de sangrar, lancetar, aplicar ventosas e arrancar dentes; e ainda cortar cabelo e fazer a barba. (Silvia Massimini)

em lamento, pois isso não traria proveito algum para ele. O cirurgião, que era famoso, depois de curar o menino com grande cuidado e maestria, disse que o ferimento não era tão mortal como a princípio havia temido. Luís acordou no meio do procedimento, pois até então estivera desmaiado, e alegrou-se ao ver os tios que lhe perguntaram, chorando, como se sentia. Respondeu que estava bem, embora tivesse muitas dores no corpo e na cabeça. O médico ordenou que não falassem com ele, que o deixassem repousar. Assim foi feito, e o avô do menino começou a agradecer ao dono da casa pela grande caridade com que havia tratado seu sobrinho. O cavaleiro respondeu que não era preciso agradecê-lo, pois queria que soubesse que, ao ver o menino atropelado e caído, tivera a impressão de ver o rosto de um filho seu, a quem amava ternamente, e que isso o levara a tomá-lo nos braços e trazê-lo para sua casa, onde ficaria durante o tempo que durasse a cura, recebendo todos os cuidados possíveis e necessários. Sua mulher, que era uma nobre senhora, disse o mesmo, fazendo promessas ainda maiores.

Os avós do menino ficaram admirados com tamanho senso cristão. Porém, mais admirada ficou a mãe que, tendo em parte tranquilizado seu angustiado espírito com as notícias do cirurgião, observou atentamente o aposento onde estava seu filho e por muitos indícios reconheceu, com clareza, que era o mesmo onde se dera o fim de sua honra e o princípio de sua desventura. E embora não estivesse adornado com os mesmos damascos daquela ocasião, Leocádia reconheceu a disposição dos móveis e viu a janela da grade, que dava para o jardim. Como estivesse fechada, por causa do ferido, Leocádia perguntou se aquela janela dava para um jardim; responderam-lhe que sim. Porém, o que reconheceu com maior certeza foi a cama, a mesma que tivera como local de sua sepultura. E mais: o móvel sobre o qual estava então o crucifixo, que havia levado, encontrava-se no mesmo lugar.

Por fim, os degraus — que ela havia contado quando, com os olhos vendados, fora retirada daquele aposento — confirmaram a verdade de todas as suas suspeitas; degraus que levavam dali até a rua, e que Leocádia tivera a prudência de contar. E ao deixar seu filho, para voltar à sua casa, tornou a contá-los e confirmou o número. Assim, confrontando uns indícios com outros, teve certeza de que sua impressão era absolutamente verdadeira. E contou-a, com todos os detalhes, à sua mãe que, sábia como era, procurou se informar se o cavaleiro em cuja casa seu neto se encontrava tivera ou tinha um filho. Descobriu então que aquele a quem chamamos Rodolfo era seu filho e estava na Itália. E conjeturando sobre o tempo que, segundo lhe disseram, ele estava fora da Espanha, viu que eram sete anos, a mesma idade de seu neto. Alertou o marido sobre isso. E ambos, de comum acordo com a filha, resolveram esperar o que Deus faria do ferido, que em quinze dias ficou fora de perigo, levantando-se após trinta dias, durante os quais recebeu a visita da mãe e da avó, bem como os cuidados e o carinho dos donos da casa, que o tratavam como se fosse seu próprio filho. Em algumas ocasiões, Dona Estefânia — pois assim se chamava a mulher do cavaleiro —, conversando com Leocádia, dizia-lhe que aquele menino era muito parecido com seu filho, que estava na Itália. Todas as vezes que o olhava, sem exceção, parecia-lhe que era seu próprio filho quem estava ali, à sua frente. Por conta dessas palavras, Leocádia, estando a sós com a senhora, encontrou ocasião para outras que, de comum acordo com os pais, tinha decidido dizer-lhe. E as palavras foram estas que se seguem ou outras semelhantes:

— Senhora, no dia em que meus pais ouviram dizer que seu sobrinho estava muito mal, acreditaram e pensaram que o céu se fechara para eles e que o mundo inteiro havia caído sobre suas costas. Imaginaram que, perdendo o sobrinho, perderiam também a luz dos olhos e o consolo que teriam na velhice. Pois amam esse sobrinho de um modo que excede, de longe, o amor que os pais costumam ter pelos filhos. Costuma-se dizer que Deus, quando dá a ferida, dá o remédio, e foi o que o menino encontrou nesta casa, ao passo que nela encontrei a lembrança de fatos que não poderei esquecer, enquanto durar minha vida. Eu, senhora, sou nobre porque meus pais assim o são, tal como todos os meus antepassados que, felizmente, sendo não muito pobres nem muito ricos, conseguiam manter sua honra, onde quer que vivessem.

Surpresa e um tanto desconcertada, Dona Estefânia ouvia as palavras de Leocádia; não podia crer, embora assim constatasse, que pudesse encerrar-se tanta sabedoria em alguém de tão pouca idade, pois parecia-lhe que Leocádia teria cerca de vinte anos, pouco mais, pouco menos. Sem dizer ou replicar palavra, esperou por todas as que Leocádia quis lhe dizer: e foram aquelas que bastaram para narrar a travessura de seu filho, a sua desonra, o rapto, a venda em seus olhos, o modo como fora trazida àquele quarto, os indícios pelos quais havia reconhecido que aquele era o mesmo local onde já estivera. Como prova, tirou de entre os seios o crucifixo que havia levado e, olhando-o, disse:

— Tu, Senhor, que foste testemunha da violência contra mim cometida, sê agora juiz da reparação que me é devida. De cima daquela escrivaninha eu te retirei, com o propósito de te lembrar, sempre, do agravo que sofri, não para pedir vingança, coisa que não pretendo, mas sim para rogar que me desses algum consolo para suportar, com paciência, minha desgraça. Esse menino, senhora, a quem tratastes com tão extrema caridade, é vosso legítimo neto. O céu permitiu que ele fosse atropelado para que, sendo trazido a esta casa, também eu nela encontrasse, como espero encontrar, o remédio que melhor convenha, não para sanar minha desventura, mas para me dar um meio de suportá-la.

Assim dizendo, e abraçada ao crucifixo, caiu desmaiada nos braços de Estefânia que, sendo mulher e nobre — em quem a compaixão e a misericórdia costumam ser tão naturais como a crueldade no homem —, tão logo percebeu o desmaio, juntou seu rosto ao de Leocádia, derramando tantas lágrimas que nem foi preciso espargir água para que ela voltasse a si.

Estavam ambas assim quando entrou no aposento o cavaleiro, marido de Estefânia, trazendo Luisico pela mão. Ao ver Estefânia em prantos e Leocádia desmaiada, perguntou, aflito, o que estava acontecendo. Abraçando a mãe como se fosse sua prima, e a avó como sua benfeitora, o menino perguntava por que estavam chorando.

— Tenho coisas importantes a dizer, senhor, pelas quais concluireis que esta jovem desmaiada é vossa filha e esse menino, vosso neto — respondeu Estefânia ao marido. — Esta verdade, que vos digo, me foi contada por esta jovem; verdade que foi e está confirmada pelo rosto deste menino, no qual nós dois vimos o rosto de nosso filho.

— Se mais não disserdes, senhora, não entenderei — replicou o cavaleiro.

Nisso, Leocádia voltou a si. Abraçada ao crucifixo, parecia convertida num mar de pranto. Tudo isso já havia deixado o cavaleiro num estado de grande confusão, da qual saiu ao ouvir, de sua mulher, o que Leocádia tinha contado. E ele acreditou, por divina permissão do céu, como se tudo lhe tivesse sido provado por muitas e honradas testemunhas. Consolou e abraçou Leocádia; beijou seu neto. Naquele mesmo dia, ele e a esposa enviaram uma carta, por um mensageiro, a Nápoles, avisando o filho que viesse de imediato, pois tinham lhe arranjado casamento com uma mulher extremamente bela, tal como a ele convinha. Não consentiram que Leocádia — nem o menino — voltasse à casa de seus pais que, felicíssimos com aquele acontecimento na vida da filha, não cessavam de agradecer a Deus, infinitamente, por isso.

O mensageiro chegou a Nápoles. Dois dias após receber a carta, Rodolfo, ansioso para deleitar-se com tão bela mulher como a que seu pai descrevera, encontrou oportunidade de voltar, pois havia quatro galeras no porto, prontas para zarpar para a Espanha. Embarcou, então, com dois de seus camaradas, que ainda não o haviam deixado, e como o clima estivesse favorável, em doze dias chegou a Barcelona, de onde partiu rapidamente, e com mais sete chegou a Toledo e entrou na casa de seu pai, tão garboso e belo que parecia reunir, em si, o máximo do garbo e da beleza.

Alegraram-se seus pais com a saúde e a bem-vinda presença do filho. Sobressaltou-se Leocádia, que de um local oculto o observava, cumprindo o plano e a ordem que Dona Estefânia lhe dera. Os amigos de Rodolfo quiseram ir logo para suas respectivas casas, mas Dona Estefânia não consentiu, pois precisava deles para realizar seu propósito. Rodolfo havia chegado quase ao anoitecer. Enquanto organizava o jantar, Dona Estefânia chamou à parte os amigos de seu filho, pois acreditava, sem dúvida alguma, que eles eram dois dos três que, segundo Leocádia, estavam com Rodolfo na noite em que a raptaram. Com grandes súplicas, pediu que lhe dissessem se recordavam que seu filho raptara uma jovem, tal noite, tantos anos atrás, pois da confirmação dessa verdade dependiam a honra e o sossego de toda a sua família. Com tanta veemência soube suplicar, e de tal maneira garantir que a revelação desse rapto não poderia trazer-lhes dano algum, que eles acharam por bem confessar que era verdade que numa noite de verão, na companhia de Rodolfo e de outro amigo, raptaram a moça da qual ela falava, e que Rodolfo fugira com ela, enquanto eles detinham as pessoas de sua família, que aos brados queriam defendê-la. E que no dia seguinte Rodolfo lhes contara que havia levado a moça à sua casa e isso era tudo o que podiam responder ao que Dona Estefânia lhes perguntava.

Essa confissão acabou com todas as dúvidas que aquele caso ainda pudesse oferecer. Assim, Dona Estefânia decidiu levar a cabo seu bom pensamento, que foi este: pouco antes que se sentassem para jantar, ela entrou num aposento, a sós, com seu filho Rodolfo. E pondo-lhe um retrato nas mãos, disse:

— Rodolfo, meu filho, quero te oferecer um jantar agradável e por isso te apresento tua esposa. Este é seu retrato verdadeiro; mas quero te advertir que o que nela falta em beleza sobra em virtude: ela é nobre, tem inteligência e é razoavelmente rica. E podes ter certeza de que é a mulher que te convém, já que teu pai e eu a escolhemos.

Rodolfo olhou atentamente o retrato e disse:

— Se os pintores, que em geral costumam ser pródigos na beleza dos rostos que retratam, foram também com este, então creio, sem dúvida, que o original deve ser a feiura em pessoa. Verdadeiramente, minha mãe e senhora, é bom e justo que os filhos obedeçam aos pais, cumprindo todas as suas ordens. Mas também é melhor e conveniente que os pais propiciem aos filhos a situação que mais desejarem. E se a situação do matrimônio é nó que não se desata senão com a morte, será melhor então que seus laços sejam iguais, tecidos com os mesmos fios. A virtude, a nobreza, a inteligência e os bens materiais bem podem alegrar o espírito do homem que os recebe, por sorte, junto com a esposa. Mas que a feiura dela alegre os olhos dele me parece impossível. Sou moço, mas entendo muito bem que ao sacramento do matrimônio corresponde o justo e devido deleite do qual desfrutam os casados. E se isso falta, o matrimônio coxeia, desdizendo seu segundo propósito. Pois pensar que um rosto feio, que se há de ter a toda hora diante dos olhos, na sala, na mesa e na cama, possa deleitar, digo, uma vez mais, que me parece quase impossível. Pela vida de vossa mercê, minha mãe, peço que me dê uma companheira que me entretenha e não me enfade, para que, igualmente e por caminho reto, sem que nos desviemos para um ou outro lado, possamos cumprir, juntos, o destino que o céu nos ordenar. Se essa senhora é nobre, inteligente e rica, como diz vossa mercê, não lhe faltará esposo de índole diferente da minha. Alguns buscam nobreza, outros inteligência, outros riqueza e, outros, formosura. Eu sou como esses últimos. Pois nobreza tenho por herança, graças ao Céu, aos meus antepassados e aos meus pais. Quanto à inteligência, desde que uma mulher não seja néscia, tola ou demente, já basta; enfim, que não seja muito perspicaz, a ponto de destacar-se, nem muito boba, a ponto de tornar-se inútil. Quanto à riqueza, também graças à dos meus pais, não me sinto temeroso de algum dia vir a ser pobre. Busco a formosura, amo a beleza, sem outro dote senão a honestidade e os bons costumes; se minha esposa me trouxer isso, com muito gosto servirei a Deus e darei aos meus pais uma boa velhice.

Sentindo-se feliz com essas palavras, que bem vinham ao encontro de seu propósito, a mãe de Rodolfo respondeu, então, que procuraria casá-lo conforme seu desejo e que não se preocupasse, pois seria fácil desfazer os acertos de casamento com aquela senhora. Rodolfo agradeceu; e como já fosse hora de jantar, ambos foram para a mesa. E quando já estavam sentados Rodolfo e seus camaradas, o pai e a mãe, esta disse como se ao acaso:

— Ah, pecadora de mim, que assim trato minha hóspede! Andai! — disse a um criado. — Dizei à Senhora Dona Leocádia que deixe de lado seu imenso recato e venha nos honrar à mesa, pois todos aqui são meus filhos e seus servidores.

Tudo isso era parte do plano de Dona Estefânia. Leocádia, que já fora informada e avisada sobre como deveria agir, pouco tardou em aparecer, assim, inesperadamente, dando a mais bela mostra que uma formosura natural e bem-composta poderia dar.

Usava, por ser inverno, um traje de corpete justo e saia longa e rodada, de veludo negro, adornado com botões de ouro e pérolas, com um cinto e um colar de diamantes. Seus próprios cabelos, longos e ligeiramente louros, serviam-lhe de adorno e véu; os cachos e enfeites neles entretecidos brilhavam como diamantes, deslumbrando os olhos de quem a mirava. Leocádia era de disposição amável e digna. Precedida por duas donzelas, que a iluminavam — cada uma levando uma vela de cera num candelabro de prata —, trazia seu filho pela mão.

Todos se ergueram para reverenciá-la, como se ela fosse uma criatura do céu que ali havia aparecido, por milagre. Ninguém, dos que ali estavam a olhá-la, embevecidos e perplexos, conseguiu dizer palavra. Com digna graça e discreta cortesia, Leocádia inclinou-se, cumprimentando a todos. Tomando-a pela mão, Dona Estefânia acomodou-a numa cadeira a seu lado, diante de Rodolfo. Quanto ao menino, foi acomodado junto ao avô.

Rodolfo, que agora mirava de perto a incomparável beleza de Leocádia, dizia para si: "Se aquela que minha mãe escolheu para ser minha esposa tivesse metade dessa formosura, eu me consideraria o homem mais feliz do mundo. Valha-me Deus! Mas o que vejo? Estarei, porventura, olhando um anjo humano?"

Assim, entrando-lhe pelos olhos, ia se apossando de sua alma a formosa imagem de Leocádia que, enquanto esperava o jantar, vendo tão perto de si aquele a quem já queria mais do que à luz de seus olhos — com os quais o mirava, vez por outra, furtivamente —, começou a revolver as lembranças do que havia passado com Rodolfo. Começaram a arrefecer, em sua alma, as esperanças que a mãe de Rodolfo lhe dera de que ele viesse a ser seu esposo; temia que essas promessas pudessem se igualar à pequenez de sua sorte. Refletia sobre como estava perto de ser feliz ou infeliz para sempre. E tão intensas foram as reflexões e tão revoltos os pensamentos que oprimiram seu coração, de modo que ela de repente empalideceu e começou a transpirar, sobrevindo-lhe um desmaio que a forçou a reclinar a cabeça nos braços de Dona Estefânia que, ao vê-la assim, amparou-a, perturbada.

Sobressaltados, todos deixaram a mesa, apressando-se a socorrer Leocádia. Porém, quem mais deu mostras de aflição foi Rodolfo que, na pressa de chegar até Leocádia, por duas vezes tropeçou e caiu.

Afrouxaram as vestes de Leocádia e jogaram-lhe água no rosto, mas nem assim ela voltou a si. A respiração suspensa e o pulso, que não conseguiam sentir, iam dando claros sinais de sua morte. Precipitando-se, as criadas e os criados da casa começaram a gritar, já considerando Leocádia como morta. Essas amargas notícias chegaram aos ouvidos dos pais de Leocádia, que Dona Estefânia ainda mantinha escondidos, reservados para uma ocasião mais agradável. Pois ambos, desobedecendo à ordem de Dona Estefânia, irromperam na sala, juntamente com o padre da paróquia, que estava com eles.

O padre chegou mais depressa até Leocádia, a fim de ver se ela dava alguns sinais de arrependimento por seus pecados, para que pudesse absolvê-la. E onde pensou encontrar um desmaio, achou dois, pois já Rodolfo estava caído, com o rosto sobre o peito de Leocádia. Dona Estefânia tinha permitido que ele se aproximasse da jovem que, afinal, haveria de ser sua. Mas ao vê-lo também perder os sentidos, esteve a ponto de perder os seus, e teria perdido, se não visse Rodolfo voltar a si, como de fato voltou, envergonhado por ser visto assim, tão extremado em seus cuidados com Leocádia. Porém, sua mãe, como se adivinhasse o sentimento do filho, disse:

— Não te envergonhes, filho, dos cuidados extremos que tiveste. Ao contrário: deverás sentir vergonha daqueles que não tiveste, quando souberes das coisas que já não mais quero esconder... Pois tencionava deixá-las para uma ocasião mais alegre. Saibas, filho de minha alma, que esta jovem desacordada nos meus braços é tua verdadeira esposa. Digo verdadeira porque eu e teu pai já a havíamos escolhido para ti; pois aquela, do retrato, é falsa.

Ao ouvir isso, Rodolfo, levado por seu amoroso e ardente desejo — e tendo a palavra *esposo* vencido todos os obstáculos que a honestidade e a decência do local pudessem impor —, tomou o rosto de Leocádia e juntou seus lábios aos dela, como se esperasse que a alma lhe saísse pela boca, para acolhê-la com a sua. Mas quando as lágrimas daqueles que choravam de pena chegaram ao auge; quando as vozes se elevaram, de tanta dor; e tendo a mãe de Leocádia arrancado os cabelos e seu pai, a barba; e tendo os gritos de seu filho penetrado os Céus... Leocádia voltou a si, e com ela a alegria e a felicidade que tinham abandonado o coração dos presentes.

Ao ver-se nos braços de Rodolfo, Leocádia tentou se libertar, com sincero esforço. Mas ele lhe disse:

— Não, senhora, não há de ser assim. Não é justo que luteis para vos livrar dos braços daquele que vos tem em sua alma.

Diante dessas palavras, Leocádia recuperou por completo os sentidos. E Dona Estefânia, desistindo de levar adiante seu plano anterior, disse ao padre que casasse seu filho com Leocádia, sem mais demora. O padre assim fez, pois, tendo esse caso acontecido num tempo em que apenas com a vontade dos noivos realizava-se o casamento — sem as justas, santas diligências e precauções que hoje se usam —, não houve obstáculos que o impedissem. E uma vez celebrado o casamento, deixo que outra pena e outro talento — mais primoroso do que o meu — narrem a alegria geral de todos os que lá estavam presentes: os abraços que os pais de Leocádia deram em Rodolfo; a gratidão aos Céus e aos próprios pais; os oferecimentos e as mútuas promessas; a admiração dos amigos de Rodolfo, que tão inesperadamente viram, na mesma noite de sua chegada, tão belo casamento, sobretudo quando souberam — pois Dona Estefânia assim contou, diante de todos — que Leocádia era a donzela que, com a ajuda deles, seu filho havia raptado... Notícia que deixou Rodolfo não menos perplexo do que os outros. E para certificar-se ainda mais dessa verdade, ele pediu a Leocádia que lhe desse uma prova que confirmasse de uma vez aquilo de que não duvidava, por parecer-lhe que seus pais já haviam averiguado tudo muito bem.

Ela respondeu:

— Quando acordei, voltando a mim daquele outro desmaio, encontrei-me, senhor, nos vossos braços e sem honra. Mas hoje sei que valeu a pena, pois, ao voltar do desmaio que agora há pouco sofri, encontrei-me igualmente nos mesmos braços de antes, mas honrada. E se essa prova não bastar, que baste a imagem de um crucifixo que ninguém teria podido furtar, senão eu. Vede, se é que destes pela falta dela, na manhã seguinte, e se é a mesma que à minha senhora pertence.

— Senhora vós sois a imagem de minha alma, e sereis, pelos anos que Deus ordenar, meu grande bem!

Rodolfo abraçou-a de novo, e de novo ambos receberam as bênçãos e felicitações dos presentes.

Veio o jantar, vieram os músicos, que já estavam à espera para se apresentar. Rodolfo viu a si mesmo no espelho do rosto de seu filho. Os quatro avós choraram de emoção. Não restava um só canto, em toda a casa, que não estivesse pleno de júbilo, felicidade e alegria. Embora a noite voasse com suas ligeiras e negras asas, a Rodolfo parecia que ela avançava não com asas, mas com muletas: tão grande era o desejo de estar a sós com sua querida esposa.

Chegou, por fim, a hora desejada, pois não há fim que não chegue. Todos foram se deitar, ficando a casa sepultada no silêncio, no qual não ficará a verdade deste relato, pois nisso não consentirão os muitos filhos e a ilustre descendência que deixaram em Toledo esses dois venturosos noivos, que por muitos e felizes anos desfrutaram-se e agora vivem em seus filhos e netos, tudo isso por permissão do céu e pela *força do sangue*, que viu, derramado no solo, o valoroso, ilustre e cristão avô de Luisico.

O ESTREMENHO CIUMENTO

Não faz muitos anos que de algum ponto da Estremadura saiu um fidalgo — nascido de pais nobres — que, tal como outro Pródigo,[1] andou gastando seus anos e bens por diversas partes da Espanha, Itália e Flandres. Ao fim de muitas peregrinações, com os pais já mortos e o patrimônio já gasto, foi parar na grande cidade de Sevilha, onde encontrou boas ocasiões para acabar de consumir o pouco que lhe restava. Vendo-se, pois, tão desprovido de dinheiro e ainda por cima sem muitos amigos, recorreu a um remédio ao qual recorrem muitos outros perdidos naquela cidade: viajar às Índias, refúgio e amparo dos desesperados da Espanha, igreja dos falidos,[2] salvo-conduto dos homicidas, abrigo e proteção[3] dos jogadores a quem os peritos nessa arte chamam *ciertos*,[4] esparrela geral de mulheres livres, engano comum de muitos e remédio particular de poucos.

Enfim, chegado o tempo em que uma frota estava de partida para Terra Firme,[5] ele tratou com o comandante, preparou suas provisões, sua esteira[6] e, embarcando em Cádiz, abençoou a Espanha enquanto a frota zarpava, para alegria geral, dando velas ao vento que soprava, brando e favorável, de modo que em poucas horas ocultou a terra da vista de todos, para revelar as anchas e vastas planícies do grande pai das águas, o mar Oceano.

---

[1] Referência ao filho pródigo mencionado na Bíblia (Evangelho Segundo Lucas, XV, 11-32).

[2] No original, *alzados*: referência aos que faliram ou fracassaram num negócio e fraudaram seus credores, buscando asilo (na igreja ou em algum lugar seguro) para não serem detidos pela justiça. Significa também "refugiado, retirado".

[3] No original, *pala*: na gíria (*germanía*), é aquele que encobre os comparsas, que se põe diante de alguém a quem outros querem roubar, para distraí-lo.

[4] Charlatões profissionais, que trapaceavam nos jogos de cartas.

[5] Hoje América Central.

[6] No original, *mortaja de esparto*: esteira que os passageiros pobres levavam, para dormir, durante as viagens. (Ver Glossário)

Nosso passageiro ia pensativo, revolvendo na memória os muitos e diversos perigos pelos quais havia passado em seus anos de peregrinação, e o mau governo que fizera de si mesmo, ao longo de todo o transcurso de sua vida. E no fim das contas, ia se deixando tomar por uma firme resolução de mudar sua maneira de viver, de encontrar outro modo de preservar os bens que Deus porventura lhe desse e de proceder, com relação às mulheres, com mais recato do que tivera até então.

A frota avançava em clima de calmaria, enquanto Felipo de Carrizales — pois assim se chamava aquele que motivou esta nossa novela — passava por essa tormenta interior. O vento tornou a soprar, impelindo os navios com tanta força que não deixou ninguém quieto em seu lugar; assim, Carrizales foi obrigado a deixar de lado seus pensamentos para ocupar-se apenas dos cuidados que a viagem exigia. E foi uma viagem tão próspera, que a frota chegou ao porto de Cartagena[7] sem grandes variações de clima ou qualquer outro revés. E para pôr um termo a tudo que não diz respeito ao nosso propósito, digo que Felipo, quando foi para as Índias, tinha quarenta e oito anos. E nos vinte que lá passou, graças à sua engenhosidade e diligência, conseguiu juntar mais de cento e cinquenta mil *pesos ensayados*.[8]

Vendo-se, pois, rico e próspero, tocado pelo desejo natural, que todos têm, de voltar à sua pátria, deixando de lado grandes e boas possibilidades de negócios, Felipo deixou o Peru — onde havia juntado muitos bens, que trazia consigo em forma de barras de ouro e prata, todos registrados, para evitar inconvenientes[9] — e voltou à Espanha. Desembarcou em Sanlúcar; chegou a Sevilha, tão carregado de anos quanto de riquezas; não teve problemas com seus bens ou documentos; procurou seus amigos: estavam todos mortos. Quis partir para a sua terra natal, embora já tivesse notícias de que a morte não havia poupado nenhum de seus familiares. E se quando partira para as Índias, pobre e carente, muitos pensamentos o consumiam, sem deixá-lo sossegar sequer por um instante, em meio às ondas do mar, agora, no sossego da terra firme, não o consumiam menos, embora por um motivo diferente: pois se antes

---

[7] Também chamada "Cartagena das Índias", que no tempo de Cervantes pertencia ao Peru e hoje pertence à Colômbia. (Sieber)

[8] *Peso ensayado*: no contexto (provavelmente), moedas de prata bem examinadas pelo "ensaiador": o avaliador. Portanto, o dinheiro que Felipo trazia das Índias era o mais fino, puro e valioso. (Sieber)

[9] A inconveniência, no caso, seria a probabilidade de confisco dos bens, justamente por não terem sido registrados.

não dormia por ser pobre, agora não podia sossegar, por ser rico; pois tão pesada carga é a riqueza, para quem não está acostumado a tê-la — nem sabe dela se utilizar —, quanto é a pobreza, para quem a padece constantemente. O ouro acarreta cuidados, assim como sua falta, que uns remediam quando conseguem juntar uma quantidade razoável; mas, para outros, quanto mais conseguem ouro, mais aumentam seus cuidados.

Carrizales pensava em suas barras o tempo inteiro, não por avareza — pois nos poucos anos em que fora soldado aprendera a ser generoso —, mas sim para decidir o que faria com elas, pois mantê-las naquela forma seria inútil; e mantê-las em casa seria uma isca para os cobiçosos, uma tentação para os ladrões.

Havia morrido, em Felipo, a gana de voltar à agitada vida do mundo do comércio. Parecia-lhe, considerando seus muitos anos, que tinha dinheiro de sobra para passar a vida. E queria passá-la em sua pátria, empregando ali seus bens, vivendo nela os anos de sua velhice, em quietude e sossego, dando a Deus o que pudesse, pois já dera ao mundo mais do que devia. Por outro lado, pensava na estreiteza de recursos de sua pátria, onde as pessoas eram muito pobres. Se voltasse a morar lá, estaria exposto a todos os incômodos que os pobres costumam causar ao vizinho rico, sobretudo quando não há mais ninguém, no lugar, que possa socorrê-los em suas misérias. Quisera ter a quem deixar seus bens, depois de findos seus dias. Com esse desejo, avaliava as próprias forças e sentia que ainda era capaz de arcar com a carga do matrimônio. Tão grande medo o sobressaltava ante esse pensamento, que era então desbaratado e desfeito, como a névoa pelo vento. Pois Felipo era, por natureza, o homem mais ciumento do mundo. Mesmo não sendo casado, bastava-lhe cogitar nisso para que o ciúme começasse a magoá-lo, as suspeitas a fatigá-lo, os pensamentos a sobressaltá-lo com tamanha eficácia e veemência que em tudo e por tudo decidiu que não se casaria.

E estando assim determinado quanto a esse assunto, mas não quanto ao que faria de sua vida, quis a sorte que, certo dia, ao passar por uma rua, erguesse os olhos e visse, debruçada numa janela, uma donzela que aparentava treze ou catorze anos. Tinha um rosto tão encantador e era tão formosa que, sem poderes para defender-se, o bom e velho Carrizales rendeu a fraqueza de seus muitos anos aos poucos anos de Leonora: este o nome da formosa donzela. E logo, sem mais se deter, Carrizales começou a fazer muitos e muitos prognósticos; falando consigo mesmo, dizia:

— A moça é formosa e, a julgar pela aparência dessa casa, não deve ser rica. Ela é uma menina; seus poucos anos podem confirmar minhas suspeitas. Mas hei de me casar com ela, trancafiá-la e moldá-la à minha maneira. Com isso, ela não terá outra condição, exceto a que eu ensinar... E não sou tão velho, a ponto de perder a esperança de ter filhos que herdem meus bens. Se a moça tem dote ou não, pouco me importa, pois o céu já me deu bens suficientes. Os ricos não devem buscar bens e sim prazeres, no matrimônio, pois o prazer prolonga a vida; e o desgosto, entre os casados, a abrevia. Então, está decidido! Está lançada a sorte e que ela seja a que o Céu quiser que eu tenha.

E depois de fazer esse solilóquio, não uma, mas cem vezes, ao cabo de alguns dias Carrizales falou com os pais de Leonora e soube que, embora pobres, pertenciam à nobreza. Depois de prestar-lhes conta sobre suas intenções, sobre sua pessoa e seus bens, pediu que lhe dessem a filha como esposa. Ambos pediram, então, tempo para que pudessem se informar sobre o que lhes havia dito e, assim, também ele teria tempo de confirmar se era verdade o que diziam sobre sua condição de nobres. Despediram-se, informaram-se e comprovaram que era verdadeiro o que fora dito por ambas as partes. Por fim, Leonora tornou-se esposa de Carrizales, que antes da cerimônia deu-lhe um dote de vinte mil ducados: tamanho era o ardor do peito do velho ciumento que, tão logo se viu na condição de esposo, foi assaltado por um tropel de raivosos ciúmes. E sem motivo algum, passou a sofrer tremores e temores que jamais tivera antes. A primeira demonstração que deu de seu caráter ciumento foi não querer que alfaiate algum tomasse as medidas de sua esposa, para os muitos vestidos que pensava em mandar fazer para ela. Assim, resolveu procurar uma mulher que tivesse, mais ou menos, o mesmo talhe e corpo de Leonora. Encontrou uma mulher pobre, mandou que lhe fizessem um traje sob medida, pediu que sua esposa o provasse e achou que lhe caía bem. E com base nessa medida mandou fazer os outros vestidos, que foram tantos e tão belos que os pais da recém-casada consideraram-se ainda mais felizardos por terem encontrado um genro tão bom, para salvação de ambos e da filha. A menina estava encantada com tantos trajes, pois os que tinha usado, em toda a sua vida, não passavam de uma túnica de sarja e um corpete de tafetá.[10]

---

[10] No original, *ropilla de tafetán*: traje curto, com mangas e ombreiras, das quais pendiam regularmente outras mangas soltas ou perdidas. Usava-se ajustada ao corpo, sobre o *jubón*: traje curto e justo, que ia dos ombros à cintura.

A segunda demonstração de ciúme dada por Felipo foi não querer juntar-se à sua esposa antes de instalá-la numa casa isolada. E assim fez: comprou-a por doze mil ducados, num bairro nobre da cidade, que tinha água corrente e um pátio com muitas laranjeiras. Vedou as janelas que davam para a rua, deixando-as somente com vista para o céu. Fez o mesmo com todas as outras janelas da casa. Na porta da rua, que em Sevilha chamam de *casapuerta*,[11] construiu uma cocheira para uma mula e, logo acima, um palheiro e um alojamento para quem haveria de cuidar dela: e foi um negro, velho e eunuco. Ergueu as paredes dos terraços de tal maneira que quem entrasse na casa teria de mirar o céu em ângulo reto, sem que pudesse ver outra coisa; fez também uma roda[12] que da porta principal comunicava-se com o pátio.

Mobiliou ricamente a casa que, por suas tapeçarias, estrados[13] e luxuosos dosséis denotava pertencer a um grande senhor. Comprou também quatro escravas brancas — que marcou a ferro, no rosto — e duas escravas negras, boçais.[14]

Contratou um despenseiro para que lhe comprasse e trouxesse alimentos, com a condição de que não dormisse nem entrasse na casa, senão até a roda, através da qual deveria entregar o que trouxesse. Feito isso, empregou parte de seus bens em terras situadas em boas e diversas partes, depositou uma parte num banco e reservou outra para si, para eventuais necessidades. Fez também uma chave mestra que abria todas as portas da casa, onde pôs tudo o que se pode comprar, de uma só vez ou na época propícia, para a provisão de um ano inteiro. E assim, com tudo pronto e disposto, foi à casa de seus sogros e pediu sua mulher, que ambos entregaram, com não poucas lágrimas, pois lhes parecia que a filha seria levada à sepultura.

A terna Leonora ainda não sabia o que estava lhe acontecendo; assim, chorando com os pais, pediu-lhes a bênção e, despedindo-se de ambos, conduzida pela mão do marido, rodeada de escravas e criadas,

---

[11] Entrada principal da casa; porta que dá para a rua.

[12] Roda: em conventos, hospitais, asilos etc., armário cilíndrico embutido num muro ou numa parede, que girava sobre um eixo, permitindo a introdução de objetos do exterior para o interior.

[13] Conjunto de móveis que servia para adornar o local ou cômodo onde as pessoas recebiam visitas, compondo-se de tapetes, almofadas, tamboretes e cadeiras.

[14] Escravas ou escravos recém-chegados da África, que ainda não falavam a língua local. "O *Bozal* é o negro que não sabe outra língua além da sua, que chama a língua ou linguagem de *lábio*, o lábio de *beijo*, a boca de *boza* e daí o termo *bozal*." (Sieber)

foi para sua casa. Logo ao entrar, Carrizales fez um sermão a todas, encarregando-as da guarda de Leonora e dizendo que de jeito nenhum, de forma alguma, deixassem que alguém entrasse pela segunda porta, ainda que fosse o negro eunuco. Mas a quem mais encarregou da guarda e do bem-estar de Leonora foi uma senhora de muita prudência e gravidade, contratada como aia de Leonora e também como supervisora de tudo o que acontecesse na casa, para ordenar que as escravas e as duas outras criadas, jovens como Leonora, lhe fizessem companhia. Pois para isso as recebera em sua casa: para que Leonora se entretivesse com aquelas de sua idade.

Prometeu a todas que haveria de tratá-las bem e dar-lhes presentes, para que não se ressentissem daquele isolamento. E que em todos os dias santos e domingos, sem exceção, iriam à missa, porém tão cedo que ninguém, exceto a luz do amanhecer, poderia vê-las. As criadas e escravas prometeram que fariam tudo o que lhes mandasse, sem queixas, com pronta boa vontade e disposição. E a jovem esposa, encolhendo os ombros, baixou a cabeça dizendo que não tinha outra vontade senão a de seu esposo e senhor, a quem sempre obedeceria.

Depois dessas precauções, o bom estremenho, recolhido em sua casa, começou a usufruir, como podia, dos frutos do matrimônio, que para Leonora não eram saborosos nem insossos, já que ela não tinha conhecimento de outros. E assim passava o tempo com sua aia, suas criadas e escravas que, para passar ainda melhor, deram para ser gulosas; poucos dias passavam sem que fizessem mil coisas que o mel e o açúcar tornam mais saborosas. Tinham, em grande abundância e de sobra, todo o necessário para isso. E não sobrava menos, em seu amo, a vontade de dar o que quisessem, pois lhe parecia que assim, entretidas e ocupadas, não teriam ocasião de pensar no isolamento em que viviam.

Leonora tratava suas criadas de igual para igual, entretinha-se com as mesmas coisas que elas e, em sua ingenuidade, começou até a fazer bonecas e outras miudezas infantis, que bem mostravam a simplicidade de seu caráter e a inocência de seus anos. Tudo isso causava imensa satisfação ao ciumento marido, a quem parecia ter acertado na escolha de uma vida bem melhor do que poderia imaginar; e que jamais, de modo algum, nem o engenho nem a malícia humana poderiam perturbar seu sossego. Assim, só se desvelava em presentear sua esposa e em lembrá-la de que poderia pedir quaisquer presentes que lhe viessem ao pensamento, pois todos receberia.

Nos dias em que Leonora ia à missa — ao amanhecer, tal como já se disse —, seus pais também iam; e na igreja conversavam com ela, diante do marido, de quem recebiam muitos mimos. E embora tivessem pena da filha, pela condição em que vivia, compensavam-na com os muitos presentes que Carrizales, seu generoso genro, lhes dava.

Carrizales levantava-se cedo para aguardar a vinda do despenseiro que na noite anterior, através de uma nota colocada na roda, recebia instruções sobre o que deveria trazer para o dia seguinte. Depois da vinda do despenseiro, Carrizales saía de casa, a maior parte das vezes a pé, deixando trancadas as duas portas, a do meio e a que dava para a rua, entre as quais ficava o negro.

Ia resolver seus negócios, que eram poucos, e logo retornava. Então, trancando-se na casa, entretinha-se mimando sua esposa e agradando suas criadas, que o queriam bem, por ser de natureza simples e agradável e, sobretudo, por mostrar-se tão generoso com todas elas.

Assim, todos passaram um ano de noviciado e professaram aquela vida, cada qual com determinação de levá-la até o final da sua própria. E assim seria, se o sagaz perturbador do gênero humano não estorvasse tudo, como já sabereis.

Que me diga, agora, aquele que se considerar mais sábio e prudente, quais outras precauções, para sua segurança, poderia ter tomado o velho Felipo, que além do mais não consentia a entrada de qualquer animal macho em sua casa onde, jamais, gato algum perseguiu ratos nem se ouviu latido de cão; todos os seus animais eram do gênero feminino. De dia, pensava; de noite, não dormia. Era ele a ronda e sentinela de sua casa, era o Argos[15] do que mais amava. Homem algum jamais passara além da porta do pátio. Felipo negociava na rua, com seus amigos. As figuras, nos tecidos e tapeçarias que adornavam as salas e os salões da casa, eram todas do gênero feminino, flores e paisagens silvestres. A casa inteira recendia a honestidade, recolhimento e recato; e mesmo entre as histórias que nas longas noites de inverno as criadas contavam, em volta da lareira, por estar ele presente, nenhuma revelava qualquer tipo de lascívia. A prata das cãs do velho pareciam, aos olhos de Leonora, cabelos de ouro puro, pois o primeiro amor de uma donzela imprime-se em sua alma como o sinete na cera. A excessiva vigilância de Felipo

---

[15] Ver nota 10 da novela "A Ciganinha".

parecia-lhe um cuidado especial; pensava e acreditava que todas as recém-casadas passavam por isso. Seus pensamentos não ousavam ir além das paredes da casa; tampouco sua vontade desejava outra coisa, além do que seu marido queria. Via as ruas apenas nos dias em que ia à missa, e isso ocorria tão cedo, que somente na volta da igreja havia luz para observá-las.

Nunca se viu convento tão trancado, nem monjas mais recolhidas, nem maçãs de ouro tão bem guardadas.[16] Apesar de tudo, Felipo não pôde, de modo algum, prevenir ou evitar cair — ou ao menos pensar ter caído — no que tanto temia.

Há em Sevilha um tipo de gente ociosa e folgazã, a quem geralmente se costuma chamar "gente de bairro". São filhos dos moradores de cada paróquia, e dos mais ricos; são ociosos, presunçosos e melífluos; deles, de seus trajes e maneira de viver, de seu caráter e das leis que praticam entre si, haveria muito a dizer. Mas não diremos, por boas razões.

Aconteceu que um desses galãs — que entre eles é chamado *virote*, moço solteiro, pois aos recém-casados chamam *mantones* — por acaso passou a reparar na casa do prudente Carrizales. Vendo-a sempre fechada, teve ganas de saber quem vivia lá dentro. E nisso se empenhou com tanto afinco e curiosidade, que por fim descobriu o que desejava.

Soube da condição do velho, da beleza de sua esposa e do modo como a guardava. Tudo isso acendeu nele o desejo de saber se seria possível expugnar, por força ou por artifício, aquela fortaleza tão protegida... Coisa que compartilhou com dois *virotes* e um *mantón*, seus amigos, que concordaram que deveriam pôr mãos à obra, pois para tais obras não faltam, jamais, conselheiros e ajudantes. Consideraram as dificuldades para a realização de tão intrincada façanha; e depois de se reunirem muitas vezes, para tratar do assunto, chegaram ao seguinte acordo: que Loyasa — assim se chamava o *virote* —, fingindo ausentar-se da cidade por alguns dias, ficasse longe da vista dos amigos, como de fato fez. Depois disso, vestiu roupas limpas — calças[17] de algodão rústico e camisa —, mas por cima delas vestiu trajes mais rotos e esfarrapados que os de qualquer outro mendigo da cidade. Raspou a rala barba que tinha, cobriu uma vista com um tapa-olho, enfaixou uma perna firmemente

---

[16] As maçãs de ouro, ou pomos de ouro, são elementos recorrentes em contos de fadas e lendas, nos quais os heróis devem resgatá-los ou roubá-los de poderosos guardiões ou vilões.

[17] No original, *calzones*: calças que iam da cintura aos joelhos.

e, apoiando-se em duas muletas, converteu-se num pobre aleijado, ao qual nenhum genuíno estropiado poderia igualar-se.

Com esse disfarce, todo final de tarde, à hora da Ave-Maria, postava-se junto à entrada da casa de Carrizales, àquela altura já trancada, ficando o negro — que se chamava Luís — encerrado entre as duas portas. Ali, parado, Loyasa pegava um violão um tanto ensebado, no qual faltavam algumas cordas; e como tinha algum talento musical, começava a tirar sons alegres e animados, mudando de voz para não ser reconhecido. Apressava-se a cantar romances de mouros e mouras, como um louco, e com tanta graça que todos os que passavam pela rua punham-se a escutá-lo. Enquanto cantava, meninos o rodeavam. Luís, o negro, em seu posto entre as duas portas, apurava os ouvidos; estava encantado com a música do *virote* e seria capaz de dar um braço em troca de poder abrir a porta e escutá-la a seu bel-prazer: tal é a afeição dos negros pela música. E quando Loyasa queria que aqueles que o ouviam o deixassem, parava de cantar, guardava o violão e, apoiando-se nas muletas, ia embora.

Por quatro ou cinco vezes havia tocado para o negro (era apenas para ele que tocava), pois lhe parecia que, se aquela edificação tivesse de desmoronar, haveria e teria de ser através do negro. Esse pensamento não foi em vão, pois certa noite, ao chegar, como de costume, à porta da casa, Loyasa começou a afinar o violão e sentiu que o negro já estava atento, à espera. Aproximando-se das dobradiças da porta, disse, em voz baixa:

— Seria possível, Luís, dar-me um pouco de água, pois padeço de sede e não posso cantar?

— Não — respondeu o negro. — Pois não tenho a chave desta porta e não há sequer um buraco por onde eu possa vos dar água.

— Mas quem tem a chave? — perguntou Loyasa.

— Meu amo — respondeu o negro —, que é o homem mais ciumento do mundo. E se ele soubesse que estou falando com alguém, agora, seria o fim da minha vida. Mas quem sois vós, que me pedis água?

— Sou um pobre aleijado de uma perna, que ganha a vida pedindo esmolas, em nome de Deus, a essa boa gente. Além disso, dou aulas de violão para alguns morenos[18] e outras pessoas pobres; já tenho três alunos negros, escravos de três chefes de administração municipal;[19]

---

[18] Escravos negros.

[19] No original, *veintecuatros*: assim eram chamados os chefes de administração municipal em algumas cidades da Andaluzia, por terem 24 subalternos. (Sieber)

ensinei-os, de modo que podem cantar e tocar em qualquer festa e em qualquer taverna; e me pagaram muito bem.

— Melhor pagaria eu, se pudesse tomar lições — disse Luís. — Mas isso não é possível, pois meu amo tranca a porta da rua quando sai, pela manhã. E ao voltar faz o mesmo, deixando-me emparedado entre duas portas.

— Por Deus, Luís — replicou Loyasa, que já sabia o nome do negro. — Se conseguísseis dar um jeito para que eu entrasse, em algumas noites, para vos dar aula, em menos de quinze dias eu vos poria tão hábil no violão, que poderíeis tocá-lo sem constrangimento algum, em qualquer esquina. Sabei que tenho grande vocação para ensinar, ainda mais que ouvi dizer que sois muito habilidoso. E a julgar pelo que sinto e posso perceber, pelo timbre da vossa voz, que é de tenor, deveis cantar muito bem.

— Não canto mal — respondeu o negro. — Mas de que adianta, se não sei nenhuma toada, a não ser "A estrela de Vênus"[20] e "Por um verde prado",[21] além daquela que se canta muito hoje em dia e que diz: "Aos ferros de uma grade / A turbada mão se agarra"?[22]

— Todas essas são ninharias, perto das que eu poderia vos ensinar, pois sei todas as do mouro Abindarráez com sua dama Jarifa[23] e todas as que contam a história do grande Sofi Tomunibeyo,[24] além das sarabandas com temas divinos, que são tais que chegam a pasmar os próprios portugueses. Tudo isso posso vos ensinar, de tal maneira e com tamanha facilidade que, ainda que não tenhais pressa de aprender, antes que possais comer três ou quatro montes de sal[25] sereis um completo músico, em todos os tipos de violão.

Com um suspiro, o negro respondeu:

— De que me vale tudo isso, se não sei como vos fazer entrar nesta casa?

---

[20] Há uma versão de Lope de Vega: *Sale la estrella de Venus/ al tiempo que el sol se pone...* ("Sai a estrela de Vênus/ à hora em que o sol se põe...")

[21] São versos de uma antiga canção: *Por un verde prado/salió mi pastora...*("Por um verde prado/ saiu minha pastora") (Sieber)

[22] Versos de um antigo romance de Abenamar: "*A los hierros de uma reja/ la turbada mano asida/ sobre el caballo Abenamar/de Zayde el retrato mira*".

[23] Referência a uma obra do século XVI, de tema mourisco. Abindarráez, em árabe, significa "o filho do capitão". Jarifa (Xarifa) significa "a nobre, preciosa ou formosa".

[24] Provável referência a Tomunbeyo, capitão de Alexandria. (Sieber)

[25] No original, *moyos de sal*: seria uma grande quantidade de sal; *moyo*: medida de capacidade para secos e molhados.

— Sei de um bom jeito — disse Loyasa. — Procurai a pegar as chaves do vosso amo; e eu vos darei um pouco de cera, contra a qual devereis pressionar as chaves, de maneira que seu formato fique bem gravado. E como simpatizei convosco, pedirei a um serralheiro, amigo meu, que faça uma cópia das chaves. Assim, poderei entrar na casa durante a noite e vos ensinar, melhor do que o Preste João das Índias[26] faria, pois me parece uma grande pena que se perca uma voz como a vossa, por vos faltar o apoio do violão. E ficai sabendo, irmão Luís, que a melhor voz do mundo perderá parte dos seus quilates se não for acompanhada por um instrumento, seja por um violão, um cravo, um órgão ou uma harpa. Mas o que mais convém à vossa voz é mesmo o violão, por ser o mais fácil de manejar e o menos difícil de aprender, entre todos os instrumentos.

— Isso me parece bom — replicou o negro. — Mas não será possível, pois as chaves jamais ficam em meu poder. Durante o dia, meu amo não larga delas; e à noite, quando dorme, guarda-as sob o travesseiro.

— Pois então fazei outra coisa, Luís — disse Loyasa —, se é que tendes mesmo vontade de ser um grande músico. Caso contrário, não terei por que me cansar, vos dando conselhos.

— Ora, se tenho vontade! E tanta, que nada deixarei de fazer, dentro do possível, a troco de me tornar um músico.

— Se é assim... — disse o *virote* — tratai de fazer uma abertura por baixo dessa porta, tirando um pouco de terra perto do eixo, e eu te darei um alicate e um martelo, com os quais podereis, à noite, tirar os pregos da fechadura[27] com muita facilidade, e do mesmo modo poremos a chapa de volta, de modo que não se possa notar que foi retirada. E quando eu estiver aí dentro, trancado convosco no vosso palheiro, ou seja lá onde dormis, farei com tal pressa o que tenho a fazer que vereis ainda mais do que eu vos disse, para satisfação da minha pessoa e aumento da vossa habilidade musical. Quanto ao que haveremos de comer, não vos preocupeis, que levarei provisões para nós dois e para mais de oito dias, pois tenho amigos e alunos que não me deixarão passar necessidade.

---

[26] Preste João: personagem fabuloso da Idade Média, soberano e pontífice que, segundo alguns viajantes, professava uma seita puramente cristã e cujo império situava-se vagamente no Extremo Oriente. (Lello)

[27] No original, *cerradura de loba*: fechadura na qual as linguetas são semelhantes a dentes de lobo.

— Quanto a isso, não há o que temer, pois com a ração que meu amo me dá e os restos que as escravas me dão, sobrará comida para mais dois. Que venham esse alicate e esse martelo de que falastes, que eu cavarei, junto ao eixo da porta, um buraco por onde possam passar; depois, cobrirei e taparei com barro. E mesmo se eu der algumas marteladas para tirar a chapa, meu amo dorme tão longe dessa porta que só por milagre, ou por um grande azar nosso, poderá ouvir.

— Pois com fé em Deus, Luís, daqui a dois dias tereis todo o necessário para pôr em execução nosso virtuoso propósito — disse Loyasa. — E tratai de não comer coisas fleumáticas,[28] que não trazem proveito algum e causam muito dano à voz.

— Nada me deixa mais rouco do que o vinho — respondeu o negro. — Mas não vou largar de beber, nem por todas as vozes desta terra!

— Nem é preciso — disse Loyasa. — E nem Deus permita! Bebei, Luís, bebei, e tratai de fazer bom proveito, pois o vinho bebido comedidamente jamais foi causa de algum mal.

— Pois eu bebo com medida — replicou o negro. — Tenho aqui um jarro em que cabem uns dois litros, justos e bem medidos. As escravas o enchem para mim, sem que meu amo saiba. E o despenseiro me traz, às escondidas, um garrafão em que cabem, justos, uns quatro litros, que servem para suprir o jarro.

— Que assim seja minha vida! — disse Loyasa. — Pois uma garganta, quando seca, não grunhe nem canta.

— Ide com Deus — disse o negro. — Mas enquanto não trouxerdes o que havereis de trazer para entrar aqui, não deixeis de vir cantar todas as noites, pois já estou mordendo os dedos, tamanha é minha vontade de vê-los postos num violão.

— Virei, com certeza! — replicou Loyasa. — E com novas toadas!

— Isso eu te peço — disse Luís. — E agora não deixes de cantar algo, assim poderei me deitar com gosto. Quanto ao pagamento, quero que saibas, senhor pobre, que haverei de vos pagar melhor do que um rico.

— Isso não importa — disse Loyasa. — Podeis me pagar conforme eu for vos ensinando. Por ora, escutai esta pequena toada; mas quando eu estiver aí dentro, vereis milagres.

— Que seja! E em boa hora!

---

[28] Referência a alimentos que causam fleuma: humor corporal supostamente causador de indolência e apatia, segundo a medicina antiga. (Houaiss)

E ao final dessa longa conversa, Loyasa cantou um romancezinho muito animado, com o qual deixou o negro tão contente e satisfeito que já não via a hora de abrir a porta.

Então Loyasa afastou-se e, com muito mais ligeireza do que suas muletas prometiam, foi prestar contas aos seus conselheiros sobre aquele bom começo, presságio do bom fim que por ele esperava. Encontrou-os e contou o que havia combinado com o negro. No dia seguinte, conseguiram as ferramentas, tão boas que eram capazes de romper com qualquer prego, como se fosse de madeira.

O *virote* não deixou de tocar para o negro, que tampouco deixou de cavar o buraco por onde pudesse passar o que seu mestre trouxesse, tapando-o de maneira a não ser percebido, a menos que alguém o observasse com malícia ou suspeita.

Na segunda noite, Loyasa entregou as ferramentas a Luís, que bem provou sua força, pois, quase sem esforço, conseguiu romper os pregos, retirar a chapa da fechadura e, com esta nas mãos, abriu a porta e fez entrar seu Orfeu[29] e mestre. Admirou-se ao vê-lo com suas duas muletas, tão andrajoso, com a perna envolvida em ataduras. Loyasa não estava usando o tapa-olho, por achar desnecessário. Logo ao entrar, abraçou seu bom discípulo, beijou-o no rosto, colocou-lhe um grande odre de vinho nas mãos, uma caixa de conservas e outras coisas saborosas e doces, que trazia nuns alforjes muito bem providos. Então, deixando de lado as muletas, como se não padecesse de mal algum, começou a fazer cabriolas, o que deixou o negro ainda mais admirado. Por fim, Loyasa disse:

— Sabei, irmão Luís, que minha deficiência e deformação não nasceram de alguma enfermidade, mas sim de um artifício com o qual ganho o que comer, pedindo pelo amor de Deus. Valendo-me disso e da minha música, tenho a melhor vida deste mundo, onde todos aqueles que não forem engenhosos ou ladinos morrerão de fome. Isso vereis, no decurso da nossa amizade.

— Veremos — respondeu o negro. — Mas agora vamos repor essa chapa, de modo que ninguém perceba que foi retirada.

— Por certo! — disse Loyasa, tirando alguns pregos de seus alforjes.

Assim, recolocaram a fechadura, de modo que ficou tal como antes, para grande contentamento do negro. Então Loyasa, subindo até o

---

[29] Na mitologia grega, príncipe da Trácia. Poeta, músico e cantor. Seu talento era tanto que encantava até os animais selvagens. (Ver nota 70 da novela "Rinconete e Cortadillo")

local onde o negro dormia, naquele palheiro, acomodou-se o melhor que pôde.

O negro logo acendeu um torçal de cera. Sem mais esperar, Loyasa pegou o violão e, tocando-o baixinho e suavemente, deixou o negro de tal maneira enlevado que parecia fora de si enquanto o ouvia. Depois de tocar um pouco, Loyasa pegou mais provisões e deu a seu discípulo que, tomando o odre de vinho, bebeu com tanto gosto que ficou ainda mais fora de si do que já estava, com a música. Depois disso, Loyasa ordenou a Luís que tomasse sua primeira lição. Mas o pobre negro, com quatro dedos de vinho na cabeça, não acertava uma nota, embora Loyasa o fizesse crer que já sabia ao menos duas toadas. E o melhor era que o negro acreditava; e ao longo de toda a noite não fez outra coisa senão tocar o violão desafinado, ao qual faltavam algumas cordas.

Dormiram o pouco que restava da noite. Por volta das seis da manhã Carrizales desceu, abriu a porta do meio e também a da rua; ali ficou, à espera do despenseiro que logo chegou e, depositando os alimentos na roda, partiu. Carrizales então chamou o negro, para que descesse a fim de pegar cevada para a mula e também sua ração para aquele dia. Tão logo o negro pegou os alimentos, lá se foi o velho Carrizales, deixando ambas as portas trancadas, sem perceber o que fora feito na porta da rua, para grande alegria do mestre e do discípulo.

Mal o amo saiu de casa, o negro pegou o violão e começou a tocar de tal maneira, que todas as criadas ouviram. E pela roda perguntaram:

— O que é isso, Luís? Desde quando tens violão? E quem te deu?

— Quem me deu? — disse Luís — Foi o melhor músico que existe no mundo e que haverá de me ensinar, em menos de seis dias, mais de seis mil canções.

— E onde está esse músico? — perguntou a aia.

— Não muito longe daqui — respondeu Luís. — E se não fosse pela vergonha e pelo medo que tenho do meu senhor, talvez eu pudesse mostrá-lo, agora, a todas vós, que com certeza ficariam felizes por vê-lo.

— Mas onde ele pode estar e como poderemos vê-lo, se nesta casa jamais entrou outro homem, senão nosso amo? — replicou a aia.

— Ora... — disse o negro — não quero vos dizer nada até que todas vejam o que sei e o que ele vai me ensinar, nesse breve tempo de que falei.

— Por certo que se não for algum demônio a te ensinar, então não sei quem poderá fazer de ti músico, em tão pouco tempo — disse a aia.

— Já chega! — disse o negro. — Ide, que um dia desses podereis vê-lo e ouvi-lo.

— Impossível — disse uma criada. — Pois como não temos janelas que dão para a rua, não podemos ver nem ouvir ninguém.

— Muito bem — disse o negro. — Mas para tudo há remédio, menos para a morte, e ainda mais se vós souberdes ou quiserdes calar.

— E como calaremos, irmão Luís! — disse uma escrava. — Calaremos mais do que se fôssemos mudas, pois te juro, amigo, que morro de vontade de ouvir uma boa voz! Desde que nos emparedaram aqui, não temos ouvido nem mesmo o canto dos pássaros.

Loyasa ouvia todas essas conversas com imensa alegria, parecendo-lhe que vinham a calhar para a realização de seu desejo e que a boa sorte encarregava-se de conduzi-las de acordo com a sua vontade.

As criadas só se despediram depois que o negro prometeu que, quando menos esperassem, haveria de chamá-las para que ouvissem uma bela voz. Então, temendo que seu amo voltasse e o visse falando com elas, deixou-as e recolheu-se ao seu quarto e clausura. Bem gostaria de estudar, mas não se atreveu a tocar de dia, para não ser ouvido pelo amo que logo voltou e depois de trancar as portas, como era seu costume, fechou-se em casa.

Naquele mesmo dia, quando uma negra, através da roda, entregou a Luís sua refeição, este lhe disse que naquela noite, depois que o amo dormisse, todas, sem falta, deveriam descer até ali para ouvir a voz que ele lhes prometera. É verdade que antes disso havia pedido a seu mestre, com muitas súplicas, que fizesse a gentileza de cantar e tocar naquela noite, junto à roda. Assim, poderia cumprir a palavra, que dera às criadas, de fazê-las ouvir uma voz maravilhosa. E assegurou ao mestre que, por conta disso, todas haveriam de cobri-lo de mimos.

Loyasa fez-se um pouco de rogado para fazer o que tanto desejava; por fim, disse que atenderia ao pedido de seu bom discípulo, apenas para dar-lhe esse gosto, sem qualquer outro interesse.

Abraçando-o, o negro deu-lhe um beijo na face, demonstrando o contentamento que sentia pela graça prometida. Naquele dia, alimentou Loyasa tão bem que foi como se este comesse em sua própria casa, ou até melhor, pois talvez lá não houvesse tanta fartura.

Anoiteceu. E lá pelo meio da noite, ou pouco menos, murmúrios soaram junto à roda. Logo Luís entendeu que o bando havia chegado. Chamou seu mestre e ambos desceram do palheiro, com o violão devidamente encordoado e muito bem afinado. Luís perguntou quem e quantas ali estavam, escutando. Responderam-lhe que todas, exceto a senhora, que dormia com o marido, para grande pesar de Loyasa que, mesmo assim, quis dar início ao seu plano e contentar seu discípulo. Tocando suavemente o violão, tirou tão belos sons que deles admirou-se o negro e encantou-se o rebanho de mulheres que ouviam.

Mas o que direi sobre o que elas sentiram ao ouvi-lo tocar "Pésame dello"[30] e terminar com o endemoninhado som da sarabanda,[31] que era então novidade na Espanha? Não ficou sequer uma velha sem dançar nem moça que não se exaurisse de tanto bailar, tudo sem o menor ruído, num estranho silêncio, com sentinelas e espiãs encarregadas de avisar, caso o velho despertasse. Loyasa cantou também umas coplas de seguidilha e com isso acabou caindo de vez nas graças das ouvintes, que insistentemente pediram ao negro que lhes contasse quem era aquele músico tão maravilhoso. O negro respondeu que era um pobre mendigo, o mais galhardo e gentil-homem que existia, entre todos os pobres de Sevilha.

Pediram-lhe, então, que desse um jeito para que elas o conhecessem e que pelos próximos quinze dias não o deixasse sair da casa; que elas haveriam de tratá-lo muito bem e dar-lhe tudo de que necessitasse. Perguntaram-lhe como conseguira fazê-lo entrar na casa. Quanto a isso, o negro nada respondeu. Quanto ao resto, disse que se elas quisessem vê-lo, deveriam fazer um pequeno buraco na roda e depois tapá-lo com cera. E quanto a mantê-lo em casa, disse que tentaria.

Também Loyasa falou com as mulheres e ofereceu seus préstimos com tão bons argumentos que, elas bem perceberam, não poderiam vir do engenho de um pobre pedinte. Pediram-lhe que voltasse na noite seguinte; e que elas fariam com que a senhora descesse para ouvi-lo, apesar do sono leve do senhor, cuja leveza não vinha de seus muitos anos, mas de seus muitos ciúmes. Loyasa respondeu que se elas quisessem ouvi-lo sem aquele sobressalto, ele lhes daria um pó para ser colocado no vinho do velho que, assim, cairia num sono pesado e mais longo do que de costume.

— Valei-me, Jesus! — disse uma das criadas. — Se isso fosse possível, que boa ventura nos teria chegado por essa porta, sem que sentíssemos ou merecêssemos! Não seria esse pó o sono para ele e sim a vida para todas nós e para a pobre da minha Senhora Leonora, a esposa que

---

[30] "Pêsames". *Pésame dello, hermana Juana/ Pésame dello, mi alma...* Dança que esteve muito em voga durante a última década do Século XVI." (Sieber) (Ver Glossário)

[31] Dança popular espanhola dos Séculos XVI e XVII, frequentemente censurada pelos moralistas da época.

ele não larga, nem ao sol nem à sombra, que não perde de vista sequer por um momento! Ai, meu senhor de minha alma, traga esse pó, e que Deus lhe dê todo o bem que deseja! Vá e não tarde a voltar! Traga esse pó, senhor meu, que me ofereço para colocar no vinho do velho... E eu mesma o servirei. Ah, permitisse Deus que ele tivesse três dias e três noites de sono, que outros tantos teríamos nós de glória!

— Pois eu trarei — disse Loyasa. — É um pó que não causa mal ou dano a quem o toma; apenas provoca um sono pesadíssimo.

Suplicaram-lhe, todas, que trouxesse o pó o mais breve possível. E depois de prometer que na noite seguinte fariam um buraco na roda, com uma broca, e trariam sua senhora para que o conhecesse e ouvisse, despediram-se de Loyasa.

Embora estivesse quase amanhecendo, o negro quis receber uma nova lição, que Loyasa deu, dando-lhe também a entender que, entre todos os seus discípulos, ele era o que tinha melhor ouvido. E o pobre negro não sabia, nem soube jamais, tocar sequer um acorde no violão!

Os amigos de Loyasa tinham o cuidado de, à noite, ficar junto à porta da rua para escutar e saber se seu amigo dizia ou precisava de alguma coisa. Assim, por um sinal previamente combinado, Loyasa soube que eles estavam ali. Falando através do buraco junto ao eixo da porta, deu-lhes um breve resumo sobre a situação, pedindo-lhes encarecidamente que procurassem alguma coisa que provocasse sono, para que dessem a Carrizales, pois tinha ouvido dizer que existiam uns pós que causavam esse efeito. Responderam-lhe que tinham um amigo médico que lhes daria o melhor remédio que conhecesse. Animando-o a prosseguir com o plano e prometendo que voltariam na noite seguinte com seu pedido, despediram-se apressadamente.

Veio a noite e o bando de pombas acudiu ao chamado do violão. Com elas veio a inocente Leonora, temerosa e trêmula de medo que seu marido despertasse. Embora, dominada por esse temor, não quisesse vir, tantas coisas tinham dito suas criadas, e sobretudo a aia, a respeito da suavidade da música e do grande talento do artista pobre (a quem, mesmo sem conhecer pessoalmente, louvavam, colocando-o acima de Absalão[32] e Orfeu), que a pobre senhora, convencida e persuadida por elas, acabou por fazer o que não tinha (e jamais teria) vontade.

---

[32] Filho do Rei Davi, notável por sua beleza viril e seus longos cabelos. Sobre Orfeu: ver nota 29.

A primeira coisa que fizeram foi abrir um furo na roda, com a broca, para ver o músico, que já não se vestia como mendigo: usava calções largos, de tafetá, de cor semelhante à do leão, à moda dos homens do mar; um gibão do mesmo tecido, adornado com galões de ouro; um gorro de caça, de cetim, da mesma cor; e trazia a gola engomada, com grandes bicos e rendas. Pois havia provido muito bem seus alforjes, imaginando que talvez houvesse alguma ocasião em que fosse conveniente mudar de traje.

Loyasa era moço, de caráter gentil e boa aparência. E como fazia já tanto tempo que todas aquelas mulheres tinham olhos apenas para o velho amo, era como se agora vissem um anjo. Uma delas espiava pelo furo, para vê-lo... E logo vinha outra. E para que pudessem vê-lo melhor, o negro andava com o torçal de cera aceso, iluminando-lhe o corpo de alto a baixo. Depois que todas o viram, até mesmo as negras boçais, Loyasa pegou o violão e cantou tão bem naquela noite que deixou tanto a velha como as moças surpresas e encantadas. Todas pediram a Luís que encontrasse um jeito para que o senhor seu mestre entrasse na casa, onde poderiam ouvi-lo e vê-lo de perto (e não através daquele furo, de onde mal o vislumbravam), sem o temor de estarem tão longe de seu amo, que bem poderia surpreendê-las em pleno flagrante, coisa que não aconteceria se tivessem Loyasa bem escondido lá dentro.

Leonora discordou com firmeza, dizendo que não fizessem tal coisa nem o deixassem entrar, pois isso lhe pesaria na alma. E que dali onde estavam podiam vê-lo e ouvi-lo muito bem, sem nenhum perigo para sua honra.

— Honra? O rei já tem o bastante![33] — disse a aia. — Fique vossa mercê encerrada com seu Matusalém e deixe-nos espairecer como pudermos. Ainda mais que esse senhor parece tão honrado, que não vai querer outra coisa além do que nós mesmas quisermos.

— Eu, minhas senhoras — disse Loyasa —, vim até aqui apenas com a intenção de servir a vossas mercês com minha alma e minha vida, condoído que estou da sua estranha clausura e dos momentos perdidos, devido a essa austera maneira de viver. Juro, pela vida do meu pai, que sou um homem tão simples, tão dócil, de tão boa índole e tão obediente, que nada farei, senão o que me for ordenado. E se qualquer uma de vossas mercês disser: "Mestre, sente-se aqui; mestre, vá até ali,

---

[33] Menção ao provérbio: *El Rey tiene harta*. O rei tem honra de sobra e basta para todos.

venha para cá, vá para lá", assim o farei, como o mais manso e adestrado cão que salta pelo rei da França.[34]

— Se é assim — disse a ingênua Leonora —, como faremos para que o senhor mestre entre aqui?

— Bem — disse Loyasa —, se vossas mercês conseguirem fazer um molde de cera da chave dessa porta do meio, darei um jeito de amanhã à noite trazer uma cópia que possa nos servir.

— Se conseguirmos, teremos todas as chaves da casa — disse uma criada —, pois essa é a chave mestra.

— Tanto melhor — replicou Loyasa.

— É verdade — disse Leonora. — Mas antes esse senhor terá de jurar que, uma vez aqui dentro, não fará outra coisa senão cantar e tocar quando assim ordenarmos e que ficará quietinho e trancado onde o pusermos.

— Sim — disse Loyasa. — Juro.

— Esse juramento de nada vale — respondeu Leonora. — Vossa mercê deve jurar pela vida do seu pai, jurar pela cruz e beijá-la, para que todas nós vejamos.

— Juro pela vida do meu pai — disse Loyasa — e por este sinal da cruz, que beijo com minha boca impura.[35] — E pondo os dedos em cruz, beijou-os três vezes.

Isso feito, disse outra criada:

— Veja lá, senhor, se não vai esquecer o tal pó, que é o *tuáutem*[36] de tudo.

Assim acabou a conversa daquela noite, ficando todos muito felizes com o que tinham combinado. E a boa sorte, que bem regia os negócios de Loyasa, trouxe àquela hora — duas da madrugada — seus amigos, que da rua enviaram o sinal combinado, fazendo soar uma trompa de Paris.[37] Loyasa então falou com eles, prestando contas de toda a situação; disse que trouxessem o pó, tal como já havia pedido, ou qualquer outra coisa que fizesse Carrizales dormir. Falou também sobre a chave mestra. Disseram-lhe que na noite seguinte trariam o pó ou um unguento tão poderoso que, aplicado aos pulsos e às têmporas de uma pessoa, provocaria um sono profundo, do qual só seria possível despertar dois dias

---

[34] Expressão que significa "fazer tudo o que for pedido". Ver nota 93 da novela "O Colóquio dos Cães".

[35] Expressão corrente na época, para indicar humildade. (Sieber)

[36] Ver nota 77 da novela "Rinconete e Cortadillo".

[37] O mesmo que berimbau-de-boca.

depois, a menos que se lavasse com vinagre as partes untadas. Pediram também que Loyasa lhes desse o molde de cera, que fariam a chave com toda facilidade. Com isso, despediram-se.

Loyasa e seu discípulo dormiram o pouco que lhes restava da noite, com Loyasa esperando ansiosamente pela próxima, para ver se as mulheres cumpririam a promessa que lhe tinham feito sobre a chave. E o tempo, embora pareça lento e preguiçoso aos que esperam, corre lado a lado com o próprio pensamento e chega aonde tem de chegar, porque não para nem sossega, jamais.

Chegou, pois, a noite, e a hora costumeira de ir à roda, para onde acorreram todas as criadas da casa, grandes e pequenas, negras e brancas, todas desejosas de ver o senhor músico ali, dentro do harém. Leonora, porém, não veio. Perguntando por ela, Loyasa soube que estava deitada com seu marido, que tinha trancado a porta do aposento onde dormiam, guardando a chave sob o travesseiro. Soube também que Leonora tinha dito que, assim que o velho adormecesse, daria um jeito de pegar a chave mestra e tirar seu molde na cera que já havia preparado e derretido. E que dali a pouco as escravas iriam buscar o molde, que Leonora lhes entregaria através de uma gateira.

Loyasa ficou admirado com as precauções do velho, mas nem por isso seu desejo arrefeceu. Naquele momento soou a trompa de Paris; Loyasa correu à porta e encontrou seus amigos, que lhe deram um pequenino frasco do unguento cujas propriedades já haviam lhe explicado. Pegando o frasco, Loyasa pediu que esperassem um pouco, que já lhes daria o molde da chave mestra. Voltando à roda, disse à aia — que era a que mais se mostrava desejosa de fazê-lo entrar na casa — que levasse o unguento à Senhora Leonora, que lhe falasse sobre suas propriedades e a aconselhasse a untar o marido com muito cuidado, de modo que ele não percebesse, e que veria, então, maravilhas. Assim fez a aia que, chegando ao quarto, encontrou Leonora à sua espera, deitada no chão ao longo da porta, com o rosto colado na gateira. Deitando-se na mesma posição, a aia aproximou a boca do ouvido de sua senhora; em voz baixa, disse-lhe que trazia o unguento e explicou-lhe o que deveria fazer, para comprovar sua eficácia. Recebendo o unguento, Leonora respondeu que não poderia pegar a chave, de modo algum, pois o marido não a havia guardado sob o travesseiro, como de costume, e sim entre os dois colchões, quase debaixo de seu corpo. Mas ordenou à aia que dissesse ao músico que se o unguento realmente funcionasse, tal como ele dizia, ela bem poderia pegar a chave com facilidade, sempre que quisesse. E, assim, não seria necessário fazer um molde de cera. Disse-lhe também que fosse e voltasse logo, para saber sobre o efeito do unguento, pois pretendia untar o marido imediatamente.

A aia deu o recado ao mestre Loyasa, que despediu então os amigos que estavam à espera da chave. Pé ante pé, trêmula, quase sem se atrever a exalar o ar pela boca, Leonora conseguiu untar os pulsos de seu ciumento marido, untando também as narinas, mas, quando delas se aproximou, teve a impressão de que ele estremecia, e sentiu um medo mortal, pensando que ele a havia surpreendido em flagrante. Mesmo assim terminou de untá-lo, o melhor que pôde, em todos os pontos necessários, de acordo com o que tinham lhe dito. E foi como se o tivesse embalsamado para a sepultura.

Pouco tempo demorou o opiado unguento para dar manifestos sinais de suas virtudes, pois logo o velho começou a ressonar tão alto, que até da rua era possível ouvir-lhe os roncos, que eram música — mais afinada do que a do mestre de seu escravo negro — para os ouvidos de sua esposa que, não inteiramente convencida do que via, aproximou-se ainda mais dele e sacudiu-o um pouco, e depois um pouco mais, e um pouquinho mais ainda, para ver se despertava. E a tanto se atreveu, que o virou de um lado a outro, sem que ele acordasse. Diante disso, foi até a gateira da porta e, num tom de voz já não tão baixo quanto antes, chamou a aia, que ali estava, à espera, e disse:

— Felicita-me, irmã, pois Carrizales dorme mais do que um morto.

— E o que esperas para pegar a chave, senhora? — disse a aia. — Olha que o músico está esperando há mais de uma hora.

— Um momento, irmã, que já vou buscar — respondeu Leonora. Voltando à cama, meteu a mão no vão entre os colchões e dali retirou a chave, sem que o velho percebesse. Tomando-a nas mãos, começou a saltar de contentamento; sem mais esperar, abriu a porta e entregou a chave à aia, que a recebeu com a maior alegria do mundo.

Leonora ordenou-lhe então que fosse abrir a porta para o músico e que o conduzisse até os corredores, pois ela mesma não ousava afastar-se dali, com medo do que pudesse acontecer. Mas que, antes de tudo, conseguisse que ele ratificasse o juramento de que nada faria, além do que lhe fosse ordenado. E que se ele se recusasse a confirmar ou repetir o juramento, não o deixasse entrar de maneira alguma.

— Assim será — disse a aia. — Palavra que ele aqui não entrará, se antes não jurar e rejurar e beijar a cruz seis vezes.

— Não lhe imponhas a quantidade — disse Leonora. — Que beije a cruz quantas vezes quiser. Mas cuida para que ele jure pela vida dos pais e de tudo o que mais ama, assim estaremos seguras e nos fartaremos de ouvi-lo tocar e cantar; e digo, pela minha alma, que isso ele faz divinamente. Agora, anda, não esperes mais, não vamos gastar esta noite em conversas.

Com rara ligeireza, a boa aia, arregaçando as saias, chegou rapidamente à roda, onde toda a criadagem da casa a esperava. Mostrou-lhes a chave que trazia e o contentamento geral foi tamanho que a ergueram nos braços, como se fosse um catedrático, dizendo: "Viva, viva!". E mais ainda quando ela disse que não seria necessário fazer uma cópia da chave, pois enquanto o velho untado dormia, bem poderiam aproveitar-se da casa, sempre que quisessem.

— Pois então, amiga — disse uma das criadas —, abre logo essa porta e que entre esse senhor que há muito está esperando, e que nos dê tanta, mas tanta música, a mais não poder!

— Antes de tudo — replicou a aia —, teremos de fazê-lo jurar, como na noite passada.

— Ele é tão bom — disse uma das escravas — que nem vai reclamar se pedirmos novos juramentos.

Nisso, a aia abriu a porta e, mantendo-a entreaberta, chamou Loyasa, que tudo havia escutado, pelo buraco da roda. Aproximando-se da porta, ele quis entrar de uma vez, mas a aia, pondo a mão em seu peito, disse:

— Saiba vossa mercê, meu senhor, que por Deus e pela minha consciência, nesta casa somos todas donzelas, como quando nossas mães nos pariram. Todas, exceto minha senhora. E embora eu aparente quarenta anos, não tendo sequer trinta completos, pois me faltam dois meses e meio para tanto, juro que também sou virgem, por mal dos meus pecados! E se porventura pareço velha é porque desgostos, trabalhos e contrariedades acrescentam um zero à idade e às vezes dois, conforme seus caprichos. Assim sendo, como de fato é, seria absurdo que a troco de ouvir duas, três ou quatro canções puséssemos a perder toda essa virgindade que aqui se encerra. Pois até essa negra, que se chama Guiomar, é donzela. Portanto, senhor do meu coração, antes de entrar em nosso reino vossa mercê deverá nos jurar, mui solenemente, que nada fará, além do que nós ordenarmos. Se lhe parece que estamos pedindo muito, considere que o que está em risco é muito maior. E se vossa mercê vem com boa intenção, esse juramento pouco haverá de lhe custar, pois ao bom pagador não custa pagar promessas.

— Falou muito e muito bem a Senhora Marialonso — disse uma das criadas. — Falou como pessoa sensata, que sabe como as coisas devem ser. E se o senhor não quer jurar, então não entre para cá.

A isso a negra Guiomar, que não era muito ladina,[38] disse:

— Por mim, que jure ou não jure, mas que entre, com todos os diabos, pois, por mais que jure, haverá de esquecer tudo quando entrar.

Muito sossegadamente, Loyasa ouviu a cantilena da Senhora Marialonso; então, com muita calma e autoridade, respondeu:

— Por certo, senhoras irmãs e companheiras minhas, que minha intenção não é, jamais foi e nem será outra senão dar-lhes prazer e alegria, enquanto minhas forças assim permitirem. Portanto, nada me custará fazer o juramento que me pedem. Mas quisera eu que acreditassem um pouco na minha palavra que, vinda da pessoa que sou, teria garantia de lei. E saiba vossa mercê que não se deve julgar pelas aparências, pois nem tudo é o que parece,[39] e por trás de uma cara feia muitas vezes há uma boa pessoa.[40] Mas para que todas fiquem seguras a respeito das minhas boas intenções, vou jurar como católico e bom varão: assim, juro pela intemerata eficácia, onde mais santa e longamente se encerra, pelas entradas e saídas do santo Monte Líbano e por tudo que no seu prefácio encerra a verdadeira história de Carlos Magno, com a morte do gigante Ferrabrás, não sair nem ir além do juramento feito e acatar a ordem da mais humilde e menosprezada dessas senhoras, sob pena de, se fizer ou quiser fazer outra coisa, desde já para então e desde então para já, dá-lo por nulo, sem efeito nem valor.

Estava o bom Loyasa a essa altura de seu juramento, quando uma das criadas, que o escutava com muita atenção, ergueu a voz para dizer:

— Isso, sim, é um juramento de comover as pedras! Ai de mim, que não quero que jures mais, pois só com o que juraste poderias entrar na própria Sima de Cabra![41] — E agarrando-o pelos calções, puxou-o para dentro da casa, onde todas o rodearam. Depois, foi levar a notícia à sua senhora, que estava de sentinela do sono do esposo.

---

[38] Que não falava bem o castelhano.

[39] No original, *debajo del sayal hay ál*, provérbio que indica que há algo por trás da simples aparência. (Ver Glossário)

[40] No original, *debajo de mala capa suele estar um buen bebedor*: provérbio que reforça a afirmação anterior, sobre o quanto as aparências enganam.

[41] Caverna vertical, de mais de cem metros de profundidade e dificílimo acesso, situada em Cabra, Córdoba.

Quando a mensageira lhe disse que o músico já estava subindo, Leonora, a um só tempo alegre e perturbada, perguntou se ele havia jurado. A criada respondeu que sim, e com a mais nova forma de juramento que já vira, em toda a sua vida.

— Pois se jurou — disse Leonora —, então nós o pegamos! Oh, como fui esperta ao fazê-lo jurar!

Nisso chegou o bando inteiro, com o músico no meio, o negro Luís e a negra Guiomar iluminando-os. Loyasa, ao ver Leonora, fez menção de atirar-se a seus pés para beijar-lhe as mãos. Com gestos, e em silêncio, ela o fez levantar-se. Todas estavam como mudas, sem ousar uma palavra, temerosas de que o senhor as ouvisse. Dando-se conta disso, Loyasa disse que podiam falar bem alto, pois o unguento com que o senhor estava untado tinha o poder de pôr um homem como morto, embora não lhe tirasse a vida.

— Nisso eu acredito — disse Leonora. — Caso contrário, ele já teria despertado umas vinte vezes, pois sofre de várias indisposições que tornam seu sono muito leve. Mas desde que o untei, está roncando como um animal.

— Pois se é assim, vamos até aquela sala da frente, onde poderemos ouvir esse senhor cantar e nos dar um pouco de alegria — disse a aia.

— Vamos — disse Leonora. — Mas Guiomar ficará aqui, de sentinela, para nos avisar, caso Carrizales acorde.

A isso Guiomar respondeu:

— Eu, negra, fico! E as brancas vão! Que Deus perdoe a todas!

E a negra ali ficou, enquanto as outras foram à sala, onde havia um belo estrado. Ali acomodaram o músico, ao centro, sentando-se depois ao seu redor. Pegando uma vela, a boa Marialonso começou a olhar, de alto a baixo, o bom músico.

Uma dizia:

— Ai, que topete mais lindo e encaracolado ele tem!

Outra:

— Ai, que brancura, esses dentes! Mau ano para pinhões descascados, que mais brancos nem mais lindos serão!

E outra:

— Ai, que olhos grandes e rasgados! Juro pela minha saudosa mãe que são tão verdes que mais parecem esmeraldas!

Uma louvava a boca, outra os pés; todas juntas fizeram dele uma miscelânea, num detalhado estudo de sua anatomia. Apenas Leonora permanecia em silêncio, olhando-o, e aos poucos ia lhe parecendo que ele tinha uma aparência bem melhor do que a de seu marido. Nisso, a aia pegou o violão das mãos do negro e entregou-o a Loyasa, pedindo-lhe que tocasse e cantasse umas coplazinhas que eram, então, muito apreciadas em Sevilha e que diziam assim:

> Mãe, ó minha mãe,
> Que me protegeis...

Loyasa atendeu ao pedido. Todas se levantaram e começaram a dançar furiosamente. A aia, que bem conhecia as coplas, cantou-as com mais prazer do que boa voz. E as coplas foram estas:

> Mãe, ó minha mãe,
> Que me protegeis,
> Que se eu não me guardo,
> Não me guardareis.
>
> Dizem que está escrito,
> E com toda razão,
> Ser a privação
> Causa de apetite;
> Cresce até o infinito
> O encerrado amor;
> Por isso é melhor
> Que não me encerreis,
> Que se eu não me guardo,
> Não me guardareis.
>
> Se o desejo
> Por si não se guarda,
> Não lhe farão guarda
> O medo ou a imposição;
> Romperá, na verdade,
> Com a própria morte,
> Até achar a sorte
> Que vós não entendeis,
> Que se eu não me guardo,
> Não me guardareis.

>   Quem tem o costume
>   De ser amorosa,
>   Como mariposa
>   Irá atrás da sua luz,
>   Ainda que lhe imponham
>   Infinitas guardas,
>   Ainda que se proponham
>   A fazer o que fazeis,
>   Que se eu não me guardo,
>   Não me guardareis.
>
>   É de tal maneira
>   A força amorosa,
>   Que torna em quimera
>   A moça mais formosa:
>   O peito, derretida cera,
>   De fogo a gana,
>   As mãos de lã,
>   De feltro os pés,
>   Que se eu não me guardo,
>   Não me guardareis.

Terminava seu canto e seu baile o grupo das moças, guiado pela boa aia, quando chegou Guiomar, a sentinela, toda perturbada, agitando pés e mãos como se sofresse de epilepsia. E com voz entre rouca e baixa, disse:

— Senhor acordado, senhora! Senhora, senhor acordado! Levanta e vem!

Quem já viu um bando de pombas, no campo, comendo sem medo o que mãos alheias semearam, e que ao furioso estrépito de um tiro de escopeta se assusta e levanta voo, já esquecido do alimento, e confuso e atônito cruza os ares, bem pode imaginar como ficou o bando e a roda de bailarinas, pasmas e assustadas, ao ouvir a inesperada notícia que Guiomar trazia. Procurando cada uma sua desculpa, e todas juntas um remédio, uma por aqui e outra por ali, foram se esconder nos desvãos e cantos da casa, deixando sozinho o músico que, profundamente perturbado, abandonando o violão e o canto, não sabia o que fazer.

Leonora torcia e retorcia suas formosas mãos. A Senhora Marialonso esbofeteava o próprio rosto, embora brandamente. Enfim, tudo era confusão, sobressalto e medo. Mas a aia, mais astuta e mais prudente, ordenou a Loyasa que entrasse em seu quarto, enquanto ela e Leonora ficariam ali, na sala, pois não faltariam desculpas para darem ao senhor, caso ele as encontrasse.

Loyasa logo se escondeu e a aia manteve-se atenta para escutar, caso seu amo se aproximasse. Como não percebesse ruído algum, recobrou o ânimo e pouco a pouco, passo a passo, dirigiu-se ao aposento onde seu senhor dormia, e viu que roncava, tal como antes. Com essa certeza, arregaçou as saias e voltou correndo para anunciar a notícia, pela qual pediu uma recompensa, que Leonora deu de muito bom grado.

A boa aia não quis perder a ocasião que a sorte lhe oferecia: desfrutar, antes de todas, dos encantos que, segundo imaginava, o músico bem devia possuir. Assim, dizendo a Leonora que a esperasse na sala enquanto ia chamá-lo, deixou-a e foi até Loyasa que, não menos confuso do que pensativo, esperava pelas notícias sobre o velho untado. Maldizia a falsidade do unguento, queixava-se da credulidade de seus amigos e de sua própria imprudência, pois devia tê-lo experimentado em outra pessoa, antes de mandar que o aplicassem em Carrizales.

Nisso chegou a aia, assegurando que o velho dormia profundamente. Loyasa então sossegou o peito e, mantendo-se atento às muitas palavras amorosas de Marialonso, percebeu-lhe as más intenções e decidiu usá-la como anzol para pescar Leonora, sua senhora. E estando ambos nessa conversa, as outras criadas, até então escondidas em vários cantos da casa, começaram a voltar, uma aqui e outra ali, para ver se era verdade que o amo havia despertado. E encontrando tudo sepultado no mais completo silêncio, voltaram à sala onde haviam deixado Leonora, por quem souberam que Carrizales ainda dormia. Perguntaram pelo músico e pela aia, e Leonora lhes contou onde ambos estavam. Então todas, tão silenciosamente como haviam chegado, aproximaram-se da porta do aposento da aia para ver se conseguiam escutar o que se passava lá dentro.

Não faltava, no grupo, a negra Guiomar, mas o negro sim, pois ao ouvir a notícia de que o amo havia despertado, tinha se abraçado ao violão e corrido a se esconder em seu palheiro onde, coberto com a manta de sua pobre cama, suava e transpirava de medo e, mesmo assim, não deixava de tanger as cordas do instrumento, tão grande era (recomendado seja a Satanás!) sua paixão pela música.

As criadas ouviram as lisonjas da velha e cada uma xingou-a dos piores nomes. Nenhuma chamou-a de velha sem antes acrescentar um epíteto, um adjetivo de "feiticeira", "barbuda", "depravada" e outros nomes que, a bem do respeito, aqui se calam. Porém, o que mais riso causaria a quem as ouvisse eram as palavras da negra Guiomar que, por ser portuguesa e não muito ladina, xingava a aia de maneira engraçada e singular.

No fim das contas, a conversa de Loyasa e Marialonso terminou com o seguinte acordo: ele consentiria em cumprir a vontade dela, desde que ela antes entregasse Leonora, sua senhora, a seu bel-prazer.

Foi muito custoso, para a aia, ceder ao que o músico pedia. Mas a troco de cumprir o desejo que já havia se apoderado de sua alma, dos ossos e da medula de seu corpo, prometeu-lhe o possível e o impossível. Deixando-o, saiu para falar com a senhora. E ao ver todas as criadas ali, junto à sua porta, ordenou que se recolhessem aos seus aposentos, pois na noite seguinte teriam oportunidade de desfrutar das músicas, com menos ou já nenhum sobressalto, já que o alvoroço daquela noite havia arrefecido o ânimo de todas.

As criadas bem perceberam que a velha queria ficar sozinha. Mas não podiam deixar de obedecer, já que ela mandava em todas. Foram-se as criadas e a aia correu à sala onde estava Leonora, para persuadi-la a ceder à vontade de Loyasa, e o fez com tão longa e bem composta arenga, que até parecia que a trazia pronta e preparada desde muitos dias atrás. Louvou a gentileza, a coragem, o talento, os muitos encantos do músico, fazendo-a ver o quanto seriam prazerosos os abraços do amante moço, bem mais do que os do marido velho, garantindo-lhe o segredo e a duração do deleite e outras coisas semelhantes — que o demônio lhe pôs na boca —, cheias de cores retóricas, tão demonstrativas e eficazes, que moveriam não só um coração terno e pouco experiente como o da incauta e ingênua Leonora, mas também um coração duro como mármore. Oh, velhas aias, nascidas e utilizadas no mundo para a perdição de mil recatadas e boas intenções! Oh, longas e empoladas toucas, escolhidas para garantir o respeito nas salas e estrados de nobres senhoras, e como usais ao revés vosso já quase forçoso ofício![42] Enfim, tanto falou a aia, com tanta força de persuasão, que Leonora se rendeu, Leonora se enganou e Leonora se perdeu, jogando por terra todas as precauções do prudente Carrizales, que dormia o sono da morte de sua honra.

---

[42] "A profissão era forçada na medida em que quase todas as aias eram viúvas que não tinham outro meio de subsistência." (Ernani Ssó)

Marialonso tomou a mão de sua senhora e quase à força, com os olhos rasos de lágrimas, levou-a até Loyasa. Abençoou-os com um sorriso falso, de demônio, fechou a porta, deixando-os ali, trancados, e foi então se deitar no estrado para dormir ou, melhor dizendo, para esperar sua contrapartida. Mas, vencida pelo cansaço das noites passadas em claro, acabou adormecendo de verdade.

A essa altura, bem caberia perguntar a Carrizales, caso não soubéssemos que dormia, como ficavam seus prudentes cuidados, seus temores, suas precauções, suas convicções, os altos muros de sua casa — onde jamais, nem em sombra, entrara alguém que tivesse nome de homem —, a estreita roda, as sólidas paredes, as janelas que vedavam a luz, o singular encerramento, o rico dote que dera a Leonora, os presentes que lhe dava com frequência, o bom tratamento que dispensava às criadas e escravas, o cuidado para que nada faltasse, de modo algum, a tudo o que ele imaginava que elas necessitassem ou pudessem desejar. Mas aqui já se disse que não havia por que lhe perguntar, já que ele dormia bem mais do que o necessário. E mesmo se ouvisse e acaso respondesse, não poderia dar melhor resposta do que encolher os ombros, erguer as sobrancelhas e dizer: "Pelo que vejo, a astúcia de um moço folgazão e cheio de vícios, junto com a malícia de uma aia falsa, mais a inadvertência de uma jovem rogada e persuadida, fez tudo isso ruir, desde os alicerces". Que Deus nos livre a todos desses inimigos, contra os quais não existe escudo de prudência que defenda, nem espada de recato que corte.

Mas, apesar de tudo, a virtude de Leonora foi tanta, que no momento crucial manifestou-se contra as forças infames de seu astuto enganador, que não foram capazes de vencê-la. Em vão ele se cansou, ela saiu vencedora e ambos adormeceram. Nisso, o Céu ordenou que, apesar do unguento, Carrizales despertasse. Tal como era seu costume, tateou a cama e, como não encontrasse a esposa, levantou-se de um salto, apavorado e atônito, com bem mais ligeireza e desenvoltura do que seus muitos anos prometiam. Vendo que a esposa não se encontrava no quarto, cuja porta estava aberta e cuja chave já não estava entre os colchões, viu-se prestes a perder o juízo. Mas, procurando controlar-se um pouco, saiu para o corredor e dali, caminhando pé ante pé, para não ser percebido, chegou à sala onde a aia dormia. Vendo-a sozinha, sem Leonora, foi ao aposento da aia e, abrindo a porta silenciosamente, viu o que jamais quisera ter visto, viu o que mil vezes preferiria não ter olhos para ver: Leonora nos braços de Loyasa, dormindo tão a sono solto, como se a força do unguento agisse sobre ambos e não sobre ele, o velho ciumento.

Diante dessa amarga visão, Carrizales ficou sem pulso, a voz embargada na garganta, os braços caídos ao longo do corpo, em desalento, feito uma estátua de frio mármore. E embora a cólera causasse seu efeito natural, avivando-lhe os já quase mortos sentidos, a dor era tamanha que mal o deixava respirar. Contudo, ele bem levaria a cabo sua vingança, em resposta ao que aquela grande maldade exigia, caso tivesse armas para tanto. Assim, decidiu voltar ao seu quarto para pegar uma adaga e então limpar as manchas de sua honra com o sangue de seus dois inimigos, bem como o de toda aquela gente de sua casa. Com essa determinação honrosa e necessária, com o mesmo silêncio e cuidado com que tinha vindo, voltou ao seu quarto, onde a dor e a angústia tanto lhe oprimiram o coração, que ele, incapaz de fazer outra coisa, deixou-se cair, desmaiado, sobre o leito.

Nisso chegou o dia e encontrou os novos adúlteros enlaçados na rede de seus braços. Marialonso acordou, querendo ir em busca do que, a seu ver, lhe era devido. Mas como já era tarde, resolveu deixar para a noite seguinte.

Ao ver que a manhã já ia avançada, Leonora afligiu-se, maldisse seu descuido e o da sua maldita aia.

Com temerosos passos, ambas foram até onde estava Carrizales, murmurando súplicas ao céu, para que o encontrassem ainda roncando. Ao vê-lo na cama, em silêncio, julgaram que ainda estivesse sob o efeito do unguento e então, com grande regozijo, abraçaram-se.

Aproximando-se do marido, Leonora segurou-lhe um braço e virou-o de um lado a outro, para ver se ele despertava sem que fosse preciso lavá-lo com vinagre, tal como haviam dito que era necessário, para que voltasse a si. Mas, com o movimento, Carrizales despertou de seu desmaio e, dando um profundo suspiro, disse com voz fraca e chorosa:

— Infeliz de mim, que o destino trouxe a um triste fim!

Leonora não entendeu muito bem o que disse seu esposo. Mas, vendo-o desperto e falando, admirou-se ao ver que o efeito do unguento não era tão duradouro quanto diziam. Aproximando-se, juntou seu rosto ao dele e, abraçando-o estreitamente, disse:

— O que tendes, meu senhor? Pois me parece que vos queixais de alguma coisa.

O desditado velho ouviu a voz de sua doce inimiga e, abrindo os olhos turbados, entre perplexo e encantado, fixou-os nela, sem mover uma pestana, e assim ficou, por um longo momento, ao fim do qual disse:

— Fazei-me o favor, senhora, de agora mesmo mandar chamar, de minha parte, vossos pais, pois sinto não sei o que no coração que me causa imensa fadiga, coisa que, temo, em breve me deixará sem vida, e eu gostaria de vê-los antes de morrer.

Leonora acreditou, sem a menor sombra de dúvida, que seu marido dizia a verdade, pensando antes que a força do unguento — e não o que ele tinha visto — o havia posto naquele estado. Respondeu que faria o que ele mandava e ordenou ao negro que fosse imediatamente chamar seus pais. Então, abraçando seu esposo, acariciou-o como jamais fizera antes, perguntando-lhe o que sentia, com tão ternas e amorosas palavras, como se o amasse mais que tudo no mundo. Carrizales a olhava como se estivesse sob efeito de um encantamento, como já se disse. Cada palavra ou carícia que ela lhe fazia era como um golpe de lança a atravessar-lhe a alma.

A aia já havia contado às pessoas da casa e também a Loyasa sobre a enfermidade do amo, ressaltando que devia ser grave, já que ele tinha se esquecido de mandar trancar as portas da rua, quando o negro saiu para chamar os pais da senhora, missão da qual também se admiraram, pois nem o pai nem a mãe de Leonora jamais tinham entrado naquela casa, depois do casamento da filha.

Enfim, todos estavam calados e desconcertados, sem atinar com a verdadeira causa da indisposição do amo, que a intervalos suspirava tão profunda e dolorosamente que cada suspiro daqueles parecia arrancar-lhe a alma.

Leonora chorava por vê-lo daquele jeito, enquanto ele ria — como alguém fora de si —, considerando a falsidade daquelas lágrimas.

Nisso chegaram os pais de Leonora que, encontrando a porta da rua e do pátio abertas e a casa como que abandonada, sepultada em silêncio, ficaram espantados e até mesmo com medo. Foram ao aposento do genro e o encontraram, tal como já se disse, com os olhos cravados na esposa, cujas mãos segurava. E ambos derramavam muitas lágrimas: ela, apenas por vê-lo chorando; ele, por ver quão fingidamente ela chorava.

Tão logo os pais de Leonora entraram, Carrizales falou:

— Sentem-se aqui, vossas mercês. Quanto aos demais, desocupem este aposento; que fique apenas a Senhora Marialonso.

Assim fizeram os outros, de modo que ficaram somente os cinco. E sem esperar que alguém falasse, Carrizales, secando os olhos, disse com voz calma:

— Bem seguro estou, pais e senhores meus, que não será necessário que eu apresente testemunhas para que acrediteis numa verdade que quero vos contar. Bem deveis recordar (pois não é possível que isso tenha se apagado de vossa memória) com quanto amor, com que boas intenções (hoje faz um ano, um mês, cinco dias e nove horas) me entregaram vossa amada filha para ser minha legítima esposa. Sabeis, também, como fui generoso ao dar-lhe um dote, com o qual mais de três jovens de sua mesma classe poderiam se casar, com a condição de ricas. Deveis recordar-se, ainda, do quanto me empenhei em vesti-la e adorná-la com tudo o que ela chegou a desejar e que, a meu ver, lhe convinha. E nem mais, nem menos, vistes, senhores, que eu, por conta da minha natural condição e temeroso do mal de que, sem dúvida, haverei de morrer, com a experiência dos meus muitos anos sobre vários e singulares fatos do mundo, quis preservar esta joia que escolhi, e que vós me destes, com o máximo recato que me foi possível. Aumentei a altura das muralhas desta casa, impedi que das janelas se visse a rua, acrescentei mais fechaduras às portas, instalei uma roda, como na entrada dos conventos, desterrei para sempre desta casa tudo que tivesse nome, ou sombra, de homem. Dei a Leonora criadas e escravas para servi-la; tampouco neguei a elas, ou a ela, o que quer que me pedissem. Tornei-a minha igual; contei-lhe meus mais secretos pensamentos; entreguei-lhe todos os meus bens. Tudo isso fiz para que, bem calculando, eu pudesse viver na certeza de desfrutar, sem sustos, o que tanto me havia custado, e que ela procurasse não dar ensejo a que algum tipo de temor, vindo do ciúme, me adentrasse o pensamento. Mas como não se pode prevenir, com humano esforço, o castigo que a vontade divina quer dar aos que nela não depositam a totalidade de seus desejos e de suas esperanças, não é de se espantar que eu acabe frustrado nas minhas, e que eu mesmo tenha sido o fabricante do veneno que me vai tirando a vida. Mas por ver a perplexidade em que estais, todos, pendentes destas palavras de minha boca, quero concluir os longos preâmbulos deste discurso, dizendo-vos numa palavra o que não é possível dizer com milhares delas. Declaro, pois, senhores, que o resultado de tudo o que eu disse e fiz foi que nessa madrugada encontrei esta — e apontou para a esposa —, que veio ao mundo para perdição do meu sossego e fim da minha vida, nos braços de um galhardo mancebo, que no momento está trancado no quarto desta perniciosa aia.

Mal soaram essas últimas palavras, Leonora, levando as mãos ao coração, caiu desmaiada sobre os joelhos de seu marido. Marialonso empalideceu. E os pais de Leonora sentiram um nó na garganta que os impediu de dizer palavra. Mas Carrizales prosseguiu:

— Minha vingança, em resposta a essa afronta, não é, nem haverá de ser, do tipo que ordinariamente se costuma realizar. Pois quero que, assim como fui extremado no que fiz, assim seja minha vingança, em primeiro lugar contra mim mesmo, já que me considero o principal culpado desse delito. Pois eu bem deveria considerar que os quinze anos desta menina mal poderiam compreender, por um ano que fosse, os meus quase oitenta, nem deles se compadecer. Fui eu quem, tal como o bicho-da-seda, fabriquei a casa onde iria morrer. E a ti não culpo, ó menina mal-aconselhada! — Assim dizendo, inclinou-se e beijou o rosto da desfalecida Leonora. — Digo que não te culpo porque sei que persuasões de velhas dissimuladas e galanteios de moços enamorados facilmente vencem e triunfam sobre o pouco entendimento que os poucos anos encerram. Mas, para que o mundo inteiro veja o valor dos quilates da fé e da vontade com que te amei, quero demonstrá-lo, neste último transe de minha vida, de modo que fique no mundo como exemplo, se não de bondade, ao menos de simplicidade jamais vista nem ouvida. E, assim, quero que tragam logo um escrivão, para que eu possa refazer meu testamento, no qual mandarei dobrar o dote de Leonora, a quem suplico que depois dos meus dias, que serão bem poucos, disponha da sua vontade, coisa que poderá fazer sem esforço, e case-se com aquele moço que nunca se importou com os cabelos brancos deste pobre velho. Assim Leonora verá que, se quando vivo jamais fiz qualquer coisa contrária ao que, a meu ver, era do seu agrado, na morte agirei igual; quero que se agrade junto àquele a quem tanto deve amar. Quanto ao resto dos meus bens, deixarei às obras de caridade; e a vós, meus senhores, deixarei o bastante para que possais viver, honradamente, o que vos resta de vida. Que esse escrivão venha logo, pois de tal maneira me atormenta essa paixão que, quanto mais cresce, mais vai encurtando os passos de minha vida.

Tão logo acabou de falar, sofreu um terrível desmaio e deixou-se cair tão perto de Leonora que os rostos de ambos se juntaram, num estranho e triste espetáculo para os pais, que miravam sua amada filha e seu querido genro! Quanto à maldosa aia, não quis esperar pela repreensão que, ela bem imaginava, os pais de Leonora lhe fariam. Assim, deixou o aposento e foi contar a Loyasa tudo o que se passava, aconselhando-o a sair o mais rápido possível daquela casa e prometendo que o informaria, através do negro, sobre o que acontecesse, pois já não havia portas nem chaves que o impedissem. Surpreso com essas notícias, Loyasa aceitou o conselho, voltou a vestir-se como mendigo e foi prestar contas aos amigos sobre o estranho e inusitado desfecho de seus amores.

Enquanto Carrizales e Leonora ainda estavam desmaiados, o pai de Leonora mandou chamar um escrivão, seu amigo, que chegou quando ambos já haviam voltado a si. Carrizales fez seu testamento, tal como tinha dito, sem declarar o erro de Leonora, a quem pedia e suplicava que, caso ele morresse, desposasse o mancebo de quem lhe falara em segredo. Ao ouvir isso, Leonora atirou-se aos pés do marido e, com o coração aos saltos no peito, disse-lhe:

— Que vivais muitos anos, meu senhor, meu bem maior! Embora não tenhais obrigação de acreditar em qualquer coisa que eu disser, sabei que não vos ofendi, senão em pensamento.

E começando a desculpar-se e a contar em detalhes a verdade daquele acontecimento, perdeu a fala e tornou a desmaiar. O pobre velho abraçou-a, mesmo assim, sem sentidos; também os pais a abraçaram e todos choraram com tanta amargura que praticamente obrigaram — e até forçaram — a acompanhá-los, nas lágrimas, o escrivão que fazia o testamento no qual Carrizales deixava o suficiente para que todas as criadas da casa pudessem se sustentar, além de alforriar as escravas e o negro. Para a falsa Marialonso, não deixou nada além do pagamento de seu salário. Mas, seja como for, o sofrimento do velho judiou-o de tal maneira, que sete dias depois levou-o à sepultura.

Ficou Leonora viúva, chorosa e rica. E quando, uma semana mais tarde, Loyasa esperava que ela cumprisse o que, ele bem sabia, seu marido deixara lavrado em testamento, Leonora foi ser freira num dos mais isolados conventos da cidade. Despeitado, quase envergonhado, Loyasa partiu para as Índias. Os pais de Leonora ficaram muito tristes, embora se consolassem com o que o genro havia lhes deixado em testamento. Do mesmo modo consolaram-se as criadas; e as escravas e o escravo, com a liberdade. Quanto à malvada aia, ficou pobre e frustrada em todos os seus maus pensamentos.

Quanto a mim, fiquei com o desejo de chegar ao fim desta narrativa, espelho e exemplo do pouco que se pode confiar em chaves, rodas e paredes, quando a vontade é livre. E menos ainda nos verdes e poucos anos, se lhes chegam aos ouvidos as exortações dessas aias de negras e largas vestes de monjas, de toucas brancas e longas. Só não sei dizer por que Leonora não teve mais afinco em justificar-se, em provar ao ciumento marido o quanto saíra limpa e incólume daquele acontecimento; mas a comoção travou-lhe a língua e a pressa de seu marido em morrer não lhe deu tempo para a desculpa.

A ILUSTRE FREGONA

Há não muito tempo, em Burgos, cidade ilustre e famosa, viviam dois ricos e nobres cavaleiros: um se chamava Dom Diego de Carriazo; o outro, Dom Juan de Avendaño. Dom Diego teve um filho, a quem batizou com seu próprio nome. E Dom Juan teve outro, a quem batizou de Tomás de Avendaño. A esses dois moços e cavaleiros, que hão de ser os principais personagens desta novela, a fim de poupar e evitar muitas letras, chamaremos somente pelos nomes de Carriazo e Avendaño.

Treze anos ou pouco mais teria Carriazo quando, levado por uma vocação picaresca, sem que a isso fosse forçado por algum mau tratamento dos pais, mas apenas por seu próprio gosto e capricho, desgarrou-se — como dizem os moços — da casa paterna e partiu por esse mundo afora, tão feliz com a vida livre que, mesmo padecendo com os muitos incômodos e misérias que essa vida traz consigo, não sentia falta da fartura da casa do pai. Não o cansava andar a pé; tampouco o frio o incomodava, nem o calor o desagradava. Para ele, todas as estações do ano eram como a doce e amena primavera. Dormia tão bem num monte de grãos e palha e restos de colheita, como em colchões; acomodava-se num depósito de palha de uma estalagem, como se deitasse entre dois lençóis de holanda. Enfim, saiu-se tão bem como pícaro que poderia ocupar uma cátedra dessa especialidade e ensinar ao famoso Alfarache.[1]

Nos três anos que levou para aparecer e voltar à sua casa, aprendeu a jogar *taba*[2] em Madri, *rentoy*[3] nas pequenas estalagens de Toledo, e

---

[1] Referência à novela picaresca *Guzmán de Alfarache*, de Mateo Alemán, publicada em duas partes, em 1599 e 1604, estabelecendo e consolidando as características desse gênero.

[2] Jogo em que se atira para o alto um jarrete (parte oposta ao joelho, por onde este se dobra e flexiona) de carneiro, ganhando-se ou perdendo-se de acordo com a posição em que o osso cai.

[3] Jogo de baralho e apostas, jogado em duplas. Cada pessoa recebe ou compra do monte três cartas e mostra a carta maior, que vence a mão. O "dois" de todos os naipes é a carta mais valiosa, que vence todas as demais. São permitidos sinais entre os jogadores.

*presa y pinta*⁴ em pé, nas barbacãs⁵ de Sevilha. Mas embora a miséria e a carestia sejam próprias desse modo de vida, Carriazo demonstrava ser um príncipe em tudo que fazia: abertamente, por mil sinais, revelava ser bem-nascido, pois era generoso e muito compartilhava com seus camaradas. Pouco visitava as ermidas de Baco e embora bebesse vinho, era tão pouco que jamais pôde entrar na lista dos chamados desgraçados que, se bebem um pouco além da conta, logo ficam com o rosto como se maquiado de carmim e almagre. Enfim, em Carriazo o mundo viu um pícaro virtuoso, limpo, bem-criado e de inteligência além da mediana. Passou por todos os graus da picardia, até que se graduou como mestre nas almadravas de Zahara,⁶ onde mora *el finibus terrae*⁷ da picardia.

Oh, pícaros de cozinha, sujos, gordos e nédios, pobres fingidos, falsos aleijados, batedores de bolsas da Praça de Zocodover e da Praça de Madri, falsos cegos rezadores, carregadores de cestas de Sevilha, bando de leva e traz de rufiões e meliantes, com toda a malta inumerável que se encerra neste nome: *pícaro*! Baixai o orgulho, amainai o brio, não chameis a vós mesmos de *pícaros* se não haveis passado pelos cursos da academia de pesca de atuns!⁸ Ali, é ali que se centra o trabalho junto com a vadiagem! É ali que está a límpida sujeira; a gordura roliça; a pronta fome; a fartura abundante; o vício sem disfarces; o jogo, sempre; as pendências a todo momento; as mortes de uma hora para outra; as provocações a cada passo; as danças como nos casamentos; as seguidilhas como nas estampas; os romances com estribos, a poesia sem rédeas.⁹ Aqui se canta, ali se renega, acolá se briga, cá se brinca e por tudo se furta. Lá a liberdade campeia e o trabalho compensa; para lá se vão — ou enviam alguém em seu lugar — muitos pais nobres à procura dos filhos, e os encontram; e tanto sentem por tirá-los daquela vida que é como se os levassem para a morte.

---

⁴ Jogo de cartas no qual se tirava uma para o(s) jogador(es) e outra para a banca; e ganhava a que fazia par com as que iam "saindo" do baralho. Era também conhecido como "parar".

⁵ Muro avançado, construído entre a muralha e o fosso, para proteger os pontos estratégicos de uma fortificação. Também: muro baixo com que se costuma rodear pequenas praças em torno de igrejas, ou diante de alguma de suas portas.

⁶ Almadravas de Zahara: famoso local de pesca de atuns, que em certa época do ano cruzavam aquelas águas, a caminho do Estreito de Gibraltar.

⁷ No contexto, o ponto máximo da picardia.

⁸ Ou seja: se não trabalhou nas almadravas de Zahara.

⁹ No original, *los romances con estribos, la poesía sin acciones*. Jogo de palavras: "estribos" como "estribilhos"; acciones (ações) como aciones, no singular "ación": correia da qual pende cada estribo, na sela de montaria. (Sieber)

Mas toda essa doçura que pintei tem um quê de aloé que a amarga, que é não poder dormir um sono tranquilo sem o temor de num instante ser levado de Zahara à Berbéria. Por isso os pícaros à noite se recolhem a umas torres que há na praia, e têm seus batedores e sentinelas, em cujos olhos confiam, para poderem fechar os seus, embora algumas vezes já tenha acontecido de sentinelas e batedores, pícaros, maiorais, barcos e redes, com toda a turba que ali se ocupa, anoitecerem na Espanha e amanhecerem em Tetuán. Mas esse temor não impediu que nosso Carriazo para lá acorresse e passasse muito bem, por três verões seguidos. No último verão, a sorte foi tão boa para ele que ganhou, no jogo de baralho, cerca de setecentos reais, com os quais resolveu vestir-se e voltar a Burgos e aos olhos de sua mãe, que por ele tinham vertido muitas lágrimas. Despediu-se dos amigos, que eram muitos e muito bons; prometeu-lhes que no verão seguinte estaria de volta, caso uma enfermidade, ou a morte, não o impedisse. Deixou com eles a metade de sua alma e entregou todos os seus anseios àquelas secas areias, que lhe pareciam mais frescas e verdejantes do que os Campos Elíseos. E por já estar acostumado a andar a pé, pôs-se a caminho e, calçando um par de alpargatas, partiu de Zahara e chegou a Valladolid cantando "Três ánades, madre".[10] Ali se demorou por quinze dias, a fim de recobrar a cor do rosto, mudando-a de mulata para flamenca, e também para se reaprumar, deixar o rascunho de pícaro e passar-se a limpo como cavaleiro.

Fez tudo isso valendo-se dos quinhentos reais com que chegou a Valladollid, dos quais reservou cem para alugar uma mula e contratar um criado; e assim se apresentou aos pais, honrado e contente. Eles o receberam com muita alegria; todos os amigos e parentes foram cumprimentar o Senhor Dom Diego de Carriazo pela chegada do filho. Vale aqui lembrar que em sua peregrinação Dom Diego mudou seu sobrenome de Carriazo para Urdiales, e assim se fez chamar por todos que não conheciam o seu verdadeiro sobrenome. Entre os que foram visitar o recém-chegado estavam Dom Juan de Avendaño e seu filho, Dom Tomás, com quem Carriazo — por serem ambos vizinhos e terem a mesma idade — fez e manteve uma estreitíssima amizade.

---

[10] Antiga canção usada para dar a entender que alguém anda alegremente, sem sentir o peso da caminhada: *Tres ánades, madre, pasam por aquí, mal penan a mim* ("Três patos, mãe, passam por aqui e nem me incomodam"). (Sieber)

Carriazo contou a seus pais e a todos mil magníficas e longas mentiras sobre coisas que lhe haviam acontecido naqueles três anos de ausência. Mas nunca tocou, nem de longe, nas almadravas, embora seu pensamento nelas se concentrasse o tempo inteiro, ainda mais quando viu chegar o tempo em que tinha prometido voltar. Não o divertia a caça com a qual seu pai procurava ocupá-lo, nem lhe davam prazer os muitos, sinceros e agradáveis convites que eram costumeiros naquela cidade. Todos os passatempos o entediavam; e mesmo aos melhores que lhe eram oferecidos sobrepunha-se tudo o que tinha vivido nas almadravas.

Seu amigo Avendaño, vendo-o frequentemente melancólico e pensativo, fiando-se em sua amizade, atreveu-se a perguntar o motivo, obrigando-se a resolver o caso, se pudesse, até com o próprio sangue, se necessário. Carriazo, para não insultar a grande amizade que ambos professavam, não quis manter o motivo em segredo. E assim falou, com todos os detalhes, sobre a vida de pícaro[11] e sobre como todas as suas tristezas e pensamentos nasciam do desejo que tinha de retomá-la. De tal modo pintou esse quadro que Avendaño, quando acabou de ouvir, muito elogiou, em vez de reprovar, seu gosto.

Enfim, o resultado da conversa foi que Avendaño mostrou-se totalmente solidário a Carriazo, de tal maneira que resolveu acompanhá-lo, a fim de desfrutar um verão daquela felicíssima vida que lhe fora descrita, o que deixou Carriazo muito feliz, por parecer-lhe que acabava de ganhar uma testemunha que abonava e endossava sua baixa determinação. Combinaram também de juntar quanto dinheiro pudessem. E o melhor modo que encontraram foi que dali a dois meses Avendaño devia ir a Salamanca onde, por livre e espontânea vontade, passara três anos estudando grego e latim. Seu pai queria que ele prosseguisse com os estudos e cursasse a faculdade que quisesse; assim, o dinheiro que lhe desse seria suficiente para o que ambos desejavam.

Nesse ínterim, Carriazo disse ao pai que tinha vontade de partir com Avendaño, para estudar em Salamanca. Seu pai recebeu essa notícia com tanta alegria que falou com o pai de Avendaño e assim combinaram de acomodar os dois rapazes numa casa em Salamanca, com todos os requisitos exigidos pelo fato de serem filhos de nobres.

---

[11] No original, *la vida de la jábega*. *Jábega*: longa rede de pesca e também embarcação para pesca. No contexto, *jábega* refere-se mais à vida de pícaro.

Chegou o momento da partida. Os pais proveram ambos de dinheiro e contrataram um preceptor para acompanhá-los e orientá-los, preceptor que era mais dotado de honradez do que de perspicácia. Os pais instruíram os filhos sobre o que deveriam fazer e de como deveriam se comportar, para extrair o máximo proveito da virtude e das ciências, pois esse é o fruto que todo estudante deve pretender de seus trabalhos e vigílias, principalmente os bem-nascidos. Os filhos mostraram-se humildes e obedientes; as mães choraram; todos os abençoaram. E os rapazes puseram-se a caminho, com mulas próprias, acompanhados por dois criados que se encarregariam criados para cuidar dos trabalhos domésticos, além do preceptor, que havia deixado crescer a barba para imprimir maior autoridade a seu cargo.

Chegando à cidade de Valladolid, os rapazes disseram ao preceptor que queriam passar dois dias conhecendo o lugar, pois nunca tinham visto nem estado ali. O preceptor repreendeu-os muito, severa e rispidamente, por aquela estada, dizendo que quem tinha tanta pressa de estudar, como eles, não deveria se deter sequer por uma hora para ver insignificâncias, quanto mais por dois dias! E que ele não ficaria em paz se os deixasse atrasar um segundo que fosse, e que deveriam partir imediatamente, caso contrário iriam ver só!

Até aqui se estendia a autoridade do senhor preceptor, ou aio, como mais nos der gosto chamá-lo. Os rapazes, que já haviam feito seu agosto e sua colheita,[12] pois tinham roubado quatrocentos escudos de ouro que o preceptor carregava, pediram-lhe que os deixasse ficar somente aquele dia, pois queriam conhecer as águas da Fonte de Argales, que grandes e espaçosos aquedutos começavam a conduzir à cidade.

Com efeito, o preceptor deu-lhes permissão para ficar, embora lhe doesse a alma, pois queria poupar despesas naquela noite, para fazê-las em Valdeastillas e dividir em dois dias as dezoito léguas de distância até Salamanca, e não as vinte e duas léguas que há desde Valladolid. Mas uma coisa pensa o cavalo e, outra, aquele que o encilha. Assim, tudo aconteceu ao contrário do que ele queria.

Os rapazes, montando duas mansas e muito boas mulas, acompanhados somente por um criado, foram visitar a Fonte de Argales, famosa por

---

[12] Essa expressão refere-se também a um antigo provérbio que diz: *Agosto y vendimia no es cada día y sí cada año, unos con provecho y otros con daño.* (Agosto e colheita não são a cada dia e sim a cada ano, uns com proveito e outros com dano.) Ver nota 56 da novela "A Ciganinha".

sua antiguidade e suas águas, não obstante a fonte de Caño Dorado e a da Reverenda Priora, e sem menosprezar as de Leganitos e da extremadíssima Fonte Castellana, cuja competência pode calar Corpa e a Pizarra de la Mancha.

Chegaram a Argales; e quando o criado achou que Avendaño tirava das bolsas do coxim alguma coisa para beber, viu-o pegar uma carta fechada, dizendo-lhe que voltasse imediatamente à cidade e a entregasse ao preceptor. E então os esperasse junto à Porta do Campo.[13]

O criado obedeceu e, tomando a carta, voltou à cidade, enquanto ambos, puxando as rédeas, tomaram outro caminho; naquela noite, dormiram em Mojados e dois dias depois, em Madri. Quatro dias mais tarde, venderam as mulas numa feira em praça pública e houve quem as avaliasse em seis escudos e também quem se dispusesse a pagar por elas um preço justo, em ouro. Vestiram-se como rústicos aldeões, com capotilho,[14] calções ou calças largas[15] e meias de tecido pardo. Pela manhã, um comerciante de roupas comprou-lhes os trajes; e à noite encontrou-os vestidos de tal maneira que não os reconheceria a própria mãe que os havia parido.

Assim, sem chamar a atenção, do modo que Avendaño queria e sabia fazer, puseram-se a caminho de Toledo, *ad pedem litterae*[16] e sem espadas, pois o comerciante de roupas também as comprara, embora não fizessem parte de seu negócio.

Deixemos que sigam, por ora, pois vão alegres e felizes, e vejamos o que fez o preceptor quando abriu a carta levada pelo criado e que assim dizia:

> *Queira vossa mercê, Senhor Pedro Alonso, ter a paciência de voltar a Burgos para dizer a nossos pais que nós, seus filhos, tendo com madura reflexão considerado o quanto as armas são mais apropriadas aos cavaleiros do que as letras, resolvemos trocar Salamanca por Bruxelas e Espanha por Flandres. Estamos levando os quatrocentos escudos. Quanto às mulas, pensamos em vendê-las. Nossa nobre intenção*

---

[13] Uma das quatro portas de Valladolid.

[14] Capote curto — fechado na frente e nas costas e aberto nas laterais — que se usava sobre outras roupas, chegando até a cintura.

[15] No original, *zahones o zaragüelles*; *zahones*: calção largo, de couro ou tecido, aberto ao longo das coxas, usado pelos caçadores e soldados da cavalaria; *zaragüelles*: calças largas com perneiras formando pregas, traje típico de Valência e Múrcia.

[16] Expressão latina que significa "literalmente". No contexto: "a pé".

e o longo caminho são desculpas suficientes para o nosso erro, embora ninguém, a menos que seja covarde, o julgará como tal. Nossa partida será agora; nossa volta será quando Deus quiser; e que Ele proteja vossa mercê como puder, é o que nós, seus pequenos discípulos, desejamos, aqui da Fonte de Argales, já com um pé no estribo, prontos para ir a Flandres.

Carriazo e Avendaño

Desconcertado, Pedro Alonso correu a abrir sua mala e, encontrando-a vazia, confirmou a veracidade da carta. Sem mais demora, montando a mula que lhe restava, partiu para Burgos a fim de levar a notícia a seus patrões, para que assim pudessem remediar a situação e traçar um plano para alcançar os filhos. Mas sobre essas coisas nada dirá o autor desta novela, pois tão logo deixou Pedro Alonso montado a cavalo, voltou a contar o que sucedeu a Avendaño e Carriazo na entrada de Illescas, dizendo que ao passarem pela porta da vila encontraram dois moços de mulas,[17] andaluzes ao que parecia, usando calções largos de tecido rústico, casacos grossos igualmente rústicos e com várias aberturas;[18] coletes de *ante*,[19] adagas de gancho e espadas sem correias. Pelo visto, um vinha de Sevilha e outro ia para lá. Aquele que ia estava dizendo ao outro:

— Se meus amos não estivessem tão adiantados no caminho, eu poderia demorar por aqui um pouco mais, para te perguntar mil coisas que desejo saber. Pois me deixaste muito admirado com o que me contaste sobre o conde que enforcou Alonso Genís e Ribera,[20] sem atender a suas apelações.

— Ó, por meus pecados! — replicou o sevilhano. — Os dois eram soldados; o conde armou o laço, capturou-os sob sua jurisdição e julgou-os ilicitamente, sem permitir qualquer apelação na Audiência.[21] Sabe, amigo, esse Conde de Puñonrostro tem um Belzebu no corpo e

---

[17] No original, *mozo de mula*: rapaz que cuidava das montarias e seguia a pé, à frente da montaria de seu amo.

[18] No original, *jubones acuchillados de anjeo*; *jubón*: espécie de casaco; *anjeo*: referência a Anjou, na França, de onde se originava esse tecido; *acuchillados*: "com aberturas semelhantes a cutiladas".

[19] No original, *coletos de ante*: colete de couro de alce, anta ou outro animal.

[20] Alonso Genís e Ribera eram delinquentes e realmente existiram. (Sieber)

[21] O "conde" será prontamente identificado como o Conde de Puñonrostro, Dom Francisco Arias de Bobadilla, sucessor, como assistente da Audiência [Tribunal] de Sevilha, de Dom Pedro Carrillo de Mendoza, Conde de Priego, que foi quem realmente condenou à forca, em 1596, os dois delinquentes mencionados. (Arroyo; Hazas)

nos mete os dedos do seu punho pela alma adentro. Sevilha está limpa de valentes num raio de dez léguas ao redor; nenhum ladrão permanece nas suas redondezas. Todos têm tanto medo do conde como do fogo, embora já corra por aí a notícia de que ele logo deixará o cargo de assistente, pois não é homem de ficar debatendo todos os dias com os senhores da Audiência.

— Que vivam eles mil anos! — disse aquele que ia a Sevilha. — Pois são pais dos miseráveis e amparo dos desditados! Quantos pobrezinhos foram para baixo da terra somente por conta da cólera de um juiz absoluto, de um corregedor mal informado ou bem apaixonado! Muitos olhos enxergam melhor do que dois: o veneno da injustiça mais rápido se apossa de um coração do que de muitos.

— Tu te tornaste um pregador — disse o moço de Sevilha. — Pelo modo como levas a cantilena, não acabarás tão cedo... E não posso te esperar. Nesta noite, trata de não pousar onde costumas, e sim na Pousada do Sevilhano, pois lá verás a mais formosa fregona de que se tem notícia; Marinilla, da Pousada Tejada, é desprezível se comparada a ela. Nada mais te digo, senão que corre por aí que o filho do corregedor morre de amores pela moça. Um dos meus amos, que vai ali adiante, jura que quando voltar a Andaluzia ficará dois meses em Toledo, na mesma pousada, só para fartar-se de olhar para ela. Mas é assim: dou-lhe como sinal um leve belisco e em contrapartida levo um bofetão. Ela é dura como mármore, intratável como uma aldeã de Sayago[22] e áspera como urtiga. Mas tem um ar de alegria e um rosto saudável: numa face tem o sol e na outra, a lua; uma é feita de rosas e a outra de cravos; em ambas há também açucenas e jasmins. Nada mais te digo, senão que deves conhecê-la. E então verás que eu nada disse, de tudo que se pode dizer, sobre sua formosura. Aquelas duas mulas ruças que tenho, como bem sabes, eu de bom grado daria a ela como dote, se me quisessem dá-la por mulher. Mas sei que não me darão, que ela é joia para um arcipreste ou um conde. Mais uma vez, torno a dizer que lá verás... E adeus, que me vou.

Assim se despediram os dois moços de mulas, cuja conversa deixou mudos os dois amigos que a haviam escutado, sobretudo Avendaño,

---

[22] Sayago: local situado a noroeste da Espanha, na região da atual província de Zamorra. As pessoas dessa região eram rotuladas como rudes e falavam um dialeto rústico, de sonoridade áspera, figurando frequentemente como personagens cômicas no teatro espanhol dos séculos XV a XVII.

em quem a simples descrição que um dos moços havia feito sobre a formosura da fregona despertou um intenso desejo de vê-la. O mesmo se deu com Carriazo, mas nem por isso desejou menos chegar às suas almadravas do que se deter para ver as pirâmides, ou outra das sete maravilhas, ou todas juntas.

Entretiveram-se durante o caminho até Toledo, repetindo as palavras dos moços, remedando e imitando os gestos que faziam ao dizê-las. E logo, sendo Carriazo o guia — pois já havia estado naquela cidade —, descendo pelo Arco do Sangue de Cristo, chegaram à Pousada do Sevilhano, mas não ousaram pedir pouso ali, pois seus trajes não o permitiam.

Já havia anoitecido; e embora Carriazo insistisse com Avendaño para que fossem buscar pouso em outro lugar, não conseguiu tirá-lo da porta do Sevilhano, onde Avendaño queria esperar, para ver se acaso apareceria a tão louvada fregona. A noite já ia adiantada e a fregona não saía. Desesperava-se Carriazo e Avendaño ali continuava; e então, para cumprir sua intenção, sob pretexto de perguntar por alguns cavaleiros de Burgos que iam à cidade de Sevilha, caminhou até o pátio da pousada. Mal havia entrado ali quando viu sair, de uma sala que dava para o pátio, uma moça que aparentava cerca de quinze anos, vestida como camponesa, levando um castiçal com uma vela acesa.

Avendaño não pôs os olhos no vestido ou nos trajes da moça, mas sim no rosto, que era tal como costumam pintar o rosto dos anjos. Ficou pasmo e atônito com tanta formosura e não conseguiu perguntar nada à moça, tão perplexo e encantado estava. Ela, vendo aquele homem diante de si, disse:

— O que procuras, irmão? Porventura és criado de algum hóspede da casa?

— Não sou criado de hóspede algum, mas vosso — respondeu Avendaño, todo cheio de perturbações e sobressaltos.

A moça, diante dessa resposta, disse:

— Vai, irmão, em boa hora, pois nós que servimos não precisamos de criados. — E chamando seu amo, disse-lhe: — Veja, senhor, o que procura esse mancebo.

O estalajadeiro saiu e perguntou a Avendaño o que procurava. Ele respondeu que por uns cavaleiros que vinham de Burgos e iam a Sevilha, um dos quais era seu senhor, que o tinha enviado antes por Alcalá de Henares, onde ia tratar de um negócio que muito lhes interessava. Junto com essa ordem, dissera-lhe para seguir até Toledo e esperá-lo ali, na Pousada do Sevilhano, para onde também ele, seu amo, viria. E acreditava que seu amo chegaria naquela noite ou, o mais tardar, no dia seguinte. Tão boas cores deu Avendaño à sua mentira que, aos ouvidos do estalajadeiro, soou como verdade. Tanto que este lhe disse:

— Fique na pousada, amigo, que aqui poderá esperar pela chegada do seu senhor.

— Muito obrigado, senhor estalajadeiro — respondeu Avendaño.
— Queira vossa mercê ordenar que seja dado um aposento a mim e a um amigo que me acompanha e está ali fora, pois temos dinheiro para pagar tão bem como qualquer outro.

— Em boa hora! — respondeu o estalajadeiro. E voltando-se para a moça, disse: — Costancica, vá dizer à Argüello[23] que leve esses mancebos ao aposento do canto e que lhes dê lençóis limpos.

— Assim farei, senhor — respondeu Costanza, pois assim se chamava a criada que, fazendo uma reverência ao amo, afastou-se; e essa ausência foi para Avendaño o que costuma ser, para o caminhante, o pôr do sol, antes que sobrevenha a noite lúgubre e escura.

Assim, Avendaño saiu para contar a Carriazo o que tinha visto e o que havia combinado. Por mil sinais, Carriazo percebeu o quanto seu amigo estava ferido pela peste amorosa, mas por enquanto nada queria lhe dizer, não antes de constatar se a causa da qual nasciam os exagerados elogios e as grandes hipérboles sobre a beleza de Costanza — que Avendaño punha nas alturas, acima do próprio céu — merecia tanto.

Entraram, por fim, na pousada, e Argüello, uma mulher de cerca de quarenta e cinco anos, supervisora dos leitos e da arrumação dos aposentos, levou-os a um que nem era de cavaleiros nem de criados, mas de gente que poderia ocupar uma posição entre os dois extremos. Os dois pediram jantar; Argüello respondeu que naquela pousada não serviam refeições a ninguém, já que preparavam e serviam o que os hóspedes traziam de fora. Mas que também havia bodegas e tavernas próximas, onde poderiam comer o que quisessem, com total tranquilidade. Ambos acataram o conselho de Argüello e foram parar numa bodega onde Carriazo jantou o que lhe deram e Avendaño, o que levava consigo: pensamentos e devaneios.

O pouco, ou nada, que Avendaño comia muito admirava Carriazo que, desejoso de inteirar-se dos pensamentos do amigo, disse-lhe, enquanto voltavam à pousada:

---

[23] *Argüello* deriva de *argüellarse*: quando uma pessoa fica desnutrida por falta de saúde ou por má alimentação.

— Convém madrugarmos amanhã, para que antes que o dia fique muito quente, já estejamos em Orgaz.

— Não estou para isso — respondeu Avendaño. — Pois antes de partir desta cidade quero ver o que dizem que há de famoso por aqui, como o Sacrário, o Artifício de Juanelo, as Vistas de Santo Agostinho, o Horto do Rei e a Vega.[24]

— De acordo — respondeu Carriazo. — Tudo isso poderemos ver em dois dias.

— Na verdade, quero ver tudo com calma, pois não temos que chegar correndo a Roma, a tempo de alcançar algum cargo vacante.

— Sei, sei! — replicou Carriazo. — Que me matem, amigo, se não estais com maior desejo de ficar em Toledo do que de prosseguir com nossa recém-iniciada romaria.

— É verdade — respondeu Avendaño. — Seria impossível me fazer desistir de ver o rosto daquela donzela, tanto quanto o seria ir para o céu sem boas obras.

— Que elogio galante e que determinação digna de um coração tão generoso como o vosso! — disse Carriazo. — Tudo isso cai muito bem a um Dom Tomás de Avendaño, filho de Dom Juan de Avendaño: cavaleiro, o que é bom; rico, o suficiente; jovem, o que alegra; prudente, o que admira; encantado e perdido de amores por uma fregona que serve na Pousada do Sevilhano!

— A mim parece que dá no mesmo considerar que um Dom Diego de Carriazo (filho de Dom Diego, sendo o pai cavaleiro da Ordem de Alcântara e o filho, primogênito, seu herdeiro, não menos nobre no corpo do que no caráter), com todos esses generosos atributos, esteja enamorado... de quem, se pensares bem? Da Rainha Ginebra?[25] Por certo que não, e sim da almadrava de Zahara que, pelo que sei, é mais feia do que as tentações de Santo Antão!

---

[24] Sacrário: Sacrário da Catedral de Toledo; Artifício de Juanelo: extraordinário engenho hidráulico projetado por Juanelo Turriano, para levar água do Rio Tejo à cidade de Toledo; Vistas de Santo Agostinho: paragens aprazíveis, próximas à ponte de São Martinho e ao Convento de Santo Agostinho, com vista para o rio, suas margens, jardins e horto, onde as pessoas passavam horas de lazer; Horto do Rei: local próximo ao Tejo, banhado por vários açudes; Vega: planície onde, no trecho próximo ao rio, havia vários hortos e engenhos que levavam água do Tejo para a cidade.

[25] Guinevere, ou Gwenhwyfar, rainha consorte do Rei Arthur.

— Quem com ferro fere, com ferro será ferido, amigo; me mataste com o mesmo golpe que te dei! — respondeu Carriazo. — Que morra aqui nossa pendência; vamos dormir e que Deus ajude que amanheça e nossa sorte melhore.

— Escuta, Carriazo, até agora não viste Costanza; quando vires, te darei licença para que me digas todas as injúrias e me faças todas as repreensões que quiseres.

— Já sei onde tudo isso vai parar — disse Carriazo.

— Onde? — replicou Avendaño.

— Eu irei embora para a minha almadrava e tu ficarás com tua fregona — disse Carriazo.

— Não serei tão feliz.

— Nem eu tão idiota, a ponto de seguir teu mau gosto e abandonar o meu, que é muito bom.

Em meio a essas conversas, chegaram à pousada e passaram metade da noite em outras semelhantes. Depois de dormirem por cerca de uma hora, segundo lhes pareceu, acordaram com o som de muitas *chirimías*,[26] que vinha da rua. Atentos, sentaram-se na cama. E disse Carriazo:

— Aposto que já é dia e que deve estar havendo alguma festa no Convento de Nossa Senhora do Carmo, que fica aqui perto. Por isso estão tocando essas *chirimías*.

— Não é por isso — respondeu Avendaño. — Pois não faz tanto tempo que dormimos, a ponto de já ser dia.

Estavam nisso quando ouviram que alguém os chamava, junto à porta do aposento. Perguntaram quem era e, de fora, alguém respondeu:

— Mancebos, se quereis ouvir uma boa música, levantai e olhai pelas grades que dão para a rua e ficam naquela sala em frente, onde não há ninguém.

Levantaram-se ambos e abriram a porta. Mas não viram pessoa alguma nem puderam saber quem os tinha avisado. Ao ouvirem o som de uma harpa, acreditaram que a música fosse mesmo de verdade. E assim, em roupas de dormir, como estavam, foram até a sala, onde já se encontravam outros três ou quatro hóspedes junto às grades. Acharam um lugar e dali a pouco, ao som da harpa e de uma viola, ouviram uma voz maravilhosa cantando este soneto, que não saiu mais da memória de Avendaño:

---

[26] Instrumento de sopro feito de madeira, semelhante ao clarinete, com dez orifícios e embocadura de palheta.

Raro, humilde ser, que elevas
A tão excelso cume a beleza,
Que nela se excedeu a Natureza
a si mesma; e ao céu a adiantas;

Se falas, se ris ou se cantas,
Se demonstras mansidão ou aspereza
(efeito apenas da tua gentileza),
As potências da nossa alma encantas.

Para que possa mais ser conhecida
A formosura sem par que possuis
E a alta honestidade que ostentas,
Deixa de servir, pois servida deves ser

Por todos que veem tuas mãos e face
Resplandecer por cetros e coroas.

Não foi preciso que alguém dissesse aos dois que aquela música era dedicada a Costanza, pois isso o soneto havia deixado bem claro... coisa que soou de tal maneira aos ouvidos de Avendaño, que ele bem desejaria ter nascido surdo e assim permanecer pelos dias de vida que lhe restavam, só para não tê-lo ouvido; pois a partir daquele momento sua vida passou a ser tão má quanto a de quem teve o coração traspassado pela implacável lança do ciúme. O pior era que não sabia de quem devia ou podia ter ciúme. Mas um dos homens que estavam junto à grade logo o tirou dessa dúvida, dizendo:

— Que bobo é o filho do corregedor, que se presta a fazer músicas para uma fregona...! De fato, ela é uma das mais belas moças que já vi (e olhe que já vi muitas), mas nem por isso ele deveria se declarar assim, publicamente.

A isso acrescentou outro, dos que estavam junto à grade:

— Pois em verdade ouvi dizer, como coisa muito certa, que ela o trata como se fosse ninguém. Aposto que ela agora está dormindo a sono solto, atrás da cama da sua ama, onde dizem que dorme, sem nem pensar em músicas ou canções.

— É verdade — replicou o outro. — Pois é a mais honesta donzela que existe; e é incrível que, estando nesta casa onde há tanto movimento e onde a cada dia chega gente nova, e andando por todos os aposentos, mesmo assim não se tenha notícia de um mínimo deslize dela.

Com isso que ouviu, Avendaño voltou à vida e recobrou ânimo para escutar muitas outras coisas que os músicos cantaram, ao som de diversos instrumentos, todas dirigidas a Costanza que, tal como tinha dito o hóspede, dormia tranquilamente.

Com a vinda do dia, foram-se embora os músicos, despedindo-se ao som das *chirimías*. Avendaño e Carriazo voltaram ao aposento. E quem pôde, dos dois, dormiu até de manhã, quando ambos se levantaram, desejosos de ver Costanza; mas o desejo de um era curiosidade e o do outro, paixão. Porém Costanza atendeu a ambos, ao sair da sala de seu amo tão formosa que até parecia que todos os elogios que o moço de mulas tinha feito eram insuficientes e nem um pouco justos.

Vestia uma saia e corpete verdes, com debruns do mesmo tecido. O corpete era curto, mas a camisa era alta, de gola dobrada e ornada de seda negra, como uma gargantilha de estrelas de azeviche sobre um pedaço de uma coluna da alabastro, pois não era menos alva sua garganta. Um cordão de São Francisco cingia-lhe a cintura, do qual, do lado direito, pendia um grande molho de chaves. Não usava chinelos, mas sapatos de sola dupla, vermelhos, com meias que não ficavam à mostra, exceto quando, por um lado, mostravam ser vermelhas também. Trazia os cabelos trançados com fitas brancas de seda, e tão longas eram as tranças que lhe caíam pelas costas até abaixo da cintura; os cabelos eram de uma cor que variava do castanho e chegava ao louro. Mas, ao que parecia, eram tão limpos, regulares e bem penteados que outros a eles não poderiam se comparar, ainda que fossem de fios de ouro. Pendiam-lhe das orelhas dois brincos de vidro, em forma de minúsculas cabaças, que mais pareciam pérolas. Os próprios cabelos serviam-lhe de touca e véu.

Ao sair da sala, Costanza persignou-se e fez o sinal da cruz; com muita calma e devoção, fez uma profunda reverência diante de uma imagem de Nossa Senhora que pendia de uma parede do pátio. Erguendo os olhos, deparou com os dois rapazes que a observavam; logo que os viu, retirou-se e voltou a entrar na sala de onde, erguendo a voz, ordenou a Argüello que se levantasse.

Resta agora dizer o que sentiu Carriazo diante da formosura de Costanza; quanto ao que sentiu Avendaño, já se disse, quando ele a viu pela primeira vez. Nada mais digo, senão que a Carriazo pareceu tão bela quanto ao seu companheiro Avendaño, mas ficou bem menos impressionado; tanto que nem queria anoitecer na pousada e sim partir logo para as suas almadravas.

Nisso, sob as ordens de Costanza, Argüello saiu para os corredores, acompanhada por duas moças altas e robustas, também criadas da casa, das quais diziam ser galegas, e havia várias, pois assim exigiam as muitas pessoas que acorriam à Pousada do Sevilhano, uma das melhores e mais frequentadas de Toledo. Também acorreram os criados dos hóspedes, em busca de cevada. O estalajadeiro apareceu para providenciar a cevada, maldizendo suas criadas, pois por culpa delas havia partido um criado que costumava anotar no livro de contas a quantidade distribuída, com muita parcimônia e razão, sem que faltasse um só grão. Avendaño, ao ouvi-lo, disse:

— Não se aflija, senhor estalajadeiro; dê-me o livro de contas que, durante os dias em que estiver aqui, anotarei muito bem a quantidade de cevada e palha que pedirem, de modo que o senhor nem dará pela falta do criado que partiu.

— Eu vos agradeço sinceramente, mancebo — respondeu o estalajadeiro. — Pois não posso dar conta disso; tenho muitas outras coisas a cuidar, fora de casa. Descei, que vos darei o livro; e olhai que esses moços de mulas são o próprio diabo e nos trapaceiam em quatro quartilhos de cevada com menos consciência do que se fossem de palha.

Avendaño desceu até o pátio e, dedicando-se ao livro, começou a despachar os pedidos como se fossem água, anotando tudo de modo tão organizado que o estalajadeiro, que o observava, ficou muito contente. Tanto, que disse:

— Se Deus permitisse que vosso amo não viesse e que tivésseis vontade de ficar por aqui, na minha casa, juro que seria bem melhor, porque o criado que foi embora e que chegou aqui há cerca de oito meses, magro e maltrapilho, agora tem dois pares de trajes muito bons e está gordo como uma lontra. Pois deveis saber, filho, que nesta casa recebereis muitos benefícios, além do pagamento pelo seu trabalho.

— Se eu ficasse — replicou Avendaño —, não faria questão de ganhar muito; ficaria feliz com qualquer coisa, a troco de estar nesta cidade que, segundo me disseram, é a melhor da Espanha.

— Ao menos está entre as melhores e que mais fartura oferecem — respondeu o estalajadeiro. — Mas ainda nos falta uma coisa, que é procurar alguém que possa buscar água no rio. Pois também se foi outro criado meu, que com um famoso burro que tenho dava conta de encher as tinas até transbordarem, deixando esta casa como um lago. Um dos motivos pelos quais os moços de mulas trazem seus amos a esta pousada é a fartura de água que sempre encontram aqui; e não precisam levar suas montarias ao rio, já que elas bebem dentro da pousada, nuns cochos grandes que temos.

Carriazo, que ouvia tudo isso, ao ver que Avendaño já estava devidamente acomodado e com trabalho na casa, não quis ficar de fora. E mais: sabia que Avendaño ficaria feliz, se o apoiasse em sua vontade. Por isso, disse ao estalajadeiro:

— Que venha o burro, senhor estalajadeiro, que tão bem quanto meu companheiro sabe cuidar de um livro de contas, saberei também encilhá-lo e carregá-lo.

— Sim — disse Avendaño. — Meu companheiro Lope Asturiano cuidará de trazer água como um príncipe, isso eu posso afiançar.

Argüello, que de uma varanda acompanhava atentamente a conversa, ao ouvir Avendaño dizer que afiançava seu companheiro, perguntou:

— Diz-me, gentil homem, quem te haverá de fiar? Pois na verdade me parece que mais tens necessidade de fiança do que de ser fiador.

— Cala-te, Argüello — disse o estalajadeiro. — Não te metas onde não te chamam. Eu afianço os dois. E, pela vida de todas vós, tratai de não entrar em altercações com os criados da casa, que por vossa causa todos me deixam.

— Pois então esses mancebos vão ficar na casa? — disse outra criada. — Valha-me Deus, que se eu viajasse com eles, não lhes confiaria o odre de vinho.

— Deixe de conversa, Senhora Galega — respondeu o estalajadeiro. — Cuide dos seus afazeres e não se meta com os moços, ou hei de moê-la a pauladas.

— Oh, sim, por certo, senhor! — replicou a Galega. — Olhai que joias para se cobiçar! Mas a verdade é que o senhor meu amo nunca me viu ser tão brincalhona com os criados da casa, nem com os de fora, para ter uma opinião assim tão ruim a meu respeito. Eles, sim, que são velhacos, que vão embora quando bem entendem, sem que a gente lhes dê motivo. São muito bonzinhos, por certo, com seus caprichos que os fazem largar seus amos quando eles menos esperam!

— Falais demais, irmã Galega — respondeu o estalajadeiro. — Tratai de selar a boca e cuidar dos vossos afazeres.

A essa altura, Carriazo já havia selado o burro e, montando-o de um salto, tomou o caminho do rio, deixando Avendaño muito feliz com sua generosa atitude.

E eis que aqui já temos, em boa hora se conte, Avendaño como criado da pousada, com o nome de Tomás Pedro (pois assim disse que se chamava); e Carriazo, com o nome de Lope Asturiano, como carregador de água: transformações dignas de ser antepostas às do narigudo poeta.[27] A duras penas, Argüello acabou por entender que os dois ficariam na casa; foi quando fez o propósito de adular o asturiano, marcando-o como seu, de modo que ainda que ele tivesse um caráter esquivo e solitário, pretendia deixá-lo mais suave do que uma luva. A melindrosa Galega fez o mesmo propósito com relação a Avendaño. E como as duas, pelo convívio, pelas conversas e pelo fato de dormirem juntas, fossem grandes amigas, sem demora trocaram confidências sobre suas intenções amorosas. E decidiram dar início, a partir daquela noite, à conquista de seus dois desapaixonados amantes. Mas a primeira resolução que tomaram foi pedir a ambos que não tivessem ciúme pelo que as vissem fazer de si mesmas, pois as moças mal podem satisfazer aos de dentro de casa se não fizerem, dos de fora, tributários.

— Calados, irmãos — diziam elas, como se os dois estivessem presentes e fossem já seus verdadeiros mancebos ou amancebados. — Calados e de olhos tapados; deixai que quem sabe faça soar o pandeiro e quem entende conduza a dança, e não haverá um par de boas-vidas nesta cidade mais regalados do que sereis, por essas vossas servas.

Essas e outras palavras de igual teor e jaez diziam a Galega e a Argüello enquanto nosso bom Lope Asturiano se dirigia ao rio, pela encosta do Carmen, com o pensamento posto em suas almadravas e em sua súbita mudança de situação. Quer tenha sido por isso ou porque o destino assim ordenasse, numa trilha estreita, enquanto descia a encosta, deparou com o asno de um aguador, que subia, carregado. E como Lope vinha descendo com um asno forte, valente e descansado, deu tamanho encontrão no asno exausto e fraco que subia que o jogou por terra. E como os cântaros se quebraram, derramou-se também a água e por essa desgraça o aguador antigo, despeitado e cheio de cólera, arremeteu contra o aguador novato, que ainda estava montado. Antes

---

[27] Referência a Públio Ovídio Nasão (43a.C.17/18 d.C.), poeta latino, autor de *Metamorfoses, Fastos, A arte de amar*, entre outras obras.

que o Asturiano pudesse reagir e apear, o aguador antigo já o havia atingido com uma dúzia de pauladas que não lhe fizeram nada bem.

O Asturiano por fim apeou, mas com tamanha fúria, que arremeteu contra seu inimigo e, apertando-lhe a garganta com ambas as mãos, atirou-o no chão; e com tal violência bateu a cabeça do homem numa pedra que a abriu em duas partes, fazendo brotar tanto sangue, que pensou que o tivesse matado.

Muitos outros aguadores que por ali passavam, ao ver o companheiro em tão má situação, avançaram contra Lope e o agarraram com força, gritando:

— Justiça, justiça! Esse aguador matou um homem! — E junto com esses argumentos e berros, moíam-no a murros e pauladas.

Alguns correram a socorrer o homem caído, que tinha a cabeça partida e estava já quase expirando. Os brados passaram de boca em boca ladeira acima, e na Praça do Carmen chegaram aos ouvidos de um aguazil que, junto com dois oficiais, mais depressa do que se voasse, chegou ao local da pendência no momento em que o ferido já estava deitado de bruços sobre seu burro, enquanto que o burro de Lope estava preso, e Lope estava cercado por mais de vinte aguadores que não o deixavam sequer se virar, pois lhe golpeavam as costelas de tal modo que mais se podia temer por sua vida do que pela vida do ferido, já que aqueles vingadores da injúria alheia amiudavam sobre ele os murros e as pauladas.

Chegou o aguazil, apartou as pessoas e entregou Lope Asturiano aos oficiais. Então, puxando o burro de Lope pelas rédeas, assim como o do ferido, levou todos para a prisão, acompanhado por tanta gente e tantos meninos que o seguiam, que todos mal podiam caminhar pelas ruas.

Ao ouvir o rumor da multidão, Tomás Pedro e seu amo saíram à porta da pousada para saber qual o motivo de tanta gritaria; e então avistaram Lope entre dois oficiais, com o rosto e a boca ensanguentados. O estalajadeiro logo tentou avistar seu burro e encontrou-o em poder de outro oficial que a eles havia se juntado. Perguntou a causa daquelas prisões e contaram-lhe a verdade sobre o que tinha acontecido. Lamentou então por seu burro, com medo de perdê-lo ou, ao menos, de ter que pagar mais do que o animal valia, para recuperá-lo.

Tomás Pedro seguiu seu companheiro, sem que o deixassem se aproximar para lhe dizer ao menos uma palavra, tantas eram as pessoas que o impediam e tanta era a vigilância dos oficiais e do aguazil que o conduziam. Enfim, não o deixou enquanto não o viu ser posto na prisão, num calabouço, com dois pares de grilhões. Viu também quando levaram o ferido à enfermaria, onde foi tratado; viu ainda que o ferimento era grave, e muito, e o mesmo disse o cirurgião.

O aguazil levou os dois burros para casa, além de cinco moedas de oito reais, que os oficiais tinham tirado de Lope.

Triste e confuso, Tomás Pedro voltou à pousada. Encontrou, não menos pesaroso do que ele, o homem a quem já considerava como amo; falou-lhe sobre a situação em que se encontrava seu companheiro, o perigo de morte que o ferido corria e o que sucedera ao seu burro. Disse ainda que à sua desgraça havia se somado outra, não menos desagradável: tinha encontrado um amigo de seu senhor, que lhe dissera que este, por estar com pressa e para poupar duas léguas de caminhada, tinha atravessado de Madri para Aceca de barca[28] e naquela noite dormiria em Orgaz. Dissera também que seu senhor havia lhe dado doze escudos para que os entregasse a ele, Tomás Pedro, junto com a ordem de que partisse para Sevilha, onde o aguardava.

— Mas não poderei fazê-lo — disse Tomás Pedro —, pois este não será motivo para que eu deixe meu amigo e camarada na prisão, correndo tanto perigo. Por ora, meu amo poderá me perdoar; ainda mais porque ele é tão bom e honrado que será tolerante com qualquer falta que eu cometer, desde que seja pelo bem do meu camarada. Vossa mercê, senhor meu amo, queira receber este dinheiro e cuidar desse assunto; enquanto isso, escreverei ao meu senhor sobre o que está acontecendo e sei que ele me enviará uma quantia suficiente para nos tirar de qualquer perigo.

O estalajadeiro abriu um palmo de olhos, feliz por ver que em parte ia sanando a perda de seu burro. Aceitou o dinheiro e consolou Tomás, dizendo-lhe que conhecia pessoas de posição, em Toledo, que tinham muita influência junto à justiça, especialmente uma senhora que era freira, parenta do corregedor, a quem tinha sob seu tacão, e que uma lavadeira do convento da tal freira tinha uma filha que era grande amiga de uma irmã de um frei muito próximo e amigo do confessor da dita freira, e essa lavadeira lavava a roupa em casa.

— E assim que ela pedir à filha (certamente pedirá!) que converse com a irmã do frade para que ele peça ao seu irmão que fale com o confessor, que por sua vez falará com a freira... E assim que a freira

---

[28] Barca que cruzava o Tejo, na altura de Aceca, cidade próxima a Orgaz.

concordar em entregar um bilhete ao corregedor (coisa muito fácil!), no qual lhe pedirá encarecidamente que cuide do caso de Lope, sem dúvida alguma poderemos esperar um bom desfecho! Assim será, desde que aquele aguador não morra e que não falte unguento para untar as mãos de todos os oficiais da Justiça que, sem isso, gemem mais do que um carro de boi.

 Muito agradou a Tomás o oferecimento de privilégios que seu amo lhe fazia, bem como os infinitos e emaranhados meios pelos quais deveria acontecer. E apesar de perceber que o homem assim havia dito mais por zombaria do que por inocência, agradeceu-o pela boa vontade e entregou-lhe o dinheiro, com a promessa de que não faltaria muito mais, pois, tal como já tinha dito, confiava em seu senhor.

 Argüello, ao saber que seu novo amante estava na prisão, logo correu até lá para levar-lhe algo de comer, mas não permitiram que o visse, o que a fez voltar, muito ressentida e infeliz, mas nem por isso desistiu de seu bom propósito.

 Em resumo, em quinze dias o ferido ficou fora de perigo e em vinte o cirurgião declarou-o totalmente curado. Nesse ínterim, Tomás já havia encontrado um jeito de fazer parecer que tinha recebido cinquenta escudos de Sevilha. Tirando-os do peito, entregou-os ao estalajadeiro, junto com cartas e uma ordem de crédito, todas falsas, de seu suposto amo. E o estalajadeiro, a quem pouco importava averiguar a autenticidade daquela correspondência, recebeu o dinheiro que, por ser em escudos de ouro, muito o alegrou.

 Por seis ducados, a queixa do ferido foi retirada. O Asturiano foi sentenciado em dez ducados, além do burro e das custas. Assim, ele saiu da prisão, mas não quis voltar para junto do companheiro, com a justificativa de que, nos dias em que estivera preso, Argüello o havia visitado e exigido seu amor, coisa que para ele era tão penosa e desagradável, que antes se deixaria enforcar que corresponder ao desejo de tão infame mulher. E o que pensava fazer agora (já que estava decidido a seguir e realizar seu propósito) era comprar um burro e trabalhar no ofício de aguador, enquanto estivessem em Toledo. Com esse disfarce, não seria julgado nem preso como vagabundo, e com um só carregamento de água poderia andar o dia todo pela cidade, livre, distraído, olhando para qualquer mulher.

 — Verás antes formosas do que "quaisquer" nesta cidade, famosa por ter as mulheres mais recatadas da Espanha, recato que anda par a par com a formosura. Se isso te parece pouco, olha Costancica: as sobras de sua beleza podem enriquecer não só as formosas desta cidade, mas as do mundo inteiro.

— Devagar, Senhor Tomás — replicou Lope. — Vamos aos pouquinhos nesses louvores à senhora fregona, a menos que queiras que eu, além de te considerar louco, te considere herege.

— Fregona? Chamaste Costanza de fregona, irmão Lope? — respondeu Tomás. — Que Deus te perdoe e te faça reconhecer verdadeiramente o teu erro.

— Pois não é fregona? — replicou o Asturiano.

— Até agora não a vi lavar o primeiro prato. — Se a viste lavar o segundo ou o centésimo prato, não faz mal que não a tenhas visto lavar o primeiro — disse Lope.

— Pois te digo, irmão — replicou Tomás — que ela não lava nem faz outra coisa que não suas costuras e bordados, além de cuidar da prataria da casa, que é muita.

— Mas se ela não é uma criada, por que a chamam de fregona ilustre em toda a cidade? — disse Lope. — Sem dúvida deve ser porque ela limpa a prataria e não a louça, daí o nome "ilustre". Mas, deixando isso de lado, diz-me, Tomás, em que ponto estão tuas esperanças?

— Em ponto de perdição — respondeu Tomás. — Pois em todos esses dias em que estiveste preso nunca pude lhe dizer uma palavra. E às muitas que os hóspedes lhe dizem ela não responde com outra coisa que não seja baixar os olhos e manter os lábios selados; sua honestidade e seu recato são de tal vulto que esse retraimento não encanta menos que sua formosura. O que me faz perder a paciência é saber que o filho do corregedor, moço garboso e um tanto atrevido, morre de amores por ela e faz-lhe a corte com músicas; poucas noites se passam sem que ele assim a corteje, e tão a descoberto que os que cantam a nomeiam, louvam e festejam. Ela, porém, nem ouve; desde que anoitece, até o amanhecer, permanece no quarto da sua ama. E esse escudo impede que a dura seta do ciúme me transpasse o coração.

— E o que pensas fazer com esse "impossível" que a ti se apresenta, na conquista dessa Pórcia, dessa Minerva, dessa nova Penélope[29] que

---

[29] Pórcia: matou-se quando soube da morte de Brutus, seu marido e um dos assassinos de César. Minerva; deusa da Sabedoria, das Artes, das Ciências, da guerra e das Habilidades que, entre outras coisas, presidia os trabalhos de costura e bordados. Penélope: mulher de Ulisses, célebre por sua fidelidade e resistência ao assédio de seus pretendentes, ao longo dos vinte anos de ausência do marido.

na forma de donzela e fregona te encanta, te acovarda e te faz perder os sentidos?

— Zomba de mim o quanto quiseres, amigo Lope, mas sei que estou enamorado do mais formoso rosto que a natureza já pôde criar e da mais incomparável integridade que pode existir no mundo. Ela se chama Costanza e não Pórcia, Minerva ou Penélope; trabalha numa estalagem, isso não posso negar. Mas o que posso fazer, se me parece que o destino, com força oculta, a isso me obriga; e o livre-arbítrio, com claro discurso, me leva a adorá-la? Vê, amigo — prosseguiu Tomás —, não sei como te dizer que o amor que tenho por essa fregona, tal como tu a nomeias, a ergue e eleva tão alto, de modo que, vendo-a, não a vejo e, conhecendo-a, desconheço-a. Não me é possível, ainda que eu tente, contemplá-la, por um breve momento, na sua baixa condição (se é que assim se pode dizer), pois logo acorrem, para apagar esse pensamento, sua beleza, sua graça, sua calma, sua integridade e seu recato, dando-me a entender que sob aquela casca rústica deve estar oculta e encerrada alguma mina de grande valor e merecimento. Enfim, seja lá o que for, eu a quero bem, não com aquele amor vulgar com que já quis a outras, mas sim com um amor tão puro que não vai além de servir e tentar que ela me ame, retribuindo, com sincera intenção, o que à minha, também sincera, é devido.

A essa altura o Asturiano, em altos brados, como se exclamasse, disse:

— Oh, amor platônico! Oh, ilustre fregona! Oh, felicíssimo tempo o nosso, no qual vemos que a beleza encanta sem malícia, a integridade aquece sem abrasar, a graça dá prazer sem incitar e a baixeza da condição de humilde obriga e ordena que a elevem à assim chamada Roda da Fortuna! Oh, pobres atuns meus, que neste ano não recebereis a visita deste vosso aficionado e admirador! Mas no ano que vem haverei de compensar essa falta, de tal maneira que não se queixarão de mim os maiorais das minhas tão sonhadas almadravas!

A isso, disse Tomás:

— Já vejo, Asturiano, que tão abertamente zombas de mim. O que podes fazer é partir, em boa hora, para tua pescaria; eu ficarei por aqui, na pousada, e aqui me encontrarás quando voltares. Se quiseres levar contigo a parte do dinheiro que te cabe, logo te darei; e que vás em paz, e que sigamos, cada um, a trilha por onde o destino nos guiar.

— Pensei que fosses mais inteligente — replicou Lope. — Não vês que estou brincando? Mas já sei que falas com sinceridade, e com sinceridade te servirei em tudo o que for do teu agrado. Peço-te apenas uma coisa, como recompensa das muitas que penso fazer em teu favor: que não me ponhas em situação na qual a Argüello me corteje ou solicite; pois prefiro romper minha amizade contigo a expor-me ao perigo de ter a dela. Por Deus, amigo, que ela fala mais do que um relator e a uma légua de distância dá para sentir seu hálito de vinho; todos os seus dentes de cima são postiços e tenho para mim que sua cabeleira é uma peruca. E para ajustar e corrigir essas falhas, depois que me revelou suas más intenções, deu para maquiar-se com alvaiade e assim empoa o rosto, que mais parece uma máscara de puro gesso.

— Tudo isso é verdade — replicou Tomás. — E não é tão má a Galega que me atormenta. O que podes fazer é passar esta noite, somente, na pousada. Amanhã comprarás o burro de que falaste e procurarás um lugar para ficar. Assim, fugirás dos ataques da Argüello e eu ficarei sujeito aos da Galega e aos irreparáveis raios dos olhos da minha Costanza.

Assim ficou acordado entre os dois amigos, que seguiram para a pousada, onde o Asturiano foi recebido com demonstrações de muito amor por parte da Argüello. Naquela noite os moços de mula que ali estavam, bem como os das pousadas vizinhas, fizeram um baile junto à porta. Quem tocou violão foi o Asturiano. As dançarinas, além das duas galegas e da Argüello, foram três moças de outra pousada. A eles se juntaram muitos homens com o rosto parcialmente oculto, mais desejosos de ver Costanza do que as danças. Porém, ela não apareceu nem saiu para assistir ao baile, burlando, assim, muitos desejos.

Lope tocava violão de tal maneira, que diziam que o fazia falar. Os rapazes — e também a Argüello, com muita insistência — pediram-lhe que cantasse algum romance. Ele disse que cantaria, sim, desde que as moças bailassem tal como se canta e se dança nas comédias. E, para não errar, deveriam fazer tudo que ele indicasse enquanto cantava. Isso, e nada mais.

Havia entre os moços de mulas alguns dançarinos, nem mais nem menos do que entre as moças. Lope limpou o peito, pigarreando por duas vezes, preparando-se para cantar, enquanto pensava no que faria. E como possuía uma mente rápida, ágil e criativa, entrando numa felicíssima corrente de improviso, começou a cantar assim:

> Que saia a formosa Argüello,
> que foi moça uma vez e não mais,

e fazendo uma reverência,
dê dois passos para trás.

Que pela mão a arrebate
aquele a quem chamam Barrabás,
andaluz, moço de mulas
e cônego do Compás.[30]

Das duas moças galegas
que nesta pousada estão,
que saia a de cara mais cheia
em roupas de baixo e sem avental.

Que a agarre Torote
e que os quatro a um só tempo,
com cadência e com meneios,
deem início a um contrapasso.

Literalmente, eles e elas faziam tudo o que o Asturiano ia cantando. Mas quando ele disse que dessem início a um contrapasso, Barrabás (pois assim chamavam, por esse mau nome, aquele dançarino e moço de mulas) respondeu:

— Irmão músico, vê lá o que cantas e não chames ninguém de malvestido, pois aqui não há ninguém com trapos e cada um se veste como Deus permite.

O estalajadeiro, diante da ignorância do rapaz, disse-lhe:

— Irmão moço de mulas, *contrapasso* (e não *com trapos*) é um tipo de dança estrangeira e não um motejo sobre os malvestidos.

— Se é assim, não temos por que discutir mais — replicou o moço de mulas. — Toquem suas sarabandas, chaconas e folias[31] conforme o costume e dancem à vontade e o quanto quiserem, que aqui tem gente capaz de encher as medidas até o gargalo!

O Asturiano, sem replicar palavra, prosseguiu com seu canto:

---

[30] Assim se chamava a zona de prostituição de Sevilha. Cônego, na gíria e no contexto: boa-vida.

[31] Sobre sarabanda e chacona, ver notas 36 e 102 da novela "O Colóquio dos Cães". Sobre as folias: danças oriundas das Ilhas Canárias e de Portugal, eram bem populares e ruidosas, geralmente executadas por muitos dançarinos, com grande estrépito.

Entrem, pois, todas as ninfas
E os ninfos que hão de entrar,
que a dança da chacona
é mais ancha do que o mar.

Puxem as castanholas
e abaixem-se para esfregar
as mãos nessa areia
ou terra do muladar.

Todos fizeram muito bem
não tenho o que retificar;
benzam-se e façam ao diabo
duas figas do seu "figal".[32]

Cuspam no filho da puta
para que nos deixe folgar,
posto que da chacona
não costuma, jamais, se afastar.

Vou tocar outra música, divina Argüello,
mais bela que um hospital;
pois és minha nova musa
e teus favores me queres dar.

No baile da chacona
se encerra a vida boa.

Nela está o exercício
que a saúde proporciona,
sacudindo dos membros
a indolente preguiça.

Aviva-se o riso no peito
de quem dança e de quem toca,

---

[32] No original, *y den al diablo dos higas de su higueral; dar higas*: gesto de menosprezo, de escárnio, ou como "fazer figa", em português, para esconjurar alguém ou afastar o azar; figal: jogo com a palavra "higueral", plantação de figueiras.

de quem vê e de quem ouve
o baile e a sonora música.

Os pés são puro azougue,
a pessoa se desmancha
e pelo prazer dos seus donos
os calçados perdem a sola.

O brio e a presteza
nos velhos se remoçam,
nos jovens se elevam
e sobremodo vigoram.

Pois no baile da chacona
se encerra a vida boa.

Quantas vezes tentou
essa nobre senhora
dançar a alegre sarabanda,
o *Pésame* e a *Perra Mora*,[33]

Entrar pelas frinchas
das casas religiosas
e perturbar a integridade
que nas santas celas mora!

E quanto foi vituperada
pelos mesmos que a adoram!
Porque o lascivo imagina
e o néscio por ela anseia.

Pois no baile da chacona
se encerra a vida boa.

---

[33] São também danças da época. Sobre *Pésame*, ver nota 30 da novela "O Estremenho Ciumento". Sobre *Perra Mora*, ver Glossário.

> Essa indiana amulatada,
> de quem a fama apregoa
> que cometeu mais sacrilégios
> e insultos que fez Aroba;
>
> Essa, de quem é tributária
> a turba das criadas,
> a malta dos pajens
> e as tropas de lacaios,
>
> diz, jura e não se desfaz,
> pois apesar da pessoa
> do soberbo *zambapalo*,[34]
> ela é a fina flor,
>
> *É que só na chacona*
> *se encerra a vida boa.*

Enquanto Lope cantava, a turba de moços de mulas e criadas, que agora chegavam a doze, se acabava nas danças. E quando Lope se preparava para prosseguir, cantando outras coisas de maior vulto, substância e consideração que as já cantadas, um dos muitos que traziam o rosto parcialmente oculto e que assistiam ao baile disse, sem se mostrar:

— Cala-te, bêbado! Cala-te, odre! Cala-te, *odrina*,[35] poeta ruim, falso músico!

Depois disso, outros se somaram, com tantas injúrias e caretas que Lope achou por bem se calar. Mas os moços de mulas se enfureceram de tal forma que, se não fosse pelo estalajadeiro, que com bons argumentos conseguiu acalmá-los, a briga seria feia. Apesar de tudo, teriam continuado a dançar, não fosse a chegada da Justiça, que fez com que todos se recolhessem.

Porém, mal haviam se retirado quando chegou aos ouvidos dos que ainda estavam despertos, no bairro, a voz de um homem que, sentado

---

[34] Dança originária das Índias Ocidentais, em voga na Espanha nos séculos XVI e XVII.
[35] O odre era feito com couro de carneiro e a odrina, com couro de boi. Mas "estar feito uma odrina" significava estar cheio de doenças e chagas.

numa pedra, diante da Pousada do Sevilhano, cantava com tão suave e maravilhosa harmonia que deixou todos encantados, obrigando-os a que o ouvissem até o fim. O mais atento era Tomás Pedro, além de ser o mais comovido, não só pela música, mas também por entender a letra. Mas, para ele, isso não era ouvir canções e sim cartas de excomunhão que torturavam sua alma, pois o que o músico cantou foi este romance:

> Onde estás, que não apareces,
> céu de formosura,
> beleza da vida humana
> de divina compostura?
> Céu empíreo, onde o Amor
> tem sua estância segura;
> primeiro móbil que arrebata
> atrás de si todas as venturas;
> lugar cristalino onde
> transparentes águas puras
> refrescam de amor as chamas,
> fazem-nas crescer e apuram;
> novo formoso firmamento,
> onde duas estrelas[36] juntas,
> sem tomar luz emprestada,
> ao céu e à terra iluminam;
> alegria que se opõe
> às tristezas confusas
> do pai que dá a seus filhos
> no seu ventre sepultura;[37]
> humildade que resiste
> à altura à qual elevam
> o grande Jove,[38] a quem influi
> sua benevolência, que é muita.
> Rede invisível e sutil,
> que põe em duras prisões
> o adúltero guerreiro

---

[36] Vênus e Marte.
[37] Referência a Saturno que, para cumprir uma promessa feita aos Titãs, devorava os filhos assim que nasciam. (Ver Glossário)
[38] Júpiter.

que das batalhas triunfa;[39]
quarto céu e sol segundo,[40]
que o primeiro deixa às escuras,
quando acaso se deixa ver;
que vê-lo é acaso e ventura;
grave embaixador,[41] que falas
com tão singular cordura,
que persuades calando,
ainda mais do que procuras;
do segundo céu tens
não mais que a formosura,
e do primeiro, não mais
que o resplendor da lua;[42]
esse céu sois, Costanza,
posta, por triste fortuna,
num lugar que, por indigno,
vossas venturas ofusca.
Fabricai, pois, vossa sorte,
consentindo que se reduza
a inteireza ao trato comum,
a esquivez à brandura.
Com isso vereis, senhora,
que invejam vossa fortuna
as soberbas por linhagem,
as grandes por formosura.
Se quereis atalhar caminho,
o mais rico e o mais puro
desejo em mim vos ofereço
que amor não viu em alma alguma.

O cantar desses últimos versos e a chegada de dois meios-tijolos, que voaram na direção do músico, aconteceram a um só tempo. E se os tijolos, que caíram junto aos seus pés, tivessem acertado o meio de sua cabeça, com facilidade teriam lhe tirado dos miolos a música e a

---

[39] Marte, deus romano da guerra.
[40] O céu de Vênus. Sol segundo: Apolo.
[41] Mercúrio: mensageiro dos deuses e deus da eloquência.
[42] Diana: deusa noite, da lua e da caça.

poesia. Assustado, o pobre disparou a correr ladeira acima com tanta pressa, que um galgo não o alcançaria. Infeliz é a situação dos músicos, morcegos e corujas, sempre sujeitos a semelhantes chuvas e desgraças! A todos que tinham ouvido o apedrejado, sua voz pareceu boa. Mas quem a achou ainda melhor foi Tomás Pedro, que a admirou tanto quanto admirou o romance. Mas quisera que tivesse nascido de outra, e não de Costanza, a motivação de tantas músicas, embora nenhuma chegasse, jamais, aos ouvidos dela.

Contrário a esse parecer foi Barrabás, o moço de mulas, que também tinha estado atento à música. E ao ver o músico fugir, disse:

— Vai, mentecapto, trovador de Judas, que pulgas te comam os olhos! Quem diabos te ensinou a cantar a uma fregona coisas de altas esferas e céus, chamando-a de luas, martes e rodas da fortuna? Antes dissesses, para teu desgosto e dos que apreciaram tua trova, que ela é tesa como um aspargo, vistosa como uma ave de bela plumagem, alva como leite, pura como um noviço, melindrosa e arisca como uma mula de aluguel e mais dura que argamassa; se tivesses falado assim, ela teria entendido e ficado feliz. Mas chamá-la de embaixador, de rede, de móbil, de alteza e baixeza... é coisa mais cabível de se dizer a um estudante da Doutrina[43] do que a uma fregona. Verdadeiramente, há poetas no mundo que escrevem trovas que nem o diabo entende. Eu, pelo menos, embora seja Barrabás, não entendi de jeito nenhum o que esse músico cantou... Imaginem então Costancica! Mas ela faz muito bem e melhor do que eu, pois está na sua cama, fazendo troça até do Preste João das Índias.[44] Ao menos esse músico não é daqueles do filho do corregedor, pois aqueles são muitos, e vez por outra se fazem entender. Mas esse, nossa, esse me dá desgosto!

Todos ouviram Barrabás com muito gosto, concordando e achando muito acertadas sua opinião e crítica.

Com isso, todos foram dormir. E mal as pessoas tinham se acalmado, quando Lope ouviu que batiam à sua porta, com muita cautela, ao que parecia. Perguntando quem era, ouviu, em voz baixa, a seguinte resposta:

— Aqui somos a Argüello e a Galega. Abre, que morremos de frio.

— Como, se estamos em pleno verão? — respondeu Lope.

---

[43] No original, *niño de la dotrina*.
[44] Ver nota 26 da novela "O estremenho ciumento".

— Deixa de graça, Lope — replicou a Galega. — Levanta-te e abre, que viemos feito umas arquiduquesas.

— Arquiduquesas, a essa hora? — respondeu Lope. — Não acredito! Antes, creio que sois bruxas, ou grandessíssimas velhacas! Ide embora logo, senão... Juro pela minha vida que se me levantar daqui deixarei vossos traseiros como papoulas, com a fivela do meu cinto!

Ambas, recebendo essa resposta tão hostil e contrária ao que esperavam, temeram a fúria do Asturiano. Com as esperanças frustradas e o propósito dissipado, voltaram aos seus leitos, tristes e infelizes. Mas antes de se afastar da porta, a Argüello, enfiando o nariz no vão da fechadura, disse:

— O mel não é mesmo para a boca do burro.

E com isso, como se tivesse proferido uma grande sentença e levado a cabo uma justa vingança, voltou, como já se disse, à sua triste cama.

Lope, sentindo que tinham ido embora, disse a Tomás Pedro, que estava acordado:

— Olha, Tomás: podeis me pôr para lutar com dois gigantes ou numa ocasião que, estando a vosso serviço, me seja forçoso quebrar o queixo de meia dúzia ou até de uma dúzia de valentes, que para mim será mais fácil do que beber uma taça de vinho. Mas ser posto, desarmado, diante da Argüello, é coisa que não consentirei, nem sob ameaça de uma chuva de flechas! Vê que donzelas da Dinamarca a sorte nos ofereceu, nesta noite! Mas, bem, amanhã será outro dia, e melhor, se Deus quiser.

— Já te disse, amigo — respondeu Tomás. — Podes fazer as coisas a teu gosto: ou partir já para tua romaria, ou comprar o burro e tornar-te aguador, como já havias decidido.

— Escolho ser aguador — respondeu Lope. — Agora, durmamos o pouco que nos resta, antes da chegada do dia, pois tenho a cabeça cheia, maior do que uma cuba; e não estou com ânimo para discutir.

Dormiram, veio o dia, levantaram-se; Tomás foi cuidar de distribuir cevada e Lope foi ao mercado de animais, bem perto dali, para comprar um bom burro.

Sucedeu, pois, que Tomás, levado por seus pensamentos e pela comodidade que lhe dava a solidão das sestas, tinha composto uns versos de amor, escrevendo-os no mesmo livro no qual anotava as contas da cevada. Tencionava transcrevê-los depois, passando-os a limpo, para então apagar ou arrancar as folhas onde os escrevera. Mas antes que assim fizesse, tendo estado fora da pousada e deixado o livro sobre o caixão da cevada, aconteceu que o estalajadeiro o encontrou. Ao abrir o livro para ver como estavam as contas, deparou com os versos que, depois de lidos, o deixaram perturbado e cheio de sobressaltos.

Levou, então, os versos para mostrar à sua mulher. Mas antes que os lesse chamou Costanza. E com muita veemência, mesclada a ameaças, ordenou que lhe contasse se Tomás Pedro, o criado responsável pela cevada, a havia cortejado alguma vez ou dito alguma palavra maliciosa, ou qualquer coisa que desse indício de que lhe tinha afeição. Costanza jurou que a primeira palavra, referente àquele ou a qualquer outro assunto, ainda estava para ser dita, e que jamais, nem mesmo com os olhos, Tomás lhe dera mostras de qualquer má intenção.

Os amos acreditaram nela, pois estavam acostumados a ouvi-la responder sempre a verdade em tudo que lhe perguntavam. Disseram-lhe que podia sair e então o estalajadeiro comentou com a mulher:

— Não sei o que pensar sobre isso. Deveis saber, senhora, que Tomás tem escritas, neste livro da cevada, umas coplas que me deixam intrigado; acho que ele se apaixonou por Costanza.

— Vejamos as coplas — respondeu a mulher. — E então direi se têm algo a ver com isso.

— Assim será, sem dúvida alguma — replicou o marido. — Como sois poeta, logo percebereis o sentido.

— Não sou poeta — respondeu a mulher. — Mas sabeis que tenho bom entendimento e que sei rezar, em latim, as quatro orações.[45]

— Melhor faríeis se rezásseis na nossa língua, pois já disse o clérigo, vosso tio, que dizeis mil bobagens quando rezais em latim e, no fim, não rezais coisa nenhuma.[46]

— Essa flechada partiu da aljava de vossa sobrinha, que tem inveja de me ver pegar as *Horas*[47] em latim e rezar todas elas com a maior facilidade.

— Seja como quiserdes — respondeu o estalajadeiro. — Mas prestai atenção, que as coplas são estas:

---

[45] Pai-Nosso, Ave-Maria, Credo e Salve Rainha. (Ssó)

[46] No original, *mil gazafatones*: expressão que significa dizer inocente e distraidamente uma palavra, mas de modo incorreto, fazendo-a soar como outra, às vezes com significado malicioso e dúbio. (Sieber)

[47] O Livro das Horas.

Quem no amor venturas acha?
Aquele que se cala.
Quem triunfa sobre sua aspereza?
A firmeza.
Quem dá alcance à sua alegria?
A porfia.
Desse modo, eu bem poderia
esperar ditosa glória
se nessa empresa minha alma
se cala, se firma e porfia.
Com que se sustenta o amor?
Com favor.
E com que míngua sua fúria?
Com a injúria.
Antes com desdéns cresce?
Desfalece.
Claro que nisso parece
Que meu amor será imortal,
pois a causa do meu mal
nem injuria nem favorece.

Quem desespera... que espera?
Morte total.
Pois que morte o mal remedeia?
A que é parcial.
Logo, será bom morrer?
Melhor sofrer.

Pois se costuma dizer,
e que essa verdade se prove,
que depois da esquiva tormenta
costuma vir a calma.

Revelarei minha paixão?
Se tiver ocasião.
E se jamais a tiver?
Sim, terei.
Enquanto isso, virá a morte.
Que venha, então.

> Mas tenho pura fé e esperança,
> Que, ao sabê-lo, Costanza
> converta em riso esse pranto.

— Tem mais? — perguntou a mulher do estalajadeiro.
— Não — respondeu o marido. — Mas o que pensais desses versos?
— Primeiro é preciso averiguar se são de Tomás — disse ela.
— Disso não há dúvida — replicou o marido. — Pois a letra das contas da cevada e das coplas é a mesma, não há como negar.
— Olhai, marido — disse a mulher do estalajadeiro —, pelo que vejo, já que as coplas falam de Costancica, e por aí se pode pensar que foram feitas para ela, nem por isso podemos afirmar com certeza que foi o rapaz, como se o tivéssemos visto escrevê-las. Além disso, há outras Costanzas como a nossa, no mundo. Mas mesmo que ele tenha escrito para essa Costanza, nada disse que a desonrasse, nem lhe pediu coisas que importem. Então, vamos ficar atentos e avisar a moça, pois se o rapaz está mesmo apaixonado, é certo que fará mais coplas e que tentará entregá-las.
— Não seria melhor mandá-lo embora e assim nos livrarmos de todos esses cuidados?
— Isso está em vossas mãos. Mas se é verdade, como dizeis, que o moço trabalha bem, não sei como ficaria nossa consciência se o despedíssemos por um motivo tão leviano.
— Bem — disse o marido. — Ficaremos atentos, como dizeis, e o tempo nos dirá o que fazer.

Assim combinaram, e o estalajadeiro tornou a pôr o livro onde o havia encontrado. Tomás voltou, ansioso, procurou pelo livro, achou-o e, para não sofrer outro susto, copiou as coplas, arrancou aquelas folhas e decidiu aventurar-se a revelar seu desejo a Costanza, na primeira ocasião que fosse propícia. Mas como Costanza andava sempre precavida, amparada por sua integridade e recato, não dando a ninguém a oportunidade de olhá-la e muito menos de falar-lhe, e como geralmente havia muita gente e muitos olhos na pousada, a dificuldade de falar com ela aumentava ainda mais, levando o pobre enamorado ao desespero.

Mas como naquele dia Costanza tivesse saído com uma touca que lhe cobria ambas as bochechas e respondesse, quando alguém lhe perguntou o motivo de estar assim, que tinha uma forte dor de dente, Tomás, a quem o desejo avivava o entendimento, pensou rápido no que seria bom fazer... e disse:

— Senhora Costanza, eu lhe darei uma oração por escrito; e se a rezar por duas vezes, a dor passará como se fosse tirada com a mão.

— Em boa hora! — respondeu Costanza. — Vou rezá-la, pois sei ler.

— Mas há de ser com uma condição... — disse Tomás. — A de que a senhora não mostre a oração a ninguém, pois a estimo bastante e não será bom que, sendo por muitos conhecida, seja depreciada.

— Eu prometo, Tomás, mas me dê, logo, pois essa dor muito me fatiga — disse Costanza.

— Vou escrevê-la de memória — disse Tomás. — E logo lhe darei.

Foram essas as primeiras palavras que Tomás disse a Costanza e Costanza a Tomás, desde que ele chegara à casa; e esse tempo já passava de vinte e quatro dias. Tomás afastou-se, escreveu a oração e teve oportunidade de entregá-la a Costanza sem que ninguém o visse. Ela, com muito gosto e uma devoção ainda maior, entrou num aposento e ali, sozinha, abriu o papel, que assim dizia:

Senhora de minha alma: sou um cavaleiro natural de Burgos; e se sobreviver a meu pai, herdarei um patrimônio de seis mil ducados de renda. Devido à fama de vossa formosura, que por muitas léguas se estende, deixei minha pátria, troquei de trajes e, vestido como agora me vês, vim servir a vosso amo. Se quiserdes ser minha senhora e dona, pelos meios que mais convenham à vossa honestidade, olhai que provas quereis que eu apresente, para que vos inteireis dessa verdade; e dela inteirada, se for assim do vosso agrado, serei vosso esposo e me considerarei o homem mais feliz do mundo. Somente, por ora, peço-vos que não lançais à rua minhas tão puras e enamoradas intenções; pois se vosso amo descobrir e delas duvidar, me condenará ao desterro da vossa presença, o que seria o mesmo que me condenar à morte. Deixai, senhora, que eu vos veja até que possais em mim acreditar, considerando que não merece o rigoroso castigo de não vos ver aquele que não tem outra culpa senão a de vos adorar. Podereis responder-me com os olhos, às ocultas dos muitos que estão sempre olhando para eles, que são tais que, se irados, matam; e se compassivos, ressuscitam.

Percebendo que Costanza tinha ido ler o papel, Tomás sentiu o coração palpitar, temendo e esperando, ou já sua sentença de morte, ou já a restauração de sua vida. Por fim Costanza saiu do quarto, tão formosa, mesmo com o rosto parcialmente oculto, que se sua beleza pudesse se tornar ainda maior, por conta de algum incidente, poder-se-ia julgar que o sobressalto de ter visto, no papel que Tomás havia lhe dado, algo tão diferente do que imaginava, a havia aumentado. Com o papel picado entre as mãos, ela disse a Tomás, que mal podia manter-se em pé:

— Irmão Tomás, essa tua oração mais parece feitiçaria e embuste do que uma oração santa. Portanto, não quero nela crer, nem utilizá-la. Por isso rasguei-a, para que ninguém, mais crédulo do que eu, possa vê-la. Trata de aprender outras orações mais fáceis, pois desta será impossível que tires algum proveito.

Assim dizendo, entrou e foi juntar-se à sua ama, deixando Tomás atônito, mas não de todo desconsolado, por ver que somente no peito de Costanza permanecia o segredo de seu desejo. E por parecer-lhe que Costanza nada tinha contado ao estalajadeiro, sabia que ao menos não corria o risco de ser mandado embora da pousada. Sentia, ainda, que naquele primeiro passo que dera para cumprir sua pretensão, havia atropelado mil montanhas de obstáculos, e que nas coisas grandes e incertas a maior dificuldade está no princípio.

Enquanto isso acontecia na pousada, o Asturiano andava às voltas com a compra do burro, no local onde os vendiam. E embora achasse muitos, nenhum o agradou. Um cigano, muito solícito, tentava convencê-lo a comprar um que caminhava mais por conta do azougue que tinha lhe posto nos ouvidos do que por ligeireza própria. Mas o que contentava no modo de andar desagradava no porte, pois o burro tinha um corpo muito pequeno e não do tamanho e talhe que Lope queria, já que procurava um animal forte o suficiente para carregá-lo, além dos cântaros, independentemente de estarem cheios ou vazios.

Foi então que um moço aproximou-se e disse-lhe ao ouvido:

— Mancebo, se estiver procurando um bom animal para o ofício de aguador, tenho um burro aqui perto, num prado. E não há na cidade nenhum maior nem melhor do que ele. Aconselho a não comprar montarias de ciganos, pois ainda que pareçam boas e saudáveis, são todas falsas e cheias de doenças. Se quiser comprar a montaria que lhe convém, venha comigo e feche a boca.

Acreditando nele, o Asturiano disse que o guiasse até onde estava o animal que tanto louvava. Foram-se ambos, lado a lado, como se diz, até que chegaram ao Horto do Rei onde, à sombra de uma *azuda*,[48]

---

[48] Máquina em forma de roda que, movida pela correnteza de um rio, puxa água para irrigar os campos.(DRAE)

encontraram muitos aguadores, cujos burros pastavam num prado que ficava ali perto. O vendedor mostrou seu burro, que encheu os olhos do Asturiano. E todos que ali estavam muito elogiaram o burro, chamando-o de forte, caminhador e, principalmente, veloz. O negócio foi feito. E sem outra certeza nem informação, sendo os demais aguadores avalistas e intermediários, o Asturiano deu dezesseis ducados pelo burro, com todos os utensílios próprios do ofício.

Pagou de uma só vez, em escudos de ouro. Felicitaram-no pela compra e pela entrada no ofício, garantindo-lhe que tinha comprado um burro maravilhoso, pois o dono anterior, sem feri-lo nem matá-lo, havia ganho com ele, em menos de um ano, depois de ter se sustentado e também ao burro, honradamente, dois pares de trajes e mais aqueles dezesseis ducados, com os quais planejava voltar à sua terra natal, onde tinham lhe acertado casamento com uma meia parenta.

Além dos avalistas e intermediários da venda do burro, havia outros quatro aguadores jogando *primera*,[49] deitados no chão, servindo-lhes de mesa a terra e de toalha suas capas. Observando-os, o Asturiano viu que não jogavam como aguadores e sim como altos clérigos, pois de resto cada um tinha mais de cem reais em moedas de *cuartos* e em prata. Chegou uma rodada em que todos deviam apostar tudo o que tinham, e se um jogador não desse chance a outro, que apostasse menos, faria uma *mesa galega*.[50] Enfim, naquela rodada acabou o dinheiro de dois aguadores, que se levantaram. Ao ver isso, o vendedor do burro disse que jogaria se houvesse quatro jogadores, pois era inimigo de jogar a três.

O Asturiano, com sua natureza semelhante à do açúcar,[51] que jamais desperdiçava *minestra*, como diz o italiano,[52] disse que seria o quarto jogador. Sentaram-se logo, a coisa transcorreu bem, e querendo jogar antes o dinheiro que o tempo, muito rápido Lope perdeu os seis escudos que tinha. Vendo-se sem prata, disse que se quisessem pôr seu burro na roda, ele o apostaria. Os outros aceitaram a proposta e Lope apostou, então, um quarto do burro, dizendo que o iria apostando quarto a

---

[49] Jogo em que as cartas do baralho têm valores diferentes do convencional. Cada jogador recebe quatro cartas. O jogo maior, que vence todos, é o *flux*: quatro cartas do mesmo naipe.

[50] Levar todo o dinheiro do adversário, no jogo.

[51] No original: El asturiano, que era de propiedad del azúcar... Menção ao provérbio italiano: Zucchero non guastó mai vivanda (Açúcar nunca estragou iguarias). (Bucalo) Ou seja: o asturiano não ia estragar aquele momento, ia compor a mesa, para que o jogo continuasse.

[52] Menção a outro provérbio italino: *Mangia questa minestra o salta quella finestra* "Toma esta sopa ou salta por aquela janela. Assim o asturiano, com seu espírito livre e aventureiro, não recusaria a 'minestra', não deixaria passar a oportunidade de jogar, de se divertir um pouco mais.)

quarto. Deu-se tão mal, que nas quatro mãos consecutivas perdeu os quatro quartos do burro, tendo-o ganho o mesmo rapaz que o tinha vendido para ele. O rapaz levantou-se para tornar-se de novo dono do burro e então o Asturiano disse o seguinte: que todos reparassem que ele havia apostado somente os quatro quartos do burro, mas não o rabo. Então, que o rapaz lhe entregasse o rabo e poderia levar o animal, sem mais demora.

Todos riram com essa demanda do rabo. E houve até alguns, mais letrados, que disseram que Lope não tinha razão no que pedia, pois quando se vende um carneiro ou qualquer outra rês, não se tira nem se rouba o rabo, que forçosamente deverá ir com um dos quartos traseiros. A isso Lope replicou que os carneiros da Berbéria têm, ordinariamente, cinco quartos, sendo que o quinto é o do rabo; e quando esquartejam esses carneiros, tanto vale o rabo como qualquer outro quarto. E que se o rabo fosse junto com uma rês vendida viva, tudo bem, ele assim concederia... Mas sua rês não tinha sido vendida e sim apostada; e que sua intenção nunca fora apostar o rabo, e que era melhor que o devolvessem logo, com tudo o que ao mesmo era anexo e pertinente, ou seja: desde a ponta do cérebro, incluindo a ossatura do espinhaço, onde se iniciava e por onde descia, até parar nos últimos pelos.

— Vamos supor que seja assim como estais dizendo — disse um.
— E que vos deem o rabo do burro, tal como pedites, e que seja isso que resta do burro...

— Pois assim é! — replicou Lope. — Que venha meu rabo! Senão, juro por Deus que não haverão de me tirar o burro, ainda que todos os aguadores do mundo lutem por ele! E não pensem que, por serem tantos os que aqui estão, haverão de me vencer na força, pois sou um homem que sabe chegar até outro homem e meter-lhe dois palmos de adaga pelas tripas, sem que ele saiba de quem, por onde e como veio o golpe. E mais: não quero que rateiem o preço do rabo, para que cada um pague uma parte; quero que cortem o rabo do burro e me deem inteiro, de uma vez, tal como eu disse.

Ao ganancioso, e também aos demais, não pareceu bom levar a coisa mais longe e à força, pois viram o quanto o Asturiano estava convicto e não consentiria que assim fizessem. E ele, acostumado à vida nas almadravas, onde se exerce todo tipo de alarde e artimanhas, de extraordinárias juras e ameaças, tirou ali mesmo o chapéu e, empunhando um punhal que trazia sob o curto capote, assumiu uma postura que infundiu temor e respeito em toda aquela confraria aguadeira. Por fim, um dos aguadores, que parecia ser mais racional e sensato, conseguiu que todos concordassem em que se apostasse o rabo contra um quarto do burro num jogo de *quínola* ou *a dos y pasante*.[53] Todos se alegraram com a proposta, Lope ganhou a quínola, o outro se ofendeu e apostou mais um quarto; mas em três rodadas ficou sem o burro. Quis então jogar a dinheiro, Lope recusou. Mas tanto os outros insistiram que teve de fazê-lo, e com isso acabou com o ex-dono do burro, deixando-o sem um só maravedi. E tão grande foi o pesar do perdedor, que ele se atirou ao chão, dando cabeçadas na terra. Lope, como bem-nascido, generoso e compassivo que era, fez com que o rapaz se levantasse e devolveu-lhe todo o dinheiro que dele havia ganho, bem como os dezesseis ducados do burro; e ainda repartiu o que sobrou com os outros aguadores; essa singular generosidade pasmou a todos. Se fossem os tempos e os idos de Tamerlão,[54] os aguadores o teriam eleito rei.

À frente de um grande cortejo, Lope voltou à cidade, onde contou a Tomás o que havia ocorrido. Tomás também lhe falou sobre o que considerava seu bom sucesso com Costanza. Não restou taverna, nem bodega, nem grupo de pícaros onde não se ficasse sabendo do jogo do burro, da restituição do rabo e do brio e generosidade do Asturiano; mas como a maligna fera do vulgo é, de modo geral, maldosa, maldita e maledicente, não ficou na memória de todos a generosidade, o brio e as boas qualidades do grande Lope e sim, somente, a questão do rabo. De modo que, mal tendo andado dois dias pela cidade carregando água, viu-se apontado pelo dedo de muitos que diziam: "Esse é o aguador do rabo!" Os meninos, atentos, souberam do caso e assim que Lope assomava à entrada de qualquer rua, de toda parte lhe gritavam, um daqui, outro dali: "Asturiano, dá cá o rabo! Dá cá o rabo, Asturiano!" Lope, atingido por tantas línguas e tantas vozes, deu para calar, acreditando que em seu profundo silêncio naufragaria toda aquela insolência. Mas nem por isso, pois quanto mais se calava, mais os meninos gritavam. Assim, decidiu trocar a paciência pela cólera: apeando do burro, deu

---

[53] *Quínola*: jogo de baralho cujo lance principal era a quínola e consistia em reunir quatro cartas de um só naipe, ganhando, quando mais de um jogador conseguia, aquele que somasse maior número de pontos; *dos y pasante*: um modo especial de jogar a quínola, que permite que o vencedor duplique seus ganhos.

[54] Tamerlão ou Timur Lenk: conquistador tártaro, fundador do segundo Império Mongol, que no século XIV conquistou vastas áreas da Ásia e da atual Europa. De origem humilde, nascido numa família de pastores, tornou-se um guerreiro poderoso e formou um imenso exército.

para correr atrás dos meninos, mas foi como fazer um rastro de pólvora e atear fogo, ou como cortar as cabeças da serpente,[55] pois para cada uma que cortava, ao acertar algum menino, nasciam, no mesmo instante, não sete, mas setecentas outras, que com maior afinco e insistência lhe pediam o rabo. Finalmente, achou por bem retirar-se à pousada onde havia se hospedado — e que não era aquela onde estava o seu companheiro — para fugir da Argüello e lá ficar, até que a influência daquela má conjunção passasse e apagasse da memória dos meninos a maligna demanda do rabo que lhe pediam.

Seis dias se passaram sem que Lope saísse de casa, exceto à noite, quando ia ver Tomás e perguntar-lhe como estava. Tomás contou que depois que havia dado o papel a Costanza, nunca mais tivera oportunidade de lhe dizer uma só palavra; até parecia que ela andava ainda mais reservada do que de costume. Pois certa vez, ao ter ensejo de conversar com ela, Costanza, ao vê-lo, havia dito, antes mesmo que ele se aproximasse:

— Tomás, não estou com dor alguma; portanto, não tenho necessidade das tuas palavras nem das tuas orações; não te incomodes e trata de te dar por satisfeito por eu não te denunciar à Inquisição.

Mas tudo isso ela havia dito sem mostrar raiva nem outro indício de severidade nos olhos.

Lope contou a Tomás sobre o apuro que lhe causavam os meninos ao pedir o rabo, só porque ele havia pedido o de seu burro, conseguindo assim que este lhe fosse restituído. Tomás aconselhou-o a não sair de casa, ao menos não com o burro. E se saísse, que caminhasse por ruas desertas e mais afastadas; e se isso não resolvesse, bastaria deixar o ofício, último recurso para pôr fim a tão pouco digna demanda.

Lope perguntou a Tomás se a Galega tinha voltado a procurá-lo. Tomás respondeu que não, mas que não deixava de subornar-lhe a vontade com iguarias e presentes que roubava da cozinha da pousada.

Depois dessa conversa, Lope retirou-se para sua pousada, decidido a não sair com o burro, ao menos por mais seis dias.

Seriam onze horas da noite, quando inesperadamente entraram na pousada muitos oficiais de justiça e, por fim, o corregedor. O estalajadeiro

---

[55] Referência à Hidra de Lerna, serpente da mitologia grega que possuía sete cabeças que, a menos que fossem decepadas de uma só vez, renasciam à medida que eram cortadas. A Hidra foi morta por Hércules, num de seus trabalhos.

alvoroçou-se, assim como os hóspedes. Pois tal como ocorre com os cometas, que sempre que aparecem causam temor de desgraças e infortúnios, o mesmo se dá com a justiça que, quando entra de repente e de roldão numa casa, assusta e atemoriza até mesmo as consciências não culpadas. Entrando numa sala, o corregedor mandou chamar o estalajadeiro, que veio tremendo para saber o que o homem queria. Tão logo o viu, o corregedor perguntou, com gravidade:

— Sois vós o estalajadeiro?

— Sim, senhor, para o que vossa mercê quiser ordenar — ele respondeu.

O corregedor mandou que saíssem da sala todos os que ali estavam e o deixassem com o estalajadeiro. E assim que ficaram a sós, disse:

— Estalajadeiro, que tipo de criadagem tendes nesta vossa pousada?

— Senhor — ele respondeu —, tenho duas criadas galegas, uma aia e um criado encarregado da cevada e da palha.

— Mais alguém?

— Não, senhor — respondeu o estalajadeiro.

— Pois contai-me, estalajadeiro — disse o corregedor —, onde está uma moça que dizem trabalhar nesta pousada e que é tão formosa, que em toda a cidade a chamam de *a ilustre fregona*? E ainda me contaram que meu filho, Dom Periquito, está enamorado dela e que não se passa uma noite sem que ele lhe ofereça músicas em seu louvor!

— Senhor — respondeu o estalajadeiro —, essa fregona ilustre da qual lhe falaram realmente está nesta pousada; mas não é, nem deixa de ser, minha criada.

— Estalajadeiro, não entendo o que quereis dizer com isso de ser e não ser vossa criada.

— Eu disse muito bem — acrescentou o estalajadeiro. — E se vossa mercê me der licença, explicarei o que significa isso, coisa que jamais contei a pessoa alguma.

— Prefiro ver a fregona, antes de saber qualquer outra coisa — respondeu o corregedor. — Chamai-a aqui.

Saindo à porta da sala, o estalajadeiro disse à esposa:

— Ouvistes, senhora? Fazei com que Costancica entre aqui!

Quando a estalajadeira ouviu que o corregedor chamava Costanza, ficou perturbada e começou a esfregar nervosamente as mãos, dizendo:

— Ai, infeliz de mim! O corregedor a sós com Costanza! Algum grande mal deve ter acontecido! A formosura dessa menina deixa os homens encantados.

Costanza, que a ouvia, disse:

— Senhora, não se aflija, que irei ver o que o senhor corregedor quer. E se algum mal aconteceu, vossa mercê esteja certa de que não foi por minha culpa. — Sem esperar que a chamassem de novo, tomou uma vela acesa, num castiçal de prata, e com mais pudor do que medo foi até onde o corregedor se encontrava.

Ao vê-la, o corregedor mandou que o estalajadeiro trancasse a porta da sala. Então levantou-se e, tomando o castiçal que Costanza trazia, aproximou-o do rosto dela e observou-a de alto a baixo. O sobressalto de Costanza punha-lhe o rosto todo corado; estava tão bela e tão pura que o corregedor teve a impressão de estar contemplando a formosura de um anjo na terra. Depois de tê-la olhado bem, disse:

— Estalajadeiro, esta não é joia que deva ficar no pobre engaste de uma pousada. E desde já digo que meu filho Periquito é arguto, pois soube empregar muito bem suas intenções. Digo, donzela, que não somente podem e devem vos chamar *ilustre*, como *ilustríssima*. Mas esses títulos não deveriam se referir a uma *fregona* e sim a uma duquesa.

— Ela não é fregona, senhor — disse o estalajadeiro. — Pois não faz outra coisa nesta casa senão cuidar das chaves que guardam a prataria, que por bondade de Deus tenho alguma, com a qual sirvo os hóspedes honrados que vêm à pousada.

— Ainda assim — disse o corregedor — eu vos digo, estalajadeiro, que não é decente nem conveniente que esta donzela esteja numa pousada. Porventura ela é vossa parenta?

— Não é minha parenta nem minha criada. E se quiser saber quem é, desde que ela não esteja presente, saiba vossa mercê que ouvirá coisas que tanto lhe darão gosto como espanto.

— Sim, eu quero — disse o corregedor. — Que Costancica vá até ali fora. E que espere de mim o mesmo que poderia esperar do seu próprio pai, pois sua imensa pureza e formosura obrigam a todos que a veem a se colocarem a seu serviço.

Costanza não respondeu palavra, mas com grande compostura fez uma profunda reverência ao corregedor e saiu da sala. Encontrou a ama à sua espera, ansiosa para saber o que o corregedor queria. Costanza contou-lhe o que havia se passado e que seu senhor havia ficado a sós com o corregedor, para contar-lhe sabia-se lá que coisas, que ele não queria que ela ouvisse. Nem por isso a estalajadeira sossegou; ficou rezando o tempo inteiro, até ver o corregedor partir e seu marido sair da sala, livre. E foi isso que ele, enquanto esteve com o corregedor, disse:

— Segundo minha conta, senhor, hoje faz quinze anos, um mês e quatro dias que chegou a esta pousada, numa liteira, uma senhora vestida como peregrina, acompanhada por quatro criados a cavalo, duas aias e uma criada, que vinham num coche. Trazia também duas mulas cobertas com duas ricas mantas, carregadas com uma bela cama e utensílios de cozinha. Enfim, o aparato era digno da nobreza e a peregrina demonstrava ser uma grande senhora. Embora aparentasse ter cerca de quarenta e poucos anos, nem por isso deixava de parecer formosa ao extremo. Mas estava enferma, pálida e tão cansada que mandou que logo armassem sua cama e assim fizeram seus criados, nesta mesma sala onde estamos. Perguntaram-me pelo médico mais famoso desta cidade. Disse-lhes que era o Doutor De La Fuente.[56] Logo foram chamá-lo e logo ele chegou. A senhora falou em particular, com ele, sobre sua enfermidade. E o resultado dessa conversa foi que o médico mandou que arrumassem sua cama em outra parte, em local onde não se ouvisse nenhum ruído. Imediatamente a levaram a outro aposento que fica acima deste, isolado, com todas as condições que o médico pedia. Nenhum dos criados entrava onde estava a senhora. Somente as duas aias e a criada cuidavam dela. Eu e minha mulher perguntamos aos criados quem era a tal senhora e como se chamava, de onde vinha e para onde ia; se era casada, viúva ou donzela; e por que motivo usava aquele traje de peregrina. A todas essas perguntas, que fizemos muitas vezes, não nos responderam outra coisa senão que aquela peregrina era uma nobre e rica senhora de Castela, a Velha, que era viúva e não tinha filhos para deixar como herdeiros. E como fazia alguns meses que estava doente, com hidropisia, tinha resolvido ir em romaria até Nossa Senhora de Guadalupe e por conta dessa promessa usava aquele traje. Quanto ao nome da senhora, tinham recebido ordem de não chamá-la senão de senhora peregrina. Foi isso que soubemos, então. Mas três dias depois que a senhora peregrina, por enferma, continuava nesta casa, uma das aias chamou, em nome da senhora, a mim e minha mulher. Fomos ver o que desejava. E a portas fechadas, diante das suas aias, quase com lágrimas nos olhos, ela nos disse, creio, exatamente estas palavras:

"Meus senhores, o céu é testemunha de que, sem que seja por minha culpa, me encontro neste rigoroso transe que vou lhes contar agora.

---

[56] Segundo Rodríguez Marín existia realmente esse doutor, que era médico e catedrático na Universidade de Toledo, entre o final do século XVI e início do século XVII. (Sieber)

Estou grávida e tão próxima do parto, que já as dores me vão castigando. Nenhum dos criados que vieram comigo sabe da minha necessidade nem da minha desgraça. Já dessas mulheres, não pude nem quis esconder o que se passa. Para fugir dos maliciosos olhares da minha terra, e para que essa hora não me assaltasse lá, fiz votos de ir a Nossa Senhora de Guadalupe; creio ser da vontade dela que o parto aconteça aqui, na vossa casa. A vós caberá agora me acolher e ajudar, com o segredo que merece esta que sua honra deposita em vossas mãos. A paga da graça (pois assim quero chamá-la) que me fizerdes, se não for digna do grande benefício que espero, servirá ao menos para demonstrar meu grande desejo de gratidão. E quero começar essa demonstração com duzentos escudos de ouro que estão nessa pequena bolsa".

— E tirando de sob o travesseiro uma bolsinha bordada em ouro e verde, colocou-a nas mãos da minha mulher que, por ser pessoa simples, sem prestar atenção ao que fazia (pois estava atônita e encantada com a peregrina), recebeu a bolsa sem sequer uma palavra de agradecimento ou polidez. Eu me lembro de ter dito à senhora que nada daquilo era necessário, pois não éramos pessoas que, diante de uma oportunidade de fazer o bem, agissem mais por interesse do que por caridade. Ela prosseguiu, dizendo:

"É necessário, amigos, que procureis um lugar aonde levar quem vou parir daqui a pouco; que procureis também mentiras para dizer a quem o entregardes, num local que por enquanto será na cidade, mas depois quero que esse ser seja levado a uma aldeia. Quanto ao que se fará depois, se Deus me der luz e me permitir cumprir minha promessa, ficareis sabendo quando eu voltar de Guadalupe, pois o tempo me dará chance de pensar e escolher o que melhor me convier. Não há necessidade de parteira e nem eu quero; pois outros partos, mais honrosos, que já tive, me dão a certeza de que somente com a ajuda das minhas criadas vencerei as dificuldades e evitarei ter mais uma testemunha do meu sofrimento."

— Assim terminou suas palavras a triste peregrina, que deu início a um copioso pranto, consolado em parte pelas muitas e boas palavras que minha mulher, já de volta aos seus sentidos, lhe disse. Por fim, logo saí para procurar um local aonde levar a criança, a qualquer hora que fosse, e entre meia-noite e uma hora daquela mesma noite, quando todas as pessoas da casa estavam entregues ao sono, a boa senhora pariu uma menina, a mais formosa que meus olhos tinham visto até então, e que é essa mesma que vossa mercê acabou de conhecer. Nem a mãe se queixou, durante o parto, nem a filha nasceu chorando. Em tudo e todos havia paz e um silêncio maravilhoso, tal como convinha para que aquele caso singular fosse guardado em segredo. Por mais seis dias a peregrina esteve de cama, e em todos eles o médico veio visitá-la, mas não porque ela tivesse lhe contado de onde procedia seu mal; e nunca tomou os remédios que ele lhe dava, pois pretendia somente enganar seus criados com aquelas visitas. Tudo isso ela mesma me disse, depois que se viu fora de perigo. Oito dias depois, levantou-se com a mesma expressão, ou outra que se parecia àquela com que havia se deitado. Foi à sua romaria e voltou vinte dias depois, já quase sã, pois pouco a pouco ia se livrando do artifício com que, depois de ter parido, se passava por hidrópica. Àquela altura, a menina já tinha sido entregue para ser criada, por minha ordem, como minha sobrinha, numa aldeia a duas léguas daqui. No batismo, recebeu o nome de Costanza, pois assim deixou ordenado sua mãe que, contente com o que eu havia feito, no momento de despedir-se deu-me uma corrente de ouro, que tenho até hoje, e da qual retirou seis elos, dizendo que a pessoa que viesse procurar pela menina os traria. Pegou também um pergaminho branco e dividiu-o em duas partes, recortando-o numa espécie de zigue-zague curvo e ondeado: como quando se cruzam as mãos e nos dedos se escreve alguma coisa... Assim, com as mãos e os dedos entrelaçados, pode-se ler o que foi escrito. Mas quando as mãos se separam, ficam divididas as palavras, já que as letras também se separam. E quando se torna a cruzar os dedos, as letras se juntam e se correspondem, de maneira que podem ser lidas fluentemente. Ou seja, cada metade do pergaminho serve de alma ao outro: encaixados, poderão ser lidos; divididos, será impossível lê-los, a menos que se adivinhe o que diz a outra metade. Quase toda a corrente ficou em meu poder e eu ainda a tenho, inteira. E espero pela contrassenha até hoje, pois a senhora me disse que dentro de dois anos enviaria alguém para buscar sua filha. Encarregou-me de criá-la, não como quem ela era, e sim do modo como se costuma criar uma camponesa. Pediu-me também (se por algum motivo não lhe fosse possível enviar tão rápido alguém para buscar a filha) que, ainda que a menina crescesse e chegasse a ter entendimento, eu jamais lhe contasse sobre o modo como havia nascido. Disse ainda que eu a perdoasse por não me dizer seu nome e nem quem ela era, pois reservaria isso para outra ocasião, mais importante. Em resumo, dando-me mais quatrocentos escudos de ouro e abraçando minha mulher, partiu, com ternas lágrimas, deixando-nos encantados com sua sabedoria, coragem, formosura e recato. Costanza viveu na aldeia por dois anos e logo depois eu a trouxe comigo, para cá. E continuo a criá-la como uma camponesa, tal como sua mãe deixou ordenado. Faz quinze anos, um mês e quatro dias que espero pela pessoa que haverá de vir buscá-la. Mas a longa demora me consumiu a esperança dessa vinda. E se neste ano não vier ninguém, estou decidido a adotá-la e dar-lhe todas as minhas posses, que somam mais de seis mil ducados, e Deus seja louvado. Resta agora, senhor Corregedor, falar a vossa mercê (se é que saberei contá-las) sobre as qualidades e virtudes de Costancica. Em primeiro lugar, e principalmente, ela é devotíssima de Nossa Senhora; confessa-se e comunga uma vez por mês; sabe ler e escrever; não existe em Toledo melhor rendeira do que ela; canta muito bem e somente para si, como um anjo; na honestidade, não há quem a ela se compare. Quanto à sua formosura, vossa mercê já viu muito bem. O senhor Dom Pedro, filho de vossa mercê, nunca falou com ela, em toda a sua vida. É verdade que de vez em quando lhe oferece uma música, que ela não escuta, jamais. Muitos senhores nobres já pernoitaram nesta pousada e, para ter a satisfação de vê-la, retardaram a partida por muitos dias. Mas sei muito bem que nenhum deles pode honestamente se vangloriar por ela ter-lhe dado chance de dizer-lhe uma palavra que fosse, só ou acompanhada. Esta, senhor, é a verdadeira história da *ilustre fregona*, que não esfrega, e da qual não soneguei sequer um ponto da verdade.

Calou-se o estalajadeiro. E o corregedor tardou bastante em falar, tamanho era o espanto que tinha lhe causado aquela narrativa. Por fim, disse ao estalajadeiro que trouxesse a corrente e o pergaminho, pois queria vê-los. O estalajadeiro foi buscá-los e, quando os trouxe, o corregedor viu que eram como ele havia dito. A corrente, cuidadosamente lavrada, estava partida. E o pergaminho trazia escritas, uma debaixo da outra, no espaço que o vazio da outra metade haveria de preencher, estas letras: E T E P O A E D D I A. Por aí deduziu ser forçoso que tais letras se juntassem às da outra metade do pergaminho, para que pudessem ser entendidas. Considerou como engenhosa aquela prova de reconhecimento e pensou que a senhora peregrina, que tinha dado aquela corrente ao hóspede, devia ser mesmo muito rica. E com a intenção de tirar aquela formosa jovem da pousada, tão logo encontrasse um convento aonde levá-la, no momento contentou-se em levar somente o pergaminho, encarregando o estalajadeiro de que, se acaso chegasse alguém procurando por Costanza, que o avisasse e dissesse quem era que por ela vinha, antes mesmo de mostrar, à pessoa, a corrente que ele, corregedor, deixava em seu poder. E com isso o corregedor se foi, tão admirado com a história e com a triste sorte da ilustre fregona quanto com sua incomparável beleza.

Em todo o tempo que o estalajadeiro gastou com o corregedor e o tempo que ocupou Costanza quando a chamaram, Tomás esteve fora de si, a alma acometida por mil e tantos pensamentos, sem se acertar jamais com algum que o agradasse; mas quando viu que o corregedor partia e Costanza ficava, seu espírito voltou a respirar e sua pulsação voltou ao normal, pois já quase o abandonara. Não ousou perguntar ao estalajadeiro o que o corregedor queria, tampouco o estalajadeiro falou sobre isso, a não ser com sua mulher, com o que também ela se recobrou, agradecendo a Deus, que de tão grande susto a havia livrado.

No dia seguinte, por volta de uma da tarde, chegaram à pousada dois cavaleiros anciões, de venerável aparência, acompanhados por quatro homens a cavalo. Depois que um dos criados que os acompanhava perguntou se aquela era a Pousada do Sevilhano — e como lhe responderam que sim —, todos entraram no local. Os quatro homens apearam e então ajudaram os dois cavaleiros anciões a apear também, dando assim indícios de que aqueles dois eram senhores dos seis.[57] Com sua costumeira gentileza, Costanza saiu para receber os novos hóspedes. Assim que um dos anciões a viu, disse ao outro:

— Creio, Senhor Dom Juan, que encontramos tudo o que viemos procurar.

Tomás, que tratou de alimentar as montarias, logo reconheceu dois criados de seu pai; reconheceu também seu pai e o pai de Carriazo, pois eram eles os dois anciões a quem os demais respeitavam. Embora se admirasse da presença de ambos ali, concluiu que estavam indo em busca dele e de Carriazo, nas almadravas; pois certamente não havia faltado quem dissesse aos pais que lá, e não em Flandres, haveriam de encontrá-los. Mas não ousou deixar-se reconhecer, naquele traje: antes, arriscando tudo, cobriu o rosto com a mão e, passando diante deles, foi procurar Costanza. Quis a boa sorte que a encontrasse sozinha; e

---

[57] Assim se chamavam, em alguns lugares ou vilas, os membros da administração pública, que em grupo de seis disputavam o governo político e econômico, ou algum outro negócio particular. (Sieber)

então, às pressas, com a voz entrecortada, temeroso de que ela não lhe desse chance de falar, disse:

— Costanza, um dos cavaleiros que acabaram de chegar é meu pai; é aquele que chamarão de Dom Juan de Avendaño; informa-te, com os criados dele, se tem um filho chamado Dom Tomás de Avendaño, que sou eu, e assim poderás concluir e averiguar que eu te disse a verdade com relação à minha pessoa e que sempre a direi em tudo que, de minha parte, te oferecer. E agora adeus, pois não penso em voltar a esta casa senão depois que eles partirem.

Costanza nada respondeu, nem ele esperou que ela o fizesse. Assim, voltando-se para sair, com o rosto coberto, tal como havia entrado, foi contar a Carriazo que seus pais estavam na pousada.

O estalajadeiro chamou Tomás aos berros, para que desse cevada às montarias; mas como ele não aparecesse, o próprio estalajadeiro assim fez. Um dos anciões, chamando de lado uma das criadas galegas, perguntou-lhe como se chamava aquela formosa moça que tinham visto, se era filha ou parenta do estalajadeiro ou de sua esposa. A Galega respondeu:

— A moça se chama Costanza; não é parenta do estalajadeiro nem da estalajadeira; nem sei o que ela é; digo apenas que quero que ela se dane, pois não sei que diabos ela tem que não deixa nenhuma de nós, criadas desta casa, prosperar. É verdade que temos nossas feições, tal como Deus nos deu! Mas não entra aqui um hóspede que logo não pergunte quem é a formosa e que não diga: "É bonita e de bom parecer; na verdade, não é má. Azar das outras, mais valorosas! Oxalá a boa sorte nunca a abandone". E para nós, não há um que diga: "E então, o que tendes aí, diabos ou mulheres, ou o que quer que sejais?"

— Então, pelo que dizes, essa menina deve permitir a corte e os galanteios dos hóspedes.

— Pois sim! — respondeu a Galega. — Mas é difícil, a menina! E pode mesmo ser, já que é tão bonita! Por Deus, senhor, se ela apenas se deixasse mirar, jorraria ouro. Mas é mais espinhosa do que um ouriço; é beata, passa o dia inteiro trabalhando e rezando. No dia em que começar a fazer milagres, quero ver se isso me rende alguma coisa. Minha ama diz que ela traz um cilício amarrado na cintura, bem junto da carne. Valei-me, meu pai!

O cavaleiro, contentíssimo com o que tinha ouvido da Galega, e sem esperar que lhe tirassem as esporas, chamou o estalajadeiro e, retirando-se com ele para uma sala, disse-lhe:

— Senhor estalajadeiro, vim para retirar de vós uma prenda minha, que há alguns anos tendes em vosso poder. Para tanto, trago mil escudos de ouro, esses elos que são parte de uma corrente e este pergaminho.

Assim dizendo, mostrou os seis elos que trazia. O estalajadeiro reconheceu também o pergaminho; e muito feliz, sobretudo com o oferecimento dos mil escudos, respondeu:

— Senhor, a prenda que quereis me tirar está aqui em casa. Mas não estão aqui a corrente nem o pergaminho com o qual havereis de fazer a prova da verdade que, acredito, estais tratando. Assim, eu vos suplico, tendes paciência que voltarei logo.

Imediatamente, o estalajadeiro foi informar o corregedor sobre o que se passava e sobre os dois cavaleiros que tinham vindo em busca de Costanza e estavam na pousada.

O corregedor estava acabando de comer, mas tão grande era seu desejo de ver o desfecho daquela história que logo montou seu cavalo e foi à Pousada do Sevilhano, levando o pergaminho como prova. Tão logo viu os dois cavaleiros, aproximou-se e abriu os braços para abraçar um deles, enquanto dizia:

— Valha-me Deus! A que se deve esta grata surpresa da sua vinda, Senhor Dom Juan de Avendaño, primo e senhor meu?

O cavaleiro também o abraçou, dizendo:

— Sem dúvida, senhor meu primo, minha vinda terá sido boa, já que estou vendo vossa pessoa e com a saúde que sempre vos desejo. Abraçai, primo, este cavaleiro, Dom Diego de Carriazo, grande senhor e amigo meu.

— Já conheço o Senhor Dom Diego — respondeu o corregedor — e dele sou mui servidor.

Abraçando-se ambos, depois de se saudarem com grande afeto e grandes cortesias, entraram numa sala, onde ficaram a sós com o estalajadeiro, que já estava com a corrente, e disse:

— O senhor corregedor já sabe a que vem vossa mercê, Senhor Dom Diego de Carriazo; queira vossa mercê mostrar os elos que faltam nesta corrente e o senhor corregedor mostrará o pergaminho que tem em seu poder. Assim, faremos a prova pela qual espero há tantos anos.

— Dessa maneira — respondeu Dom Diego —, não há necessidade de prestar contas ao senhor corregedor sobre nossa vinda, pois bem se vê que se deve ao que vós, senhor estalajadeiro, dissestes.

— Ele me contou alguma coisa; mas ainda resta muito a saber. Quanto ao pergaminho, ei-lo aqui.

Dom Diego pegou a outra metade do pergaminho e, juntando as duas partes, viu formar-se uma só; e às letras do pedaço que o estalajadeiro tinha e que, tal como já se disse, eram E T E P O A E D D I A, correspondiam estas, escritas no outro pedaço: S A A R V V R A E R, e todas juntas diziam: ESTA É A PROVA VERDADEIRA. Logo em seguida, compararam os elos e o pedaço da corrente, concluindo que também se completavam, como provas legítimas.

— Isso está consumado! — disse o corregedor. — Resta agora saber, se possível, quem são os pais dessa belíssima jovem.

— O pai sou eu — respondeu Dom Diego. — A mãe já não vive. Mas basta saber que foi tão nobre, que eu bem poderia ser seu criado. E para que se encobrindo seu nome não se encubra também sua reputação, nem se condene o que nela parece um erro manifesto e uma comprovada culpa, deve-se saber que a mãe dessa jovem, sendo viúva de um grande cavaleiro, retirou-se para viver numa aldeia sua, onde, com recato e grande integridade, levava, com seus criados e vassalos, uma vida sossegada e serena. Quis a sorte que eu, tendo ido caçar, certo dia, nos arredores dessa aldeia, resolvi visitá-la. E foi à hora da sesta que cheguei a seu palácio, pois assim podemos chamar sua grande casa. Entreguei o cavalo a um criado meu. Subi, sem deparar com ninguém, até o aposento onde ela fazia a sesta, sobre um estrado negro. Era extremamente formosa; e o silêncio, a solidão, a ocasião despertaram em mim um desejo mais ousado do que honesto. Sem me entregar a qualquer tipo de reflexão e discrição, fechei a porta, aproximei-me dela, despertei-a e, segurando-a com firmeza, disse: "Vossa mercê, senhora minha, não grite, que seus gritos serão apregoadores da sua desonra. Ninguém me viu entrar neste aposento; pois minha sorte, para que eu possa desfrutá-la imensamente, fez com que o sono chovesse sobre todos os seus criados. E quando eles acudirem aos seus gritos, senhora, não poderão fazer nada além de tirar-me a vida, e isso haverá de ser nos seus próprios braços, e nem mesmo com minha morte sua reputação deixará de cair na boca da opinião pública." Por fim, eu a desfrutei, contra sua vontade e à pura força da minha. Ela, cansada, vencida e perturbada, não pôde, ou não quis, dizer-me sequer uma palavra. E eu, deixando-a aturdida e confusa, saí tal como havia entrado, e fui à aldeia de outro amigo meu, que ficava a duas léguas dali. Essa senhora mudou-se daquele lugar para outro, e sem que eu jamais voltasse a vê-la, ou a procurasse, passaram-se dois anos, ao fim dos quais soube que ela havia morrido. E deve ter sido há cerca de vinte dias que, com grande urgência, um criado de confiança dessa senhora me escreveu e mandou que me chamassem, dizendo tratar-se de assunto que muito me importava e que envolvia minha honra e minha felicidade. Fui ver o que ele queria, longe de imaginar o que ele então me disse. Encontrei-o às portas da morte. E, para abreviar palavras, em bem poucas ele me disse que sua senhora, pouco antes de morrer, contou-lhe o que tinha se passado entre ela e eu, e de como ficara grávida por conta daquela relação forçada, e que para esconder o ventre tinha ido em romaria até Nossa Senhora de Guadalupe; e de como tinha parido nesta casa uma menina, que deveria se chamar Costanza. Deu-me os meios para encontrá-la, e foram esses que acabamos de ver: o pergaminho e os elos da corrente. Deu-me também trinta mil escudos de ouro, que sua senhora havia deixado como dote para casar a filha. Disse-me ainda que se não havia me dado as provas e o dinheiro logo depois da morte de sua senhora, nem me contado o que ela confiara à sua lealdade e segredo, fora por pura cobiça sua e para se aproveitar daquele dinheiro. Mas já que estava prestes a prestar contas a Deus, por desencargo de consciência me entregava o dinheiro e me informava sobre onde e como poderia encontrar minha filha. Recebi o dinheiro e as provas; contei tudo isso ao Senhor Dom Juan de Avendaño e então nos pusemos a caminho desta cidade.

Dom Diego assim dizia, quando ouviram brados vindos da rua:

— Digam a Tomás Pedro, o moço da cevada, que estão levando seu amigo, o Asturiano, preso! Que vá correndo ao cárcere, pois lá ele o espera!

Ao ouvir as palavras *cárcere* e *preso*, o corregedor ordenou que entrassem o prisioneiro e o aguazil que o levava. Disseram ao aguazil que o corregedor, que ali se encontrava, o mandava entrar, junto com o preso. E assim o aguazil teve que fazer.

O Asturiano, com os dentes todos ensanguentados, num estado lamentável, e muito bem seguro pelo aguazil, tão logo entrou na sala reconheceu seu pai e o pai de Avendaño. Perturbado, e para não ser reconhecido, cobriu o rosto com um lenço, fingindo limpar o sangue. O corregedor perguntou o que fizera aquele rapaz para ser levado daquele jeito, tão castigado. O aguazil respondeu que aquele era o aguador que chamavam de Asturiano, a quem os meninos, nas ruas, diziam: "Dá cá o rabo, Asturiano, dá cá o rabo!" E logo, em breves palavras, contou o motivo pelo qual lhe pediam o tal rabo, e disso não riram pouco todos os que ali estavam. E disse mais: que o rapaz estava saindo da Ponte de Alcântara, atormentado pelos meninos com a tal exigência do rabo, quando havia apeado do burro e, correndo atrás de todos eles, alcançou um e deu-lhe tamanha surra que o deixou quase morto. Ao ser preso, havia resistido, por isso estava tão machucado.

O corregedor mandou que o Asturiano descobrisse o rosto; e como ele insistisse em mantê-lo coberto, o aguazil, aproximando-se, arrancou-lhe o lenço. Imediatamente, o pai o reconheceu e disse, todo alterado:

— Meu filho, Dom Diego, como podes estar desse jeito? Que trajes são esses? Ainda não esqueceste tuas picardias?

Caindo de joelhos, Carriazo colocou-se aos pés de seu pai que, com lágrimas nos olhos, abraçou-o por um bom tempo. Dom Juan de Avendaño, sabendo que Dom Diego tinha vindo com Dom Tomás, seu filho, perguntou-lhe por ele. A isso Dom Diego respondeu que Dom Tomás de Avendaño era o criado que cuidava da cevada e da palha, naquela pousada. Com isso que o Asturiano disse, a admiração acabou por se apoderar de todos os presentes. E o corregedor ordenou ao estalajadeiro que trouxesse até ali o moço da cevada.

— Acho que ele não está em casa, mas vou procurá-lo — respondeu o estalajadeiro. E saiu.

Dom Diego perguntou a Carriazo que transformação era aquela e o que o havia levado a ser aguador e, Dom Tomás, a ser criado de pousada. Carriazo disse que não podia responder tais perguntas em público, mas que o faria quando estivessem a sós.

Estava Tomás Pedro escondido em seu quarto, para dali ver, sem ser visto, o que faziam seu pai e o pai de Carriazo. Estava sobressaltado com a vinda do corregedor e o alvoroço geral na pousada. Não faltou quem dissesse ao estalajadeiro que ele estava ali, escondido. O estalajadeiro subiu para chamá-lo e, mais por força do que por vontade, o fez descer. E ainda assim ele não teria descido, não fosse o corregedor sair para o pátio e chamá-lo por seu nome, dizendo:

— Queira vossa mercê descer, que aqui não o aguardam ursos nem leões, senhor meu parente.

Tomás desceu e, com os olhos baixos, numa atitude de grande submissão, caiu de joelhos diante de seu pai, que abraçou-o com imensa alegria, semelhante à que sentiu o pai do filho pródigo ao vê-lo de volta, depois de julgá-lo perdido.

A essa altura já havia chegado o coche do corregedor, que voltaria nele, pois a grande festa não permitiria que voltasse a cavalo.

O corregedor mandou chamar Costanza e, tomando-a pela mão, apresentou-a a seu pai, dizendo:

— Recebei, Senhor Dom Diego, esta prenda, e estimai-a como a mais rica que podereis desejar. E vós, formosa donzela, beijai a mão do vosso pai e dai graças a Deus, que com tão honrada ação corrigiu, aprimorou e elevou vossa condição.

Costanza, que não sabia nem imaginava o que lhe havia acontecido, toda perturbada e trêmula, não soube fazer outra coisa senão cair de joelhos diante de seu pai. E tomando-lhe as mãos, começou a beijá-las ternamente, banhando-as com as infinitas lágrimas que por seus belíssimos olhos derramava.

Enquanto isso se passava, o corregedor ia persuadindo seu primo, Dom Juan, a acompanhá-lo, com todos, à sua casa. Embora Dom Juan se recusasse, tanto o corregedor insistiu que ele teve que ceder. Assim, todos entraram no coche. Mas Costanza, quando o corregedor lhe disse que também entrasse no coche, sentiu o coração anuviar-se. Ela e a estalajadeira abraçaram-se fortemente e começaram a chorar com muita amargura, partindo o coração de todos os que ali estavam, ouvindo-as. A estalajadeira dizia:

— Filha do meu coração, então vais partir e me deixar? Como podes ter coragem de deixar esta mãe que te criou com tanto amor?

Chorando, Costanza respondia com não menos ternas palavras. Então o corregedor, enternecido, mandou que a estalajadeira também entrasse no coche e não se separasse de sua filha — pois a considerava como tal — até que saíssem de Toledo. Assim, tanto a estalajadeira como todos os outros chegaram à casa do corregedor, onde foram recebidos por sua mulher, que era uma nobre senhora. Comeram farta e suntuosamente, e então Carriazo contou a seu pai que, por amor a Costanza, Dom Tomás havia se disposto a trabalhar como criado na pousada. E estava tão enamorado de Costanza, que mesmo se não tivesse descoberto que ela, por ser sua filha, era tão nobre, mesmo assim a teria tomado como mulher, na condição de fregona. A mulher do corregedor logo vestiu Costanza com os trajes de sua filha, que tinha a mesma idade e o mesmo corpo que ela. E se Costanza parecia formosa em trajes de camponesa, nos trajes de cortesã parecia divina: tão bem lhe caíam que era como se desde que nascera tivesse sido senhora e estivesse acostumada a usar os melhores trajes.

Mas, entre tantos felizes, não pôde faltar um triste: Dom Pedro, o filho do corregedor, que logo entendeu que Costanza não haveria de ser sua e esta foi a verdade, pois entre o corregedor, Dom Diego de Carriazo e Dom Juan de Avendaño ficou acertado que Dom Tomás se casasse com Costanza, dando-lhe seu pai os trinta mil escudos que sua mãe havia lhe deixado. E que o aguador, Dom Diego de Carriazo, se casasse com a filha do corregedor. E que Dom Pedro, filho do corregedor, se casasse com uma filha de Dom Tomás de Avendaño, que se dispunha a providenciar a permissão, devido ao parentesco dos noivos.[58]

Assim, ficaram todos alegres, felizes e satisfeitos; a notícia dos casamentos e da ventura da fregona ilustre correu por toda a cidade. Um sem-número de gente acorreu para ver Costanza em seus novos trajes, nos quais se mostrava tão senhora, como já se disse. Viram o moço da cevada, Tomás Pedro, convertido em Dom Tomás de Avendaño e vestido como um senhor. Notaram que Lope Asturiano, depois de mudar de trajes e deixar de lado o burro e as aguadas, era um perfeito gentil-homem. Mas apesar de tudo isso, não faltava quem lhe pedisse o rabo, ao vê-lo andar pela rua, em meio a tanta pompa.

Por um mês ficaram em Toledo, ao fim do qual voltaram a Burgos Dom Diego de Carriazo com sua mulher e seu pai, Costanza com seu marido Dom Tomás, e também o filho do corregedor, que foi conhecer sua parenta e esposa. Ficou rico o Sevilhano, com os mil escudos e com as muitas joias que Costanza deu à sua senhora: era assim que sempre chamava aquela que a havia criado. A história da *fregona ilustre* deu ocasião aos poetas do dourado Tejo de exercitarem sua pena, celebrando e louvando a beleza sem par de Costanza, que vive ainda em companhia de seu bom criado de pousada; e não menos nem mais Carriazo, cujos três filhos não seguindo que, o estilo do pai nem se lembrando de que existem almadravas no mundo, estão todos, hoje, estudando em Salamanca. Mas seu pai, mal vê algum burro de aguador, vê também se estampar vivamente, na memória, o que lhe aconteceu em Toledo. E teme que, quando menos esperar, haverá de aparecer, em alguma sátira, o: "Dá cá o rabo, Asturiano! Asturiano, dá cá o rabo!"

---

[58] Era necessária uma ordem, concedida pela Igreja, para que o casamento se realizasse entre parentes, pois os noivos eram primos.

AS DUAS DONZELAS

A cinco léguas da cidade de Sevilha fica um lugar que se chama Castilblanco. Ao anoitecer, numa das muitas estalagens que há por lá, chegou um viajante montando um belo *cuartago*[1] estrangeiro. Não trazia criados consigo e, sem esperar que lhe segurassem o estribo, saltou da sela com grande destreza.

O estalajadeiro, homem diligente e honesto, apressou-se em atendê-lo, mas não foi tão rápido, pois já o viajante sentava-se num banco junto ao portal, abrindo apressadamente os botões da roupa, na altura do peito, deixando cair os braços ao longo do corpo, dando sérias mostras de que ia desmaiar. A estalajadeira, que era caridosa, aproximou-se e, borrifando-lhe o rosto com água, fez com que recuperasse os sentidos. Então ele, dando mostras de muito pesar por ter se deixado ver assim, abotoou novamente a roupa, pedindo que lhe dessem logo um aposento onde pudesse se recolher e, se possível, sozinho.

A estalajadeira respondeu que na casa havia apenas um aposento com duas camas. E que seria forçoso, caso chegasse mais um hóspede, acomodá-lo numa delas. A isso o viajante respondeu que pagaria pelos dois leitos, viesse ou não outro hóspede. Pegando um escudo de ouro, entregou-o à estalajadeira, com a exigência de que ela não desse a ninguém o leito vazio.

A estalajadeira não desgostou do pagamento. Antes, prestou-se a fazer o que ele pedia, ainda que o próprio deão de Sevilha chegasse, naquela noite, à sua casa. Perguntou-lhe se queria jantar e o viajante respondeu que não. Queria apenas que tratassem muito bem de seu cavalo. Pediu a chave do aposento e, carregando uns grandes sacos de couro, entrou, fechou a porta à chave e ainda, tal como depois se soube, escorou-a com duas cadeiras.

Mal se fechou no aposento, quando o estalajadeiro, a estalajadeira, o criado encarregado de dar cevada aos animais e mais dois vizinhos que, por acaso, estavam ali, reuniram-se para comentar a grande

---

[1] Cavalo de pequeno porte.

formosura e galhardia do novo hóspede, concluindo que jamais tinham visto tamanha beleza. Cogitaram sobre sua idade e concluíram que teria de dezesseis a dezessete anos. Deram tratos à imaginação, como se costuma dizer, para descobrir a causa daquele desmaio. Mas, como não conseguiram, restou-lhes a admiração de sua beleza.

Os vizinhos foram para casa, o estalajadeiro foi cuidar do *cuartago* e a estalajadeira foi preparar o jantar, para o caso de chegarem mais hóspedes. E não tardou muito para que chegasse outro, pouco mais velho do que o primeiro e não menos formoso.

— Valha-me Deus! — disse a estalajadeira, ao vê-lo. — Mas o que é isso? Porventura os anjos vieram pousar em minha casa, nesta noite?

— Por que diz isso, senhora estalajadeira? — disse o cavaleiro. — Por nada, senhor — ela respondeu. — Só digo a vossa mercê que não desmonte, porque não tenho leito para lhe dar; os dois que eu tinha disponíveis foram tomados por um cavaleiro que se hospedou aqui e já me pagou por ambos, embora precisasse apenas de um, pois não quer que ninguém entre no aposento. Talvez ele goste da solidão. Mas digo, por Deus e pela minha alma, que não entendo por que razão, pois com aquele rosto e aquela elegância ele não precisa se esconder e sim se mostrar, para que todo mundo o veja e bendiga.

— É tão lindo assim, senhora estalajadeira? — replicou o cavaleiro.
— E como! — disse ela. — É mais do que lindo!
— Segure aqui, rapaz — disse, a essa altura, o cavaleiro. — Pois, ainda que eu durma no chão, quero ver esse homem tão louvado. — E dando o estribo ao moço de mulas que o acompanhava, apeou do cavalo e pediu que lhe servissem logo o jantar. E assim foi feito.

Estava o cavaleiro jantando, quando entrou na estalagem um aguazil do povoado, como geralmente acontece nos lugares pequenos, e sentou-se para conversar enquanto ele comia. Entre uma conversa e outra, não deixou de mandar para a goela três copos de vinho, nem de devorar um peito e uma coxa de perdiz que o cavaleiro lhe ofereceu. E tudo que o aguazil lhe deu, como pagamento, foi perguntar sobre as novidades da Corte, as guerras de Flandres e a descida do Turco, sem se esquecer dos acontecimentos do Transilvano,[2] que Nosso Senhor o guarde.

---

[2] Assuntos que faziam parte das conversas da época. A expressão "descida do Turco", que ao longo do tempo foi muito usada para referência a um acontecimento de grande monta, catastrófico ou desastroso, está bem explicada por Ernani Ssó em sua tradução das *Novelas ejemplares*: "A descida do Turco aludia ao fato de que a frota naval de Constantinopla havia saído dos Dardanelos rumo às costas do Mediterrâneo ocidental; era o assunto preferido em conversas fiadas". "Transilvano" refere-se a Segismundo Bathory, príncipe da Transilvânia (1572-1613).

O cavaleiro jantava e calava, pois não vinha de um local que o habilitasse a responder a essas perguntas. Nisso o estalajadeiro, que tinha acabado de cuidar do *cuartago*, sentou-se para participar da conversa e provar de seu próprio vinho, com tantos tragos quanto o aguazil. E a cada trago que emborcava, voltava-se, deixando cair a cabeça sobre o ombro esquerdo, e elogiava o vinho, colocando-o nas nuvens, embora não se atrevesse a deixá-lo por muito tempo lá em cima, para que não ficasse aguado. Em meio à conversa, voltaram a elogiar o hóspede trancado no quarto, a comentar sobre seu desmaio, seu isolamento e o fato de ter se recusado a comer alguma coisa. Avaliaram o aparato de sua bagagem, o belo cavalo, os vistosos trajes de viagem... Tudo isso indicava que ele deveria fazer-se acompanhar por um criado que o servisse. Esses comentários exacerbados acenderam no cavaleiro um novo desejo de conhecê-lo. Assim, ele pediu ao estalajadeiro que encontrasse um modo de fazê-lo entrar e dormir na outra cama do aposento; como paga, lhe daria um escudo de ouro. Embora a vontade do estalajadeiro cedesse à sua avidez pelo dinheiro, ele sabia que seria impossível fazer isso, já que o quarto estava trancado por dentro. Além do mais, não se atreveria a despertar o hóspede que devia estar dormindo e que também já havia pago pelos dois leitos. O aguazil facilitou a situação, dizendo:

— Podemos fazer assim: eu baterei à porta do aposento, dizendo que sou da Justiça e que por ordem do senhor alcaide trago este cavaleiro para hospedar-se nesta estalagem. E como não há outro leito, o alcaide manda que aquele seja cedido ao cavaleiro. O hóspede vai replicar que isso é uma ofensa, já que o leito foi alugado para ele e não é justo tirá-lo. Com isso, o estalajadeiro estará desculpado e vossa mercê conseguirá seu intento.

Todos aprovaram o plano do aguazil, pelo qual o desejoso cavaleiro deu-lhe quatro reais.

O plano foi posto em ação. Por fim, mostrando grande contrariedade, o primeiro hóspede abriu a porta para a Justiça. E o segundo, pedindo-lhe perdão pela ofensa que, a seu ver, lhe fora feita, foi se deitar no leito vago. Mas o primeiro não lhe disse palavra e tampouco deixou que visse seu rosto, já que, depois de abrir a porta, voltou para a cama, virou-se para a parede e, para não responder a nada, fingiu que dormia. O segundo se deitou, esperando que pela manhã, quando ambos se levantassem, pudesse cumprir seu desejo.

Era uma daquelas noites longas, preguiçosas, de dezembro, em que o frio e o cansaço forçavam o viajante a procurar passá-la calmamente, mas calma era o que faltava ao primeiro hóspede, que pouco depois da meia-noite começou a suspirar com tanta amargura, que sua alma parecia despedir-se a cada suspiro, de tal maneira que o segundo hóspede, embora dormisse, acabou por despertar com o lastimoso som daquelas queixas. Admirado com os soluços que acompanhavam cada suspiro, pôs-se a ouvir atentamente o que, ao que parecia, o outro murmurava para si. O aposento estava às escuras e as camas, bem separadas. Mas nem por isso ele deixou de ouvir, entre outras palavras, estas que, com voz debilitada e trêmula, o lastimado primeiro hóspede dizia:

— Ai de mim, tão sem ventura! Para onde me leva a força invencível do destino? Qual é meu caminho, ou que saída espero achar, nesse intrincado labirinto onde me encontro? Ai, poucos e inexperientes anos, incapazes de qualquer bom entendimento ou opinião! A que fim me levará esta minha secreta peregrinação? Ai, honra desprezada, ai amor mal correspondido, ai respeito de honrados pais e parentes aviltados e ai de mim, mil vezes ai de mim, que a rédeas soltas me deixei levar pelo desejo! Oh, palavras fingidas, que tão verdadeiramente me obrigastes a responder com ações! Mas, pobre de mim, de quem me queixo? Pois não fui eu mesma a querer me enganar? Não fui eu quem pegou o punhal com as próprias mãos e com ele cortou e jogou por terra a confiança dos meus velhos pais no meu valor? Oh, falso Marco Antônio! Como é possível que às doces palavras que me dizias viesse mesclado o fel da tua descortesia e desdém? Onde estás, ingrato? Para onde foste, desalmado? Responde, pois te falo; espera-me, que te sigo; sustenta-me, que desfaleço; paga-me o que deves; socorre-me, pois de tantos modos estás a mim obrigado.

Depois disso se calou, demonstrando, com ais e suspiros, que seus olhos não deixavam de verter ternas lágrimas. Tudo isso o segundo hóspede escutou, em calmo silêncio, deduzindo, através das palavras que tinha ouvido, que sem dúvida era uma mulher quem se queixava, coisa que avivou ainda mais seu desejo de conhecê-la. Por muitas vezes, esteve a ponto de ir até a cama daquela a quem julgava ser mulher; e assim teria feito, se não percebesse que ela se levantava e, abrindo a porta do aposento, ordenava ao estalajadeiro que lhe encilhasse o *cuartago*, pois queria partir. Depois de um bom tempo, o estalajadeiro respondeu-lhe que sossegasse, pois ainda nem passava de meia-noite e a escuridão era tão intensa que seria temeridade pôr-se a caminho. Com isso, aquietou-se e, tornando a fechar a porta, atirou-se na cama de um golpe, com um profundo suspiro.

Pareceu, àquele que escutava, que seria bom falar-lhe e oferecer-lhe toda a ajuda que pudesse, para assim obriga-lá a se revelar e contar sua triste história. Por isso, ele disse:

— Por certo, senhor gentil-homem, que se os suspiros que destes e as palavras que dissestes não me levassem a me condoer do mal de que tanto vos queixais, seria de se pensar que careço de sentimentos naturais, ou que minha alma é de pedra e meu peito de duro bronze; e se essa compaixão que sinto por vós e a determinação que em mim nasceu, de empenhar minha vida na cura do vosso mal (se é que tem cura), merecer alguma cortesia como recompensa, então rogo a vós que a useis comigo, revelando-me, sem encobrir coisa alguma, a causa desse sofrimento.

— Se esse sofrimento não tivesse me roubado a razão — respondeu quem se queixava —, eu bem deveria ter me lembrado de que não estava só neste aposento e, assim, teria posto um freio em minha língua e dado trégua aos meus suspiros. Mas em troca de ter me faltado a memória no momento em que tanto me importava tê-la, quero fazer o que me pedis. Pois talvez esse novo sentimento acabe comigo, no momento em que eu evocar a amarga história das minhas desgraças. Agora: se quereis mesmo que eu faça tal como pedistes, tereis de prometer, pela fé que demonstrastes no oferecimento que me fizestes, e por quem sois (pois vejo, por vossas palavras, que muito prometeis), que seja lá o que for que de mim ouvireis, não havereis de vos mover do vosso leito, nem de vir até o meu, nem de perguntar nada além do que eu queira dizer. Se fizerdes o contrário disso, traspassarei meu peito com uma espada que tenho à cabeceira, no momento em que perceber qualquer movimento de vossa parte.

O outro, que prometeria o impossível para saber o que tanto desejava, respondeu que não avançaria um ponto sequer, além do que havia pedido, confirmando essa promessa com mil juramentos.

— Com essa certeza, farei o que até agora não fiz, pois jamais prestei contas da minha vida a alguém — disse o primeiro. — Então, escutai: sabei, senhor, que eu, que nesta pousada entrei, como sem dúvida vos terão dito, em trajes de varão, sou uma infeliz donzela ou ao menos fui, não faz oito dias que deixei de sê-lo, por insensata e louca; e por fiar-me em belas e lisonjeiras palavras de homens infiéis. Meu nome é Teodósia; minha pátria, um nobre local dessa Andaluzia, cujo nome calo, pois não importa tanto a vós sabê-lo, como a mim guardá-lo. Meus pais são nobres, mais do que medianamente ricos; tiveram um filho e uma filha: ele, para paz e honra de ambos; ela, para o absoluto contrário. A ele, enviaram para estudar em Salamanca; a mim mantiveram em casa, onde me criavam com o recolhimento e recato que sua virtude e nobreza pediam. E eu, sem qualquer pesar, sempre lhes fui obediente, submetendo minha vontade à deles, sem divergir num ponto sequer, até que minha pouca sorte, ou já minha muita ousadia, me ofereceu aos olhos o filho de um vizinho nosso, mais rico do que meus pais e tão nobre quanto eles. Na primeira vez que o olhei, nada senti, além de alegria por tê-lo visto. E isso não foi muito, pois sua elegância, gentileza, seu rosto e seus costumes eram dos mais elogiados e estimados do lugar, assim como sua rara inteligência e cortesia. Mas do que me serve louvar meu inimigo, ou retardar com palavras o relato da minha desgraça ou, melhor dizendo, o princípio da minha loucura? Digo, enfim, que ele me viu, uma e muitas vezes, de uma janela que ficava em frente à minha. Dali, ao que me parecia, me enviava sua alma pelos olhos; e os meus, com uma espécie de alegria bem diferente da que antes havia me ocorrido, não só gostavam de mirá-lo como também me forçavam a crer que tudo o que eu lia nos seus gestos e no seu rosto eram verdades puras. Seu olhar foi o intercessor e mediador da fala; a fala, a intercessora e mediadora da declaração do seu desejo; desejo que acendeu o meu e no dele me fez acreditar. A isso somaram-se as promessas, os juramentos, as lágrimas, os suspiros e tudo o mais que, a meu ver, pode fazer um firme apaixonado para expressar a inteireza de sua vontade e a firmeza de seus sentimentos. Para mim — infeliz! —, que jamais me vira em semelhante ocasião e transe, cada palavra era um tiro de artilharia que derrubava parte da fortaleza de minha honra; cada lágrima era um fogo no qual se abrasava minha honestidade; cada suspiro, um furioso vento que aumentava o incêndio, de tal maneira que acabou por me consumir a virtude, até então intocada. E, finalmente, com sua promessa de ser meu esposo, apesar dos seus pais, que o guardavam para outra, joguei meu recato por terra e, sem saber como, e sem que meus pais soubessem, me entreguei a seu poder, sem ter outra testemunha do meu desatino além de um pajem de Marco Antônio (pois este é o nome do inquietador do meu sossego) que, mal tendo tomado posse do que de mim queria, dali a dois dias desapareceu do povoado, sem que meus pais ou qualquer outra pessoa pudessem dizer ou imaginar para onde teria ido. Como fiquei, que o diga quem tiver poder para tanto, pois não sei nem soube fazer nada mais, além de sentir. Castiguei meus cabelos, como se fosse deles a culpa do meu erro; martirizei o rosto, pois parecia-me que ele tinha dado ocasião à minha desventura; maldisse minha sorte, condenei minha precipitação; derramei muitas, infinitas lágrimas, vi-me quase sufocada entre elas e os suspiros que nasciam do meu pobre peito; queixei-me em silêncio ao Céu; puxei pela imaginação, para ver se descobria um caminho, uma senda para a minha salvação, e a saída que encontrei foi vestir-me de homem, ausentar-me da casa dos meus pais e partir em busca desse enganador, desse segundo Eneias,[3] desse cruel e falso Vireno,[4] desse fraudador dos meus bons pensamentos, das minhas legítimas e bem fundadas esperanças. E assim, sem ter chegado a me aprofundar nas minhas reflexões a ponto de traçar um plano, e tendo o acaso me oferecido um traje de viagem do meu irmão e um *cuartago* do meu pai, que encilhei, numa noite escuríssima saí de casa com a intenção de ir a Salamanca, para onde (segundo disseram depois) Marco Antônio talvez tivesse ido, pois é também estudante e colega desse meu irmão, de quem vos falei. Também peguei uma boa quantidade de dinheiro, em ouro, para usar no que for preciso, nesta minha impensada viagem. O que mais me aflige é a certeza de que meus pais haverão de me seguir e me encontrar, pelos indícios do meu traje e do cavalo. E quando não temo essa possibilidade, temo meu irmão que está em Salamanca. Se ele me reconhecer, bem se pode imaginar o perigo que minha vida correrá. Pois ainda que ele ouvisse minhas desculpas, a honra que posso lhe dar nem de longe chegaria ao mínimo que sua honra exige. Apesar de tudo isso, meu propósito principal, ainda que eu perca a vida, é encontrar meu desalmado esposo, que não pode recusar-se a sê-lo, sem que o desminta a prenda que deixou em meu poder: um anel de diamantes com uma inscrição que diz "Marco Antônio é esposo de Teodósia". Se encontrá-lo, saberei dele o que viu em mim, que tão depressa o levou a me deixar. Enfim, farei com que cumpra a palavra e as promessas que me fez, ou então tirarei sua vida, demonstrando que tenho presteza na vingança, tal como tive ao me deixar desonrar com tanta facilidade. Pois a nobreza do sangue que meus pais me deram vai despertando em mim brios que prometem ou já a salvação para o

---

[3] Eneias conta a Dido sobre a Guerra de Tróia. Casa-se com ela e então a abandona, por ordem dos deuses. Desolada, Dido apunhala-se e atira-se numa pira funerária. (Lello)
[4] Vireno: personagem de *Orlando furioso*, de Ariosto. Amante de Olímpia, abandona-a numa praia deserta, por ter se apaixonado por uma filha do Rei da Frísia. (Sieber)

meu caso, ou já o revide. Eis, senhor cavaleiro, a verdadeira e infeliz história que desejáveis saber e que justifica plenamente os suspiros e as palavras que vos fizeram despertar. O que vos peço e suplico é que, já que não podeis me salvar, ao menos que me deis conselhos que me ajudem a fugir dos perigos que me ameaçam, a acalmar meu temor de ser encontrada e a facilitar os meios que haverei de usar para conseguir o que tanto desejo e preciso.

O cavaleiro, que havia escutado a história da enamorada Teodósia, não disse sequer uma palavra por um bom espaço de tempo, a ponto de fazê-la pensar que ele tivesse adormecido, sem ouvir coisa alguma do que dissera. E para confirmar sua suspeita, perguntou:

— Estais dormindo, senhor? Não seria nada mal se estivésseis, pois o enamorado que conta suas desventuras a quem não as sente, bem mais causa sono do que lástima ao ouvinte.

— Não durmo — respondeu o cavaleiro. — Ao contrário: estou tão desperto e tanto sinto vossa desventura, que nem sei dizer se ela não me oprime e dói tanto quanto em vós. Por isso não apenas darei o conselho que me pedis, como também vos ajudarei, tanto quanto possam minhas forças. Pois, pelo modo como contastes vossa história, demonstrastes o raro entendimento de que sois dotada e por isso vos deixastes enganar, mais pela vossa vontade rendida do que pelas persuasões de Marco Antônio. Mas, ainda assim, quero tomar por desculpa desse erro os vossos poucos anos de idade, nos quais não cabe ter experiência dos muitos enganos dos homens. Sossegai, senhora, e dormi, se puderdes, pelo pouco que nos resta desta noite; e quando vier o dia nós dois conversaremos e veremos que saída poderemos encontrar para a vossa salvação.

Teodósia agradeceu, o melhor que pôde, e procurou descansar um pouco, dando oportunidade ao cavaleiro para que dormisse, mas este não conseguiu sossegar sequer por um instante, ao contrário: começou a suspirar e a agitar-se na cama, de modo que foi forçoso a Teodósia perguntar-lhe o que estava sentindo; e se fosse algum sofrimento que ela pudesse remediar, certamente o faria, com a mesma boa vontade que ele a ela havia oferecido. A isso respondeu o cavaleiro:

— Embora sejais vós, senhora, a causadora do desassossego que em mim haveis sentido, não sereis vós quem poderá remediá-lo. Pois, se fôsseis, eu não estaria sofrendo.

Teodósia não pôde entender para onde se encaminhavam aquelas confusas palavras. Mas suspeitou que algum sofrimento amoroso afligisse o cavaleiro e pensou também que fosse ela própria a causa, e isso era mesmo de se suspeitar e pensar, pois a comodidade do aposento, a solidão, a obscuridade e o fato de ele saber que ela era mulher bem poderiam despertar-lhe algum mau pensamento.

Temerosa, ela se vestiu em silêncio e apressadamente, deixando a espada e a adaga ao alcance da mão. Dessa maneira, sentada na cama, esperou pelo dia que dali a pouco sinalizou sua chegada, através da luz que entrava pelos muitos locais e vãos que têm os aposentos das estalagens e pensões. O cavaleiro, que tinha feito o mesmo que Teodósia, mal viu o aposento clarear-se com a luz do dia, ergueu-se da cama, dizendo:

— Levantai, Senhora Teodósia, que eu quero vos acompanhar nessa jornada e não sairei do vosso lado até que tenhais, como legítimo esposo, vosso Marco Antônio, ou até que ele ou eu percamos a vida. E aqui vereis a obrigação e a vontade que me foram impostas pela vossa desgraça. — Assim dizendo, abriu as janelas e portas do aposento.

Teodósia estava mesmo desejando a claridade, para ver, à luz, que talhe e aparência tinha aquele com quem estivera conversando por toda a noite. Mas quando o olhou e reconheceu, quis que jamais houvesse amanhecido e que ali, em perpétua noite, seus olhos se tivessem fechado. Pois assim que o cavaleiro voltou-se para olhá-la (também ele desejava vê-la), ela reconheceu o próprio irmão, a quem tanto temia, e a cuja vista quase perdeu a própria visão; ficou perplexa, muda e sem cor no rosto. Mas tirando do medo coragem e, do perigo, sabedoria, alcançou a adaga, tomou-a pela ponta e, caindo de joelhos diante do irmão, disse com voz embargada e temerosa:

— Tomai, meu senhor e irmão querido, e dai-me com esta lâmina o castigo pelo erro que cometi, satisfazendo assim vossa fúria, pois a uma grande culpa como a minha não cabe misericórdia alguma que me possa valer. Confesso meu pecado e não quero que me sirva de desculpa o meu arrependimento. Apenas suplico que a pena seja de modo que chegue a tirar-me a vida, mas não a honra, pois embora eu a tenha posto em evidente perigo ao me ausentar da casa dos nossos pais, ainda assim ela ficará preservada, se o castigo que me deres for mantido em segredo.

O irmão a olhava, e embora o desenvolto atrevimento de Teodósia o incitasse à vingança, as palavras tão ternas e tão veementes com que ela reconhecia a própria culpa abrandaram-lhe de tal modo o coração que ele, com o semblante afável e plácido, fez com que ela se levantasse e consolou-a o melhor que pôde e soube, dizendo-lhe, entre outros argumentos, que por não achar um castigo à altura de sua loucura, deixava-o por ora suspenso, não só por isso, mas também porque lhe parecia que a sorte ainda não havia fechado inteiramente as portas à sua salvação. Assim, ele queria, antes, procurá-la por todos os meios possíveis, em vez de executar a vingança pela ofensa que ela lhe fizera, com sua imensa leviandade.

Diante dessas palavras, Teodósia recobrou o ânimo perdido. A cor voltou-lhe ao rosto e suas esperanças, quase mortas, reviveram. Dom Rafael (assim se chamava seu irmão) não quis mais falar do que havia acontecido. Disse-lhe apenas que mudasse seu nome de Teodósia para Teodoro e que fossem juntos, e logo, a Salamanca para procurar Marco Antônio, embora imaginasse que ele não estaria lá, pois, se estivesse, teria lhe contado, já que era seu amigo. Mas também era possível que a ofensa que Marco Antônio lhe fizera o tivesse emudecido, tirando-lhe a vontade de vê-lo. Teodósia, agora Teodoro, cumpriu a vontade do irmão. Nisso chegou o estalajadeiro, a quem ordenaram que lhes desse algo para comer, pois queriam partir logo.

Enquanto o moço de mulas selava as montarias e o desjejum era preparado, entrou na estalagem um fidalgo em trajes de viagem, que Dom Rafael logo reconheceu. (Também Teodoro o conhecia e por isso não ousou sair do aposento, para não ser visto.) Ambos se abraçaram e Dom Rafael perguntou ao recém-chegado que novas trazia do povoado. O viajante respondeu que vinha do Porto de Santa Maria, onde quatro galeras estavam prestes a partir para Nápoles, e que tinha visto Marco Antônio Adorno, o filho de Dom Leonardo Adorno, embarcando numa delas. Com essa notícia, muito se alegrou Dom Rafael; receber de modo tão casual uma notícia tão importante pareceu-lhe um sinal de que tudo terminaria bem. Pediu ao amigo que trocasse pelo *cuartago* de seu pai (que o homem bem conhecia) a mula que trazia, não lhe dizendo que vinha de Salamanca, mas sim que ia para lá e não queria levar um *cuartago* tão bom em tão longa viagem. O outro, que era comedido e era mesmo seu amigo, aceitou a troca e encarregou-se de entregar o *cuartago* a seu pai. Ambos comeram juntos e Teodoro, sozinho. Chegado o momento da partida, o amigo tomou o caminho de Cazalla,[5] onde tinha uma rica propriedade.

---

[5] Cazalla de la Sierra, situada entre Guadalcanal e Castilblanco de los Arroyos. (Sieber)

Dom Rafael não partiu com ele; para justificar-se, disse que teria de voltar a Sevilha naquele mesmo dia. Tão logo o homem partiu, e estando em ordem as montarias, fechada a conta e pago o estalajadeiro, os dois irmãos também se despediram e saíram da estalagem, deixando todos os que ali estavam admirados de sua formosura e gentil disposição, pois Dom Rafael tinha, como homem, tanto encanto, brio e compostura quanto sua irmã tinha de beleza e graça.

Tão logo partiram, Dom Rafael contou à irmã a notícia que havia recebido sobre Marco Antônio; parecia-lhe que deviam seguir o mais rápido possível para Barcelona, onde as galeras que vão para a Itália ou vêm à Espanha costumam atracar por alguns dias. E caso ainda não tivessem chegado, eles bem poderiam esperar por elas; assim, sem dúvida, encontrariam Marco Antônio. A irmã respondeu que fizesse tudo da forma que melhor lhe parecesse, já que ela não tinha outra vontade senão a dele.

Dom Rafael disse ao moço de mulas, que os acompanhava, que tivesse paciência, pois teriam de passar por Barcelona. Assegurou que o pagaria satisfatoriamente pelo tempo que com ele estivesse. O rapaz, que era dos alegres do ofício e sabia que Dom Rafael era generoso, respondeu que o acompanharia e serviria até o fim do mundo. Dom Rafael perguntou à irmã quanto dinheiro levava. Ela respondeu que não contara, só sabia que por sete ou oito vezes havia metido a mão na gaveta do pai, retirando-a cheia de escudos de ouro. E por aí imaginou Dom Rafael que ela devia estar com cerca de quinhentos escudos. Somando-os aos duzentos que ele tinha e a uma corrente de ouro que trazia, pareceu-lhe que estavam em razoáveis condições, sem contar que tinha certeza de que encontrariam Marco Antônio em Barcelona.

Assim, apressaram-se a avançar, sem perder uma jornada. E sem qualquer contratempo ou obstáculo, chegaram a duas léguas de um lugar situado a nove de Barcelona, chamado Igualada. Tinham sabido, ao longo do caminho, que um cavaleiro que seguia para Roma como embaixador estava em Barcelona à espera das galeras, que ainda não haviam chegado, notícia que lhes deu grande contentamento. Assim, alegres, seguiram adiante e chegaram à entrada de um pequeno bosque, situado ao longo do caminho, de onde viram sair um homem, correndo e olhando para trás, como que assustado. Colocando-se diante dele, Dom Rafael disse:

— Por que fugis desse jeito, bom homem? O que aconteceu, para vos causar tanto medo e vos fazer parecer tão ligeiro?

— Não quereis que eu corra com tanta pressa e medo — respondeu o homem —, se por milagre escapei de uma corja de bandoleiros que está nesse bosque?

— Mau! — disse o criado de Dom Rafael. — Por Deus, isso é muito mau! Bandoleirinhos, a esta hora? Juro pela santa cruz que se eles nos pegam nos deixam limpos!

— Não vos afligis, irmão — replicou o homem que fugia. — Pois os bandoleiros já se foram, deixando amarrados às árvores desse bosque mais de trinta viajantes, totalmente limpos. Deixaram somente um homem livre, para que soltasse os demais, depois que eles transpusessem um pequeno monte que assinalaram como limite.

— Então — disse Calvete, pois assim se chamava o criado —, podemos seguir tranquilos, pois por alguns dias os bandoleiros não voltam ao lugar onde assaltam. Posso assegurar isso, pois por duas vezes estive nas mãos deles e conheço muito bem seus usos e costumes.

— É verdade — disse o homem.

Ao ouvir isso, Dom Rafael determinou que seguissem adiante. Nem tinham andado muito, quando deram com os homens amarrados, que passavam de quarenta e estavam sendo soltos pelo homem que os bandoleiros tinham deixado livre. Era um estranho espetáculo a visão daqueles homens: uns, totalmente nus; outros, vestidos apenas com os trajes sujos e esfarrapados dos bandoleiros; uns choravam por terem sido roubados; alguns riam ao ver os estranhos trajes dos outros; este contava minuciosamente o que lhe tinham tirado; aquele dizia que sentia mais a perda de um ágnus-dei que trazia de Roma do que de todas as outras muitas coisas que lhe haviam roubado. Enfim, tudo o que ali havia era pranto e gemidos dos miseráveis despojados. Tudo isso observavam, com muita pena, os dois irmãos, dando graças ao céu por tê-los livrado de tão grande e iminente perigo. Porém, o que mais causou compaixão, sobretudo em Teodoro, foi um rapaz de aparentemente dezesseis anos, amarrado ao tronco de um carvalho, vestindo apenas uma camisa e calções de algodão rústico; seu rosto era tão belo que fazia com que todos, forçosamente, o olhassem.

Apeando, Teodoro soltou-o das cordas, favor que ele agradeceu com palavras muito amáveis. E para tornar o favor ainda maior, Teodoro pediu a Calvete, o criado, que lhe emprestasse sua capa, até que pudessem comprar outra, em algum lugar, para aquele gentil mancebo. Calvete deu-lhe a capa, com a qual Teodoro cobriu o rapaz, perguntando-lhe de onde era, de onde vinha e para onde ia.

Dom Rafael presenciava tudo isso. O moço respondeu que era da Andaluzia e mencionou um local próximo (a apenas duas léguas de distância) do povoado de onde vinham os dois irmãos. O rapaz disse que estava vindo de Sevilha e tencionava chegar à Itália para aventurar-se no exercício das armas, tal como muitos outros espanhóis costumavam fazer; mas sua sorte resultara em azar, com aquele péssimo encontro com os bandoleiros, que tinham lhe roubado uma boa quantia em dinheiro e trajes que não poderiam ser comprados, senão com trezentos escudos. Apesar de tudo, pensava em prosseguir viagem, pois a casta à qual pertencia não era do tipo que deixaria esfriar o calor de seu fervoroso desejo diante do primeiro revés.

Os bons argumentos do rapaz, somados ao fato de vir de um povoado tão próximo ao deles, além da carta de recomendação que, em sua formosura, ele trazia, acendeu nos dois irmãos a vontade de favorecê-lo em tudo quanto pudessem. Assim, depois de repartir algum dinheiro entre os que pareciam mais necessitados, especialmente entre os frades e clérigos, pois havia mais de oito, fizeram com que o rapaz montasse a mula de Calvete e, sem mais demora, em pouco tempo chegaram a Igualada, onde souberam que as galeras tinham chegado a Barcelona no dia anterior e partiriam dentro de dois dias, caso a pouca segurança da praia não as obrigasse a zarpar antes.

Essas notícias fizeram com que madrugassem na manhã seguinte, levantando-se antes do sol, já que os dois irmãos não tinham dormido por toda a noite, passada com mais sobressalto do que esperavam, devido ao fato de que, estando à mesa com o rapaz que haviam libertado, Teodoro cravou-lhe os olhos no rosto e, fitando-o com certa curiosidade, observou que tinha as orelhas furadas. Por esse motivo e também pelo olhar retraído do rapaz, Teodoro suspeitou de que ele talvez fosse mulher. E desejou acabar logo de jantar para, a sós com ele, confirmar sua suspeita. Durante o jantar, Dom Rafael, que conhecia todas as pessoas nobres do lugar de onde o rapaz dizia ter vindo, perguntou-lhe quem era seu pai. O rapaz respondeu que era filho de Dom Enrique de Cárdenas, cavaleiro bem conhecido. A isso Dom Rafael respondeu que conhecia bem Dom Enrique e sabia — disso estava convicto — que ele não tinha filho algum. Mas que se o rapaz assim havia dito para não revelar o nome de seus verdadeiros pais, não tinha importância, pois ele não mais tornaria a perguntar.

— É verdade que Dom Enrique não tem filhos — replicou o rapaz.
— Mas o irmão dele, que se chama Dom Sancho, tem.

— Esse tampouco tem filhos e sim uma única filha, que dizem ser uma das mais formosas donzelas da Andaluzia — respondeu Dom Rafael. — Mas disso sei apenas por ouvir falar, pois embora tenha estado por lá muitas vezes, jamais a vi.

— Tudo o que dizeis, senhor, é verdade — respondeu o rapaz. — Dom Sancho não tem mais do que uma só filha, mas não tão formosa quanto diz sua fama. E se falei que era filho de Dom Enrique, foi para que me tivésseis alguma consideração, pois não sou senão filho de um criado de Dom Sancho, que trabalha para ele há muitos anos. Nasci na casa dele e, devido a certo desgosto que causei a meu pai, tendo-lhe roubado uma boa soma em dinheiro, decidi ir para a Itália, como já disse, e seguir o caminho da guerra que, pelo que sei, permite que se tornem ilustres até mesmo aqueles que vêm de linhagem obscura.

Teodoro observava atentamente o rapaz; todos esses argumentos, e o modo como falava, confirmavam sua suspeita.

O jantar terminou, a mesa foi tirada e, enquanto Dom Rafael foi se trocar, Teodoro, tendo já lhe falado sobre sua suspeita, com seu consentimento e licença afastou-se com o rapaz em direção ao balcão de uma ampla janela que dava para a rua. Ambos debruçaram-se no parapeito e assim Teodoro começou a falar:

— Quisera, Senhor Francisco — pois assim ele dizia chamar-se —, ter-vos feito tantas boas obras que vos obrigassem a não me negar qualquer coisa que eu pudesse ou quisesse pedir. Mas não há como, devido ao pouco tempo que nos conhecemos. Poderia ser também que futuramente vos désseis conta do que merece o meu desejo e, mesmo se neste momento não quiserdes satisfazê-lo, nem por isso deixarei de ser vosso servidor, tal como sou agora, antes que o conheçais. Mas sabei que, embora eu tenha tão poucos anos quanto vós, tenho mais experiência das coisas do mundo do que esses anos prometem, pois graças a eles vim a suspeitar de que não sois um varão, tal como vosso traje demonstra, mas mulher, e tão bem-nascida como vossa formosura indica, e talvez tão infeliz como sugere essa mudança de traje, pois jamais tais mudanças são pelo bem de quem as faz. Se for verdade isso que suspeito, dizei-me, pois juro, pela fé que como cavaleiro professo, que haverei de vos ajudar e servir em tudo quanto puder. Que sois mulher, isso não podereis negar, pois, pelos furos que tendes nas orelhas, essa verdade está bem clara; fostes bem descuidada por não fechar nem disfarçar esses furos com alguma cera cor de pele; pois bem poderia acontecer que alguém tão curioso quanto eu, e não tão honrado, percebesse claramente isso que tão mal soubestes encobrir. Assim, eu vos peço que não hesiteis em dizer quem sois; que não duvideis da ajuda que vos ofereço nem da garantia que vos dou de guardar o segredo que quiserdes que eu guarde.

O rapaz escutava, com extrema atenção, o que Teodoro lhe dizia; e vendo que se calava, em vez de responder com palavras tomou-lhe as mãos e, levando-as à boca, beijou-as intensamente e ainda banhou-as com as muitas lágrimas que por seus belos olhos derramava. Isso causou em Teodoro um singular sentimento, de modo que ele não pôde deixar de acompanhar o rapaz em suas lágrimas (condição própria e natural de mulheres nobres, isso de enternecer-se com sentimentos e dificuldades alheias); mas depois de retirar, com dificuldade, as mãos da boca do rapaz, manteve-se atento para ouvir sua resposta. E este, com um profundo gemido, seguido de muitos suspiros, disse:

— Não quero nem posso negar, senhor, que vossa suspeita não seja verdadeira. Sou mulher, a mais desventurada mulher que já nasceu neste mundo. E se os favores que me fizestes e o oferecimento que me fazeis me obrigam a vos obedecer em tudo quanto me ordenardes, escutai-me, que já vos direi quem sou, se é que já não estais cansado de ouvir desventuras alheias.

— Que eu nelas viva para sempre — replicou Teodoro. — De bom grado as ouvirei, se é que esse gosto não se converterá em pena pelo fato de serem vossas, pois já começo a senti-las como se fossem minhas.

Tornando a abraçar Teodoro e a fazer novos e sinceros oferecimentos, o rapaz, um pouco mais calmo, assim começou a falar:

— No que diz respeito à minha pátria, falei a verdade. No que diz respeito a meus pais, não, pois Dom Enrique é somente meu tio; e seu irmão, Dom Sancho, é meu pai. Sou eu a filha desventurada que vosso irmão diz que Dom Sancho tem; a filha cuja formosura vosso irmão diz ser tão louvada e cujo engano e desengano bem se podem ver na minha falta de beleza. Meu nome é Leocádia; e quanto ao motivo que me levou a mudar de traje, ouvireis agora. Há um povoado, a duas léguas do meu povoado natal, que é um dos mais belos e ilustres da Andaluzia, onde vive um nobre cavaleiro que descende dos antigos e nobres Adorno de Gênova. Esse cavaleiro tem um filho que, se é que a fama não exagera em louvar sua beleza, tal como ocorre com a minha, é dos gentis-homens que mais se podem desejar. Pois este, tanto pela proximidade entre nossos povoados como por ser aficionado da caça, tal como meu pai, por vezes ia à minha casa e lá permanecia por cinco ou seis dias, passando quase todos, bem como parte da noite, no campo, em companhia do meu pai. Dessa situação aproveitou-se o destino, ou o amor, ou minha pouca sensatez, o que foi suficiente para fazer-me despencar da altura das minhas boas intenções até a baixeza do estado em que me encontro, pois, tendo observado, mais do que seria lícito a uma recatada donzela, a galhardia e inteligência de Marco Antônio, e tendo considerado a excelência de sua linhagem e a enorme quantidade de bens, que chamam de fortuna, que seu pai possuía, pareceu-me que tê-lo por esposo seria toda a felicidade que poderia caber no meu desejo. Com esse pensamento em mente, comecei a olhá-lo com mais cuidado, o que sem dúvida devo ter feito com maior descuido, pois ele acabou percebendo que eu o olhava, e assim esse traidor não quis nem precisou de outra via para adentrar o segredo do meu peito e roubar as melhores prendas de minha alma. Mas não sei por que me ponho a vos contar, senhor, ponto por ponto, as minúcias dos meus amores, que vêm tão pouco ao caso, em vez de vos dizer de uma vez o que ele, com mostras de muita solicitude, conseguiu de mim: e foi que, depois de receber sua fé e palavra, sob grandes e, a meu ver, firmes e cristãos juramentos de que seria meu esposo, ofereci-me para que fizesse de mim o que bem desejasse. Porém, não de todo satisfeita com suas juras e palavras, para que não as levasse o vento exigi que as escrevesse numa cédula, que ele me deu, escrita com tantas promessas e obrigações, e assinada com seu nome, que para mim bastou. Depois de receber a cédula, dei um jeito para que certa noite Marco Antônio viesse do seu povoado e, transpondo os muros do jardim, chegasse até meu quarto onde, sem susto algum, poderia colher o fruto que somente a ele estava destinado. Chegou, por fim, a noite que eu tanto desejava...

Até esse ponto Teodoro estivera calado, com a alma pendente das palavras de Leocádia — que com cada uma a traspassava —, e mais ainda ao ouvir o nome de Marco Antônio e observar a singular beleza de Leocádia, considerando a grandeza de seu valor e sua rara inteligência, que bem evidente ficavam, no modo com que ela contava sua história. Mas quando Leocádia disse: "Chegou, por fim, a noite que eu tanto desejava", Teodoro esteve a ponto de perder a paciência e sem poder fazer muita coisa, interrompeu-a, dizendo:

— Bem, e quando chegou essa felicíssima noite, o que ele fez? Porventura entrou? Desfrutastes dele? E ele confirmou o que escrevera na cédula? Ficou feliz por conseguir de vós o que dissestes que lhe pertencia? Vosso pai ficou sabendo? Ou, afinal, no que resultou esse tão honesto e sábio princípio?

— Resultou — disse Leocádia — na maneira como estais me vendo, porque não desfrutei dele e nem ele de mim, já que Marco Antônio faltou ao encontro combinado.

Com essas palavras, Teodósia respirou e recuperou a razão, que aos poucos a abandonava, incitada e acossada pela raivosa pestilência do ciúme, que rapidamente ia se infiltrando em seus ossos e medulas, para tomar posse absoluta de sua tolerância. Mas não a deixou tão livre, pois foi com sobressalto que ela ouviu Leocádia prosseguir:

— Marco Antônio não apenas faltou ao encontro, como dali a oito dias, e isso eu soube de fonte confiável, ausentou-se de seu povoado, levando consigo uma donzela que fugiu da casa paterna, jovem de extrema beleza e singular inteligência, filha de um nobre cavaleiro, chamada Teodósia. E por ser filha de família tão nobre, a notícia do rapto logo chegou à minha aldeia e aos meus ouvidos, e com ela a fria e temida lança do ciúme, que me traspassou o coração e me abrasou a alma em fogo, de tal modo que transformou minha honra em cinzas e consumiu minha reputação, esgotou minha paciência e pôs fim ao meu juízo. Ai, infeliz de mim que logo vi, em pensamento, Teodósia: mais formosa do que o sol, mais sábia do que a própria sabedoria e, sobretudo, mais feliz que eu, a desventurada! Tornei a ler as palavras escritas na cédula, achei-as definitivas e sinceras; pareciam infalíveis na fé que expressavam, e embora minha esperança nelas se amparasse, como em algo sagrado, todas aquelas palavras caíram por terra quando me dei conta da suspeita companhia que Marco Antônio levava consigo. Maltratei meu rosto, arranquei meus cabelos, maldisse minha sorte; e o que mais lamentava era não poder fazer esses sacrifícios a todo momento, devido à inevitável presença do meu pai. Por fim, para acabar de queixar-me sem impedimentos, ou já para acabar com minha vida, que é o mais certo a fazer, decidi deixar a casa paterna. E como, quando se quer realizar um mau propósito, parece que a sorte facilita e aplaina todos os inconvenientes, sem temor algum furtei, de um criado de meu pai, os trajes; e de meu pai, uma boa soma em dinheiro. E certa noite, protegida por seu negro manto, saí de casa e caminhei por algumas léguas até chegar a um local que se chama Osuna, onde tomei um coche; dois dias depois, entrei em Sevilha e foi o mesmo que entrar na possível certeza de não ser encontrada, ainda que me procurassem. Lá comprei roupas e uma mula. E na companhia de uns cavaleiros que vinham a Barcelona, apressados para não perder a oportunidade de embarcar numas galeras que vão para a Itália, segui viagem até ontem, quando me sucedeu o que já sabeis, com aqueles bandoleiros que me roubaram tudo o que trazia e, entre outras coisas, a joia que sustentava minha saúde e aliviava o peso das minhas aflições: a cédula assinada por Marco Antônio, com a qual eu pensava em chegar à Itália. E se o encontrasse por lá, apresentaria a ele a cédula como prova de sua exígua fé e como abono da minha grande determinação; assim, conseguiria que ele cumprisse a promessa que me fizera. Mas pensei, também, que aquele que nega as obrigações que deveriam estar gravadas em sua alma, facilmente negaria as palavras que escreveu num papel. E claro está que, se ele tem a incomparável Teodósia em sua companhia, não haverá de querer olhar para a infeliz Leocádia, embora, com tudo isso, eu pense em morrer ou postar-me diante dos dois, para que a visão da minha pessoa lhes perturbe a paz. Não pense aquela inimiga do meu sossego que vai desfrutar, a tão baixo custo, do que me pertence! Vou procurá-la, vou encontrá-la e, se puder, tirarei sua vida.

— Mas qual é a culpa de Teodósia — disse Teodoro —, que talvez também tenha sido enganada por Marco Antônio, assim como vós, Senhora Leocádia?

— Como pode ser isso, se ele a levou consigo? — disse Leocádia.

— E, estando juntos os que tanto se amam, que engano pode haver? Nenhum, por certo; eles estão felizes, pois estão juntos, seja (como se costuma dizer) nos remotos e abrasantes desertos da Líbia, ou nos solitários confins da gélida Cítia.[6] Sem dúvida, seja onde for, ela desfruta de Marco Antônio. Ela, somente ela haverá de pagar pelo meu sofrimento, quando eu encontrá-la.

— Talvez estejais enganada — replicou Teodósia. — Pois conheço muito bem essa vossa inimiga da qual falais; sei da sua natureza e do seu recato. Ela jamais se aventuraria a deixar a casa paterna ou a ceder à vontade de Marco Antônio. E mesmo que assim tivesse feito, já que não vos conhecia nem sabia do que tínheis com ele, não vos teria ofendido em nada; e onde não há ofensa não há lugar para vingança.

— Quanto ao recato, nada precisais me dizer, pois eu era tão recatada e honesta quanto poderiam ser todas as donzelas que existem; e

---

[6] Cítia: regiões nordeste da Europa e noroeste da Ásia, onde viviam os 'citas'. (Sieber)

apesar de tudo, fiz o que acabastes de ouvir. De que ele a levou, não há dúvida; e olhando para tudo isso sem paixão, reconheço que ela não me ofendeu. Mas a dor do ciúme faz com que ela se afigure, na minha memória, como uma espada que me atravessa o coração; e é natural que eu queira arrancar e fazer em pedaços essa arma que tanto me fere. Além do mais, é prudente afastar de nós as coisas que nos machucam; é natural ter aversão pelas coisas que nos fazem mal e por aquelas que estorvam nosso bem.

— Que seja como dizeis, Senhora Leocádia — respondeu Teodósia. — Pois assim como vejo que a paixão que sentis não vos permite fazer discursos mais acertados, vejo também que não estais no momento de aceitar conselhos saudáveis. De minha parte, só sei dizer o que já disse: que vos ajudarei e favorecerei em tudo o que puder e for justo. E o mesmo vos prometo com respeito ao meu irmão, pois sua natural condição e sua nobreza não o deixarão agir de outro modo. Nosso rumo é a Itália; se quiserdes vir conosco, já conheceis mais ou menos o tratamento que tereis em nossa companhia. O que vos peço é que me deis licença para contar ao meu irmão o que sei a respeito da vossa condição, para que ele vos trate com a devida atenção e respeito; e para que se obrigue a olhar por vós como convém. A propósito, não me parece bom que mudeis de traje. Se houver, neste povoado, algum local onde eu possa comprar bons trajes, que melhor vos convenham, farei isso pela manhã. Quanto às vossas outras pretensões, deixai-as aos cuidados do tempo, que é mestre supremo em dar e achar remédio para os casos mais desesperadores.

Leocádia agradeceu a Teodósia — que ela pensava ser Teodoro — por seus muitos oferecimentos e deu-lhe licença para contar ao irmão tudo o que quisesse, suplicando-lhe que não a desamparasse, pois sabia a quantos perigos estaria exposta se fosse reconhecida como mulher.

Com isso, se despediram e foram se deitar, Teodósia no aposento de seu irmão; Leocádia, no aposento contíguo.

Dom Rafael ainda não estava dormindo, pois esperava pela irmã, para saber o que se passara com o rapaz que ela pensava ser mulher. E foi isso que perguntou ao vê-la entrar, antes mesmo que ela se deitasse. Teodósia então contou, detalhe por detalhe, tudo que Leocádia havia dito: de quem era filha, seus amores, a cédula assinada por Marco Antônio e o que tencionava fazer. Admirado, Dom Rafael disse à irmã:

— Se ela é quem diz ser, então vos digo, irmã, que é uma das mais importantes senhoras de sua terra e uma das mais nobres de toda a

Andaluzia. O pai dela é bem conhecido do nosso. E sua fama de formosa corresponde muito bem à beleza que vimos em seu rosto. Por tudo isso, me parece que devemos agir com prudência, para que ela não fale com Marco Antônio antes de nós, pois a tal cédula, mesmo perdida, me causa alguma apreensão. Mas acalmai-vos, irmã, e tratai de deitar, que para tudo encontraremos solução.

Quanto a deitar-se, Teodósia fez o que seu irmão ordenava. Mas quanto a acalmar-se, era impossível, pois já a raivosa enfermidade do ciúme havia se apossado de sua alma. Oh, como se afiguravam, em sua imaginação, a beleza de Leocádia e a deslealdade de Marco Antônio, tão maiores do que na verdade eram! Oh, quantas vezes lia ou imaginava ler a cédula que Marco Antônio dera a Leocádia! Quantas palavras e argumentos acrescentava, o que a tornava ainda mais legítima e incontestável! Quantas vezes duvidou de que Leocádia a houvesse perdido! E quantas imaginou que, a despeito da cédula, Marco Antônio não deixaria de cumprir sua promessa, esquecendo-se de que estava comprometido com ela, Teodósia!

Assim passou a maior parte da noite, sem conciliar o sono. E igualmente sem descanso passou Dom Rafael, seu irmão, pois, logo que soube quem era Leocádia, seu coração abrasou-se em amores, como se a conhecesse há muito tempo. A beleza tem essa força: num instante, num triz, arrasta consigo o desejo de quem a vê e conhece, e quando se revela, ou quando promete alguma possibilidade de alcance ou desfrute, acende com poderosa veemência a alma de quem a contempla, assim como facilmente se inflama a pólvora seca com qualquer centelha que a toque.

Não a imaginava presa à árvore, nem usando o roto traje de varão, mas sim em seus trajes de mulher, na casa de seus pais ricos, de tão nobre e importante linhagem como eram. Não detinha, nem queria deter, o pensamento no motivo que o levara a conhecê-la. Desejava que o dia chegasse, para que pudesse prosseguir sua jornada e procurar Marco Antônio, não tanto para torná-lo seu cunhado, mas para impedir que se tornasse esposo de Leocádia. E de tal maneira já estava tomado pelo amor e pelo ciúme que chegava a vislumbrar, e achar bom, que sua irmã acabasse sem a salvação que tanto buscava, e que Marco Antônio acabasse sem vida, tudo isso em troca de não perder a esperança de ter Leocádia ... Uma esperança que já ia prometendo a feliz realização de seu desejo, fosse por meio da força, fosse pelos favores e boas ações, pois para tudo tinha tempo e ocasião. Com isso, que a si mesmo se prometia, acalmou-se um tanto e dali a pouco já era dia.

Os dois irmãos levantaram-se e Dom Rafael, chamando o estalajadeiro, perguntou se havia naquele povoado um lugar onde pudesse comprar roupas para um pajem, a quem os bandoleiros haviam desnudado. O estalajadeiro disse que tinha um traje razoável para vender; trouxe-o e o traje serviu muito bem em Leocádia. Dom Rafael pagou e ela se vestiu, cingindo uma espada e uma adaga com tanta graça e galhardia que, mesmo naquele traje, deixou Dom Rafael encantado e, Teodósia, com redobrado ciúme.

Calvete encilhou as montarias e às oito horas partiram para Barcelona; não quiseram subir até o famoso monastério de Montserrat, deixando para conhecê-lo quando, com a permissão de Deus, voltassem com mais calma à sua pátria.

Não será possível contar, sem dificuldades, o que pensavam os dois irmãos, nem com quão diferentes ânimos olhavam para Leocádia; Teodósia desejando-lhe a morte e Dom Rafael a vida, ambos enciumados e apaixonados; Teodósia procurando defeitos que nela pudesse pôr, para não arrefecer em sua esperança; Dom Rafael encontrando nela perfeições que a todo momento o obrigavam a amá-la ainda mais. Apesar de tudo, não se descuidavam de seguir apressadamente, de modo que chegaram a Barcelona pouco antes do pôr do sol.

Admiraram-se com a beleza da região onde se situava a cidade, que consideraram como a flor entre as mais belas cidades do mundo, honra da Espanha, temor e espanto dos mais próximos e dos mais distantes inimigos, regalo e delícia de seus moradores, amparo dos forasteiros, escola da cavalaria, exemplo de lealdade e satisfação de tudo que um apurado e sábio desejo possa pedir de uma cidade grande, famosa, bela e bem fundada.

Tão logo entraram na cidade, escutaram um grande alarido e viram uma multidão correndo, em alvoroço. Perguntaram a causa daquele barulho e movimento; responderam-lhes que as pessoas das galeras que estavam na praia tinham se rebelado e agora lutavam com as pessoas da cidade. Ao ouvir isso, Dom Rafael quis ver o que se passava, embora Calvete lhe dissesse que não fizesse isso, que não era sensato meter-se num perigo evidente como aquele, pois ele sabia muito bem como se davam mal os que se metiam em tais pendências, que eram comuns naquela cidade, com a chegada de galeras. O bom conselho de Calvete não bastou para impedir Dom Rafael e, assim, todos o seguiram. Ao chegarem à praia, viram muitas espadas fora das bainhas e muita gente se golpeando, impiedosamente. Apesar disso, sem apear, chegaram tão perto que puderam ver distintamente o rosto daqueles que lutavam, pois o sol ainda não havia se posto de todo.

Era imenso o número de gente que acorria da cidade e grande o número dos que desembarcavam das galeras, embora o comandante, um cavaleiro valenciano chamado Dom Pedro Vique,[7] da popa da galera capitânia ameaçasse aqueles que tinham embarcado nos botes para socorrer os demais. Mas vendo que não ligavam para os seus brados nem para as suas ameaças, ordenou que apontassem as proas das galeras para a cidade e fizessem disparar uma peça de artilharia sem bala, sinal de que, se não se apartassem, o próximo tiro não iria sem ela.

Enquanto isso, Dom Rafael, observando atentamente a cruel e bem travada luta, viu e notou que entre os que mais se destacavam, lutando pelas galeras, havia um jovem, que o fazia galhardamente. Devia ter cerca de vinte e dois anos e estava vestido de verde, usando um chapéu da mesma cor, adornado com um belo cinteiro de diamantes, ao que parecia. Sua destreza ao combater e a beleza de seu traje fazia com que todos que observavam a luta voltassem os olhos para ele... E assim o miraram os de Teodósia e os de Leocádia, que a um só tempo disseram:

— Valha-me Deus! Ou não tenho olhos, ou aquele de verde é Marco Antônio!

Com grande ligeireza, saltaram das mulas e, empunhando a adaga e a espada que traziam, sem temor algum entraram na multidão e cada uma se postou a um lado de Marco Antônio, que era mesmo o jovem vestido de verde, como já se disse.

— Não temais, Senhor Marco Antônio — disse Leocádia —, pois tendes, ao vosso lado, alguém que fará de escudo sua própria vida para defender a vossa.

— Quem disso duvidaria, se estou aqui? — replicou Teodósia.

Dom Rafael, que viu e ouviu o que se passava, seguiu-as para lutar ao lado delas. Marco Antônio, ocupado em atacar e defender-se, não prestou atenção às palavras de ambas. Ao contrário: na exaltação da luta, fazia coisas que pareciam incríveis. Mas como o número de pessoas que defendiam a cidade aumentava pouco a pouco, os que lutavam pelas

---

[7] Dom PedroVich y Manrique, nobre cavaleiro valenciano.

galeras tiveram de forçosamente recuar até a água. Marco Antônio retirava-se a contragosto e no mesmo compasso retiravam-se, cada uma por seu lado, as duas novas e valentes Bradamante e Marfisa, ou Hipólita e Pantasileia.[8]

Nisso, chegou um cavaleiro catalão da famosa família Cardona,[9] montando um majestoso cavalo. Pondo-se entre as duas partes combatentes, ordenou aos da cidade que se retirassem e foi obedecido, pois todos o conheciam e respeitavam. Mas alguns, já de longe, atiravam pedras naqueles que recuavam para a água. E quis a má sorte que uma atingisse a têmpora de Marco Antônio com tanta violência que o fez cair na água, que lhe chegava aos joelhos. Leocádia, ao vê-lo caído, abraçou-o com força, sustentando-o nos braços. E o mesmo fez Teodósia. Dom Rafael, um pouco afastado, defendendo-se das muitas pedras que sobre ele choviam, quis acudir aquela que era a salvação de sua alma, bem como sua irmã e seu cunhado. E então o cavaleiro catalão, pondo-se à sua frente, disse:

— Acalmai-vos, senhor, pois sois um bom soldado, e fazei-me o favor de ficar a meu lado, que vos livrarei da insolência e ousadia dessa gente revoltosa.

— Ah, senhor! — respondeu Dom Rafael. — Deixai-me passar, que vejo expostas a grande perigo as pessoas que mais amo nesta vida!

O cavaleiro assim fez, mas Dom Rafael não chegou a tempo de evitar que recolhessem, no bote da galera capitânia, Marco Antônio e Leocádia, que nem por um instante o soltara dos braços. Teodósia quis embarcar com eles, mas, fosse por estar cansada, ou por ver Marco Antônio ferido, ou ainda por ver que sua maior inimiga ia com ele, não teve forças para subir no bote. Sem dúvida cairia na água, desmaiada, se o irmão não chegasse a tempo de socorrê-la. E Dom Rafael não sofreu menos do que ela, ao ver que Marco Antônio ia com Leocádia, pois também já o havia reconhecido. Na praia, o cavaleiro catalão, impressionado com a galharda presença de Dom Rafael e sua irmã — a quem julgava ser homem —, chamou-os e pediu que o acompanhassem. Ambos, forçados pela necessidade e temerosos de que o povo da cidade, que

---

[8] Bradamante e Marfisa: personagens de *Orlando Furioso*, de Ariosto. Hipólita e Pantasileia: rainhas das Amazonas.

[9] Em princípios do século XV, já os Duques de Cardona "tinham domínio sobre a Vila de Cardona, a cidade de Solsona, 30 vilas, 25 castelos, 4 portos marítimos, 272 lugares, 2.300 casas e nas cortes catalãs presidiam por direito o estamento nobre ou militar." (Sieber)

ainda não estava de todo pacificado, lhes fizesse algum mal, acharam por bem aceitar a oferecimento do cavaleiro que, apeando, colocou ambos a seu lado e, com a espada desembainhada, caminhou em meio à multidão alvoroçada, pedindo a todos que se retirassem. E assim fizeram.

Dom Rafael olhou para todos os lados, para ver se avistava Calvete com as mulas, mas não o encontrou, pois este, ao vê-los apear, as havia levado a uma estalagem onde já pousara em outras ocasiões.

Ao chegar à sua casa, que era uma das mais nobres da cidade, o cavaleiro perguntou a Dom Rafael em qual galera tinha vindo. Dom Rafael respondeu-lhe que em nenhuma, pois havia chegado à cidade no momento em que o combate começara. Como reconhecesse, em meio à luta, o cavaleiro que tinham levado no bote, ferido por uma pedrada, havia se exposto àquele perigo. Agora, suplicava-lhe que ordenasse que trouxessem o ferido de volta à terra, pois disso dependiam sua felicidade e sua vida.

— Assim farei, de boa vontade — disse o cavaleiro. — Sei, com certeza, que o comandante me atenderá, pois é um nobre e também meu parente.

Sem mais demora, o cavaleiro voltou à galera, onde viu que estavam cuidando de Marco Antônio, cujo ferimento, por ser na têmpora esquerda, era grave, segundo o cirurgião. Conseguiu, do comandante, permissão para tratá-lo em terra. Com extremo cuidado, colocaram-no no bote. E como Leocádia não quisesse deixá-lo, embarcou junto com ele, como se seguisse o norte de sua esperança. Assim que chegaram à terra, o cavaleiro ordenou que trouxessem de sua casa uma liteira para transportar o ferido. Enquanto isso, Dom Rafael tinha pedido que procurassem por Calvete, que se encontrava na estalagem, preocupado e querendo saber o que a sorte fizera de seus amos. Quando soube que estavam bem, alegrou-se por demais e acorreu ao local onde Dom Rafael estava.

Nisso chegaram Marco Antônio e Leocádia, junto com o senhor da casa, que nela alojou a todos, com muito afeto e generosidade. Logo ordenou que chamassem um famoso cirurgião que havia na cidade, para que ele tratasse novamente de Marco Antônio. O cirurgião veio, mas disse que nada faria, até o dia seguinte, alegando que os cirurgiões dos exércitos e armadas eram bem experientes, devido aos muitos feridos que lhes caíam nas mãos a cada passo e, assim, não convinha tratar de Marco Antônio senão no outro dia. Apenas ordenou que o alojassem num aposento bem protegido e ali o deixassem descansar.

Naquele momento, chegou o cirurgião das galeras e prestou contas ao da cidade sobre o ferimento de Marco Antônio: falou de como o havia tratado e do perigo que, a seu ver, o ferido corria. Com isso, o cirurgião da cidade acabou por concluir que Marco Antônio tinha sido bem tratado, mas também que o cirurgião das galeras, com aquele relato, exagerava na intensidade do perigo.

Leocádia e Teodósia ouviram isso como se ouvissem sua sentença de morte. Mas, para não demonstrar a dor que sentiam, reprimiram e calaram esse sentimento. Leocádia decidiu, então, fazer o que lhe parecia mais conveniente à preservação de sua honra: assim que os médicos se foram, entrou no aposento de Marco Antônio e, diante do senhor da casa, de Dom Rafael, de Teodósia e de outras pessoas, aproximou-se da cabeceira do ferido; tomando-lhe a mão, assim falou:

— Senhor Marco Antônio Adorno, não estais num momento em que se possam ou se devam gastar, convosco, muitas palavras. Assim, queria apenas que escutásseis algumas que muito convêm, senão para a saúde do vosso corpo, então para a saúde da vossa alma. Mas para que eu as diga é necessário que me deis licença e me aviseis se estais em condição de ouvir-me. Pois não seria justo que eu, que desde que vos conheci venho procurando cair no vosso agrado, fosse, neste momento que talvez seja o vosso derradeiro, motivo de algum pesar.

Diante dessas palavras, Marco Antônio abriu os olhos, pousando-os atentamente no rosto de Leocádia. Ao reconhecê-la, mais pela voz do que pela visão de sua pessoa, disse com voz fraca e carregada de dor:

— Dizei, senhor, o que quiserdes, pois não estou tão prestes a morrer que não possa vos ouvir, nem vossa voz me é tão desagradável a ponto de causar fastio.

Teodósia prestava muitíssima atenção à conversa; cada palavra de Leocádia era como uma fina seta a atravessar-lhe o coração, e também a alma de Dom Rafael, que se sentia do mesmo modo. Leocádia prosseguiu:

— Se o golpe na vossa cabeça ou, melhor dizendo, o golpe que deram na minha alma, não apagou da vossa memória, Senhor Marco Antônio, a imagem daquela que há pouco tempo dizíeis ser vossa glória e vosso paraíso, então bem deveis recordar quem foi Leocádia e qual foi a promessa que a ela fizestes, firmada numa cédula, escrita pela vossa mão, com vossa letra; tampouco tereis vos esquecido do valor dos pais de Leocádia, da integridade de seu recato e honestidade, bem como da obrigação que tendes para com ela, que cedeu ao vosso prazer em tudo que quisestes. Se disso não vos esquecestes, embora me vejais neste traje tão diferente, facilmente reconhecereis que sou Leocádia. Temerosa de novos acidentes e novas ocasiões que roubassem o que a mim por justiça pertence, eu, tão logo soube que havíeis partido do vosso povoado natal, superando incontáveis dificuldades, decidi seguir-vos, assim vestida, com a intenção de procurar por vós em todos os cantos da terra, até vos encontrar. Mas disso não vos deveis admirar, se é que alguma vez percebestes até onde chegam as forças de um amor verdadeiro e a raiva de uma mulher enganada. Passei por alguns inconvenientes nessa minha busca, mas vejo-os e aceito-os como alívio, já que em contrapartida me trouxeram até vós. E estando vós como estais, se acaso Deus quiser vos levar desta vida para outra melhor, eu me darei por muito feliz se fizerdes o que deveis, não a mim, mas a quem sois, antes da vossa partida. E prometo que depois da vossa morte passarei a levar uma vida tão dura que bem pouco tempo se passará antes que eu vos siga nessa última e forçosa jornada. E assim, eu vos peço, primeiramente em nome de Deus, a quem encomendo meus desejos e intenções, em segundo lugar por vós, a quem muito deveis por ser quem sois e, finalmente, por mim, a quem deveis mais do que a qualquer outra pessoa neste mundo, que aqui e agora me recebais como vossa legítima esposa, sem permitir que a Justiça faça o que a razão a obriga a fazer, em nome da verdade e de tantas obrigações.

Nada mais disse Leocádia. Todos os que ali estavam, e que tinham permanecido num silêncio carregado de perplexidade enquanto ela falava, do mesmo modo esperaram pela resposta de Marco Antônio, que foi esta:

— Não posso negar, senhora, que vos conheço; vossa voz e vosso rosto não consentirão que eu negue. Tampouco posso negar o quanto vos devo, nem o grande valor dos vossos pais, nem vossa incomparável integridade e recato. Não os tenho nem os terei em menor consideração pelo que fizestes, vindo me procurar em trajes tão diferentes dos vossos. Antes, por isso mesmo os estimo e estimarei no mais alto grau possível. Porém, já que minha pouca sorte me trouxe a esse ponto que, tal como dissestes, creio que será o ponto final da minha vida, e como é justamente nesses transes que as verdades se revelam, quero vos dizer uma verdade que, se agora não servir para o vosso agrado, talvez mais tarde sirva de proveito. Confesso, formosa Leocádia, que vos quis bem e assim também me quisestes. E juntamente com isso confesso que o que escrevi naquela cédula foi mais para cumprir com vosso desejo do que com o meu. Pois, muitos dias antes que eu a assinasse, já havia entregue minha vontade e minha alma a outra donzela do meu povoado, que bem conheceis, e que se chama Teodósia, filha de pais tão nobres quanto os vossos. Se a vós dei uma cédula escrita e assinada de próprio punho, a ela dei minha mão, firmada e abonada com tais ações e testemunhos, que fiquei impossibilitado de entregar minha liberdade a qualquer outra pessoa no mundo. Os amores que tive convosco foram passatempo e deles não consegui outra coisa senão as carícias que bem sabeis, as quais não vos ofenderam nem poderão ofender, de modo algum. Mas com Teodósia consegui o fruto que ela pôde me dar e eu desejei que me desse, na fé e na certeza de ser seu esposo, como de fato sou. E se a ela e a vós deixei ao mesmo tempo, a vós, atônita e enganada; a ela, assustada e, a seu ver, sem honra, foi porque agi sem refletir, por conta do meu juízo de moço, como de fato sou, o que me fez crer que todas aquelas coisas não tinham importância e que eu poderia cometê-las sem qualquer escrúpulo; e assim me vieram outros pensamentos, chamando-me ao que eu queria fazer: ir à Itália e ali passar alguns anos da minha juventude e depois voltar para ver o que Deus teria feito de vós e da minha verdadeira esposa. Mas creio sem dúvida que o céu, tendo compaixão de mim, permitiu-me estar da maneira que agora me vedes, para que eu, confessando estas verdades, nascidas das minhas muitas culpas, pague nesta vida o que devo, para que vós, Leocádia, fiqueis livre e sem esperanças, para então fazer o que melhor vos parecer. E se algum dia Teodósia souber da minha morte, saberá também, por vós e pelos que aqui estão, que cumpri, na morte, a palavra que dei a ela em vida. E se no pouco tempo que da vida me resta, Senhora Leocádia, eu puder vos servir em alguma coisa, dizei-me, pois afora vos receber como esposa, que é coisa que não posso, farei tudo o que me for possível para vos satisfazer.

Enquanto dizia essas palavras, Marco Antônio mantinha a cabeça apoiada no cotovelo. E quando por fim terminou de falar, deixou pender o braço, dando mostras de que desfalecia. Dom Rafael logo acorreu e, abraçando-o estreitamente, disse:

— Voltai a si, meu senhor, e abraçai vosso amigo e irmão, pois assim quereis que seja. Reconhecei a mim, Dom Rafael, vosso camarada, que serei a verdadeira testemunha do vosso desejo e da graça que quereis conceder à minha irmã, reconhecendo-a como vossa esposa.

Marco Antônio voltou a si e logo reconheceu Dom Rafael; abraçando-o estreitamente, beijou-o no rosto e disse:

— Meu irmão e senhor, digo agora que a suma alegria que senti, ao vos ver, não me pode trazer senão um imenso pesar, pois dizem que depois da alegria vem a tristeza; mas de bom grado aceitarei qualquer tristeza que vier, em troca do prazer que tive em vos ver.

— Pois quero tornar ainda mais plena essa alegria — replicou Dom Rafael —, apresentando-vos essa joia que é vossa amada esposa.
— Procurando Teodósia, encontrou-a, chorando, atrás de todos os presentes, encantada e perplexa entre o pesar e a alegria pelo que via e pelo que tinha ouvido.

Seu irmão tomou-a pela mão, e ela, sem oferecer resistência, deixou-se levar até onde ele quis, e foi perante Marco Antônio, que a reconheceu e abraçou. Então ambos choraram ternas e amorosas lágrimas.

Diante desse fato singular, todos os que ali estavam ficaram admirados. Entreolhavam-se, sem dizer palavra, esperando para ver em que resultaria tudo aquilo. Mas a desenganada e desditosa Leocádia, ao ver com os próprios olhos o que Marco Antônio fazia, e ao ver aquele que pensava ser irmão de Dom Rafael nos braços de quem considerava seu esposo, e ao ver assim burlados seus desejos e esperanças, fugindo aos olhares de todos (que observavam atentamente o que o enfermo fazia com o pajem a quem abraçava), saiu daquela sala ou aposento e num instante chegou à rua, com a intenção de ir desesperada pelo mundo afora, para onde ninguém pudesse encontrá-la. Mas mal havia chegado à rua, quando Dom Rafael deu por sua falta e, como se lhe faltasse a alma, perguntou por ela, mas ninguém soube lhe dizer aonde Leocádia teria ido. Então, sem mais esperar, saiu desesperado à sua procura. Correu até a estalagem onde haviam lhe dito que Calvete costumava pousar, para ver se Leocádia teria ido até lá a fim de procurar uma montaria para partir. Como não a encontrou, começou a andar como louco pelas ruas, procurando-a por toda parte. E pensando que talvez tivesse voltado às galeras, seguiu em direção à praia. Pouco antes que lá chegasse, ouviu que alguém chamava, da terra, em altos brados, o bote da nau capitânia. Reconheceu, nos brados, a voz de Leocádia que, receosa de algum abuso, sentindo passos às suas costas, puxou a espada e, pronta para se defender, esperou que chegasse Dom Rafael, a quem logo reconheceu e lamentou que a tivesse encontrado, ainda mais num local tão ermo, pois já havia compreendido, por mais de uma demonstração que Dom

Rafael lhe dera, que ele não a queria mal e sim bem, tão bem que seria maravilhoso se Marco Antônio a quisesse assim.

Com que palavras poderei eu dizer, agora, aquelas que Dom Rafael disse a Leocádia, declarando-lhe sua alma, e que foram tantas e tais, que não me atrevo a escrevê-las? Mas, pois, é forçoso dizer algumas que, entre outras, foram estas:

— Se com a sorte que me falta, oh formosa Leocádia, me faltasse agora a ousadia de vos revelar os segredos da minha alma, ficaria para sempre enterrada no seio do perpétuo esquecimento a mais sincera e exaltada vontade que já nasceu ou pode nascer num peito enamorado. Mas para não cometer essa ofensa contra meu justo desejo, aconteça o que me acontecer, quero que percebais, senhora, se é que há lugar para tanto no vosso arrebatado pensamento, que Marco Antônio não tem vantagem alguma sobre mim, a não ser no imenso bem que é ser amado por vós. Minha linhagem é tão nobre como a dele; e nos bens que chamam de fortuna, ele tampouco leva vantagem. Quanto às qualidades naturais, não convém que eu me gabe, ainda mais se, aos vossos olhos, não forem de grande apreço. Digo tudo isso, enamorada senhora, para que aceiteis a salvação e o caminho que a sorte vos oferece, no extremo da vossa desgraça. Já sabeis que Marco Antônio não pode ser vosso porque o Céu o fez para a minha irmã; e o mesmo Céu que hoje vos tirou Marco Antônio quer que vos compenseis comigo, que não desejo outro bem nesta vida senão me entregar a vós como esposo. Vede que a boa ventura está batendo à porta da desventura que até agora tivestes; e não penseis que a ousadia que demonstrastes ao procurar Marco Antônio será motivo para que eu não vos estime ou considere, como bem mereceis, tal como se jamais tivésseis feito tal coisa, pois na hora em que eu quiser e decidir vos eleger como perpétua senhora minha, nessa mesma hora haverei de esquecer, e já esqueci, tudo o que vi e soube, antes, de vós. Pois bem sei que as forças que me levaram a vos adorar, com tanta impetuosidade e a rédeas soltas, são as mesmas que vos puseram no estado em que estais. E, assim, não haverá necessidade de buscar desculpa onde não houve erro algum.

Em silêncio, Leocádia escutava tudo o que Dom Rafael lhe dizia, exceto pelo fato de que, de quando em quando, dava uns suspiros profundos, vindos de seus mais profundos sentimentos. A certa altura, Dom Rafael ousou tomar-lhe a mão — e ela não teve forças para impedi-lo — e, beijando-a muitas vezes, disse:

— Que sejais, por fim, senhora absoluta de minha alma, perante esse céu estrelado que nos cobre, esse mar sereno que nos ouve, essa areia banhada que nos sustenta. Que me dês já o *sim*, que sem dúvida convém tanto à vossa honra quanto ao meu contentamento. Torno a vos dizer que sou cavaleiro, como já sabeis, e rico, e que vos amo, e é isso o que mais deveis considerar. E que em vez de ficardes sozinha, num traje que em nada convém à vossa honra, longe da casa dos vossos pais e da vossa família, sem ninguém que vos ajude no que for necessário, sem esperança de alcançar o que tanto buscastes, podereis voltar à vossa pátria usando vosso próprio, honrado e verdadeiro traje, acompanhada de um esposo tão bom quanto aquele que soubestes escolher; rica, feliz, estimada e bem servida, e ainda louvada por todos aqueles a cujos ouvidos chegarem notícias da vossa história. Se assim for, como de fato é, não sei que dúvidas ainda podeis ter; acabai (eu vos digo, uma vez mais) por alçar-me do solo da minha miséria ao céu que será merecer-vos, que isso fareis por vós mesma e cumprireis com as leis da cortesia e do bom conhecimento, mostrando-vos a um só tempo agradecida e sábia.

— Que seja — disse a essa altura a hesitante Leocádia —, pois assim ordenou o Céu, e não está nas minhas mãos, nem na de qualquer outro vivente, opor-se ao que Ele determinou. Faça-se, então, o que Ele quer e o que vós quereis, senhor meu. E esse mesmo Céu sabe o quanto me sinto envergonhada em conceder à vossa vontade, não porque eu não compreenda o quanto ganharei, obedecendo-vos, mas sim porque temo que, se eu cumprir com vosso desejo, havereis de me ver com outros olhos que não os que me olham agora, pensando que talvez vos tereis enganado com relação a mim. Mas, seja como for, que enfim ter o nome de mulher legítima de Dom Rafael de Villavicencio é algo que não posso perder, e com esse título viverei feliz. E se os costumes que vereis em mim, depois que eu me tornar vossa esposa, vos levarem a me estimar de algum modo, então darei graças ao Céu por ter me levado, por tão estranhos caminhos e por tantos males, até a felicidade de vos pertencer. Dai-me, Senhor Dom Rafael, a vossa mão, para ser meu; e aqui vos dou a minha, para ser vossa; e que nos sirvam de testemunhas aqueles que dissestes: o céu, o mar, a areia e este silêncio interrompido apenas pelos meus suspiros e pelas vossas súplicas.

Assim dizendo, Leocádia deixou-se abraçar, deu a mão a Dom Rafael, que lhe deu a sua, e somente as lágrimas que a alegria, apesar da passada tristeza, fazia brotar dos seus olhos, celebravam aquela nova, noturna, promessa de casamento.

Logo voltaram à casa do cavaleiro, que estava muito aflito com a ausência de ambos, assim como Marco Antônio e Teodósia que, graças a um clérigo, já estavam casados. Pois, persuadido por Teodósia — que temia que algum incidente turvasse o bem que enfim havia encontrado —, o cavaleiro tinha logo mandado chamar alguém para realizar a cerimônia, de modo que quando Dom Rafael e Leocádia entraram, e Dom Rafael contou o que havia acontecido entre ele e Leocádia, isso só fez aumentar a alegria geral, como se todos ali fossem parentes próximos, pois é condição natural e própria da nobreza catalã saber ser amiga e favorecer os estrangeiros que dela necessitem.

O sacerdote, que estava presente, ordenou que Leocádia trocasse o traje que usava por um mais apropriado, que o cavaleiro providenciou com presteza, vestindo as duas jovens com ricos trajes de sua esposa, que era uma nobre senhora, da linhagem dos Granolleque, famosa e antiga naquele reino. Chamou também o cirurgião pois, por caridade, compadecia-se do ferido, que falava muito; e não o deixavam sozinho. Logo ao chegar, a primeira coisa que o cirurgião ordenou foi que o deixassem quieto, em silêncio. Mas Deus, que assim tinha ordenado, tomando por meio e instrumento de suas obras — quando quer fazer algum milagre diante de nossos olhos — aquilo que a própria natureza não consegue fazer, ordenou que a alegria e o pouco tempo de silêncio que Marco Antônio havia guardado contribuíssem para a sua melhora, de maneira que no dia seguinte, quando foram cuidar dele, encontraram-no totalmente fora de perigo. Catorze dias depois, ele se levantou; e estava tão saudável que pôde viajar sem temor algum.

É preciso saber que no período em que Marco Antônio esteve no leito fez a promessa de — se Deus o curasse — ir em peregrinação, a pé, até Santiago de Galícia. E foi acompanhado, nessa promessa, por Dom Rafael, Leocádia, Teodósia e Calvete, o criado e cavalariço. Não é muito comum pessoas dessa profissão fazerem tal coisa, mas a bondade e a simplicidade que Calvete tinha visto em Dom Rafael o obrigaram a não deixá-lo, até que voltasse ao seu povoado natal. E vendo que iriam todos a pé, como peregrinos, enviou as mulas a Salamanca, juntamente com a de Dom Rafael, e não faltou quem se dispusesse a levá-las.

Chegou, pois, o dia da partida. Todos, com suas esclavinas e tudo o mais que era necessário, despediram-se do generoso cavaleiro que tanto os havia ajudado e acolhido, e cujo nome era Dom Sancho de Cardona, ilustríssimo por sua linhagem e famoso por sua pessoa. Todos juraram que para sempre se lembrariam dos favores tão singulares que dele tinham recebido, ao menos para agradecer, já que não poderiam retribuir. Assim fariam, e também seus descendentes, a quem deixariam essa ordem. Dom Sancho abraçou-os, dizendo que para ele era natural fazer aquelas obras, ou outras que fossem boas, a todos a quem conhecia como (ou imaginava que fossem) nobres castelhanos.

Por duas vezes repetiram-se os abraços. Despediram-se com alegria mesclada a algum sentimento de tristeza e, caminhando no compasso que a delicadeza das duas novas peregrinas permitia, em três dias chegaram a Monserrat, onde ficaram por mais três, fazendo o que deviam, como bons e católicos cristãos; e então retomaram o caminho. Assim, sem que sucedesse qualquer revés ou perigo, chegaram a Santiago. Depois de cumprir a promessa com a maior devoção que puderam, decidiram que não deixariam os trajes de peregrinos até que entrassem em suas casas, aonde chegariam sem pressa, descansados e felizes. Porém, antes que chegassem, avistaram o povoado natal de Leocádia que, tal como já se disse, ficava a uma légua do de Teodósia. Do alto de uma encosta avistaram ambos os povoados, sem que pudessem evitar as lágrimas que a alegria trazia aos olhos, ao menos aos das duas recém-casadas, que com essa visão reviviam os fatos passados.

Dali se descortinava, dividindo os dois povoados, um imenso vale, no qual viram, à sombra de uma oliveira, um altivo cavaleiro, montando um imponente cavalo, com uma alvíssima adarga no braço esquerdo; com o direito, sustentava uma pesada e longa lança. Observando com atenção, viram outros dois cavaleiros se aproximando do primeiro, por entre as oliveiras, empunhando as mesmas armas, com igual garbo e postura. Viram os três se reunindo e, depois de um breve espaço de tempo, um deles se afastando com o primeiro cavaleiro, aquele que tinham avistado sob a oliveira. E ambos, esporeando os cavalos, arremeteram um contra o outro, como se fossem inimigos mortais, atacando-se com fortes e certeiros golpes de lança, ora se esquivando a um ataque, ora se defendendo com grande destreza, dando claras mostras de que eram mestres naquela prática. O terceiro cavaleiro olhava para ambos, sem se mover do lugar. Mas Dom Rafael, não mais suportando assistir de longe àquela renhida e singular batalha, desceu a encosta correndo, seguido por sua irmã e por sua esposa; e em pouco tempo se postou junto aos dois combatentes que, a essa altura, já estavam feridos. Um dos cavaleiros, tendo perdido o chapéu e um capacete de aço, voltou o rosto, e nele Dom Rafael reconheceu o próprio pai, enquanto Marco Antônio reconhecia o seu, no outro cavaleiro.

Leocádia, que tinha observado atentamente o cavaleiro que não combatia, reconheceu nele o pai que a havia gerado, o que deixou todos os quatro admirados, atônitos, fora de si. Mas o sobressalto deu lugar à voz da razão e, assim, os dois cunhados, sem mais demora, puseram-se entre os dois que lutavam, dizendo em altas vozes:

— Chega, cavaleiros, chega! Quem isso vos pedem e suplicam são vossos próprios filhos. Eu sou Marco Antônio, pai e senhor meu — dizia Marco Antônio. — Sou aquele por quem, imagino, vossos veneráveis cabelos brancos estão neste rigoroso transe. Abrandai vossa fúria e deixai vossa lança, ou então que a useis contra outro inimigo, pois este, que tendes diante de vós, a partir de hoje haverá de ser vosso irmão.

Quase com as mesmas palavras, Dom Rafael falava a seu pai. Ao ouvi-las, os cavaleiros se detiveram e olharam para aqueles que as diziam. Voltando a cabeça, viram que Dom Enrique, pai de Leocádia, havia apeado e abraçava aquele que pensavam ser um peregrino, mas era Leocádia que tinha se aproximado dele e, dando-se a conhecer, rogava que pusesse em paz aqueles que combatiam, contando-lhe, em breves palavras, que Dom Rafael era seu esposo e Marco Antônio, esposo de Teodósia.

Ao ouvi-la, seu pai tinha apeado do cavalo para abraçá-la, como já se disse. Em seguida, deixando-a, correu para apaziguar os outros cavaleiros, embora já não fosse necessário, pois ambos, tendo reconhecido seus filhos, haviam desmontado para abraçá-los e todos choravam lágrimas nascidas do amor e da alegria. Reunindo-se, os três cavaleiros tornaram a olhar para os filhos, sem saber o que dizer. Tateavam seus corpos para ver se não eram fantasmas, pois sua imprevista chegada gerava essa e outras suspeitas. Mas, já quase certos de que eram reais, voltaram às lágrimas e aos abraços.

Nisso, assomou pelo vale uma multidão de gente armada, a pé e a cavalo. Eram pessoas que vinham defender o cavaleiro de seu povoado. Mas quando chegaram e viram os três cavaleiros abraçados àqueles peregrinos, com lágrimas nos olhos, apearam, admirados, e assim ficaram, como que encantados, até que Dom Enrique lhes disse, em breves palavras, o que sua filha, Leocádia, havia lhe contado.[10]

Então, todos abraçaram os peregrinos, com tais mostras de alegria que nem é possível descrever. Dom Rafael de novo contou a todos,

---

[10] Leocádia, quando revela a Teodósia que é mulher, diz ser filha de Dom Sancho e não de Dom Enrique.

com a brevidade que o momento requeria, todos os caminhos de seus amores: de como tinha se casado com Leocádia, e sua irmã, Teodósia, com Marco Antônio: notícias que causaram renovada alegria. Logo, entre os cavalos dos que tinham vindo em socorro do cavaleiro daquele povoado, escolheram os que seriam necessários aos cinco peregrinos e, de comum acordo, decidiram ir ao povoado natal de Marco Antônio, já que seu pai sugeria que lá fossem celebradas as bodas de todos. E, assim, estando todos de acordo, partiram. Alguns dos presentes adiantaram-se no caminho, para chegar antes e anunciar a boa-nova aos parentes e amigos dos noivos.

No caminho, Dom Rafael e Marco Antônio ficaram sabendo do motivo daquela luta entre os cavaleiros: o pai de Teodósia e o pai de Leocádia tinham desafiado o pai de Marco Antônio, por ser ele sabedor das mentiras do filho. E como ele estivesse sozinho, os outros dois, tendo chegado ao mesmo tempo, não quiseram combater com alguma vantagem. Cada um, por sua vez, lutaria com ele, como cavaleiros que eram. E o final da pendência seria a morte de um ou de ambos os combatentes, se os filhos não tivessem chegado.

Os quatro peregrinos deram graças a Deus por aquele desfecho feliz. E no dia seguinte ao de sua chegada, com real e esplêndida magnificência e suntuosos gastos, o pai de Marco Antônio fez celebrar as bodas de seu filho com Teodósia e de Dom Rafael com Leocádia. Os dois rapazes por longos e felizes anos viveram na companhia de suas esposas, deixando uma ilustre sucessão e descendência, que até hoje vive nesses dois povoados, que são os melhores da Andaluzia. E se aqui não dizemos seus nomes, é para preservar o decoro das duas donzelas, a quem talvez as línguas maldizentes, ou tolamente escrupulosas, haverão de criticar, pela impetuosidade de seus desejos e pela súbita mudança de trajes. A estas, rogo que não se arrojem a censurar semelhantes liberdades, mas que olhem para si e vejam se alguma vez foram tocadas pelas chamadas flechas de Cupido que são, de fato, se é que assim podemos dizer, a força inexpugnável que o desejo exerce sobre a razão.

Calvete, o criado que cuidava das mulas, ganhou aquela que Dom Rafael tinha enviado a Salamanca, além de muitos outros presentes que os dois recém-casados lhe deram. E os poetas daquele tempo tiveram ocasião de empregar suas penas, exagerando na formosura e nos fatos que sucederam às duas tão ousadas quanto honestas donzelas, tema central deste caso singular.

A SENHORA CORNÉLIA

Dom Antônio de Isunza e Dom Juan de Gamboa, nobres cavaleiros, de mesma idade, muito argutos e grandes amigos, estudantes de Salamanca, resolveram deixar os estudos para ir a Flandres, levados pelo fervor do sangue jovem e pelo desejo, como se costuma dizer, de conhecer o mundo, e por parecer-lhes que o exercício das armas, embora arma seja coisa que a todos cai bem, assenta e cai melhor sobretudo aos bem-nascidos e de ilustre linhagem.

Chegaram pois a Flandres, num tempo em que as coisas estavam em paz, ou em acordos e tratativas para que a paz logo viesse.[1] Em Amberes receberam cartas dos pais, que falavam sobre o quanto estavam aborrecidos por saber que os filhos tinham deixado os estudos sem avisá-los, pois poderiam então viajar com o devido conforto, de acordo com sua posição. Por fim, sabendo do pesar de seus pais, os dois resolveram voltar à Espanha, pois não havia o que fazer em Flandres. Antes, porém, quiseram conhecer as mais famosas cidades da Itália. E depois de conhecê-las pararam em Bolonha e, admirados com os estudos daquela insigne universidade, quiseram lá dar seguimento aos seus. Informaram essa decisão aos pais, que se alegraram infinitamente e expressaram essa alegria provendo-os magnificamente, de modo que pudessem demonstrar quem eram eles e quem eram seus pais. Assim, desde o primeiro dia de aula ficaram conhecidos de todos como cavaleiros, galantes, argutos e bem-educados.

Dom Antônio teria cerca de vinte e quatro anos e Dom Juan não mais que vinte e seis. Adornavam essa bela idade sendo muito nobres, músicos, poetas, hábeis e corajosos, características que os tornavam amáveis e benquistos por todos que os conheciam.

---

[1] Essa data pode referir-se a várias épocas, entre outras, 1579 (Sieber).
Quanto à "insigne universidade" de Bolonha, que Cervantes menciona mais abaixo, vale lembrar que lá ficava o Colégio espanhol de San Clemente, o único que aceitava estudantes espanhois, pois a matrícula destes em outras universidades estrangeiras tinha sido proibida por Felipe II, em pragmática de novembro de 1559. (Sieber)

Logo fizeram muitos amigos, tanto entre os estudantes espanhóis (e eram muitos os que estudavam naquela universidade) como entre os nativos da cidade e os estrangeiros. Com todos se mostravam generosos, comedidos e muito longe da arrogância que dizem ser própria dos espanhóis. Como eram jovens e alegres, não se aborreciam nem um pouco por ter notícias sobre as moças mais formosas da cidade. E embora houvesse muitas senhoras donzelas e senhoras casadas com grande fama de honestas e formosas, sobre todas levava vantagem a Senhora Cornélia Bentibolli, da antiga e generosa família dos Bentibolli, que tinham sido senhores de Bolonha por um tempo.[2]

Cornélia era belíssima ao extremo e estava sob a guarda e amparo de Lorenzo Bentibolli, seu irmão — honradíssimo e corajoso cavaleiro —, ambos órfãos de pai e mãe que, apesar de tê-los deixado sozinhos, deixaram também ricos; e a riqueza é grande alívio da orfandade.

Tamanho era o recato de Cornélia e tamanha a solicitude de seu irmão em protegê-la, que nem ela se deixava ver, nem seu irmão consentia que a vissem. Essa fama deixava Dom Juan e Dom Antônio desejosos de conhecê-la, ainda que fosse na igreja. Mas o esforço que nisso empenharam foi em vão. E o desejo, pela impossibilidade, punhal da esperança, foi minguando. Assim, somente com o amor pelos estudos e o entretenimento à custa de algumas travessuras, próprias da mocidade, levavam uma vida tão alegre quanto honrada. Poucas vezes saíam à noite e, quando o faziam, iam juntos e bem armados.

Sucedeu pois que, certa noite, tendo combinado de sair, Dom Antônio disse a Dom Juan que queria ficar para fazer algumas orações; e que ele saísse na frente, pois logo depois o seguiria.

— Não é preciso — disse Dom Juan. — Esperarei por vós. E se não sairmos nesta noite, pouco importa.

— Não — replicou Dom Antônio. — Por vossa vida, ide tomar um ar, que logo estarei convosco, se é que ireis por onde costumamos ir.

— Que seja como quiserdes — disse Dom Juan. — Ficai, então. E, se sairdes, sabei que nesta noite andarei pelos mesmos lugares que nas passadas.

Foi-se Dom Juan e ficou Dom Antônio. A noite estava um tanto escura; eram onze horas. Depois de andar por duas ou três ruas, vendo-se

---

[2] Referência aos Bentivoglio, família de príncipes italianos, soberanos de Bolonha nos séculos XV e XVI. (Lello)

sozinho, sem ter com quem conversar, Dom Juan resolveu voltar para casa. E ao passar por uma rua onde havia portais sustentados por mármores, ouviu que alguém o chamava, em voz baixa, de uma porta. A escuridão da noite e a sombra projetada pelos portais não o deixavam perceber de onde vinha a voz. Deteve-se por um instante, muito atento, e viu que uma porta se abria ligeiramente. Aproximando-se dela, ouviu uma voz baixa que dizia:

— Sois, porventura, Fábio?

Pelo sim, pelo não, Dom Juan respondeu que sim.

— Tomai, então — disseram, de dentro. — Levai-o para um lugar seguro e voltai logo, que é importante.

Estendendo uma das mãos, Dom Juan sentiu um pacote e viu que precisaria de ambas para pegá-lo. E assim fez. Tão logo lhe entregaram o pacote, fecharam a porta; e Dom Juan viu-se na rua, carregando não sabia o quê. Mas quase no mesmo instante uma criança, que parecia recém-nascida, começou a chorar, deixando Dom Juan surpreso e confuso, sem saber o que fazer nem como enfrentar a situação; sentiu que se voltasse a bater à mesma porta, o responsável pela criança poderia correr algum perigo; do mesmo modo, a criança talvez corresse perigo, se a deixasse ali. E se a levasse para casa, não teria como cuidar dela; mas também não conhecia, em toda a cidade, alguém a quem pudesse entregá-la. Porém, lembrando-se de que lhe haviam dito que a pusesse a salvo e retornasse logo, resolveu levá-la para casa e deixá-la aos cuidados de uma ama, que servia tanto a ele como a Dom Antônio, e voltar logo para ver se necessitavam de sua ajuda para alguma coisa, pois bem havia percebido que o tinham tomado por outra pessoa e que tinham se equivocado ao entregar-lhe a criança.

Por fim, sem mais divagações, foi para casa com a criança e, quando chegou, Dom Antônio já não estava lá. Entrou num aposento, chamou a ama e, ao descobrir a criança, deparou-se com a mais bela criatura que já vira. Os panos que a envolviam denotavam que tinha nascido de pais muito ricos. A ama retirou os panos e então viram que era um menino.

— É preciso amamentar este menino — disse Dom Juan. — E há de ser da seguinte maneira: que vós, ama, haveréis de livrá-lo dessas ricas mantilhas e vesti-lo com outras, mais humildes. E sem dizer a ninguém que eu o trouxe para cá, deveis levá-lo à casa de uma parteira, pois parteiras sempre sabem achar saída e remédio para situações como essa. Levareis dinheiro suficiente para deixá-la satisfeita; e dai ao menino os pais que bem quiserdes, para que não se revele a verdade de que fui eu quem o trouxe.

A ama respondeu que assim faria. E Dom Juan, o mais rápido que pôde, voltou ao local para ver se alguém tornaria a chamá-lo. Mas, pouco antes que chegasse à porta de onde o tinham chamado, ouviu um forte som de espadas, como se muita gente estivesse lutando. Ficou atento, mas não discerniu sequer uma fala. A luta transcorria sem palavras. E à luz das faíscas que se desprendiam das pedras feridas pelas espadas, quase pôde ver que eram muitos os que atacavam apenas um; essa verdade confirmou-se quando ele enfim ouviu dizer:

— Ah, traidores, que sois muitos e eu um só! Mas apesar disso essa vossa injúria de nada valerá!

Diante do que via e ouvia, Dom Juan, levado por seu valoroso coração, num instante se pôs ao lado do homem que lutava sozinho; tomando a espada e um broquel que levava consigo, disse-lhe em italiano, para não ser reconhecido como espanhol:

— Não temais; eis o socorro que não vos faltará, até que eu perca a vida; lutai, meu senhor, pois traidores podem pouco, ainda que sejam muitos.

A essas palavras, um dos adversários respondeu:

— Estais mentindo! Aqui não há traidor algum! Pois para recobrar a honra perdida todo excesso é permitido!

E nada mais disse, pois não havia como, devido à pressa que os inimigos tinham de atacar; inimigos que, pelo que Dom Juan calculou, eram seis. E tanto atacaram seu companheiro que, com duas estocadas que lhe acertaram no peito, a um só tempo, jogaram-no por terra. Julgando que o haviam matado, Dom Juan, com presteza e coragem singular, pôs-se diante de todos e os fez recuar, à força de uma chuva de cutiladas e estocadas. Mas seu empenho em atacar e defender-se não teria sido suficiente, se a boa sorte não o ajudasse, fazendo com que os moradores daquela rua assomassem com luzes às janelas e em altos brados chamassem a Justiça. Diante disso, os adversários recuaram e, embainhando as espadas, partiram.

Nesse ínterim, o homem caído já havia se levantado, pois as estocadas que recebera tinham encontrado um peitoral rijo como diamante. Em meio à luta, Dom Juan havia deixado cair seu chapéu. Procurando-o, encontrou outro e, casualmente, levou-o à cabeça, sem reparar que não era o seu. Aproximando-se dele, o homem que tinha caído disse:

— Senhor cavaleiro, quem quer que sejais, confesso que vos devo a vida que tenho e que, com tudo o que valho e posso, estará sempre a vosso serviço. Fazei-me a graça de dizer vosso nome e quem sois, para que eu saiba a quem devo mostrar-me agradecido.

A isso respondeu Dom Juan:

— Nada fiz por interesse, mas não quero ser descortês. E para fazer, senhor, o que me pedistes, e para vos comprazer, digo apenas que sou um cavaleiro espanhol e estudante nesta cidade. Se por isso vos importasse saber meu nome, eu vos diria. Mas se acaso quiserdes que eu vos sirva em outra coisa, sabei que me chamo Dom Juan de Gamboa.

— Que grande graça me concedestes — respondeu o caído. — Mas, Senhor Dom Juan de Gamboa, não quero vos dizer quem sou e nem o meu nome, porque hei de gostar muito de que o saibais por outra pessoa e não por mim. E cuidarei para que disso vos façam sabedor.

Dom Juan já havia perguntado ao homem se estava ferido, pois o tinha visto levar duas grandes estocadas. O homem respondeu que, depois de Deus, um famoso peitoral que trazia o havia protegido. Mas, mesmo assim, seus inimigos teriam acabado com ele, se Dom Juan não lutasse ao seu lado. Estavam nisso, quando viram se aproximar um grupo de pessoas.

— Se esses são os inimigos voltando, ficai atento, senhor, e lutai como quem sois. Mas me parece que não são inimigos e sim amigos que estão chegando.

De fato, pois os que se aproximaram, e que eram oito homens, rodearam o caído e disseram-lhe poucas palavras, mas em voz tão baixa e reservada que Dom Juan não conseguiu ouvi-las. Voltando para perto de Dom Juan, o homem a quem havia defendido disse:

— Se esses amigos não tivessem vindo, Senhor Dom Juan, de modo algum eu vos deixaria, até que me pusésseis a salvo. Mas agora vos suplico encarecidamente que me deixeis, que ide embora daqui, assim será melhor para mim.

Assim dizendo, tateou a cabeça e, percebendo que estava sem chapéu, voltou-se para os recém-chegados e pediu que lhe dessem um, já que o seu havia caído. Mal terminou de falar, quando Dom Juan lhe pôs sobre a cabeça o chapéu que tinha achado na rua. Tocando-o, o homem voltou-se para Dom Juan e disse:

— Este chapéu não é meu. Mas, por vossa vida, Senhor Dom Juan, eu vos peço: levai-o como troféu desse combate e guardai-o, pois creio que seja conhecido.

Deram outro chapéu ao homem. E Dom Juan, para cumprir o que ele havia lhe pedido, deixou-o, depois de alguns breves cumprimentos, sem saber quem ele era. E foi para casa, evitando a porta onde haviam lhe dado a criança, pois lhe parecia que o bairro inteiro estava desperto e alvoroçado com a pendência.

Sucedeu, pois, que enquanto voltava para casa, a meio caminho encontrou Dom Antônio de Isunza, seu camarada, que ao vê-lo disse:

— Voltai comigo, Dom Juan, até aqui em cima, que no caminho vos contarei um estranho caso que me sucedeu, e que talvez jamais tenhais ouvido outro semelhante, em toda a vossa vida.

— Também tenho um caso assim para vos contar — respondeu Dom Juan. — Mas vamos aonde quereis e contai-me o vosso.

Guiando-o, Dom Antônio disse:

— Sabei que pouco mais de uma hora depois que saístes de casa, saí eu a procurar por vós. E a menos de trinta passos daqui vi um vulto negro de uma pessoa vindo quase ao meu encontro. Andava apressadamente e, quando se aproximou, vi que era uma mulher trajando longas vestes; e com a voz entrecortada por soluços e suspiros, me disse: "Senhor, porventura sois estrangeiro, ou natural desta cidade?" Respondi: "Sou estrangeiro e espanhol." E ela: "Graças ao Céu, que não quer que eu morra sem os últimos sacramentos." "Estais ferida, senhora?", repliquei. "Ou tendes alguma doença mortal?" "Talvez o que trago comigo possa ser mortal, se eu não receber logo uma ajuda; pela cortesia que costuma reinar entre aqueles da vossa nação, eu vos suplico, senhor espanhol, que me tireis dessas ruas e me conduzis à vossa pousada com a maior urgência possível. E lá, se assim quiserdes, sabereis quem sou e que mal carrego, ainda que me custe a honra." Ao ouvir isso, e parecendo-me que a mulher de fato tinha necessidade do que pedia, eu, sem mais replicar, tomei-a pela mão e, evitando as ruas principais, levei-a à nossa casa. Santisteban, o criado, abriu-me a porta. Ordenei-lhe que se retirasse e, sem que ele a visse, levei a mulher aos meus aposentos. Ela, logo ao entrar, atirou-se na minha cama, sem sentidos. Aproximando-me, descobri-lhe o rosto, até então coberto por um manto, e vi a maior beleza que olhos humanos já viram; terá, ao que me parece, cerca de dezoito anos, não mais, talvez menos. Fiquei encantado diante de tal extremo de beleza; apressei-me a jogar-lhe um pouco de água no rosto e com isso ela voltou a si, suspirando ternamente. A primeira coisa que disse foi: "Conheceis-me, senhor?" "Não", respondi, "não tive ainda a felicidade de conhecer tamanha formosura." "Infeliz daquela que a recebe do Céu, para maior desventura sua", respondeu ela. "Mas, senhor, este não é momento de louvar formosuras e sim de remediar desgraças. Por quem sois, peço que me deixeis aqui trancada e não permitais que ninguém me veja. Voltai logo ao mesmo lugar onde me encontrastes e vede se há pessoas lutando por lá. Se houver, não tomai partido de qualquer dos combatentes, ao contrário, tratai de apaziguá-los, pois qualquer dano, a qualquer das partes, haverá de aumentar o meu." Assim, deixei-a trancada e vim para estabelecer a paz nessa pendência.

— Tendes mais a dizer? — perguntou Dom Juan.

— Não vos parece que já falei o bastante? — respondeu Dom Antônio. — Pois se acabo de contar que tenho trancada no meu aposento a maior beleza que olhos humanos já viram!

— É um caso singular, sem dúvida — disse Dom Juan. — Mas tratai de ouvir o meu.

E pôs-se a contar tudo o que lhe havia sucedido; falou da criança que tinham lhe entregado e que agora estava em casa, aos cuidados da ama, a quem havia ordenado que trocasse as ricas mantilhas por outras, pobres, e que a levasse a um lugar onde pudessem criá-la ou, ao menos, socorrê-la na presente necessidade. E disse mais: que a pendência pela qual Dom Antônio viera já estava acabada e apaziguada; que ele, Dom Juan, havia participado dela e que, a seu ver, todos os envolvidos eram pessoas de honra e de posses.

Ficaram ambos admirados com o que tinha sucedido a cada um e voltaram para casa apressados, para ver do que a mulher encerrada precisava. No caminho, Dom Antônio disse a Dom Juan que havia prometido àquela senhora que não deixaria que ninguém a visse, nem entrasse naquele aposento, exceto ele mesmo, enquanto ela não lhe pedisse outra coisa.

— Não importa — respondeu Dom Juan. — Não me faltará ocasião de vê-la, coisa que já desejo imensamente, pelo tanto que louvastes sua formosura.

Nisso, chegaram. E, à luz trazida por um dos três criados da casa, Dom Antônio ergueu os olhos para o chapéu que Dom Juan usava e viu-o resplandecente de diamantes. Tomando-o nas mãos, viu que aquele brilho vinha dos muitos que adornavam o belíssimo cinteiro do chapéu. Observando-o atentamente, ambos concluíram que se todos aqueles diamantes fossem autênticos, como pareciam, valeriam mais de doze mil ducados. E por aí acabaram de concluir que as pessoas envolvidas na pendência eram mesmo nobres, especialmente o homem socorrido por Dom Juan, que se lembrou que ele lhe dissera para ficar com o chapéu e guardá-lo, pois era bem conhecido.

Ambos ordenaram aos criados que se retirassem. Abrindo a porta de seu aposento, Dom Antônio encontrou a senhora sentada na cama, com a face apoiada na mão, derramando ternas lágrimas. Dom Juan, com o desejo que tinha de vê-la, assomou à porta apenas com a cabeça, e no mesmo momento o reflexo dos diamantes incidiu em cheio nos olhos daquela que chorava e que, erguendo-os, disse:

— Entrai, senhor duque, entrai de uma vez! Por que relutais em me dar inteiramente o bem da vossa presença?

A isso respondeu Dom Antônio:

— Aqui não há nenhum duque que se furte a vos ver, senhora.

— Como não? — replicou ela. — Esse que assomou agora à porta é o Duque de Ferrara! A riqueza do seu chapéu não o deixa ocultar-se.

— Na verdade, senhora, nenhum duque está usando o chapéu que acabastes de ver. Se quiserdes tirar a dúvida e ver de quem se trata, dai-lhe licença de entrar.

— Que entre, em boa hora... Ainda que, se não for o duque, minha desgraça se agrave — disse ela.

Dom Juan, que tinha ouvido todas essas palavras, vendo que tinha licença, entrou no aposento, com o chapéu na mão, e postou-se diante da senhora que, vendo que de fato não era ele o dono do rico chapéu, tal como ela pensara ser, disse precipitadamente e com voz entrecortada:

— Ai, desgraçada de mim! Senhor, não me deixai em aflição por mais tempo; dizei-me logo: conheceis o dono desse chapéu? Onde o deixastes? Como esse chapéu chegou a vossas mãos? Porventura seu dono está vivo, ou essa é a notícia que ele me envia, da sua morte? Ai, meu amor, que fatos são esses? Aqui vejo teus pertences e aqui me vejo sem ti, encerrada, em poder desses senhores. E se eu não soubesse que são gentis-homens espanhóis, já teria perdido minha vida, com medo de perder minha integridade!

— Sossegai, senhora — disse Dom Juan. — Pois nem o dono desse chapéu está morto, nem estais num lugar onde podereis sofrer qualquer agravo, ao contrário: haveremos de vos servir em tudo que nossas forças permitirem; até nossa vida poremos à vossa disposição, para vos defender e amparar. Pois não é bom que resulte vã a fé que tendes na bondade dos espanhóis... coisa que ambos somos, além de nobres (afirmação que parece arrogância, mas que bem cabe aqui). Então, podeis estar certa de que será respeitado o decoro que vossa presença merece.

— Assim acredito — respondeu ela. — Contudo, senhor, dizei-me: como chegou ao vosso poder esse belo chapéu, ou onde está seu dono, que certamente deve ser Alfonso de Este, Duque de Ferrara?

Dom Juan, para não mais deixá-la na expectativa, contou-lhe como havia se envolvido numa pendência, na qual tinha favorecido e ajudado um cavaleiro que, pelo que ela dizia, sem dúvida alguma devia ser o Duque de Ferrara. E que nessa pendência havia perdido seu chapéu e achado aquele, e que o tal cavaleiro lhe dissera que o guardasse, pois era bem conhecido. E que a refrega havia terminado sem que o cavaleiro ficasse ferido e nem ele, tampouco. E depois de finda a disputa, alguns homens haviam chegado, homens que deviam ser criados ou amigos de quem, a seu ver, era o duque, que havia lhe pedido que o deixasse e fosse embora...

— E ele se mostrou muito grato pelo favor que lhe prestei. Assim, minha senhora, esse belo chapéu chegou às minhas mãos da maneira que acabo de contar. Quanto ao seu dono, se for mesmo o duque, tal como dizeis, sabei que há menos de uma hora eu o deixei muito bem, são e salvo. Que essa verdade sirva em parte para o vosso consolo, se é que vos consola saber do bom estado do duque.

— Para que saibais, senhores, se tenho razão e causa para perguntar por ele, eu vos peço que estejais atentos e que escuteis minha (nem sei como dizer) infeliz história.

Enquanto tudo isso se passava, a ama cuidou do menino, dando-lhe mel e trocando-lhe as ricas mantilhas por outras, pobres. E quando terminou de aprontá-lo, resolveu levá-lo à casa de uma parteira, tal como Dom Juan havia ordenado. Ao passar junto ao aposento onde estava aquela que queria contar sua história, a criança chorou, de modo que a senhora percebeu e, erguendo-se, pôs-se a ouvir atentamente; e ao discernir com nitidez o pranto, disse:

— Meus senhores, quem é essa criatura, que parece recém-nascida?

Dom Juan respondeu:

— É um menino que deixaram nesta noite à nossa porta. E a ama vai procurar alguém que possa amamentá-lo.

— Trazei-o aqui, pelo amor de Deus — disse a senhora —, que farei essa caridade pelo filho de outro, já que o Céu não quer que eu faça pelo meu.

Dom Juan chamou a ama, pegou o menino e entregou-o aos braços daquela que o pedia, dizendo:

— Vede aqui, senhora, o presente que nos fizeram nesta noite. E esse não foi o primeiro, pois poucos meses se passam sem que encontremos semelhantes achados junto à nossa porta.

Ela pegou o menino nos braços, observando-lhe atentamente o rosto e os pobres, embora limpos, panos em que vinha envolto. E logo, incapaz de conter as lágrimas, tirou a própria touca, cobrindo com ela o peito, para poder amamentar com recato. Assim, aconchegando o menino junto aos seios, colou o rosto ao dele; e com o leite o alimentava e com as lágrimas banhava-lhe as faces. Desse modo permaneceu, sem erguer o rosto, pelo tempo que o menino não quis deixar o peito. Enquanto isso, todos os quatro guardavam silêncio. O menino mamava, mas não muito bem, pois as mulheres que acabaram de parir não podem dar logo o peito. E assim aquela que o dava, caindo em si, voltou-se para Dom Juan, dizendo:

— Em vão me mostrei caridosa. Bem pareço novata, nessa situação. Fazei, senhor, com que entretenham esse menino com um pouco de mel e não consintais que saiam com ele pelas ruas a esta hora. Esperai pela chegada do dia e, antes que o levem embora, trazei-o aqui de novo, para que eu me console ao vê-lo.

Dom Juan devolveu o menino à ama, ordenando que cuidasse dele até que o dia chegasse; que o vestisse com as ricas mantilhas com que viera e não o levasse embora sem antes informá-lo. Então voltou a entrar no aposento. E estando os três a sós, a formosa senhora disse:

— Se quiserdes que eu fale, dai-me primeiro algo de comer, pois estou prestes a desmaiar e tenho motivos suficientes para tanto.

Prontamente Dom Antônio correu até um armário e dele tirou muitas conservas, das quais a senhora provou algumas e bebeu um copo de água fresca. Com isso recuperou-se e, um tanto mais calma, disse:

— Sentai-vos, senhores, e escutai-me.

Assim fizeram. E ela, recolhendo-se ao leito e cobrindo-se bem com as faldas do vestido, fez deslizar pelas costas um véu que trazia na cabeça, deixando o rosto livre e exposto, mostrando em si a própria lua ou, melhor dizendo, o próprio sol, quando mais belo e mais luminoso se revela. Choviam-lhe dos olhos líquidas pérolas, que ela limpou com um lenço alvíssimo e mãos tão claras que somente alguém de grande percepção saberia diferenciá-los, na brancura. Por fim, depois de muitos suspiros e de algumas tentativas de acalmar um pouco o peito, com voz dolorosa e entrecortada, disse:

— Eu, senhores, sou aquela de quem muitas vezes, sem dúvida alguma, ouvistes falar por aí, pois poucas línguas há que não proclamem a fama da minha beleza, tal qual ela é. Sou, com efeito, Cornélia Bentibolli, irmã de Lorenzo Bentibolli; e com isso vos terei dito duas verdades: uma, sobre a minha nobreza; outra, sobre a minha formosura. Muito pequena, fiquei órfã de pai e mãe, em poder do meu irmão que, desde que eu era criança, me deixou sob a guarda do meu próprio recato, pois confiava mais na minha condição de honrada do que no seu afã de me proteger. Por fim, entre paredes e solidões, na companhia apenas das minhas criadas, fui crescendo; e junto comigo crescia a fama da minha galhardia, levada a público pelos criados e por aqueles que, reservadamente, mantinham contato comigo; e também por um retrato que meu irmão mandou fazer, por um famoso pintor, para que, tal como ele dizia, o mundo não ficasse sem mim, quando o Céu me levasse para uma vida melhor. Mas tudo isso seria pouco para apressar minha perdição, não fosse o fato de o Duque de Ferrara vir a ser padrinho de casamento de uma prima nossa, a cuja cerimônia meu irmão me levou, com muito boa intenção e em honra dessa parenta. Lá olhei e fui vista; lá, segundo creio, rendi corações, avassalei desejos; lá senti que os elogios davam prazer, ainda que fossem ditos por línguas lisonjeiras. Enfim, lá vi o duque e ele me viu, e desse olhar resultou o estado em que agora me vejo. Não quero vos contar, senhores, pois para isso eu teria de me alongar infinitamente, sobre os planos, os artifícios e o modo pelo qual o duque e eu conseguimos realizar, ao cabo de dois anos, o desejo que nasceu naquelas bodas, pois nem guarda, nem recato, nem honrosas admoestações, nem qualquer outra diligência humana foram suficientes para impedir que nos uníssemos, o que por fim aconteceu, com o duque me dando sua palavra de que se tornaria meu esposo, pois sem isso seria impossível vencer a rocha da minha valorosa e honrada aspiração. Mil vezes eu disse a ele que pedisse, publicamente, minha mão ao meu irmão, pois não era possível que ele recusasse; e não seria preciso justificar-se, perante o povo, pela culpa eventualmente alegada sobre a desigualdade do nosso casamento, pois a nobreza da linhagem Bentibolli em nada desmerecia a de Este. A isso ele me respondeu com desculpas que me pareceram suficientes e necessárias. E tão crédula quanto rendida, acreditei, por estar enamorada, e entreguei toda a minha vontade à dele, por intercessão de uma criada minha, mais suscetível às dádivas e promessas do duque do que à confiança do meu irmão na sua fidelidade. Em resumo, ao fim de poucos dias me senti grávida. E antes que meus trajes denunciassem minha liberdade (para não usar outro nome), fingi-me doente, melancólica, e fiz com que meu irmão me levasse à casa daquela nossa prima de quem o duque fora padrinho. Lá a fiz saber da minha situação, do perigo que me ameaçava e do quanto estava insegura com relação à minha vida, pois tinha quase certeza de que meu irmão suspeitava do meu deslize. Ficou acertado entre o duque e a minha prima que ela o avisaria assim que eu entrasse no último mês de gravidez; ele então viria me buscar, com alguns amigos seus, e me levaria a Ferrara onde, em momento oportuno, me desposaria publicamente. Sua vinda ficou acertada para esta noite em que estamos. E nesta mesma noite, enquanto o esperava, senti que meu irmão chegava, com muitos outros homens (usando armaduras, a julgar pelo som que faziam ao andar). Esse susto, causado por algo totalmente inesperado, apressou meu trabalho de parto e num instante pari um formoso menino. Aquela minha criada, sabedora e mediadora dos meus atos, que já estava de sobreaviso, envolveu a criança em panos diferentes daqueles que envolvem a criança que deixaram aqui, na vossa casa, e saindo à porta da rua entregou-a, pelo que me disse, a um criado do duque. E eu, logo depois, recompondo-me o melhor que pude, naquela situação, saí da casa, acreditando que o duque estivesse na rua. Não deveria ter saído, não antes que ele chegasse à porta. Mas o medo que eu sentia do meu irmão e seu grupo, imaginando-o já brandindo a espada no meu pescoço, não me deixou pensar em coisa melhor. E assim, transtornada e louca, saí e então me sucedeu o que já sabeis. E embora eu me veja sem filho e sem esposo, com temor de acontecimentos ainda piores, dou graças ao Céu por ter me trazido ao vosso poder, do qual espero tudo aquilo que a cortesia espanhola pode prometer, e mais ainda espero da vossa, que sabereis realçá-la, por serdes tão nobres quanto me pareceis.

Assim dizendo, deixou-se cair de vez sobre o leito. Os dois acorreram para ver se ela havia desmaiado e viram que não, mas que chorava amargamente. Então Dom Juan disse:

— Se até o momento, formosa senhora, eu e Dom Antônio, meu camarada, tínhamos compaixão e pena de vós, por serdes mulher, agora, que sabemos da vossa condição, a pena e a compaixão convertem-se numa absoluta obrigação de vos servir. Recobrai vosso ânimo e não esmoreceis; e ainda que não estejais acostumada a situações semelhantes a essa, quanto mais souberdes levar esse momento com paciência, tanto mais mostrareis quem sois. Acreditai, senhora, que imagino que esses acontecimentos tão estranhos haverão de ter um desfecho feliz, pois o Céu não há de permitir que tanta beleza seja mal desfrutada e tantas boas intenções sejam malogradas. Deitai-vos, senhora, e cuidai da vossa pessoa, pois disso muito necessitais. Virá aqui uma criada nossa, para vos servir, em quem poderéis depositar a mesma confiança que tendes em nós, pois ela saberá guardar silêncio sobre a vossa desgraça, tanto quanto saberá atender às vossas necessidades.

— Tal é minha precisão, que a coisas mais dificultosas me obriga — respondeu Cornélia. — Que aqui entre, senhor, a pessoa que bem quiserdes; pois, vinda da vossa parte, não posso deixar de considerá-la muito boa, para tudo o que for necessário. Mas, apesar disso, suplico-vos que ninguém mais me veja, além dessa vossa criada.

— Assim será — respondeu Dom Antônio.

Deixando-a sozinha, ambos saíram. Dom Juan disse à ama que entrasse no quarto, levando a criança envolta em ricas mantilhas, se é que já a havia trocado. A ama disse que sim, que a criança estava tal como ele a trouxera. Assim, a ama entrou no aposento, instruída sobre como deveria responder às perguntas que a senhora fizesse.

Ao vê-la, Cornélia disse:

— Chegastes em boa hora, minha amiga. Dai-me a criança e trazei essa vela para mais perto de mim.

Assim fez a ama. Cornélia, tomando o menino nos braços, ficou profundamente perturbada. Olhou-o atentamente e então perguntou à ama:

— Dizei-me, senhora: este menino é o mesmo que me trouxestes, ou me trouxeram, antes?

— Sim, senhora — respondeu a ama.

— Mas como, se está envolto nestas mantilhas tão diferentes? — Cornélia replicou. — Na verdade, amiga, me parece que ou as mantilhas foram trocadas, ou esta não é a mesma criança.

— Tudo pode ser — respondeu a ama.

— Ai, pecadora de mim! — disse Cornélia. — Como "tudo pode ser"? Como assim, minha ama? Até que eu saiba o que significa isso, meu coração vai explodir no peito. Dizei-me, amiga, em nome de tudo o que mais quereis: onde arranjastes estas mantilhas tão ricas? Pois se a vista não me falha e a memória não me falta, deveis saber que são minhas. Com estas mesmas mantilhas, ou outras semelhantes, entreguei à minha criada a riqueza mais querida de minha alma. Quem tirou as mantilhas? Ai, infeliz de mim! E quem as trouxe para cá? Ai, desventurada que sou!

Dom Juan e Dom Antônio, que ouviam todas essas queixas, não quiseram deixar que aumentassem, nem permitiram que o equívoco das mantilhas trocadas aumentasse ainda mais a aflição de Cornélia. Por isso, entraram no quarto; e Dom Juan disse:

— Essas mantilhas e esse menino são vossos, Senhora Cornélia. — E logo contou, em detalhes, que fora ele a pessoa a quem sua criada dera o menino, e como o trouxera para casa e ordenara à ama que lhe trocasse as mantilhas e o motivo pelo qual assim fizera. Disse ainda que, depois que ela, Cornélia, lhe contara sobre o parto, tivera certeza de que aquele menino era seu filho. Mas nada havia falado sobre isso para que, depois do sobressalto que tivera, ao duvidar de que aquele menino fosse seu filho ou não, sobreviesse a alegria de reconhecê-lo, de fato, como tal.

Aí foram infinitas as lágrimas de Cornélia, infinitos os beijos que deu no filho, infinitos os agradecimentos que fez aos seus protetores, chamando-os de seus anjos da guarda humanos e outros títulos que notoriamente demonstravam gratidão. Deixaram-na com a ama, a quem recomendaram que olhasse por ela e a servisse em tudo o que fosse possível, advertindo-a sobre o estado em que Cornélia se encontrava, para que a acudisse e tratasse no que fosse necessário, pois a ama, sendo mulher, entendia mais daquela situação do que eles.

Só então foram repousar pelo tempo que restava daquela noite, com a intenção de não entrar no aposento de Cornélia, a menos que ela os chamasse ou que fosse absolutamente necessário. Veio o dia e a ama trouxe, secretamente e às escuras, uma mulher para amamentar o menino. Dom Juan e Dom Antônio perguntaram por Cornélia. A ama respondeu que estava repousando um pouco. Os dois então foram à universidade, mas antes passaram pela rua onde havia ocorrido a pendência e pela casa de onde Cornélia havia saído, para ver se sua ausência já era de conhecimento público, ou se já comentavam sobre ela. Mas não perceberam nem ouviram qualquer comentário sobre a luta ou a ausência de Cornélia. Com isso, depois de assistirem às aulas, voltaram para casa.

Cornélia mandou chamá-los por intermédio da ama, a quem responderam que tinham decidido não pôr os pés no aposento, para que com mais decoro ficasse preservada a honra da senhora, tal como era devido. Mas Cornélia, com lágrimas e súplicas, replicou que entrassem para vê-la, pois aquele seria o decoro mais conveniente, se não para a sua salvação, ao menos para o seu consolo.

Assim fizeram ambos e ela os recebeu com uma expressão alegre e muita cortesia. Pediu que lhes fizessem o favor de sair pela cidade para ver se ouviam alguma notícia sobre seu atrevimento. Responderam-lhe que já haviam feito essa diligência, cuidadosamente, mas nada tinham ouvido.

Nisso chegou um pajem, dos três que havia na casa, e aproximando-se da porta do aposento disse, sem entrar:

— Está ali fora um cavaleiro com dois criados, que diz se chamar Lorenzo Bentibolli e quer falar com meu senhor, Dom Juan de Gamboa.

Ao ouvir essa notícia, Cornélia cerrou os punhos e levou-os à boca, por onde sua voz soou, baixa e temerosa:

— Meu irmão, senhores! É meu irmão! Sem dúvida deve ter sabido que estou aqui e vem para tirar-me a vida. Socorro, senhores, me protejam!

— Acalmai-vos, senhora — disse Dom Antônio. — Pois estais em poder de quem não permitirá que vos façam a menor ofensa do mundo. Acudi, Senhor Dom Juan, ide ver o que deseja esse cavaleiro, que eu ficarei aqui para defender Cornélia, se preciso for.

Sem alterar o semblante, Dom Juan desceu. Logo Dom Antônio ordenou que trouxessem duas pistoletas carregadas, mandou que os pajens tomassem suas espadas e ficassem atentos.

A ama, diante de todas aquelas precauções, tremia. Cornélia, temendo que alguma tragédia acontecesse, também. Somente Dom Antônio e Dom Juan permaneciam muito seguros de si, convictos do que tinham a fazer. Na porta principal da casa, Dom Juan encontrou Dom Lorenzo que, ao vê-lo, disse:

— Suplico a Vossa Excelência (pois assim se diz, na Itália) que faça a mercê de vir comigo até aquela igreja ali em frente, pois tenho um assunto a tratar, no qual minha vida e minha honra estão comprometidas.

— De muito boa vontade irei, senhor, aonde quiserdes — respondeu Dom Juan.

Dito isso, dirigiram-se à igreja e sentaram-se num banco e local onde não pudessem ser ouvidos. Lorenzo falou primeiro:

— Eu, senhor espanhol, sou Lorenzo Bentibolli, se não um dos mais ricos, um dos mais nobres desta cidade. E creio que estou desculpado por me gabar, já que essa verdade é notória. Fiquei órfão já faz um bom tempo e ficou sob minha guarda uma irmã, tão formosa, que se não fosse parenta tão próxima de mim, talvez eu a louvasse de maneira que me faltariam elogios, pois nenhum deles poderia fazer jus à sua beleza. O fato de ser eu honrado e ela jovem e formosa, fez com que eu me empenhasse ao extremo em protegê-la. Porém, todas as minhas precauções e diligências foram frustradas pela arrojada vontade de minha irmã, Cornélia, pois este é o seu nome. Por fim, para encurtar este assunto e não vos cansar com o que poderia ser uma longa narrativa, digo que Alfonso de Este, Duque de Ferrara, com olhos de lince venceu os de Argos,[3] derrubou meus esforços e sobre eles triunfou, dominando de vez minha irmã, a quem tirou e levou embora da casa de uma parenta nossa, ontem à noite, ainda por cima recém-parida, segundo dizem. Eu só soube disso ontem à noite; e ontem mesmo saí à procura dele, e creio tê-lo encontrado e ferido. Mas algum anjo o socorreu, sem consentir que com seu sangue o duque lavasse a mancha da minha honra ofendida. Minha parenta, que me contou tudo isso, disse que o duque enganou minha irmã, dando a ela sua palavra de que a tomaria como mulher. Nisso eu não acredito, pois seria um matrimônio desigual, no que toca à riqueza dos bens materiais; e quanto aos bens naturais, o mundo inteiro reconhece a nobreza dos Bentibolli de Bolonha. Creio que ele se ateve ao que se atêm os poderosos que querem seduzir uma donzela temerosa e recatada, acenando-lhe com o doce nome de "esposo", fazendo-a crer que, por certos motivos, não poderá desposá-la logo: mentiras com aparência de verdades, porém falsas e mal-intencionadas. Mas, seja lá como for, o fato é que estou sem irmã e sem honra, embora, de minha parte, esteja guardando tudo isso sob a chave do silêncio. Até agora, não quis contar a ninguém sobre essa ofensa, pois quero ver se posso remediá-la ou resolvê-la de alguma forma. Pois as infâmias, é melhor que sejam presumidas e suspeitadas, em vez de tomadas por certas e patentes, já que, entre o "sim" e o "não" da dúvida, cada um pode inclinar-se para o lado que preferir e cada lado terá seus defensores. Enfim, estou decidido a ir a Ferrara, pedir ao próprio duque satisfações sobre essa ofensa e, se ele negar, eu o desafiarei. Mas isso não se dará com tropas de soldados, pois não posso formá-las nem sustentá-las;

---

[3] Olhos de lince, pois o lince "é animal de visão aguçada, que alguns chamam de lobo cerval" (Covarrubias). Assim, a visão de lince venceu a de Argos, "o de cem olhos". (Sieber) Ver nota 10 da novela "A Ciganinha".

será de pessoa para pessoa, e para tanto quero a ajuda da vossa, ou seja: quero que me acompanheis nesse caminho. Confio que assim havereis de fazer, por serdes espanhol e cavaleiro, como bem estou informado. E também não quero prestar contas a quaisquer parentes ou amigos meus, dos quais nada espero, senão conselhos e tentativas de dissuasão, mas de vós posso esperar conselhos bons e honrosos, ainda que resultem em algum perigo. Senhor, fazei-me a mercê de vir comigo, pois se eu tiver um espanhol a meu lado, ainda mais um espanhol como vós me pareceis, será como ter a guarda dos exércitos de Xerxes.[4] Sei que estou pedindo muito, porém a isso e a muito mais vos obriga o dever de fazer jus ao que a fama da vossa nação apregoa.

— Basta, Senhor Lorenzo — disse a essa altura Dom Juan, que até então estivera ouvindo-o, sem interrompê-lo sequer numa palavra. — Basta, pois desde já me constituo vosso defensor e conselheiro, tomando a meu cargo a reparação ou a vingança da ofensa que sofrestes. E faço isso não apenas por ser espanhol, mas, por ser cavaleiro e serdes vós tão nobre como dissestes, como bem sei e como todo mundo sabe. Vede para quando quereis marcar vossa partida, e seria melhor que fosse logo, pois deve-se moldar o ferro quando incandescente; e o ardor da cólera faz crescer o ânimo e a injúria recente desperta a vingança.

Lorenzo levantou-se e, abraçando fortemente Dom Juan, disse:

— Não preciso acenar com outro interesse, além da honra que haverá de ganhar com esse feito, para mover um coração tão generoso como o vosso, Senhor Dom Juan; honra que desde já lhe rendo, se nos sairmos bem nesse caso, e por acréscimo vos ofereço tudo que tenho, posso e valho. Quanto à nossa partida, quero que seja amanhã, para que eu hoje possa cuidar dos preparativos necessários.

— Para mim, está bem — disse Dom Juan. — Agora dai-me licença, Senhor Lorenzo, para que eu possa dar conta desse fato a um cavaleiro amigo meu, em cujo valor e silêncio podeis confiar inteiramente, até mais do que em mim.

— Já que tomastes minha honra a vosso cargo, Dom Juan, podeis também dispor dela como quiserdes, bem como falar dela o que quiserdes e a quem quiserdes, e ainda mais a esse vosso amigo, que certamente há de ser muito bom!

---

[4] Xerxes I: Rei da Pérsia de 485 a 465 a.C. Filho de Dario I, subiu ao trono quando o Egito se rebelava contra a dominação persa; manteve o domínio, invadiu Ática e arrasou Atenas, mas foi vencido em Salamina e teve de fugir para a Ásia. (Lello)

Com isso, se abraçaram e se despediram, combinando que no dia seguinte, pela manhã, Dom Lorenzo enviaria alguém para chamar Dom Juan. Sairiam então da cidade, montariam a cavalo e, disfarçados, seguiriam viagem.

Dom Juan voltou para casa e contou a Dom Antônio e a Cornélia tudo o que havia se passado entre ele e Lorenzo, bem como o trato que tinham feito.

— Valha-me Deus! — disse Cornélia. — Grande é vossa cortesia, senhor, e grande é vossa confiança! Pois como tão rapidamente vos arriscastes a empreender uma façanha tão cheia de inconvenientes? E como podeis saber, senhor, se meu irmão vos levará mesmo a Ferrara ou a qualquer outra parte? Mas, aonde quer que o leve, bem podeis acreditar que vai convosco a fidelidade em pessoa, embora eu, desventurada que sou, tropece até num daqueles minúsculos grãos de poeira, visíveis apenas se iluminados por réstias de sol, e tema qualquer sombra. Pois como não haveria de temer, se minha vida e minha morte dependem da resposta do duque? E como posso saber se ele responderá tão satisfatoriamente ao meu irmão, a ponto de fazê-lo conter a cólera dentro dos limites da prudência? E se essa cólera explodir, senhor, acaso vos parecerá que tendes um inimigo fraco pela frente? E já pensastes que nos dias de vossa ausência estarei mergulhada em angústia e temor, na expectativa das doces ou amargas notícias que virão desse acontecimento? Amarei tão pouco ao duque e ao meu irmão, a ponto de não temer e sentir na alma as desgraças que podem advir de um ou de outro?

— Muito conjecturais e muito temeis, Senhora Cornélia — disse Dom Juan. — Mas, entre tantos medos, dai lugar à esperança e confiai em Deus, em minha inteligência e boa intenção; e assim vereis, com toda felicidade, o cumprimento do vosso desejo. Não há como evitar a ida a Ferrara ou o apoio que darei a vosso irmão. Até agora não sabemos quais as intenções do duque, nem se ele sabe que vos ausentastes de casa. Mas ouviremos tudo isso da boca do próprio duque; e eu, melhor do que ninguém, saberei perguntar-lhe. Compreendei, Senhora Cornélia, que para mim o bem-estar e o contentamento do vosso irmão e do duque são preciosos como a menina dos meus olhos; por eles olharei, como por ela.

— Se o Céu vos dá tanto o poder de remediar quanto o dom de consolar, Senhor Dom Juan, então, em meio às minhas tantas provações, considero-me bem-afortunada. Queria já vos ver indo e voltando, por mais que, em vossa ausência, eu me veja atormentada pelo temor e dependente da esperança.

Dom Antônio aprovou a determinação de Dom Juan, louvando-o por ter correspondido à confiança de Lorenzo Bentibolli. E disse mais: que queria acompanhá-los, por tudo o que pudesse acontecer.

— Isso não — disse Dom Juan. — Mesmo porque, não será bom que a Senhora Cornélia fique sozinha, nem que o Senhor Lorenzo pense que quero me valer do ânimo alheio.

— Meu ânimo é vosso próprio ânimo — replicou Dom Antônio. — Portanto, ainda que seja de forma oculta e distante, tenho que vos seguir. Sei que a Senhora Cornélia gostará disso; e não ficará tão sozinha, pois não lhe faltará quem a sirva, proteja e acompanhe.

A isso, Cornélia disse:

— Para mim, senhores, será um grande consolo saber que ireis juntos, ao menos de modo que possais favorecer um ao outro, caso seja preciso. E como me parece que quem parte corre mais perigo, fazei-me o favor, senhores, de levar convosco estas relíquias.

Assim dizendo, tirou do seio uma cruz de diamantes de inestimável valor e um ágnus-dei de ouro, igualmente precioso. Dom Juan e Dom Antônio observaram as ricas joias, apreciando-as ainda mais do que tinham apreciado o cinteiro. Mas devolveram-nas, não querendo aceitá-las de modo algum, dizendo que também levariam relíquias, se não tão ricas e adornadas, ao menos tão boas e de igual qualidade. Cornélia ficou pesarosa por não aceitarem, mas por fim cedeu à vontade de ambos.

A ama cuidava muito bem de Cornélia e, ao saber da partida de seus amos, sobre a qual eles mesmos lhe contaram (embora não soubesse por que partiam nem para onde iam), encarregou-se de olhar pela senhora (cujo nome ainda não sabia), de tal modo que esta não sentisse falta dos cuidados de ambos.

Na manhã do dia seguinte, bem cedo, Lorenzo já estava à porta da casa. E Dom Juan, já em trajes de viagem, usava o chapéu do duque, que tinha adornado com plumas negras e amarelas, cobrindo o cinteiro de diamantes com um lenço preto. Ele e Dom Antônio despediram-se de Cornélia que, sabendo que seu irmão estava tão próximo, sentia-se tão assustada que não conseguiu falar sequer uma palavra aos dois.

Dom Juan partiu primeiro e, junto com Lorenzo, dirigiu-se à saída da cidade onde, num pomar um tanto afastado, encontraram dois cavalos muito bons e dois criados, que os seguravam pelas rédeas. Montaram e, com os criados seguindo à frente, por caminhos e atalhos que já ninguém usava, tomaram o rumo de Ferrara. Dom Antônio, usando trajes diferentes, montando um cavalo seu, de pequeno porte, seguia-os dissimuladamente. Mas pareceu-lhe que eles — principalmente Lorenzo — tentavam se ocultar, para que não os visse. E, assim, resolveu seguir o caminho comum para Ferrara, certo de que os encontraria lá.

Mal os homens tinham saído da cidade, Cornélia contou à ama tudo o que havia lhe acontecido — inclusive que aquele menino era filho seu e do Duque de Ferrara —, com todos os detalhes referentes à sua história, que até o presente momento foram narrados, não ocultando que seus senhores estavam viajando para Ferrara, acompanhando seu irmão, que ia desafiar o Duque Alfonso. A ama, ao ouvir tudo isso — como se recebesse ordem do demônio para complicar, estorvar ou retardar a salvação de Cornélia —, disse:

— Ai, senhora de minha alma! Com todas essas coisas que se passaram ainda estais aqui, distraída e acomodada! Ou bem não tendes alma, ou vossa alma está tão abatida que já nem sente! Como podeis pensar que vosso irmão está mesmo a caminho de Ferrara? Não pensastes, mas pensai (e podeis acreditar) que ele quis levar meus amos embora, afastando-os desta casa para voltar aqui e tirar-nos a vida, coisa que poderá fazer como quem bebe um jarro de água. Vede com que guarda e amparo contamos, além dos três pajens, que têm muito mais a fazer (ou seja, se coçar, porque estão cheios de sarna), em vez de se meter em encrencas. Ao menos da minha parte, sei dizer que não terei ânimo para esperar pelos acontecimentos e pela ruína que ameaçam esta casa. Então o Senhor Lorenzo, italiano, resolve fiar-se nos espanhóis e pedir-lhes favor e ajuda? Quem quiser que acredite! — disse, fazendo figa. — Minha filha, se quisésseis um conselho, eu vos daria um, muito esclarecedor.

Pasma, atônita e confusa, Cornélia ouvia a ama, que falava com tanta ênfase e tantas demonstrações de temor a ponto de parecer-lhe que aqueles argumentos eram absolutamente verdadeiros. Talvez Dom Juan e Dom Antônio já estivessem mortos; talvez seu irmão entrasse naquela casa para cosê-la a punhaladas. Por tudo isso, disse:

— E que conselho me daríeis vós, amiga, que me fosse benéfico e evitasse a desgraça iminente?

— Eu vos darei um conselho tão bom, mas tão bom que não haverá como torná-lo melhor — disse a ama. — Eu, senhora, já trabalhei para um *piovano*, digo, para um padre de um povoado que fica a duas milhas de Ferrara; trata-se de uma boa e santa pessoa, que fará por mim tudo o que eu pedir, pois me deve obrigações, mais do que um amo deveria. Vamos para lá; procurarei alguém que possa nos levar logo. A mulher que vem amamentar o menino é pobre e irá conosco até o fim do mundo. E já que supomos, senhora, que serás encontrada, melhor que seja na casa de um sacerdote de missa, velho e honrado, do que em poder de dois estudantes, jovens e espanhóis; pois aqueles dois, como já testemunhei, não perdem ocasião de um bom proveito... Agora, senhora, que estás adoentada, eles te respeitam. Mas caso venhas a convalescer e sarar sob o poder de ambos, só mesmo Deus para remediar. Pois saibas que, em verdade, se minhas recusas, minha altivez e integridade não tivessem me protegido, há muito tempo que aqueles dois já teriam dado cabo de mim e da minha honra. Pois nem tudo que neles reluz é ouro; dizem uma coisa e pensam outra, mas de mim não tiraram vantagem, pois sou astuta e sei onde me aperta o sapato; sobretudo, sou bem-nascida, pois venho da família Cribelo, de Milão, e o alto da minha honra fica dez milhas acima das nuvens. Por aí se pode imaginar, minha senhora, as calamidades pelas quais passei, pois, sendo quem sou, vim a tornar-me *masara* de espanhóis, a quem eles chamam *ama*, embora, na verdade, eu não tenha motivos para me queixar dos dois, porque são uns benditos, desde que não estejam aborrecidos, pois nisso se parecem com os biscainhos, como de fato dizem que são. Mas talvez com a senhora sejam galegos, que é gente de outra nação, segundo a fama, um tanto menos diligente e respeitada do que a de Biscaia.

Com efeito, tantos e tais argumentos disse a ama, que a pobre Cornélia se dispôs a seguir seu conselho. E assim, em menos de quatro horas, com a ama dispondo e Cornélia aceitando, viram-se ambas dentro de um coche, junto com a ama de leite do menino. Sem que os pajens percebessem, puseram-se a caminho do povoado onde vivia o padre. Tudo isso aconteceu por iniciativa da ama e às custas de seu próprio dinheiro, pois fazia pouco tempo que seus senhores a haviam pago por um ano de trabalho, de modo que não foi necessário empenhar uma joia que Cornélia havia lhe dado para esse fim. E como tinham ouvido Dom Juan dizer que ele e Lorenzo não tencionavam tomar o caminho direto para Ferrara, mas seguir por trilhas isoladas, resolveram seguir o caminho tradicional, mas devagar, para não encontrá-los. O dono do coche de bom grado acatou a disposição de ambas, que estavam lhe pagando muito bem pela sua.

Vamos deixá-las ir — pois vão tão atrevidas quanto bem encaminhadas —, e tratemos de saber o que aconteceu a Dom Juan de Gamboa e ao Senhor Lorenzo Bentibolli; deles se diz que no caminho souberam que o duque não estava em Ferrara e sim em Bolonha. E então, abandonando o percurso que faziam, tomaram o caminho real — ou a estrada mestra, como se diz por lá —, considerando que por ali haveria de vir o duque, quando voltasse de Bolonha. Logo depois de tomarem a estrada, esticando a vista na direção de Bolonha, para ver se vinha alguém, viram um tropel de gente a cavalo, e então Dom Juan disse a Lorenzo que se afastasse da estrada, pois se acaso entre aquela gente estivesse o duque, gostaria de falar com ele antes que se encerrasse em Ferrara, que não ficava longe. Assim fez Lorenzo, aprovando o parecer de Dom Juan.

Assim que Lorenzo se afastou, Dom Juan tirou o lenço preto que cobria o rico cinteiro do chapéu, enquanto fazia uma profunda reflexão, como ele mesmo contou depois.

Nisso chegou a tropa de viajantes, entre os quais havia uma mulher que montava uma égua malhada e usava trajes de viagem, mantendo o rosto parcialmente coberto, ou para ocultá-lo, ou para protegê-lo do vento e do sol. Dom Juan, detendo seu cavalo no meio da estrada, com o rosto descoberto esperou que os viajantes se aproximassem. O talhe, o brio, o majestoso cavalo, a elegância dos trajes e o brilho dos diamantes no cinteiro do chapéu cativaram o olhar de todos, especialmente o do Duque de Ferrara, que era um dos viajantes; e assim que pôs os olhos no cinteiro, compreendeu que aquele que o portava era Dom Juan de Gamboa, que o havia socorrido na pendência. Assim que se deu conta dessa verdade, sem mais esperar arremeteu seu cavalo na direção de Dom Juan, dizendo:

— Creio que não me enganarei, senhor cavaleiro, se vos chamar de Dom Juan de Gamboa, pois vosso galhardo porte e o adorno desse *capelo* assim me dizem.

— É verdade — respondeu Dom Juan. — Pois eu jamais soube, nem quis, esconder meu nome. Mas dizei-me, senhor, quem sois, para que eu não incorra em alguma descortesia.

— Isso seria impossível — respondeu o duque. — Pois tenho, para mim, que não poderíeis ser descortês, em momento algum. Contudo, vos digo, Senhor Dom Juan, que sou o Duque de Ferrara, aquele que tem obrigação de vos servir por todos os dias da vida, pois ainda não faz quatro noites que a destes para mim!

O duque ainda não tinha acabado de falar quando Dom Juan, saltando do cavalo com singular presteza, correu a beijar-lhe os pés. Mas, apesar da rapidez de seu gesto, já o duque saltava da sela, de modo que acabou de apear nos braços de Dom Juan.

O Senhor Lorenzo, que à distância observava essas cerimônias, julgando que não eram um sinal de cortesia e sim de cólera, arremeteu seu cavalo, mas na metade do avanço o deteve, porque viu Dom Juan e o duque, a quem já havia reconhecido, estreitamente abraçados. O duque, olhando por cima dos ombros de Dom Juan, viu Lorenzo e, ao reconhecê-lo, teve um leve sobressalto. Ainda abraçado a Dom Juan, perguntou-lhe se Lorenzo Bentibolli, que ali se encontrava, tinha vindo com ele, ou não. A isso Dom Juan respondeu:

— Afastemo-nos um pouco daqui; tenho grandes coisas a contar a Vossa Excelência.

Assim fez o duque. E Dom Juan lhe disse:

— Estais vendo ali Lorenzo Bentibolli, senhor? Pois ele tem uma queixa, e não é pequena, de vós. Disse que há cerca de quatro noites tirastes sua irmã, a Senhora Cornélia, da casa de uma prima de ambos, e que a enganastes e desonrastes. Lorenzo quer saber, de vós, que tipo de satisfação estais pensando em lhe dar, para que ele tome a atitude que melhor lhe convier. Pediu-me que fosse seu defensor e mediador; e eu me ofereci para isso, pois, pelo que ele me contou sobre a pendência, deduzi que vós, senhor, sois o dono deste chapéu, que por generosidade e cortesia quisestes que fosse meu. E ao ver que ninguém, melhor do que eu, poderia vos representar e também a Lorenzo, nesse caso, ofereci minha ajuda, tal como já disse. E agora eu queria que me disséseis, senhor, o que sabeis sobre esse caso e se é verdade o que disse Lorenzo.

— Ai, amigo! — respondeu o duque. — É tão verdade que eu não ousaria negá-la, ainda que quisesse! Não enganei nem levei Cornélia, embora conheça a casa da qual ela se ausentou. Não a enganei, porque a considero minha esposa. Não a levei a lugar algum, porque não sei onde ela está. Se não anunciei meu casamento publicamente, foi porque aguardava que minha mãe, que está nas últimas, passasse desta para uma vida melhor (pois minha mãe deseja que minha esposa seja a Senhora Lívia, filha do Duque de Mântua), e também por outros impedimentos, talvez mais graves do que esse que mencionei, dos quais não convém falar agora. O que acontece é que, na noite em que me socorrestes, eu deveria trazer Cornélia para Ferrara, porque ela já estava no mês em que daria à luz a preciosidade que o Céu ordenou que nela se depositasse. Quer tenha sido pela pendência, ou por um descuido meu, o fato é que quando cheguei à casa encontrei a criada que intermediava nossos acertos. Essa pessoa estava justamente saindo da casa. Perguntei-lhe por Cornélia; respondeu-me que já havia saído e que naquela noite havia parido um menino, o mais belo do mundo, e que o entregara a Fábio, meu criado. A criada é aquela que vem logo ali; Fábio também está aqui, mas o menino e Cornélia desapareceram! Passei os dois últimos dias em Bolonha, esperando e me informando para ver se ouvia alguma notícia de Cornélia, mas não consegui saber nada.

— Quer dizer então, senhor, que quando Cornélia e vosso filho aparecerem, não negareis que ela é vossa esposa e que ele é vosso filho? — disse Dom Juan.

— Por certo que não! Pois embora eu me considere cavaleiro, mais ainda me considero cristão. E mais: Cornélia, tal como é, merece ser senhora de um reino! Se ela aparecer, quer minha mãe viva ou morra, o mundo saberá que, se eu soube ser amante, saberei também manter publicamente a palavra que dei em segredo.

— Então, bem podereis dizer a vosso irmão, Senhor Lorenzo, o que a mim dissestes? — perguntou Dom Juan.

— Sim — respondeu o duque. — Pesa-me, antes, que ele tarde tanto em saber.

No mesmo instante, Dom Juan fez sinal a Lorenzo para que apeasse e viesse até ambos. Assim fez Lorenzo, longe de imaginar a boa notícia que o esperava. O duque adiantou-se para recebê-lo, de braços abertos, e a primeira palavra que lhe disse foi "irmão".

Lorenzo mal soube responder a tão afetuosa saudação, nem a tão cortês acolhida. Ficou assim, confuso, e antes que pronunciasse uma palavra, Dom Juan lhe disse:

— O duque, Senhor Lorenzo, confessa os encontros secretos que teve com vossa irmã, a Senhora Cornélia. Confessa também que ela é sua legítima esposa e que, tal como declara aqui, também o dirá publicamente, quando houver ocasião. Reconhece ainda que há quatro noites foi à casa de vossa prima para encontrar Cornélia e trazê-la a Ferrara, a fim de aguardar uma oportunidade propícia para celebrar suas bodas, que foram adiadas por justíssimas causas, que ele já me contou. Disse que reconhece a pendência que teve convosco; e quando foi buscar Cornélia, encontrou Sulpícia, sua criada (que é aquela mulher que vem ali), de quem soube que Cornélia havia parido, fazia menos de uma hora; e que ela, Sulpícia, tinha entregue a criança a um criado do duque. E Cornélia, acreditando que o duque estivesse ali, havia saído de casa, assustada, pois imaginava que vós, Senhor Lorenzo, já sabíeis de tudo o que acontecera. Sulpícia não deu o menino ao criado do duque, mas a outra pessoa, que apareceu naquele momento. Cornélia está desaparecida e ele se culpa por tudo o que houve. E diz que quando a Senhora Cornélia aparecer, haverá de recebê-la como sua verdadeira esposa. Vede, Senhor Lorenzo, se falta algo a dizer ou a desejar, a não ser encontrar essas duas tão queridas quanto infelizes pessoas.

A isso respondeu o Senhor Lorenzo, atirando-se aos pés do duque, que procurava erguê-lo:

— Do vosso caráter cristão e da vossa grandeza, sereníssimo senhor e irmão meu, não poderíamos, nem eu nem minha irmã, esperar um bem menor do que este que a ambos nos fazeis: a ela, em igualá-la a vós; e a mim, reconhecendo-me como um dos vossos.

A essa altura, já os olhos de Lorenzo estavam rasos de lágrimas; e com o duque se dava o mesmo. Estavam ambos sob forte emoção: um, pela perda da esposa; outro, por encontrar tão bom cunhado. Mas consideraram que pareceria fraqueza demonstrar, com lágrimas, tanto sentimento; assim, reprimiram as lágrimas, voltando a encerrá-las nos olhos. Já os olhos de Dom Juan, muito alegres, quase pediam aos dois que lhe dessem alvíssaras, pois deixara Cornélia e o menino em sua própria casa.

Estavam nisso, quando Dom Antônio de Isunza surgiu na estrada, montando seu *cuartago*; Dom Juan o reconheceu à distância. Mas quando chegou mais perto e viu os cavalos de Dom Juan e de Lorenzo, que dois criados seguravam pelas rédeas, um tanto apartados, Dom Antônio parou. Reconheceu Dom Juan e Lorenzo, mas não o duque, e não sabia o que fazer, se deveria se aproximar, ou não, de onde Dom Juan estava. Dirigindo-se aos criados, apontou para o duque e perguntou-lhes se conheciam aquele cavaleiro que estava com os dois outros. Responderam-lhe que aquele era o Duque de Ferrara, e com isso Dom Antônio ficou ainda mais confuso, sem saber mesmo o que fazer. Mas Dom Juan, chamando-o pelo nome, tirou-o da perplexidade. Vendo que os três estavam a pé, Dom Antônio desmontou e aproximou-se. O duque recebeu-o com muita alegria, pois Dom Juan lhe disse que Dom Antônio era seu camarada. Por fim, Dom Juan contou a Dom Antônio tudo que havia sucedido entre ele e o duque, até aquele momento. Alegrando-se imensamente, Dom Antônio disse a Dom Juan:

— Por que, Senhor Dom Juan, não elevais ao máximo a alegria e felicidade desses senhores, pedindo a eles alvíssaras pelo encontro da Senhora Cornélia e seu filho?

— Se não tivésseis chegado, Senhor Dom Antônio, eu já as teria pedido. Mas então podeis pedir, pois tenho certeza de que eles vos darão, de muito bom grado.

Ouvindo falar de alvíssaras e de que Cornélia tinha sido encontrada, o duque e Lorenzo perguntaram do que se tratava.

— Do que se trata — respondeu Dom Antônio —, senão que desejo fazer um personagem nesta trágica comédia e que haverá de ser aquele que pede alvíssaras pela descoberta de Cornélia e seu filho, que estão em minha casa?

Logo contou, em detalhes, tudo o que até aqui já se disse, notícias que o duque e o Senhor Lorenzo receberam com tanto prazer e alegria, que Dom Lorenzo abraçou Dom Juan e o duque abraçou Dom Antônio. O duque prometeu todas as suas terras como alvíssaras; e o Senhor Lorenzo prometeu seus bens, sua vida e sua alma. Chamaram a criada que havia entregue a criança a Dom Juan. E ela, que tinha reconhecido Lorenzo, estava trêmula. Perguntaram-lhe se seria capaz de reconhecer o homem a quem havia dado o menino. A criada respondeu que não, que tinha apenas lhe perguntado se era Fábio e ele respondera que sim. Então ela, de boa-fé, havia entregue a criança.

— Esta é a verdade — disse Dom Juan. — E vós, senhora, logo fechastes a porta, dizendo-me que pusesse a criança em local seguro e não tardasse a voltar.

— Assim foi, meu senhor — respondeu a criada, chorando.

— Aqui já não são necessárias lágrimas, mas júbilo e festas! — disse o Duque. — O caso é que não preciso entrar em Ferrara e sim regressar logo a Bolonha, pois todas essas alegrias serão meras sombras, enquanto a presença de Cornélia não torná-las verdadeiras.

Sem mais palavras, de comum acordo, regressaram a Bolonha.

Dom Antônio adiantou-se, a fim de avisar Cornélia, para que ela não se assustasse com a súbita chegada do duque e do seu irmão. Mas como não a encontrou na casa, nem os pajens souberam dar notícias dela, sentiu-se o homem mais triste e confuso do mundo. E ao notar a ausência da ama, pensou que talvez, por conta de alguma intriga sua,

Cornélia tivesse partido. Os pajens disseram a Dom Antônio que a ama havia desaparecido no mesmo dia em que ele e Dom Juan partiram. E que nunca tinham visto a tal Senhora Cornélia, por quem ele perguntava. Dom Antônio ficou fora de si com aquele fato inesperado, temendo que talvez o duque o tomasse, e também a Dom Juan, por mentirosos ou embusteiros, ou quem sabe imaginasse coisas ainda piores, que redundassem em prejuízo da honra de ambos e da boa reputação de Cornélia. Estava pensando nisso quando chegaram o duque, Dom Juan e Dom Lorenzo. Tinham vindo por ruas desertas e ocultas, deixando as outras pessoas do grupo fora da cidade. Ao entrarem na casa, encontraram Dom Antônio sentado numa cadeira, com o rosto apoiado na mão e pálido como um morto.

Dom Juan lhe perguntou se estava passando mal e onde estava Cornélia.

Respondeu Dom Antônio:

— Como poderia não estar mal, se Cornélia desapareceu, junto com a ama que deixamos para lhe fazer companhia, no mesmo dia em que partimos?

Diante dessas notícias, faltou pouco para que o duque expirasse e Dom Lorenzo se desesperasse. Todos ficaram perturbados, atônitos e pensativos. Então chegou um pajem de Dom Antônio e disse-lhe ao ouvido:

— Senhor, desde o dia em que vossas mercês partiram que Santisteban, pajem do Senhor Dom Juan, tem uma mulher muito bonita encerrada em seu quarto. Acho que o nome dela é Cornélia, pois assim eu o ouvi chamá-la.

Dom Antônio tornou a alvoroçar-se; pensando que sem dúvida era Cornélia a mulher que o pajem mantinha escondida, chegou a desejar que ela não tivesse aparecido; antes isso do que ser encontrada em tal lugar. Contudo, nada disse; em silêncio, foi ao quarto, cuja porta estava trancada, pois o pajem não se encontrava na casa. Encostando-se à porta, disse, em voz baixa:

— Quereis abrir, Senhora Cornélia, e sair para receber vosso irmão e vosso esposo, que vieram para vos buscar?

Responderam, de dentro:

— Estão caçoando de mim? É verdade que não sou tão feia, nem tão digna de desprezo, que não possam buscar-me duques e condes. Ah, é isso que mereço por me envolver com pajens!

Por essas palavras, Dom Antônio entendeu que não era Cornélia quem respondia. Estava nisso quando Santisteban, o pajem, chegou e logo correu ao seu quarto. Ao encontrar ali Dom Antônio, que pedia que lhe trouxessem todas as chaves que havia na casa, para ver se alguma servia na porta, caiu de joelhos e, com a chave nas mãos, disse:

— A ausência de vossas mercês ou, melhor dizendo, minha velhacaria, me levou a trazer para cá uma mulher, para passar comigo essas três noites. Mas suplico a vossa mercê, Senhor Dom Antônio de Isunza, que tanto quanto ouça boas notícias de Espanha, não conte esta a meu Senhor Dom Juan de Gamboa (se é que ele ainda não sabe)! Agora mesmo mandarei essa mulher embora.

— E como se chama a tal mulher? — disse Dom Antônio.

— Chama-se Cornélia — respondeu o pajem.

Aquele que havia revelado o embuste — e que não era muito amigo de Santisteban —, não se sabe ao certo se por ingenuidade ou por malícia, desceu até onde estavam o duque, Dom Juan e Lorenzo, dizendo:

— O pajem! Por Deus que o fizeram desembuchar e devolver a Senhora Cornélia, a quem tinha muito bem escondidinha! Com certeza ele não queria que os senhores chegassem, pois assim poderia prolongar o *gaudeamus*[5] por mais três ou quatro dias.

Ao ouvir isso, Lorenzo perguntou:

— O que estais dizendo, gentil-homem? Onde está Cornélia?

— Ali em cima — respondeu o pajem.

O duque, mal ouviu isso, subiu a escada como um raio para ver Cornélia que, ele imaginava, tivesse aparecido. Logo chegou ao quarto onde estava Dom Antônio e, ao entrar, perguntou:

— Onde está Cornélia? Onde está a vida de minha vida?

— Aqui está Cornélia — disse uma mulher, envolta num lençol e com o rosto coberto. E prosseguiu: — Valha-nos Deus, quanto exagero! Será tão grande novidade uma mulher dormir com um pajem, para causar tamanho espanto?

Lorenzo, que estava presente, com ressentimento e cólera puxou de um só golpe o lençol, descobrindo uma mulher jovem e não de mau parecer que, envergonhada, escondeu o rosto com as mãos e apressou-se a vestir suas roupas, que lhe serviam de travesseiro, pois na cama não havia. Todos viram, então, que aquela mulher devia ser alguma pícara, entre as tantas perdidas do mundo.

---

[5] Do latim: "alegremo-nos". Ver nota 60 da novela "Rinconete e Cortadilho".

O duque lhe perguntou se era verdade que se chamava Cornélia. Ela respondeu que sim, que tinha muitos parentes honrados na cidade e que ninguém dissesse "dessa água não beberei". O duque ficou tão constrangido que quase chegou a pensar que os espanhóis estivessem zombando dele. E para não dar ensejo a tão má suspeita, sem uma palavra voltou as costas e saiu, seguido por Lorenzo. Ambos montaram seus cavalos e partiram, deixando Dom Juan e Dom Antônio ainda mais constrangidos do que eles, decididos a tomar todas as providências possíveis e até as impossíveis, para encontrar Cornélia e provar ao duque o quanto eram sinceros e bem-intencionados. Despediram Santisteban por seu atrevimento e expulsaram a pícara Cornélia. Só então veio-lhes à memória que tinham se esquecido de contar ao duque sobre as joias — o ágnus--dei e a cruz de diamantes — que Cornélia tinha lhes oferecido, pois com essas provas o duque acreditaria que Cornélia estivera em poder de ambos; e se agora já não estava ali, a culpa não era deles. Saíram para contar-lhe sobre isso, mas não o encontraram na casa de Lorenzo, onde acreditavam que estaria. Lorenzo, sim, estava lá e disse-lhes que o duque havia seguido diretamente para Ferrara, deixando-lhe ordem para que procurasse sua irmã.

Dom Juan e Dom Antônio disseram-lhe então o que tinham a dizer. Lorenzo respondeu-lhes que o duque tinha ficado muito satisfeito com o procedimento de ambos. E que tanto ele quanto o duque atribuíam a ausência de Cornélia ao grande medo que ela sentia. Mas que, se Deus permitisse, Cornélia acabaria aparecendo, pois não poderia ter sido tragada pela terra, nem ela, nem o menino, nem a ama.[6] Com isso, todos se consolaram; mas não quiseram procurá-la publicamente e sim por diligências secretas, pois ninguém, exceto sua prima, sabia da ausência de Cornélia. E se essa verdade viesse à tona a reputação de Cornélia correria sério risco, sobretudo entre as pessoas que desconheciam as intenções do duque. E então seria muito trabalhoso dissipar as suspeitas causadas por tão grave suposição.

O duque seguia viagem; e a boa sorte, que ia dispondo sua ventura, fez com que chegasse ao povoado onde vivia o padre, e onde já estavam Cornélia, o menino e sua ama, além da criada conselheira. Elas haviam

---

[6] A expressão *tragarse a alguien la tierra* é usada quando uma pessoa desaparece dos lugares que costumava frequentar. A expressão *trágame tierra* (Traga-me, terra!) enfatiza o sentimento de vergonha de uma pessoa, quando um ato torpe (ou uma inconveniência) por ela cometido torna-se público. (DRAE)

contado tudo ao padre, pedindo-lhe conselho sobre o que deveriam fazer.

O padre era grande amigo do duque, que costumava ficar em sua casa — confortável e muito bem arrumada pelo zeloso clérigo —, nas inúmeras ocasiões que vinha de Ferrara, e dali saía para caçar, pois gostava muito do padre, por ser sábio e espirituoso em tudo o que dizia e fazia. Assim, o padre não se inquietou ao ver o duque em sua casa, pois, como já se disse, aquela não era a primeira vez. Mas preocupou-se ao vê-lo triste e logo concluiu que alguma coisa abatia-lhe o ânimo.

Cornélia, entreouvindo que o Duque de Ferrara estava ali, ficou profundamente perturbada, pois não sabia com que intenção ele vinha. Retorcendo as mãos, andava de um lado a outro, como uma pessoa transtornada. Queria falar com o padre, mas não havia como, já que ele estava recebendo o duque, que lhe dizia:

— Eu, padre, estou tristíssimo; não quero entrar em Ferrara hoje e sim ser vosso hóspede. Dizei àqueles que vieram comigo que sigam para Ferrara e que somente Fábio fique por aqui.

Assim fez o bom padre, que logo tomou providências para que o duque fosse bem recebido e acomodado. Com isso, Cornélia pôde conversar com ele e, tomando-lhe as mãos, disse:

— Ai, padre e senhor meu! O que quer o duque? Pelo amor de Deus, senhor, fale com ele e procure descobrir algum indício das suas intenções a meu respeito. Enfim, conduza a conversa como melhor lhe parecer e conforme sua grande sabedoria aconselhar.

A isso o padre respondeu:

— O duque está muito triste e até agora não me disse por quê. O que deveis fazer é vestir esse menino muito bem, adornando-o com todas as joias que tiverdes, senhora, principalmente as que foram presentes do duque. E deixai-me agir, pois espero em Deus que hoje haverá de ser um bom dia.

Abraçando-o, Cornélia beijou-lhe a mão e então afastou-se para vestir e adornar o menino. O padre saiu para entreter o duque, enquanto aguardavam a hora da refeição. Durante a conversa, perguntou ao duque se poderia saber a causa de sua melancolia, pois até a uma légua de distância era fácil perceber o quanto estava triste.

— Padre — respondeu o duque —, está claro que as tristezas do coração revelam-se no rosto. Nos olhos se lê tudo o que acontece na alma; e o pior é que, por ora, não posso compartilhar minha tristeza com ninguém.

— Pois na verdade, senhor — respondeu o padre —, se estivésseis com disposição para coisas que causam alegria, eu mostraria uma que certamente vos daria muita!

— Tolo seria aquele que rejeitasse o alívio para o seu mal, quando lhe fosse oferecido. Pela minha vida, padre, mostrai-me isso de que falastes, pois deve ser algum dos vossos curiosos objetos e peças, que sempre aprecio com imenso gosto.

Levantando-se, o padre foi até onde estava Cornélia, que já havia vestido e adornado seu filho com as ricas joias da cruz e do ágnus-dei, além de outras três peças preciosíssimas, todas presenteadas pelo duque. Tomando o menino nos braços, o padre voltou ao local onde estava o duque, pedindo-lhe que se levantasse e se aproximasse de uma janela, por onde entrava claridade. Então pôs o menino nos braços do duque que, ao ver e reconhecer suas joias, as mesmas que havia dado a Cornélia, ficou perplexo. Olhando intensamente para o menino, pareceu-lhe que via seu próprio retrato. Tomado de admiração, perguntou ao padre quem era aquela criança que, pelos trajes e adornos, parecia ser filho de algum príncipe.

— Não sei — respondeu o padre. — Só sei que um cavaleiro de Bolonha o trouxe aqui, há não sei quantas noites, e encarregou-me de olhar por ele e criá-lo, pois é filho de um pai valoroso e de uma mãe nobre e muitíssimo formosa. Veio com esse cavaleiro uma ama de leite, a quem perguntei se sabia algo sobre os pais do menino e ela respondeu que nada sabe. Na verdade, se a mãe for bela como a ama, será sem dúvida a mais bela mulher da Itália.

— Posso vê-la? — perguntou o duque.

— Sim, por certo! — respondeu o padre. — Vinde comigo, senhor, pois se as vestes e a beleza dessa criança vos surpreenderam, como me pareceu, creio que o mesmo efeito se dará diante de sua ama.

O padre quis pegar a criança no colo, mas o duque não quis deixar, ao contrário: apertou-a nos braços e deu-lhe muitos beijos. Então o padre, adiantando-se um pouco, disse a Cornélia que, sem qualquer aflição, saísse para receber o duque. Assim fez Cornélia; e o sobressalto deu-lhe tais cores ao rosto que, sobrepostas à sua palidez mortal, a deixaram ainda mais bela. Pasmou-se o duque ao ver Cornélia, que atirou-se a seus pés, tentando beijá-los. Sem uma palavra, o duque entregou o menino ao padre e, voltando-se, saiu da sala, muito apressado. Diante disso, Cornélia, voltando-se para o padre, disse:

— Ai, meu senhor! Terá o duque se espantado ao me ver? Sentirá repulsa por mim? Será que lhe pareci feia? Terá ele se esquecido do compromisso comigo? Não me dirá ao menos uma palavra? Terá se cansado tanto assim de segurar o filho, a ponto de tirá-lo dos braços para entregá-lo aos seus?

O padre, que ouvia tudo, mas não respondia palavra, estava espantado com a fuga do duque, pois realmente parecia uma fuga, mais do que qualquer outra coisa. Contudo, não era, pois o duque saiu apenas para chamar Fábio e dizer:

— Corre, amigo Fábio, trata de voltar a Bolonha a toda a pressa e dizer sem demora a Dom Lorenzo e aos dois cavaleiros espanhóis, Dom Juan de Gamboa e Dom Antônio de Isunza, que venham imediatamente para cá, sem delongas. Trata de ir voando, amigo, e de não voltar sem eles, pois, por minha vida, preciso vê-los!

Fábio não foi preguiçoso; prontamente tratou de cumprir a ordem de seu senhor, que logo voltou à sala onde estava Cornélia, vertendo formosas lágrimas. O duque tomou-a nos braços e, juntando suas lágrimas às dela, bebeu mil vezes o alento de sua boca; e o júbilo mantinha unidas as línguas. Assim, em puro e amoroso silêncio, desfrutavam-se os dois felizes amantes, verdadeiros esposos.

A ama de leite do menino e a tal Cribela — ao menos era assim que ela dizia chamar-se —, que pela porta entreaberta de outro aposento tinham observado o que se passava entre Cornélia e o duque, mal cabiam em si de tanta felicidade, comemorando de tal modo que pareciam ter perdido o juízo. O padre dava mil beijos no menino que mantinha nos braços; e com a mão direita, que deixava livre, não se cansava de lançar bênçãos ao nobre casal abraçado. A criada do padre, que não tinha presenciado esses fatos, por estar na cozinha, ocupada em preparar a refeição, entrou na sala para chamar todos para a mesa. Com isso, desfez-se o estreito abraço dos amantes. O duque, tomando o menino dos braços do padre, manteve-o nos seus durante o tempo que durou a bem preparada, saborosa e mais do que magnífica refeição. Enquanto comiam, Cornélia contou tudo o que lhe acontecera, até sua vinda àquela casa, a conselho da criada dos dois cavaleiros espanhóis, que a haviam servido, amparado e protegido com o mais sincero e adequado decoro que se poderia imaginar. Também o duque contou-lhe tudo o que havia passado até aquele momento. As duas amas, que estavam presentes, receberam do duque grandes oferecimentos e promessas. Em todos se renovou a alegria, graças ao feliz desfecho dos acontecimentos. E para que a felicidade se tornasse ainda maior e chegasse ao ápice, esperavam apenas pela vinda de Lorenzo, Dom Juan e Dom Antônio, que chegaram dali a três dias, ansiosos e desejosos de saber se o duque tinha alguma notícia de Cornélia, pois Fábio, que fora chamá-los, não pudera dizer coisa alguma sobre o encontro de ambos, já que nada sabia sobre isso.

O duque recebeu-os numa sala próxima àquela onde estava Cornélia. E o fez sem dar mostras de qualquer alegria, o que entristeceu os recém-chegados. O duque lhes disse que se acomodassem. E, sentando-se com eles, disse a Lorenzo:

— Bem sabeis, Senhor Lorenzo Bentibolli, que jamais enganei vossa irmã; e disso são testemunhas o Céu e a minha consciência. Sabeis também do meu afã de procurá-a e do meu desejo de encontrá-la para casar-me com ela, tal como prometi. Porém, Cornélia não aparece; e minha palavra não há de ser eterna. Sou moço e não tão experiente nas coisas do mundo a ponto de não me deixar levar pelo deleite que ele me oferece a cada passo. A mesma afeição que me fez prometer que seria esposo de Cornélia me levou, antes disso, a prometer matrimônio a uma camponesa deste povoado, a quem pensei em enganar, para atender ao grande valor de Cornélia, embora deixasse, assim, de atender ao que minha consciência pedia, e essa foi uma prova de amor nada pequena. Mas como ninguém pode se casar com uma mulher que não aparece, nem faz sentido que alguém procure uma mulher que o deixa, para não encontrar quem o rejeita, então peço, Senhor Lorenzo: dizei-me que satisfação vos posso dar a respeito dessa ofensa que não vos fiz, visto que jamais tive intenção de cometê-la. Em seguida quero que me deis licença para cumprir minha primeira promessa e desposar a camponesa, que já se encontra nesta casa.

Enquanto o duque assim falava, Lorenzo não conseguia manter-se quieto na cadeira e seu rosto transfigurava-se em mil cores: sinais muito claros de que a cólera ia se apossando de todos os seus sentidos. O mesmo se passava com Dom Juan e Dom Antônio, que logo se propuseram a não deixar que o duque cumprisse seu intento, ainda que para isso lhe tirassem a vida. Mas o duque, lendo essas intenções no rosto dos três, disse:

— Acalmai-vos, Senhor Lorenzo, pois antes que possais dizer uma palavra, quero que a formosura que vereis, naquela que desejo receber por esposa, vos obrigue a me dar a licença que pedi, pois é tal, e tão extrema, que poderia desculpar erros ainda mais graves. — Assim dizendo, levantou-se e entrou na sala onde estava Cornélia, ricamente adornada com todas as joias do menino e muitas mais.

Quando o duque virou as costas, Dom Juan levantou-se e, apoiando ambas as mãos nos dois braços da cadeira onde Lorenzo estava sentado, disse-lhe ao ouvido:

— Por Santiago de Galícia, Senhor Lorenzo; por minha fé cristã e de cavaleiro, não deixarei que o duque cumpra sua intenção. Antes disso, eu me tornaria mouro! Aqui, bem aqui, nas minhas mãos, ele haverá de perder a vida ou de cumprir a palavra que deu à Senhora Cornélia, vossa irmã. Ou ao menos nos dará tempo de procurá-la; e até que tenhamos certeza de que está morta, o duque não se casará!

— Sou desse mesmo parecer — respondeu Lorenzo.

— Pois do mesmo será também meu camarada Dom Antônio — replicou Dom Juan.

Nisso, Cornélia entrou na sala, caminhando entre o padre e o duque, que a trazia pela mão; atrás dos três vinham Sulpícia — a criada de Cornélia, que tinha vindo de Ferrara, por ordem do duque — e duas amas: a do menino e a dos cavaleiros.

Lorenzo, ao ver a irmã — a quem custou a identificar e reconhecer, pois a princípio a certeza da impossibilidade da presença de Cornélia ali não o deixava inteirar-se da verdade —, tropeçou nos próprios pés, indo atirar-se aos do duque, que o fez erguer-se, colocando-o nos braços de Cornélia, que o abraçou com todas as demonstrações de alegria possíveis. Dom Juan e Dom Antônio disseram ao duque que aquela havia sido a mais sábia e divertida brincadeira do mundo. Tomando nos braços o menino que Sulpícia trazia, o duque entregou-o a Lorenzo, dizendo:

— Recebei, senhor meu irmão, vosso sobrinho e meu filho. E vede se quereis me dar licença para me casar com esta camponesa, que foi a primeira a quem dei minha palavra de casamento.

Contar o que respondeu Lorenzo, o que perguntou Dom Juan, o que sentiu Dom Antônio, o regozijo do padre, a alegria de Sulpícia, o contentamento da conselheira, o júbilo da ama de leite, a surpresa de Fábio e, finalmente, a felicidade geral de todos... seria coisa de jamais se acabar.

Logo o padre celebrou o casamento, sendo padrinho Dom Juan de Gamboa. Entre todos ficou acertado que aquele casamento seria mantido em segredo até que a enfermidade da duquesa, mãe do duque, que estava muito mal, chegasse a um termo. Enquanto isso, a Senhora Cornélia voltaria a Bolonha com seu irmão.

Tudo assim se fez: a duquesa morreu, Cornélia entrou em Ferrara, alegrando todos os que a viram, o luto converteu-se em festejo, as amas ficaram ricas, Sulpícia tornou-se mulher de Fábio. Dom Antônio e Dom Juan ficaram felicíssimos por terem servido ao duque, que lhes ofereceu duas primas suas como esposas, com riquíssimo dote. Eles responderam que a maioria dos cavaleiros da nação biscainha costumava casar-se em sua pátria; e que não por menosprezo (pois isso seria impossível), mas sim para obedecer àquele louvável costume e ao desejo de seus pais que já deviam tê-los casado, não poderiam aceitar aquele ilustre oferecimento.

O duque acatou essa justificativa; e de modo honesto e honroso, buscando ocasiões lícitas, enviou a Bolonha muitos presentes para ambos, alguns deles tão ricos, enviados em tão propício momento e conjuntura, que ainda que Dom Juan e Dom Antônio pudessem não aceitá-los, para não parecer que eram pagamentos, chegavam em tão boa hora que facilitavam tudo, especialmente aqueles que o duque lhes enviou quando estavam prestes a partir para a Espanha, bem como os que lhes deu quando foram a Ferrara para despedir-se dele e encontraram Cornélia com mais duas crianças, duas meninas, e o duque mais enamorado do que nunca. A duquesa deu a cruz de diamantes a Dom Juan e o ágnus--dei a Dom Antônio, que dessa vez não puderam recusar os presentes.

Ambos chegaram à Espanha e à sua terra natal, onde desposaram mulheres ricas, nobres e formosas; e mantiveram correspondência constante com o duque, com a duquesa e com o Senhor Lorenzo Bentibolli, para imensa satisfação de todos.

O CASAMENTO ENGANOSO

Saía do Hospital da Ressurreição[1] — que fica em Valladolid, além da Porta do Campo[2] — um soldado que, a julgar pela magreza das pernas, pela palidez do rosto e pelo fato de usar a espada como se fosse um cajado, mostrava claramente que, embora não fizesse muito calor, tinha perdido em vinte dias de suadouros todo o ânimo adquirido, talvez, em uma hora. Movia-se a pequenos e incertos passos, como um convalescente. Ao entrar pela porta da cidade, avistou um amigo, a quem não via há mais de seis meses, caminhando em sua direção. Ao vê-lo, o amigo persignou-se, como se estivesse diante de uma assombração. Aproximando-se, disse:

— Mas o que é isso, Senhor Alferes Campuzano? Como pode vossa mercê estar aqui, nesta terra? Juro que o imaginava lá em Flandres, empunhando a lança, e não aqui, arrastando a espada! A que se deve essa palidez, essa fraqueza?

Campuzano respondeu:

— Se estou ou não nesta terra, o fato de vossa mercê me ver já responde a essa pergunta, Senhor Licenciado Peralta. Quanto às outras, nada tenho a dizer, senão que acabo de sair daquele hospital, onde passei por catorze sessões de suadouros contra a doença[3] que peguei de uma mulher a quem nunca deveria ter tomado por esposa.

— Então vossa mercê se casou? — replicou Peralta.

— Sim, senhor — respondeu Campuzano.

---

[1] No original, Hospital de la Resurrección, o mais importante de Valladolid, cuja construção foi iniciada em 1553, num local que havia pertencido à *Cofradía de la Consolación* (Confraria da Consolação) e onde, antes, havia funcionado o prostíbulo da cidade. Em sua fachada principal destacava-se uma escultura do Cristo ressuscitado. (Ver Glossário)

[2] No original, Puerta del Campo: saída de Valladolid que dava para Campo Grande. Era uma das portas que limitava a cidade pelo lado sul, desde fins do século XIII até as primeiras décadas do século XVI, quando em seu lugar foi construído o Arco de Santiago. (Ver Glossário)

[3] No original, *catorce cargas de bubas*. Era costume utilizar o suadouro como tratamento contra o *mal de bubas* (doença venérea, principalmente a sífilis). (Ver Glossário)

— E teria sido por amores? — disse Peralta. — Esses casamentos sempre trazem, inevitavelmente, o arrependimento.

— Quanto aos amores, não saberei dizer... Mas não tenho dúvidas quanto às dores[4] — respondeu o alferes. — Pois meu casamento, ou "cansamento", rendeu-me tantas dores no corpo quanto na alma! Para curar as do corpo passei por quarenta suadouros. Quanto às da alma, não encontro um remédio que possa ao menos aliviá-las. E que vossa mercê me perdoe, mas não estou em condições de conversar por muito tempo, aqui na rua. Num outro dia, com mais calma, vou lhe contar sobre o que me aconteceu: fatos tão novos e extraordinários, como vossa mercê jamais ouviu em sua vida.

— Não há de ser assim — disse o licenciado. — Quero que me acompanhe à minha casa e lá faremos penitência juntos,[5] pois a refeição, própria para enfermos, foi preparada para dois... Mas meu criado bem pode se contentar com um pastel. E se o seu estado de convalescente permitir, senhor alferes, faremos a salva[6] com umas fatias de presunto de Rute,[7] mas, principalmente, com a boa vontade com que lhe faço esse convite, não só desta vez, mas sempre que vossa mercê quiser.

Campuzano agradeceu, aceitou o convite e os demais oferecimentos. Foram ambos a San Llorente,[8] onde assistiram à missa. Então Peralta levou Campuzano à sua casa, deu-lhe o que havia prometido, reiterou seu oferecimento e pediu-lhe que, ao terminar a refeição, lhe contasse sobre os fatos extraordinários que havia mencionado.

Campuzano não se fez de rogado e, assim, começou:

— Vossa mercê bem deve se lembrar, Senhor Licenciado Peralta, de que fui camarada,[9] nesta cidade, do Capitão Pedro de Herrera, que agora está em Flandres.

— Lembro-me bem — respondeu Peralta.

— Pois um dia, quando acabávamos de comer na Posada de la Solana, onde vivíamos, vimos entrar duas mulheres de boa aparência,

---

[4] Referência ao provérbio: *Vanse los amores y quedan los dolores* ("Vão-se os amores e ficam as dores"). (Sieber)

[5] "Comer parcamente". Segundo o *Diccionario de Autoridades*, "frase cortesã que se usa para convidar alguém a comer." A refeição (no original, *olla*) era um cozido de carne, toucinho, legumes e hortaliças.

[6] No contexto: conversar, pedir a palavra para falar de algum assunto. Fazer a salva era também a prova de uma refeição, ou bebida, feita por quem a servia, para ver se não estaria envenenada.

[7] Região de Córdoba famosa pelo presunto que produzia.

[8] Igreja de São Lourenço.

[9] Camarada (termo comum entre soldados): companheiro de armas, de regimento, de acampamento. Pessoa que acompanha a outra, comendo e dormindo no mesmo local.

acompanhadas por duas criadas. Uma delas se aproximou do capitão; ambos começaram a conversar, junto a uma janela. A outra sentou-se numa cadeira, junto a mim, puxando a mantilha até o queixo, sem permitir que eu visse, do seu rosto, mais do que o fino tecido permitia. Embora eu suplicasse que por cortesia fizesse o favor de descobrir-se, não consegui que me atendesse, coisa que só serviu para acirrar em mim o desejo de vê-la. E ainda por cima, fosse de propósito ou por acaso, a senhora exibiu-me sua mão, muito branca, adornada com belos anéis. Eu estava, então, muitíssimo elegante, usando aquela grande corrente (que vossa mercê bem deve ter conhecido), o chapéu com plumas e cinteiro ricamente adornado,[10] o traje colorido, próprio dos soldados.[11] Enfim, estava tão galhardo, aos olhos da minha loucura, que me sentia pronto para tudo. Uma vez mais, roguei-lhe que descobrisse o rosto, ao que ela respondeu:

— Não sejais impertinente. Tenho uma casa... Então, fazei com que vosso pajem me siga. E embora eu seja mais honrada do que esta minha resposta possa demonstrar, permitirei que me vejais, pois quero saber se vossa sensatez corresponde à vossa galhardia.

Beijei-lhe as mãos, pela imensa graça que ela me concedia, a qual prometi retribuir-lhe com montanhas de ouro. O capitão concluiu sua conversa com a outra dama. Ambas se foram e um criado meu as seguiu. Disse-me o capitão que a dama queria que ele levasse umas cartas a Flandres, para entregá-las a outro capitão que, segundo ela, era seu primo, mas ele sabia que certamente era seu amante. Quanto a mim, estava abrasado pelas mãos de neve que tinha visto e ávido pelo rosto que desejava ver. Assim, no dia seguinte, conduzido pelo meu criado, cheguei e tive entrada livre numa casa, muito bem mobiliada, onde encontrei uma mulher de cerca de trinta anos, a quem reconheci pelas mãos. Embora não fosse extremamente bonita, bem podia fazer com que alguém se apaixonasse por ela, graças à sua maneira de conversar, pois tinha um tom de voz suave que me adentrava os ouvidos e chegava até a alma. Tive, com ela, longos e amorosos colóquios. Vangloriei-me, fui incisivo, menti, contei vantagens, fiz ofertas, promessas, fiz tudo o que me pareceu necessário para tornar-me benquisto a seus olhos. Con-

---

[10] Adorno típico dos soldados, que usando chapéu de plumas e cinteiros de variados feitios, eram facilmente identificáveis em meio às pessoas comuns.

[11] As pessoas da Corte vestiam-se de preto ou de cores escuras. Mas aos soldados era permitido que usassem cores vistosas e adornos. (Sieber)

tudo, ela parecia acostumada a semelhantes — ou melhores — ofertas e argumentos; tanto, que parecia me ouvir com atenção, mas sem me dar crédito. Enfim, nossas conversas, ao longo dos quatro dias consecutivos em que a visitei, não nos levaram a nada e nem cheguei a colher o fruto que tanto desejava.

 Nesse período, encontrava a casa praticamente vazia, sem a presença de parentes fingidos ou de amigos verdadeiros. Servia-lhe de criada uma moça mais astuta do que ingênua. Por fim, tratando da minha paixão como um soldado à véspera da partida, cobrei uma posição da Senhora Dona Estefânia de Caicedo — pois este é o nome daquela que me deixou assim —, que respondeu:

 — Senhor Alferes Campuzano, seria muita ingenuidade minha querer me passar por santa a vossa mercê. Fui pecadora e, mesmo agora, ainda sou. Mas não de modo a provocar comentários nos vizinhos mais próximos ou despertar atenção nos mais distantes. Não herdei bens dos meus pais nem de qualquer outro parente. Mas o que tenho nesta casa vale bem uns dois mil e quinhentos escudos... Isso, em coisas que, quanto mais tardarem a ir a leilão, mais tardarão em converter-se em dinheiro. Com esses bens, procuro um marido a quem possa me entregar e obedecer; e a quem, junto com minha vida, dedicarei uma singular solicitude em agradar e servir. Príncipe algum jamais terá cozinheiro mais hábil, que saiba dar o ponto aos guisados melhor do que eu, que sei muito bem ser caseira quando quero. Sou uma boa governanta na administração da casa, cozinheira na cozinha e senhora na sala. Na verdade, sei dar ordens e fazer com que me obedeçam. Não cometo desperdícios e economizo muito. Meu dinheiro não vale menos e sim muito mais, quando é gasto sob minhas ordens. Toda a roupa branca que possuo, que é muita e de boa qualidade, não foi comprada em lojas nem em mãos de costureiras; foi fiada por estes polegares e pelos de minhas criadas. Se pudéssemos, nós mesmas a teríamos tecido aqui em casa. Estou elogiando a mim mesma desse modo porque não é desonra fazê-lo quando a necessidade assim nos obriga. Finalmente, quero dizer que estou à procura de um marido que me ampare, me guie e me honre, e não de um galã que me sirva e depois me censure. Se vossa mercê quiser aceitar a prenda que ora lhe ofereço, aqui estou, por inteiro, disposta a tudo o que me ordenar e sem me expor demais na janela, o que seria o mesmo que me expor à língua dos casamenteiros, e ninguém pode tratar melhor de um todo do que as próprias partes.

Naquele momento — em que meu juízo não estava na cabeça, mas nos calcanhares —, o deleite me pareceu ainda maior do que a imaginação me pintava. E de tal modo ofereciam-se aos meus olhos todos aqueles bens, que eu já imaginava convertidos em dinheiro, que não fiz outros comentários, senão aqueles que o prazer — que mantinha prisioneiro meu entendimento — permitia. Assim, disse a ela que me sentia feliz e bem-aventurado por recebê-la do céu, quase por milagre, como companheira, para fazê-la senhora da minha vontade e dos meus bens, que não valiam pouco. Pois, somando-se a corrente que eu trazia no pescoço a umas pequenas joias que tinha em casa e a algumas galas de soldado, das quais pretendia me desfazer, eu tinha mais de dois mil ducados que, acrescentados aos dois mil e quinhentos que ela possuía, seriam suficientes para que pudéssemos viver no povoado onde nasci e onde possuía algumas terras que, juntamente com o dinheiro, mais a venda dos frutos, quando chegasse a colheita, poderiam nos proporcionar uma vida alegre e tranquila. Em resumo, naquela ocasião firmamos nosso casamento. Como ambos nos declaramos solteiros, os proclamas foram feitos ao longo dos três dias que se seguiram — pois era tempo de Páscoa —, e no quarto nos casamos. Compareceram à cerimônia dois amigos meus e um rapaz que minha esposa me apresentou como seu primo (a quem tratei como parente, com palavras gentis, tais como as que eu até então havia dirigido a ela), mas com uma intenção tão distorcida e traiçoeira, que prefiro calar. Pois essas verdades que estou dizendo não são de confessionário e, assim, bem posso omiti-las.

Meu criado levou o baú, que eu tinha na pousada, à casa da minha mulher. Nesse baú guardei, diante dela, minha magnífica corrente. Mostrei-lhe também outras três ou quatro, não tão grandes, mas de melhor qualidade, além de três ou quatro adornos de diversos tipos. Exibi para ela meus galões e minhas plumas. Entreguei-lhe, para os gastos da casa, os quase quatrocentos reais que possuía. Por seis dias desfrutei das alegrias do casamento, me acomodando naquela casa como o mau genro na do sogro rico.[12] Pisei tapetes caros, amarrotei lençóis de holanda à luz de candelabros de prata. Tomava minha primeira refeição na cama, levantava-me às onze horas, comia às doze e às duas da tarde fazia a sesta na sala. Enquanto isso, Dona Estefânia e a criada desvelavam-se para

---

[12] Do provérbio: "Assim são os genros; o ruim, ao casar-se, pensa que a mulher é sua escrava e que a casa dos sogros lhe pertence…" Refere-se aos homens que abusam dos bens alheios. (Sieber)

servir-me. Meu criado, que sempre fora lerdo e preguiçoso, era agora rápido como um corço. Dona Estefânia, sempre solícita, só me deixava para ir à cozinha ordenar guisados que me estimulassem o paladar e avivassem o apetite. Minhas camisas, golas e lenços, banhados em água de anjos[13] e de flor de laranjeira, eram como um novo Aranjuez florido.[14]

Esses dias passaram voando, como de resto passam os anos sob a jurisdição do tempo. Vendo-me assim privilegiado e tão bem servido, pareceu-me que ia se convertendo em boa a má intenção com que aquele trato havia começado.

Certa manhã, quando eu ainda estava na cama com Dona Estefânia, ouvi fortes batidas à porta da casa. A criada olhou pela janela e recuou imediatamente, dizendo:

— Oh, que seja bem-vinda! Olhem que ela veio bem antes do dia em que, segundo nos escreveu, deveria chegar.

— Quem é que chegou, moça? — perguntei.

— Quem? — disse ela. — Minha senhora, Dona Clementa Bueso, junto com o Senhor Dom Lope Meléndez de Almendárez, dois criados e a Senhora Hortigosa, a aia que levou consigo na viagem.

— Oh, meu Deus! Pois corre a atendê-los, mulher! — disse àquela altura Dona Estefânia. — Quanto ao senhor, eu vos peço, pelo vosso amor, que não vos alvoroceis nem respondais, em meu nome, a qualquer coisa que disserem contra mim.

— Mas quem haverá de dizer qualquer coisa ofensiva contra vós, e ainda mais na minha presença? Dizei-me: quem é essa gente cuja chegada parece que vos aflige?

— Não tenho tempo para responder — disse Dona Estefânia. — Só quero que saibais que tudo o que se passar aqui será puro fingimento, a serviço de certo desígnio e efeito que depois sabereis.

Eu bem quis replicar, mas não pude, por conta da Senhora Dona Clementa Bueso, que entrou no quarto naquele momento, usando um primoroso vestido de cetim verde, com muitos detalhes em ouro, capa curta do mesmo tecido e com as mesmas guarnições, chapéu de plumas verdes, brancas e vermelhas, adornado com um rico cinteiro trabalhado em ouro. Um fino véu ocultava-lhe metade do rosto. Com ela entrou o Senhor Dom Lope Meléndez de Almendárez, não menos elegante

---

[13] No original, *agua de ángeles*: água perfumada com o aroma de diversos tipos de flores.
[14] Referência ao Palácio Real de Aranjuez, seus vastos jardins e fontes.

em seus trajes de viagem[15] igualmente vistosos. Dona Hortigosa foi a primeira a falar:

— Jesus! Mas o que é isso? Dona Estefânia está ocupando o leito de minha Senhora, Dona Clementa, e ainda por cima com um homem!? Que prodígios estou vendo hoje nesta casa! Sem dúvida que Dona Estefânia, fiando-se na amizade de minha senhora, ao ganhar os pés já quis logo as mãos.

— É verdade, Hortigosa — disse Dona Clementa. — Mas a culpa é toda minha. Eu que aprenda a nunca mais considerar como amigas aquelas que só sabem sê-lo quando bem lhes interessa!

A tudo isso respondeu Dona Estefânia:

— Que vossa mercê não se ofenda, minha Senhora Dona Clementa Bueso. O que a senhora está vendo, aqui, na sua casa, tem um propósito. E quando vossa mercê souber do que se trata, não mais terá por que se queixar e eu estarei perdoada.

Àquela altura eu já havia vestido as calças e a camisa. Tomando minha mão, Dona Estefânia me levou a outro aposento, onde me disse que aquela sua amiga queria pregar uma peça em Dom Lope — o homem que a acompanhava —, com quem pretendia se casar. A peça consistia em dar-lhe a entender que era dona daquela casa, com tudo o que havia dentro... E que seria esse o seu dote. Uma vez consumado o casamento, ela pouco se importaria que Dom Lope descobrisse o engano, pois confiava no amor que ele lhe tinha.

— Logo terei de volta o que me pertence — disse-me Dona Estefânia. — E ninguém deve condenar Dona Clementa nem qualquer outra mulher que se empenhe em arranjar um marido honrado, ainda que seja através de algum embuste.

Respondi-lhe que isso que ela queria fazer era uma imensa prova de amizade, mas que primeiro pensasse bem a respeito porque, depois, talvez precisasse recorrer à justiça para reaver seus bens. Ela, porém, me respondeu com tantos argumentos, alegando tantas obrigações que a forçavam a servir Dona Clementa, mesmo em coisas de maior importância, que, a contragosto e com grande inquietude, cedi ao seu desejo. E então ela me garantiu que o embuste duraria somente oito

---

[15] No original, *vestido de camino*: também os trajes de viagem eram coloridos, ao contrário dos que se usavam na Corte. (Ver Glossário)

dias, que passaríamos em casa de outra amiga sua. Terminamos, ambos, de nos vestir e enquanto ela entrou no quarto para despedir-se de Dona Clementa Bueso e do Senhor Dom Lope Meléndez de Almendárez, ordenei ao meu criado que carregasse o baú e a seguisse. Também eu a segui, sem me despedir de ninguém.

Dona Estefânia chegou à casa da sua outra amiga e lá ficou, por um bom tempo, conversando, antes que meu criado e eu entrássemos. Por fim, uma criada nos chamou. Levou-nos a um aposento muito pequeno, com duas camas, tão próximas que pareciam uma, pois não havia espaço para separá-las. Tanto, que as cobertas de ambas se roçavam. Na verdade, estivemos ali por seis dias, durante os quais não se passava uma hora sem que discutíssemos, sem que eu lhe falasse do desatino de abandonar sua casa e seus bens, ainda que fosse para sua própria mãe.

De tal modo eu insistia nisso, que a dona da casa — num dia em que Dona Estefânia saiu para verificar em que pé estava seu negócio — perguntou-me o motivo pelo qual eu tanto a recriminava. Afinal, o que ela havia feito para que eu lhe dissesse que aquilo fora um notório desatino, muito mais do que uma amizade perfeita? Contei-lhe tudo. Mas quando falei do meu casamento com Dona Estefânia e do seu dote, da facilidade com que ela havia deixado sua casa e seus bens para Dona Clementa, embora com a pura intenção de ajudá-la a conseguir um marido tão importante como Dom Lope, a mulher começou a benzer-se e persignar-se com tanta aflição e tantos "Jesus, Jesus, que mulher maligna", que me deixou imensamente perturbado. E por fim me disse:

— Senhor alferes, não sei se vou contra minha consciência ao revelar o que, na minha opinião, me pesaria bem mais se eu calasse. Mas seja o que Deus quiser e venha o que vier: que viva a verdade e morra a mentira! A verdade é que Dona Clementa Bueso é a legítima dona da casa e dos bens que lhe foram dados como dote. A mentira é tudo aquilo que Dona Estefânia lhe disse, pois ela não possui casa, nem bens, nem outros trajes além daquele que está vestindo. Só teve ensejo de armar esse embuste porque Dona Clementa foi visitar uns parentes na cidade de Plasencia[16] e de lá foi fazer uma novena em Nossa Senhora de Guadalupe; nesse ínterim, deixou sua casa aos cuidados de Dona Estefânia, pois de fato

---

[16] Plasencia (Cáceres, Espanha): cidade onde fica o Monastério de Nossa Senhora de Guadalupe.

as duas são grandes amigas. E, pensando bem, não há por que culpar a pobre senhora, que soube conquistar uma pessoa tão importante como o senhor Alferes, vossa mercê, para ser seu marido.

Aqui ela concluiu a conversa e aqui dei início ao desespero que certamente me levaria ao suicídio, se meu Anjo da Guarda não viesse em meu socorro para me fazer recordar, no fundo do coração, que sou cristão e que o maior pecado dos homens é a desesperança, por ser pecado de demônios. Essa reflexão, ou boa inspiração, me confortou um pouco... Mas não a ponto de me impedir de tomar minha capa, minha espada e sair à procura de Dona Estefânia, com o propósito de dar-lhe um castigo exemplar. Porém, o destino — não saberei dizer se para melhorar ou piorar as coisas — ordenou que eu não a encontrasse em parte alguma. Fui a San Llorente, encomendei-me a Nossa Senhora, sentei-me num banco e, junto com o sofrimento, tomou-me um sono muito profundo, do qual eu não despertaria tão cedo, se não tivessem me acordado.

Cheio de pensamentos e angústia, fui à casa de Dona Clementa, onde a encontrei, muito tranquila, dona e senhora do seu lar. Não ousei contar-lhe nada, devido à presença do Senhor Dom Lope. Voltei, então, à casa da minha hospedeira, que me disse ter contado a Dona Estefânia que eu já sabia do seu ardil e embuste. Que Dona Estefânia havia lhe perguntado como eu tinha reagido diante dessa notícia. E que ela respondera que eu reagira muito mal e que, ao que parecia, tinha saído para procurá-la, com péssimas intenções e uma determinação ainda pior. Disse-me, por fim, que Dona Estefânia tinha levado tudo o que havia no baú, sem me deixar sequer um traje de viagem.

Aí foi o fim! Aí Deus me estendeu, de novo, a Sua mão! Fui ver meu baú e encontrei-o aberto, como sepultura à espera de um cadáver, que bem poderia ser o meu, caso eu tivesse entendimento para perceber e calcular a extensão da minha desgraça.

— E a desgraça foi mesmo grande, já que a Senhora Estefânia levou tantas correntes e adornos — comentou a essa altura o Licenciado Peralta. — Pois, como se costuma dizer, com pão todo sofrimento é bom.[17]

---

[17] No original, *que, como suele decirse, todos los duelos etc*. Referência ao provérbio: *Todos los duelos con pan son menos; ou Todos los duelos con pan son buenos*, significando que a adversidade é mais suportável quando se tem bens materiais. (Centro Virtual Cervantes/Refranero Multilingue)

— Não lastimo, de modo algum, essa perda — respondeu o alferes. — Pois também eu poderei dizer: "Pensou Dom Simueque que me enganava com sua filha caolha, mas, por Deus, sou manco de uma perna".[18]

— Não sei por que razão pode vossa mercê dizer uma coisa dessas — respondeu Peralta.

— Pela razão de que toda aquela tralha e aquele aparato de correntes, adornos e brincos pode valer no máximo dez ou doze escudos.

— Impossível, senhor alferes! — replicou o licenciado. — Pois a corrente que vossa mercê usava no pescoço parecia valer mais de duzentos ducados.

— Assim seria, se a verdade correspondesse à aparência — respondeu o alferes. — Mas como nem tudo que reluz é ouro, as correntes, adornos, joias e brincos eram apenas peças de latão. Embora tão bem-feitas, que somente uma prova de toque[19] ou o fogo poderiam revelar que eram falsas.

— Então — disse o licenciado — entre vossa mercê e Dona Estefânia o jogo terminou em empate.

— Sim. Tanto, que podemos tornar a embaralhar as cartas — respondeu o alferes. — A diferença é que ela poderá se desfazer das minhas correntes e pertences, mas eu não poderei me livrar da falsidade de sua palavra. Pois, por mais que isso me pese, eu a considero como uma prenda minha.

— Pois dai graças a Deus, Senhor Campuzano, que essa prenda tem pés e com tais pés partiu, de modo que não tendes obrigação de procurá-la — disse Peralta.

— É verdade — respondeu o alferes. — Mas, mesmo sem procurar, sempre a encontro no meu pensamento. E onde quer que eu vá, levo comigo essa afronta.

— Não sei como responder a isso — disse Peralta —, senão trazendo à vossa memória os versos de Petrarca:

Che chi prende dilleto di far frode,
Non si de 'lamentar s'altri l'inganna.[20]

---

[18] Referência a um provérbio da época, sobre enganar e ser enganado.
[19] Procedimento para avaliação de um objeto de ouro ou de prata.
[20] Da obra *Trionfo d'amore*, de Petrarca.

Que em nosso castelhano significa: "Quem tem costume e prazer de enganar, quando enganado não deve se queixar".

— Não me queixo — respondeu o alferes. — Mas lamento, pois o culpado não deixa de sofrer seu castigo, por reconhecer sua culpa. Bem sei que eu quis enganar e fui enganado, ferido com minhas próprias armas. Mas não posso controlar o ressentimento que me leva a reclamar. Enfim, falando do que vem mais ao caso, na minha história (pois bem se pode chamar assim a saga das minhas aventuras), fiquei sabendo que Dona Estefânia se foi com o primo, aquele que assistiu ao nosso casamento e que ela me apresentou como um amigo de muito tempo e de todas as horas. Não fui procurá-la, porque não queria encontrar esse último mal que me faltava. Mudei de pousada e mudei o cabelo, pois, dentro de alguns dias, os pelos de minhas sobrancelhas e cílios começaram a cair; aos poucos fui perdendo também os cabelos e, assim, fiquei prematuramente calvo, graças a uma doença que chamam de alopecia, ou por outro nome de maior clareza: *peladura*. Fiquei realmente *liso*, sem barba para cofiar e sem dinheiro para gastar. A doença avançou passo a passo com minha miséria. E a miséria atropela a honra, leva alguns homens à forca, outros ao hospital, outros a bater à porta dos seus inimigos, com subserviência e súplicas, sendo esta uma das maiores desgraças que pode suceder a um desditado. Para não vender, a fim de pagar o tratamento, as roupas que haveriam de me cobrir e honrar quando eu recuperasse a saúde, internei-me no Hospital da Ressurreição, na estação em que lá ministram suadouros, onde me deram quarenta sessões de suadouros. Dizem que, se eu me cuidar, ficarei curado. Ainda tenho minha espada. O resto, Deus é quem sabe.

Uma vez mais, o licenciado, admirado das coisas que tinha ouvido, ofereceu seus préstimos.

— Vossa mercê se espanta com muito pouco, Senhor Peralta — disse o alferes. — Ainda me resta contar sobre outros acontecimentos que vão além da imaginação, pois excedem todas as leis da natureza. Não queira vossa mercê saber mais, senão que, diante deles, dou por benditas todas as desgraças que me levaram ao hospital onde vi o que vou lhe contar, algo que nem vossa mercê nem ninguém neste mundo poderá crer, nem agora nem nunca.

Todos esses preâmbulos e encarecimentos que o alferes fazia, antes de contar o que tinha visto, instigavam a curiosidade de Peralta que, não com menos encarecimentos, pediu-lhe que contasse logo as maravilhas que ainda tinha a dizer.

— Vossa mercê já deve ter visto dois cães que, com duas lanternas, andam à noite, com os irmãos da Capacha,[21] iluminando-os quando pedem esmola.

— Sim, já vi — respondeu Peralta.— E vossa mercê certamente já viu e ouviu o que deles se conta... — disse o alferes — Que se acaso alguém joga uma esmola pela janela, e essa esmola cai no chão, os cães logo correm a iluminar e procurar o que caiu. E que param diante das janelas onde sabem que as pessoas têm costume de dar esmola. E fazem isso com tanta mansidão que mais parecem cordeiros do que cães; mas no hospital são uns leões, guardando-o com extremo cuidado e vigilância.

— Ouvi dizer que é assim mesmo — falou Peralta. — Mas isso não pode nem deve me causar espanto.

— Pois o que vou lhe contar agora sobre eles será motivo mais que suficiente para espantá-lo. E tomara que vossa mercê acredite, sem se assombrar nem se benzer, sem alegar que seria impossível ou inverossímil... O fato é que ouvi e quase vi, com estes olhos, na minha penúltima noite de suadouro, aqueles dois cães, sendo que um se chama Cipión e outro Berganza, deitados atrás da minha cama, numas esteiras velhas. A noite já ia pelo meio; eu estava no escuro e desperto, pensando nos meus passados êxitos e nas minhas presentes desgraças, quando percebi os sons de uma conversa, ali, bem perto de mim. Apurei os ouvidos para saber quem falava e do que se falava. Pouco depois percebi, pelo que falavam, quem estava falando: eram os dois cães, Cipión e Berganza.

Tão logo Campuzano acabou de falar, o licenciado levantou-se, dizendo:

— Pare vossa mercê, em muito boa hora! Até aqui, eu estava em dúvida se deveria ou não acreditar no que me contou sobre seu casamento. Mas isso que vossa mercê agora me conta, sobre ter ouvido dois cães conversando, me leva a descrer de tudo. Por Deus, senhor alferes, não conte esses disparates a ninguém, nem a qualquer um que não seja tão seu amigo quanto eu.

— Não pense vossa mercê que sou tão ignorante, a ponto de não saber que os animais não podem falar, senão por milagre — replicou

---

[21] Assim o povo chamava os *Hermanos de San Juan de Dios* (Irmãos de São João de Deus) e, por extensão, todos os frades mendicantes (por voto de pobreza) e também os que trabalhavam em hospitais. Chamava-os assim pelo costume que tinham de pedir esmolas nas ruas, recolhendo-as em pequenas cestas. (*Capachas*)

Campuzano. — Bem sei que os tordos, as gralhas[22] e os papagaios falam apenas as palavras que aprendem e guardam na memória, por terem a língua apta a pronunciá-las e não por terem domínio suficiente da língua para falar e responder, fazendo uso da razão, como fizeram aqueles cães. Muitas vezes, depois de ouvi-los, eu mesmo não quis acreditar; tentei considerar como sonho aquilo que, estando realmente desperto, com todos os cinco sentidos que Nosso Senhor me concedeu, ouvi, escutei, percebi e finalmente escrevi, palavra por palavra, o diálogo dos dois, que traz indícios suficientes para mover e persuadir, a quem quer que seja, de que estou falando a verdade. Os dois cães trataram de grandes e variadas coisas, que mais deveriam estar na boca de homens sábios e respeitáveis do que na dos cães... Coisas que eu não poderia inventar por minha conta, de modo que, a contragosto, chego a crer que não estava sonhando e que os cães realmente falavam.

— Corpo de Deus![23] — replicou o licenciado. — Então voltamos aos tempos de Maria Castanha,[24] quando as abóboras falavam, ou ao tempo de Esopo, quando o galo discutia com a raposa e todos os animais conversavam entre si!?

— Eu seria um animal, o maior de todos, se acreditasse que esses tempos voltaram — disse o alferes. — Mas também o seria se duvidasse do que vi e ouvi... Coisa que me atreverei a jurar, com juramento que obrigue e até força a que nele creia a própria incredulidade. Mas ainda que eu tenha me enganado, ainda que esta minha verdade não passe de um sonho, no qual seria um disparate insistir, vossa mercê não gostaria de ver escritas, em forma de diálogo, as coisas que aqueles cães, ou o que quer que sejam, disseram, Senhor Peralta?

— Desde que vossa mercê não mais insista em me convencer de que ouviu aqueles cães conversando, de muito bom grado ouvirei esse diálogo, que desde já considero bom, por ser concebido e escrito pelo talento do senhor alferes — replicou o licenciado.

— Ainda há mais uma coisa... — disse o alferes. — Como eu estava muito atento, muito sensível em meu juízo e também em minha

---

[22] No original, *picazas*: ave similar ao corvo, porém menor, de plumagem branca e negra, de cauda longa, que repete palavras e costuma levar para o ninho pequenos objetos, principalmente se forem brilhantes. (DRAE)

[23] Espécie de interjeição ou juramento que às vezes expressa admiração. Diz-se "corpo de Deus", "corpo de Cristo" ou "corpo de tal". (Autoridades)

[24] No original, *tiempo de Maricastaña*, expressão que significa "há muito e muito tempo", amplamente utilizada nas narrativas infantis, equivalente a "era uma vez".

memória, sutil e descansada por conta das muitas uvas-passas e amêndoas[25] que eu tinha comido, guardei tudo de cor e no dia seguinte escrevi o diálogo, quase com as mesmas palavras que tinha ouvido, sem procurar cores retóricas para rebuscá-lo e sem acrescentar ou excluir palavras para torná-lo mais agradável. A conversa não durou uma noite e sim duas, consecutivas, embora eu tenha escrito apenas o que se passou na primeira noite, que é a vida de Berganza. Quanto à do seu companheiro, Cipión (que foi narrada na segunda noite), penso em escrever quando alguém acreditar nessa primeira ou, ao menos, não a desprezar. Trago o colóquio aqui no peito; escrevi-o nessa forma para poupar os "disse Cipión", "respondeu Berganza", que costumam alongar o texto.

Assim dizendo, tirou do peito um caderno de anotações e entregou-o ao licenciado, que o recebeu rindo, como se zombasse de tudo o que tinha ouvido e do que agora ia ler.

— Vou me recostar nesta cadeira enquanto vossa mercê, se quiser, lê esses sonhos ou disparates, que não têm outra vantagem senão o fato de que podem ser deixados de lado, caso o aborreçam — disse o alferes.

— Faça como quiser — disse Peralta. — Quanto a mim, muito em breve terminarei esta leitura.

O alferes recostou-se. O licenciado abriu o caderno e viu, logo no início, este título: *O Colóquio dos Cães*.

---

[25] Uvas-passas e amêndoas eram parte do tratamento contra a sífilis, ao qual fora submetido o alferes. Acreditava-se que aumentavam a capacidade da memória.

O COLÓQUIO DOS CÃES

NOVELA E COLÓQUIO QUE ACONTECEU ENTRE CIPIÓN E BERGANZA, CÃES DO HOSPITAL DA RESSURREIÇÃO — QUE FICA NA CIDADE DE VALLADOLID, ALÉM DA PORTA DO CAMPO —, COMUMENTE CHAMADOS "OS CÃES DE MAHÚDES"[1]

CIPIÓN: Amigo Berganza, deixemos a guarda do hospital nesta noite, aos cuidados do destino, e retiremo-nos a esta solidão, entre essas esteiras, onde poderemos desfrutar, sem que ninguém perceba, dessa graça — jamais vista! — que o céu nos concedeu, a ambos, simultaneamente.

BERGANZA: Cipión, irmão, eu te ouço falar e sei que estou falando, mas não posso crer, pois me parece que, em nós, a fala é algo que ultrapassa as leis da natureza.

CIPIÓN: É verdade, Berganza. E esse milagre é ainda maior, pois além de falar estamos discursando, como se fôssemos capazes de razão — coisa que não possuímos —, que é justamente o que diferencia um animal quadrúpede de um homem, pois o homem é um animal racional e o quadrúpede, irracional.

BERGANZA: Entendo tudo o que dizes, Cipión. E se tu dizes, e eu entendo, é um fato que me admira e encanta ainda mais. É bem verdade que ao longo de minha vida muitas vezes ouvi grandes elogios a nosso respeito. Tanto, que parece que algumas pessoas quiseram crer que temos um instinto natural, tão vivo e tão arguto em tantas coisas, que dá indícios e sinais de que pouco nos falta para provar que temos um quê de entendimento, capaz de fazer uso da razão.

CIPIÓN: Já ouvi elogios e louvores à nossa vasta memória, à nossa gratidão e fidelidade. Tanto, que costumam nos representar como símbolo da amizade. E, assim, deves ter visto (se é que já atentaste para isso) que nas sepulturas de alabastro, onde geralmente ficam as imagens dos que ali estão enterrados, quando se trata de marido e mulher, põem entre os pés de ambos a imagem de um cão, para mostrar que em vida tiveram amizade e fidelidade invioláveis.

---

[1] Mahúdes, usando seu longo hábito, munido de sua cesta, costumava sair pela cidade ao anoitecer, pedindo esmola para os enfermos, usando o mesmo refrão que os irmãos da confraria do hospital: "Quem faz o bem para si mesmo?". Dois cães o acompanhavam em sua jornada: Cipión e Berganza. (Ver Glossário)

BERGANZA: Bem sei que existiram cães tão agradecidos que se atiraram, junto com os corpos mortos de seus amos, à mesma sepultura. Outros permaneceram sobre as sepulturas onde estavam enterrados seus senhores, sem se afastar por nada, nem para comer, até que sua própria vida se acabasse. Sei também que, depois do elefante, o cão é o primeiro animal a demonstrar que tem entendimento. Depois dele vem o cavalo e, por último, o macaco.

CIPIÓN: É isso mesmo. Mas confessa que jamais viste ou ouviste dizer que algum elefante, cão, cavalo ou macaco falaram... De onde posso deduzir que este nosso falar, tão repentino, é justamente da mesma natureza daquelas coisas que chamam de "prodígios". E diz a experiência que essas coisas, quando se revelam ou acontecem, são sinais de ameaça de alguma grande calamidade para as pessoas.

BERGANZA: Desse modo, bem posso tomar como sinal prodigioso o que há alguns dias ouvi de um estudante, quando passava por Alcalá de Henares.

CIPIÓN: E o que ouviste?

BERGANZA: Que dos cinco mil estudantes que cursavam a Universidade naquele ano, dois mil faziam Medicina.

CIPIÓN: Sim? E o que vieste a concluir disso?

BERGANZA: Concluí que aqueles dois mil médicos precisarão de doentes para curar (o que seria, então, uma grande peste ou desgraça), ou morrerão de fome.

CIPIÓN: Mas seja lá por que for, nós estamos falando, seja isso um prodígio ou não. Pois, para o que o céu ordenou que aconteça, não existe diligência ou sabedoria humana capaz de evitar. E, assim, não há razão para discutirmos como ou por que falamos. Melhor será desfrutarmos deste bom dia, ou boa noite, em nossa casa,[2] ou seja, nestas esteiras onde estamos tão bem. Pois já que não sabemos quanto tempo durará nossa ventura, tratemos de aproveitá-la. Falemos por toda esta noite, sem deixar que o sono nos tire esse gosto que, de minha parte, desejo há tanto tempo.

BERGANZA: E eu também, pois desde que tive forças para roer um osso tive desejo de falar, para dizer coisas que guardava na memória e

---

[2] Menção ao provérbio: *El buen día métele en casa*, significando que não se deve perder ocasião de boa sorte e de tempo oportuno. (Centro Virtual Cervantes)

que, por serem muitas e antigas, acabariam mofadas ou esquecidas. Mas agora, que sem esperar me vejo enriquecido com este divino dom da fala, penso em desfrutá-lo e aproveitá-lo ao máximo, apressando-me a dizer tudo o que puder me lembrar, ainda que de maneira precipitada e confusa, pois não sei quando me pedirão de volta este dom que, a meu ver, me foi emprestado.

CIPIÓN: Que assim seja, amigo Berganza; que nesta noite me contes tua vida e os apuros que trilhaste até chegar ao ponto em que agora te encontras. E se amanhã à noite ainda pudermos falar, eu te contarei a minha. Pois melhor será gastar o tempo em contar nossas próprias vidas do que procurar saber das alheias.

BERGANZA: Cipión, sempre te considerei um cão sábio e amigo. E agora, mais do que nunca, assim te considero. Pois, como amigo, queres me contar os fatos da tua vida e saber dos meus. E, como sábio, dividiste o tempo, para que ambos possamos narrá-los. Mas, primeiro, vê se alguém está nos ouvindo.

CIPIÓN: A meu ver, ninguém, embora aqui perto esteja um soldado tomando um suadouro. Mas, a essa altura, ele está mais propenso a dormir do que a ouvir quem quer que seja.

BERGANZA: Então, se posso falar, livre de qualquer risco, escuta-me. E se ficares cansado ao longo do que eu disser, repreende-me ou manda que me cale.

CIPIÓN: Podes falar até que amanheça — ou até que sejamos descobertos —, que de muito bom grado te escutarei, sem te estorvar, a menos que seja necessário.

BERGANZA: Parece-me que a primeira vez que vi o sol foi em Sevilha, no Matadouro que fica além da Porta da Carne,[3] onde eu imaginava (se não fosse por algo que depois te contarei) que meus pais fossem alanos[4] criados pelos ministros daquele caos, a quem chamam *jiferos*.[5] Meu primeiro amo foi um tal Nicolás, o Rombo, homem robusto, rude e colérico, como todos aqueles que exercem esse ofício. Pois Nicolás nos treinava — a mim e aos outros filhotes — para que, em companhia

---

[3] No original, Puerta de la Carne: toda a carne que vinha do Matadouro (Matadero) passava por ali, antes de ir para os vendedores e açougues de Sevilha.
[4] Alano ou alão: grande cão de fila, cujas funções eram vigiar e auxiliar na caça de grandes animais.
[5] *Jifero*: cutelo dos açougueiros e matadores que, por metonímia, assim eram chamados.

dos alanos velhos, arremetêssemos contra os touros, agarrando-os pelas orelhas. Com muita facilidade, tornei-me um ás nesse ofício.

CIPIÓN: Isso não me espanta, Berganza, pois fazer o mal é coisa que vem de colheita natutal e, que facilmente se aprende.

BERGANZA: O que eu poderia te dizer, irmão Cipión, do que vi naquele Matadouro e das coisas exorbitantes que lá se passam? Primeiro, deves supor que todos os que lá trabalham, desde o mais velho até o mais jovem, são gente sem escrúpulos, desalmada, que não teme o rei nem sua justiça. A maioria é amancebada. São aves de rapina, carniceiras. Vivem, eles e suas amigas, do que furtam. Nos dias de matança, antes mesmo do amanhecer, acorre ao Matadouro uma multidão de mulherzinhas e crianças, com suas taleigas[6] que chegam vazias e voltam cheias de pedaços de carne. E as criadas levam testículos e lombos quase inteiros. Não há boi morto do qual essa gente não leve seu dízimos e primícias das melhores partes, as mais saborosas. E como em Sevilha não há contrato de abastecimento,[7] cada um pode levar o que quiser. A primeira rês que se mata, ou é a melhor ou a mais em conta, e com esse arranjo há sempre grande fartura. Os donos do Matadouro recomendam a essa boa gente de que falei, não que deixe de roubá-los (pois isso é impossível), mas que seja moderada na pilhagem e nos cortes que faz nas reses mortas, que acabam limpas e podadas como se fossem salgueiros ou parreiras. Contudo, nada me espantava mais, nem me parecia pior, do que ver como aqueles *jiferos* matam um homem com a mesma facilidade com que matam uma vaca. Por qualquer motivo, a três por dois, metem uma faca de cabo amarelo na barriga de uma pessoa, como se abatessem um touro. Só por milagre se passa um dia sem que haja pendências, ferimentos e, às vezes, mortes. Todos se dizem valentes, e têm lá seu lado de rufião.E todos têm seu "anjo da guarda"[8] na praça de São Francisco, granjeado com lombos e línguas de vaca. Por fim, ouvi um homem sábio dizer que o rei tinha três coisas a conquistar em Sevilha: a Rua da Caça, A Costanilla e o Matadouro.[9]

---

[6] Saco ou sacola de pano, de tamanhos variados.

[7] Contrato com a administração da cidade, que obrigaria o dono do Matadouro a abastecer os moradores. (Ver Glossário)

[8] "Na praça de São Francisco ficavam a Prefeitura e a Audiência de Sevilha. Aponta-se, portanto, a corrupção da administração de justiça, que se deixa subornar com os furtos de tais rufiões (lombos e línguas de vaca)." (Massimini) Esses funcionários, juízes, aguazis etc. seriam, portanto, os "anjos da guarda" dos *jiferos* e rufiões.

[9] Pontos de comércio de caça, pescados e gado; Costanilla: ladeira pequena. (Ver Glossário)

CIPIÓN: Se pretendes contar sobre a condição dos amos que tiveste e as faltas que cometiam nos seus ofícios, amigo Berganza, tal como acabas de fazer, teremos que pedir ao Céu que nos conceda o dom da fala ao menos por um ano. E temo que, mesmo assim, se continuares nesse passo, não chegarás à metade da tua história. Quero te advertir de uma coisa (da qual terás prova quando eu te contar minha vida): alguns relatos encerram e contêm sua graça em si mesmos; em outros, a graça está no modo de contá-los. Quero dizer que alguns relatos, ainda que narrados sem preâmbulos e ornamentos de palavras, causam alegria. Mas há outros que precisamos vestir de palavras; com umas expressões de rosto, gestos e umas mudanças de voz, ficam mais interessantes; de fracos e sem atrativos, tornam-se oportunos e agradáveis. Não te esqueças desse conselho, aproveita-o para o que ainda te falta dizer.

BERGANZA: Farei isso, se puder e se assim me permitir essa grande tentação que tenho de falar e que tanto me custa manter sob controle.

CIPIÓN: Modera a língua, que nela residem os maiores danos da vida humana.

BERGANZA: Digo, pois, que meu amo me ensinou a levar uma cesta na boca e a defendê-la, caso alguém quisesse tirá-la de mim. Ensinou-me também onde ficava a casa de uma amiga sua. Com isso, evitava a vinda da criada da moça ao matadouro, pois eu levava para ela, de madrugada, o que ele roubava durante a noite. E assim foi que, certo dia, ao amanhecer, lá ia eu, diligente, levando a encomenda, quando alguém, numa janela, me chamou pelo nome. Ergui os olhos e vi uma jovem extremamente bela. Parei por um instante; ela desceu até a rua e tornou a me chamar. Aproximei-me, para ver o que ela queria... E não era outra coisa, senão roubar o que eu levava na cesta, deixando no seu lugar um velho *chapín*.[10] Pensei comigo: "A carne veio à carne e levou a carne".[11] E tão logo tirou-a de mim, a jovem disse: "Anda, Gavilán,[12] ou seja lá qual for teu nome, vai dizer ao teu amo, Nicolás, o Rombo, que não se fie nos animais. E que do lobo se espera, quando muito, um pelo... e da cesta!".[13] Bem que eu poderia tomar de volta o que ela me

---

[10] Calçado feminino (Ver nota 67 da novela "A Ciganinha")

[11] Berganza joga com a pluralidade de sentidos do termo "carne", referindo-se tanto à carne que ele levava como ao corpo da jovem.

[12] Gavião.

[13] Menção ao provérbio: Del lobo, un pelo, e ése, de la frente (Do lobo, um pelo, e esse, da testa), que significa que não se pode esperar benefício ou dádiva de uma pessoa mesquinha, por isso deve-se tomar o que der primeiro, ainda que seja de pouco valor. (Sieber) Ao mencionar o provérbio, a moça troca 'testa' por 'cesta', referindo-se à cesta que Berganza carrega, cujo conteúdo lhe parece escasso.

havia tomado. Mas não quis, para não tocar aquelas mãos brancas e limpas com minha boca *jifera* e suja.

CIPIÓN: Fizeste muito bem, pois o respeito sempre é prerrogativa da beleza.

BERGANZA: Assim fiz. E assim voltei para junto do meu amo sem a porção de carne e com o *chapín* na cesta. Pareceu-lhe que voltei depressa demais. E então ele viu o *chapín*, compreendeu o embuste e puxou a faca para me dar um golpe que, se eu não tivesse evitado, tu jamais ouvirias esta história, nem as muitas outras que ainda quero contar. Fugi apavorado, e tomando caminho por trás de São Bernardo,[14] parti por aqueles campos de Deus, para onde o destino me quisesse levar. Naquela noite, dormi a céu aberto e, no dia seguinte, o destino me fez deparar com um bando, ou rebanho, de ovelhas e carneiros. Tão logo vi aqueles animais, pensei ter achado neles o centro do meu sossego, pois penso que é próprio e natural dos cães o ofício de guardar o rebanho, trabalho no qual se encerra uma grande virtude, que é a de amparar e defender os humildes e os que pouco podem contra os poderosos e soberbos. Assim que me viu, um dos três pastores que guardavam o rebanho me chamou, dizendo: "To-tó!". Eu, que não desejava outra coisa, me aproximei, baixando a cabeça e abanando a cauda. Ele me passou a mão pelo lombo, abriu minha boca e nela cuspiu,[15] olhou minhas presas, calculou minha idade e disse aos outros pastores que eu tinha todos os sinais para ser um cachorro de raça. Naquele instante chegou o dono do rebanho, montando à gineta[16] uma égua ruça, portando lança e darga, de modo que mais parecia um defensor da costa[17] do que um senhor de rebanho. E disse ao pastor: "Esse cão parece bom... quem é ele?". "Acredite, vossa mercê, que eu examinei bem não tem um sinal nele que não mostre e prometa que deve ser um grande cão," respondeu o pastor. "Acabou de chegar e não sei quem é seu dono, mas sei que ele

---

[14] O bairro de São Bernardo ficava bem próximo do Matadouro. (Ver Glossário)

[15] Seria uma tradição folclórica, um modo de evitar o mau-olhado. (Massimini)

[16] Modo de equitação em que o cavaleiro monta com os estribos curtos. (Houaiss)

[17] Com a Andaluzia e as terras mediterrâneas da Espanha sob constante ameaça de invasões árabes e berberes, havia torres ao longo da costa, de onde um vigia observava o mar. Se avistava embarcações inimigas, dava o alarme, usando lanternas ou nuvens de fumaça, e assim o alerta se espalhava rapidamente entre as torres próximas. Com isso, armava-se a defesa: os pastores e a gente do campo retiravam-se, enquanto acorriam ao local de desembarque do inimigo os *atajadores de la costa*: ginetes ligeiros, portando lança e darga, devidamente trajados e armados, que lutavam para obrigar o inimigo a reembarcar.

não é de nenhum rebanho das redondezas." "Pois então", respondeu o senhor, "põe-lhe logo a coleira de Leoncillo, o cão que morreu, e dá-lhe a mesma comida que dás aos outros. E afaga-o, para que se afeiçoe ao rebanho e ajude a guardá-lo." Assim dizendo, o homem se foi. O pastor logo me pôs no pescoço uma coleira, cheia de pontas de ferro, mas antes me deu de comer, numa gamela, uma grande quantidade de pão empapado em leite. Também me deu um nome e me chamou de Barcino.[18] Senti-me saciado e contente com meu segundo amo e meu novo ofício. Mostrei-me solícito e diligente na guarda do rebanho, do qual não me afastava, exceto na hora da sesta, que eu costumava fazer à sombra de uma árvore, ou de alguma rocha ou barranco, ou então na mata, à margem de um riacho, dos muitos que por ali corriam. E essas horas do meu descanso não eram ociosas, pois eu ocupava a memória recordando-me de muitas coisas, especialmente da vida que tinha levado no matadouro, da vida do meu amo e dos que, assim como ele, eram obrigados a cumprir os gostos impertinentes, de suas amigas. Oh, quantas coisas eu poderia te contar agora, coisas que aprendi na escola daquela *jifera* que era a dama do meu amo! Mas não direi, para que não me tomes por prolixo e murmurador.[19]

CIPIÓN: Por ter ouvido falar que um grande poeta, dos antigos, disse que era difícil, para ele, não escrever sátiras,[20] consentirei que murmures um pouco de luz e não de sangue.[21] Quero dizer: podes indicar, mas não ferir nem expor qualquer pessoa, no que disseres, pois não é boa a murmuração que, mesmo fazendo rir a muitos, também pode acabar com alguém. E se puderes agradar sem isso, bem discreto te considerarei.

BERGANZA: Acatarei teu conselho. E ansiosamente espero pelo momento em que me contarás os fatos da tua vida. Pois de quem tão bem sabe reconhecer e corrigir as falhas que cometo ao contar os meus, bem posso esperar que me conte os seus de maneira que a um

---

[18] Cão de pelo avermelhado, ou avermelhado mesclado ao branco. (Ver Glossário)

[19] "Murmurar": abrangendo todos os seus sentidos, como falar em voz baixa, segredar, censurar dissimuladamente, criticar alguém ou algo, maldizer, queixar-se, mexericar.

[20] Juvenal (65-128, aproximadamente), em *Sátira I: Difficile est Satyram non scribere; nam quis iniquæ/Tam patiens urbis, tam ferreus, ut teneat se?*, "Difícil é não satirizar! Pois quem aqui é tão senhor de si, tão férreo, para conter-se?" (Tradução com base em Rafael Cavalcanti do Carmo, disponível em: <https://ronai.ufjf.emnuvens.com.br/ronai/article/view/34>)

[21] Menção às procissões "disciplinares", das quais os membros das confrarias religiosas de penitentes participavam, alguns iluminando o caminho com tochas e círios (os "de luz"); outros se açoitando (os "de sangue"). (González)

só tempo ensinem e deleitem. Mas, retomando o fio interrompido da minha história, digo que naquele silêncio e solidão de minhas sestas eu pensava, entre outras coisas, que não devia ser verdade aquilo que falavam sobre a vida dos pastores, ao menos daqueles que a dama do meu amo lia nuns livros, quando eu ia à sua casa; todos tratavam de pastores e pastoras, contando que passavam a vida inteira cantando e tocando flautas, *zampoñas*, *rabeles*, *chirumbelas*[22] e outros instrumentos extraordinários. Detinha-me a ouvi-la e ela lia como o pastor de Anfriso cantava extrema e divinamente, louvando a incomparável Belisarda.[23] E não havia, em todos os montes da Arcádia, árvore em cujo tronco ele não se tivesse recostado para cantar, desde que o sol saía, nos braços da Aurora, até que se punha, nos de Tétis. E mesmo depois que a negra noite estendia suas escuras, negras asas sobre a face da terra, ele não cessava suas bem cantadas e ainda melhor choradas queixas. Não se esquecia do pastor Elício,[24] mais apaixonado do que atrevido, de quem dizia que, displicente com seus amores e seu rebanho, se entretinha com cuidados alheios. Dizia também que o grande pastor de Fílida,[25] singular pintor de um retrato, fora mais crédulo do que afortunado. Dos desmaios de Sireno e do arrependimento de Diana, dizia dar graças a Deus e à sábia Felícia,[26] que com sua água encantada tinha desfeito aquela máquina de enredos e iluminado aquele labirinto de dificuldades. Recordava-me de muitos outros livros desse gênero, que eu a ouvira ler, mas não eram dignos de ser trazidos à memória.

CIPIÓN: Estás aproveitando meu conselho, Berganza: murmura e apressa-te a seguir adiante, e que tua intenção seja clara, ainda que a língua não o pareça.

BERGANZA: Nessas matérias, nunca tropeça a língua, se não cair primeiro a intenção. Mas se acaso, por descuido ou malícia, eu murmurar

---

[22] *Zampoña*: instrumento de sopro, semelhante à flauta, feito do caule oco da cevada; *rabel*: instrumento semelhante à rabeca, com três cordas, todas de timbre bem agudo, e um pequeno arco; (González) *chirumbela* (charamela): instrumento medieval de sopro, de timbre estridente, com o corpo de madeira cilíndrico dotado de orifícios e com embocadura de palheta, considerado o antecessor do oboé e do clarinete modernos. (Houaiss)

[23] Referência a *La Arcadia*, de Lope de Vega, que narra os infelizes amores do Duque de Alba que, sob a identidade do pastor Anfriso, apaixona-se por Belisarda (publicado pela primeira vez em Madri por Luís Sánchez,1599).

[24] Personagem de *A Galateia* (Alcalá, 1585), do próprio Cervantes.

[25] Alusão à obra de Luís Gálvez de Montalvo (*El pastor de Fílida*, Madri, 1582).

[26] Sireno, Diana e Felícia são personagens da obra *Los siete libros de la Diana*, de Jorge de Montemayor (Valencia, 1559).

demais, responderei a quem me repreender, tal como respondeu Mauleón — poeta tonto e acadêmico de mentira da Academia dos Imitadores — a alguém que lhe perguntou o que significava *Deum de Deo*. E ele respondeu: "Dê onde der".[27]

CIPIÓN: Essa foi a resposta de um simplório. Mas se tu és sábio, ou queres sê-lo, nunca deverás dizer coisa da qual tenhas de pedir desculpas. Segue adiante.

BERGANZA: Digo que todos os pensamentos que te contei, e muitos mais, me fizeram ver o quanto o ofício e as ações dos meus pastores — e de todos os demais daquele lugar[28] — diferiam daqueles dos pastores dos livros, cuja leitura eu tinha ouvido. Pois, se meus pastores cantavam, não eram canções harmoniosas e bem compostas e sim um "*Cata el lobo dó va, Juanica*"[29] e outras coisas semelhantes, não ao som de *chirumbelas*, *rabeles* ou flautas, mas sim ao som de cajados se batendo ou de alguns cacos de telhas postos entre os dedos. E não cantavam com vozes delicadas, sonoras e encantadoras, mas sim com vozes roucas que, solando ou juntas, não pareciam cantar e sim gritar ou grunhir. Passavam a maior parte do dia catando as próprias pulgas ou piolhos, ou remendando suas abarcas.[30] Tampouco se chamavam, entre eles, de Amarílis, Fílidas, Galateias e Dianas;[31] nem havia Lisardos, Lausos, Jacintos ou Riselos;[32] todos eram Antônios, Domingos, Pablos ou Lourenços. E daí vim a entender aquilo que, imagino, qualquer um deve saber: que todos aqueles livros são coisas sonhadas e bem escritas para entretenimento dos ociosos; e que neles não existe verdade alguma. Pois, se existisse, haveria entre meus pastores algum vestígio daquela felicíssima vida, daqueles amenos prados, vastos bosques, sagradas montanhas, formosos jardins, límpidos arroios e cristalinas fontes... E daqueles tão sinceros quanto bem declarados amores, daquele desmaiar aqui o pastor, ali a pastora, ressoar acolá a flauta de um e cá o flautim de outro.

---

[27] *Deum de Deo*: "Deus de Deus", trecho do Credo, tal como adotado no Concílio de Niceia. (Ver Glossário)

[28] No original, *y todos los demás de aquella marina*. Mas Harry Sieber acredita que a palavra seria *merina*, que refere-se a rebanho, a coisas da vida pastoril. Já *marina* refere-se à vida marinheira.

[29] Primeiro verso de uma canção do século XVI: "Olha aonde vai o lobo, Juanica..." (González)

[30] Sandália rústica cuja sola é atada ao peito do pé por cordéis ou correias. (Houaiss)

[31] Heroínas de quatro novelas pastoris. (Ver Glossário)

[32] Personagens masculinos de novelas pastoris. (Ver Glossário)

CIPIÓN: Basta, Berganza; retoma tua senda e caminha.

BERGANZA: Agradeço o aviso, amigo Cipión; pois eu estava tão exaltado que não pararia enquanto não te pintasse um livro inteiro sobre aqueles que me enganaram. Mas chegará o tempo em que tudo isso te direi, com melhores argumentos e melhor discurso do que este que faço agora.

CIPIÓN: Mira teus pés e recolhe a cauda,[33] Berganza. Quero dizer: lembra-te de que és um animal desprovido de razão. E se agora demonstras ter alguma, já averiguamos, entre nós dois, que se trata de coisa sobrenatural e jamais vista.

BERGANZA: Assim seria, se eu estivesse no meu estado anterior de ignorância. Mas agora, que me veio à memória uma coisa que eu já deveria ter dito no início da nossa conversa, já não me admiro do que estou falando, mas me espanto pelo que deixo de falar.

CIPIÓN: Pois então não podes falar disso que agora estás recordando?

BERGANZA: É uma certa história que me aconteceu, com uma grande feiticeira, discípula da Camacha de Montilla.

CIPIÓN: Conta-me, antes que prossigas com a história da tua vida.

BERGANZA: Não farei isso, por certo, até que chegue o momento. Tem paciência e escuta os fatos que me ocorreram, sucessivamente, que assim te darão mais gosto, se é que não te causa fastio querer saber o meio antes do princípio.

CIPIÓN: Sê breve; conta o que quiseres e como quiseres.

BERGANZA: Digo, então, que me sentia bem no ofício de guardar o rebanho, pois parecia-me que ganhava o pão com meu suor e trabalho; e que a ociosidade, raiz e mãe de todos os vícios, nada tinha a ver comigo, pois se eu folgava durante o dia, não dormia durante a noite, com os lobos nos atacando continuamente e nos alarmando. Mal os pastores me diziam: "Ao lobo, Barcino!", eu acudia, antes dos outros cães, ao local onde diziam estar o lobo; percorria os vales, esquadrinhava os montes, enveredava pelos bosques, saltava barrancos, cruzava trilhas e pela manhã voltava ao rebanho — sem ter encontrado lobo nem rastro de lobo —, ofegante, exausto, caindo aos pedaços, as patas feridas pelos galhos e

---

[33] Referência ao mito do pavão, cuja cauda é belíssima e cujos pés são feios. E também ao provérbio que se aplica à pessoa envaidecida que, tal como o pavão, símbolo do orgulho, desarma sua presunção e arrogância quando percebe (ou a fazem notar) seus defeitos e imperfeições. (González)

troncos das árvores, e no rebanho encontrava, ou uma ovelha já morta, ou um carneiro degolado e já meio devorado pelo lobo. Desesperava-me ver quão pouco serviam meus cuidados e préstimos. Então chegava o dono do rebanho. Os pastores saíam para recebê-lo com as peles da rês morta. O dono acusava os pastores de negligentes e mandava castigar os cães, por preguiçosos. Choviam pauladas sobre nós e repreensões sobre os pastores. E assim, num certo dia, vendo-me castigado e sem culpa, vendo que meu cuidado, presteza e bravura de nada serviam para pegar o lobo, resolvi mudar de estilo: em vez de me afastar para procurá-lo, como era meu costume, ficaria junto do rebanho. Pois, se o lobo ali viesse, ali seria uma presa certa. Toda semana nos davam alarme sobre o lobo. E numa noite muito escura tive chance de ver os lobos dos quais o rebanho não poderia, jamais, se defender. Escondi-me detrás de um arbusto; vi passarem adiante os cães, meus companheiros; vi dois pastores agarrando e matando um dos melhores carneiros do rebanho, de forma que na manhã seguinte pareceu, verdadeiramente, que o lobo fora o verdugo. Pasmei, fiquei atônito ao ver que os pastores eram os lobos; que aqueles que despedaçavam o rebanho eram os mesmos que deveriam protegê-lo. Logo contavam ao amo sobre o ataque do lobo, davam-lhe o pelame e parte da carne e depois comiam, eles mesmos, a maior e melhor parte. O dono tornava a repreendê-los e tornava também a castigar os cães. Não havia lobos; o rebanho minguava; quisera eu revelar o que se passava, mas me encontrava mudo. Tudo isso me punha cheio de espanto e angústia. "Valha-me Deus!", pensava comigo mesmo. "Quem poderá remediar essa maldade? Quem terá o poder de revelar que a defesa ataca, as sentinelas dormem, a confiança rouba e aquele que protege é o mesmo que mata?"

CIPIÓN: Disseste muito bem, Berganza, pois não há maior nem mais engenhoso ladrão do que o doméstico. E, assim, muito mais morrem os crédulos do que os cautos. O pior é que não se pode viver bem neste mundo sem fiar e confiar. Mas deixemos esse assunto por aqui, pois não quero que pareçamos predicantes. Segue adiante.

BERGANZA: Sigo adiante e digo que resolvi deixar aquele ofício, embora parecesse tão bom, para escolher outro que pudesse exercer bem e que, mesmo não sendo remunerado, tampouco fosse castigado. Voltei a Sevilha e passei a servir a um mercador muito rico.

CIPIÓN: Como fazias para conseguir um amo? Pois, usualmente, nos dias de hoje é muito difícil, para um homem de bem, encontrar um senhor a quem servir. Os senhores da terra são tão diferentes do Senhor do céu! Os da terra, antes de admitir um criado, investigam sua linhagem, examinam suas habilidades, avaliam sua aparência e ainda querem saber que roupas ele tem. Mas, para começar a servir a Deus, o mais pobre é o mais rico; o mais humilde é o de melhor linhagem; e basta que se disponha, de coração limpo, a servi-Lo, para que Deus logo o ponha no livro de Suas gratificações, registrando-as tão avantajadas que, por serem muitas e grandes, mal podem caber no seu desejo.

BERGANZA: Tudo isso é predicar, amigo Cipión.

CIPIÓN: Assim me parece e, assim, me calo.

BERGANZA: Quanto ao que me perguntaste sobre meu método para conseguir um amo, digo que já sabes que a humildade é base e fundamento de todas as virtudes e que sem ela nenhuma outra pode existir. Ela aplaina inconvenientes, vence dificuldades e é um meio que sempre nos conduz a gloriosos fins. Faz dos inimigos, amigos; modera a fúria dos irascíveis e menoscaba a arrogância dos soberbos. É mãe da modéstia e irmã da temperança. Enfim, com ela os vícios não encontram ocasião de triunfo, pois na sua brandura e mansidão as flechas dos pecados perdem o gume e as pontas. A ela, pois, eu recorria, quando queria começar a servir em alguma casa, tendo primeiro observado e considerado, muito bem, se a tal casa poderia receber e sustentar um cão grande. Em seguida eu me encostava à porta. E se chegasse alguém que, a meu ver, era forasteiro, eu ladrava para ele. Quando chegava o dono da casa, eu baixava a cabeça e, abanando a cauda, me aproximava para limpar seus sapatos com a língua. Se me tocavam a pauladas, eu aguentava; com a mesma mansidão, voltava a fazer festas a quem me batia. E ninguém, ao ver minha insistência e meu nobre comportamento, conseguia continuar me surrando. Dessa maneira, em duas tentativas eu já estava na casa. Servia bem, logo as pessoas me queriam bem e ninguém me mandava embora, a menos que eu me mandasse ou, melhor dizendo, me fosse. Certa vez, encontrei um amo em cuja casa eu estaria até hoje, se a má sorte não tivesse me perseguido.

CIPIÓN: Também eu começava a servir meus amos dessa maneira. Até parece que lemos nossos pensamentos!

BERGANZA: Pois, se não me engano, foi por conta dessas coisas que nos encontramos; coisas que, tal como te prometi, contarei quando chegar o momento. Mas agora escuta o que me aconteceu depois que deixei o rebanho em poder daqueles perdidos. Como já disse, voltei a

Sevilha, amparo dos pobres e refúgio dos enjeitados, em cuja grandeza não só cabem os pequenos, mas também não se deixa de ver os maiores. Acomodei-me junto à porta de uma grande casa que pertencia a um mercador, fiz minhas costumeiras diligências e logo fui aceito. Receberam-me, mas para me manter amarrado atrás da porta durante o dia e solto durante a noite. Eu servia com grande cuidado e diligência. Ladrava para os forasteiros e rosnava para os não muito conhecidos. Não dormia durante a noite: andava pelos pátios, subia até os terraços, como sentinela universal da minha casa e das alheias. Meu amo ficou tão feliz com meu bom trabalho que mandou que me tratassem bem, me dessem ração de pão e os ossos que sobrassem ou caíssem de sua mesa, bem como as sobras da cozinha. Eu então me mostrava agradecido, dando infinitos saltos quando via meu amo, especialmente quando ele chegava de fora. Eram tantas as mostras de intensa alegria, e tantos os saltos que eu dava, que meu amo ordenou que me desamarrassem e me deixassem solto, dia e noite. Tão logo me vi livre, corri até ele, rodeei-o por inteiro, sem ousar tocá-lo com as patas, lembrando-me da fábula de Esopo, na qual aquele burro — tão burro, que quis fazer ao seu senhor as mesmas carícias que lhe fazia uma cadelinha que ele tinha e mimava por demais — conseguiu ser moído a pauladas.[34] Parece-me que essa fábula nos dá a entender que os dons e habilidades de uns não caem bem a outros. Que o cômico graceje, que o saltimbanco dê cambalhotas e rodopie, que o pícaro zurre, que imite o canto dos pássaros (e os diversos gestos e ações dos homens e animais) o homem humilde que para tal coisa tenha vocação; mas não queira fazer isso o homem nobre, a quem nenhuma dessas habilidades pode dar crédito ou nome que se honre.

CIPIÓN: Basta. Adiante, Berganza, que já te fizeste entender.

BERGANZA: Oxalá aqueles de quem falo me entendessem como tu me entendes. Pois não sei o que tenho de boa índole, que me pesa infinitamente ver um cavaleiro tornar-se chocarreiro, gabar-se de jogar

---

[34] Um burro notou que seu dono gostava de brincar com uma cachorrinha que ganhara de presente, que a deixava ficar a seu lado à mesa e lhe dava de comer. Notou também que quando o homem chegava a cachorrinha fazia-lhe festas e saltava para o seu colo. Pensou, então, que se fizesse o mesmo seria mais estimado pelo dono. Assim, quando este chegou, o burro foi recebê-lo, todo feliz, jogando-lhe as patas sobre os ombros e tentando lamber-lhe o rosto. Assustado, o homem gritou, os criados acudiram e, espancando o pobre burro, levaram-no de volta ao estábulo.

bem os *cubilletes* e as *agallas*³⁵ e de dançar a chacona³⁶ como ninguém! Conheço um cavaleiro que se gabava de ter cortado trinta e dois florões de papel, a pedido de um sacristão, para colocar num túmulo, sobre panos negros. E fazia tanto alarde desses florões que levava os amigos para vê-los, como se os levasse para ver bandeiras e despojos de inimigos, dispostos sobre a sepultura de seus pais e avós. Esse mercador, pois, tinha dois filhos — um de doze e outro de cerca de catorze anos — que estudavam gramática na escola da Companhia de Jesus; iam com toda pompa, com preceptor e com pajens, que levavam seus livros e aquilo que chamam vade-mécum.³⁷ Vê-los ir com tanto aparato — em liteiras quando fazia sol e em carruagens quando chovia —, me fez pensar e refletir sobre a simplicidade com que o pai deles ia à Lonja³⁸ para tratar de negócios, sem levar outro criado senão um negro; e havia ocasiões em que se abalava até lá montando uma mulinha nem lá muito bem arreada.

CIPIÓN: Bem deves saber, Berganza, que é costume e condição do mercador de Sevilha — e também de outras cidades — demonstrar autoridade e riqueza, não em sua própria pessoa, mas na de seus filhos, pois os mercadores são maiores na sua sombra do que em si mesmos. E como raramente cuidam de outra coisa a não ser dos seus tratos e contratos, portam-se com modéstia. E como anseiam por manifestar sua ambição e riqueza, acabam por fazê-lo através dos filhos, que tratam e consideram como se fossem filhos de algum príncipe. E alguns ainda procuram dar-lhes títulos, colocando-lhes no peito a marca que tanto distingue a nobreza da plebe.

BERGANZA: De fato, é ambição, mas generosa ambição, a daquele que pretende melhorar sua condição sem prejuízo de terceiros.

CIPIÓN: Poucas vezes, ou quase nunca, a ambição se cumpre sem prejuízo de terceiros.

---

³⁵ O bufão colocava *agallas* (pequenas pinhas, frutos do cipreste) sob os *cubiletes* (pequenos copos de latão ou de chifre) e então, com seus truques e artimanhas, passava as *agallas* de um *cubilete* a outro, fazendo-as, por fim, desaparecer à vista de todos os que assistiam à cena. Incitava as apostas e alguns, entre os assistentes, arriscavam-se, tentando adivinhar onde estariam as *agallas*... E jamais acertavam. (Ver Glossário)

³⁶ Dança vigorosa e ousada que causava escândalo entre os moralistas da época, mas conquistava muitos adeptos e chegou a suplantar, em preferência, outras danças, como a sarabanda, por exemplo. (Ver Glossário)

³⁷ Do latim *vade mecum* ("vai comigo"): caderno ou pasta que os estudantes carregavam, com anotações feitas na escola.

³⁸ "A construção da famosa Lonja, ou Casa de Contratación, começou sob a direção de Juan de Herrera, em 1585, e foi concluída sob a direção de Juan de Minjares, em 1598, começando a funcionar em 14 de agosto." (González)

BERGANZA: Já dissemos que não vamos murmurar.

CIPIÓN: Sim, mas não estou falando mal de ninguém.

BERGANZA: Acabo de confirmar a verdade do que muitas vezes ouvi dizer: se um maledicente acaba de degenerar dez linhagens e caluniar vinte boas pessoas, e se alguém o repreende pelo que disse, ele responde que não disse nada, e que se disse algo não era para tanto, e que se pensasse que alguém haveria de se ofender, nem diria. A verdade, Cipión, é que muito há de saber e muito prevenido deve andar aquele que quiser manter duas horas de conversação sem tocar os limites da murmuração. Pois vejo por mim mesmo que, sendo um animal, como de fato sou, a cada quatro argumentos que digo me vêm palavras à língua, como moscas ao vinho, e todas maliciosas e difamatórias. Por isso volto a dizer o que já disse, em outro momento: que fazer o mal e dizer o mal é coisa que herdamos dos nossos primeiros pais e o bebemos no leite que mamamos. Vê-se claramente que um bebê, logo ao tirar o braço das faixas,[39] já ergue a mão com mostras de querer vingar-se de quem, a seu parecer, o ofende. E quase que a primeira palavra que consegue articular é para chamar de puta sua mãe ou sua ama.

CIPIÓN: Essa é a verdade; confesso meu erro e quero que me perdoes, pois já te perdoei tantos. Como dizem as crianças, vamos "ficar de bem"[40] e, daqui por diante, não murmuremos mais. Prossegue com tua história, que interrompeste na altura da pompa com que os filhos do mercador, teu amo, iam à escola da Companhia de Jesus.

BERGANZA: A Ele me recomendo, em todos os acontecimentos. E embora me pareça difícil parar de murmurar, penso recorrer a um remédio que, segundo ouvi dizer, era usado por um grande jurador que, arrependido do seu mau costume, a cada vez que voltava a jurar, mesmo depois de se arrepender, beliscava o próprio braço ou beijava a terra, como castigo pela sua culpa. Mas, apesar de tudo, jurava. Assim, eu, cada vez que contrariar o preceito que me deste de não murmurar, ou contrariar minha intenção de não fazê-lo, morderei a ponta da língua a ponto de sentir dor, para que me lembre de minha culpa e não volte a recair.

---

[39] Era costume manter os recém-nascidos envoltos em panos, faixas, por vários meses. Um dos argumentos que justificava esse procedimento era "manter firme, fortalecer a coluna da criança".

[40] No original, *echemos pelillos a la mar, como dicen los muchachos*. Expressão que significa esquecer as ofensas e restabelecer a paz. Segundo o DRAE, essa expressão é usada pelas crianças nos jogos infantis. Como prova de que cumprirá o que foi combinado, cada uma arranca um fio de cabelo da própria cabeça e, soprando-o, diz: "cabelinhos ao mar".

CIPIÓN: Penso que, se usares esse remédio, morderás tua própria língua tantas vezes que ficarás sem ela e, portanto, impossibilitado de murmurar.

BERGANZA: Ao menos farei, de minha parte, essas diligências; e que o céu cuide de prover o que falta. Assim, digo que os filhos do meu amo certo dia esqueceram um caderno no pátio, onde eu estava. E como já havia aprendido a levar a cesta do *jifero*, meu amo, tomei o vade--mécum e, com a intenção de não soltá-lo até chegar à escola, fui atrás dos meninos. Tudo aconteceu tal como eu desejava: meus amos, ao me verem chegar com o vade-mécum na boca, pendendo graciosamente das correias, ordenaram a um pajem que o pegasse. Mas não consenti, nem soltei o vade-mécum, até entrar na sala de aula com ele, coisa que provocou riso em todos os estudantes. Aproximei-me do mais velho dos meus amos e num gesto, a meu ver, de muita cortesia, entreguei-lhe o vade-mécum e fui me sentar junto à porta da sala, com os olhos postos no professor que, na cátedra, lia. Não sei o que tem a virtude que, conhecendo eu tão pouco ou quase nada sobre ela, logo tive gosto em ver o amor, a maneira, a solicitude e a habilidade com que aqueles benditos padres e mestres ensinavam aqueles meninos, endireitando os tenros ramos de sua juventude, para que não se distorcessem nem tomassem o rumo errado no caminho da virtude que lhes era apresentado, juntamente com as letras. Eu observava como os mestres os advertiam com suavidade, castigavam com misericórdia, encorajavam com exemplos, incentivavam com prêmios, conduziam com sensatez e, finalmente, como lhes pintavam a fealdade e o horror dos vícios e como lhes desenhavam a formosura das virtudes para que, tendo aversão por eles e amor por elas, cumprissem o fim para o qual eram criados.

CIPIÓN: Disseste muito bem, Berganza, pois ouvi falar dessa bendita gente. Dizem que não há mestres tão prudentes quanto esses repúblicos[41] do mundo. Poucos se equiparam a eles, como orientadores e guias para o caminho do céu. São espelhos onde se miram a honestidade, a doutrina católica, a singular prudência e, finalmente, a profunda humildade, fundamento sobre o qual se ergue toda a edificação da bem-aventurança.

---

[41] Homem zeloso e amigo do bem público, ou que trata do bem comum (Autoridades). No contexto, esse "bem" seria o contingente de alunos. E os repúblicos, os mestres.

BERGANZA: É bem assim, como dizes. Prosseguindo com minha história, digo que meus amos queriam que eu lhes levasse, sempre, o vade-mécum, o que fiz de muito bom grado, e com isso tinha uma vida de rei, ou até melhor, pois era bem sossegada. Os estudantes deram para brincar comigo; e domestiquei-me com eles de tal maneira, que me metiam a mão na boca, e os menorzinhos montavam em mim. Jogavam as boinas ou chapéus, que eu lhes trazia de volta, inteiros e limpos, com mostras de grande regozijo. Deram para me alimentar o quanto podiam. E quando me davam nozes ou avelãs, gostavam de me ver quebrá-las, como um macaco, deixando de lado as cascas para comer o tenro miolo. Até aconteceu que um deles, para testar minha habilidade, trouxe num lenço uma grande quantidade de salada, que comi como se fosse uma pessoa. Era época de inverno, quando aparecem em Sevilha os *molletes* e *mantequillas*,[42] dos quais eu era tão bem servido que mais de dois Antônios[43] foram penhorados ou vendidos, para me alimentar. Enfim, eu levava uma vida de estudante, sem fome e sem sarna, que é o que mais se pode destacar para dizer que era boa. Pois se a sarna e a fome não fossem tão inerentes aos estudantes, não existiria vida de maior prazer e entretenimento; nela correm, paralelas, a virtude e o deleite, e assim passa-se a mocidade, aprendendo e divertindo-se. Dessa glória e dessa paz veio me tirar uma senhora que, me parece, chamam por aí de razão de Estado.[44] E quando essa razão é cumprida, muitas outras são esquecidas. O caso é que pareceu, àqueles senhores mestres, que no intervalo de meia hora entre as lições os estudantes já não se ocupavam de recordá-las e sim de brincar comigo. Assim, ordenaram aos meus amos que não me levassem mais à escola. Eles obedeceram, levando-me de volta à casa e à antiga função de vigiar a porta. E como o meu velho amo e senhor não se lembrasse mais da graça que me havia concedido — a de andar solto, dia e noite —, voltei a entregar o pescoço à coleira e o corpo a uma pequena esteira que puseram para mim, atrás da porta.

---

[42] Os *molletes* sevilhanos eram pãezinhos de farinha muito fina, semelhantes aos chamados pães franceses, um tanto menores, redondos, muito macios e de breve cozimento. Daí o nome *mollete* (*mollis*, macio), diminutivo de *muelle*. Em alguns locais da Andaluzia, ainda se costuma servi-los bem quentes, para que a manteiga, ao contato, derreta. E, tal como disse Cervantes, são próprios do clima frio ou do inverno. (González)

[43] "Dois Antônios": dois exemplares da *Arte de Gramática*, de Antônio de Nebrija. (Sieber)

[44] Motivo de ordem superior, invocado pelo Estado, para pôr seu interesse acima dos interesses particulares. (Houaiss)

Ai, amigo Cipión, se soubesses o quanto é duro passar de um estado de felicidade a outro, de desventura! Olha: quando as misérias e desventuras vêm numa corrente longa e contínua, ou acabam logo, com a morte, ou essa constância converte o sofrimento num hábito que, em seu maior rigor, costuma servir de alívio. Mas quando, impensada e inesperadamente, passa-se de uma sorte desventurada e calamitosa a outra, próspera, venturosa e alegre, e dali a pouco volta-se a padecer da sorte anterior, das dificuldades e infortúnios, o sofrimento é tão rigoroso que, se não acaba com a vida do ser, é apenas para atormentá-lo ainda mais, deixando-o viver. Digo, enfim, que voltei à minha ração canina e aos ossos que uma negra da casa atirava para mim e que dois gatos romanos[45] dizimavam; por serem soltos e ligeiros, era fácil, para eles, roubar-me o que caía além do perímetro que minha corrente alcançava. Cipión, irmão, que o céu te conceda o bem que me desejas e que, sem que te sintas entediado, me deixes agora filosofar um pouco. Pois sinto que, se eu deixasse de dizer algumas coisas que me ocorreram naquela ocasião, e que neste instante me vêm à memória, minha história não seria cabal nem teria serventia alguma.

CIPIÓN: Vê lá, Berganza, se essa gana de filosofar que, segundo dizes, te veio agora, não será uma tentação do demônio. Pois a murmuração não tem melhor véu para dissimular e encobrir sua maldade dissoluta do que quando o murmurador dá a entender que tudo o que diz são sentenças de filósofos, que a maledicência é repreensão, que a revelação de falhas alheias é sinal de bom zelo. E não há murmurador cuja vida, quando bem esquadrinhada e considerada, não se revele cheia de vícios e de insolências. Sabendo disso, *filosofeia*[46] o quanto quiseres, agora.

BERGANZA: Podes estar seguro, Cipión, de que não vou murmurar mais, pois já fiz esse propósito. O caso é que eu passava o dia inteiro ocioso; e como a ociosidade é a mãe dos pensamentos, comecei a repassar, na memória, alguns latins que nela me ficaram, entre os muitos que ouvi, quando ia com meus amos à escola — coisa que, a meu ver, aprimorou um tanto meu entendimento —; e decidi (como se soubesse falar!) que me aproveitaria deles se me fossem oferecidas ocasiões para tanto,

---

[45] Gato romano: rajado de tons pardos e negros.
[46] "Hoje diríamos '*filosofa* o quanto quiseres, agora', conjugando *filosofar* e não *filosofear*, conforme a boa tradição dos clássicos. E não que Cervantes conjugasse mal o verbo — que emprega, mais adiante, em sua força castiça —, mas sim que aqui o transforma, torna-o novo, adultera seu propósito para dar-lhe, assim, um sentido mais vivo e irônico..." (González)

mas que faria isso de maneira diferente da que costumam fazer alguns ignorantes. Há alguns romancistas[47] que, nos diálogos, de quando em quando disparam algum latim breve e compendioso, dando a entender, aos que não o entendem, que são grandes conhecedores de latim, quando mal sabem declinar um nome ou conjugar um verbo.

CIPIÓN: Considero esse um dano menor do que aquele que fazem os que verdadeiramente sabem latim. Alguns deles são tão imprudentes que, ao falar com um sapateiro ou com um alfaiate, despejam latim como água.

BERGANZA: Disso podemos inferir que aquele que fala latim diante de quem o ignora peca tanto quanto aquele que o fala, ignorando-o.

CIPIÓN: Também podes observar outra coisa: para alguns, o fato de ser versado em latim não desculpa o de ser asno.

BERGANZA: Pois quem duvida disso? E a razão é muito clara, pois no tempo dos romanos, quando todos falavam latim como língua materna, devia haver entre eles algum tolo presunçoso, que nem por falar latim deixava de ser néscio.

CIPIÓN: Para saber calar em romance e falar em latim é preciso discernimento, irmão Berganza.

BERGANZA: É verdade, pois tanto pode-se dizer um disparate em latim como em romance; já vi letrados tontos, gramáticos pesados e romancistas raiados de latim,[48] que com muita facilidade podem enfadar o mundo, não uma, mas muitas vezes.

CIPIÓN: Deixemos disso; começa com tuas filosofias.

BERGANZA: Já o fiz: são essas que acabo de dizer.

CIPIÓN: Quais?

BERGANZA: Essas sobre latins e romances, que eu comecei e tu acabaste.

CIPIÓN: Tu chamas filosofar de murmurar? Então é assim!? Canoniza, Berganza, a maldita praga da murmuração; dá-lhe o nome que quiseres,

---

[47] Aqueles que escreviam em língua *romance* (derivada do latim), em contraposição aos que escreviam em puro latim. (Ver Glossário)

[48] No original, *vareteados*. Literalmente: tecidos com listras (*varetas*) de diversas cores. Como os romancistas pedantes costumavam inserir, em seus diálogos de língua vulgar (*romance*), palavras e ditos latinos, Cervantes aqui os compara àqueles tecidos que havia na época, chamados *listones*: largas faixas de uma só cor, sobre a qual se teciam listras de várias outras cores. Essa metáfora era muito usada na época. (González)

que ela nos dará o nome de cínicos,⁴⁹ que quer dizer "cães murmuradores". Por tua vida, cala-te já e continua tua história.

BERGANZA: Se me calo, como posso continuar?

CIPIÓN: Quero dizer que continues de uma vez, que não a faças parecer um polvo, com todas essas caudas que vais acrescentando.

BERGANZA: Fala com propriedade; pois não se chamam caudas os rabos do polvo.⁵⁰

CIPIÓN: Esse é o erro de quem disse que não era torpeza nem vício chamar as coisas pelos seus próprios nomes; como se não fosse melhor, já que é forçoso nomeá-las, dizê-las por circunlóquios e rodeios que abrandem a asquerosidade que nos causam quando as ouvimos pelos seus nomes originais. As palavras dignas dão indício da dignidade de quem as pronuncia ou escreve.

BERGANZA: Quero crer em ti. E digo que meu destino — não contente de me afastar dos meus estudos, da vida feliz e amena que eu com eles levava, para me pôr atrelado atrás de uma porta, trocando a generosidade dos estudantes pela mesquinhez da negra — resolveu me causar sobressaltos naquilo que eu já considerava como quietude e descanso. Olha, Cipión, trata de ter por certo e averiguado, tal como eu o tenho, que as desventuras procuram e acham o desventurado, ainda que ele se esconda nos confins da terra. Digo isso porque a negra estava enamorada de um negro, também escravo da casa,⁵¹ que dormia no saguão que fica entre a porta da rua e a do meio, atrás da qual eu estava. Os dois não podiam ficar juntos senão durante a noite e, para tanto, haviam furtado ou feito cópia das chaves. Assim, a negra descia até lá quase todas as noites e, calando-me a boca com um pedaço de carne ou de queijo, abria a porta para o negro, com quem se alegrava,

---

⁴⁹ Referência espirituosa de Cipión à etimologia da palavra cínico, que é kunikós (que se refere a cão, em grego) e ao Cinismo, doutrina filosófica grega, cuja etimologia é kunismós, 'o pensamento dos filósofos cínicos', derivação de kuón, kunós, 'cão'. Sobre Cinismo, ver nota 3 da "Dedicatória".

⁵⁰ Jogo de palavras: as "colas" (caudas e, no contexto, tentáculos) do polvo eram mais propriamente chamadas "rabos". (Ver Glossário)

⁵¹ Antigamente, não se concebia uma escritura de dote de donzela rica sem uma escrava negra para servi-la, nem casa andaluza onde não houvesse o habitual escravo negro guardando as portas ou trabalhando nas estrebarias. Em Sevilha, sobretudo, eram muito comuns, devido ao tráfico e comércio com as Índias. E na pequena praça do Bairro de *Santa María la Blanca* havia uma infinidade deles. Havia três linhagens de escravos: turcos, berberes e negros, procedentes da Guiné. Os negros eram considerados os melhores, de natureza mais fiel e dócil, fáceis no tratamento, leais e amorosos para com seus donos, alcançando, por sua bondade, altos preços, de até trezentos ducados. (González)

favorecida pelo meu silêncio e à custa das muitas coisas que furtava. Por alguns dias, as dádivas da negra corromperam-me a consciência: parecia-me que, sem elas, minhas ilhargas tornar-se-iam estreitas e eu passaria de mastim a galgo. Mas, por fim, levado pela minha boa índole, quis cumprir com o dever que tinha com meu amo — pois desfrutava dos seus ganhos e comia do seu pão —, como de resto devem fazer não só os cães honrados, que têm fama de ser gratos, mas todos aqueles que servem a alguém.

CIPIÓN: Essas palavras, sim, Berganza, quero que passem por filosofia, pois consistem em boa verdade e bom entendimento. Continua tua história, sem muitas cordas,[52] para não dizer caudas.

BERGANZA: Primeiro quero te pedir que me digas, se souberes, o que significa filosofia. Pois, embora eu a mencione, não sei do que se trata; apenas entendo que é uma coisa boa.

CIPIÓN: Vou te dizer, com brevidade. Essa palavra é composta por duas palavras gregas, que são: *filos* e *sofia*. *Filos* quer dizer *amor*, e *sofia*, *saber*. Assim, *filosofia* significa *amor pelo saber* e, filósofo, *amante do saber*.

BERGANZA: Sabes muito, Cipión. Quem diabos te ensinou esses nomes gregos?

CIPIÓN: Verdadeiramente, Berganza, és ingênuo, pois dás importância a essas coisas que qualquer menino de escola sabe. Também há quem imagine saber a língua grega sem sabê-la, assim como a latina, ignorando-a.

BERGANZA: É o que eu digo, e quisera que esses tais fossem colocados numa prensa e, à força de umas voltas, lhes tirassem o sumo do que sabem — para que não andassem por aí enganando todo mundo com o ouropel de suas roupagens rotas e seus falsos latins —, como fazem os portugueses com os negros da Guiné.[53]

CIPIÓN: Agora sim, Berganza, podes morder tua língua e eu destroçar a minha, pois tudo o que estamos dizendo é murmuração.

BERGANZA: Sim, mas não sou obrigado a fazer o que, segundo ouvi dizer, fez um tal Corondas, de Tiro,[54] criador de uma lei que proibia,

---

[52] No original, *no hagas soga*, que significa "acrescentar palavras supérfluas a uma narrativa ou conversa, coisas desnecessárias ao bom entendimento do que se está dizendo".

[53] "Alusão ao bárbaro tratamento que davam a esses infelizes [aos negros da Guiné], aplicando-lhes essa espécie de tortura para que confessassem suas faltas e delitos." (González) Os negros da Guiné tinham fama de ingênuos.

[54] Referência a "Charondas Thurio, ou cidadão de Thurius, na Magna Grécia." (Sieber) (Ver Glossário)

sob pena de morte, a entrada de qualquer pessoa armada nas assembleias públicas de sua cidade. No dia seguinte distraiu-se e entrou na assembleia, com a espada à cintura. Advertiram-no, fazendo-o recordar a pena imposta por ele próprio. No mesmo instante, Corondas desembainhou sua espada e golpeou-se mortalmente no peito, sendo assim o primeiro a impor uma lei, transgredi-la e sofrer a pena. Quanto a mim, não impus uma lei, embora prometesse que morderia a língua quando murmurasse. Mas as coisas de hoje não têm o teor e o rigor das antigas; impõe-se hoje uma lei e rompe-se amanhã com ela; e talvez isso seja conveniente. Hoje, alguém promete deixar seus vícios e, no momento seguinte, cai em outros piores. Uma coisa é elogiar a disciplina e, outra, dar-se bem com ela. Na verdade, do dito ao feito há um grande trecho. Morda-se o diabo, pois não quero morder-me nem fazer finezas detrás de uma esteira, onde não sou visto por ninguém que possa louvar minha honrosa determinação.

CIPIÓN: Assim pensando, Berganza, se fosses humano serias hipócrita. Todas as tuas obras seriam apenas aparentes, fingidas e falsas, acobertadas pela capa da virtude, apenas para que os outros te louvassem, tal como fazem todos os hipócritas.

BERGANZA: Não sei o que eu faria, se assim fosse. Sei o que quero fazer agora: e não é morder-me. Restam-me tantas coisas por dizer que não sei como nem quando poderei concluí-las, ainda mais estando temeroso de que, ao sair do sol, fiquemos às escuras, por nos faltar a fala.

CIPIÓN: Melhor fará o céu! Continua tua história e não te desvies do caminho principal com digressões impertinentes; assim, por mais longa que seja, bem rápido poderás terminá-la.

BERGANZA: Digo, pois, que tendo visto a insolência, a ladroeira e a desonestidade dos negros, resolvi, como bom criado, estorvá-los da melhor maneira que pudesse. E tanto pude, que consegui meu intento. A negra descia, tal como já sabes, para divertir-se com o negro, certa de que me calaria com os pedaços de carne, pão ou queijo que atirava para mim. Muito podem as dádivas, Cipión!

CIPIÓN: Muito. Mas não te distraias; segue adiante.

BERGANZA: Lembro-me de que, quando estudava, ouvi um preceptor dizer um provérbio latino — que chamam de adágio —, que era assim: *Habet bovem in lingua.*[55]

---

[55] Provérbio muito popular que, segundo González (que o encontra nos *Adagios*, de Erasmo), significa "calar-se por dinheiro".

CIPIÓN: Oh! Em que má hora encaixas teu latim! Tão rápido te esqueceste o que dissemos há pouco sobre aqueles que entremeiam latim às conversações em língua romance?

BERGANZA: Aqui, o latim vem bem a propósito; pois hás de saber que os atenienses usavam, entre outras, uma moeda que tinha a estampa de um boi. E quando algum juiz deixava de dizer ou agir de acordo com a razão e a justiça, por ter sido subornado, diziam: "Este tem o boi na língua".

CIPIÓN: O exemplo é falho.

BERGANZA: Pois não está bem claro, já que as dádivas da negra me tornaram mudo por tantos dias, que eu não queria nem ousava latir para ela, quando descia para encontrar-se com seu negro enamorado? Por isso, torno a dizer que as dádivas podem muito.

CIPIÓN: Já te respondi que podem muito. E se não fosse por ter de fazer agora uma longa digressão, com mil exemplos eu te provaria o quanto podem as dádivas. E talvez diga, se o céu me conceder tempo, lugar e fala para que eu te conte minha vida.

BERGANZA: Que Deus te dê o que desejas. Mas, escuta: finalmente minha boa intenção venceu as más dádivas da negra, a quem — numa noite escura, quando ela desceu para seu habitual passatempo — ataquei sem latir, para não alvoroçar os habitantes da casa. Num instante, fiz sua camisa em farrapos e arranquei-lhe um pedaço da coxa. Essa burla foi o bastante para deixá-la de cama por mais de oito dias, fingindo não sei qual enfermidade para os seus amos. Sarou, voltou na noite seguinte e eu voltei à peleja com minha cadela[56] e, sem mordê-la, arranhei-lhe o corpo inteiro como se a tivesse cardado como uma manta. Das nossas batalhas, que eram silenciosas, eu sempre saía vencedor e, a negra, maltratada e desgostosa. Mas sua raiva mostrava-se muito bem no meu pelo e na minha saúde. Tirou-me a ração e os ossos, enquanto os meus, pouco a pouco, iam me deixando evidentes os nós do espinhaço. Apesar de tudo, ainda que me tirassem o que comer, não podiam me impedir de ladrar. Mas a negra, para acabar comigo de uma vez, trouxe-me uma esponja frita com manteiga; percebi a maldade; vi que aquilo era pior do que comer *zarazas*,[57] que faz inchar o estômago e de dentro dele não sai

---

[56] No original, *perra* (cadela): usado aqui como sinônimo de "escrava". Os cristãos chamavam *perros* os escravos negros e berberes. Também os mouros e turcos assim chamavam os escravos cristãos.

[57] Massa que se fazia misturando vidro moído, agulhas, substâncias venenosas etc., usada para matar cães, gatos, ratos ou outros animais.

sem levar junto a vida de quem a comeu. E parecendo-me impossível proteger-me contra as ciladas de meus tão indignados inimigos, resolvi fugir para bem longe, tirando-os de minha vista. Vendo-me solto, um dia — e sem dizer adeus a ninguém —, fui para a rua e, a menos de cem passos, a sorte me deparou com o aguazil[58] de que falei no princípio desta minha história,[59] que era grande amigo do meu amo, Nicolás, o Rombo, e que, mal me viu, me reconheceu e me chamou pelo nome. Também eu o reconheci e, ao ser chamado, me aproximei dele com as costumeiras cerimônias e carícias. Puxou-me pelo pescoço e disse aos seus dois beleguins: "Este é um famoso cão de guarda[60] que pertenceu a um grande amigo meu. Vamos levá-lo para casa". Alegrando-se, os beleguins disseram que, se eu era de guarda, seria de proveito para todos. Quiseram me prender para me levar, mas meu amo disse que não era preciso, que eu iria com eles, pois o conhecia. Estava me esquecendo de dizer que a coleira de pontas de aço, que levei comigo quando me desgarrei do rebanho, me foi tirada por um cigano, numa estalagem, e já em Sevilha eu andava sem ela. Mas o aguazil me pôs uma coleira toda tachonada de latão mourisco. Agora, Cipión, considera esta roda variável da minha sorte: ontem me vi estudante; hoje, me vês beleguim.

CIPIÓN: Assim é o mundo, e não há razão para que comeces, agora, a exagerar os vaivéns da sorte, como se existisse muita diferença entre servir a um *jifero* ou a um beleguim. Não posso aguentar nem ter paciência com as queixas de alguns homens sobre a própria sorte, quando a maior que tiveram foram indícios e esperanças de chegarem a escudeiros. Com que maldições a maldizem! Com quantos impropérios a desonram! E tão somente para que quem os escute pense que vieram de uma alta, próspera e boa sorte a essa desditosa e baixa em que os veem.

BERGANZA: Tens razão. Saibas que esse aguazil tinha amizade com um escrivão, que o acompanhava. Ambos eram amancebados com duas mulherzinhas mais ou menos, não de mais para menos, mas de menos em tudo. É verdade que tinham algo de bom no semblante, mas também

---

[58] Para "aguazil", ver nota 30 da novela "O amante generoso".
[59] Esse aguazil não aparece no início da história de Berganza. A menos, como diz González, "que Cervantes aludisse, veladamente, a um dos anjos da guarda que cada *jifero* tinha na Praça de São Francisco, granjeado com lombos e línguas de vaca..."
[60] No original, *perro de ayuda*, cão de ajuda: chamados assim, segundo González, "pela [ajuda] que proporcionavam aos seus donos". Eram também adestrados e utilizados nas rondas dos oficiais de justiça e eventuais perseguições.

tinham muito de artimanha e malícia de bordel, coisas que lhes serviam de rede e anzol para pescar no seco, desta maneira: vestiam-se de sorte que, pela pinta, já se revelavam; e à distância de um tiro de arcabuz deixavam bem claro que eram damas de vida livre. Andavam sempre à caça de estrangeiros. E com a chegada da *vendeja*[61] a Cádiz e a Sevilha, chegava também o rastro da ganância dessas damas, não restando um só bretão[62] contra quem não investissem. E quando caía o sujo com alguma dessas limpas,[63] informavam ao aguazil e ao escrivão sobre onde e a qual pousada iriam. E quando os dois estavam juntos, o aguazil e o escrivão os assaltavam e prendiam, por mancebia, mas nunca os levavam ao cárcere, pois os estrangeiros sempre redimiam o vexame com dinheiro. Sucedeu, pois, que Colindres — assim se chamava a amiga do aguazil — pescou um bretão muito sujo e imundo,[64] com quem combinou de jantar e passar a noite em sua pousada. Então soprou a informação ao seu amigo. E assim, mal os dois haviam se despido, quando o aguazil, o escrivão, os dois beleguins e eu demos com eles. Alvoroçaram-se os amantes. O aguazil exagerou a gravidade do delito e mandou que se vestissem a toda pressa, pois ia levá-los ao cárcere. Afligiu-se o bretão. Movido pela caridade, o escrivão intercedeu e, à força de muito pedir, conseguiu reduzir a pena a somente cem reais. O bretão pediu então seus calções de camurça[65] — que havia deixado numa cadeira aos pés da cama —, nos quais trazia dinheiro para pagar por sua liberdade. Mas os calções não estavam à vista, e nem poderiam estar, já que eu, logo ao entrar no aposento, tinha percebido um cheiro de toucinho que muito havia me animado. Farejando, encontrei, em uma algibeira daqueles calções, um pedaço de um famoso presunto. Para poder pegá-lo sem ruído e desfrutá-lo, levei os calções até a rua, onde me entreguei ao presunto com toda a minha vontade. Ao voltar ao aposento,

---

[61] Segundo González, aqui Cervantes refere-se às chegadas periódicas de frotas estrangeiras a Sanlúcar, Cádiz e Sevilha, para a compra de produtos espanhóis, muito cotados no continente europeu. Sendo a primavera a primeira estação do ano em que essas frotas podiam empreender tais viagens, sua chegada aos portos espanhóis ocorria no outono, assim como a *vendeja*, essa espécie de feira.

[62] *Bretão*: termo usado para designar os estrangeiros, de modo geral.

[63] Termo que também significa "prostituta".

[64] No original, *unto y bisunto*: segundo González, "untado (certamente de peixe ou breu, já que era marinheiro) e "bis-untado" (duas vezes untado), sujo, ensebado, imundo". Mas *unto* significa também dinheiro de suborno.

[65] No original, *follados de camuza*: calções ou calças muito largas, com muitas dobras e bolsos, à maneira de um fole, daí derivando seu nome.

encontrei o bretão gritando em linguagem adúltera e bastarda — embora compreensível — que lhe devolvessem seus calções, pois neles trazia cinquenta escudos em moedas de puro ouro. O escrivão imaginou que Colindres ou os beleguins tivessem roubado as moedas, coisa que o aguazil também pensou; chamou-os de lado, mas nenhum dos três confessou e então foi o diabo. Vendo o que se passava, voltei à rua onde havia deixado os calções, para pegá-los e devolvê-los, pois o dinheiro de nada me serviria. Mas não os encontrei, pois algum venturoso que por ali havia passado já os levara. O aguazil, vendo que o bretão não tinha dinheiro para o suborno, desesperou-se. Pensando em tirar da dona da pousada o que o bretão não tinha, chamou-a. Ela veio, meio desnuda, ouviu os gritos e as queixas do bretão, viu Colindres nua e aos prantos, o aguazil furioso, o escrivão indignado, os beleguins roubando tudo o que encontravam no aposento... E não gostou nada. O aguazil ordenou que se vestisse e o acompanhasse ao cárcere, por receber, em sua casa, homens e mulheres de mau viver. Aí é que foi! Aí aumentaram os gritos e cresceu a confusão, pois a dona da pousada disse: "Senhor aguazil, senhor escrivão, não me venham com tretas, pois já percebi toda a trama, não me venham com bravatas nem arrogância, que comigo não funcionam! Vossas mercês calem a boca e vão com Deus. Se não, juro por tudo que é sagrado que vou perder a cabeça e levar toda a chirinola dessa história para a rua. Conheço bem a Senhora Colindres e sei que há muitos meses o senhor aguazil é seu protetor. E não me forcem a falar mais claramente! Apenas devolvam o dinheiro a esse senhor e tratemos de ficar todos bem, pois sou mulher honrada e tenho um marido, com sua carta executória e *a perpenan rei de memoria*, com seus pingentes de chumbo,[66] Deus seja louvado, e levo esse ofício de modo muito decente e sem prejuízo de ninguém. Tenho aqui uma tabela de preços e normas em local à vista de todos. E não me venham com histórias, pois, por Deus, sei me garantir! Sou poderosa o bastante para que, por minha ordem, os hóspedes entrem aqui com mulheres!? Eles têm as chaves de seus aposentos e eu não sou lince[67] para ver através de sete paredes!".

---

[66] Carta executória: que atestava a ascendência nobre de uma pessoa. "As bulas dos pontífices, as informações simples ou referentes a posses, feitas *ad perpetuam rei memoriam* [com validade perpétua], sempre traziam esse cabeçalho, que o vulgo logo passou a aplicar rusticamente, em todo tipo de documentos" (González). Pingentes de chumbo: chancelas, selos oficiais que pendiam dos documentos importantes.

[67] No original, *quince*: quinze. Mas González e Harry Sieber creem que a dona da pousada quisesse dizer "lince".

Meus amos ficaram pasmos ao ouvir a arenga da dona da pousada, que lia muito bem a história de suas vidas. Mas sabendo que não tinham de quem tirar dinheiro, a não ser dela, insistiam em levá-la ao cárcere. A mulher se queixava aos céus pela falta de razão e de justiça com que a tratavam, estando seu marido ausente e sendo tão importante fidalgo. O bretão bradava pelos seus cinquenta escudos. Os beleguins insistiam que, por Deus, não tinham visto seus calções. O escrivão, reservadamente, pedia ao aguazil que revistasse as roupas de Colindres, pois suspeitava que ela estivesse com os cinquenta escudos, devido ao seu costume de remexer nas roupas íntimas e nas algibeiras dos homens com quem se envolvia. Colindres dizia que o bretão estava bêbado e provavelmente mentia sobre o dinheiro. Com efeito, tudo era confusão, gritos e juramentos, sem chances de se chegar a um termo, e assim as coisas continuariam, não fosse pela entrada de um auxiliar do Corregedor, que viera visitar aquela pousada e, guiado pelos berros, chegava agora ao local da gritaria. Perguntou a que se deviam aqueles gritos e a dona da pousada respondeu, com todos os detalhes: disse quem era a ninfa Colindres, que já estava vestida; revelou a já conhecida amizade de Colindres com o aguazil; revelou suas tretas e maneiras de roubar. Desculpou-se, dizendo que jamais, com seu consentimento, entrara na sua casa mulher de caráter suspeito. Canonizou-se, chamando a si mesma de santa e a seu marido de bendito. Ordenou a uma criada que corresse até o cofre e trouxesse a carta executória de seu marido, para mostrá-la ao senhor auxiliar do Corregedor, que veria então que a mulher de tão honrado marido não poderia fazer nada de mal; e que se ela exercia o ofício de dona de uma casa como aquela era por pura precisão, pois Deus sabia o quanto isso lhe pesava, e bem que ela queria ter alguma renda e um ganha-pão que lhe permitisse viver sem essa prática. O auxiliar do Corregedor, enfastiado com seu falatório e sua presunção sobre a tal carta executória, disse: "Irmã hospedeira, quero crer que vosso marido tenha a carta de fidalguia da qual me falastes e que seja um fidalgo estalajadeiro". "Com muita honra!", respondeu a mulher. "Mas qual linhagem neste mundo, por melhor que seja, não tem lá seu diz-que-diz-que?" "O que eu digo, irmã, é que deveis vos vestir para ir ao cárcere." Com essa notícia, a mulher atirou-se ao chão, arranhou o rosto, gritou ainda mais alto. Contudo, o auxiliar do corregedor, demasiadamente severo, levou todos ao cárcere, a saber: o bretão, Colindres e a dona da pousada. Eu soube, depois, que o bretão perdeu seus cinquenta escudos e mais dez, que foi condenado a pagar, pelas despesas judiciais; a dona da pousada pagou outro tanto; já Colindres saiu, livre, pela porta afora. E nesse mesmo dia em que foi solta, pescou um marinheiro que pagou pelo bretão, com o mesmo embuste da informação soprada ao aguazil e ao escrivão. E por aí podes ver, Cipión, quantos e quão grandes inconvenientes nasceram de minha gula.

CIPIÓN: Ou, melhor dizendo, da velhacaria do teu amo.

BERGANZA: Pois escuta, pois eles iam ainda mais longe. Mas me pesa falar mal de aguazis e escrivães.

CIPIÓN: Sim, mas falar mal de um não é falar de todos. Sim, pois há muitos e muitos bons escrivães, fiéis, cumpridores da lei, amigos de desfrutar prazeres sem prejuízo de terceiros. Sim, pois nem todos interferem nos pleitos ou previnem as partes, nem todos abusam dos seus direitos, nem todos especulam ou inquirem a vida alheia, para sobre ela lançar suspeitas; nem todos se mancomunam com juízes para o "faz-me a barba e eu te farei o topete";[68] nem todos os aguazis se envolvem com vadios e trapaceiros, nem todos contam com as amigas do teu amo para seus embustes. Muitos e muitos são nobres por natureza e de nobre condição. Muitos não são atrevidos, nem insolentes, nem malcriados, nem ladrões baratos,[69] como aqueles que andam pelas pousadas medindo as espadas dos estrangeiros e, descobrindo-as um pouco maiores do que o permitido por Lei, acabam por arruiná-los. Sim, nem todos, quando prendem, soltam nem todos bancam os juízes e advogados quando bem entendem.

BERGANZA: Meu amo queria ir além; seu caminho era outro. Gabava-se de ser valente e de prender gente famosa. Bancava a valentia sem risco para sua pessoa, mas à custa do seu bolso. Certo dia abordou, sozinho, na Porta de Jerez, seis famosos rufiões, sem que eu pudesse ajudá-lo, já que tinha na boca um freio de cordel[70] — era assim que ele me mantinha, durante o dia; só tirava o freio durante a noite. Fiquei maravilhado ao ver sua ousadia, seu brio e bravura; movia-se entre as seis espadas dos rufiões como se elas fossem varetas de vime. Era uma coisa maravilhosa ver a presteza com que ele arremetia, as estocadas

---

[68] No original, *háceme la barba y hacerte he el copete*: "Ajuda-me em minha necessidade e eu te ajudarei na tua".

[69] No original, *rateros*: ladrão hábil e manhoso, que pratica pequenos roubos ou dá golpes sobre coisas de pouca monta.

[70] Freio semelhante ao das bestas de carga, geralmente de ferro. (Autoridades)

que dava, as defesas, o cálculo, o olhar alerta para que não o atacassem pelas costas. Enfim, a meu ver, e no de todos os que assistiram ou souberam da luta, ele foi um novo Rodamonte,[71] pois levou seus inimigos da Porta de Jerez até os mármores do Colégio de Mase Rodrigo,[72] que fica a mais de cem passos de distância, onde os deixou presos e voltou para recolher os troféus da batalha: três bainhas, que logo foi mostrar ao assistente que, se não me engano, era o licenciado Sarmiento de Valladares, famoso pela destruição de Sauceda.[73] Olhavam meu amo pelas ruas onde passava, apontando-o com o dedo, como se dissessem: "Aquele é o valente que ousou enfrentar, sozinho, a nata dos bravos da Andaluzia". Assim, caminhando pela cidade, para deixar-se ver, meu amo passou o que restava do dia. A noite nos encontrou em Triana, numa rua junto ao Moinho da Pólvora; e meu amo, tendo ficado à espreita[74] — como se diz na *jácara*[75] — para ver se alguém o via, entrou numa casa, e eu atrás dele. Encontramos, num pátio, os rufiões da pendência, todos desabrochados,[76] sem capa nem espada. Um deles, que devia ser o anfitrião, tinha um grande jarro de vinho numa das mãos e, na outra, uma grande taça de taverna; enchendo-a de vinho generoso e espumante, brindava a todos os presentes. E todos, tão logo viram meu amo, foram até ele com os braços abertos, fazendo-lhe um brinde, ao qual ele correspondeu, e corresponderia a outros tantos se com isso ganhasse alguma coisa, pois tinha uma natureza afável e era amigo de não se indispor com ninguém por coisa pouca. Querer te contar agora o que lá se passou, a ceia que fizeram, as lutas que narraram,

---

[71] "Rei mouro que, personificando uma arrogante valentia, surge, combate e morre na obra *Orlando furioso*, de Ludovico Ariosto." (González) (Ver Glossário)

[72] Antigo nome da Universidade de Sevilha. (Ver Glossário)

[73] "O Licenciado Juan Sarmiento de Valladares começou a exercer seu ofício de assistente de Sevilha em fevereiro de 1589. Sucedeu-o, em janeiro de 1590, Dom Francisco de Carvajal. A ação dessa parte da novela acontecia, pois, no ano que transcorreu entre esses meses, época em que Cervantes, ocupado com seu trabalho de comissário de abastecimento das galeras reais, ficava com frequência em Sevilha. Rodríguez Marín acrescenta que o licenciado nada destruiu em Sauceda, pois os ladrões e malfeitores que lá viviam (região serrana de Ronda) receberam o perdão real." (Sieber) Sauceda significa local povoado de *sauces*, que são salgueiros-chorões.

[74] No original, *y habiendo mi amo avizorado*: gíria que significa observar com cautela, mas trata-se de um termo jocoso, que vem de *avizór* (olheiro).

[75] No contexto, antiga composição espanhola, em versos (especialmente em forma de entremezes e romances), em que os personagens são rufiões. (Houaiss) Jácara refere-se também a um tipo de música para se cantar ou dançar e, ainda, a pessoas alegres e boêmias, que cantam à noite pelas ruas.

[76] No contexto: com os coletes, cintos, fivelas etc. abertos, o que significa que estavam todos muito à vontade.

os furtos aos quais se referiram, as damas cuja conduta admiraram e as que reprovaram, os elogios de uns a outros, os bravos ausentes cujos nomes foram lembrados, a destreza que tanto foi exaltada, a ponto de se levantarem no meio da ceia para praticar os golpes sugeridos, esgrimindo com as mãos; as palavras tão singulares que usavam, e, finalmente, o talhe da pessoa do anfitrião, a quem todos respeitavam como pai e senhor... Seria meter-me num labirinto do qual não poderia sair quando quisesse. Finalmente, compreendi, com toda certeza, que o dono da casa, a quem chamavam Monipódio,[77] era acobertador de ladrões e pala de rufiões;[78] e que a tal grande pendência do meu amo fora previamente combinada entre todos, inclusive o fato de eles terem fugido, deixando para trás as bainhas das espadas, pelas quais meu amo logo pagou, ali mesmo e à vista; pagou também pelo que, segundo Monipódio, havia custado a ceia, que terminou quase ao amanhecer, com muito gosto de todos, que à guisa de sobremesa insinuaram ao meu amo sobre um rufião forasteiro, novo e vistoso, que havia chegado à cidade e devia ser mais valente do que eles que, por inveja, o denunciavam. Meu amo o prendeu na noite seguinte, desnudo, na cama. E eu bem percebi, pelo seu porte, que se estivesse vestido não se deixaria prender tão facilmente. Com essa prisão, que sucedeu à pendência, cresceu a fama do meu covarde (e meu amo de fato o era, mais do que uma lebre), que à força de merendas e tragos sustentava sua fama na valentia, em cujo canal desaguava tudo o que granjeava com seu ofício e artifícios. Mas tem paciência e escuta agora um caso que sucedeu com ele, sem que eu acrescente ou tire da verdade sequer uma vírgula. Dois ladrões furtaram, em Antequera, um cavalo muito bom. Levaram-no a Sevilha e, para vendê-lo sem risco, usaram de um ardil que, a meu ver, tinha sagacidade e engenho. Os dois hospedaram-se em pousadas diferentes; um deles foi à justiça e fez uma petição, declarando que Pedro de Losada lhe devia quatrocentos reais que tomara emprestados, como demonstrava uma cédula por ele assinada, que ora apresentava como prova. O Tenente ordenou que mostrassem a cédula a Losada e, se ele reconhecesse a

---

[77] Chefe da confraria dos ladrões na novela "Rinconete e Cortadillo", sendo que *Monipodio* (corruptela de "monopólio") significa "convênio de pessoas que se associam e confabulam para fins ilícitos". (DRAE)

[78] No original, *encubridor de ladrones y pala de rufianes*; diz-se *hacer pala* (fazer pala) quando um ladrão se põe diante de alguém a quem ele e seu comparsa querem roubar, para distraí-lo, para ocupar seu campo visual enquanto o outro age. Por isso, os amigos do alheio que praticavam essa malandragem eram chamados "palas". (González)

assinatura como sua, que lhe confiscassem bens referentes àquele valor ou o levassem ao cárcere. Essa diligência coube ao meu amo e ao escrivão, seu amigo. O ladrão levou-os à pousada do outro, que imediatamente reconheceu sua assinatura e confessou a dívida, dando o cavalo como pagamento da execução. Ao ver o animal, meu amo cresceu os olhos, decidindo que seria seu, caso fosse posto à venda. O ladrão deu por cumprido os termos da lei, o cavalo foi posto à venda e arrematado por quinhentos reais por um terceiro, designado pelo meu amo.[79] O cavalo valia um tanto e meio a mais do que deram por ele. Mas como o bem do vendedor residia na brevidade da venda, este deu por arrematada a mercadoria logo no primeiro lance. Assim, um dos ladrões recebeu o pagamento de uma dívida que não lhe era devida e, o outro, um recibo de pagamento do qual não necessitava. E meu amo ficou com o cavalo que foi, para ele, pior que o Seyano[80] para seus donos. Os ladrões logo limparam o terreno.[81] Dois dias mais tarde, meu amo, depois de verificar os arreios e outras coisas que faltavam ao cavalo, apareceu na Praça de São Francisco, montando-o, mais convencido e vaidoso do que aldeão em trajes de festa. Deram-lhe mil parabéns pela boa compra, garantindo-lhe que, tão certo como um ovo valia um maravedi,[82] aquele animal valia cento e cinquenta escudos. E ele, volteando e revolteando com o cavalo, representava sua tragédia no teatro da referida praça. Estava nos seus caracóis e rodeios, quando dois homens de boa aparência e trajes ainda melhores aproximaram-se. Um deles disse: 'Por Deus, que este é meu cavalo Piedehierro,[83] que me furtaram alguns dias atrás, em Antequera'. Os quatro criados que o acompanhavam disseram que isso era verdade, que aquele era Piedehierro, o cavalo que lhe fora

---

[79] No original, *echar de manga*: designar, com astúcia, um terceiro que aparenta fazer o que na verdade não faz. Seria um "comprador postiço", um *tangay*, como dizem os ciganos.

[80] Cavalo que trazia desgraça a quem o possuísse. (Segundo González, a história do cavalo Seyano foi narrada primeiramente por Aulo Gelio na obra *Noches Áticas*, Livro III, Cap. IX.)

[81] No original, *Mondaron luego la haza los ladrones*: expressão que significa desocupar um terreno, à semelhança do lavrador quando faz sua colheita. Vale também para quando um rebanho entra num prado ou campo que há anos não é semeado, para pastar, "limpando tudo", antes de seguir para outro local.

[82] Os ovos de galinha tinham o preço estável de "um maravedi". Por isso, serviam como moeda de câmbio para pagar favores ou pequenos objetos. (*Diario del Alto Aragon*/ José Vallés Belenguer) A expressão também parecia "sublinhar a verdade do preço expressado, embora fosse utilizada também para dar a entender que uma mercadoria tinha sido vendida barato". (Massimini)

[83] Pé de ferro: nome bastante comum que se costumava dar aos cavalos, na época. (González)

furtado. Meu amo ficou pasmo; o dono do cavalo deu queixa; houve apresentação de provas, e foram tão boas as que o dono apresentou que a sentença saiu a seu favor e meu amo perdeu a posse do cavalo. Assim foram descobertas a burla e a engenhosidade dos ladrões que, pelas mãos e intervenção da própria Justiça, conseguiram vender o que furtaram. E quase todo mundo folgou em ver que a cobiça do meu amo havia lhe rompido a bolsa.[84] E sua desgraça não parou aí; naquela noite, saiu para fazer a ronda com o próprio Assistente, que tinha lhe dado notícia de que havia ladrões perambulando nas proximidades do bairro de San Julian.[85] Quando passaram por uma encruzilhada, viram um homem correndo. E então o Assistente, pegando-me pela coleira, incitou-me: 'Ao ladrão, Gavilán! Eia, filho, Gavilán, ao ladrão, ao ladrão!' Eu, já cansado das maldades do meu amo e desejoso de cumprir à risca o que o senhor Assistente ordenava, ataquei meu próprio amo, que não pôde defender-se, e joguei-o ao chão. Se não me apartassem dele, eu teria me vingado muito mais. Por fim, à custa de muito sacrifício para ambos, conseguiram me afastar. Os beleguins queriam me castigar e até mesmo matar a pauladas. Assim teriam feito, se o Assistente não lhes dissesse: 'Que ninguém toque no cão, pois ele fez o que lhe ordenei'. Entenderam a malícia. E eu, sem me despedir de ninguém, saí para o campo, por um buraco na muralha. Cheguei a Mairena,[86] local que fica a quatro léguas de Sevilha, antes do amanhecer. Quis minha boa sorte que eu lá encontrasse uma companhia de soldados que, pelo que pude ouvir, iam embarcar para Cartagena. Quatro rufiões, amigos do meu amo, estavam na companhia. E o tocador de tambor, que já fora beleguim, era um grande chocarreiro, como de resto costumam ser a maioria dos tocadores.[87] Todos me reconheceram e falaram comigo; perguntavam pelo meu amo, como se eu houvesse de responder! Mas foi o tocador

---

[84] Referência ao provérbio que diz: "A cobiça rompe a bolsa". (Ver Glossário)

[85] Antigo bairro de Sevilha — próximo a Macarena — que, tal como muitos outros bairros, tomava o nome da paróquia nele situada.

[86] Mairena del Alcor, situada 21 quilômetros a leste de Sevilha, no antigo caminho para Málaga. (Sieber)

[87] Os tambores e pífanos eram instrumentos necessários aos terços — regimentos de infantaria espanhola, nos séculos XVI e XVII (DRAE) — e companhias, "pois erguiam o moral dos homens e transmitiam ordens que, de outra maneira, não seriam compreendidas... Por isso, os tocadores de tambor e pífanos deviam conhecer todos os toques... O ofício de tocador era considerado baixo e não muito honrado, entre os que guerreavam. Assim, os tocadores eram os mais picarescos, velhacos e chocarreiros, como aqui diz Cervantes..." (González).

de tambor quem mais demonstrou afeição por mim. Resolvi que ficaria a seu lado, caso ele assim quisesse, e seguiria aquele caminho, ainda que me levasse à Itália ou a Flandres. Pois me parece e também a ti deve parecer que — tal como diz o provérbio 'quem é néscio em sua terra, néscio é em Castela' —, andar por outras terras e conhecer outras pessoas torna sábios os homens."[88]

CIPIÓN: Isso é tão verdadeiro que me lembro de ouvir um amo que tive, de boníssimo caráter, dizer que deram ao famoso grego chamado Ulisses a fama de prudente só porque ele andou por muitas terras e conheceu muita gente e várias nações. Assim, louvo tua intenção de ir para onde te levassem.

BERGANZA: Pois aconteceu que o tocador de tambor, para ter como mostrar ainda mais suas chocarrices, começou a ensinar-me a dançar ao som do tambor e a fazer outras momices, tão difíceis que nenhum outro cão poderia aprender, senão eu, como bem verás quando eu contar. Como o distrito da comissão estava para acabar-se, marchávamos pouco a pouco; não havia comissário que nos limitasse.[89] O capitão era jovem, mas muito bom cavaleiro e grande cristão. O alferes, não fazia muitos meses que deixara a Corte e o tinelo.[90] O sargento era matreiro e sagaz, além de grande guia de companhias, desde o local de recrutamento até o local de embarque. E lá ia a companhia de rufiões desertores,[91] os quais cometiam algumas insolências nos lugares por onde passávamos, e que redundavam em maldições contra quem não merecia. Que infelicidade a do bom príncipe que é acusado, pelos súditos, pela culpa dos seus súditos, já que uns são verdugos dos outros, sem que o senhor tenha culpa. Pois ainda que ele queira e tente, não pode remediar esses males, já que todas as coisas da guerra, ou a maioria delas, trazem em

---

[88] "Três coisas tornam sábios os homens — dizia a filosofia popular, num de seus provérbios, hoje quase esquecido —: letras, idade e viagens" (González).

[89] Para evitar os abusos cometidos nos povoados pelos capitães das companhias, o Conselho de Guerra nomeava comissários encarregados de manter a ordem e determinar sua área de atuação (distrito).

[90] Local onde a família de um senhor se reúne para comer. (Sieber) Também: local de refeição dos criados mais importantes de uma casa.

[91] No original, *rufianes churrulleros*: homens que se engajavam apenas com o intuito de cometer agravos e roubos nos povoados por onde passava a companhia, sem intenção de lutar na guerra. Acabavam por desertar antes de chegar ao *front* e engajavam-se em outras companhias, sob outras bandeiras, para cometer outros delitos. Mas vale também lembrar que esses *churrulleros* eram, geralmente, rapazes pobres ou ingênuos a quem o capitão, com o intuito de formar a companhia, apregoava as enganosas maravilhas da vida de soldado. (González) (Ver Glossário)

si aspereza, crueldade e dano.[92] Enfim, em menos de quinze dias, com meu bom engenho e o afinco daquele que eu havia escolhido como amo, aprendi a saltar pelo rei da França e a não saltar pela taverneira má.[93] Ele me ensinou também a fazer corvetas como cavalo napolitano[94] e a andar em círculos como mula de moinho, além de outras coisas que eu tratava de não me precipitar em mostrá-las; caso contrário, era bem capaz de me tomarem por um demônio em forma de cão. Ele me deu o nome de "Cão Sábio" e, antes mesmo que chegássemos ao alojamento, tocava seu tambor, andando por todo o lugar, anunciando que as pessoas que quisessem ver os maravilhosos dons e habilidades do Cão Sábio, em tal casa, ou em tal hospital, poderiam fazê-lo, por oito ou quatro maravedis; isso dependia do tamanho do povoado, se era pequeno ou grande. Com todos esses louvores, não restava sequer uma pessoa no lugar que não fosse me ver e que não saísse admirada e feliz por ter ido. Exultante com o muito que lucrava, meu amo sustentava meia dúzia de camaradas, como reis. A cobiça e a inveja despertaram nos rufiões a vontade de furtar-me; começaram então a procurar uma ocasião propícia. Pois isso de ganhar o sustento folgando causa muita admiração e cobiça. Por isso há tantos titereiros na Espanha, tantos que exibem retábulos,[95] tantos que vendem alfinetes e coplas; mas todo o seu patrimônio, ainda que o vendessem inteiro, não bastaria para sustentá-los por um só dia. E, assim, esses uns e esses outros não saem das bodegas e tavernas durante o ano inteiro. E daí me dou a entender que a fonte de sustento das suas bebedeiras vem de outra parte, que não a do seu ofício. Toda essa gente é vagamunda, inútil e sem serventia; esponja de vinho e caruncho de pão.

---

[92] A relação entre a milícia e a população civil foi sempre motivo de tensões sociais. (Massimini)

[93] "Saltar pelo rei da França" significa estimular uma pessoa a fazer tudo o que lhe ordenarem. Era uma expressão comum dos titereiros, ao incentivar seus cães a saltarem por um arco, usada inicialmente pelos cegos e bufões que os amestravam, ensinando-lhes habilidades semelhantes às de Berganza. Para executá-las, paravam diante das tavernas, devido ao constante movimento de pessoas ociosas que por ali vagavam. Nada mais próprio, pois, para impressionar o populacho, e o próprio taverneiro, do que ensinar os animais a "saltar pela boa taverneira e não pela má" (ou seja, a que misturava água ao vinho), lisonja pela qual talvez recebessem algum prêmio. (González)

[94] Andar sobre as patas traseiras, com as dianteiras erguidas. Era uma expressão típica do hipismo, pois ensinava-se essa habilidade aos cavalos, em Nápoles. Daí a comparação.

[95] Do espanhol *retablo*: pequeno cenário, no qual se representava uma ação, valendo-se de pequenas figuras ou títeres. (DRAE) E:"por ser uma pintura que adorna a parte posterior de um altar, daí passando, em espanhol, a designar a coleção de figuras do titereiro"(Houaiss).

CIPIÓN: Já chega, Berganza. Não voltemos ao passado; continua, que a noite se vai. E eu não queria que, ao sair do sol, ficássemos à sombra do silêncio.

BERGANZA: Calma, escuta. É fácil acrescentar coisas ao que já foi inventado. E meu amo, vendo quão bem eu sabia imitar o corcel napolitano, fez-me umas cobertas de guadameci[96] e uma pequenina sela, que acomodou no meu lombo, pondo sobre ela um boneco muito leve que empunhava uma pequenina lança de correr sortilha.[97] Então me ensinou a correr diretamente para uma argola disposta entre duas varas. No dia em que eu haveria de correr, ele apregoava que o Cão Sábio ia correr sortilha e fazer outras novas e jamais vistas proezas, que eu fazia mesmo, por minha conta, por assim dizer, para que meu amo não passasse por mentiroso. Seguindo nossas previstas jornadas, chegamos a Montilla, povoado do famoso e grande cristão Marquês de Priego, Senhor da Casa de Aguilar y de Montilla. Acomodaram meu amo — porque ele assim quis — num hospital; logo ele fez o costumeiro pregão e como a fama já havia se adiantado a levar a notícia das habilidades e dons do Cão Sábio, em menos de uma hora o pátio ficou cheio de gente. Vendo que a colheita seria farta, meu amo ficou muito alegre, mostrando-se chocarreiro em demasia. A festa começava com meus saltos por um aro de peneira, que parecia um aro de tonel. Conjurava-me pelas costumeiras perguntas; quando ele baixava uma varinha de marmelo que tinha na mão, era sinal de que eu devia saltar; quando a mantinha erguida, era sinal de que eu devia ficar quieto. O primeiro conjuro desse dia (memorável, entre todos os de minha vida), foi ele me dizendo: "Eia, Gavilán, amigo, salta por aquele velho assanhado que, tu bem sabes, costuma tingir a barba. Se não quiseres, então salta pela pompa e ostentação de Dona Pimpinela de Plafagônia,[98] que foi companheira da criada galega que servia em Valdeastillas.[99] Não te convém o conjuro, Gavilán, meu filho? Pois então salta pelo Bacharel Pasillas, que se declara licenciado,

---

[96] Couro curtido, adornado com desenhos ou relevos em ouro, prata e cores muito vivas.
[97] Competição a cavalo em que o cavaleiro tem de acertar, com a lança, uma argola pendente de uma fita. Tomando a devida distância, os cavaleiros aproximam-se a galope e aquele que consegue encaixar a lança na argola e retirá-la ganha a glória de ser o mais hábil e afortunado.
[98] Cervantes não batizava em vão seus personagens. Pimpinela é nome de uma planta que tem qualidades tônicas e sudoríferas. E Plafagônia seria mera metátese do nome da antiga Paflagónia (González). Segundo Lello, trata-se de uma antiga região da Ásia Menor, "cujos habitantes tinham fama de pouco inteligentes e de costumes grosseiros".
[99] Local a cerca de vinte quilômetros de Valladolid, no caminho de Madri.

sem ser graduado. Oh, como estás preguiçoso! Por que não saltas? Ah, já entendo e percebo tuas manhas: agora, salta pelo licor de Esquivias, famoso como o de Ciudad Real, San Martín e Rivadávia.[100] Baixou a varinha e eu saltei, percebendo sua malícia e más intenções. Voltou-se, então, para o público e, elevando a voz, disse: "Não pense, vossa mercê, valoroso senado,[101] que o que esse cão sabe é coisa de burla. Ensinei a ele vinte e quatro números, e pelo menor deles voaria um gavião; quero dizer que se pode caminhar trinta léguas para ver o menor deles. Esse cão sabe dançar a chacona e a sarabanda melhor do que sua própria inventora.[102] Bebe um azumbre[103] de vinho, sem deixar sequer uma gota. Entoa um *sol fá mi ré* tão bem quanto um sacristão. Todas essas coisas, e muitas outras que ainda me restam dizer, vossas mercês verão durante os dias em que a companhia estiver por aqui. Agora, que nosso sábio dê outro salto... E depois chegaremos ao principal". Com isso, manteve em suspenso o auditório, que havia chamado de "senado", acendendo nas pessoas o desejo de ver tudo o que eu sabia. Voltando-se para mim, disse meu amo: "Agora volta, Gavilán, meu filho, e com gentil agilidade e destreza refaz os saltos que já deste, mas faz isso em louvor da famosa feiticeira que, dizem, existiu neste lugar". Mal acabou de falar e a velha hospitaleira,[104] que aparentava mais de sessenta anos, ergueu a voz: "Velhaco, charlatão, trapaceiro e filho da puta, aqui não há feiticeira alguma! Se falas da Camacha, ela já pagou seu pecado e agora está onde só Deus sabe; se falas de mim, chocarreiro, saibas que não sou e que jamais fui feiticeira em toda a minha vida. Se ganhei essa fama, foi por conta dos falsos testemunhos, da lei do encaixe[105] e de um juiz precipitado e mal informado. Todo mundo sabe que levo uma vida de penitência, não pelos feitiços, que jamais fiz, e sim por outros muitos pecados, outros que, por ser pecadora, cometi. Portanto, socarrão e tocador de tambor, trata de sair deste hospital! Se não, juro pela

---

[100] Locais famosos por seus vinhos.
[101] Na época de Cervantes era costume, entre bufões e titereiros, chamar a plateia de "senado", por graça e ironia.
[102] Segundo a crença popular, a *sarabanda* foi inventada por uma mulher que assim se chamava. Era uma dança popular espanhola dos séculos XVI e XVII, severamente censurada, que chegou a ser suplantada pela chacona (Ver nota 36)
[103] Medida de capacidade para líquidos, equivalente a cerca de dois litros. (DRAE)
[104] No contexto: mulher mais velha, que cuidava dos enfermos do hospital (que não eram muitos), geralmente vinda da prostituição. (González)
[105] No original, *ley del encaje*: decisão ou ideia que o juiz forma em sua mente, sem atender ao que dispõem as leis.

minha vida que te faço sair agora mesmo!". E começou a dar tantos gritos e a insultar meu amo com tamanho atropelo de injúrias que o deixou confuso e sobressaltado. Enfim, não permitiu, de modo algum, que a apresentação prosseguisse. O alvoroço não perturbou meu amo, que ficou com o dinheiro de todos e marcou para o dia seguinte, em outro hospital,[106] a apresentação dos números que faltavam. As pessoas se foram, maldizendo a velha, acrescentando ao nome de "feiticeira" o de "bruxa", e o de "barbuda" ao de "velha". Contudo, passamos a noite naquele hospital. E a velha, ao me encontrar sozinho, no pátio principal, disse: "És tu, filho Montiel? És tu, porventura, filho?". Ergui a cabeça e olhei-a demoradamente. Ao ver-me fazer isso, ela aproximou-se, com lágrimas nos olhos, lançou-me os braços em torno do pescoço e, se eu deixasse, teria me beijado na boca. Mas senti asco e não consenti.

CIPIÓN: Fizeste bem; pois não é um regalo, mas um tormento, beijar ou deixar-se beijar por uma velha.

BERGANZA: Isso que agora quero te contar é coisa que eu deveria ter dito no princípio do meu relato; assim, teríamos evitado o espanto que nos causou nossa capacidade de falar. Pois hás de saber que a velha me disse: "Montiel, filho, vem comigo e saberás onde fica meu aposento; dá um jeito para que nele nos vejamos a sós, nesta noite, pois deixarei a porta aberta. E saibas que tenho muitas coisas a dizer sobre tua vida, coisas que serão de bom proveito para ti". Baixei a cabeça, demonstrando que iria obedecê-la e, com isso, a velha acabou de concluir — tal como depois me contou — que eu era mesmo o cão Montiel que ela procurava. Fiquei atônito e confuso, esperando pela noite, para ver no que daria aquele mistério ou prodígio que era o fato de a velha ter falado comigo. E como tinha ouvido chamarem-na de feiticeira, esperava, desse encontro e do que ela me diria, grandes coisas. Chegou, enfim, o instante de encontrá-la em seu aposento, que era escuro, estreito e baixo, iluminado apenas pela débil chama de um candeeiro de barro que ali havia e que a velha avivou. Então sentou-se sobre uma pequenina arca e, puxando-me para si, sem uma palavra, tornou a me abraçar, e eu tornei a cuidar para que não me beijasse. A primeira coisa que me disse foi: "Eu bem esperava, do céu, que antes que esses olhos se fechassem, no derradeiro sono, haveria de te ver, meu filho. E agora que

---

[106] Havia dois hospitais em Montilla, naquela época. (Ver Glossário)

te vi, que venha a morte e me leve desta vida cansativa. Saibas, filho, que neste povoado viveu a mais famosa feiticeira que já existiu no mundo, a quem chamavam Camacha de Montilla,[107] tão única no seu ofício que as Eritos, as Circes, as Medeias — das quais, segundo ouvi dizer, as histórias estão cheias — jamais se igualaram a ela. A Camacha congelava as nuvens quando queria, encobrindo com elas a face do sol; e quando lhe dava vontade, por puro capricho, tornava límpido o mais turvo dos céus; trazia homens de longínquas terras para perto, num só instante; remediava maravilhosamente as donzelas que haviam se descuidado de guardar sua integridade; acobertava as viúvas, de modo que pudessem ser honestamente desonestas; descasava as casadas e fazia casar quem ela quisesse. Em dezembro, tinha rosas frescas no seu jardim e em janeiro ceifava trigo. Fazer brotar pés de agrião numa artesa[108] não era nada para ela, assim como mostrar num espelho, ou na unha de uma criatura, os vivos e os mortos, quando assim lhe pediam. Ficou famosa por converter os homens em animais e por ter se servido de um sacristão, em forma de burro, durante seis anos, real e verdadeiramente, coisa que jamais compreendi como se faz. Pois sobre aquelas antigas magas, que convertiam os homens em bestas, dizem os mais sábios que elas, com sua grande beleza e suas lisonjas, atraíam os homens de maneira a fazer com que as amassem e então os sujeitavam de tal modo, servindo-se deles em tudo que quisessem, a ponto de fazê-los parecer bestas. Mas em ti, meu filho, a experiência me mostra justamente o contrário: pois sei que és uma pessoa racional e te vejo com aparência de cão, se é que isso já não está acontecendo por conta daquela ciência que chamam tropelia,[109] que faz com que uma coisa pareça outra. Seja lá o que for, o que me pesa é que nem eu nem tua mãe, que fomos discípulas da boa Camacha, jamais chegamos a saber tanto quanto ela; e não por falta de inteligência, nem de habilidade, nem de ânimo, que mais nos sobrava do que faltava, e sim porque ela, a quem sobrava malícia, jamais quis

---

[107] Embora existissem duas Camachas de Montilla, a velha Cañizares refere-se a uma delas que, segundo González, era "importantíssima" feiticeira — mestra de Montiela, Cañizares e muitas outras —, chamada Leonor Rodríguez. Tanto na teoria como na prática, as pessoas diferenciavam feiticeiras e bruxas. As feiticeiras geralmente invocavam santos católicos para a realização de seus trabalhos, ao passo que as bruxas muitas vezes recorriam à magia negra. (Ver Glossário) Erito (ou Erichto) é a bruxa de Farsália, de Lucano (Bello civile, VI, vv. 440-441 e 492-496); Circe e Medeia provêm da mitologia grega e aparecem na Eneida." (Massimini)

[108] Amassadeira de pão em forma de caixote mais estreito na base. (Houaiss)

[109] No contexto: "Arte mágica que muda a aparência das coisas". (DRAE)

nos ensinar as grandes coisas, que reservava para si. Tua mãe, filho, chamava-se Montiela e, depois da Camacha, foi a mais famosa. Eu me chamo Cañizares e, se não sou sábia como as duas, ao menos tenho tão bons desejos como qualquer uma delas. É verdade que o ânimo da tua mãe para fazer e entrar num cerco,[110] encerrando-se nele com uma legião de demônios, não era páreo nem mesmo para a própria Camacha. Já eu sempre fui um tanto medrosinha; contentava-me em conjurar meia legião. Mas, sem querer ofender as duas, nisso de preparar as misturas com que nós, bruxas, nos untamos, nenhuma delas levava vantagem comigo, assim como não levam as que hoje guardam e seguem nossas regras. Saibas, filho, que eu, que vi e vejo que a vida, correndo sobre as ligeiras asas do tempo se acaba, quis deixar todos os vícios da feitiçaria, nos quais estive imersa por muitos anos, ficando apenas com minha inclinação para ser bruxa, vício dificílimo de deixar. Tua mãe fez o mesmo; deixou muitos vícios, fez muitas e boas obras nesta vida; mas, no fim, morreu bruxa; e não morreu de qualquer enfermidade, mas de dor ao saber que a Camacha, sua mestra, tinha-lhe inveja, porque tua mãe ia se igualando a ela no saber, ou por outra pendenciazinha, de ciúme, que nunca pude averiguar. Estando tua mãe prenhe e chegando a hora do parto, foi sua parteira a Camacha, que recebeu nas mãos o que ela pariu e mostrou-lhe que havia parido dois cãezinhos. Ao vê-los, tua mãe disse: 'Aqui há maldade, aqui há velhacaria!'. 'Mas, irmã Montiela, sou tua amiga e não contarei a ninguém sobre este parto. Trata de sarar e cuida para que essa tua desgraça fique sepultada no próprio silêncio. Não te aflijas, de modo algum, por esse acontecimento, pois já sabes que posso saber que além de Rodríguez, teu amigo *ganapán*,[111] há tempos não tratas com outro. Assim, este parto canino de outra parte vem e algum outro mistério contém'. Tua mãe e eu, que estive presente o tempo inteiro, ficamos espantadas com aquele estranho acontecimento. A Camacha se foi, levando os cãezinhos, e eu fiquei para cuidar do repouso de tua mãe, que não conseguia acreditar no que havia acontecido. O fim chegou para a Camacha, que em sua última hora de vida chamou tua

---

[110] Círculo que as bruxas traçavam no solo, com carvão, com os cabelos ou as próprias mãos. E entrando no círculo, no limite dessa linha que "separava o céu e a terra", faziam suas invocações. (González)

[111] Literalmente, "ganha-pão": trabalhador independente, que vive de transportar cargas, levar recados etc. Também sinônimo de pessoa rude, tosca. "Rodríguez" era um dos sobrenomes de Leonor, uma das irmãs Camachas, a parteira, que insinua o romance entre seu homem, Rodríguez, e Montiela. Sobre "este parto canino... mistério contém": seria, como diz Massimini, uma alusão à suposta origem dos dois filhotes, que seriam filhos do demônio.

mãe e contou-lhe como havia transformado seus filhos em cães, por conta de um aborrecimento que tivera com ela. Mas disse à tua mãe que não se afligísse, pois eles voltariam à sua forma original quando menos se esperasse. Porém, isso não aconteceria antes que eles, por seus próprios olhos, vissem o seguinte:

> Voltarão à sua forma verdadeira
> Quando virem, com pronta diligência,
> Caírem os soberbos erguidos
> E erguerem-se os humildes caídos,
> Com poderosa mão para fazê-lo.

Isso falou a Camacha à tua mãe, no momento da sua morte, como já te contei. Tua mãe guardou-o por escrito e na memória, e eu guardei-o na minha, para o caso de chegar o momento de poder dizê-lo a um de vós. E para poder reconhecer-vos, chamo todos os cães da tua cor, que vejo por aí, com o nome da tua mãe, não porque pense que os cães haverão de reconhecer o nome, mas sim para ver se respondem, sendo chamados de modo tão diferente dos outros cães. Nessa tarde, ao te ver fazendo tantas coisas, ao ver que te chamam *o cão sábio* e ao ver também como ergueste a cabeça para me olhar, quando te chamei, no pátio, acabei de crer que és filho da Montiela; e com imenso gosto te dou notícia dos fatos da tua vida e do modo como haverás de recuperar tua forma original; modo este que, quisera eu, fosse tão fácil como o de Apuleio[112] em *O asno de ouro*, que consistia apenas em comer uma rosa. Mas teu caso está fundado em ações alheias e não em tua própria diligência. O que deves fazer, filho, é encomendar-te a Deus no teu coração e saber que isso — que não quero chamar de profecia e sim adivinhação — haverá de acontecer de modo rápido e próspero, pois se a boa Camacha falou, é porque acontecerá, sem dúvida alguma. E, assim, tu e teu irmão — se ele ainda for vivo — serão como ambos desejam. O que me pesa é que estou tão perto do meu fim que não terei oportunidade de ver esses acontecimentos. Muitas vezes quis perguntar ao meu *cabrón*[113] que fim terá esse vosso caso. Mas não me

---

[112] Escritor latino (Madaura, Numídia, século II d.C.), autor de *Metamorfoses* ou *O asno de ouro*, novela em onze livros que narra as aventuras do jovem Lúcio que, ansioso por conhecer as artes mágicas, é transformado por engano em asno, ao tomar uma poção preparada por uma bruxa. Nessa forma animal, não perde, no entanto, sua percepção humana. Raptado por ladrões, passa por muitos infortúnios, trabalhando como burro de carga, até retomar sua forma humana.

[113] No contexto, *El Cabrón*: o demônio, príncipe dos anjos rebelados.

atrevi, pois ele nunca responde às direitas o que perguntamos, e sim com palavras tortuosas, de sentidos vários. De modo que a esse nosso amo e senhor é melhor nada perguntar, pois a uma verdade ele mescla mil mentiras; e pelo que percebi de suas respostas, ele só sabe do futuro por conjeturas e não por certezas. Apesar disso nos mantém tão iludidas, que nós, bruxas, não conseguimos deixá-lo, mesmo que nos pregue mil peças. Costumamos vê-lo num vasto campo, bem longe daqui, onde nos reunimos — uma infinidade de gente, bruxos e bruxas —, e lá ele nos alimenta desabridamente, e passam-se outras coisas que em verdade e em Deus e em minha alma não me atrevo a contar, por serem sujas e asquerosas, e não quero ofender teus castos ouvidos. Há quem diga que vamos a essas festas apenas em nossa imaginação, na qual o demônio nos representa as imagens de todas aquelas coisas que, depois, dizemos que nos aconteceram. E há quem diga que sim, que verdadeiramente vamos, de corpo e alma. Tenho, para mim, que as duas opiniões são verdadeiras, já que não sabemos quando vamos de uma ou de outra maneira. Pois tudo o que nos acontece na imaginação é tão intenso que não há como diferenciá-lo de quando vamos, real e verdadeiramente. Os senhores inquisidores fizeram experiências sobre isso com algumas de nós, na prisão, e penso que descobriram ser verdade o que digo.

"Quisera eu, filho, livrar-me desse pecado, e para isso fiz minhas diligências, refugiando-me aqui, como hospitaleira. Curo os pobres; ganho a vida com aquilo que alguns, quando morrem, me deixam, ou então com o que lhes sobra entre os remendos, pois tenho o cuidado de espulgar suas vestes. Rezo pouco e em público. Murmuro muito e em segredo. A mim cai melhor ser hipócrita do que ser pecadora declarada. A aparência das minhas boas obras, no presente, vai apagando, na memória daqueles que me conhecem, as más obras do passado. Com efeito, a santidade fingida não causa dano a ninguém, exceto a quem finge. Olha, filho Montiel, este conselho te dou: que sejas bom em tudo e por tudo que puderes. E se tiveres de ser mau, procura não aparentar, em tudo e por tudo que puderes. Sou bruxa, não nego. Tua mãe foi bruxa e feiticeira: isso tampouco posso negar. Mas nossa boa aparência tinha o poder de fazer com que o mundo inteiro acreditasse em nós. Três dias antes de tua mãe morrer, estivemos juntas numa grande jira,[114] num

---

[114] Banquete e festa, geralmente ao ar livre, entre amigos, com muito alvoroço e alegria, diversão e chacota, além de abundância de comes e bebes.

vale dos Montes Pirineus. E apesar disso, ela morreu com tal sossego e serenidade que, se não fosse por algumas visagens, cerca de um quarto de hora antes de entregar a alma, pareceria que estava, naquela hora, num tálamo de flores. Levava, atravessados no coração, seus dois filhos. E não quis, jamais, mesmo na hora da morte, perdoar a Camacha: assim era ela, íntegra e firme nas suas coisas. Fechei seus olhos e fui com ela até a sepultura, onde a deixei, para não vê-la mais. Porém, não perdi a esperança de vê-la, antes que eu morra, porque dizem, por lá, que algumas pessoas a viram andar pelos cemitérios e encruzilhadas, em diferentes formas, e quem sabe se alguma vez não toparei com ela e então perguntarei se quer que eu faça alguma coisa, para desencargo da sua consciência."

"Cada coisa que a velha me contava em louvor daquela que, segundo dizia, seria minha mãe, era como uma lança a me atravessar o coração. Queria arremeter contra ela e fazê-la em pedaços com meus dentes. E, se não fiz, foi para que a morte não a levasse em tão mau estado. Por fim, me disse que pretendia untar-se, naquela noite, para ir a uma das suas costumeiras festas. E, lá chegando, pensava em perguntar ao seu senhor alguma coisa sobre o que sucederia comigo. Eu quis então lhe perguntar que unturas eram aquelas das quais falava, e parece que ela leu em mim esse desejo, pois respondeu ao meu pensamento como se eu tivesse feito a pergunta. E disse: 'Esse unguento com que nós, bruxas, nos untamos, é feito com sumo de ervas, extremamente frio, e não — como diz o povo — com o sangue das crianças que afogamos. Poderias também me perguntar que prazer ou proveito teria o demônio fazendo-nos matar criaturas recém-nascidas, pois ele sabe que, se foram batizadas, sendo inocentes e sem pecado, vão para o céu; e ele recebe um castigo particular por cada alma cristã que lhe escapa. Por isso, não saberei te responder de outro modo, senão pelo que diz o provérbio: Há quem cegue seus dois olhos, para que seu inimigo fique cego de um; e também pelo desgosto que causa aos pais ao matar seus filhos, que é o maior que se pode imaginar. Mas o que mais lhe importa é fazer com que nós, bruxas, cometamos a cada passo um pecado tão cruel e perverso; e tudo isso permite Deus, pelos nossos pecados,[115] pois percebi, por experiência própria, que sem Sua permissão o diabo não pode ofender

---

[115] Referência ao conceito de que "Deus permite os pecados", que não impede que o mal aconteça, embora sem vínculo direto com Sua vontade. (DRAE)

uma formiga. E isso é tão verdadeiro que, certa vez, quando roguei ao diabo que destruísse a vinha de um inimigo meu, respondeu-me que não podia tocar sequer numa folha, porque Deus não queria. E daí poderás entender, quando fores homem, que todas as desgraças que sobrevêm às pessoas, aos reinos, às cidades e aos povoados; as mortes repentinas, os naufrágios, as quedas, enfim, todos os males chamados 'danos' vêm da mão do Altíssimo e da Sua permissória vontade. Já os danos e males chamados 'culpa' vêm de nós e por nós são causados. Deus é impecável; e daí se deduz que somos nós os autores do pecado, criando-o na intenção, na palavra e na obra, com Deus permitindo tudo isso, como eu já disse, pelos nossos pecados. Perguntarás agora, filho, se acaso me entendes, quem fez de mim uma teóloga. E talvez penses, contigo mesmo: 'Valha-me Deus com essa puta velha![116] Por que não deixa de ser bruxa — já que sabe tanto — e não se volta para Deus, pois sabe que Ele está mais propenso a perdoar do que a permitir os pecados?'. Respondo, como se tivesses me perguntado: é que o costume do vício converte-se em natureza; e este, de ser bruxa, converte-se em sangue e carne, e em meio ao seu ardor, que é intenso, traz um frio que põe a alma de tal modo que a resfria e entorpece também na fé, onde nasce um esquecimento de si mesma, de modo que a pessoa nem se recorda dos temores com que Deus a ameaça nem da glória para a qual Ele a convida. E, de fato, por se tratar de pecado de carne e de prazeres, é forçoso que amorteça todos os sentidos, deixando-os encantados e absortos, impedindo que usem seus ofícios como devem. E assim, estando a alma inútil, débil e desmazelada, não pode considerar sequer a possibilidade de ter algum bom pensamento. E deixando-se desaparecer na profunda cratera da sua miséria, não quer erguer sua mão ao encontro da mão de Deus, que a oferece unicamente por Sua misericórdia, para que a pessoa se levante. Eu tenho uma dessas almas que acabo de te descrever. Vejo tudo e tudo entendo, mas, como o prazer me aprisionou a vontade, sempre fui e sempre serei má.

"Mas deixemos disso e voltemos às unturas;[117] digo que são tão frias que nos privam de todos os sentidos quando nos untamos com

---

[116] No original, *Cuerpo de tal con la puta vieja!*: espécie de interjeição ou juramento que às vezes expressa admiração. Diz-se "corpo de Deus", "corpo de Cristo" ou "corpo de tal". (Autoridades)

[117] "As unturas compunham-se de ervas de caráter alucinógeno (cicuta, mandrágora etc.), inventariadas em tratados herborísticos ou de magia da época, como o de Andrés Laguna ou o de Giovanni Batista della Porta, cujas descrições de seus efeitos lembram as palavras da velha [bruxa]". (Massimini)

elas e ficamos estendidas, desnudas, no chão. E então dizem que, em imaginação, passamos por tudo aquilo que, a nosso ver, acontece verdadeiramente. Em outras ocasiões, parece-nos que, quando acabamos de nos untar, mudamos de forma. E então, transformadas em galos, corujas ou corvos, vamos ao lugar onde nosso amo nos espera e lá recobramos nossa forma original e gozamos dos prazeres que não te contarei, por serem tais que a memória se escandaliza ao recordar e, assim, a língua se furta a contar. Contudo, sou bruxa e cubro com a capa da hipocrisia todas as minhas muitas faltas. É verdade que se alguns me estimam e me consideram boa, não faltam muitos que me dizem, bem junto ao ouvido, o nome das festas,[118] coisa que lhes foi motivada por um juiz colérico, que no passado teve algo a ver comigo e com tua mãe, depositando sua ira nas mãos de um verdugo que, por não ter sido subornado, usou de toda a sua plena potestade e rigor nas nossas costas.[119] Mas isso já passou; e todas as coisas passam, as lembranças acabam, as vidas não voltam, as línguas se cansam, os acontecimentos novos nos fazem esquecer os passados. Sou hospitaleira, dou boas mostras do meu proceder; minhas unturas me dão bons momentos; tenho setenta e cinco anos e não sou tão velha que não possa viver mais um ano; e já que não posso jejuar, por conta da idade; nem rezar, por conta dos desmaios; nem ir a romarias, por conta da fraqueza das pernas; nem dar esmolas, pois sou pobre; nem pensar no bem, pois sou amiga de murmurar (e para tanto é preciso pensar primeiro); assim, meus pensamentos haverão de ser sempre maus. Apesar de tudo isso, sei que Deus é bom e misericordioso; Ele sabe o que vai ser de mim e basta. E que termine aqui esta conversa, que verdadeiramente me entristece. Vem, filho, e verás enquanto me unto; pois todo sofrimento com pão é bom; não se pode perder a oportunidade de um bom dia; e enquanto se ri, não se chora.[120] Quero dizer que embora os prazeres que o demônio nos dá sejam aparentes e falsos, ainda assim nos parecem prazeres, e o deleite

---

[118] Dizer *los nombres de las fiestas* ou *los nombres de las pascuas* é uma expressão que denota mútuo xingamento; ou então quando uma pessoa "joga na cara da outra" seus defeitos, seja por franqueza ou por hostilidade. (Ver Glossário)

[119] Entre as orações das feiticeiras, havia "a oração dos aguazis", que supostamente poderia livrá-las da perseguição da Justiça e dos castigos. (Ver Glossário)

[120] Cañizares cita vários provérbios: *que todos los duelos con pan son buenos* ("Todo sofrimento com pão é bom") ou *Todos los duelos con pan son menos* ("Todas as dores com pão são menores"). *El buen día meterle en casa* ("Guarda em casa o bom dia"); significa que não se deve perder uma boa oportunidade.

muito mais é imaginado que desfrutado, embora, com os verdadeiros prazeres, deva ocorrer o contrário."

"Levantou-se, depois dessa longa arenga; tomando o candeeiro, entrou em outro quartinho, mais estreito. Segui-a, agitado por mil variados pensamentos, admirado do que tinha ouvido e do que esperava ver. A Cañizares pendurou o candeeiro na parede e despiu-se às pressas, tirando até a camisa.[121] Retirando de um canto uma panela de barro, brilhante como vidro, meteu nela a mão e, murmurando algo entre os dentes, untou-se dos pés à cabeça, que trazia descoberta. Antes de terminar a untura, disse que, caso seu corpo desaparecesse daquele aposento, ou ali permanecesse, sem sentidos, eu não deveria me espantar. E que não deixasse de esperar, ali, até o amanhecer, pois assim teria notícias de tudo o que me restava passar até ser homem. Respondi, baixando a cabeça, que assim faria. Então ela acabou de untar-se e estendeu-se no chão, como morta. Aproximando minha boca da sua, vi que ela não respirava, nem pouco, nem muito.

Quero te confessar uma verdade, amigo Cipión: tive muito medo ao ver-me trancado naquele estreito aposento, diante daquela figura que te pintarei como melhor puder. Ela era alta, media mais de sete pés;[122] era puro esqueleto, com os ossos cobertos por uma pele escura, peluda e curtida; a barriga, toda molenga e caída, cobria-lhe as partes desonestas e ainda chegava até metade das coxas; as tetas assemelhavam-se a duas bexigas de vaca, secas e rugosas; tinha lábios enegrecidos, os dentes aos cacos, o nariz curvo e duro, os olhos revirados, os cabelos desgrenhados, as bochechas chupadas, o pescoço curto e o peito afundado. Enfim, era toda magra e endemoninhada. Lentamente, comecei a olhá-la; e muito rápido o medo começou a me dominar, por conta da visão ruim de seu corpo e ocupação ainda pior de sua alma. Quis mordê-la, para ver se voltava a si, mas não achei, em toda ela, sequer uma parte em que o asco não me estorvasse. Mesmo assim, abocanhei-a por um calcanhar e arrastei-a até o pátio. Nem por isso ela deu mostras de recuperar os sentidos. Mas ali, olhando para o céu e vendo-me em espaço aberto, meu temor desapareceu ou, ao menos, abrandou-se, de maneira que

---

[121] Roupa de baixo feminina, de tecido fino, nem muito justa nem muito larga, que cobria até um pouco abaixo da cintura.

[122] O *pé* castelhano, medida geral no reino de Andaluzia, tinha 27,03 centímetros. Portanto, a velha Cañizares media quase 1,90 metro. (González)

tive ânimo de esperar para ver em que resultaria a ida e a volta daquela maligna e o que ela diria sobre o meu futuro. Entretanto, perguntava a mim mesmo: 'Quem tornou essa maldita velha tão sábia e má? Onde ela aprendeu sobre os males de dano e os males de culpa? Como pode entender e falar tanto de Deus e trabalhar tanto para o demônio? Como pode pecar com tanta malícia, sem escudar-se na ignorância?'.

"Nessas considerações, passou-se a noite e veio o dia, que nos encontrou, ambos, no meio do pátio, ela ainda sem sentidos e eu ao seu lado, sentado, atento, mirando sua espantosa e feia catadura. Acorreram as pessoas do hospital e, diante daquele quadro, algumas disseram: 'A bendita Cañizares está morta; vede como a penitência deixou-a desfigurada e fraca!'. Outras, mais prudentes, tomando-lhe o pulso, viram que ela não estava morta, que ainda pulsava, e por aí deduziram que estava muito bem, em êxtase e arrebatamento. Houve outras que disseram: 'Sem dúvida, essa puta velha deve ser uma bruxa e deve estar untada, pois os santos jamais se entregam a tão desonestos arroubos; e até hoje, para nós que a conhecemos, ela tem mais fama de bruxa do que de santa'. Alguns curiosos chegaram a fincar-lhe alfinetes na carne, desde os pés até a cabeça; nem por isso a dorminhoca despertava. Só voltou a si às sete da manhã; sentindo-se picada pelos alfinetes, mordida nos calcanhares, ferida por ter sido arrastada para fora do seu aposento até ali, à vista de tantos olhares, entendeu — e entendeu a verdade — que era eu o causador de sua desonra. Então avançou para mim e, tomando-me o pescoço com ambas as mãos, tentou estrangular-me, dizendo: 'Oh, velhaco, mal-agradecido, ignorante e malicioso! Essa é a paga que merecem as boas obras que fiz à tua mãe e que pensava fazer a ti?'. Vendo-me na iminência de perder a vida entre as unhas daquela feroz harpia, livrei-me com um movimento brusco e, agarrando-a pelas longas faldas de seu ventre, arrastei-a com violência por todo o pátio. Ela gritava, implorando que a livrassem dos dentes daquele espírito maligno.

"Com essas palavras da velha má, a maioria daquela gente acreditou que eu devia ser mesmo algum demônio, daqueles que têm constante ojeriza aos bons cristãos. Alguns corriam a jogar-me água benta; outros nem ousavam me apartar da velha; outros gritavam que eu devia ser esconjurado. A velha grunhia. Eu apertava os dentes. Crescia a confusão. E meu amo, que já havia chegado, por conta do barulho, desesperava-se quando diziam que eu era um demônio. Outros, que nada conheciam sobre exorcismos, chegaram com três ou quatro garrotes, com os quais começaram a 'benzer-me' o lombo. A burla me feriu; soltei a velha e com três saltos alcancei a rua e com mais alguns saí do povoado, perseguido por uma infinidade de meninos que gritavam: 'Afastem-se, que o cão sábio está raivoso!'. Outros diziam: 'Não é raiva! Acontece que ele é o demônio em forma de cão!'. Assim, exausto, a toda pressa fugi do povoado, seguido ainda por muitos que indubitavelmente acreditavam que eu era o demônio, tanto pelas coisas que tinham me visto fazer como pelo que a velha havia falado, ao despertar do seu maldito sono. Com tanta pressa corri, tratando de sumir da vista deles, que acreditaram mesmo que eu tinha desaparecido, como um demônio. Em seis horas, andei doze léguas e cheguei a um acampamento de ciganos, num campo próximo a Granada. Lá me recuperei um pouco, pois alguns ciganos me reconheceram como o "cão sábio" e não com pouca alegria me acolheram e esconderam numa gruta — para que não fosse encontrado, caso alguém me procurasse —, porém com a intenção, tal como entendi depois, de lucrar comigo, assim como fazia meu amo, o tocador de tambor. Estive com os ciganos por vinte dias, durante os quais observei e conheci sua vida e costumes que, por serem notáveis, devo te contar."

CIPIÓN: Antes que prossigas, Berganza, vamos nos ater ao que a bruxa te disse e averiguar se pode ser verdade a grande mentira em que acreditas. Vê, Berganza, seria um imenso disparate crer que a Camacha transformava homens em bestas e que um sacristão em forma de jumento serviu-a durante anos, como dizem. Todas essas coisas — e outras, semelhantes — são embustes, mentiras ou simulações do demônio. E se agora nos parece que temos algum entendimento e senso de razão — pois falamos, sendo verdadeiramente cães, ou estando sob essa forma —, já sabemos que se trata de um caso portentoso, jamais visto, e que embora seja evidente, não haveremos de lhe dar crédito, até que esse próprio fato nos mostre em que convém acreditarmos. Queres ver com mais clareza? Pensa em quantas coisas vãs e em quantas tolices consistiria nossa volta ao estado natural, segundo o que disse a Camacha. Suas palavras, que te parecem profecia, são apenas palavras de fábulas; histórias de velhas, como aquelas do cavalo sem cabeça e da varinha mágica, com que se entretêm ao redor do fogo nas longas noites de inverno. Pois, de outro modo, essas palavras já teriam se cumprido, a menos que devam ser tomadas num sentido que, segundo ouvi dizer, se chama alegórico, ou seja: que não tem um significado literal e sim outro que, embora diferente, lhe guarde alguma semelhança. E assim, dizer:

> "Voltarão à sua forma verdadeira
> Quando virem, com pronta diligência,
> Caírem os soberbos erguidos
> E erguerem-se os humildes caídos,
> Por poderosa mão para fazê-lo"...

Tomando as palavras no sentido que eu disse, parece-me que significa que recobraremos nossa forma quando virmos que aqueles que ontem estavam no ponto mais alto da roda da fortuna hoje estão humilhados, caídos aos pés da desgraça, desprezados por aqueles que mais os estimavam. Do mesmo modo, quando virmos que aqueles que há menos de duas horas não tinham outra serventia neste mundo senão a de aumentar o número de habitantes, encontram-se agora tão elevados pela boa sorte que os perdemos de vista; e se antes nos pareciam pequenos e encolhidos, agora tão grandes e elevados se encontram que já nem podemos alcançá-los. Ora, isso é algo que já vimos e vemos acontecer a cada passo. E se nisso consistisse nossa volta à forma que disseste, então já me parece que os versos da Camacha não devem ser tomados no sentido alegórico e sim no literal, no qual tampouco está nosso remédio, pois muitas vezes presenciamos isso que dizem os versos e continuamos tão cães como podes ver. Portanto, a Camacha foi burladora e falsa; a Cañizares foi embusteira, e a Montiela, tonta, maliciosa e velhaca, com perdão seja dito, caso seja nossa mãe, ou tua, pois não a quero. Digo, portanto, que o verdadeiro significado dos versos é um jogo de boliche no qual, com pronta diligência, derrubam-se os que estão em pé e tornam a erguer-se os caídos, pela mão de quem assim pode fazer. Pensa, pois, se no decurso da nossa vida não vimos um jogo de boliche e se, por isso, voltamos a ser homens... Se é que somos.

BERGANZA: Digo que tens razão, irmão Cipião, e que és mais sábio do que eu pensava. Pelo que disseste, chego a pensar e crer que tudo o que já passamos e que agora estamos passando é sonho, e que somos cães. Mas nem por isso deixemos de desfrutar desse dom da fala, que temos, e da imensa excelência desse discurso humano, por todo o tempo que pudermos. Então, que não te canses por me ouvir contar o que se passou com os ciganos que me esconderam naquela gruta.

CIPIÓN: De boa vontade te escuto, para que te obrigues a me ouvir quando eu contar, caso o céu permita, os acontecimentos da minha vida.

BERGANZA: Pois a minha vida com os ciganos foi observar, durante aquele tempo, suas muitas malícias, seus truques e embustes, os furtos que tanto as ciganas quanto os ciganos praticam, quase desde que saem dos cueiros e aprendem a andar. Vês a multidão de ciganos espalhados pela Espanha? Pois todos se conhecem e têm notícias uns dos outros; e transferem e trocam os furtos destes por aqueles e os daqueles por estes. Obedecem, mais que ao rei, àquele a quem chamam Conde,[123] cujo nome é Maldonado, tal como se chamarão todos os seus sucessores, não por terem o sobrenome dessa nobre linhagem, mas sim porque um pajem de um cavaleiro que assim se chamava enamorou-se de uma cigana, que não queria conceder-lhe seu amor, a menos que ele se tornasse cigano e a tomasse por mulher. Assim fez o pajem, e caiu nas graças dos demais ciganos que, elevando-o à posição de senhor, prestaram-lhe obediência. E para demonstrar sua condição de vassalos, oferecem-lhe parte dos furtos que praticam, caso sejam de importância. Ocupam-se, para dar cor a sua ociosidade, em lavrar peças de ferro, fazendo instrumentos com os quais facilitam seus furtos. E, assim, tu sempre haverás de vê-los vendendo, pelas ruas, tenazes, verrumas, martelos; e de vê-las vendendo tripés e pás. Todas as mulheres são parteiras, nisso levam vantagem sobre as nossas, pois sem custos ou qualquer outra coisa cuidam naturalmente de seus partos e lavam as crianças com água fria, logo ao nascer. E desde o nascimento até a morte acostumam-se a sofrer as inclemências e os rigores do céu. Assim, verás que todos são fortes e resistentes, são volteadores, corredores e dançarinos. Casam-se sempre entre eles, para que ninguém mais conheça seus maus costumes. As mulheres guardam decoro aos seus maridos; poucas há que os ofendam com outros que não sejam da sua gente. Quando pedem esmola, mais a conseguem por conta de suas invenções e chocarrices do que por piedade. E sob o pretexto de que ninguém confia nelas, não trabalham e dão para ser folgazãs. Poucas, ou nenhuma vez, se bem me lembro, vi alguma cigana comungando aos pés do altar, e olhe que já entrei em igrejas muitas vezes. Ocupam seus pensamentos imaginando como haverão de enganar e onde haverão

---

[123] Caudilho, capitão, chefe ou superior que os ciganos nomeiam e elegem, ao qual todos se subordinam, para receber ordens sobre os lugares e paragens onde deverão "fazer a vida". Raramente se sabe qual cigano será nomeado, pois guardam segredo a respeito. (Autoridades) "Conde de Ciganos era um título de nobreza reconhecido no século XV, mas já no século XVI passará a ser tema de gracejo." (Massimini)

de furtar. Comparam, entre eles, seus furtos e o modo de executá-los. Tanto é que certo dia um cigano contou aos outros, na minha frente, sobre um furto e uma peça que havia pregado num lavrador: o cigano tinha um asno quase cotó; e naquele pedaço de cauda, que não tinha pelos, pregou-lhe outra, peluda, que parecia ser sua, natural. Levou o asno ao mercado e vendeu-o ao tal lavrador por dez ducados. Depois de ter vendido e recebido o dinheiro, disse-lhe que, se quisesse comprar outro asno, irmão daquele, e tão bom quanto, ele lhe faria um preço melhor. O lavrador respondeu que sim, que se o cigano fosse buscar o outro asno, ele o compraria. E que, enquanto isso, levaria o asno já comprado à sua pousada. O lavrador partiu, o cigano tratou de segui-lo e, sabe-se lá como, conseguiu furtar o asno que havia vendido. Tirou-lhe a cauda postiça, deixando-o com a sua, sem pelos e muito curta. Trocou a albarda, o cabresto e atreveu-se a procurar o lavrador para que lhe comprasse o animal. Encontrou-o e, antes que ele desse pela falta do primeiro asno, rapidamente vendeu-lhe o segundo. O lavrador foi pagá-lo na pousada, onde deu por falta da besta, o besta, e ainda que o fosse muito, suspeitou que o cigano o havia roubado e, assim, não quis pagá-lo. O cigano correu a reunir testemunhas e trouxe à pousada os homens a quem tinha dado uma gratificação, ao vender o primeiro asno. Os homens juraram que o cigano tinha vendido, ao lavrador, um asno de cauda muito longa, bem diferente daquele segundo animal que ora estava vendendo. A tudo isso assistia um aguazil, que intercedeu a favor do cigano, com tantas provas que o lavrador teve de pagar duas vezes pelo asno. Os ciganos contaram sobre muitos outros furtos, todos, ou a maioria, de bestas, que são os que mais praticam e nos quais são graduados. Enfim, são gente má, e não se emendam, apesar dos muitos e mui prudentes juízes que já se ergueram contra eles. Ao fim de vinte dias quiseram me levar a Múrcia. Passei por Granada, onde estava o capitão e seu tocador de tambor, que era meu amo. Assim que os ciganos souberam disso, me trancaram num aposento da estalagem onde se hospedaram. Ouvi-os comentar o motivo, e não me pareceu boa a viagem que estavam fazendo. Assim, resolvi me pôr em liberdade, como de fato fiz e, saindo de Granada, fui parar no pomar de um mourisco,[124] que de boa vontade

---

[124] Mouro que se manteve na Península Ibérica, após a reconquista de Granada, pelos cristãos (1492), conservando sua religião e seus costumes. Os mouriscos foram expulsos da Espanha em 1609, no reinado de Felipe II. (Ver Glossário)

me acolheu, e eu com melhor vontade ainda fiquei, por parecer que não me queria para outra coisa senão para vigiar seu pomar, ofício que, a meu ver, era bem menos trabalhoso do que vigiar um rebanho. E como não havia, ali, motivo de altercação sobre o salário, foi fácil para o mourisco achar um criado a quem mandar e, para mim, um amo a quem servir. Lá fiquei por mais de um mês, não pelo prazer da vida que levava e sim pelo que pude saber da vida do meu amo e, assim, da vida de todos os mouriscos que moram na Espanha. Oh, quantas e que coisas eu poderia te dizer dessa mouriscada canalha, amigo Cipión, se não temesse levar mais de duas semanas para terminá-las. E se tivesse de particularizar cada uma, não terminaria nem em dois meses! Mas, com efeito, quero te dizer algo. Então escuta, de modo geral, o que vi e observei, em particular, nessa boa gente. Será milagre encontrar, entre tantos mouriscos, um que acredite verdadeiramente na sagrada lei cristã. Seu único propósito é cunhar e guardar o dinheiro cunhado;[125] e para consegui-lo trabalham e não comem. Quando conseguem algum real, desde que não seja *sencillo*,[126] eles o condenam à prisão perpétua e à escuridão eterna. De modo que, sempre ganhando e jamais gastando, chegam a acumular a maior parte do dinheiro que existe na Espanha. Eles mesmos são seu cofre, sua traça, sua gralha, sua doninha.[127] Tudo amealham, tudo escondem, tudo devoram. Considere-se que eles são muitos e que a cada dia ganham e escondem pouco ou muito, e que uma quentura lenta os consome em vida como uma febre tifoide; e à medida que vão crescendo, vão aumentando os esconderijos, que crescem e haverão de crescer infinitamente, como mostra a experiência. Entre eles não há castidade; nem eles nem elas entram em ordens religiosas; todos se casam, todos se multiplicam, pois a vida sóbria aumenta as causas da geração. Não os consome a guerra, nem outro exercício que os faça trabalhar demasiado. Roubam-nos silenciosamente, e com os frutos das nossas herdades, que nos revendem, ficam ricos. São seus próprios

---

[125] Segundo Aznar Cardona, os mouriscos eram falsificadores de moedas, que cunhavam secretamente. (Ver Glossário)
[126] Moeda de menor valor, em comparação com outra (s) do mesmo nome.
[127] No original, *Ellos son su hucha, su polilla, sus picazas y sus comadrejas*, significando que eles mesmos se bastam, que não precisam de ninguém: são seu próprio cofre ou arca (seu depósito oculto), sua traça (sua consumição), suas gralhas (sua conversação) e suas doninhas, aludindo ao fato de que as doninhas, embora prejudiquem hortas, criações e pomares, também "limpam" as casas, matando animais peçonhentos. (González) (Ver Glossário)

criados e, por isso, não os têm. Não gastam com o estudo dos filhos, porque sua ciência não é outra senão a de nos roubar. Se dos doze filhos de Jacó que, segundo ouvi dizer, entraram no Egito, saíram seiscentos mil varões, sem contar crianças e mulheres, quando Moisés livrou-os daquele cativeiro, podemos inferir o quanto esses se multiplicarão, pois são, incomparavelmente, muito mais numerosos.

CIPIÓN: Já se buscou remédio para todos os danos que apontaste e insinuaste. Bem sei que são mais e maiores os danos que calas do que os que contas. Até agora, tal remédio não foi encontrado. Mas nossa república tem zeladores prudentíssimos. E considerando-se que a Espanha cria e traz em seu seio tanto víboras quanto mouriscos, com a ajuda de Deus nossos zeladores encontrarão uma rápida, correta e segura saída para esses danos.[128] Segue adiante.

BERGANZA: Como meu amo era mesquinho, tal como todos da sua casta, sustentava-me com pão de milho e sobras de sopa rala, de farinha,[129] que eram seu alimento costumeiro. Mas o céu me ajudou a levar essa miséria de um modo tão singular como o que agora ouvirás. A cada manhã, juntamente com a aurora, amanhecia, sentado junto a um pé de romã, entre os muitos que havia no pomar, um rapaz que parecia ser estudante, vestido de baeta[130] (não tão negra nem tão felpuda, que não parecesse parda e desgastada). Ocupava-se em escrever num caderno, e de quando em quando batia na testa e mordia as unhas, enquanto mirava o céu. Em outras ocasiões, punha-se tão pensativo que não movia nem o pé nem a mão, nem mesmo as pestanas, tal era seu arrebatamento. Certa vez me aproximei dele, sem me deixar ver. Ouvi-o murmurar e, depois de um bom tempo, erguer a voz, dizendo: "Louvado seja o Senhor! Esta é a melhor oitava que já compus, em minha vida!". E escrevendo a toda pressa em seu caderno, dava mostras de grande contentamento. Por tudo isso, deduzi que o coitado era poeta. Fiz-lhe minhas costumeiras carícias, para deixá-lo seguro da minha mansidão. Deitei-me a seus pés; e ele, com essa certeza, prosseguiu com seus pensamentos e tornou a coçar a cabeça, voltando aos seus arroubos e a escrever o que havia pensado. Estava nisso quando entrou no pomar outro rapaz, galante e

---

[128] Berganza retrata a visão da sociedade da época sobre os mouriscos, "culpados de todos os males possíveis", como diz Massimini em sua dissertação.

[129] No original, *sobras de zahínas*, que no contexto equivale a *gachas*: sopa rala de farinha. (González)

[130] "Parda era a cor da roupa dos camponeses". (Massimini) Já os estudantes vestiam-se de preto.

bem vestido, trazendo na mão uns papéis que, de quando em quando, lia. Aproximando-se do primeiro, disse: "Terminastes o primeiro ato?". "Finalizei-o agora mesmo", respondeu o poeta, "mais galhardamente do que se pode imaginar." "De que maneira?", perguntou o segundo. "Assim...", respondeu o primeiro, "Sua Santidade, o papa, aparece em traje pontifical, com doze cardeais, todos vestidos de roxo, pois o caso narrado na minha peça passa-se no tempo de *mutatio caparum*,[131] quando os cardeais não se vestem de vermelho, mas de roxo. Assim, em tudo e por tudo convém, para preservar a verdade, que esses meus cardeais apareçam em trajes dessa cor. Esse é um ponto que vem muito a propósito para a comédia, e muitos certamente erram nisso, pois a cada passo cometem mil impertinências e disparates. Eu não podia errar nesse ponto, pois, para acertar nessa questão dos trajes, li todo o cerimonial romano." "Mas como quereis que meu diretor[132] arranje trajes de cor roxa para doze cardeais?", replicou o outro. "Pois se ele tirar somente um desses cardeais, dificilmente lhe darei minha comédia. Santo Deus! Então vamos perder essa cena grandiosa?! Desde já podeis imaginar que efeito causará, num teatro, um Sumo Pontífice com doze graves cardeais, acompanhados por outros ministros, que certamente levarão consigo! Pelos céus que será um dos maiores e melhores espetáculos que já se viu em comédias, embora o maior de todos seja o *Ramillete de Daraja*."[133]

Aí, acabei por entender que um era poeta e o outro, comediante. O comediante aconselhou ao poeta que cortasse algo na cena dos cardeais, caso contrário impossibilitaria a montagem da comédia pelo diretor. O poeta respondeu que deveriam agradecê-lo por não ter posto em cena todo o conclave que estivera presente àquele ato memorável, que ele pretendia trazer à memória das pessoas, em sua felicíssima comédia. Riu-se o ator, deixando o poeta entregue à sua ocupação, e foi cuidar da sua, que era estudar um papel numa nova comédia. O poeta, depois de escrever mais algumas coplas da sua magnífica comédia, com muita calma e vagar tirou da algibeira alguns pedaços de pão e umas vinte passas que, parece-me, contei, mas ainda estou em dúvida se eram

---

[131] "Troca de capas": cerimônia solene, suntuosa, realizada no dia da Ressurreição do Senhor, quando os cardeais trocavam as capas vermelhas, forradas de pele, por capas de cor arroxeada, de seda.

[132] No original, *autor*: até fins do século XVIII, "autor" era a pessoa encarregada da direção e administração de uma companhia teatral. Eventualmente, adaptava, escrevia a obra a ser encenada e até atuava na montagem. (DRAE)

[133] Famosa comédia, de tema mourisco, que se perdeu no tempo.

tantas, por conta das muitas migalhas de pão que as acompanhavam. O poeta soprou, apartando as migalhas, e comeu todas as passas, uma a uma — e também os cabinhos, pois não o vi jogar nenhum fora —, engolindo-as junto com os pedaços de pão que, arroxeados pelas felpas da algibeira, pareciam mofados. E estavam tão duros que, embora ele procurasse amolecê-los, fazendo-os passear pela sua boca muitas e muitas vezes, não conseguiu abrandar-lhes a rigidez. Tudo isso resultou em meu proveito, pois ele os atirou para mim, dizendo: "To... tó! Toma e faz bom proveito". "Olha que néctar ou ambrosia[134] está me dando esse poeta", pensei comigo. "Dizem que é com isso que os deuses e seu Apolo se sustentam lá no céu!" Enfim, na maior parte das vezes, grande é a miséria dos poetas, mas maior era minha necessidade, que me obrigou a comer o que ele dispensava. Enquanto durou a criação de sua comédia, o poeta não deixou de ir ao pomar, nem a mim faltaram pedaços de pão, pois ele os repartia comigo com muita generosidade; em seguida íamos até a roda d'água onde, eu de bruços e ele com um balde, matávamos a sede como uns reis. Mas por fim faltou o poeta e sobrou em mim tanta fome que resolvi deixar o mourisco e ir para a cidade em busca de ventura, pois quem se move a encontra. Na entrada da cidade, vi meu poeta saindo do famoso Mosteiro de São Jerônimo. Assim que me viu, caminhou para mim, de braços abertos, e fui até ele, com novas mostras de alegria por tê-lo encontrado. Logo em seguida ele começou a me atirar pedaços de pão, mais macios do que aqueles que costumava levar ao pomar, entregando-os aos meus dentes sem passá-los antes pelos seus, uma dádiva que me fez matar a fome com renovado prazer. Os macios pedaços de pão e o fato de ter visto meu poeta sair do tal mosteiro me fizeram suspeitar de que ele tinha as musas envergonhadas,[135] tal como muitos outros. Dirigiu-se à cidade e eu o segui, decidido a tê-lo como amo, se ele assim quisesse, e imaginando que com as sobras do seu castelo eu poderia manter meu *real*.[136] Pois não existe maior ou melhor bolsa do que a da caridade, cujas

---

[134] Néctar: bebida dos deuses do Olimpo que, segundo a lenda, eternizava a vida; ambrosia: alimento dos deuses do Olimpo, que concedia e mantinha a imortalidade. (Houaiss)

[135] No original, *musas vergonzantes*: musas são divindades que inspiram o artista; *vergonzante* é quem pede esmola com certa reserva, dissimulação ou vergonha. Assim, o poeta sustentava-se mais com a esmola do mosteiro do que com seu trabalho. (Juan Carlos Pantoja: *Tres Novelas Ejemplares*, Castalia Prima, 2012.)

[136] Planície onde acampam os soldados, quando sitiam uma cidade. Metaforicamente, o poeta habita um castelo (o mosteiro que o sustenta) e portanto Berganza, seu servo, habitaria [o acampamento], o *real*. (Pantoja)

mãos generosas jamais empobrecem e, por isso, não me soa bem aquele provérbio que diz: "mais dá o duro que o desnudo"... Como se o duro e avarento desse alguma coisa, como o faz o desnudo generoso, que dá a boa vontade, quando nada mais tem para dar. E, assim, caminhando, fomos parar na casa de um diretor de comédias que, pelo que me lembro, chamava-se Angulo, el Malo;[137] diferente de outro Angulo, não diretor, mas ator, o mais talentoso que as comédias já tiveram e ainda têm. Toda a companhia reuniu-se para ouvir a comédia do meu amo (pois eu já o considerava como tal). Na metade do primeiro ato, um a um e dois a dois, todos foram saindo, exceto o diretor e eu, que servíamos de ouvintes. A comédia era tal que, mesmo sendo eu um asno em matéria de poesia, me pareceu que tinha sido composta pelo próprio Satanás, para total ruína e perdição do poeta, que já ia sofrendo em silêncio, ao ver que a plateia o havia abandonado. Mais que isso: lá no íntimo, sua alma pressentia a desgraça que o estava ameaçando. E o fato foi que todos os atores, que eram mais de doze, voltaram. Sem uma palavra, agarraram meu poeta e, se não fosse pela autoridade do diretor, que entre súplicas e altos brados intercedeu, sem dúvida o teriam manteado.[138] Fiquei pasmo com esse fato. O diretor, desgostoso. Os farsantes, alegres. O poeta, desolado. E com muita paciência, embora com o rosto um tanto contraído, tomou sua comédia e, guardando-a no peito, meio murmurando, disse: "Não fica bem jogar pérolas aos porcos". E com isso partiu, com muita calma. Eu, assim, de pronto, não pude nem quis segui-lo, e foi o certo, pois o diretor me fez tantas carícias que me senti obrigado a ficar com ele. E em menos de um mês me revelei um grande entremezista e grande farsante de figuras mudas.[139] Puseram-me um freio de pano[140] e ensinaram-me a atacar quem eles quisessem, no Teatro. Os entremezes geralmente acabavam em pauladas; na companhia do

---

[137] Este "Angulo" seria *Angulo y los Corteses*, que representava comédias em Madri, em 1582. (Sieber). Como diz Massimini, "a frase [no original] parece estar truncada. Seria, talvez, "... Angulo el Malo, diferente de outro Angulo..."
[138] Lançar alguém ao ar, recolhê-lo e tornar a lançá-lo repetidas vezes, por meio de uma manta sustentada por várias pessoas. (DeAgostini) Isso era feito como castigo e intimidação.
[139] Entremez: peça teatral de caráter cômico e de um só ato, que originalmente era representada no intervalo de uma comédia. (DRAE) As *figuras mudas* eram representadas pelos próprios atores das comédias, caracterizados como animais ou seres extravagantes, estranhos ou burlescos, sendo também os primeiros a apanhar ou acabar de modo inesperado, para divertir a plateia. (González) (Ver Glossário)
[140] No original, *freno* (trava, usualmente de metal, presa à boca da cavalgadura e atada à rédea, e que serve para guiá-la) *de orillo* (de pano).

meu amo, o pessoal me atiçava e eu então derrubava e atropelava todo mundo, dando assim motivo de riso aos ignorantes e bons lucros ao meu dono. Oh, Cipión, quem me dera poder te contar o que vi nessa e nas duas outras companhias de comediantes por onde andei! Mas, por não ser possível reduzir tudo a uma narrativa sucinta e breve, vou deixar para outro dia, se é que haverá outro dia para nos comunicarmos. Vês como foi longo meu discurso? Vês os meus muitos e diversos acontecimentos? Parece, a ti, que foram muitos os meus caminhos e amos? Pois tudo o que ouviste não é nada, comparado ao que eu poderia te contar sobre o que notei, averiguei e conheci dessa gente, do seu modo de proceder, sua vida, seus costumes, suas práticas, seu trabalho, sua ociosidade, sua ignorância e sua perspicácia, além de outras infinitas coisas, umas para serem ditas ao ouvido e outras para serem aclamadas em público, mas todas para serem preservadas na memória e para desengano de muitos que idolatram figuras fingidas e maravilhas de artifício e transformação.

CIPIÓN: Bem posso adivinhar, Berganza, o amplo campo que se abriria, se prolongasses teu discurso. Mas, na minha opinião, deves reservá-lo para uma narrativa particular, em sossego e sem sobressaltos.

BERGANZA: Assim seja; e escuta: cheguei com uma companhia a esta cidade de Valladolid, onde, num entremez, me causaram um ferimento que quase me fez chegar ao fim da vida. Não pude me vingar, por estar, então, com o freio de pano, E, depois, a sangue-frio, eu não quis, pois a vingança pensada denota crueldade e má índole. Cansei-me daquele ofício, não pelo trabalho, mas por ver, nele, coisas que tanto pediam emenda quanto castigo. E como eu mais podia sentir do que remediar, resolvi deixá-lo. E, assim, me refugiei no *sagrado*,[141] como fazem aqueles que deixam os vícios quando já não podem exercê-los, e é melhor que seja tarde do que nunca. Digo, pois, que certa noite, quando te vi levando a lanterna junto com o bom cristão Mahúdes, senti que estavas contente e justa e santamente ocupado. Cheio de boa inveja, eu quis seguir teus passos. E com essa louvável intenção, pus-me diante de Mahúdes, que logo me escolheu para ser teu companheiro e me trouxe a este hospital. O que me sucedeu aqui não foi tão pouco que não necessita de espaço para contar, especialmente o que ouvi de quatro enfermos, que a sorte e a necessidade trouxeram a este hospital,

---

[141] Referência àqueles que buscavam refúgio nas ordens religiosas, para escapar à perseguição da Justiça.

e que estavam todos juntos, em quatro camas dispostas lado a lado. Perdoa-me; a narrativa, que será breve e não sofrerá dilação, vem bem a propósito.

CIPIÓN: Perdoo, sim. Termina, pois pelo que vejo o dia não deve tardar.

BERGANZA: Digo que havia quatro camas, no final desta enfermaria. Em uma estava um alquimista; na outra, um poeta; na outra, um matemático e, na outra, um desses chamados arbitristas.[142]

CIPIÓN: Lembro-me de já ter visto essa boa gente.

BERGANZA: Digo, pois, que no verão passado, durante uma sesta, com as janelas fechadas, eu tomava ar debaixo da cama do alquimista, quando o poeta começou a se queixar, lastimosamente, de seu destino. E quando o matemático lhe perguntou do que estava se queixando, respondeu que de sua má sorte. "Como não teria razão de me queixar", ele prosseguiu, "se obedeci ao que Horácio manda, em sua *Poética*,[143] que é não publicar uma obra antes que se passem dez anos da sua conclusão,[144] e tendo eu uma obra cuja criação me ocupou vinte anos, e já se passaram mais doze após seu término, e sendo essa obra grandiosa no tema, admirável e inovadora na concepção, profunda nos versos, divertida nos episódios, maravilhosa na divisão, pois o princípio responde ao meio e ao fim, de modo a constituir um poema elevado, sonoro, heroico, deleitável e substancioso... E, com tudo isso, não achei ainda um príncipe a quem dedicá-la? Príncipe, digo, que seja inteligente, generoso e magnânimo. Mísera época e depravado século, este nosso!" "De que trata o livro?", perguntou o alquimista. Respondeu o poeta: "Trata daquilo que o Arcebispo Turpin[145] deixou de escrever sobre o Rei Arthur, da Inglaterra, com outro suplemento da *História da demanda do Santo Brial*,[146] todo escrito em verso heroico, parte em oitavas e parte

---

[142] Aquele que especula e propõe meio para aumentar o erário público ou a renda do príncipe. Vem da palavra "arbítrio", mas comumente é mal aceita, causando total aversão, devido ao fato de que os arbitristas, de modo geral, prejudicaram por demais os príncipes e também porque seus projetos e soluções eram, também de modo geral, onerosos. (Autoridades) "Eram os 'economistas' da época, que idealizavam 'arbítrios' (soluções) para resolver os graves problemas econômicos do poder público" (Massimini).

[143] Referência à obra *Ars Poetica*, de Quinto Horácio Flaco, poeta latino (65-8 a.C.).

[144] Horácio recomenda nove anos. (Ver Glossário)

[145] Turpin, conselheiro de Carlos Magno e arcebispo de Reims, jamais escreveu um livro sobre o Rei Arthur da Inglaterra. Era, segundo González, "autêntico personagem como dignidade eclesiástica no século VIII, mas falso e apócrifo como historiador." (Ver Glossário)

[146] O personagem diz "Brial" (saia) para referir-se a "Grial": Graal, o cálice que Jesus teria usado na Última Ceia. Nesse mesmo cálice, José de Arimateia teria recolhido o sangue e a água das chagas de Jesus, na cruz. (Ver Glossário)

em versos soltos, mas tudo esdruxulamente,[147] digo, em versos esdrúxulos de substantivos, sem admitir verbo algum". "Quanto a mim", disse o alquimista, "pouco entendo de poesia e, portanto, não saberei avaliar devidamente a extensão da desgraça da qual vossa mercê se queixa, embora, ainda que fosse grande, não se igualaria à minha, que é o fato de que, por faltar-me instrumentos, ou um príncipe que me apoie e me ponha ao alcance da mão os requisitos que a ciência da alquimia pede, não estou agora coberto de ouro e com mais riquezas do que os Midas, os Crassos e os Cresos."[148] "E vossa mercê já fez a experiência de extrair prata de outros metais, senhor alquimista?", perguntou àquela altura o matemático. "Até agora não consegui", respondeu o alquimista. "Mas realmente sei que é possível, e faltam-me menos de dois meses para concluir a pedra filosofal,[149] com a qual é possível transformar as próprias pedras em prata e ouro." "Vossas mercês bem que exageraram nas suas desgraças", disse o matemático. "Mas, no fim das contas, um tem um livro para dedicar a alguém e outro está bem perto de conseguir a pedra filosofal. E o que direi eu da minha desgraça, que é tão única que nem tem onde se apoiar? Há vinte e dois anos que ando atrás do ponto fixo;[150] e se o encontro aqui, ali o perco; e quando me parece que já o encontrei e que de modo algum poderá me escapar, inesperadamente me vejo tão longe dele que me espanto. O mesmo me acontece com a quadratura do círculo:[151] cheguei tão perto de encontrá-la que não sei nem posso imaginar como ainda não a tenho na algibeira. E, assim, minha pena é semelhante à de Tântalo, que está perto do fruto e morre de fome, perto da água e perece de sede. Por momentos, penso dar com a conjuntura da verdade, mas em poucos minutos me vejo tão longe dela que volto a subir o monte do qual acabei de descer, com 'o canto do meu trabalho às costas, como um novo Sísifo'."[152] O arbitrista, que até

---

[147] Verso que termina sempre em proparoxítonas.
[148] Midas, rei da Frígia, tinha o poder de transformar em ouro tudo o que tocasse; Crasso formou triunvirato com Pompeu e César; Creso: último rei da Lídia; todos os três célebres por sua riqueza. (Ver Glossário)
[149] Fórmula imaginária para converter qualquer metal em ouro. (Houaiss)
[150] "Também chamado de *ponto de longitude*, o ponto fixo permitia calcular a posição de um navio no mar, coisa difícil de estabelecer na época, pois conhecia-se a latitude, mas não a longitude." (Massimini)
[151] Na época, essa questão matemática, ainda não declarada irrealizável e quimérica, apaixonava sobremaneira os estudiosos da Geometria. (González)
[152] A palavra "canto", no contexto, significa "pedra de grande tamanho" (Houaiss). Sísifo: filho de Éolo e Rei de Corinto, temido por sua crueldade e rapinagem. Depois de morrer, foi condenado aos infernos. Sua pena era levar, rolando, uma pedra enorme até o alto de uma montanha, de onde ela tornava a cair. E Sísifo voltava a descer a montanha para repetir a tarefa, jamais concluída.

esse momento tinha ficado em silêncio, rompeu-o, dizendo: "A pobreza juntou neste hospital quatro queixosos, que bem podem se queixar ao Grão-Turco.[153] De minha parte, renego os ofícios e práticas que nem entretêm nem dão de comer a seus donos. Eu, senhores, sou arbitrista. E tenho dado a Sua Majestade, em diversas épocas, muitos e diversos planos, todos em proveito dele e sem dano para o reino. Agora, fiz um relatório no qual lhe suplico que me indique uma pessoa a quem possa apresentar um novo plano que tenho comigo e que resultará na solução total dos seus problemas. Mas, devido ao que me aconteceu com relação a outros planos, entendo que também este haverá de cair no esquecimento.[154] Porém, para que vossas mercês não me tomem por mentecapto, e ainda que meu plano, a partir de agora, se torne público, quero dizer que é este: deve-se pedir, nas Cortes, que todos os vassalos de Sua Majestade, com idade entre catorze e sessenta anos, sejam obrigados a um jejum de pão e água, uma vez por mês, no dia escolhido e para tal designado. E que tudo o que seria gasto, nesse dia, em iguarias de fruta, carne e pescado, vinho, ovos e legumes, seja convertido em dinheiro e dado a Sua Majestade, sob juramento, sem que se tire sequer uma moeda. Com isso, em vinte anos, nosso rei ficará livre de dívidas e desempenhado. Pois fazendo-se a conta, como já fiz, há na Espanha mais de três milhões de pessoas nessa faixa de idade — sem contar os doentes, os mais velhos e os mais novos —, e nenhuma delas deixará de gastar ao menos um real e meio a cada dia. Eu quero que seja um real, não mais, e também não pode ser menos, ainda que se comesse alfafa. Pois parece a vossas mercês que seria pouco ter, no mínimo, três milhões de reais *limpos*, a cada mês? E isso ainda serviria mais de proveito do que dano aos abstinentes, pois jejuando agradariam aos céus e serviriam a seu rei; e o jejum bem poderia convir à sua saúde. Esse é um plano limpo, puro e simples, e o recolhimento poderia ser feito pelas paróquias, sem despesas com comissários, que destroem a república." Todos riram do plano e do arbitrista, e também ele riu dos seus disparates. Fiquei admirado de tê-los ouvido e de ver que, em sua maior parte, pessoas de humores semelhantes vinham a morrer nos hospitais.

---

[153] "Queixar-se ao turco", ao "grão-turco", era equivalente a "queixar-se ao rei", "queixar-se ao papa" (Massimini). Seria equivalente ao nosso: "queixar-se ao bispo".
[154] No original, *entiendo que este tambén ha de parar en el carnero* ("entendo que este também há de parar no carneiro"): frase metafórica que significa lançar uma coisa ao esquecimento, ou afastá-la, para não mais se lembrar dela, ou colocá-la onde se misture e confunda com outras. (Autoridades)

CIPIÓN: Tens razão, Berganza. Vê se te resta algo mais a dizer.

BERGANZA: Somente mais duas coisas, com as quais terminarei meu discurso, pois me parece que o dia já vem. Certa noite, meu amo foi pedir esmola na casa do Corregedor desta cidade, que é um grande cavaleiro e mui grande cristão. Ele estava sozinho, e a mim pareceu que aquela ocasião era propícia a que eu lhe contasse sobre certas observações que tinha ouvido de um velho enfermo deste hospital, a respeito de como seria possível remediar a tão notória perdição das moças vagamundas, que por não trabalharem para ninguém se tornam más, e tão más que nos verões todos os hospitais ficam lotados com os perdidos que as seguem: praga intolerável, que pedia imediato e eficaz remédio. Por querer dizer isso, elevei a voz, pensando que podia falar, mas em vez de pronunciar argumentos bem coerentes, comecei a latir sem parar e em tão elevado tom que o Corregedor, aborrecido, ordenou aos criados que me expulsassem da sala a pauladas. Um lacaio, que acudiu à voz do seu senhor — e melhor seria se fosse surdo —, pegou uma grande vasilha de cobre que estava à mão e acertou-me de tal modo as costelas que até hoje guardo as relíquias daqueles golpes.

CIPIÓN: E te queixas disso, Berganza?

BERGANZA: Pois não tenho que me queixar, se até agora me dói, como já disse, e se me parece que minha boa intenção não merecia tal castigo?

CIPIÓN: Olha, Berganza, ninguém deve se meter onde não é chamado, nem querer praticar o ofício que de modo algum lhe toca. E deves considerar que jamais o conselho do pobre, por melhor que seja, é reconhecido; tampouco o pobre humilde deve ter pretensão de aconselhar os grandes e os que pensam saber de tudo. A sabedoria, no pobre, está sombreada: a necessidade e a miséria são as sombras e nuvens que a encobrem. E se acaso se mostra, é tomada como estupidez e tratada com menosprezo.

BERGANZA: Tens razão; e daqui por diante, com essa dolorosa experiência em mente, seguirei teus conselhos. Também entrei, em outra noite, na casa de uma nobre senhora, que tinha nos braços uma cadelinha dessas que chamam de cadelinha de colo,[155] tão pequena que poderia escondê-la entre os seios. E a tal, quando me viu, saltou dos braços de sua senhora e me atacou, latindo com tamanho ímpeto que

---

[155] Era costume, entre as damas nobres, ter como mascote uma *perrita de falda* (literalmente, "cadelinha de saia", no sentido de "regaço"), que essas damas traziam sempre no colo. (Ver Glossário)

não parou até que conseguiu me morder uma pata. Tornei a olhá-la, com precaução e desagrado, e pensei comigo: "Se eu te pegasse na rua, animalzinho ruim, ou não faria caso de ti, ou te faria em pedaços com meus dentes". Ela me fez pensar que até os covardes e pobres de coragem mostram-se atrevidos e insolentes quando a situação favorece, apressando-se a ofender os que valem mais que eles.

CIPIÓN: Alguns homenzinhos nos dão uma prova e um sinal dessa verdade que dizes, quando, à sombra de seus amos, se atrevem a ser insolentes. E se acaso a morte ou outro acidente do destino derruba a árvore onde se apoiam, logo revela-se e manifesta-se seu pouco valor, pois, com efeito, suas prendas não têm maior quilate do que aquele que lhes dão seus amos e protetores. A virtude é sempre uma e o bom entendimento é sempre um: desnudo ou vestido, só ou acompanhado. É bem verdade que pode padecer, na estimativa das pessoas, mas não na realidade verdadeira daquilo que merece e vale. E com isso ponhamos fim a esta conversa, que a luz que entra por esses vãos mostra que o dia já vai avançado. E a próxima noite — se esse grande benefício da fala não nos abandonar — será minha, para que eu te conte minha vida.

BERGANZA: Que assim seja. E trata de vir a este mesmo lugar.

O licenciado terminou a leitura do colóquio ao mesmo tempo que o alferes despertava.

— Ainda que esse colóquio seja fictício e jamais tenha acontecido — disse o licenciado —, parece-me que está tão bem composto que o senhor alferes pode seguir adiante e escrever o segundo.

— Com esse seu parecer, vou me animar e me dispor a escrevê-lo, sem mais discutir com vossa mercê se os cães falaram ou não — respondeu o alferes.

E disse o licenciado:

— Senhor alferes, não voltemos mais a essa discussão. Compreendo a arte e o engenho do colóquio, e basta. Agora, vamos ao Espolón[156] para agradar aos olhos do corpo, pois aos do entendimento já agradei.

— Vamos — disse o alferes.

E, com isso, se foram.

---

[156] "Era uma praça quadrada, ao lado do Campo Grande e não longe de São Lourenço, com um muro sobre o rio que chegava até o peito, e de cujos bancos ou outros assentos de pedra descortinava-se uma bela vista de alamedas, pomares, fontes e monastérios." (Sieber)

GLOSSÁRIO

A Ciganinha

Nota 1: Caco, célebre ladrão que morava numa caverna, no Monte Aventino; era de estatura colossal e soltava turbilhões de fogo e fumo pela boca. Certa vez, Hércules voltava para casa, depois de roubar os bois de Gérion (um de seus doze trabalhos) e, deixando que o rebanho pastasse às margens do Tibre, parou para descansar. Naquela noite, Caco furtou-lhe oito reses e, para cobrir suas pegadas, arrastou os animais pela cauda, até sua caverna. Hércules descobriu o roubo e matou o ladrão. Esse episódio é narrado no Livro VII da *Eneida*. (Lello)

Nota 7: Igreja de Santa Maria: "Matriz do povoado, cuja fundação é tão remota, que está envolta na maior obscuridade". (Mesonero Romanos apud Sieber) "Situada no final da Rua de La Almudena, era um importante local de solenidades religiosas e políticas." (Juan López de Hoyos apud Sieber)

Nota 9: No original: *"¡A ello, hija, a ello! Andad, amores, y pisad el polvito atán menudito!" Y ella respondió, sin dejar el baile: "Y pisárelo yo atán menudito!"*. Estribilho popular, citado também em outra obra de Cervantes, *Entremés de la elección de los alcaldes de Daganzo* [Entremez sobre a eleição dos alcaides de Daganzo]: *Pisaré yo el polvico, / atán menudico; / pisaré yo el polvó, / atán menudó*. Humillos, um dos protagonistas, referindo-se aos ciganos que dançam, continua ouvindo a música: *Pisaré yo el polvico por más que esté dura, / puesto que me abra ella, / amor, sepultura, / pues ya mi buena ventura, / amor, la pisó*. ("Pisarei este chão, esse pó / por mais que seja duro / ainda que ele se abra, amor, / numa sepultura / pois já minha boa ventura, amor /este chão pisou.") (Sieber)

Nota 10: Argos foi encarregado por Hera de vigiar Io (princesa transformada em novilha branca por Zeus que, apaixonado por ela, assim agiu para evitar as suspeitas da esposa, Hera). Hermes, encarregado por Zeus de recuperar Io, conseguiu fazer com que Argos adormecesse por completo — com seus cem olhos fechados — e cortou-lhe a cabeça. Hera então espalhou os olhos de Argos na cauda do pavão, animal a ela consagrado.

Nota 22: Sobre *cordales*, os dentes do siso, Preciosa faz um jogo de palavras, mostrando assim sua sabedoria. Faz também referência a um refrão que diz: *Metelde el dedo en la boca, veréis si aprieta* ("Mete-lhe o dedo na boca e vê se ele morde"). Assim se diz a alguém que chama outro de bobo. "Se morder, está em seu juízo perfeito; se não morder, é bobo." (Gonzalo Correas apud Sieber)

Nota 23: Segundo Covarrubias, chamam "*bucha* o cofre onde se guarda dinheiro, porque as pessoas o enchem como se enche *el buche*" (palavra em espanhol que também significa bucho, estômago). "Outros corrompem o vocábulo e o chamam *hucha*." (Sieber)

Nota 25: *Niña de carbuncos*, ou seja, *carbúnculo*: rubi que, na definição de Covarrubias, é "uma pedra preciosa que recebeu esse nome por ser da cor do fogo e reluzir esplendorosamente, de modo que, sem qualquer outra luz, com ela é possível ler à noite ou iluminar um aposento". (Sieber)

Nota 34: Ainda sobre *residência*: procedimento judicial de Castela, posteriormente aplicado na América espanhola, aos funcionários que concluíam o exercício de um cargo ou eram suspensos, por algum motivo, durante esse exercício. Em suma, um "balanço", uma avaliação do administrador anterior antes que seu sucessor assumisse o cargo.

Nota 40: *Al cielo rogando y con el mazo dando* ("Ao céu rogando e com o martelo dando"). Provérbio registrado por Covarrubias e interpretado por Correas: "O martelo simboliza os trabalhos pesados, como fazer carroças ou fixar arcos nas tinas." Significa, portanto, que se trabalharmos Deus nos ajudará. E não vamos querer que Deus nos sustente, se folgarmos. (Sieber)

Nota 43: Conta-se que Hércules, em um de seus trabalhos, teria erguido duas colunas, uma de cada lado do Estreito de Gibraltar, indicando assim, aos navegadores mediterrâneos, o limite, até onde seria possível chegar. As colunas significariam Non Terrae Plus Ultra: "Não há terras mais além". (Por extensão, essas palavras passaram a expressar, também, o extremo limite a que se pode chegar, numa situação.) No século XVI, Carlos I, da Espanha, ao herdar as colônias espanholas de seus avós, alterou a expressão para Plus Ultra: "mais além" (ir mais além). Este era o seu lema, para demonstrar o dinamismo de seu império; lema que também motivaria os navegadores a desafiar a afirmação de que o Estreito de Gibraltar seria o limite do mundo.

Nota 45: *Gabachos de Belmonte*: termo pejorativo para designar os franceses que chegavam ao país. Havia um ditado que dizia: *A Belmonte, caldereros, que dan jubones y dineros* ("A Belmonte, caldeireiros, que dão gibões e dinheiros"). (Correas) Segundo Tirso de Molina, em *Cigarrales de Toledo*, os franceses "transformavam o ferro em ouro à custa de más refeições e ceias ainda piores, castigados pelos novos trajes que em Belmonte seu marquês os forçava a trocar pelos velhos. Com essa fachada de caridoso, o marquês acabou juntando um grande tesouro (graças às moedas que os *gabachos* traziam nos coletes)". Por isso diziam que alguns, temendo o assalto de bandoleiros escondidos no caminho, engoliam os dobrões, por não acharem banco mais seguro para o dinheiro que suas entranhas. E por isso os bandoleiros penduravam os *gabachos* nos pinheiros e os açoitavam duramente. (Sieber)

Nota 47: Sobre a guerra entre Óñez e Gamboa: Dom Enrique IV, durante seu reinado, deu ordem para que Pedro Fernández de Velasco, Conde de Haro, pacificasse os oponentes. Dessa rivalidade surgiram várias expressões, como "pensar em ir a Óñez e acabar em Gamboa", que é uma variante basca do provérbio: "Livrar-se de Caríbdis e cair em Cila." Segundo Lello, "Caríbdis e Cila, turbilhão e escolhos célebres do Estreito de Messina, eram o terror dos antigos navegantes que, muitas vezes, quando evitavam um, iam despedaçar-se de encontro ao outro." Uma expressão portuguesa, de igual significado, diz: "Cair de Cila em Caríbdis". Ou seja: livrar-se de um perigo para cair em outro.

Nota 54: Segundo a mitologia grega, *jurar pelo Estige* era algo irrevogável. Nem mesmo os deuses podiam quebrar esse voto. Suas águas tornavam invulnerável quem nelas se banhasse. Tétis, mãe de Aquiles, mergulhou-o nesse rio, segurando-o pelo calcanhar, único ponto onde, quando adulto, foi mortalmente ferido.

Nota 55: No original, o velho cigano diz: *No se toman truchas etcétera.* O provérbio original diz: *No se pescan truchas a bragas enjutas*, significando que aquilo que é valioso ou estimado requer esforço e diligência, inclusive dificuldades, do mesmo modo que quando uma pessoa quer pescar acaba se molhando, como sucede com a pesca da truta. (http://cvc.cervantes.es/lengua/refranero/ficha.aspx)

Nota 63: Dante também evoca outras associações, como a existente entre Vênus e o amor romântico. As primeiras três esferas (que se encontram sob a influência da Terra) estão associadas a formas imperfeitas de coragem, justiça e temperança. As outras quatro estão associadas a exemplos positivos de prudência, coragem, justiça e temperança. Na oitava esfera concentram-se a fé, a esperança e a caridade. (Fonte: Alighieri, Dante. *A divina comédia*. Trad. de José Pedro Xavier Pinheiro. Disponível em: <http://www.ebooksbrasil.org/adobeebook/paraiso.pdf>)

Nota 68: Segundo Rodríguez Marín, Juan de Cárcamo realmente existia. Seu pai, porém, não se chamava Francisco, mas Alonso de Cárcamo, e era corregedor de várias cidades, incluindo Toledo (1595) e Valladolid (1604). Era Cavaleiro de Calatrava e não de Santiago, como escreveu Cervantes. (Sieber)

O Amante Generoso

Nota 27: Sobre os *janízaros*, escreve Diego de Haedo: "Só o fato de [de um homem] ser janízaro já implica alguma honra, pois ninguém ousa tocá-lo, e ele a todos poderá castigar, ainda que se trate do homem mais nobre e mais rico." (Sieber) Segundo Lello, os janízaros eram um "corpo de infantaria, que formava a guarda dos sultões turcos. Criada no século XIV, essa milícia tornou-se temível por sua insubordinação, destronando e elevando ao trono os sultões, ao seu talante. Em 1826, Maomet II dissolveu-a. E, em sua maioria, os janízaros foram trucidados pelo populacho, numa praça de Constantinopla."

Nota 29: Solimão fez uma carreira militar brilhante, iniciada em Rodes (1522), para assegurar sua posição na Ásia Menor e a ela dar seguimento, depois, em terra firme, contra os magiares (povo que habitava a Hungria e a Transilvânia). Derrotou a esquadra de Doria em Preveza (1538), a frota espanhola em Argel (1541) e se converteu no terror do Mediterrâneo entre Nice e Trípoli, que ocupou em 1557. (Sieber)

Nota 36: A cidade de La Goleta é o porto de Túnis, capital da Tunísia. Contrariamente ao que se poderia pensar, esse nome nada tem a ver com uma embarcação chamada "goleta", que é uma espécie de escuna, de bordas pouco elevadas, com dois ou três mastros. O nome La Goleta vem do árabe, *Halq al-Wādī*, e significa "gola do rio", canal estreito de acesso a um porto, referindo-se ao canal de 28 metros de comprimento que liga o Lago de Túnis ao mar aberto, onde está situada a cidade.

Nota 49: Trecho da referida *Ode III* de Horácio:
Quem mortis timuit gradum,
Qui siccis oculis monstra natantia,
Qui vidit mare turgidum, et
Infames scopulos Acroceraunia?
Na tradução de Aristóteles Angheben Predebon:
Que passo da morte temeu
quem, de olhos secos, monstros natantes,
quem viu túrbido mar e
infames rochedos acroceráunios?
(Disponível em: <http://desenredos.dominiotemporario.com/doc/05-traducao-Horacio-Predebon.pdf>)

Rinconete e Cortadillo

Em Rinconete e Cortadillo há várias expressões e termos provenientes da *germanía* (do latim *germānus*, "irmão"), que era a gíria ou maneira de falar dos ladrões, malandros e rufiões, usada somente por eles e composta de palavras do idioma espanhol (com significados distintos do corrente), bem como de vocábulos de várias outras origens.

Nota 13: No século XVI, a limpeza da cidade deixava muito a desejar. O lixo se acumulava nas ruas. No Arenal erguia-se o Monte del Malbaratillo, formado pelo lixo e todo tipo de imundície, ali atirada desde tempos remotos.

Nota 18: *Albur* é também um refinado jogo de palavras com duplo sentido (como anagramas, palíndromos, trocadilhos e outros). A palavra vem do árabe-hispânico, *alburi*, que vem do clássico *buri*, *al-buri*, referindo-se ao momento, ao "triz" em que um peixe salta fora d'água. No jogo de baralho, refere-se a uma carta que aparece inesperadamente no jogo, como um peixe que saltasse fora d'água. Por fim, significa também deixar por conta do acaso, da sorte, o resultado de algum trabalho ou empreendimento. *Correr el albur* significa arriscar-se para obter um benefício.

Nota 22: As cartas paulinas foram instituídas por Paulo III, Papa de 1534 a 1549, que restabeleceu a Inquisição na Itália. (DRAE)

Nota 23: Nos degraus da escada da Catedral de Sevilha (durante os Séculos XV e XVI, com o auge das expedições à América) ocorriam negociações de toda ordem. Vendiam-se moedas e artigos valiosíssimos, objetos de ouro e prata, roupas, tapeçarias, armas etc. Também eram vendidos escravos, num comércio para o qual as autoridades religiosas fechavam os olhos. As Gradas eram, ainda, um local de encontro entre dois mundos, onde se misturavam homens letrados e vagabundos, pícaros e prostitutas, frades e monges, marinheiros e carregadores do porto. Todos frequentadores habituais de um mercado tão suntuoso que o governo local criou o corpo de Oficiais das Gradas (*Alguaciles de las Gradas*), para cuidar e proteger tão importante e produtivo local.

Nota 25: O termo *murcio* vem de *murciégalo* (rato cego), o mesmo que *murciélago*: "morcego". Usa-se "múrcio", na *germanía*, para dizer "ladrão" ou "rateiro": aquele que faz pequenos furtos, com artimanha e cautela.

Nota 28: *Finibusterrae* vem do latim *Finĭbus terrae*, literalmente "nos confins da terra", "no fim do mundo". Na *germanía*, significa "forca" ou, ainda, "fim; *envesado* (derivado de *envés*: costas): na *germanía*, significa "açoitado; *gurapas*: na *germanía*, significa condenação às galés.

Nota 42: *Retén* (reserva): truque que consiste em entregar o baralho ao outro jogador, para que seja cortado, "reservando" uma ou duas cartas, já conhecidas, deixando-as por cima do monte. *Humillo*: truque que consiste em marcar, sutilmente, o verso de algumas ou de todas as cartas. *Solo*: tipo de jogo carteado, "semelhante à manilha quanto aos valores das cartas e à contagem das vazas, mas um pouco parecido com o voltarete quanto ao andamento." (Aurélio) Mas, segundo Rodríguez Marín, *jugar bien de la sola* equivalia a manejar as cartas, reservando uma ou várias no momento do corte do baralho, ou para que "saíssem" logo ou para que ficassem no monte até o final da rodada. *Raspadillo, verrugueta, colmillo*: truques para identificar as cartas através do tato, fosse raspando-as sutilmente em determinados pontos, seguindo um critério que indicava o valor e o naipe (*raspadillo*), fosse pressionando a ponta de um minúsculo alfinete em algum ponto da carta, formando uma pequenina saliência, uma minúscula "verruga" imperceptível aos olhos mas não ao tato (*verrugueta*), fosse alisando, polindo extremadamente a carta em algum ponto. Geralmente isso era feito com um dente (uma presa) de porco, que deu, então, o nome a esse truque (*colmillo*: colmilho, presa). *Boca de lobo*: vão que se deixa entre as cartas, no monte, para marcar o ponto onde se deve cortar. *Tercio de chanza*: circunstância em que dois jogadores trapaceiros combinam um modo de derrotar, deslealmente, um terceiro jogador. Foi esse golpe que Rinconete e Cortadillo aplicaram ao arrieiro, na Estalagem do Molinillo. Mas *tercio* era também designação de antigas tropas militares, de regimento. Assim, quando Rinconete fala em *tercio de Nápoles*, refere-se ao regimento mais antigo e de maior prestígio, entre os *tercios* espanhóis. Quando um jogador trapaceiro quer mudar a sorte (caso esteja desfavorável), volta a embaralhar e a distribuir as cartas, pondo outra ou outras no meio do monte. Isso se chama *dar astillazo* ("estilhaço") em alguém. (Sieber).

Nota 44: Em 1294, um exército de berberes, auxiliado por mouros que a ele se uniram em Algeciras, comandado pelo infante Dom Juan (a quem Dom Alonso Pérez de Guzmán entregara seu filho mais velho, para que o educasse como pajem), sitiou Tarifa, defendida por Dom Alonso. Conta a história que, depois de seis meses de cerco, Dom Juan, como último recurso, levou o filho de Dom Alonso diante dos muros da cidade e ameaçou matar o menino, caso Dom Alonso não se rendesse. Depois de um breve diálogo, Dom Alonso, jogando seu punhal por sobre o muro, teria dito: "Se não tendes uma arma para consumar a iniquidade, eis a minha". Os mouros degolaram o menino. Mas, diante desse fato memorável, suspenderam o cerco. (Fonte: *Revista de Estudios Tarifeños*, ano IV, n.14, set. 1994. "Dom Alonso Pérez de Guzmán el Bueno", trabalho de *Hipólito González Piñero, aluno do Colégio Público Virgen Del Sol de Tarifa.*)

Nota 62: *Abispones*, alteração de *avispones*, plural de *avispón*: espécie de vespa, muito maior do que a comum, que se distingue por uma mancha vermelha na parte anterior do corpo. Esconde-se nos troncos de árvores, de onde sai para caçar abelhas, que são seu principal alimento. Na *germanía*, homem que observa tudo atentamente, procurando locais e oportunidades para roubar. E então transmite essa informação aos outros.

Nota 63: Início de um romance (poema) de autor anônimo: *Mira Nero de Tarpeya/ a Roma cómo se ardía;/ gritos dan niños y viejos,/y él de nada se dolía.*: "Vê, Nero de Tarpeia ["Mira Nero" convertendo-se em "miranero", *marinero*, "marinheiro"] / Como Roma se queimava; / crianças e velhos gritavam / e ele nem se importava.Fonte:<htttp://cvc.cervantes.es/artes/fotografia/esp_roma/introduccion/textos_literarios01.htm>)

Nota 67: O termo *macabeu*, no contexto, refere-se aos membros de uma família sacerdotal judia, originária do sumo sacerdote Matatias, que se rebelou contra o helenismo e o domínio sírio em 168 a.C. e reinou na Palestina de 142 a.C. a 63 a.C. (Aurélio) Judas Hasmoneu, membro dessa família e um dos filhos de Matatias, foi chamado de *macabeu*: palavra que se refere a "malho", "martelo" e, por extensão, a "bravura".

Nota 70: *Orfeu*: na mitologia grega, príncipe trácio, filho de Eagro (Rei da Trácia) e da musa Calíope. Poeta, músico e cantor de grande talento. Desceu aos infernos para buscar sua amada, *Eurídice*, morta por uma picada de cobra. Lá encantou os guardiões e conseguiu permissão para levá-la de volta ao mundo dos vivos, com a condição de que não olhasse para ela antes de cruzar os portais de saída. Mas transgrediu essa condição e assim perdeu Eurídice para sempre. (Larrousse) Inconsolável, teria sido fulminado por Zeus ou destroçado pelas bacantes que, furiosas, disputavam a exclusividade de seu amor. *Arião*, célebre poeta e músico grego que viveu no século VII a.C. A lenda conta que, atirado ao mar por piratas, ele foi salvo da morte por golfinhos, que haviam se encantado com o som de sua lira. *Anfião*: poeta e músico (filho de Zeus e de Antíope, Rainha de Tebas) que edificou os muros de Tebas. Diz a lenda que as pedras se moviam e se colocavam em seu lugar, por si mesmas, ao som da lira que Anfião tocava. (Lello)

Nota 77: Sobre *Tuáutem*, do latim: *Tu autem, Domine, miserere nobis* ("Mas, Senhor, tem piedade de nós"), palavras com que terminam as lições do breviário. (DRAE)

O Licenciado de Vidro

Nota 2: Ernani Ssó, em sua tradução das *Novelas Exemplares*, indica a transcrição dessas falas: "Mostra do italiano falado pelos soldados. Sua possível transcrição é: *Acconcia, patrone; passa quà, manigoldo; vengano la maccatella; li pollastri e li maccheroni.*"

Nota 3: Por ocasião do recrutamento, o alferes, depois de percorrer as ruas enquanto era apregoada a notícia, punha a bandeira à porta da casa que lhe servia de alojamento, para indicar aos voluntários o local onde deveriam se apresentar para o alistamento.

Nota 7: Garcilaso de La Vega: sua obra projeta uma nova dimensão na poesia castelhana, na qual introduz amplamente o petrarquismo — a Natureza como fonte de imagens poéticas. Boscán: introduziu a métrica italiana na poesia castelhana, com a adesão de Garcilaso.

O Estremenho Ciumento

Nota 6: Segundo Ernani Ssó, Cervantes usa o termo *mortaja de Esparto* para referir-se ao fato de que, caso morressem, os passageiros seriam jogados ao mar, envolvidos na própria esteira, que lhes serviria de mortalha. Já Harry Sieber menciona que Cervantes talvez se refira à simbólica morte e ressurreição de Felipo — ou Filipo — Carrizales, o protagonista.

Nota 30: *Pésame*: *Pésame dello, hermana Juana/ Pésame dello, mi alma...* ("Pêsames disso, irmã Joana/ Pêsames disso, minha alma...").

"Só conhecemos a existência dessa dança através dos textos cervantinos. E pode-se deduzir seu caráter pelas outras danças às quais está ligada. No entremez "La Cueva de Salamanca", atribui-se sua origem, junto com a sarabanda, o *zambapallo* e o novo *escarramán*, ao próprio demônio, como se vê no texto a seguir:

Pancracio: — *Donde se inventaron todos estos bailes de las zarabandas, zambapallos y dellos me pesa, con el famoso del nuevo Escarramán?*

Barbero: *Adonde? En el infierno, allí tuvieran su origen y su principio.* (Rodríguez Marín apud Gavaldá)

Nota 39: *Debajo del sayal hay ál. Sayal*: traje de tecido rústico, de lã, de baixo custo, usado por pessoas pobres. *Ál* significa outra coisa, algo distinto. Portanto, "nem tudo é o que parece", há algo por trás da simples aparência.

A Ilustre Fregona

Nota 33: *La Perra Mora*: *La zarabanda está presa/ que dello mucho me pesa/ que merece ser condessa/ y también emperadora/ a la perra mora!/ a la matadora!* ("A sarabanda está presa /e isso muito me pesa/ que merece ser condessa/ e também imperatriz /a cadela moura / a matadora!"). De um manuscrito compilado em Madri, em 1599, por Alonso de Navarrete de Piza.

Nota 37: Saturno (Crono, na mitologia grega), filho de Vesta e Urano, casado com Cibele e pai de Júpiter (Jove), de Neturno, Plutão e Juno, devorava os filhos assim que nasciam. Para salvar Júpiter, Cibele pôs em seu lugar uma pedra, que Saturno engoliu. Mais tarde, Júpiter destronará o pai, expulsando-o do céu. Saturno foge para o Lácio, onde faz florescer a Idade do Ouro, a paz, a abundância, e ensina aos homens a agricultura. (Lello)

O Casamento Enganoso

Nota 1: Assim escreve A. González de Amezúa y Mayo a respeito do Hospital da Ressurreição: "A poucos passos de sua casa [a casa de Cervantes], além da Porta do Campo, ocupando um perímetro bastante extenso, limitado pela grande praça chamada Campo Grande, El Rastro [local de venda de carne], Rua del Perú e a mísera e estreita Rua del Candil [da Lamparina], erguia-se uma construção simples e de grossas paredes, rasgadas por longas fileiras de janelas que ofereciam luz, através das maciças grades, a dois andares ou pisos do sombrio monumento. Olhando na direção da Porta do Campo, não muito longe destacava-se a solene fachada, único alento da arte naquele casarão vulgar, com seu arco romano de pedras lavradas, seu friso adornado por quatro *rosetones* [janelas ou vãos circulares fechados, com adornos] e coroado por uma capela ou nicho de estilo renascentista, já com características herrerianas [referência a Juan de Herrera, arquiteto espanhol], onde havia uma imagem em pedra de Cristo Ressuscitado. A seus pés, na própria cornija da porta, entre dois remates maciços, lia-se esta data: *1579*. Aquele sólido edifício era o famoso Hospital de la Resurrección."

Em 1890 o hospital foi demolido, tendo sua fachada trasladada ao Museu Provincial de Bellas Artes. Em 1917, fragmentos arquitetônicos da parte superior da fachada foram instalados no jardim que fica em frente à casa de Cervantes, como uma homenagem ao escritor que situou no hospital a novela "O Colóquio dos Cães", em *Novelas exemplares*.

Nota 2: Sobre a Porta do Campo, vale lembrar aqui um trecho de *Crónica de La Provincia de Valladolid*, de Fernando Fulgosio (Rubio, Grilo y Vitturi Editores, 1869): "[...] Puerta del Campo, onde logo se ergueu o Arco de Santiago, recentemente demolido, para dor de todos aqueles que lamentam que nós, espanhóis, não saibamos dar um passo sem deixar ruínas que afrontam nosso rastro."

Nota 3: *Bubas*: "Enfermidade bem conhecida e contagiosa, também chamada, segundo alguns, "mal francês" e "mal da Gália" [entre muitos outros nomes], pois os franceses a teriam contraído, ao entrarem na Itália com o Rei Carlos VIII, por meio do comércio ilícito e contato com mulheres daquele país. Mas outros dizem que os espanhóis a contraíram por ocasião do descobrimento das Índias, também através de contato desonesto com as mulheres daquelas regiões. O certo é que se trata de enfermidade muito antiga, cujo conhecimento chegou a algumas províncias mais tarde que a outras e que, por ser indecente, nenhuma mulher quer confessar ter sido a primeira a senti-la". (Autoridades)

Sífilis: o nome "sífilis" teria sido criado pelo veronês Girolamo Fracastoro, num poema em que o pastor Syphilo insulta o deus Apolo, que o condena a sofrer dessa enfermidade. A bactéria causadora desse mal, a *treponema pallidum*, tinha por via de contágio o contato sexual, "exceto para os clérigos e eclesiásticos que, se padeciam desse mal, era unicamente pela 'corrupção do ar'". Durante os séculos XV, XVI e XVII, o "mal de Boubas" estendia-se por toda a Europa; na Espanha, ocorria principalmente em cidades portuárias, como Barcelona, Valência, Cádiz e Sevilha, onde foram fundados hospitais dedicados especialmente à cura desse mal, embora esses centros existissem praticamente em todo o reino. E é justamente no *Hospital de La Resurrección*, em Valladolid, que Cervantes situa sua novela "O colóquio dos cães". (Alberto Casas Rodríguez, no blog *El Turdetania*)

Suadouros: O tratamento consistia em isolar o enfermo num quarto minúsculo, sem ventilação, quase às escuras, onde o envolviam em mantas e acendiam braseiros que mantinham o cômodo numa temperatura muito alta, condições essas que garantiam a transpiração, complementada pelo cozimento de ervas, a fogo lento, que eram ministradas ao enfermo a intervalos, "para que o mal lhe saísse pelos poros". Esse método parece ter sido introduzido na Espanha, por volta de 1508, por Juan Gonzalvo, que alegava assim ter se curado, nas Índias.

Nota 15: González lembra uma curiosidade interessante sobre os trajes de viagem, que eram muito mais coloridos e vistosos do que os que se usavam nas ruas, e cita um comentário de Antonio de Torquemada: "Pode haver maior disparate no mundo do que um homem andar vestido de pano rústico, tentando que seu traje dure cem anos...? E quando sai de viagem veste trajes de veludo e seda, e chapéus com cordões de ouro e prata, que serão todos destruídos pelo ar, pela poeira, pela água e pelo lodo. E muitas vezes um traje desses, que lhe custa tudo o que tem, depois de lhe servir para uma viagem, fica em tal estado que não pode servir para outras... A mim parece que melhor seria mudar o costume: que os bons trajes servissem para sair à rua e os que não fossem bons, para viajar". E conclui: "Ao que parece, nossos antepassados não eram tão práticos ao viajar, como nós, embora fossem, sim, muito mais vaidosos."

O Colóquio dos Cães

Nota 1: Assim diz González, sobre o cristão Mahúdes: "Não ia sozinho: acompanhavam-no, em sua santa jornada, dois valentes cães...

que levavam, pendente das coleiras, uma estreita lanterna. E tal era seu instinto, que costumavam parar diante das janelas onde geralmente lhes davam esmola, e se acaso alguma moeda, que alguém jogasse lá do alto, se perdesse no solo, [os cães] acorriam a iluminar o local onde caíam. E com tamanha mansidão, mais pareciam cordeiros do que cães, ao passo que no Hospital [da Ressurreição] eram uns leões, guardando-o com grande cuidado e diligência. Os dois eram chamados 'os cães de Mahúdes', embora cada qual tivesse um nome sonoro e significativo: Scipion, ou Cipión, e Braganza, ou Berganza... Sua fama, na Corte, era muito grande, e sua popularidade, extrema. Algumas noites, saíam com o bom cristão Mahúdes. Em outras, com os irmãos de São João de Deus" (González).

Nota 7: No original: *Y como en Sevilla no hay obligado de carne...* Contrato que obrigaria o dono do Matadouro a abastecer a cidade por determinado tempo. Em "Breve historia del Concejo de Caniego y sus ordenanzas", José Bustamante Bricio cita um trecho de um contrato: *Que el obligado de carne no pueda dar a ningun forastero nada hasta que los vecinos hayan llebado lo qe hayan menester o por lo menos sea obligado a guardar un cuarto de vaca trasero para el domingo en la mañana, pena de cien mrs. cada vez.* ("Que o responsável pelo fornecimento de carne nada pode dar a qualquer forasteiro, antes que os moradores e vizinhos tenham levado tudo o que acharem necessário, ou que ao menos seja obrigado a reservar um quarto traseiro para os domingos de manhã, sob pena de cem maravedis de multa.").

Nota 9: Calle de La Caza (Rua da Caça, próxima à Paróquia de São Isidro): assim se chamava porque todas as suas casas eram de traficantes de toda espécie de caça (animais de pequeno e grande porte). Isso durou enquanto havia comércio de alimentos nas imediações. La Costanilla, situada no centro da cidade, era uma pequenina praça em declive (daí seu nome: *La Costanilla*, diminutivo de *cuesta*: ladeira), onde era feito o comércio de peixes, tanto que depois veio a chamar-se Plaza de la Pescadería. Era também próxima a vários outros pontos de comércio de alimentos. Segundo Sieber, citando Rodríguez Marín, La Costanilla aqui citada "ficava próxima à Igreja de São Isidro, hoje chamada São Isidoro, e que tinha quinze casas..."

Nota 14: Devido à proximidade do bairro de São Bernardo com o Matadouro, quase todos os *jiferos* e magarefes moravam lá, inclusive Nicolás, o Rombo.

Nota 18: O nome Barcino era bastante usual na época. Esses cães eram muito apreciados, sobretudo por suas cores claras. González cita um provérbio: "O galgo barcino, ou é mau ou muito fino".

Nota 27: Em Niceia, antiga cidade da Ásia Menor (Anatólia), ocorreram dois concílios: um em 325, que condenou o Arianismo, doutrina de Ário (250-336), padre cristão de Alexandria, no Egito, que afirmava que Cristo era a essência intermediária entre a divindade e a humanidade, negava-lhe o caráter divino e ainda desacreditava a Santíssima Trindade (Houaiss), e outro em 787, que condenou os iconoclastas. O *Credo* original foi adotado pela primeira vez em 325, no Primeiro Concílio de Niceia; daí o nome "Credo Niceno". Sobre *Dé donde diere* ("dê onde der"): agir ou falar sem refletir ou medir consequências. Ou, então, dito da pessoa que se arrisca sem pensar no que poderá acontecer.

Nota 31: "Esses nomes referem-se a cada uma das protagonistas das quatro novelas sobre temas pastoris, que Cervantes exclui da crítica encoberta que fez, de todas, um pouco mais acima, confirmando a dura e insistente intenção de não salvar, entre a multidão, nenhuma além dessas quatro, sendo uma delas de sua própria autoria (vaidoso!), da qual, ao que consta, não estava tão descontente, tanto é que, algumas linhas adiante, promete dar-lhe continuidade." (González).

Nota 32: "Lisardo é personagem de *La Galatea*; Lauso, pastor de *La Arcadia*. Já Riselo e Jacinto não aparecem nas respectivas obras de Montemayor e Gálvez de Montalvo, mas, em contrapartida, são mencionados amiúde em composições pastoris e bucólicas do Romanceiro." (González).

Nota 35: Segundo González, "os jograis, bufões e chocarreiros eram muito dados a divertir os senhores em suas casas e palácios, ou o povo comum, nas estalagens e praças, com habilidosos truques — prestidigitação, como dizemos hoje —, e um deles, que chegou até nós, era o de *cubiletes*, pequeninos copos de latão ou de chifre, opacos e fabricados de modo que pudessem encaixar-se uns nos outros. Com esses copos faziam-se diversos jogos e truques, até que o bufão conseguia fazer com que as *agallas* desaparecessem, à vista de todos, com suas artimanhas e sutilezas".

Nota 36: Sobre a *chacona*: "A atrevida jovem empunha um par de castanholas, de bem sonora madeira, as quais repica fortemente ao compasso de seus preciosos pés; o homem toca um padeiro, e com as soalhas convida a jovem a saltar; e alternando-se ambos em seu belo concerto, colocam-se em sintonia para o ápice. Quantos movimentos e gestos podem provocar a lascívia, quanto pode se corromper uma alma honesta, é algo que salta aos olhos, com vivas cores. Ela e ele simulam piscar de olhos e beijos, fazem gingar as cadeiras, tocam-se na altura do peito, revirando os olhos, e parece que, dançando, chegam ao êxtase máximo do amor". (Barbiere apud González) Ainda segundo González, "a descrição tomou emprestadas duas oitavas de Juan Bautista Marini (1569-1625), em seu voluptuoso poema 'Adônis' [...]. A chacona correu mundo e chegou a ser utilizada, já bem transformada, nas composições de Bach, Rameau, Gluck e outros célebres compositores.[...] Hoje, quando escuto as sarabandas e chaconas que nos deixaram os livros de Gaspar Sanz e outros, surpreendido por seus sons tristes, lânguidos e melancólicos, sempre me pergunto, com curiosidade não satisfeita: que encanto mágico, que feitiço demoníaco havia naquelas danças, para arrancar aos moralistas o agudíssimo grito de protesto que provocaram?"

Nota 47: *Romance*: "Diz-se de ou família de línguas indo-europeias derivadas do latim (catalão, dalmático, espanhol, francês, italiano, ladino, português, provençal, romeno, sardo etc.); latino, neolatino". E ainda: "diz-se de ou língua geral de uso vulgar que foi falada em certas áreas e países da região europeia de influência romana e latina, num estágio intermediário entre o *latim vulgar* e a língua a partir dele desenvolvida; romance, romanço." (Houaiss)

Nota 50: Vale lembrar Covarrubias, citado por Harry Sieber: *Cuando alguno trae el manteo desharrapado por bajo y lleno de lodos, decimos traer más rabos que un pulpo.* "Quando alguém tem a capa (ou as vestes) esfarrapada e cheia de lama, diz-se que está com mais 'rabos' do que um polvo."

Nota 54: Carondas (ou Charondas), antigo legislador italiano, estabeleceu leis e regras de comportamento a serem seguidas tanto particularmente quanto em público, na Magna Grécia (nome dado às terras do Sul da Itália e da Sicília, colonizadas pelos gregos entre os séculos VII e II a.C.). González cita Valerius Maximus (escritor romano, cuja obra principal é *Factorum et dictorum memorabilium* [Fatos e ditos memoráveis], dedicada a Tibério), em cuja obra consta uma narrativa sobre Carondas que, tendo instituído uma lei que proibia portar armas em assembleias públicas, certa vez, distraidamente, ao voltar de um vilarejo, entrou armado numa audiência pública. Alguém o lembrou de que estava transgredindo a lei (transgressão que, segundo o próprio Carondas, merecia a pena capital). Ele, que podia perfeitamente se justificar pelo equívoco, puxou a espada e feriu-se mortalmente, alegando preferir isso a ver a lei menosprezada e desacatada.

Nota 71: A popularidade dessa obra fez com que o nome Rodamonte, ou Rodomonte, corresse pelos romances e pela boca do povo, que assim chamava a todos aqueles que se destacavam por seu valor temerário e sua bravura sempre soberba e insolente. (González)

Nota 72: Diz González: "À porta de Jerez, entre os muros do Alcázar e a muralha da cidade, erguia-se o insigne Colégio Maior de Santa Maria de Jesus, Universidade de Sevilha, que por ter sido fundado por Rodrigo Fernández de Santaella, mestre em Teologia e juiz eclesiástico de sua Igreja, o povo sevilhano sempre o chamou, com andaluz metaplasmo, Colégio de Mase [Mestre] Rodrigo."

Nota 84: Significa que a ânsia de conseguir algo desmesurado frustra a obtenção de um ganho aceitável. Essa frase parte da imagem de um ladrão que ia pondo na bolsa tudo o que roubava. E num dado momento, quando apertou o conteúdo da bolsa, para que coubessem mais coisas, esta se rompeu.

Nota 91: Para evitar as muitas ofensas e humilhações que os capitães cometiam ao entrar nos povoados para formar as companhias, o Conselho de Guerra nomeava comissários que, além da função de manter a justiça e a ordem, tinham também a de comandar a marcha das bandeiras através do distrito por eles designado aos capitães, cuidando dos alojamentos e provisões. Mesmo assim, essas "comissões" obtinham proveitos ilícitos e ganhos abusivos, o que deu origem a um dito popular — que joga com os dois sentidos da palavra "comissão": o de "cometer" e o que diz respeito a encargo, incumbência, sentidos que valem tanto em espanhol quanto em português: *Que esto de comisiones, aunque yo no sé de etimologías, no pienso que se dicen comisiones porque se cometen, sino porque todo lo que en ellas se gana, se come.* ("Quanto a isso de 'comissões', embora eu não entenda de etimologias, penso que não se chamam assim por serem 'cometidas' e sim porque tudo o que com elas se ganha, se come.") (Escalante apud González). González oferece ainda uma interessante e clara visão sobre o recrutamento de soldados, na época: "Gostaria o leitor curioso de uma descrição completa do modo como se recrutavam pessoas para a guerra, nos séculos XVI e XVII, inteirando-se de como se alistavam aqueles inesquecíveis infantes que deixaram a gloriosa relíquia de seus ossos, como prova de seu valor, pelo mundo inteiro? [...] O Conselho de Guerra declarava, anualmente, de acordo com a necessidade da época, o número de soldados a serem recrutados. Publicava então uma lista com o nome dos capitães que deveriam sair pelo reino para recrutar, cada um deles munido de uma patente chamada *conducta* [poder para proceder ao recrutamento], na qual constava sua nomeação, a ordem do rei, o distrito ou território de atuação de sua companhia ["comissão"] e o número de alistamentos que seriam efetuados em sua jurisdição. O *capitán de conductas* partia, então, em companhia de seu alferes, a quem encarregava de portar e guardar a bandeira do regimento. Chegansdo ao seu distrito, apresentava-se ao corregedor ou ao administrador, exibindo a Ordem Real, que era imediatamente acatada. Já no exercício de sua função, anunciava seu poder através do toque das caixas, percorrendo as ruas do povoado, precedido pela bandeira, enquanto o tocador de tambor anunciava os costumeiros pregões. Voltava então à pensão ou taverna onde estava hospedado, mandava colocar a bandeira à porta, como 'isca' e sinal, e aguardava, na companhia do alferes e de um escrivão, as chegada dos novatos que — fiando-se na prometida paga, na desordenada esperança da vida militar — acudiam como moscas ao mel. Quanto aos retraídos e medrosos, eram animados pelo ladino capitão, ou por seus camaradas astutos e trapaceiros — sempre presentes a esses trâmites —, que pintavam aos incautos, numa rebuscada conversa, os muitos ganhos e o bom viver da soldadesca. E uma vez vencidos os receios, quantos derrotados nada tinham a perder! E havia ainda aqueles que, afastando-se de casa, consideravam uma nobre tarefa servir ao rei, com uma lança, em Flandres. E, por fim, punham sua assinatura no documento apresentado pelo escrivão. Quando o recrutamento tornava-se penoso, quando os rapazes do povoado hesitavam em alistar-se, o capitão, decidido a não fracassar em sua empreita, lançava mão de quantos truques, ardis e habilidades sugerissem sua picardia e engenhosidade, até reunir os 250 rapazes prontos a empunhar a lança e a embarcar nas galeras. Nomeava, então, os oficiais da companhia, desde o sargento e os doze *corporales* (à razão de um por esquadra de 25 soldados); até o furriel (posto superior a cabo e inferior a sargento), "um tanto ladrão e ambicioso"; o capelão "boa-vida"; e sem esquecer o cirurgião "douto em seu ofício e muito experiente"; além dos três tocadores de tambor e outros tantos tocadores de pífanos. Assim, com todos reunidos, a companhia levantava voo, pondo-se a caminho para o porto de embarque. Esse era o momento grave e perigoso para o *capitán de conductas*: quando, recebido o primeiro pagamento, os recém-alistados começavam a furtar-se à vida militar, tornando-se então soldados *churrulleros* [desertores].

Nota 106: Sobre os dois hospitais de Montilla: um era anexo à Capela de Santa Brígida, situada à esquerda da porta do mesmo nome. O segundo, chamado Nossa Senhora dos Remédios, era contíguo à capela conhecida como Santa Catalina. "Não imagino em qual dos dois Berganza se alojou, nem onde ocorreram as portentosas cenas que haverão de espantar o leitor, daqui a pouco", diz González.

Nota 107: Sobre a diferença entre feiticeiras e bruxas, González nos diz: "[...] ninguém soube distingui-las melhor do que Cervantes. As feiticeiras eram mais sagazes e interessadas do que as bruxas: sob pretexto de unir corações, curar desenganados e prever o futuro, conseguiam tudo o que quisessem de seus devotos e admiradores". Agiam também como alcoviteiras e, nesse caso, eram bem semelhantes às celestinas. "Já as bruxas, não: entregavam-se de corpo e alma ao demônio, sem outra ambição senão a dos deleites e libertinagens carnais que ele lhes proporcionava, em suas reuniões noturnas." O próprio povo, sem notar, fazia essa distinção entre umas e outras, hostilizando e perseguindo as bruxas e honrando as feiticeiras que, "quanto mais *encorozadas* [*coroza*: cone que as pessoas penalizadas tinham que usar, na cabeça, como sinal de castigo e vergonha] e açoitadas pelos verdugos, maior notoriedade recebiam". De modo que os castigos serviam para comprovar suas habilidades e torná-las mais famosas, para quem quisesse procurá-las a fim de utilizar seus serviços.

Nota 118: Uma hipótese para a origem dessa expressão é que era proibida, às prostitutas, a prática de seu ofício em dias de festas ou de *Pascua* (palavra que abrange os festejos de Natal, Páscoa e Pentecostes). Portanto, dizer "o nome das festas" a uma mulher seria lembrá-la de sua condição de prostituta. (González)

Nota 119: A propósito do juiz colérico mencionado por Cañizares, diz González: "Pelo visto, o repertório da Montiela e da Cañizares andava pobre e falho para alguns casos, como esse da fúria do juiz colérico, que depositou seu rigor nas mãos não subornadas do verdugo. Se tivessem, previamente, posto atrás da porta 'uma estampa de papel com a imagem de São Cristóvão' e outra estampa, de Santa Marta, diante da escada, como fazia certa grande feiticeira, 'para que a Justiça não pudesse entrar em sua casa', e se tivessem rezado a oração dos aguazis, ou dito o conjuro para aplacar a justiça: 'Leão bravo amansa tua ira, primeiro foi Cristo e depois Santa Maria; quando a Virgem nasceu, Cristo nascido era; fulano, finca tua barba na terra' [substituindo-se 'fulano' pelo nome do agente da Justiça] teriam se livrado do juiz e do castigo, como outras, mais espertas do que elas, que eram tão famosas."

Nota 124: Ainda sobre os mouriscos: "[...] Suas relações com a sociedade cristã pioraram ao longo do século XVI, até culminar na rebelião das Alpujarras e seu dramático final. O acordo de expulsão foi votado pelo Conselho de Estado em 30 de janeiro de 1608, aplicado exclusivamente a Valência, se bem que, em 4 de abril de 1609, estendeu-se a toda a Espanha. Foram expulsos aproximadamente 300 mil mouriscos". (Massimini) Os mouriscos eram objeto de desprezo, discriminação, acusações e ojeriza por parte da sociedade cristã da época, fato retratado por Cervantes, nessa fala de Berganza.

Nota 125: Eram moedas falsas, porque o real que os mouriscos fabricavam pesava pouco mais de meio real; e mesclavam outro metal, de baixo valor, à prata. Essa falsa moeda foi tão amplamente cunhada que se espalhou "por todos esses reinos de Espanha". A causa desse mal era que, estando ociosos durante a maior parte do tempo, embora trabalhassem bem, esporadicamente, engendravam suas mulheres como coelhos e suas casas fervilhavam de crianças, como um formigueiro. E como não podiam sustentá-las começavam a furtar e a falsificar dinheiro". (González).

Nota 127: *Hucha*: cofre onde se guardam coisas de valor. *Polilla*: espécie de traça cuja larva alimenta-se da própria matéria onde se aninha. Por extensão, chama-se *polilla* a quem estraga ou destrói algo, sem disso se aperceber. *Picaza*: ave semelhante ao corvo, porém menor, que repete palavras e rouba objetos brilhantes para levá-los ao ninho. Também: gralha. *Comadrejas*: doninhas que, embora prejudiciais aos pomares e criações, "limpam" as casas de pequenos animais peçonhentos.

Nota 139: González conta que "numa comédia burlesca, apresentada em Ampudia, em 1606, pelos pajens do Duque de Lerma, aconteceu que o cão lebrel da rainha atacou um ator que usava uma pele de leão. E foi preciso muito trabalho para livrar o farsante das mordidas do cão. Mesmo nos autos (peças dramáticas breves, baseadas em temas religiosos e profanos, na Idade Média e Renascimento), exigiam-se essas 'figuras mudas', como se pode deduzir dos muitos textos a respeito". Parecem ser as precursoras dos atuais figurantes.

Nota 144: "Apenas nove anos recomenda Horácio, em sua conhecida regra: *nonumque prematur in annum*; mas é erro de pouca monta, que talvez seja também intencional" (González).

Nota 145: "Erro evidente de crítica seria nos empenharmos em buscar lógica e razão nos cômicos disparates que Cervantes acumulou, nas invencionices e palavras do poeta convalescente. Pois nem o Arcebispo Turpin escreveu, jamais, livro algum sobre o Rei Arthur da Inglaterra, nem tem algo a ver, na história dos livros de cavalarias, o fundador do ciclo carolíngio [Carlos Magno] com a heroica e nobre figura do bretão." Ainda segundo González, "a lembrança do Arcebispo Turpin não poderia ser mais cômica; o tal Arcebispo [era] autêntico personagem como dignidade eclesiástica no século VIII, mas falso e apócrifo como historiador" (González). Autor apócrifo da *Historia Caroli Magni et*

Rotholand (geralmente conhecida como "Crônica do Turpin ou do pseudo-Turpin"), que constitui o quarto livro do *Liber Sancti Jacobi* e narra as aventuras de Carlos Magno na Espanha para livrar a tumba do apóstolo Santiago da dominação árabe. (Massimini)

Nota 146: González assim comenta esse jogo de palavras entre *brial* (saia) e *Grial* (Graal): "[...] Por fim, que pensar daquele outro suplemento de 'A Procura do Santo Graal', que o imitador de Turpin guardava entre seus escritos, quando Cervantes, para enriquecer ainda mais a cena, já por si bastante cômica, faz com que ele diga, ignorantemente, 'A Procura do Santo Brial' [A Procura da Santa Saia], como se tratasse da corajosa conquista das saias de uma senhora!

Nota 148: *Midas*: Rei da Frígia, ganhou de Baco o poder de transformar em ouro tudo o que tocasse. Realizado esse desejo, até os alimentos que tocava viravam ouro, de modo que Midas suplicou ao deus que o livrasse desse dom. Baco então lhe ordenou que se banhasse no Pactolo que, a partir desse momento, passou a ter farpas de ouro em suas areias. *Crasso*: Marcos Licínio Crasso, que formou triunvirato com Pompeu e César, assassinado em 53a.C. pelo general dos partos, que ele devia combater. *Creso*: último Rei da Lídia (580-546 a.C.), célebre por sua riqueza, que provinha do comércio e das minas de ouro de seu reino. Foi vencido e morto por Ciro.

Nota 155: Sobre las *perritas de falda*, nos diz González: "Não se ufanem as presunçosas damas de nossos dias, ardentes imitadoras de tudo que é estrangeiro, em ter por novidade, trazida da França, o costume doméstico de trazer suas cadelinhas ao colo: também as damas de nosso século de ouro entretinham-se criando e acariciando mascotes [...] Já não era tempo de as damas distraírem sua ociosidade com a roca e a almofadinha, como antigamente, e sim com macaquinhos, papagaios e cadelinhas. Os pintores da época registraram esse costume".

FONTES BIBLIOGRÁFICAS

AURÉLIO. *Novo Dicionário Aurélio da Língua Portuguesa*, de Aurélio Buarque de Holanda Ferreira. Edição eletrônica autorizada à Positivo Informática Ltda.

AUTORIDADES: *Diccionario de Autoridades, Real Academia Española*.

BARBIERE. *Las castañuelas. Estudio jocoso dedicado d todos los boleros y danzantes por uno de tantos.* Madrid: Ducazcal, 1879.

BÍBLIA SAGRADA. Traduzida da Vulgata e anotada pelo Pe. Matos Soares. 3.ed. São Paulo: Edições Paulinas, 1955.

BUCALO, Maria Grazia. *Los italianismos en las Novelas ejemplares de Miguel de Cervantes Saavedra. Cuadernos de Filología Italiana* 5, pp. 29-80. Madrid: Servicio de Publicaciones UCM, 1998.

BUSTAMANTE BRICIO, José. "Breve historia del Concejo de Caniego y sus ordenanzas". *Boletín de la Institución Fernán González*. 1968, Ano 4[7], n. 170.

CORREAS, Gonzalo. *Vocabulario de Refranes y Frases Proverbiales* (1627). Bordeau: L. Combet, 1967.

COVARRUBIAS, Sebastián de. *Tesoro de la lengua castellana o española.* Madri, 1611. [Ed. de Martín de Riquer. Barcelona: Alta Fulla, 1943].

CVC. Centro Virtual Cervantes. Disponível em:<https://cvc.cervantes.es>.

DAMONTE, Mario. *Cervantes y Génova*. Disponível em: <https://cvc.cervantes.es/literatura/cervantistas/coloquios/cl_II/cl_II_23.pdf>.

DE AGOSTINI: Diccionario Actual DeAgostini — Editorial Planeta DeAgostini S.A., 1998. PC CD-ROM Multimedia.

DRAE. *Diccionario de la Lengua Española*. Disponível em: <www.rae.es>.

ESCALANTE, Bernardino de. *Diálogos del arte militar* (1585). Santander: Universidad de Cantabria, 1992.

GARCÍA DE ARRIETA, Agustín. *Obras escolhidas de Miguel de Cervantes*. Paris: Bossange, 1826.

GAVALDÁ, Miguel Querol. *La música en la obra de Cervantes*. Alcalá de Henares: Centro de Estudios Cervantinos, 2005.

GONZÁLEZ, Agustín. In: CERVANTES, Miguel de. *El casamiento engañoso y El coloquio de los perros:* Novelas Ejemplares de Miguel de Cervantes Saavedra. Edición Crítica, con introducción y notas por Agustín González de Amezúa y Mayo. Madri: Bailly Bailliere, 1912.

HOUAISS. *Dicionário Houaiss da Língua Portuguesa*. Instituto Antônio Houaiss. São Paulo: Objetiva, 2001.

LAGUNA, André. *Viaje de Turquia*. Ed. de M. Serrano y Sanz. *Autobiografias y Memorias*. Madri: Nueva Biblioteca de Autores Españoles, 1905. V. 2.

LAROUSSE, Diccionario Enciclopéidco Multimedia. PC. CD-ROM. www.larousse.es

LELLO. *Novo Dicionário Enciclopédico Luso-Brasileiro*. Porto: Lello & IrmãoEditores, 1963. Vol. III.

MASSIMINI, Silvia. *O casamento enganoso e O colóquio dos cães: tradução anotada e estudo preliminar de duas novelas exemplares cervantinas*. Dissertação de mestrado. São Paulo: Faculdade de Filosofia, Letras e Ciências Humanas da Universidade de São Paulo, 2006.

PANTOJA, Juan Carlos. *Tres novelas ejemplares*. Madrid: Castalia Prima, 2012.

PARKER, Geoffrey. *El ejército de Flandes y el camino español, 1567-1659*. Madrid: Alianza Editorial, 2006.

PORTO. *Infopédia. Dicionários Porto Editora*. Disponível em: <https://www.infopedia.pt>.

RODRÍGUEZ MARÍN, F. *El Loyasa de "El Celoso Extremeño"*. *Estudio Historico-Literário*. Sevilha: Tip. de P. Díaz, 1901.

RODRÍGUEZ, Alberto Casas, Turdetania. Disponível em: http://turdetaniaonoba.blogspot.com/

SEVILLA ARROYO, Florencio; HAZAS, Antônio Rey. In:CERVANTES, Miguel de. *Obra Completa II, Galatea, Novelas Ejemplares, Persiles y Sigismunda*. Alcalá de Henares: Centro de Estudios Cervantinos, 1993-5.

SIEBER, Harry. In: CERVANTES, Miguel de. *Novelas ejemplares*. 26. ed. Madrid: Cátedra, 2009. Vols. I e II.

SSÓ, Ernani. In: CERVANTES, Miguel de. *Novelas Exemplares*. São Paulo: Cosac Naify, 2015.

© C*opyright* desta tradução: Editora Martin Claret Ltda., 2019.
Agradecimentos especiais à Casa Editorial Cátedra por ceder a utilização das notas de rodapé escritas pelo professor Harry Sieber.

Direção
MARTIN CLARET

Produção editorial
CAROLINA MARANI LIMA / MAYARA ZUCHELI

Projeto gráfico e capa
JOSÉ DUARTE T. DE CASTRO

Diagramação
GIOVANA QUADROTTI

Tradução
YARA CAMILLO

Preparação
SILVIA MASSIMINI FELIX

Revisão
ANA LUCIA KFOURI

Impressão e Acabamento
PAULUS GRÁFICA

A ortografia deste livro segue o novo Acordo Ortográfico da Língua Portuguesa.

Dados Internacionais de Catalogação na Publicação (CIP)
(Câmara Brasileira do Livro, SP, Brasil)

Cervantes, Saavedra, Miguel de, 1547-1616.
Novelas exemplares / Miguel de Cervantes; tradução Yara Camillo.
– Edição especial – São Paulo: Martin Claret, 2020.

Título original: *Novelas ejemplares*.
ISBN: 978-65-86014-61-7

1. Ficção espanhola I. Título.

20-36304 CDD-863

Índices para catálogo sistemático:
1. Ficção: Literatura espanhola 863
Cibele Maria Dias – Bibliotecária – CRB8/9427

EDITORA MARTIN CLARET LTDA.
Rua Alegrete, 62 — Bairro Sumaré — CEP: 01254-010 — São Paulo — SP
Tel.: (11) 3672-8144
www.martinclaret.com.br
Impresso 2021.

CONTINUE COM A GENTE!

- Editora Martin Claret
- editoramartinclaret
- @EdMartinClaret
- www.martinclaret.com.br

IMPRESSO EM PAPEL
Pólen®
mais prazer em ler